Das Reich de

Buch 1 –

von

Philipp M. Pfeilschmidt

Cover Layout © Richard Hanuschek
Das Reich des Johannes, Buch 1 – Pela Dir ©
von Philipp Schmidt & Martin Pfeil-Schmidt
Lektorat: Sophia Pösselt
Übersetzung *Epistola Presbiteri Johannis* ©
von Ulrich Knefelkamp
Herausgegeben von Philipp Schmidt / Ferge Verlag
Printed in Germany
by Amazon Distriubtion GmbH, Leipzig

Übersicht

Kapitel 1 Johannes: Die Ankunft   S. 5

Kapitel 2 Johannes: Die Prüfung   S. 23

Kapitel 3 Cuchulainn: Der Hund von Ulster   S. 36

Kapitel 4 Cuchulainn: Schatten im Unterholz   S. 51

Kapitel 5 Cuchulainn: Der Ritus   S. 65

Kapitel 6 Johannes: Die Vereinbarung   S. 73

Kapitel 7 Johannes: Die Befreiung   S. 89

Kapitel 8 Johannes: Die Rückkehr   S. 109

Kapitel 9 Johannes: Die Aushebung   S. 122

Kapitel 10 Cuchulainn: Ein neues Geschick   S. 136

Kapitel 11 Cuchulainn: Die Wahl der Waffen   S. 147

Kapitel 12 Cuchulainn: Lange Wege, alte …   S. 160

Kapitel 13 Cuchulainn: Die Axt bricht ihr …   S. 190

Kapitel 14 Cuchulainn: Der Kriegsrat   S. 218

Kapitel 15 Johannes: Das Heerlager   S. 255

Kapitel 16 Johannes: Der Zusammenstoß   S. 282

Kapitel 17 Cuchulainn: Ein alte Fehde und …   S. 295

Kapitel 18 Johannes: Der kleine Krieg   S. 318

Kapitel 19 Cu., Thoran, Joh.: Der große Krieg   S. 354

Kapitel 20 Thoran: Das Urteil   S. 393

Kapitel 21 Johannes: Nach der Schlacht   S. 400

Kapitel 22 Thoran: Der Vollzug   S. 408

Kapitel 23 Johannes: Die zwei Magier   S. 416

Ausklang   S. 423

Anhang

Geographische Namen   S. 426

Hauptakteure   S. 428

Einige der in Ban Rotha üblichen Maße und …   S. 431

Über die Autoren   S. 434

Wenn Du aber die Größe und Erhabenheit Unserer Ho-
heit wissen willst und in welchen Ländern Unsere Majestät
gebietet, dann erkenne und glaube ohne Zweifel, daß ich,
der Priester Johannes, Herr bin über die Herrschenden und
hervorrage in allen Reichtümern, die unter dem Himmel
sind, an Tugend und Macht über alle Könige dieser Erde.
Zweiundsiebzig Könige sind Uns tribut pflichtig.
...

Auszug aus »Epistola Presbiteri Johannis«
Übersetzung von Ulrich Knefelkamp

Kapitel 1   Johannes: Die Ankunft

Der vor ihm liegende Stein war ihm gut bekannt. Auf jeder seiner Reisen hierher hatte er den etwa faustgroßen Granitbrocken betrachtet. Er wusste, sobald er ihn in die Hand nahm und aufhob, war er wirklich hier. Bisher war er vor diesem Schritt immer zurückgeschreckt, doch diesmal hatte er keine Wahl. Er bückte sich, hob ihn auf und fühlte, wie er kühl, kantig und schwer in seiner Hand lag.

»Feldspat, Quarz und Glimmer, die vergess' ich nimmer«, murmelte er vor sich hin, als er über die Kuppe des Hügels ging und den Stein achtlos fallen ließ. Er kannte sich lange genug, um zu wissen, dass ihm in ernsten Situationen immer dumme Sprüche einfielen. Er hatte aufgehört, sich darüber zu ärgern.

Es war Nacht, wie immer, wenn er hierher kam. Bis zum Aufheben des Steines hatte er sich in einem unnatürlichen, fahlen Licht bewegt. Nun beleuchtete ihm ein großer Halbmond an einem klaren Sternenhimmel den sanft abwärts führenden Pfad. Zu beiden Seiten sah er im Mondlicht ausgedehnte Streuobstwiesen mit blühenden Apfel- und Birnbäumen unterschiedlicher Größe. Wo er herkam, war jetzt Frühling, hier schien es nicht anders zu sein. Die Luft war frisch, eine kühle Brise ließ die zarten Blütenblätter der Bäume zittern, es roch nach Gras und feuchter Erde. Er kreuzte die Arme und bedeckte die Hüften schützend mit den Händen. Der Wind ließ ihn frösteln, er war nackt. Etwa in der Mitte des Talkessels sah er mit einem Mal Licht durch die Bäume flackern. Irgendwohin musste er gehen, warum nicht dorthin. Er folgte dem Weg zum Fuß des Hügels, von hier an wurde der Pfad schmaler, bis er sich schließlich in einer gemähten, – nein, er roch frischen Dung – abgeweideten Wiese verlor. Er blickte in den klaren Nachthimmel, aber der große Wagen, das einzige Sternzeichen, anhand dessen er sich orientieren konnte, war nicht zu sehen. Vielleicht gab es ihn hier gar nicht. Also lief er einfach weiter in die Richtung, in der er den Ursprung des Lichts vermutete. Die Wiese endete schließlich an einem schmalen Graben, auf der anderen Seite lag ein breiter Schotterweg. Er balancierte über einen Holzbalken, und auf dem Weg angekommen, sah er das Licht wieder. Vorsichtigen Schrittes ging er weiter darauf zu. Barfuß auf dem Schotter zu laufen, war unangenehm, seine nackten Sohlen schmerzten. Endlich tauchte im Schatten einer Baumgruppe ein großer, einstöckiger Gebäudekomplex auf. Er folgte der Abzweigung, die zu dem von jeweils zwei erleuchteten Fenstern eingerahmten Eingang führte. Es gab weder Tor noch Zaun, vor Einbrechern hatte hier offensichtlich niemand Angst. Auch Hunde, die er auf einem solch abgelegenen Anwesen vermutet hätte, waren bisher zu seiner Erleichterung nicht zu sehen oder zu hören. Er mochte Hunde, aber nicht nachts, wenn er unangemeldet und als Fremder nackt auf eine Behausung zuging. Vor dem großen Eingangstor zögerte er. Sollte er versuchen, durch die Seitenfenster einen Blick nach innen zu werfen? Dazu müsste er aber in den gepflegten Rabatten herumtrampeln, die entlang der Mauer angelegt waren. Damit schaffte man sich wahrscheinlich auch keine Freunde.

Eine Frauenstimme ersparte ihm weitere Überlegungen. »Stell dich nicht an und komm herein.« Er zuckte zusammen und fühlte seine Knie weich werden. »Ich erwarte dich!«

»Hm, ich bin nackt«, meinte er zögerlich durch die geschlossene Tür hindurch.

»Ich weiß, das seid ihr alle, wenn ihr hier ankommt«, gab die Stimme zurück.

Er fasste sich, so gut es ihm in Anbetracht der Umstände möglich war, öffnete die Tür und sah zunächst nur einen Holztisch, auf dem eine Kerze in einer Laterne flackerte.

»Schließ die Tür, der Zug bringt die Kerze zum Rauchen«, erklang aus dem Dunkel dahinter die angenehme, jetzt jedoch ungeduldige Stimme. »Gleich rechts von dir liegt eine Decke bereit, in die du dich einhüllen kannst.«

Dankbar legte er sich die warme Wolldecke um die Schultern.

»Komm näher, damit ich dich endlich ansehen kann!«

Er ging um den Tisch herum und sah schließlich die zur Stimme gehörende Frau, die an der Stirnseite des Tisches saß. Sie erhob sich – und er war tief beeindruckt. Sie war … was war sie eigentlich? Schön? Er glaubte nicht, dass sie von einer Werbeagentur in seiner Heimat einen Vertrag bekommen würde. Dafür war ihr von langen braunen Zöpfen eingerahmtes Gesicht nicht gleichmäßig genug. Sie hatte hochstehende Wangenknochen, etwas schräg gestellte, dunkle, wahrscheinlich braune Augen, die Nase war schmal aber ausgeprägt, vielleicht etwas dünne Lippen und um die nach oben gezogenen Mundwinkel hatte sie feine Lachfältchen, genau wie um die Augen. … *Außergewöhnlich,* das traf es am ehesten.

»Ich heiße Johannes«, brachte er etwas verlegen über die Lippen.

»Ich weiß«, antwortete sie mit freundlicher Ungeduld »und ich bin Ishtar. Wir sind hier verabredet. Aber ich habe dich mir anders vorgestellt.« Auch sie hatte ihn gemustert.

»Ich freue mich, dass ich mit dir verabredet bin«, das entsprach der Wahrheit, mit solch einer Frau hatte er wirklich gerne eine Verabredung, »nur dass ich davon überhaupt nichts weiß«, fügte er kopfschüttelnd hinzu.

»Ich bin Ishtar! Die Priesterin der Allmutter, die dich gerufen hat.« Sie blickte ihn erwartungsvoll an. »Wie du weißt, können wir in Zeiten großer Not über Raum und Zeit hinweg einen Champion rufen, der für uns eintritt«, fuhr sie fort, als keine Reaktion von ihm kam.

Zeiten großer Not, dachte er, das hatte ihm gerade noch gefehlt. Er befand sich selbst in einer Notlage und war auf der Suche nach Hilfe. Wie verzweifelt seine Situation war, konnte man daran sehen, dass er sich gerade für diesen Weg, den Weg einer Traumreise, entschlossen hatte. Und dann *Champion,* das hörte sich verdammt martialisch an, und das war gar nicht seine Sache. Er wartete darauf, dass sie fortfahren würde, aber sie schaute ihn nur freundlich an, aus ihrer Sicht war wohl alles gesagt.

»Wie konntest du mich erwarten?«, platzte er schließlich heraus, »ich wusste bis vor kurzem selbst noch nicht, dass ich hierher kommen würde! Wer sind die anderen, die vor mir schon nackt angekommen sind? Wer bist du, und wo bin ich hier eigentlich?« Er hielt inne und lächelte unsicher.

»Und das ist erst der Anfang«, fuhr er schulterzuckend fort. »Ich habe auch keine Ahnung, worin eure Notlage besteht und vor allem, was ihr von einem Champion erwartet«, ergänzte er. Langsam gewann er seine Selbstsicherheit zurück.

»Du weißt davon wirklich überhaupt nichts?« Sie schaute ihn zweifelnd an. »Du musst dich erinnern! Wir haben uns, wenn auch auf geistiger Ebene, schon so oft ausgetauscht, das kannst du doch nicht alles vergessen haben!«

Es schmeichelte ihm, dass eine so attraktive Frau sich in Gedanken mit ihm unterhielt, aber er hatte absolut keine Ahnung, wovon sie sprach. »Ich habe auch nicht mitbekommen, dass du oder sonst irgendjemand mich gerufen hätte. Ich bin aus eigenem Antrieb da, weil ich hoffe, hier Unterstützung bei der Bewältigung meiner eigenen Probleme zu finden.«

»Das kann nicht sein!« In ihrem Gesicht lag nun ungläubige Skepsis. »Bist du nicht Johannes der Waldläufer, der einsame Wolf, der keine Mühen oder Gefahren scheut und unfassbar weite Reisen unternimmt, um seine Missionen zu erfüllen? Der alleine gegen Dummheit und Unwissenheit antritt und …«

»Jetzt mach mal langsam«, unterbrach er sie belustigt. »Du drückst das sehr poetisch aus. Ja, ich bin Johannes. Ich arbeite weltweit als Forstexperte, ich kämpfe um jeden Quadratmeter Wald, häufig alleine, gegen korrupte Verwaltungen und idiotische Politiker. Aber ich mache lediglich meinen Job und bin alles andere als ein Held.« Je länger er sprach, desto mehr verflog seine anfängliche Heiterkeit.

Es entstand eine längere Pause, in der sie ihm tief und ernst in die Augen schaute. »Nun denn«, seufzte sie schließlich. »Ich verstehe zwar kein Wort von dem, was du sagst, aber lass uns trotzdem davon ausgehen, dass du der richtige Mann bist. Was hältst du davon, dass wir uns unsere jeweiligen Geschichten erzählen?«

»Na also«, Johannes atmete auf, »das halte ich für eine äußerst gute Idee! Aber bevor wir anfangen, hast du vielleicht irgendetwas zu trinken und vielleicht sogar etwas zu rauchen?« Er sah ihren fragenden Gesichtsausdruck. »Vergiss das mit dem Rauchen, aber etwas zu trinken wäre toll.«

»Entschuldige«, Ishtar fasste sich wieder, »in der ersten Freude, und mittlerweile muss ich sagen Verwirrung, über deine Ankunft habe ich meine Pflichten als Gastgeberin vergessen. Was darf ich dir anbieten: Wasser, Met, Bier? Ich kann dir auch etwas kalten Braten, Käse und Brot bringen, es ist alles vorbereitet. Allmutter, bin ich nachlässig, du musst durstig und ausgehungert sein nach deiner Reise. Und soll ich vielleicht eine Räucherkerze anzünden?«, fügte sie etwas unsicher hinzu.

»Nein danke, vergiss das mit dem Rauchen, wirklich, aber ein Glas Bier und etwas Brot mit Käse käme mir sehr gelegen.«

Während sie zu einer im Halbdunkel liegenden Anrichte ging, hatte Johannes zum ersten Mal Zeit, sich umzuschauen. Der Raum, in dem sie sich befanden, war eine große, langgestreckte Halle, an deren Stirnseite er saß und deren gegenüberliegendes Ende sich im Dunkeln verlor. Die einzigen Einrichtungsgegenstände, die er erkennen konnte, waren eine lange Tischreihe in der Mitte des Raumes, um die hochlehnige Stühle standen, und an der Wand in regelmäßigen Abständen kleine Anrichten. Die Wand selbst bestand bis auf Schulterhöhe aus quaderförmigen, großen Steinen, darüber war sie aus Holz gebaut, in das in regelmäßigen Abständen kleine Fenster eingelassen waren. Der Raum war sicherlich auch tagsüber nicht besonders hell. Der hölzerne Dachstuhl bestand aus mit Schnitzereien verzierten Balken und war, soweit er das bei dem spärlichen Licht erkennen konnte, hervorragend konstruiert. Den wollte er sich bei Licht einmal genauer anschauen, gute Holzarbeiten faszinierten ihn. Zwischen den kleinen Fenstern hingen gewebte Teppiche an den Wänden, die arkadische Landschaften darstellten. Oder zumindest das, was er für arkadische Landschaften hielt. Kunst war nicht gerade sein Metier. Der Boden bestand aus großen Steinfliesen, er strich mit dem Finger darüber, feiner Sandstein, da brauchte man im Winter gute Hausschuhe. Apropos Winter, er sah sich um, aber Öfen oder sonstige Heizgeräte konnte er nicht entdecken.

»Wie heizt ihr eigentlich im Winter, es gibt hier doch einen Winter, oder?

»Bei uns fällt zwar selten Schnee, anders als in den Bergen im Norden, aber einen Winter gibt es und zwar einen unangenehm langen, nassen und kalten.«

Sie war zum Tisch zurückgekommen – anmutigen Schrittes, trotz der Sandalen, wie er wohlwollend feststellte – und stellte ein mit Speisen und Getränken voll beladenes Tablett darauf ab. Er nutzte die Gelegenheit, um sie von oben bis unten zu mustern. Sie war eine große Frau, mit eher kleinen Brüsten, einer schmalen Taille, breiten Hüften und langen Beinen. Sie trug ein unter dem Busen gerafftes, baumwollfarbenes Kleid, mit einem runden, nicht sehr tiefen Ausschnitt. Auf den ersten Blick sah es schlicht aus, aber der matte Seidenglanz des Gewebes und der Faltenwurf verliehen ihm etwas Edles. Vor allem der Faltenwurf unterhalb der Brüste … Er sah ihr wieder in die Augen.

»Unter dem Fußboden verläuft ein Rohrsystem, durch das in der kalten Jahreszeit erwärmtes Wasser geleitet wird. Aber das ist noch lange hin, wir haben jetzt erst einmal Frühling und außerdem, wie ich glaube, wichtigere Dinge zu erörtern.« Sie hatte sich wieder an die Stirnseite des Tisches gesetzt und sah ihn kritisch an.

»Ja klar, entschuldige, das ging mir nur gerade so durch den Kopf.« *Blödmann*, schalt er sich selbst, *kannst du dich nicht wenigstens einmal auf das Wesentliche konzentrieren?* Er nahm einen tiefen Schluck, von dem, was er für Bier hielt – und konnte sich gerade noch beherrschen, ihn nicht wieder auszuspucken. Das Zeug war bitter, schal und lauwarm. *Hätten sie besser mal Kühlschränke anstatt Fußbodenheizungen erfunden*, dachte er sich und verwünschte den Fährmann, der ihm alles, inklusive der Zigaretten, abgenommen hatte. Er räusperte sich und wischte sich mit dem Handrücken den spärlichen Schaum von den Lippen. »Also gut, wer fängt an?«

»Vielleicht sollte ich dir zuerst einmal erklären, was es mit dem Rufen und dem Grund dafür auf sich hat. Dann solltest du auch verstehen, warum ich so erstaunt bin, dass du davon nichts zu wissen scheinst.«

»Gut, nur noch eine Frage vorab: Wie kommt es, dass du Deutsch sprichst, sind wir hier zu irgendeiner Zeit in Deutschland?« Es war ihm erst in diesem Augenblick in den Sinn gekommen, dass dies doch recht eigenartig war. Zu Beginn war er viel zu überwältigt von der Situation gewesen und hatte geantwortet, wie er angesprochen wurde.

»Ich habe noch nie von einem *Deutschland* gehört. Was wir zusammen sprechen ist die Sprache des Geistes. Menschen, die Geist- oder Traumreisen unternehmen, bedienen sich ihrer unwillkürlich, wenn sie anderen Reisenden begegnen, um sich mit ihnen zu verständigen. Ich nehme an, dass Deutsch deine Muttersprache ist?« Er nickte bejahend. »Dann ist es ganz natürlich, dass du die Worte so auffasst. Denn die Sprache des Geistes ist die gemeinsame Muttersprache aller Menschen, die sich ihres Geistes bewusst sind und sich seiner bedienen.«

»Das heißt, ich bin nur im Geist hier?« Er hatte Erfahrungen mit Traumreisen, aber das hier fühlte sich sehr real an.

»Nein, unsere bisherigen Begegnungen haben auf geistiger Ebene stattgefunden. Aber jetzt ist es dir gelungen, meinem Ruf zu folgen und auf irgendeinem, mir unbekannten Weg, körperlich hierher nach Munban, wie dieses Land in der alten Sprache genannt wird, zu kommen. Ich bin gespannt, später deine Erzählung zu hören, aber bitte, lass mich beginnen!« Sie lehnte sich nach vorne, stützte ihre Ellenbogen auf den Tisch und sah ihm über ihre gefalteten Hände hinweg tief in die Augen. »Ich habe mich also auf Geistreise begeben, um einen Mann zu suchen, der Willens und in der Lage ist, für mich als Champion einzutreten. Es ist nicht so, dass ich nicht selbst für mich eintreten könnte, aber mein Stand als Priesterin bringt nicht nur Vorteile, sondern auch Einschränkungen. So zum Beispiel, dass ich bei meiner Weihe einen Schwur ablegen musste, Magie nie direkt gegen Menschen zu richten und jeder Form von physischer Gewalt zu entsagen.«

»Und das habt ihr jetzt vor, Magie gegen Menschen zu richten und gewalttätig zu werden?« Johannes hatte sich von ihrem Blick gelöst, die Erwähnung von Gewalt hatte den Bann, den ihre Augen und ihre Stimme auf ihn ausgeübt hatten, gebrochen.

»Lass mich bitte ausreden, es ist nicht so, dass wir dies aus freien Stücken täten, es wird uns aufgezwungen.«

Das sagen sie alle, dachte er, behielt es aber für sich. Sie hatte schon wieder das zornige Funkeln in den Augen. Schnell heiter und schnell ärgerlich, kein einfacher Charakter.

»Es hat in unserer Gesellschaft immer zwölf Priesterinnen der Allmutter gegeben. Das hat sich vor jetzt dreiundzwanzig Jahren geändert. Eine unserer Schwestern, Boudicca, hat sich im Zorn von uns abgewandt und uns, mit zunächst unbekanntem Ziel, verlassen. Der Anlass für den Bruch war, dass sie bei der damals anstehenden Wahl zur Hohepriesterin unterlegen war, obwohl sie mit Abstand die Stärkste in der Magie war. Normalerweise wird in der Regel diejenige Schwester in diese Position gewählt, deren magische Fähigkeiten am stärksten ausgeprägt sind, weil wir dies als Ausdruck der Nähe und der Verbundenheit zur Allmutter verstehen. In ihrem Fall sahen wir das jedoch anders. Sie war von aufbrausendem Wesen, voller Ehrgeiz und immer darauf aus, unsere und damit ihre eigene weltliche Macht und ihren Einfluss zu vergrößern. Das hielten wir übrigen Schwestern – und halten wir noch immer – für den falschen Weg. Darüber hinaus gab es damals schon Anzeichen, dass sie sich zum Ausbau ihrer persönlichen Macht im Grenzbereich zur schwarzen Magie bewegte, die Grenze vielleicht sogar schon überschritten hatte. Ich will jetzt besser nicht weiter darauf eingehen, aber du kannst mir glauben, dass wir uns die Entscheidung nicht leicht gemacht haben. Es war uns allen klar, dass es im Falle ihrer Nichtwahl zum Bruch kommen würde, zum ersten Mal in unserer langen Geschichte, und das wollte keine von uns. Trotzdem haben wir übrigen uns einstimmig für eine andere entschieden, die Boudicca in der Magie nur wenig nachstand, aber von bescheidenerem Wesen war und unbeirrt die von der Allmutter vorgegebenen Regeln befolgte.«

»Aber sollte sich das nicht irgendwann einmal auf natürliche Weise lösen?«, warf Johannes ein. »Du sagtest, das ganze passierte vor über zwanzig Jahren, und schon damals wird diese Boudicca nicht mehr die Jüngste gewesen sein, wenn sie auf den Oberinnenposten spekulierte. Wie alt ist sie denn jetzt?«

»Das Alter spielt für uns keine Rolle, wir sind immer.«

»Du meinst, ihr seid unsterblich?«, fragte er ungläubig mit gerunzelter Stirn.

»Nein, das meine ich nicht, niemand ist unsterblich. Was ich sage ist, dass Boudicca immer da sein wird, und das Problem sich nicht von selbst lösen wird. Nimm das bitte als Tatsache und lass mich fortfahren.«

Das Thema schien ihr unangenehm zu sein, ihre Augen verrieten es, und Johannes ließ es für den Augenblick ruhen. *Theologen sind doch überall gleich*, dachte er sich, *egal ob männlich oder weiblich. Haarspaltereien, keine klaren Aussagen und Verweise auf den Glauben, wenn es unangenehm oder widersprüchlich wird.*

»Wie gesagt, Boudicca ging im Zorn von uns«, fuhr Ishtar fort, offensichtlich erleichtert, zum ursprünglichen Thema zurückkehren zu können. »Lange Zeit haben wir nichts mehr von ihr gehört. Vor sieben Jahren dann gab es die ersten Gerüchte, verbreitet von reisenden Händlern, dass im Norden ein gewaltiges neues Reich im Entstehen sei. Wir haben wenig Kontakt dorthin, die ansässigen Stämme sind wilde Barbaren, die sich untereinander in permanentem Streit, mit wechselnden Koalitionen, befinden. Es ist nicht ratsam, als Außenstehender zwischen diese Fronten zu geraten. Lediglich Händler, die alle Parteien bedienen und auf deren Güter die Bewohner des kargen und kalten Landes angewiesen sind, wagten es, mehr oder weniger regelmäßig dorthin zu reisen. Aber auch etliche von diesen mussten ihren Wagemut oder ihre Habgier, je nachdem wie man es sieht, mit Verstümmelung, dem Verlust ihres Eigentums oder gar ihres Lebens bezahlen. Zu schnell ist eines der vielen dortigen Tabus übertreten, oder die eine oder andere Partei fühlt sich übervorteilt. Dass es trotzdem immer wieder welche gab, die den Versuch wagten, lag an den fantastischen Gewinnen, die sich beim Tausch von Metallwaren gegen Felle, Leder und Pökelfleisch erzielen ließen. Wie dem auch sei, Nachrichten aus dieser Region sind spärlich, und wie deren Überbringer in der Regel unzuverlässig. Wir haben hier das Sprichwort, *so wahr wie Nachrichten aus dem Norden*, wenn wir unsere Ungläubigkeit über eine Infor mation zum Ausdruck bringen wollen. Aber die Gerüchte verdichteten sich und wurden schließlich zur Gewissheit, als immer mehr Wagenladungen, später ganze Wagenkolonnen nach Norden zogen, und die glücklichen Besitzer unversehrt und reich zurückkamen. Ihre Wagen, die überwiegend mit Eisenerzen dorthin fuhren, wurden gar nicht erst abgeladen, sondern blieben zusammen mit den Gespannen dort. Bezahlt wurden die Händler mit Edelsteinen, deren Vorkommen in dieser Region bis dahin unbekannt waren, aber auf einmal gab es sie in Hülle und Fülle und in reinster Beschaffenheit.«

Ishtar führte ihre Erzählung mit viel Liebe zum Detail fort, und Johannes hörte mehr oder weniger aufmerksam zu. Sie war eine gute Erzählerin mit einer knappen, jedoch ausdrucksvollen Körpersprache, aber manchmal wünschte er sich, sie würde schneller auf den Punkt kommen. So musste er sich die für ihn relevanten Informationen aus vielen Nebenhandlungen und Ausschweifungen herausziehen. Andererseits machte es ihm Spaß, ihr zuzuhören und zuzusehen. Also ließ er sie erzählen und unterbrach sie nur selten mit Verständnisfragen oder zustimmenden Worten, um zum Ausdruck zu bringen, dass er ihr zuhörte, oder eine Passage ihrer Erzählung verstanden hatte. Zusammengefasst ergab sich für ihn folgendes Bild: Dieser Boudicca war es anscheinend gelungen, die verschiedenen Stämme des Nordens unter ihrem Oberbefehl zu einen. Jetzt war eine gewaltige, gut ausgerüstete Armee im Entstehen, die offensichtlich zum Ziel hatte, nach Süden zu marschieren, um Boudiccas vermeintlichen Anspruch auf die Position der Hohepriesterin mit Gewalt durchzusetzen. Verhandlungen und Angebote von Seiten der verbliebenen Schwestern, sie in ihre frühere Position zurückzuversetzen, oder aber ihr eigenes Reich in den Nordlanden anzuerkennen, hatten nichts gefruchtet. Der Angriff wurde im nächsten Jahr, nach der späten Schneeschmelze im Norden, im Frühsommer erwartet.

Johannes atmete erst einmal auf, offensichtlich bestand keine unmittelbare Gefahr, und damit keine Notwendigkeit, auf der Stelle etwas zu unternehmen. Das war noch über ein Jahr hin, und vielleicht löste sich ja das Ganze in der Zwischenzeit in Wohlgefallen auf. Er hatte auf jeden Fall nicht vor, bis dahin abzuwarten und hierzubleiben. Im Gegenteil, er musste am nächsten Tag dringend in seine Welt zurück, um sich um seine eigenen Probleme zu kümmern.

»Was ist eigentlich mit euren Männern?«, versuchte er abzulenken, »haben die nicht selbst eine Armee, die in der Lage wäre, einen Angriff zurückzuschlagen?« Nach seiner Erfahrung gab es in jeder Gesellschaft genügend Idioten, die ganz versessen darauf waren, sich für Ehre, Vaterland, Geld, Frauen und Ähnliches zu prügeln, oder ganz einfach froh waren, einmal von zu Hause wegzukommen.

Ishtar runzelte die Stirn, offensichtlich war das schon wieder ein heikler Punkt. »Wir, damit meine ich uns Priesterinnen, stammen nicht aus diesem Land. Unsere Welt ging vor vielen Jahrhunderten in einer gewaltigen Katastrophe unter, für die sich die Männer unserer Gesellschaft verantwortlich fühlten. Einige von ihnen flüchteten mit uns hierher, aber seit dieser Zeit widmen sie sich ausschließlich dem Erforschen innerer Welten und nehmen an dem gesellschaftlichen Leben nicht mehr teil.«

Ganz offensichtlich missfiel Ishtar diese Haltung und Johannes stimmte ihr innerlich zu: Einige Jahrhunderte Nabelschau waren schon recht lange.

»Hier im Süden des Landes«, fuhr sie fort, »in unserem Herrschaftsbereich, den wir Ban Rotha nennen, besteht die Bevölkerung überwiegend aus Bauern. Die Böden und das Klima ermöglichen eine einträgliche Landwirtschaft, und die Menschen sind mit ihren bescheidenen aber stabilen Verhältnissen zufrieden. Natürlich werden wir sie zu den Waffen rufen, aber den wilden Stämmen des Nordens, wo jeder Mann ein Krieger ist und schon als Kind an Waffen ausgebildet wird, sind sie nicht gewachsen.«

Sie erzählte weiter, dass es in der fruchtbaren Mitte des Landes sechs kleinere Königreiche gebe, mehr oder weniger geeint unter einem gemeinsamen Hochkönig. So wie Ishtar sie beschrieb, waren es wohl eher kleine, unter sich zerstrittene, gewalttätige Despoten, die sich wenig oder gar nicht um das Wohl ihrer Untertanen scherten, aber in diesem Fall wären sie ihre Verbündeten. Zusammen mit deren Rittern brächte es der Heerbann des Südens und der Mitte so etwa auf zehn- bis fünfzehntausend Mann. Boudiccas Heer der Nordländer hingegen sei Berichten zufolge mindestens doppelt so stark. Außerdem seien die Stammeskrieger alle aus unzähligen Gemetzeln untereinander kampferfahren und nun vereint unter einer gemeinsamen Führung, dem Champion Boudiccas.

Johannes verstand noch nicht ganz: »Und was haben diese Ritter oder Könige der Mittellande mit eurem internen Krach um das Amt der Schwester Oberin zu tun?«

»Wie bitte? – Ach so, Boudicca geht es längst nicht mehr nur um die geistliche und weltliche Führung unseres eigenen Landes, die mit der Position der Hohepriesterin verbunden ist. Was sie schon immer angestrebt hat, war, im Namen der Schwesternschaft Macht über ganz Munban auszuüben. Aber auch wenn dies, wie sie nicht ganz zu Unrecht sagt, zum Wohle der Bevölkerung des Landes wäre, so widerspricht es doch unseren Lehren und dem Willen der Allmutter.«

Johannes hakte nicht nach, woher sie letzteres so genau wusste, so etwas fragte man Priesterinnen nicht, aber ein skeptisches Stirnrunzeln konnte er sich nicht verkneifen. Ishtar sah wohl seinen zweifelnden Blick, fuhr aber unbeirrt fort, dass auch sie selbst und die anderen verbliebenen Priesterinnen nicht viel von der Art hielten, wie die sogenannten Könige ihre Macht ausübten. Trotzdem käme es für sie nicht in Frage, Konflikte mit Waffengewalt auszutragen.

So formuliert, konnte Johannes wieder ganzen Herzens zustimmen.

Darüber hinaus, fuhr Ishtar fort, sei den Königen klar, was es bedeuten würde, wenn eine solch gewaltige Armee von Wilden durch ihre Länder zöge. Denn der Sitz der Priesterinnen, Pela Dir, der Ort, an dem sie sich augenblicklich befänden, läge ganz im Südwesten, nahe der Küste. Schon jetzt würden die Könige an der Grenze zu den Nordlanden über Viehdiebstähle und Raubüberfälle in bisher nie gekanntem Ausmaß klagen. Angeblich hätten auch einige von ihnen Friedensfühler in Richtung der Abtrünnigen ausgestreckt mit dem Hinweis, dass sie gerne einer Hochkönigin Boudicca auf Lebenszeit dienen würden, solange sie in ihren Ländern schalten und walten könnten wie bisher. Von den ausgeschickten Unterhändlern seien jedoch nur die Köpfe zu ihren Auftraggebern zurückgekehrt, und die Könige stünden jetzt treu und fest im Bündnis.

»Das scheinen ja angenehme Verbündete zu sein«, kommentierte Johannes, »aber was soll man von Königen schon anderes erwarten. Und der Champion dieser Boudicca, wisst ihr, wer das ist?«

»Gerüchten zufolge ist er ein gewaltiger Kämpfer, fast schon ein Riese, trotzdem wohl proportioniert und gut aussehend, aber von unglaublicher Grausamkeit und Härte sich selbst und seinen Untergebenen gegenüber. Boudicca soll er abgöttisch lieben und verehren, wie eine auf Erden wandelnde Göttin. Sein Name ist Gilgamesch und er …«

»Halt mal kurz, sein Name ist *Gilgamesch*?« Auf ihre bejahende Geste hin führte Johannes aus: »Ich habe in meiner Welt und meiner Zeit von einem Gilgamesch gehört. Es gibt Fragmente eines uralten Epos', in dem er die Hauptfigur ist. Nach meiner Erinnerung wird er dort als König und Held der Stadt Ur, irgendwo im Zweistromland beschrieben. Das Ganze spielte wohl um die Zeit 4000 vor Christus. Ist das die Zeit, in der wir uns hier bewegen?«

»Mit deinen Ort- und Zeitangaben kann ich nichts anfangen, aber du sprichst etwas Wesentliches an. Wenn die Gerüchte stimmen, stammt Gilgamesch aus längst vergangenen Zeiten, das hieße, er wäre ein wandelnder Toter.«

»Das schafft eure Magie? Zombies bauen?« Auf ihren fragenden Blick setzte er nach: »Vergiss das mit den Zombies.«

»Die Magie kann viel«, wand sich Ishtar, offensichtlich unwillig, näher auf dieses Thema einzugehen. »Die Frage ist, was wir tun dürfen, ohne die Gesetze der Natur zu verletzen und Schaden unbekannten Ausmaßes anzurichten. Die Allmutter hat uns diesbezüglich klare und strikte Anweisungen gegeben.« Nun bewegte sie sich wieder auf sicherem Boden. »Das Erwecken von Toten ist ganz sicher wider die Natur und nur mit verbotener, schwarzer Magie zu erreichen.«

»Du meinst Magie, die sich im Einklang mit der Natur bewegt, ist weiße, oder gute Magie, aber wenn sie sich gegen die Natur richtet, ist sie schwarz oder böse?«

Sie zögerte kurz und meinte dann: »Sehr grob ausgedrückt, ja«, aber ganz wohl schien ihr dabei nicht zu sein.

Johannes andererseits war damit sehr zufrieden, saubere Klassifizierungen und Einteilungen waren ihm wichtig und beruhigten ihn. *Schubladendenken* hatte dies eine seiner verflossenen Lebensgefährtinnen abfällig genannt.

»Und das alles hast du mir schon einmal erzählt?« Nach einer kurzen Zeit des Schweigens waren Johannes' Zweifel zurückgekehrt.

»Ja und nein. Dies und vieles mehr habe ich dir bei unseren Treffen auf geistiger Ebene mitgeteilt. Aber erzählen ist nicht das richtige Wort. Verständigung während Traumreisen findet in vielfältigerer Form statt als im wachen, sogenannten wirklichen Zustand. Da ist Musik, da sind Farben, da sind Figuren, manchmal auch direkter Gedankenaustausch in Worten, die Möglichkeiten sind unerschöpflich.«

Und scheinbar sind genauso viele Missverständnisse möglich, dachte Johannes, aber laut meinte er: »Kann man bei dieser Art von Kommunikation dem anderen etwas vormachen?« Auf ihren fragenden Blick ergänzte er: »Ich meine lügen, oder angeben?«

Ishtar schaute nachdenklich drein und erwiderte nach längerer Überlegung: »Eigentlich nicht, es ist die Seele, die sich da zum Ausdruck bringt und mir ist keine Magie bekannt, mit der man seine Seele maskieren könnte.«

Johannes war nach dieser Antwort etwas wohler zumute. Er hatte zuvor nicht ausschließen können, dass er der Frau etwas vorgemacht hatte – mit welchem Ziel auch immer.

Nach einer längeren Pause, in der beide ihren eigenen Gedanken nachhingen, meinte Ishtar freundlich: »Außerdem wird es morgen eine Prüfung geben, die jeden Zweifel an meiner Wahl beiseite räumen wird. Nein, nicht jetzt«, sagte sie, als Johannes den Mund aufmachte, um zu fragen, was das für eine Prüfung sei. »Jetzt bist erst mal du dran. Du sprachst von einem Problem, das dich zu mir geführt hat. Davon hast du bei unseren Begegnungen nie etwas erwähnt.«

»Das mag daran liegen, dass es erst vor sehr kurzer Zeit aufgetreten ist. Ich habe einen Sohn ...«

»... den du sehr liebst und zu dem du ein sehr schönes Verhältnis hast«, warf Ishtar ein, »das hast du mitgeteilt.«

»... und dieser Sohn, Michael, hat sich in eine ganz große Scheiße reingeritten.« Auf ihren verständnislosen Blick hin korrigierte Johannes seine Rede: »Ich meine, er hat einen schwerwiegenden Fehler begangen, der ihn in eine fatale Situation gebracht hat.«

Er erzählte ihr, dass sein Sohn eine weite Reise unternommen hätte und in einem fernen Land mit den dortigen Gesetzen in Konflikt geraten wäre.

»Hat er jemand Einflussreichen verletzt oder getötet?

»Nein, das ist nicht seine Art, er hat sich mit Drogen erwischen lassen.« Es kostete Johannes einige Zeit, Ishtar zu erklären, dass dies in seiner Zeit in vielen Ländern als großes Verbrechen galt. Was sie überhaupt nicht begreifen konnte, war, dass er damit noch nicht einmal jemanden anderen vergiften oder betäuben, sondern das Kraut selbst hatte rauchen wollen und trotzdem bestraft werden sollte.

»War das das Rauchzeug, nach dem du gefragt hast?«

»Nein – oder doch – so ähnlich, nur dass das, was ich normalerweise rauche, legal ist«.

Es verging eine gute Stunde, mit vielen ungläubigen Zwischenfragen von Ishtar und zwei weiteren Krügen Bier für Johannes, bis er die Geschichte einigermaßen klar dargestellt hatte. Selbst dann hätte sie gerne noch weitergefragt, aber er schnitt ihr das Wort ab: »Das können wir doch, falls nötig, alles später klären. Fakt ist, er sitzt im Gefängnis, die Verhandlung ist abgeschlossen und in drei Tagen wird das Urteil verkündet. Und das wird im schlimmsten Falle die Todesstrafe sein, mindestens aber eine jahrzehntelange Haftstrafe, beides ist für mich nicht akzeptabel. Wenn er irgendeine gemeinnützige Arbeit, oder von mir aus auch ein halbes Jahr Gefängnis bekäme, fände ich das für eine jugendliche Dummheit in Ordnung. Aber unabhängig von meinem persönlichen Gerechtigkeitsempfinden, er ist mein Sohn und ich muss ihn da irgendwie rausholen.«

Der letzte Satz schien Ishtar endlich zufrieden zu stellen und von weiteren Fragen abzuhalten. Sie schaute ihn lange Zeit versonnen an. Von gelegentlichem Knarren im Holzgebälk abgesehen, herrschte absolute Ruhe im Raum. Schließlich unterbrach sie die Stille: »Und wie stellst du dir eine Unterstützung von mir, oder von uns, vor?«

»Ich habe keine Ahnung. Wie gesagt, ich wusste nicht, was mich hier erwartet. Aber ich habe in meiner realen Welt keinen Ausweg gesehen, deshalb dachte ich mir, ich versuche es in einer magischen, in einer Traumwelt.«

»Auch unsere Welt ist wirklich und an bestimmte Gesetze gebunden, aber ich werde mir die Angelegenheit auf jeden Fall durch den Kopf gehen lassen.«

Sie waren sich einig, dass beide fürs erste genug Informationen zu verdauen hatten. Außerdem war es über die Erzählungen spät geworden und Ishtar meinte, dass am morgigen Tag wichtige Überlegungen und Entscheidungen anstünden. Als Johannes noch einmal nachfragte, was es mit der erwähnten Prüfung auf sich habe, wehrte sie erneut ab und meinte, dass er auf den Ausgang ohnehin keinen Einfluss habe und die Sache schlicht auf sich zukommen lassen solle. Das war Johannes zwar nicht ganz recht, andererseits war er müde und erschöpft, und so beließ er es dabei. Sie standen auf, Johannes etwas unsicher – das Bier hatte es in sich – und gingen im dämmrigen Licht der Laterne zum hinteren Ende der Halle. Hier führten beidseitig Flügeltüren ab. Ishtar erklärte, dass auf der linken Seite die Räume der Frauen lägen und führte ihn durch die rechte Tür in einen langen Flur, an vielen, relativ eng aneinander liegenden Türen vorbei. Die Wand auf der rechten Seite sah ähnlich aus wie in dem großen Saal. Nur waren hier auf den Wandteppichen keine friedlichen Landschaften zu sehen, sondern Jagd und Turnierszenen.

Das Männerquartier eben, dachte sich Johannes, der hinter Ishtar herging und weniger auf die Umgebung achtete als auf die vor ihm gehende Gestalt und deren anmutige Figur, die sich im flackernden Dämmerlicht unter dem langen Gewand bei jeder Bewegung abzeichnete. Erst an der letzten Tür hielt Ishtar an, öffnete sie und forderte Johannes auf, den Raum zu betreten. Das kleine Zimmer war weiß getüncht und hatte ein hoch liegendes, kleines Fenster. Es war offen und groß genug, dass ein Mann hindurch passte, stellte Johannes mit Befriedigung fest. Eingeschlossen fühlte er sich nicht wohl, und wenn er an seinen Sohn dachte, richteten sich ihm am ganzen Körper die Haare auf. Ishtar hatte an der Laterne eine Kerze entzündet, die sie ihm nun reichte und die er auf einen kleinen Nachttisch neben dem auf der rechten Seite stehenden, sehr einladenden und mit weißem Bettzeug bezogenen Bett stellte. Am Fußende lag eine zusammengelegte, dick und flauschig aussehende Wolldecke. Gegenüber dem Bett, an der linken Seite der Wand, stand eine Kommode mit einer großen, runden Steingutschüssel und daneben eine hohe, weiß emaillierte Henkelkanne. Auf der anderen Seite der Schüssel lag ein zusammengefaltetes Handtuch mit einem viereckigen Stück Seife darauf. Ansonsten gab es nur noch einen Stuhl, der hinter der Tür stand. Johannes hatte schon in komfortableren Zimmern genächtigt, aber der schlichte und saubere Stil sprach ihn an. Vielleicht lag es auch daran, dass er einfach hundemüde war.

»Brauchst du noch etwas für die Nacht?«, fragte Ishtar, die immer noch auf der Schwelle stand. Auf seine verneinende Antwort sagte sie, dass er morgen früh zum Frühstück in die Halle kommen solle, wünschte ihm eine gute Nacht, drehte sich um und war schon dabei die Türe zu schließen, als Johann ihr nachrief: »Einen Augenblick noch, kannst du mir sagen, wo ich eine Toilette finde?« Auf ihren fragenden Blick hin fügte er hinzu: »Ein Klo, einen Abtritt oder etwas Ähnliches?«

»Du meinst, um deine Notdurft zu verrichten?«, fragte sie verwundert. »Das wäre über den rückwärtigen Hof bei den Wirtschaftsgebäuden. Das ist sehr weit und es ist dunkel, aber du hast eine Schüssel unter dem Bett stehen ...«

»Ach so, entschuldige, alles klar.« Er erinnerte sich an Kindertage bei seinen Großeltern, die eine kleine Landwirtschaft besessen hatten, und bei denen die sanitären Verhältnisse ähnlich gewesen waren. Er entschuldigte sich noch einmal und wünschte ebenfalls eine gute Nacht. Ishtar drehte sich mit leichtem Kopfschütteln um und schloss die Tür. Er horchte noch kurz, aber die sich entfernenden Schritte waren bald verklungen.

Da stand er nun ... Er setzte sich erst einmal auf das Bett. Tausend Gedanken schossen ihm gleichzeitig kreuz und quer durch den müden Kopf. So viele Fragen, seine Ohren klingelten, ansonsten war es vollkommen still. Nach einer Weile bemerkte er die frische, würzige Landluft, die durch das Fenster hereinströmte und sagte sich, dass er mit Grübeln nicht weiterkäme und es wohl wirklich am besten wäre, sich hinzulegen und etwas auszuruhen. Er schob den eisernen Riegel vor, verrichtete seine *Notdurft* und stellte den Topf soweit wie möglich vom Bett entfernt unter den Stuhl neben der Tür. Er breitete die Decke aus, deckte das Bett auf, legte sich hin und kuschelte sich in das frisch duftende Bettzeug. Die Kerze, die auf einem Emailleteller stand, ließ er brennen, da er sich nicht vorstellen konnte, Schlaf zu finden.

22

Kapitel 2   Johannes: Die Prüfung

Er wurde von Schritten und Stimmen auf dem Flur geweckt. Der Sonnenstrahl durch das kleine Fenster über ihm zeigte an, dass die Sonne zwar schon aufgegangen war, aber noch nicht sehr hoch stand. Die Kerze neben ihm war völlig abgebrannt. Er streckte sich, atmete tief die kühle Morgenluft ein und stellte fest, dass er sich gut fühlte. So gut wie schon lange nicht mehr, sowohl körperlich als auch gefühlsmäßig. Nicht, dass er die Lage seines Sohnes vergessen hätte, aber irgendwie schien ihm alles auf dem rechten Weg zu sein, warum auch immer. Er genoss das Gefühl noch ein paar Minuten, schließlich stand er auf, ging an die Kommode und wusch sich, so gut das unter diesen Umständen eben ging. Dabei fröstelte er etwas und ihm fiel ein, dass er ja immer noch keine Kleider hatte. Er ging zur Tür, horchte kurz, dann öffnete er sie einen Spalt breit. Auf Ishtar war Verlass, auf der Schwelle lag ein sauber gefaltetes Bündel Kleider und daneben standen ein Paar Mokassins. Er breitete die Kleider auf dem Bett aus und war angenehm überrascht. Eine gerade geschnittene, khakifarbene Hose mit einem Band im Bund und ein taubenblau gefärbtes, knopf- und kragenloses Leinenhemd mit V-Ausschnitt. Hemd, Hose und Mokassins entsprachen so etwa seinem Geschmack. Oder seinem fehlenden Geschmack, wie seine Ex-Frau das ausgedrückt hätte. Auch der breite Ledergürtel mit der schmucklosen, kräftigen Schnalle und die gegerbte, ärmellose Schafflederweste fielen in diese Kategorie. Das einzige, was ihm fehlte, war eine Unterhose. Mit dem dreieckigen Leinentuch, das diese wohl ersetzen sollte, konnte er nichts anfangen. Die Schuhe probierte er gleich an, sie waren weich und biegsam und passten wie angegossen. Bevor er den Rest der Kleider anzog, benutze er noch einmal das Nachtgeschirr. Der Gedanke daran, dass das später jemand wegtragen würde und alles, was er angerichtet hatte, sehen und riechen konnte, war ihm äußerst peinlich. Er wusch sich die Hände und fuhr sich mit den nassen Fingern durch das kurzgeschnittene Haar. »Guten Morgen, Johannes«, begrüßte er sich wie jeden Morgen. Meistens fügte er, wenn er sich im Spiegel betrachtete, hinzu: *Wie siehst denn du schon wieder aus.* Aber es gab keinen Spiegel, und außerdem fühlte er sich auch nicht verkatert, deshalb ließ er den Zusatz heute weg.

Er öffnete die Tür, betrat den Flur, der immer noch halb dunkel war, und ging in Richtung des Saales, von wo er laute Stimmen hörte. An der Flügeltür zögerte er kurz, aber dann sagte er sich: *Was soll's, das sind auch nur Helden,* öffnete die Tür und betrat die Halle. Schlagartig verstummten die Gespräche, und er fühlte sämtliche Augen auf sich gerichtet. »Guten Morgen zusammen, wünsche, wohl geruht zu haben!«, schien ihm eine angemessene Begrüßung zu sein. Von einigen kam ein *Guten Morgen* zurück, die meisten aber musterten ihn wortlos weiter.

Sein Blick schweifte über die Gesellschaft, die im nur von einigen Kerzen aufgehellten Halbdunkel an der langen Tafel saß, und irgendetwas an ihr kam ihm seltsam vor. Die Bekleidung sowieso, die hätte nicht unterschiedlicher und stilreicher sein können. Aber da war noch etwas … Erst allmählich wurde ihm bewusst, dass er Menschen unterschiedlichster Ethnien vor sich hatte. Er sah Asiaten, Araber, Schwarzafrikaner und einige mehr, die er auf Anhieb nicht identifizieren konnte. Allesamt saßen sie paarweise, jeweils ein Mann und eine Frau, beisammen. Aber rasseübergreifend gab es sowohl bei den Frauen als auch bei den Männern trotz aller Unterschiede in Bekleidung und Haartracht Übereinstimmungen: Die Frauen waren, soweit er das in dem schummrigen Licht beurteilen konnte, von einer zeitlosen, überwältigenden Schönheit, während die Männer allesamt durchtrainiert und kräftig erschienen. Er war selbst mit einem Meter fünfundachzig nicht schmächtig, hatte trotz seiner dreiundvierzig Jahre noch eine ausgeprägte Brust und breite Schultern, aber die Leute, die er hier sah, waren von anderem Kaliber. Der Trainer seines Fitnessstudios hätte seine Freude an ihnen gehabt.

Seine Gedanken wurden unterbrochen, als er Ishtar vom hinteren Ende der Tafel auf sich zukommen sah: »Guten Morgen Johannes, hast du gut geschlafen? Lass mich dich zu deinem Stuhl geleiten«, begrüßte sie ihn. Ohne ihm Gelegenheit für eine Antwort zu geben, nahm sie ihn bei der Hand, was ihm gut gefiel, und führte ihn zu einem Platz, ganz am Ende der Reihe, wo ein unbenutztes Gedeck stand. Sie setzten sich, aber da immer noch alle Augen auf ihn gerichtet waren, fühlte er sich angespannt und unsicher. Hilfesuchend schaute er Ishtar an.

»Sag ihnen doch einfach, dass sie sich benehmen sollen«, flüsterte sie ihm zu und strich ihm dabei leicht über den Handrücken.

Das gab ihm seine Sicherheit zurück: »Macht bitte weiter, wo ihr aufgehört habt. Ich habe Hunger und wenn ihr mich alle anschaut, bekomme ich keinen Bissen runter.«

Unter Entschuldigungsgemurmel und Geschirrgeklapper nahmen alle wieder ihre Mahlzeit und ihre Unterhaltung auf. Allerdings nur halbherzig, er spürte immer noch Blicke zu ihm wandern, aber mit der Ruhe, die von Ishtar an seiner Seite ausstrahlte, störte es ihn kaum.

»Ich würde die Suppe probieren, sie ist ausgezeichnet«, empfahl sein Gegenüber und schob ihm eine halbvolle, noch dampfende Schüssel hin.

Johannes bedankte sich, schöpfte, brach ein Stück Brot ab und nach dem ersten Löffel Suppe und dem ersten Bissen Brot – beides war ausgezeichnet – sah er sich den Mann genauer an. Er hatte ihn vom Eingang aus nicht gesehen und er hob sich, ebenso wie Johannes selbst, deutlich von der übrigen Gesellschaft ab. Er war ein schlanker, kaukasischer Typ und, soweit man das im Sitzen beurteilen konnte, etwas kleiner als Johannes. Seine schwarzen Haare waren schulterlang, glatt, fast schon strähnig, sein dünner Schnurrbart war nach oben gezwirbelt und am Kinn hatte er einen spitzen Ziegenbart. Seine kleinen, schelmischen Augen blitzen Johannes freundlich an, und auf die versuchte Johannes sich zu konzentrieren. Denn was darunter kam und schon zwischen den Augen anfing, war die gewaltigste Nase, die er je gesehen hatte.

»Ich heiße Johannes, wie Sie wahrscheinlich schon wissen, mein Familienname ist Schulz. Und wie heißen Sie?«

»Ich weiß Anstand zu schätzen und vermisse ihn hier gelegentlich«, sein Gegenüber ließ den Blick etwas abfällig über die Runde schweifen. »Aber unter den hiesigen Umständen, ist das *Du* vielleicht eher angebracht. Wenn es Ihnen recht ist, nennen Sie mich einfach Savinien, und ich Sie Johannes.«

Darauf ging Johannes gerne ein, das entsprach ihm ohnehin mehr. Der Mann war ihm von Anfang an sympathisch, und da dies auf Gegenseitigkeit zu beruhen schien, entwickelte sich eine lebhafte Unterhaltung. Diese wurde anfangs allerdings überwiegend von Savinien bestritten, während Johannes kräftig zulangte und dazwischen nur kurze Pausen einlegte, um entweder Fragen zu stellen, oder zu beantworten. Das schien Savinien gerade recht zu sein, er redete offensichtlich gerne und viel und das mit solchem Witz, dass das Zuhören Spaß machte. Johannes erfuhr, dass Savinien aus dem Frankreich des 17. Jahrhunderts stammte, dort, nach seiner eigenen Aussage, der beste Degenfechter und galanteste Kavalier von Paris gewesen war, bis ihm im Traum seine vom Himmel zugedachte Geliebte erschienen war, und ihn um Unterstützung gebeten habe. Er habe sie, mit allem gebührendem Anstand versteht sich, zur Dame seines Herzens erkoren und ihre Rettung aus der Not zu seinem eigenen Anliegen gemacht. Während dieser Passage seiner Erzählung nahm er die neben ihm sitzende Epona, so hieß die ihm zugehörige Dame, bei der Hand und schaute sie mit verklärtem Lächeln an. Sie erwiderte zwar sein Lächeln, ihr war jedoch anzumerken, dass sie die Geschichte bereits in- und auswendig kannte. Die letzten Monate in seiner Welt, fuhr Savinien fort, habe er verzweifelt nach einem Weg gesucht, um körperlich zu ihr zu gelangen, bis er endlich eine Zigeunerin fand, die ihm gegen viel Geld einen entsprechenden Zauber versprach. Die Magie der Zigeunerin hatte der Beschreibung nach viel mit Drogen, Schlaf- Wasser- und Essensentzug zu tun gehabt, sich über Tage hingezogen, aber schließlich hatte sie offensichtlich funktioniert.

Im Gegenzug erzählte Johannes von seiner Welt des 21. Jahrhunderts. Der technische Fortschritt interessierte Savinien nicht besonders, er meinte, das habe er schon immer vorausgesagt und auch darüber geschrieben. Was ihn aber tief beeindruckte, und wovon er erst nach vielen Ausführungen überzeugt werden konnte, war, dass Frankreich und Deutschland Freunde und in einer gleichberechtigten Staatengemeinschaft vereint waren. Dass dies zwar als Folge eines Krieges, aber nicht *durch* einen Krieg geschehen war, und dass keiner der beiden Partner versuchte, den anderen über den Tisch zu ziehen, konnte er kaum glauben.

»Jetzt erzähle mir nur noch, dass auch England bei dieser Gemeinschaft dabei ist.«

»Eigentlich schon«, setzte Johannes an, der mittlerweile sein Frühstück beendet hatte und jetzt gerne bereit war zu erzählen, »aber nicht so richtig.« Er holte gerade Luft, um die Sache näher auszuführen, als eine Frauenstimme vom Kopfende des Tisches aus um Aufmerksamkeit bat.

»Hepat«, flüsterte Ishtar Johannes ins Ohr, »unsere Hohepriesterin.«

»Freunde, ich freue mich, endlich auch Johannes, den Auserwählten unserer Schwester Ishtar, in unserer Mitte begrüßen zu können. Du hast ja wirklich lange auf dich warten lassen«, wandte sie sich direkt an ihn, aber der Tadel wurde durch einen wohlwollenden Blick aus ihren dunklen, von Kajal unterstützt fast schwarz wirkenden Augen gemildert. Trotz des freundlichen Lächelns ihrer vollen, geschwungenen Lippen, machte sie auf Johannes einen strengen Eindruck. *Wahrscheinlich die schmale, gebogene Nase*, dachte er sich und lächelte zurück. Er stellte fest, dass der Platz neben einem muskulösen, dunkelhäutigen Mann mittleren Alters, mit gepflegtem Vollbart, langen Haaren und einer ausgeprägten Adlernase, leer war.

»Ist das ihr Champion?«, flüsterte er Savinien zu und wies mit gespitzten Lippen in die Richtung des Mannes.

Savinien drehte sich in die gewiesene Richtung um. »Ja, das ist Yusuf, ein Maure oder so etwas Ähnliches. Aber sonst ganz in Ordnung.«

»Mit der Ankunft Johannes' sind wir vollständig. Aber wie ihr Übrigen aus eigener Erfahrung wisst, steht die letzte Bestätigung der Wahl Ishtars noch aus. Johannes, es liegt an dir zu entscheiden, wer außer uns Schwestern sonst noch Zeuge deiner Überprüfung sein soll.«

Johannes zögerte kurz. Scheinbar wollte ihm niemand sagen, um was es bei dieser Prüfung ging, und die Vorstellung vor so vielen Leuten vielleicht zu versagen, war ihm peinlich. Andererseits war er schon so weit gegangen, und außerdem hatte Ishtar gesagt, dass er ohnehin keinen Einfluss auf den Ausgang der Prüfung habe. »Von mir aus kann jeder, den es interessiert, zusehen«, sagte er in die Runde und spürte einen bestätigenden Druck von Ishtars Ellbogen. Das hatte er wohl richtig gemacht.

»Gut, dann treffen sich alle, die dem Ereignis beiwohnen wollen, um die zweite Stunde bei den Stallungen.« Diese Worte von Hepat waren wohl das Signal, die Tafel aufzuheben und den Saal zu verlassen. Auch Savinien entschuldigte sich mit dem Hinweis, dass er noch anderes Schuhwerk anziehen wolle. Johannes, der nichts anderes zum Anziehen hatte, als das, was er am Leib trug, hielt Ishtar an der Hand fest, bevor sie ihm entwischen konnte. Er fragte sie, woher er wissen solle, wann die zweite Stunde sei – auch seine Uhr hatte er beim Fährmann zurücklassen müssen – und was er bis dahin tun solle.

»Das ist noch etwa eine halbe Stunde hin. Warte einfach hier, du kannst noch etwas trinken oder essen, ich werde dich abholen.« Mit diesen Worten entwand sie sich seinem Griff und ging eilig in Richtung Frauengemächer.

Johannes setzte sich wieder. Er sah zu, wie Mädchen und Jungen den Tisch abräumten, beide Geschlechter in etwa knielange, weiße Tuniken gekleidet, nur die Farbe der Stoffschärpen, die sie um die Hüften trugen, war unterschiedlich. Aber auch die schien nicht vom Geschlecht abhängig zu sein, sondern vom Alter. Sie schauten ihn alle verstohlen an, trauten sich aber nicht, ihn anzusprechen. Als er einen der Jungen, der ihm gegenüber den Tisch abräumte, fragte, wie er denn heiße, ließ der vor Schreck fast eine Schüssel fallen. Erst nach geraumer Zeit fiel ihm auf, dass sich die Jugendlichen beim Rausgehen in einer ihm fremden Sprache unterhielten. Wahrscheinlich verstanden sie ihn einfach nicht.

Ein Stück Brot, seinen Becher und einen Krug Wasser hatte er vor dem Arbeitseifer der Kinder gerettet. Er war ungeduldig und wusste nichts mit sich anzufangen, was hätte er jetzt für eine Zigarette gegeben! Er fing an, kleine Brotmännchen zu formen und vor sich auf den Tisch zu kleben. Bis Ishtar endlich zurückkam, stand bereits eine kleine Armee.

»Ich weiß, mit Essen spielt man nicht«, erwiderte er auf ihren erstaunten Blick, »aber ich hatte gerade nichts anderes zur Hand. Können wir jetzt gehen?«

»Ja, folge mir und höre auf nervös zu sein, es gibt keinen Grund dafür.« Sie hatte sich umgezogen und trug jetzt eine weite Leinenhose, die vom Wadenansatz abwärts geschnürt war und in etwas über knöchelhohen Wildlederstiefeletten verschwand. Über der Hose trug sie ein dunkel gefärbtes, kragenloses Lederhemd mit geschnürtem, tiefem Ausschnitt. Johannes fand, dass sie fantastisch aussah.

Sie führte ihn durch die große Küche, in die man von der Stirnseite des Saales kam, nach draußen zur Rückseite des Gebäudekomplexes. Die helle Morgensonne blendete ihn zunächst, dann aber sah er einen von Kirschbäumen gesäumten Weg vor sich, der schnurgerade zu einem Gehölz führte, etwa auf halbem Weg zu der Hügelkette, die den Talkessel begrenzte. Links und rechts der Allee waren frisch gepflügte und eingesäte Felder. Schweigend gingen sie nebeneinander her und Johannes genoss die kühle Morgenluft und die Frühlingssonne, die noch so tief stand, dass sie zwischen den Baumstämmen hindurch schien. Unzählige Vogelstimmen zwitscherten, kreischten, keckerten, Johannes erkannte Meisen, Finken, Amseln und Spatzen, alles vertraute Arten seiner Heimat. Er hätte sich gefreut, wenn Ishtar ihm wieder ihre Hand angeboten hätte, aber sie schien tief in Gedanken versunken, und er wollte sich die Chancen, die er sich bei ihr ausrechnete, nicht durch Aufdringlichkeit gefährden. Im Näherkommen erkannte er, dass es sich bei dem

vermeintlichen Gehölz um eine Ansammlung von Wirtschaftsgebäuden handelte, die von gewaltigen Ulmen und Kastanien be-
schattet wurden. Je näher sie kamen, desto mehr roch man, dass
hier Heu gelagert wurde und dass es viele Pferde, Kühe und
Schweine gab. Diese Duftmischung hatte er schon immer gemocht.
Sie schritten zwischen den Längsseiten zweier langer Stallungen
hindurch und kamen an eine Wegkreuzung, wo sich links und
rechts weitere Wirtschaftsgebäude aufreihten.

»Da vorne warten die anderen schon«, Johannes hatte die Gruppe am Ende der Bebauung ausgemacht. Er kam nicht gerne zu
spät, schon gar nicht zu einer Prüfung.

Gemeinsam verließen sie den Schatten der Bäume, der Weg wurde immer schmaler, bis er nur noch ein Pfad war, und sie schließlich in einer langen Reihe hügelaufwärts gingen. Links und rechts
erstreckten sich jetzt wieder die Streuobstwiesen, und das etwa
kniehohe, taunasse Gras zu beiden Seiten des Pfades durchnässte
Hosen und Kleider. Johannes fiel auf, dass die übrigen Frauen sich
nicht umgezogen hatten, sondern nach wie vor ihre langen Kleider
und Sandalen trugen. Er schloss daraus, dass ihr Weg wohl nicht
sehr weit sein würde. Die Männer trugen einheitlich weite Leinen-
hemden und Lederwesten, wie er selbst. Die Hosen aber boten eine
Vielfalt von weiten Pumphosen bis zu engen Reithosen, das Schuhwerk reichte von Sandalen bis zu fast kniehohen, glatten Lederstiefeln, einer der Helden lief sogar barfuß. Manche trugen Schärpen,
andere breite Ledergürtel, aber allen gemeinsam war, dass darin
mindestens ein, wenn nicht gar zwei oder drei Messer unterschiedlicher Länge steckten. Johannes hatte nicht einmal mehr sein Schweizer Taschenmesser, er hätte aber auch keine Hosentasche gehabt,
um es hinein zu stecken. Er fühlte sich als Außenseiter.

Auf dem Kamm des Hügels angekommen, lag vor ihnen eine mit
kurzem, hartem Gras bewachsene Hochebene, die sich bis zum
Horizont erstreckte. Das Grass war sattgrün, blühte gerade und dazwischen eingesprengt gab es Wiesenblumen von überwiegend gel-
ber und vereinzelt violetter Farbe. Hepat, die den Zug angeführt

hatte, hieß die Männer auf dem Grat zu bleiben und ging mit den Frauen einige Schritte weiter auf die Ebene hinaus. Hier bildeten sie einen Kreis, hielten sich an den Händen und senkten mit geschlossenen Augen die Köpfe. So standen sie einige Minuten schweigend, sie vermittelten den Eindruck tiefer Konzentration.

»Johannes, komm in unsere Mitte!«, ergriff mit einem Mal Hepat das Wort.

Er schaute sich kurz in der Gruppe um: Savinien nickte ihm aufmunternd zu, also schritt er, immer noch etwas unsicher, auf den Kreis zu. Als er näher kam, ließen die Frauen ihre Hände fallen, sodass er in die Mitte des Kreises gehen konnte. Als er dort angelangt war, hoben sie die Köpfe, öffneten den Kreis vor ihm, vergrößerten den Radius und bildeten so einen Halbkreis, an dessen offener Seite er nun stand. Johannes schaute auf die Ebene hinaus und wusste nicht, ob er etwas tun oder einfach so stehen bleiben sollte. Nach einer Weile der Unsicherheit erhob sich hinter seinem Rücken ein Gesang in einer wohlklingenden Sprache, deren Worte er nicht verstehen konnte, aber er fühlte, wie er ruhiger wurde. Die Lautstärke schwoll an und nahm wieder ab, es handelte sich eher um einen melodischen Sprechgesang. Dann waren verschiedene Einzelstimmen zu vernehmen, die aus dem Chor aufstiegen, um wieder darin zu verschwinden. So ging es eine lange Zeit, und obwohl Johannes von Ritualen eigentlich nichts hielt, ließ er sich nach und nach immer mehr auf den Gesang ein, bis er schließlich darin versank. Immer wieder liefen ihm kalte Schauer über den Rücken. Nicht aus Angst oder Unbehagen, sondern aus Ehrfurcht vor der Intensität und der Macht dieses Gesanges.

Er hätte nicht sagen können, wie lange er so dagestanden hatte, bis ihn ein Beben unter den Füssen und fernes Donnergrollen langsam in seine Umgebung zurückholten. Das Beben wurde stärker, der Donner lauter, er schüttelte kurz den Kopf, um ganz zu sich zu kommen, und dann sah er aus Richtung der Hügelkette eine Staubwolke rasend schnell auf sich zukommen. Bald erkannte er, dass es sich um eine Pferdeherde handelte, die auf ihn zustürmte. Er fühlte, wie sich seine Muskeln verkrampften. Wenn die Tiere ihn nicht sahen oder in Panik waren, würden sie ihn niedertrampeln, zum Weglaufen war es zu spät. Er überlegte sich gerade, ob er sich auf den Boden werfen sollte, als plötzlich, nur wenige Meter von ihm entfernt, die Tiere in einer dichten Staubwolke abrupt stehen blieben. Der Staub legte sich, und er sah, dass die Pferde sich in einer Reihe vor ihm aufstellten. Aber waren das Pferde, wie er sie kannte? Sie waren sehr groß und muskulös, mit kräftigen Rümpfen und Hälsen, es waren jedoch nicht ihre Ausmaße, die ihn zögern ließen, sie als Pferde einzuordnen. Etwas ging von ihnen aus, etwas, das nicht tierisch war, jedenfalls nicht nur. Sie tänzelten vor ihm auf der Stelle, stampften mit den Vorderhufen und blickten ihn aus klugen Augen herausfordernd an. Er hätte nicht sagen können warum, aber er ging ein paar Schritte auf sie zu und winkelte seine Arme mit in ihre Richtung geöffneten Handflächen ab. Vor ihrer Majestät und Vollkommenheit fühlte er sich einerseits klein, andererseits aber gleichberechtigt und ebenbürtig. Er wollte sich ihnen öffnen, um ihnen dieses widersprüchliche Gefühl mitzuteilen, es mit ihnen zu teilen. Er sah jetzt eines der Wesen nach dem anderen an. Sobald sein Blick auf eines von ihnen fiel, stand es still und schien sich in sein Innerstes zu versenken. Aus den Augenwinkeln erschien es ihm, als ob von ihrer Stirn ein flammender Energiestrahl ausginge, wenn er jedoch direkt hinschaute, war davon nichts zu sehen.

Nach einiger Zeit blieb sein Blick auf einem großen Braunen, mit schwarzem Schweif und schwarzer Mähne haften. Auch er fixierte ihn. Es begann eine Art Kommunikation zwischen ihnen, jeder offenbarte seine Seele, ein kompletter Austausch von Identitäten. Das ging so eine Weile, dann löste Johannes den Blick, sein Entschluss stand fest: *Das ist meiner!*

Der Braune schien sich die Entscheidung nicht so leicht zu machen. Er fing jetzt wieder an zu tänzeln, schnaubte, stampfte auf den Boden und schaute seine Artgenossen hilfesuchend an. Von dort schien aber nichts zurückzukommen. Mit einem Mal beruhigte er sich, nahm wieder Blickkontakt mit Johannes auf und ging dann langsam, aber mit sicherem Schritt auf ihn zu. Johannes wusste, was er dachte: *Du bist meiner!*

Hinter sich hörte Johannes Jubelrufe und Klatschen. Das interessierte ihn jetzt aber nicht. Er rannte die letzten paar Schritte auf den Braunen zu und schwang sich auf seinen Rücken. »Lauf, Fajulla«, das war der Name, den ihm der Braune bei dem letzten Blickkontakt mitgeteilt hatte. Sie stürmten los und die Welt um sie herum schien zu versinken. Aber kurz bevor er ganz in dem Gefühl aufging, kam Johannes das Bild von Ishtar in den Sinn, sie hatte Reitkleidung an! »Noch mal zurück zu den Frauen, Fajulla.« Sie machten kehrt und galoppierten auf die Priesterinnen zu. Neben Ishtar hielten sie an, Johannes reichte ihr die Hand, die sie freudig annahm, und zog sie hinter sich auf den breiten Rücken Fajullas.

Was danach kam, hätte Johannes später nicht mit Worten beschreiben können. Er war eins mit Ishtar und Fajulla und genoss die Bewegung um der Bewegung willen. Er hatte Eindrücke von Bergen, von Ebenen, von Marschland, er erinnerte Wattenmeer, aufspritzenden Schlamm und Salzwasser, dann wieder Wiesen, Felder, all diese Eindrücke waren zugleich lebhafte Erinnerungen als auch Augenblick-Geschehen. Das war Vollkommenheit, das war es, wonach er immer gesucht hatte! Ob dieser Ritt Minuten, Stunden, Tage dauerte, hätte er nicht sagen können, wenn es nach ihm gegangen wäre, hätte es nie enden müssen. Aber schließlich hielt Fajulla an, sie standen auf der Bergkuppe, nicht weit von der Stelle, an der Johannes letzte Nacht selbst den Grat überschritten hatte. Letzte Nacht erst, er konnte es kaum fassen!

»Wie heißt der Ort hier noch einmal?«, Johannes ließ den Blick über den Talkessel schweifen.

Ishtar, die ihn locker an den Hüften hielt, richtete sich auf, um näher an sein Ohr zu gelangen: »Pela Dir«, flüsterte sie mit leiser, aber fester Stimme, »das bedeutet in unserer Sprache in etwa *Ort der Zuflucht*.«

War es wirklich das, was er gesucht hatte, einen Ort der Zuflucht? Johannes entschied, dass ihm das im Augenblick egal war, alles fühlte sich gut und richtig an. Er spürte, dass auch Fajulla so empfand, auch wenn dies, einstweilen zumindest, den Abschied von Freiheit und Ungebundenheit bedeutete. Er tätschelte ihm den

Hals und ließ ihn, obwohl er keine Anzeichen von Erschöpfung oder auch nur Angestrengtheit zeigte, im Schritt den Hügel hinuntergehen. Johannes hätte gerne mehr Zeit gehabt, um sich seiner Gefühle klar zu werden. Er fühlte sich hin- und hergerissen, aber schließlich kam er zu einem, zumindest vorläufigen, Entschluss. Er wollte hier bleiben, wollte sich ein Recht auf ständigen Aufenthalt erwerben; aber unter seinen Bedingungen und erst, wenn er die Angelegenheit mit seinem Sohn erledigt hatte.

Er ließ Fajulla in Trab fallen, und sie ritten rechterhand des Haupthauses auf die Wirtschaftsgebäude zu. Dort sah er eine junge Frau in Wildlederhosen, Stiefeln und einem Überwurf, den Johannes Poncho genannt hätte. Anscheinend wartete die junge Frau auf sie. Im Näherkommen erkannte Johannes, dass sie Tränen in den Augen hatte. Fajulla hielt vor ihr an, schnaubte und legte seinen Kopf tröstend auf ihre Schulter. Johannes schwang den rechten Fuß über den Hals Fajullas und ließ sich vom Rücken gleiten. Er streckte die Arme aus und fing Ishtar auf, die sich vertrauensvoll in seine Richtung fallen ließ. Er schaute sie mit einem kurzen Blick auf die junge Frau fragend an.

»Sie ist eine der Dienerinnen der Mahirrim, so heißt Fajullas Art in der alten Sprache, Fajullas persönliche Magd. Eine der jungen Frauen, in denen wir Priesterinnen die Gabe erkannt hatten, sie ausbildeten, die aber ihre Berufung darin gefunden hat, den Vätern der Pferde zu dienen. Jetzt fürchtet sie, dass du ihren Herrn und Gebieter in Gefahr oder Tod führst, und sie ihn verlieren könnte.«

»Mach dir keine Gedanken«, wandte sich Johannes an die unglückliche junge Frau, »ich passe schon auf, dass deinem Fajulla nichts passiert.« *Und mir,* fügte er in Gedanken hinzu.

Das Mädchen sah ihn nicht an, hielt ihren Kopf in der Mähne vergraben. Ishtar erklärte Johannes, dass sie ihn nicht verstehen könne, da sie ihre Ausbildung abgebrochen habe, lange bevor sie die Sprache des Geistes erlernt habe. Ganz offensichtlich hielt Ishtar wenig von dieser Haltung und erklärte eher abschätzig, dass die jungen Frauen einem der Mahirrim ihre Dienste anböten und, falls dieser sie annahm, mit ihm durch das Land zögen, ihre Mähne bürsteten, sie striegelten, von Ungeziefer freihielten und ähnliches. Reiten dürften sie sie nicht, oder wie sie selbst sagten, sie *wollten* das nicht, weil sie sich dafür nicht würdig hielten. Ishtars leicht abfälliger Tonfall wurde ehrfürchtig, als sie begann, von den Mahirrim zu erzählen: Sie waren den Priesterinnen aus ihrer gemeinsam verlorenen Heimat, wo sie als überirdische Wesenheiten verehrt wurden, in dieses Land gefolgt. Ihre Weibchen schienen Traumwesen von unwirklicher Schönheit und Eleganz zu sein, die nur wenige Menschen in besonderen Bewusstseinszuständen wahrnehmen könnten. Die männlichen Mahirrim aber bewegten sich in der für Menschen erfassbaren Welt, und in besonderen Situationen böten sie ausgewählten Menschen ihre Dienste an. »In einer solch besonderen Situation befinden wir uns derzeit«, schloss sie ihren Vortrag ab, »und du bist einer der Auserwählten. Wie ich vorausgesagt habe!«, fügte sie mit stolzem, besitzergreifendem Blick hinzu.

Sie ließen Fajulla in der Obhut der jungen Frau und gingen zurück in Richtung des Haupthauses. Ishtar bot Johannes ihren Arm an und schaute immer wieder zufrieden in seine Richtung. Er selbst fühlte sich, als ob er gerade sämtliche Hauptpreise aller erdenklichen Lotterien gewonnen hätte. Warum er so empfand, wusste er nicht so recht, es war ihm auch gleichgültig. Er legte vorsichtig den Arm um Ishtars Hüfte, und sie ließ ihn nicht nur gewähren, sondern schmiegte sich an ihn. Dabei stellte er fest, dass sie in Wirklichkeit viel kleiner war, als sie bisher auf ihn gewirkt hatte. Wann immer sie vor ihm stand, hatte er den Eindruck, zu ihr aufblicken zu müssen, aber jetzt, an seiner Seite, stellte er fest, dass sie einen guten Kopf kürzer als er selbst war.

»Du veränderst deine Größe?«

»Ich passe sie der Situation an«, offensichtlich verstand sie genau, was er meinte.

Kapitel 3   Cuchulainn: Der Hund von Ulster

Nebelverhangen sind die Küsten Eiras zu dieser Jahreszeit. Rot zeichnete sich die Steinküste im ersten Sonnenlicht des neuen Tages ab. Und auf noch etwas legte die Sonne tastend ihre warmen Finger: Von ihren Booten aus gewahrten grimmige Männer an der Spitze der sie erwartenden Heerschar die Umrisse eines hünenhaften Kriegers. Seine Silhouette schälte sich langsam aus der felsigen Küste, auf die sie mit eisigen Mienen zuhielten. Es waren allesamt entschlossene Kämpfer, die ihren Mut in vielen Schlachten unter Beweis gestellt hatten, dazu geschickte und erfahrene Seefahrer, und doch standen ihnen die Strapazen der Reise in die bärtigen Gesichter geschrieben. Die Vorboten der Herbststürme hatten sie über die Meerenge getrieben, fünf Mann hatte Mannanan, der Herr der Fluten, zu sich geholt.

Maredudd, der Befehlshaber der kleinen, einlaufenden Flotte, fühlte den alten Hass gegen die Bewohner dieses Landes in sich aufsteigen. Je mehr die Sonne von der Insel preisgab, umso grüner und lieblicher wurde sie. Und mit der steigenden Sonne wuchs seine Kampfeslust. Maredudd und seine Mannen kamen aus Cymru, das später einmal Walisien heißen sollte. Die Klippen, die er jetzt aufmerksam beobachtete, erhoben sich viele hundert Fuß über der Landzunge, an welcher er gedachte, die Insel zu betreten. Dennoch erblickte sein scharfes, kaltes Auge eine weitere Gestalt, die sich zu dem Riesen gesellte.

Es war Mortiana, Hohepriesterin der großen Mutter und Beraterin des Mannes, der in einen Fellmantel gehüllt, lässig auf seinen Speer gestützt, dem Treiben der gefürchteten Räuber zusah. »Wie ich vorhergesagt habe, Cuchulainn. Die Welt rückt zusammen. Schon lange haben sich die Cymraeg nicht mehr an unsere Küsten gewagt.« Die Worte wurden einem Raunen gleich an das Ohr des Kriegers getragen. Da sein Blick auf die landenden Kampfverbände gerichtet war, war er sich nicht sicher, ob die Priesterin beim Sprechen die Lippen bewegt, oder sich dabei ihrer magischen

Kräfte bedient hatte. Nun wandte er sich zu ihr um. Bis auf einen Umhang aus Rabenfedern war sie nackt, was aber kaum auffiel, da ihr ganzer Körper von unzähligen Symbolen in blauer und weißer Farbe bedeckt war. Mitten auf der Stirn glühte das Zeichen ihrer geistigen Erkenntnisstufe, ein schwarzer Sichelmond. Auch diesmal war sie wie aus dem Nichts aufgetaucht. Einem Fremden, der die grüne Insel besucht hätte, wären vornehmlich männliche Würdenträger begegnet, doch die wahre Macht lag bei den Frauen. Selbst Cuchulainns König, Conchobjar Mac Nessa, folgte in allen großen Entscheidungen nur einem Willen: dem Mortianas und ihren Schwestern.

»Lugh zum Gruße«, erwiderte Cuchulainn, der stets darauf bedacht war, das der Priesterklasse gebührende Zeremoniell strikt einzuhalten. Und nach der Begrüßungsformel fügte er leiser hinzu: »Ihre schmutzigen Stiefel auf Eiras heiligen Boden zu setzen, wird der letzte Fehler ihres unbedeutenden Lebens sein. Da die Welt zusammenrückt, wie du sagst, müssten sie wissen, dass hier nichts auf sie wartet, außer der Spitze meines Speers und ein schneller Tod.«

Ein Windhauch erfasste sein Haar und flüsterte ihm Mortianas Antwort, die sich bereits zum Gehen anschickte, ins Ohr: »Lehre sie Respekt vor der Inselmutter, Beschützer von Ulster.«

Schon war sie verschwunden und er wieder allein mit seinen Gedanken. Mit *Respekt lehren* meinte sie, dass er die Fremden vernichten sollte. Niemand vermochte so harmlos und beiläufig vom Töten zu sprechen wie Mortiana.

Er stieß einen lauten Pfiff aus und wartete bis der Kundschafter, der schon lange auf das verabredete Signal gewartet hatte, hastig die Felsen emporgeklettert kam. Er war vorausgeschickt worden, um den Weg hinab zum Strand zu begutachten und um mit seinen scharfen Augen eventuelle Überraschungen zu erspähen. Cuchulainn schätzte den schmächtigen Jungen im sechzehnten Sommer für seine Ergebenheit. Seine unbeholfen schüchterne Art und das schief hängende Bronzeschwert an seiner Seite belustigten ihn, doch fand er zu einem ernsten Tonfall und fragte mit strenger Stimme: »Und, Seamus?«

»Der Pfad ist schmal, aber noch immer fest. Ansonsten, nichts was du von hier oben nicht auch hättest sehen können.«

»Gut.« Er hätte selbst gehen können, aber er wollte seine Stellung nicht verlassen, so schickte er den Jungen noch einmal los. Diesmal zu den wartenden Männern in seinem Rücken. Nach kurzer Zeit kam er schwer atmend wieder zurück.

»Sind die Truppen kampfbereit?«

Etwas zu eifrig bekam er mit sich überschlagender Stimme zur Antwort: »Ja Herr, sie warten auf deinen Befehl, diese Brut zurück ins Meer treiben zu dürfen.«

Der Sohn des Sonnengottes lachte laut, insgeheim hoffte er, man könne seine Heiterkeit noch unten am Strand hören: »Dann wollen wir die Lämmer nicht weiter auf die nächste Welt warten lassen.«

»Möge ihnen die Anderswelt verschlossen bleiben und mögen ihre verstümmelten Seelen von der Unterweltsonne versengt werden«, ereiferte sich der junge Seamus.« Worauf Cuchulainn aufs Neue losprustete und mit dem Abstieg begann.

Es war in der Tat ein schmaler Pfad, der sich durch die Felsen hinab schlängelte. Nicht mehr als drei Mann konnten nebeneinander gehen, ohne Gefahr zu laufen, auf losen Stein zu treten. Cuchulainn ging voran, neben ihm stampfte sein ebenso bärbeißiger wie äußerst fähiger Bannerträger. Niemand war so geschickt darin, in der rechten Hand seine Hundestandarte zu halten und mit der linken zu kämpfen wie der finstere Argyl. Auf der anderen Seite trippelte Seamus. Immer wieder bemerkte Cuchulainn die bewundernden Blicke, welche der Bursche ihm zuwarf. Er hätte ihn wohl gerne angesprochen, wagte es jedoch nicht. Cuchulainn wusste, dass sein Kopf voll war von all den Geschichten, die man sich über ihn erzählte. Er fürchtete ihn, seinen Kriegsherrn, mehr als die nahende Schlacht. Obgleich der Junge niemals so werden würde wie er, mochte er ihn. Jeder war, wer er war und tat, was er tun musste. Cuchulainn war vom Beginn seines Lebens an zum Helden auserkoren gewesen. Neun Monde nach Beltane, dem Frühjahrsfest, geboren, hielt man seine Abstammung für göttlich. In anderen Ländern rief man Männer, die den Namen des leiblichen Vaters nicht nennen konnten, Bastarde. Nicht so in Eira. Doch auch in einer anderen Kultur hätte wohl niemand gewagt, die Beleidigung auszusprechen, denn des Kriegers Knabenalter war vor allem von einem Ereignis geprägt: Er hatte eine Bestie von einem Hund, von der gesagt wurde, sie sei unsterblich, zur Strecke gebracht. Auf diese Tat hin hatte er seinen Kriegernamen erhalten. *Cú Chulainn*, Hund des *Culann*, wie der Besitzer des Höllentieres geheißen hatte. Für ihn war es zunächst nicht mehr als ein Bubenstreich gewesen, auch hatte er sich dazu wenig ruhmreich einer Schleuder bedient, doch für die Männer in den umliegenden Dörfern war es ein Wunder gewesen. Ein Kind hatte geschafft, was sie nicht gewagt hätten.

Sein Blick schweifte ab, fort vom tückischen Pfad hinaus auf die See, über die Schar von Langbooten hinweg und weiter, bis ihn die Sonne zu blinzeln zwang.

Selbstverständlich war ihm klar, dass jenes Untier vom Nachbarhof offenbar durchaus sterblich gewesen war. Auch hatte er den Erzählungen gelauscht, in denen der Hund des Culann stetig größer wurde, bis seine Schulterhöhe das Dach eines Rundhauses überragte. Tatsächlich bezahlte König Mac Nessa, dem die Bedeutung des Rufes seines ersten Kriegers von großer Wichtigkeit war, Barden und Geschichtenerzähler dafür, diesen mit übermenschlichen Zugaben auszuschmücken. So hieß es, er habe im Alter von siebzehn Jahren alleine die einfallende Armee der angrenzenden Provinz Conacht aufgehalten und das auch noch mit einer Hand an einen Baum gefesselt, um nicht vor Ermüdung umzufallen. Natürlich war das absurd. Er hatte gut gekämpft an jenem Tag, vielleicht sogar besser als jeder andere der übrigen vierhundert Krieger, welche mit ihm in die Schlacht gezogen waren. Wo allerdings die Sache mit dem Baum herkam, war ihm schleierhaft. Aber im Grunde, überlegte er, war es doch bei allen Heldengeschichten dasselbe. Aus zehn Gegnern werden über die Jahre hinweg eben hundert, aus einem Eber wird eine Bestie und aus einem guten Schwert die Rache der Götter. Er nannte das den *keltischen Übertreibungssinn*, doch dieser schmälerte noch lange nicht den erworbenen Ruhm. Und trotz der stets aufs Neue verordneten Übung in Ehrlichkeit sich selbst gegenüber, er *war* etwas Besonderes, ebenso wie der Speer in seiner Hand, der ihm gerade als Gehhilfe diente, tatsächlich so etwas wie die Rache der Götter darstellte. Unwillkürlich musste er grinsen. Diese Art Gedanken waren dem Krieger nicht mehr als eine belanglose Spielerei. Sie gingen auf Mortiana zurück, die nicht müde wurde, ihn vor dem Hochmut zu warnen, der oft den Helden aus den alten Sagen zum Verhängnis geworden war. Er sollte das, was wirklich geschehen war, nicht mit dem verwechseln, was die Männer an den Feuern und die Herren in den Hallen sich über ihn erzählten. *Diese Priesterinnen und Druiden*, dachte er im Stillen, *niemals gibt es für sie Größe ohne Kleinheit, nie Weisheit, die frei von Narretei wäre und andersherum.* Ein Mann und Krieger tat gut daran, ihren Rat anzuhören, ihn ernst zu nehmen, um ihn dann bei Bedarf in den Wind zu schlagen.

»Es sind nicht wenige«, kommentierte Argyl das Treiben unten am Strand.

»Und sie stehen dicht an dicht«, bemerkte Seamus, als die ersten Mannschaften sich zu gruppieren begannen.

»Das trifft sich«, erwiderte Cuchulainn und gab dem Jungen einen gutmütigen Klaps auf die Schulter, dass dieser für einen schwindelnden Moment das Gleichgewicht verlor. Als er es wieder gefunden hatte, lächelte der Kriegsherr und setzte hinzu, »denn: *Je dichter sie stehen …*«

»… *umso leichter das Mähen*«, nahm Argyl den alten Vers mordlustig auf.

Eine Krähe flog durch den nebligen Dunst des Morgens, der sich nur langsam verflüchtigte, hoch über das salznasse Feld flog sie, auf dem sich die gegnerischen Streitkräfte auf die Schlacht vorbereiteten. Sie fand einen Platz auf dem höchsten Ast einer Pappel, womit sie sich eine gute Sicht auf die kommenden Ereignisse ergattert hatte. Krächzend begutachtete sie die Eindringlinge, wie sie faulige Pilze und vermoderte Rinde in ihre Münder schoben, kauten, und von dem Gift berauscht, Stücke aus ihren Holzschilden bissen, was sie noch mehr in Stimmung brachte. Ein besonders abstoßender Kerl, der ihr Anführer zu sein schien, brüllte Befehle, die augenscheinlich darauf abzielten, seine Mannen so schnell wie möglich einen Schildwall bilden zu lassen. Das letzte der Langboote hatte an der Küste angelegt und spie zwei weitere Dutzend Männer aus. Auf der anderen Seite standen nun die Iren in blauer Kriegsbemalung; streitlustige Stammeskrieger, versessen darauf, den Namen ihrer Ahnen Ehre zu erweisen. Sie hatten es nicht eilig und gaben dem Feind die Gelegenheit, sich zu formieren. Auch machten sie sich nicht die Mühe, selbst eine vorteilhafte Angriffsformation einzunehmen. Die Krähe wusste, dass die Verteidiger auf ihre Entschlossenheit, ihre Kampferfahrung, ihren Mut und vor allem auf ihren Kriegsherrn setzten. Gute Gründe, sich nicht zu fürchten, dachte sie sich – besonders der letzte. Lange blieb ihr Blick an ihrem *Grünen Jäger*, wie sie Cuchulainn in Gedanken gerne nannte, haften. Obgleich er als Sohn des Sonnengottes Lugh galt, hatte sich seine Seele früh einem anderen Gott des keltischen Pantheons zugewandt. Das Herz des Kriegers schlug im Takt des Cernunnos, des ältesten und treuesten Dieners der großen Göttin. Die Krähe liebte Cuchulainn aus vielen Gründen. Momentan vor allem, weil er ihren Schwestern für viele Tage ein reiches Mahl bescheren würde. Des Öfteren jedoch, wenn sie die Federn, die sie jetzt zierten, gegen menschliche Haut tauschte, liebte sie ihn als seine Beraterin und Wahrerin der Interessen der Göttin durch seine Hand. Sie war der Geist und nun sah sie dabei zu, wie sich ihre Hand in Gestalt des Helden zur Faust gegen die Eindringlinge ballte. Das kleine Herz der Krähe wurde kummervoll, als sie an die Worte dachte, die im geheimen Zirkel gewechselt worden waren. Ihr Krieger würde sie und Eira verlassen und weit entfernt einen bedeutenderen Kampf aufnehmen müssen. Niemals würde sie die Entscheidung des Zirkels missachten, dies würde bedeuten, wider die Göttin zu handeln, und doch regten sich tief in ihrer Seele Zweifel, ob es richtig war, den größten Krieger dieser Zeit fortzuschicken. Zumal sie den Eingeweiden mehrerer Tiere entnommen hatte, dass jene Reise seine letzte sein könnte. Mortiana hatte sich schon vieler Mittel der Prophezeiung bedient, doch niemals zuvor hatten Eingeweide, Vogelflüge oder Traumvisionen auf diese Zukunft hingewiesen. Etwas im Kreislauf der Natur hatte sich verändert. Unwillkürlich entwich ihrem Schnabel ein lautes *Kraahhh!*

Cuchulainn drehte seinen Kopf in die Richtung der Pappel. Über die Köpfe seiner Männer hinweg sah er auf der Spitze ihrer Krone die schwarze Saatkrähe, die durch ihren Schrei seine Aufmerksamkeit, trotz all der Unruhe um ihn herum, erregt hatte. Er erkannte die Morrigan, die Kriegsgöttin, die destruktive Inkarnation der Allmutter in ihr. Zum Gruß hob er seinen mächtigen Zackenspeer Gae Bolga und sprach die Formel: »Ich weihe das Blut meiner Feinde zur Freude der Kriegskrähe!«

Der Vogel putzte mit flinker Anmut die gefiederte Brust, flatterte kurz mit den dunklen Schwingen und stieß ein weiteres, leiseres Krächzen aus.

Kriegshäuptling Maredudd begann, vor seine Gefährten stapfend, mit den üblichen Begrüßungsworten, die er heiser über die sie vom Feind trennende Fläche schrie: »Eure Küsten, unsre Küsten! Eure Schätze, nun die Unsrigen, eure Weiber …«

Der riesenhafte Mann, den er zuvor dabei beobachtet hatte, wie er sie beobachtete, unterbrach ihn barsch:

»Noch nicht viel kam aus deinem Munde, aber es ist nicht zu überhören, dass du zu viel sprichst!«

Die bemalten Verteidiger begannen rhythmisch mit den Waffen auf ihre großen, ovalen Schilde zu klopfen und intonierten einen gutturalen Schlachtengesang.

»Nenne deinen Namen, wie es die Sitte verlangt«, klang Cuchulainns Ruf über die Ebene, welche, von der verwehten Gischt getränkt, salzig glitzerte, »und denke an meinen, wenn du mit dem zerstückelten Rest deines Gefolges die Unterweltsonne erblickst. Cuchulainn bin ich, Sohn Lugh Lamfhadas, Köpfesammler, Sippentod, Schlächter, Metzler, dein Schicksal und das Ende deines Weges.«

Mortiana hätte schmunzeln müssen, wäre sie in menschlicher Gestalt anwesend gewesen, bei all diesem pathetischen Gerede. Vor allem da sie wusste, dass der Brauch, den ihr grüner Jäger vorschob, um den Namen des Todgeweihten zu erfahren, ihm nur dazu diente, den Schädelbecher, aus dem er die nächsten Monde trinken wollte, benennen zu können. Die morbide Sitte, den Kopf des Feindes als Trophäe aufzubewahren, war eine althergebrachte Tradition in Eira. In Cymru verhielt es sich wohl anders und die Unkenntnis des fremden Kriegsherrn über den Brauch weckte Belustigung in ihr.

»Genug!«, schrie der wettergegerbte Kriegshäuptling mit Schaum vor dem Mund, ob der verachtungsvollen Rede des halbnackten Irren. »Mein Name ist Maredudd, Sohn des Madoc, und, bei allen Göttern, wir werden eure stinkende Insel mit eurem Blut tränken!« Mit diesen Worten befreite er seine schartige Axt aus ihren Halteriemen.

In einem langsam schneller werdenden Schritt, die Schildformation aufrechterhaltend, bewegten sich die Cymraeg auf die stolzen Iren zu.

Mortiana erkannte sofort die wohlbewährte Taktik Cuchulainns, die keiner speziellen Anweisung bedurfte. Blitzschnell nahmen Kämpfer mit Stangen- und Zweihandwaffen ihren Platz in der vordersten Reihe ein. Der ganze Rest versammelte sich dahinter. Brüllend warfen sie sich dem Ansturm entgegen.

Kurz bevor die Linien aufeinander trafen, ging ein Ruck durch die Reihen der Verteidiger, der im weiten Ausholen von den Zweihandwaffenträgern begründet lag. Die Schilde der Cymraeg waren zu klein, den ganzen Mann zu decken und so durchtrennten die bronzenen Klingen Knöchel und Waden. Jenen, die ihre Schilde rechtzeitig hinabrissen, stachen Langschwerter in Brust und Hals. Der Aufeinanderprall stockte. Etliche der schildtragenden Cymraeg wurden niedergestreckt und stürzten mit schmerzverzerrten Gesichtern auf den Boden, wodurch sie ihre Mitstreiter bremsten und ins Straucheln brachten. Während Maredudd damit beschäftigt war, das Gleichgewicht zu halten, bohrte sich Gae Bulg, der mächtige Speer Cuchulainns, durch seine Kehle und riss zwei hinter ihm Stehende mit in den Tod.

Nicht die Unterweltsonne, vielmehr das tröstende Licht der Seelenführerin erwarteten ihn auf der anderen Seite, wenn das magische Auge der Krähe die letzten entrückten Züge auf seinem Gesicht richtig deutete. Doch das war belanglos.

Obgleich sie führerlos und von dem harten Gegenangriff ihrer Widersacher überrascht waren, fochten die Cymraeg erbittert weiter. Die rasenden Einheimischen waren jedoch an keiner Stelle zum Zurückweichen zu bringen. Den letzten Mut nahm ihnen Cuchulainn, der, nachdem sein Speer sein Ziel gefunden hatte, mit seinem Schwert Hiebe und Tod austeilend, zu einem schallenden Gelächter ansetzte und damit nicht endete, bis die Cymraeg umzingelt waren. Mit dem Ende seines Lachens setzte eine nicht weniger bedrohliche Ruhe ein. Die Kampfhandlungen kamen zu einem abrupten Stillstand.

Erst ein Augenpaar, dann immer mehr richteten sich langsam auf seine jetzt noch größer wirkende Gestalt. Die Fremdlinge erkannten kaum noch menschliche Züge in seinem Gesicht und erschauderten bei dem Gedanken daran, ihre Waffen mit solch einem Ungeheuer zu kreuzen. Der üble Geruch von Ale, das beide Seiten vor der Schlacht getrunken hatten, um sich Mut zu machen und das nun aus allen Poren geschwitzt wurde, lag in der Luft. Außerdem stank es nach den Pilzen, welche die Cymraeg zu sich genommen hatten, und den Darmentleerungen der Gefallenen.

In das leise Hintergrundgeräusch der Brandung und in die verzagten Herzen der Eindringlinge drang grollend Cuchulainns tiefe Stimme: »Nicht mit Schande habt ihr heute die Namen eurer Sippen beladen. Aber nun, da euer Häuptling tot und das Walfischbanner gefallen ist, rate ich euch, Schwerter und Äxte niederzulegen, eure Boote zu besteigen und zurück an eure Gestade zu segeln. Dort könnt ihr dann berichten, dass Eiras Küsten den nächsten Besuch mit eben solch herzhafter Freude empfangen werden wie diesen.«

Einige Iren spuckten auf die Worte hin aus, ein kurzer Blick des blutüberströmten Cuchulainn jedoch ließ sofort jeden Einwand gegen sein Angebot im Keim ersticken.

Die Krähe Mortiana horchte auf. Ein großzügiges Angebot, das ihr grüner Jäger da unterbreitete. Nach kurzem Zögern entschied sie, dass es ihr gefiel, und sie krähte ihre Zustimmung. Die Cymraeg waren immerhin Kelten wie sie. Zwar lagen die unzähligen Stämme häufig im Zwist, doch vermied man, sofern es möglich war, eine völlige Auslöschung selbst des erbittertsten Gegners.

Die Umzingelten in ihrer hoffnungslosen Lage wussten nicht recht, was sie tun sollten. Bis ihnen die Entscheidung abgenommen wurde. Ein Dolchwurf durchbrach jäh die angespannte Stimmung an jenem klammen Vormittag. Der Dolch, den Maredudds ehrgeiziger Bruder geschleudert hatte, verfehlte Cuchulainns Hals und traf seine Schulter.

Nichts mehr im langsam anschwellenden Lachen des Mannes, der sich mit einem Ruck den Dolch aus der Schulter riss, erinnerte auch nur noch entfernt an Gnade oder Erbarmen. Die umstehenden Iren machten sich nicht die Mühe, ihre Freude über diesen Umschwung zu verhehlen und drangen erneut auf die Todgeweihten ein. Ihr in Blutrausch verfallener Kriegsherr schritt ihnen voran. Die zuvor zwar harte, aber mit Achtung vor dem Feind geführte Schlacht, wurde nun zu einem grauenvollen Gemetzel, das erst endete, als nur noch ein knappes Dutzend Cymraeg, die Waffen von sich geworfen und bis zur Hüfte in die Brandung getrieben, übrig geblieben war.

Leichen säumten den Boden, knöcheltiefe Pfützen aus Blut hatten sich gebildet. Die kleine Schar Gefangener wurde, mit Seilen aneinander gebunden, in Richtung des nächstliegenden Dorfes geschleift.

Zu der überschaubaren Zahl verwundeter Iren gesellte sich bald der junge Seamus, um nach dem Wohl seines Kriegsherrn zu sehen. Als er diesen schwer schnaufend und auf seinen Speer gelehnt vorfand, wurde ihm die Hand zum Kriegergruß gereicht. Seamus' Griff war fest, voller Stolz, doch auch zitterig, ob des noch nahen Entsetzens der Schlacht.

»Seamus, Bezwinger der Cymraeg«, sprach Cuchulainn, »sorge dafür, dass die Gefangenen zur Priesterschaft gebracht werden. Die große Made ist hungrig, mag sie sich den Wanst an den Seelen der Ruchlosen voll schlagen. – Und lass den Rat einberufen, ich werde bald zurück sein.«

Er wandte sich ab und ließ seinen Boten allein. Als ihm auf sein Verlangen hin ein Pferd gebracht wurde, saß er auf, kehrte dem Schlachtfeld den Rücken und verschwand in leichtem Trab zwischen den Erlen, Eschen und Holundersträuchern an der Waldgrenze.

Es war inzwischen nach Mittag, obwohl sich die Tageszeiten unter den noch dichten, sich verfärbenden Kronen der Bäume kaum merklich unterschieden. Cuchulainn hatte gelernt, sich auf seine Intuition zu verlassen. Er dachte nicht, er handelte. Auch jetzt wusste er nicht, was ihn erwartete, etwas zog ihn an und er folgte. Die behelfsmäßig verbundene Wunde war nicht mehr als ein Kratzer für den Helden, doch ging Kälte von ihr aus, die sich in seinem Körper ausbreitete. Er ritt tiefer in den Wald hinein, um der Göttin zu signalisieren, dass er den Tod nicht fürchtete, dass er ihrem Ruf ohne Fragen Folge leistete. Pilze wuchsen um ihn herum, die er noch nie zuvor gesehen hatte. Beinahe mannshohe Farne wucherten an den borkigen Stämmen der Ulmen und Erlen, die nun den Forst bestimmten. Das Zirpen der Grillen war verstummt und er kam nur noch langsam im immer dichter werdenden Wald voran. Eine merkwürdige Müdigkeit legte sich erst sanft, dann schwer auf den Geist des Kriegers. Bald konnte er sich nur noch mit Mühe im Sattel halten. Unheimlich wurde es ihm zumute, als er die Feenhügel bemerkte, vor denen jeder in seiner Heimat schon im Kindesalter gewarnt wurde. Unverständliches murmelnde Stimmen, die ihm irgendwoher bekannt vorkamen, verstärkten die Umnebelung seiner Sinne und seine Glieder wurden immer träger. Schließlich blieb sein Pferd stehen. Er glitt schwerfällig von dem Rücken des Tieres und stand einen kurzen Augenblick benommen da, bevor er sich niederließ und seinen Kopf in das ihn umgebende Moosfeld sinken ließ. Mit geschlossenen Augen lauschte er dem weit entfernten Ruf einer Krähe. Es war zwecklos, gegen den Schlaf anzukämpfen. Sein Geist betrat die Schwelle zu einer anderen Welt.

Auf riesigen, dunklen Schwingen flog er in großer Höhe über verbranntes, finsteres Land. Ein mächtiges, mit Runen verziertes Schwert saß fest in einer Scheide an einem goldenen Gürtel, der einen blutroten Kilt zusammenhielt. Er ahnte, was ihn trug, war ein Teil seiner selbst, eine schemenhafte, ihm unbekannte Seite. Das Drachenwesen stieß einen markerschütternden Schrei aus, so dass die wenigen Menschen, die weit unten lebten, sich erschrocken duckten angesichts des entsetzlichen Anblicks, der sich ihnen am Himmel bot. Die Jungen und Alten schmiegten sich vor Ehrfurcht zitternd näher aneinander und suchten Schutz unter den kalten Felsen dieser trostlosen Welt. Am Horizont stieg Rauch auf, letzte Anzeichen der Feuersbrunst, welche die Erde mit gnadenloser Gewalt verbrannt hatte. Wie ein verblasstes Lied vernahm Cuchulainn das Klagen des Landes und der Pflanzen, die hier einst gelebt hatten.

Der Flug verlangsamte sich. Die mächtigen Flügel ließen ihn zwischen Oben und Unten, wie zwischen Hier und Jetzt, mit atemberaubender Eleganz gleiten.

Der Schatten, den er und sein Reittier warfen, erregte seine Aufmerksamkeit. Er war nicht das Abbild ihrer Gestalten, wie es hätte sein müssen, sondern zeigte zwei gekreuzte Balken. Wo er hinfiel, versengte er das letzte Leben und brachte selbst nackten Stein zum erglühen. Der Krieger riss seinen Blick los und richtete ihn nach vorn.

Aus Wolken und Rauch schälte sich eine Brücke. Sie schien aus nichts als Licht zu bestehen und führte zu einem schimmernden Turm. Durch seinen Willen gelenkt, landete das riesenhafte Flugtier auf dem zinnenbewehrten Rondell, von dem der Steg abging. Cuchulainn spürte, dass er am Ziel war und betrat unsicheren Fußes die lange Brücke, welche in ihrem erhabenen Glanz in starkem Kontrast zu dem verwüsteten Land unter ihr stand. Je weiter er dem gebogenen Übergang folgte, umso mehr beschlich ihn das Gefühl, von etwas Unbekanntem angelockt zu werden. Er blickte zurück, doch das Drachentier war bereits verschwunden.

Zuerst sah er am Ende der Brücke bloß eine aus mannigfachen Farben bestehende, in ihren Mittelpunkt zentrierte Spirale, die ein leichtes Schwindelgefühl in ihm hervorrief. Doch als er näher kam, verstand er, dass sie eine Art Eingang zu dem vor ihm liegenden Turm darstellte. Eine Stimme manifestierte sich am Rande seines Bewusstseins und gebot ihm, sein Schwert abzulegen. Im Gehen löste er die Scheide von seinem Gürtel und ließ damit seine einzige Waffe auf der Brücke zurück. Nun stand er direkt vor dem seltsamen Tor. Er zauderte einen Moment, ehe er eintrat.

Eine Ewigkeit schien vergangen, oder auch nur ein Augenblick, tausende kleiner Sterne explodierten vor seinen Augen. Nur sehr langsam kehrten seine Sinne zurück. Es roch nach Apfel und Zedernholz. In seinen Ohren hörte er das Blut rauschen.

Ein tiefer Atemzug, dann öffnet und schließt er seine Hände, es fühlt sich wirklich an, wirklicher als jede Wirklichkeit. Nun erst betrachtet er seine Umgebung. Er befindet sich in einer Halle mit grau flimmernden Wänden, die etwa die Größe des Ratszeltes seines Königs misst. Zu beiden Seiten sind Musikinstrumente und Gerätschaften angehäuft, von denen er die wenigsten benennen kann. Nach kurzem Staunen sieht Cuchulainn auch endlich den älteren Mann, der auf der ihm gegenüberliegenden Hälfte des Raums auf einem purpurnen Kissen sitzt und geduldig wartet. Der Alte ist in eine weiße Tunika gehüllt. Die eine Hand liegt ruhig in seinem Schoß, während sich um die andere, angewinkelte, träge eine Schlange ringelt. Sein Kinn ziert ein gestutzter Bart, seine Nase ist hakenförmig und seine tief in den Höhlen sitzenden Augen sind von einem undurchdringlichen Grau.

»Eine kluge Entscheidung, mich aufzusuchen, auch wenn nicht du sie getroffen hast, oh mächtiger Krieger«, begrüßt er belustigt den Jüngeren. »Lass dir von einem Greisen raten, was dein junges Blut noch nicht denken kann«, fügt er, sichtlich um einen ernsteren Tonfall bemüht, hinzu.

Ein Funkeln huscht über das Gesicht des Angesprochenen, ob dieser herablassenden Art und schnell genug, um schlagfertig zu wirken, aber wiederum nicht so schnell, dass man Hast oder Unüberlegtheit folgern könnte, antwortet der Hund von Ulster: »Weder habe ich nach Euch gesucht, alter Mann, noch weiß ich, welchen Rat ich von Euch erbitten sollte. Doch mein junges Blut, wie ihr sagt, dient der großen Göttin. Sie hat mich hierher geführt.« Nach kurzem Schweigen: »Vielleicht schickte sie mich, um deinen Kopf zu holen.«

Der alte Mann schmunzelt und lässt die müde Schlange auf den Boden gleiten, während er tief Atem holt, bevor er erwidert: »Ich hoffte, du würdest deinen Zorn mit deinem Schwert zurücklassen. Aber lass uns die Zeit, die wir haben, nicht mit Zwistigkeiten vergeuden. Außerdem irrst du. Du dienst nicht der Mutter, sondern nur einem ihrer Aspekte. Doch auch damit wollen wir uns jetzt nicht aufhalten.« Der Alte schweigt nachdenklich. Es wirkt, als würde er auf ein Zeichen warten. Jedwede Belustigung ist aus seinem Tonfall gewichen, als er fortfährt: »Du bist nur aus einem einzigen Grund hier. Bald schon wirst du vor eine Entscheidung gestellt werden und ich möchte dir davon abraten, dem Ruf, den du vernehmen wirst, Folge zu leisten. Du bist ein wütender Mann. Wo du gehst, gibt es keinen Frieden. Beschütze deine Insel und bleibe auf dem Pfad, den der große Wille für dich vorgesehen hat. Tue es nicht und du verlierst alles, was dir am Herzen liegt, vor allem dein Leben.«

Die Schlange auf dem Boden hebt abrupt ihren Kopf und funkelt den Besucher durch ihre gelben Schlitzaugen verheißungsvoll an.

»Du nimmst mir Entscheidungen ab und verfügst über die Zukunft. Wer bist du, Zauberer, nenne mir deinen Namen, damit ich sehe, ob ich deinen Worten Glauben schenken kann.«

Schlieren bilden sich an den Wänden und Risse, die sich schnell ausbreiten. An den Cuchulainn unbekannten Instrumenten reißen Saiten, während der Boden zu beben beginnt. In all dem Zerfall, der um ihn herum einsetzt und alles verschlingt, sind das Letzte, was er sieht, die Lippen des immer noch Sitzenden, die folgende Worte formen:

»Ich bin der Merlin.«

Schließlich verband ein lieblicher Duft ihn wieder mit dem Diesseits und der gesegneten Erde seiner Insel. In diesem Moment hatte er den Großteil des Traumes vergessen, doch war ihm eine unbestimmte Gewissheit zurückgeblieben. Irgendetwas war heute mit ihm geschehen; etwas, das er nicht greifen konnte, einer fernen Ahnung gleich. *Ich bin der Merlin …*

Mortiana. Ihr Gesicht befand sich dicht über dem seinen. Ihr langes Haar kitzelte ihn am Hals. Als Cuchulainn seine Schulter betastete, bemerkte er, dass die Haut glatt war, als wäre sie nie verletzt worden. Sie hatte ihn geheilt.

Der schmale Mund über ihm sagte voller Fürsorge: »Du hast mich gefunden, mein Krieger.«

Eine Träne löste sich von einem großen, dunklen Auge, das seit ihrer Initiation in die heiligen Mysterien, welche im Mädchenalter stattgefunden hatte, trocken geblieben war. Der Krieger hörte sein Pferd wiehern, irgendwie musste es ihm gefolgt sein.

»Der Rat schickt mich, dich vor eine Wahl zu stellen.« flüsterte die Priesterin.

Der Hund von Ulster schloss sie in seine kräftigen Arme und sie ließ ihn gewähren.

»Ich stelle mich der Aufgabe und folge dem Ruf.«

Kapitel 4   Cuchulainn: Schatten im Unterholz

Seite an Seite ritten Mortiana und Cuchulainn durch den Wald Richtung Norden. Beide ließen sie ihre Gedanken schweifen. Der Schweiß des jeweils anderen schmeckte noch auf den Zungen nach. Beiläufig nahmen sie wahr, wie der Abstand zwischen den Kronen der Bäume sich vergrößerte. Im lichter werdenden Wald dachte Cuchulainn an seinen Sohn zurück. Conlai war ein aufgeweckter Mann und ein hervorragender Schwertkämpfer gewesen. Mit tiefem Kummer erinnerte Cuchulainn sich an jenen schicksalhaften Tag, an dem er unwissend die Waffen gegen sein eigen Fleisch und Blut erhoben hatte. Finstere Zeiten lagen hinter ihm. Er hatte seinen Sohn in dem Schattenland getötet, das er bereist hatte, allein um seinen Mut unter Beweis zu stellen. Die Barden sangen von einem anderen Anlass der Reise. Er sei ausgezogen, die Liebe einer Frau und die Gunst ihres Vaters zu gewinnen. *Wieder so ein schön- und edelmalerischer Unsinn.* So sehr er es auch versuchte, es gelang ihm nicht, die Bilder des grauenhaften Kampfes aus seinen Gedanken zu vertreiben. Es war nicht Schuld, was er fühlte, sondern schmerzhaftes Bedauern. *Wieso hat es so kommen müssen? Mein einziger Sohn. Weshalb bloß hat Conlai die Dinge nicht klargestellt? Er hat doch gewusst, wem er gegenüber trat ...*

Aus der Ferne drang der Widerhall von Hornstößen an sein Ohr und brachte ihn zurück in den Augenblick. Sie waren dumpf und lang, nicht knapp und schrill, wie die des Feindes. Vermutlich eine Gruppe von gemeinen Jägern. *Was hat es für einen Sinn, über das Geschehene nachzugrübeln?* Er musste niemanden um Verzeihung bitten für das, was er war, auch nicht sich selbst, denn die Göttin liebte ihn. Der Zackenspeer, den er sich mit einem Lederband auf den Rücken gebunden hatte, wippte im Takt der Hufe auf und ab. Er hatte seine Gedanken noch nicht zu Ende gedacht, als Mortiana sich zu ihm umwandte: »Vor dem nächsten Morgengrauen haben wir Emain Macha erreicht.« Es war gerade Morgen, also stand noch ein anstrengender Ritt bevor.

Sie hatten beschlossen, eine Ratsversammlung in der Thronfestung einzuberufen, bevor Cuchulainn seine Reise antreten würde. Obwohl der König von Ulster nicht im Lande war, hatte der Krieger darauf bestanden, vor die Stammesfürsten zu treten, um sie an ihre Verantwortung zu erinnern. Ohne ihn würden sie mit einigen unangenehmen Aufgaben konfrontiert werden, die normalerweise er zu erledigen pflegte. Vielleicht würde es sogar zum Kampf kommen. Die meisten der Häuptlinge und Caerführer mochten ihn nicht, doch bisher begnügten sie sich damit, Ränke zu schmieden und ihm hinter seinem Rücken zu widersprechen. *Neid*, dachte Cuchulainn sich. *Der Neid schwächlicher Waschweiber.* – Oder gab es etwa einen anderen Grund für ihre Haltung? Plötzlich erinnerte er sich an das Gespräch mit jenem *Merlin*. Die Erinnerung an den Traum kehrte nun in Gänze zurück. Er hatte Mortiana bisher nichts von der Begegnung erzählt. Er vermochte nicht zu sagen, weshalb er es unterlassen hatte. Irgendwie hatten die Worte des Alten ihn auf sonderbare Weise getroffen …

Auf einmal spürte er Mortianas durchdringenden Blick auf seinem Gesicht ruhen. Im nächsten Moment war ihm klar, dass sie seine Gedanken gelesen hatte.

»Wer ist dieser Mann?«, fragte er leise an sie gewandt. Der Sichelmond glänzte auf ihrer Stirn, als sie zu einer Antwort ansetzte. Er unterdrückte das Gefühl, das ihm sagte, dass er nur einen ausgewählten Teil der Wahrheit zu hören bekommen würde.

Sie sprach ebenfalls leise und betonte jede Silbe: »Die Tuatha de Atlanta sind die wenigen Überlebenden eines Volkes, welches einst fast uneingeschränkt über die bekannte Welt herrschte. – Bevor du fragst, ja, sie waren auch in Eira, doch ihr Regiment war in einer Art zurückhaltend, dass sie, über die Jahrhunderte, aus den Geschichten und Legenden verschwanden. Nur wenige wissen überhaupt noch von dieser Zeit und diejenigen behalten ihr Wissen aus gutem Grund für sich. Dies liegt vor allem an dem fürchterlichen Untergang jenes Volkes. Nur eine Handvoll konnte sich vor der größten Zerstörung, welche die Welt bis dahin gesehen hatte, retten. Es gibt kein bemerkenswerteres Beispiel für die Rache der Götter.«

»Was war der Grund der Rache?«, fragte Cuchulainn kühl, während seine rechte Hand beiläufig auf den Knauf seines Schwertes sank, das er zusätzlich zum Speer an seiner Hüfte trug.

»Hochmut und Stolz, heißt es in den Überlieferungen. Sie entrissen der großen Göttin Macht, ohne darum zu bitten. Sie zweifelten gar an dem Göttlichen selbst. Die Wenigen, die den Zorn, dessen was sie verleugneten, überlebten, schworen jedweder Art von Magie und Einmischung für alle Zeiten ab.«

Kurz herrschte Stille, ehe der Krieger einwandte: »Wenn sie sich keiner Magie mehr bedienen, wie war unser Zusammentreffen dann überhaupt möglich? Die ganze Begegnung riecht meiner Ansicht nach kräftig nach Zauberei.«

Mortiana schmunzelte doppeldeutig. »Ja. Diese Frage habe ich mir eben auch gestellt. Vielleicht ein Abtrünniger. Möglicherweise verstehen sie unter Magie etwas anderes als wir. Was auch immer der Grund sein mag, am meisten verwirrt mich der Name, den dir jenes Wesens genannt hat. *Merlin* ist eigentlich der Titel des ersten Druiden der Cruthni, der alten Sippen im Norden Albanys. Doch soweit ich weiß, ist dieser Rang seit unzählbaren Wintern nicht mehr besetzt.«

»Den Namen, den er mir *genannt* hat?«, hakte Cuchulainn nach, wobei er das unangenehme Gefühl überspielte, das ihn oft überkam, wenn er mit der Priesterin über heikle Dinge sprach.

»Denke an unsre Gottheiten. Du überquerst einen Hügel und im nächsten Tal wird Dian Cecht nicht mehr als der große Heilende, sondern als Herr der Quellen verehrt.«

»Dieser Mann, der mir erschienen ist, war kein Gott.«

»Nein, aber wer er auch ist, er ist alt, sehr alt und seine Macht muss außerordentlich sein.«

Ein kühler Westwind pfiff über die beiden hinweg und spielte mit ihren Haaren. Mit ihm kamen die ersten Tropfen eines frühherbstlichen Regenschauers, die ihre Wangen benetzten.

Eigentlich spielte die Jahreszeit keine Rolle, in Eira regnete es ständig. *Was interessiert mich überhaupt das Geschwätz des Bärtigen?*, dachte Cuchulainn. *Soll doch die große Made seine Scclc fressen, wie jene seiner frevelhaften Sippenbrüder und -schwestern. Sinnvoller als die wenige Zeit, die mir in dieser Welt noch bleibt, mit geschichtlichen Belehrungen zu vergeuden, wäre es, das Liebesspiel von vorhin zu wiederholen ...*

Gerade wollte er dazu ansetzen, der Priesterin seine Gedanken in aller Knappheit mitzuteilen – sofern sie sie nicht eh schon erraten hatte – um dann schnell einen Rastplatz zu suchen, als der mittlerweile dunstüberzogene Waldboden rechts von ihnen knackende Laute von sich gab.

Unmittelbar erwachte der lange im Kampf geschulte Geist des Kriegers. Er nahm wahr, wie sich das Blut in seinem Körper blitzschnell umverteilte, wie seine Lenden wieder schlaff wurden, seine Arme stark und seine Stirn kühl und wachsam. Kaum einen Funkenflug entfernt schätzte er die trotz des einsetzenden Regenschauers immer deutlicher wahrnehmbaren Schritte im Gehölz. Er wusste, seine Begleiterin spürte die Gefahr auch. Zwar blieb ihr Blick teilnahmslos nach vorne gerichtet, doch erkannte er an den sich unter ihrem Umhang abzeichnenden Konturen deutlich, wie die linke Hand tief in ihre Umhängetasche fuhr, die normalerweise nur bei Ritualen Anwendung fand.

Sie ließen die Pferde den Schritt halten, bis sich durch das verschwommene Grün und Grau vor ihren Augen eine kleine Lichtung auftat. Als die Vorderhufe der Tiere die Grasfläche mit nun doch leicht erhöhter Geschwindigkeit betraten, befanden sich die Schritte der Verfolger unmittelbar hinter ihnen.

Verdammt! Was für ein schöner Platz ... verfluchte Fomoren!

Ein leichtes Nicken der Priesterin ließ Cuchulainn seine Muskeln anspannen. Fast wunderte er sich, noch keine Bronze in seinem Rücken zu spüren, als Mortiana sich, mit übermenschlicher Flinkheit, auf dem Pferd drehte und ihre Linke eine weitausholende Bewegung beschrieb. In einem Halbkreis sprühte phosphoreszierender Staub aus ihrer Handfläche, dessen grell blendendes Licht keine Einzelheiten erkennen ließ. Glühende Augen waren alles, was der Krieger sah, bevor er sich von dem Pferderücken schwang und noch im Sprung sein Schwert aus der Scheide riss. Mortianas Stute stieg, was ihren Abstieg ungewollt beschleunigte. Sie stürzte in einer halbgeglückten Rolle neben Cuchulainn zu Boden. Dieser, immer noch geblendet, trat vor sie, um ihr die Zeit zum Aufstehen zu sichern.

Der Krieger wusste, dass die lichtempfindlichen Augen der Feinde sich noch einige Momente würden erholen müssen. Mit ausgestrecktem Schwert und die Priesterin hinter seinem breiten Rücken, wich er rückwärtsgehend auf die Mitte der Lichtung zurück. Sie sahen, wie ihre Pferde davon stoben.

Bei weitem nicht das erste Mal stand Cuchulainn diesem Feind gegenüber, doch die widerlich verzerrten Fratzen, die zischelnden Laute, die die Fomoren von sich gaben und die gebleckten Reißzähne in nach Blut dürstenden Mäulern, ließen ihn erschaudern. Ohne dem Schrecken Raum zu geben, stieß er sein Schwert in den feuchten Waldboden. Die Hände frei, öffnete er mit geübtem Griff das Band, welches den Gae Bolga auf seinem Rücken hielt. Nach einer halben Drehung des Oberkörpers hielt er den langen Speer in der rechten Hand. Mit der linken zog er das Schwert aus der Erde.

Mortiana stand seitlich hinter ihm und hatte einen Dolch gezückt. Sie sah, wie der Ansatz eines Lächelns über das Gesicht des Kriegers huschte. *Das ist es, was ihn von anderen unterscheidet*, dachte sie. *Er weiß, es ist seine Bestimmung zu kämpfen und er liebt dieses Schicksal.*

Um sich in Stimmung zu versetzen, stampfte Cuchulainn abwechselnd zuerst mit dem linken, dann mit dem rechten Fuß auf, während er den Gott der wilden Jagd anrief. Jede Silbe wurde betont und mit einem Aufstampfen untermalt.

»Cer-nu-nnos, Cer-nu-nnos, Cer-nu-nnos! «

Als einer der Dämonen sich für kampfbereit hielt und einen Schritt wagte, der ihn in den Aktionsradius des Kriegers brachte, endete die Beschwörungsformel. Cuchulainn, Cernunnos, eher aber eine Mischung aus beiden, begann zu kämpfen: Eine ausladende Finte mit dem Speer erfüllte ihren Zweck. Der Seedämon deckte seine tiefe linke Seite, kurz bevor ein Schwertstreich seinen Kopf vom Torso trennte. Warme Flüssigkeit spritze Cuchulainn ins Gesicht und färbte sein Blickfeld rot. Das Blutbad hatte begonnen. Zwei Drehungen ließ er den Speer über sich beschreiben, um ihn dann in einer Abwärtsbewegung den Schädel eines heranpirschenden Feindes spalten zu lassen, während die Schwertklinge einen auf seine Brust gerichteten Stoß parierte. Die abgeleitete Klinge bot freies Feld für Mortianas Dolch, der sich tief in die Kehle des Fomoren bohrte.

»Nahrung für die Made«, spuckte es aus ihrem Mund, als sie die Bronze im Fleisch drehte.

Obwohl sie von der Zauberkraft des Speeres gehört haben mussten, begingen die Dämonen einen entscheidenden Fehler: Sie bildeten keine Angriffslinie, sondern stürmten leicht versetzt hintereinander, wie es ihrer Sitte entsprach, in den Kampf. Ein Augenblick genügte Cuchulainn, die Situation richtig einzuschätzen und ein Ziel anzuvisieren, das möglichst viel Schaden anrichten würde. Den Ersten in der Reihe trennte nur ein Augenblick vom tödlichen Hieb, als ein Loch in seinem Bauch ihn taumeln ließ. Der sirrende, von dumpfen Schlägen unterbrochene Flug des Gae Bulg endete in dem dicken Stamm einer Erle. Die zwei hintersten der abscheulichen Kreaturen waren an den Baum genagelt worden, die Flüche blieben ihnen in Blut gurgelnden Kehlen stecken. Mit roher Konsequenz löschte Cuchulainn das wenige, übriggebliebene Leben mit kraftvoll geführten Stößen aus. Auf ein Wort der Macht hin wand der beseelte Speer sich ohne erkennbaren Widerstand aus Holz und Beute, um in die offene Hand Cuchulainns zu schweben. Die übrigen Dämonen zischelten kurz und traten hastig die Flucht an, als sich die Spitze des magischen, bluttriefenden Speers auf sie richtete.

Ein unerwartet schneller Sieg, dachte der Krieger. Jedem der toten Feinde schlug er den Kopf von den Schultern. Insgesamt neun Häupter reckte er nacheinander dem Himmel entgegen, und dankte bei jedem dem angerufenen Gott für seinen Beistand.

Mortiana legte sanft die Hand auf seine Schulter. »Nicht übel. Neun innerhalb weniger Augenblicke. Vielleicht solltest du noch ein paar Tage bleiben und den Krieg gewinnen.«

»Sagen wir ein Dutzend«, erwiderte er schmunzelnd, »wer wird denn Haare spalten.«

»Es war nur eine Vorhut«, mahnte die Priesterin und strich ihren Rabenfedernmantel glatt, »wir sollten verschwunden sein, ehe die Verstärkung auftaucht.«

Während der Krieger eilig die wenigen ihm wichtig erscheinenden, verstreuten Habseligkeiten aufsammelte, welche beide Seiten im Kampf verloren hatten, pfiff Mortiana nach ihren Pferden, doch obwohl es mutige und treue Tiere waren, mussten die Unholde sie derart erschreckt haben, dass sie außer Hörweite geflohen waren und nicht zurückkehrten. Also machten sich die beiden zu Fuß auf den Weg. Der großgewachsene Ire folgte seiner ebenso zierlichen wie tödlichen Begleiterin.

Als sie eine Weile schweigsam nebeneinander her gegangen waren, räusperte sich die Priesterin: »Wir können unmöglich nach Emain Macha. Der Feind kennt nun unser Ziel. Die Krieger der Fomoren werden uns den Weg abschneiden und uns einkesseln, während ihre Hexenmeister darauf achtgeben werden, jedes Schlupfloch zu schließen.«

»Zurück zu meiner Streitmacht können wir dann auch nicht«, ergänzte Cuchulainn. »Oder vielleicht doch …? Wir könnten uns durchkämpfen. Das erwarten sie bestimmt nicht …«

»Weil es Unsinn ist. Selbst du bestehst nicht gegen einen ganzen Kriegsverband, Überraschungsmoment hin oder her. Nein, der Weg führt uns zum Eichenhain meiner Schwestern – sie müssten in der Lage sein, uns einen geheimen Pass zu öffnen. Ich werde sofort einen Boten ausschicken, der die Priesterschaft zusammenruft, den Ritus vorzubereiten.« Sie schürzte die Lippen zu einem Kussmund und ein Windhauch streifte durch Blätter und Farne.

»An einem Tag zum alten Eichenhain? Wie, bei Lugh, sollen wir so schnell zur anderen Seite von Ulster kommen?«, fragte Cuchulainn überflüssigerweise, denn er kannte die Antwort. Die Priesterinnen kannten Tore zur Anderswelt. Man sagte, Raum und Zeit seien in ihr unbeständig, und er selbst hatte mehr als eine Reise durch die Feenwelt am eigenen Leibe erfahren. Er wusste also von der Zauberkraft jener Orte, aber niemals wäre er auf die Idee gekommen, freiwillig einen Fuß auf den Boden eines Volkes zu setzten, bei dem keiner vorher sicher sein konnte, ob es dem Besucher, beziehungsweise Eindringling, den Tod, einen Rausch, oder einen Bastard gewähren würde. Eines war gewiss, das kleine Volk verlangte nach guten Gründen für das betreten ihrer Reiche, nach *richtig* guten Gründen.

»Du weißt, wovon ich spreche«, sagte Mortiana ruhig. »Dein Herz zweifelt. Wenn du damit nicht aufhörst, bevor die Wege offen sind, wirst du keine Gelegenheit mehr haben, in einer noch ferneren Welt dein Leben zu lassen.«

Das Licht des langen Tages begann schwächer zu werden, der Regen tröpfelte nur noch lustlos und schwach vom Himmel. Die Schatten der alten Baumriesen um sie herum wurden länger. Cuchulainn sah im Zwielicht der Abenddämmerung, wie ein Vogel auf einem Ast vor Mortiana landete: eine weiße Eule, den gelben Schnabel weit aufgesperrt. Er glaubte, leise Worte zu hören, die die Priesterin der Eule zuflüsterte. Kurz darauf flog sie davon. Konnte das bereits die Antwort von Mortianas Schwestern gewesen sein?

Der große Krieger kniff die Augen zusammen, um besser mit den trüben Lichtverhältnissen zurecht zu kommen. Zahllose Wurzeln und lose Steine erschwerten es ihm, mit seiner Führerin Schritt zu halten. Wie eine vom Wind angehauchte Feder schien sie über den unebenen Erdboden zu schweben. Allmählich wurde ihm die Sache peinlich. Unsicher stolperte er hinter Mortianas leichtfüßigem Schritt her. Selbstredend, sie war keine gewöhnliche Frau, sondern eine mächtige Priesterin und Grenzgänge zwischen den Welten gewohnt, aber dies war immerhin sein Land, sein Wald, und auch er war von den Göttern bevorzugt. Es war die Erde der großen Göttin, auf der sie gingen und er war der Beschützer, sozusagen ihr weltlicher Arm. Sicher, da gab es den Hochkönig, die vier Provinzkönige und allerlei Häuptlinge, seine Klinge war es jedoch, ohne die das zerstrittene Eira schon lange im Chaos versunken wäre. Und er war es, den die Göttin ein weiteres Mal auf eine Reise schickte, für die sie gerade ihn auserkoren hatte. Cuchulainn entspannte sich, und sein Gang glich sich ein wenig dem Mortianas an.

Der normalerweise kurze Zustand zwischen Licht und Finsternis zog sich ungewöhnlich in die Länge. Der Schritt des Kriegers wurde immer entschiedener. Der tückische Untergrund bereitete ihm kaum noch Probleme, ohne Mühe setzte er wie im Traum ein Bein vor das andere. Es roch nach Moos und Nebel. Der Himmel war verhangen, aber es regnete nicht mehr. Bloß noch die vom Blätterdach gespeicherte Nässe fand sich zu Rinnsalen zusammen und sandte vereinzelt große Tropfen hinab. Jene, die auf Cuchulainns Kopf landeten, hallten lange hinter seiner Stirn nach. Erst das Summen des Speeres auf seinem Rücken weckte ihn aus der Benommenheit, die tastend nach seinem Geist gegriffen hatte. Der Krieger kannte dieses Phänomen. Das Summen wurde zu einem gurgelnden Geräusch, das sich aus der am Schaft angebrachten Verzierung, die einen weit aufgerissenen Mund darstellte, erhob. Dafür gab es nur zwei Ursachen: Entweder die Waffe spürte die Nähe eines Feindes und kündigte auf diese Weise ihre Lust nach Blut an, oder sie fühlte die Nähe ihrer Quelle, da sie sich bereits in der Anderswelt befanden …

Cuchulainn beschleunigte kurz seinen Schritt, bis er auf gleicher Höhe mit Mortiana war. Anspannung ging von ihr aus. Nun befanden sie sich beide als Fremde auf fremdem Grund. »Was geschieht nun?«, wollte der Krieger wissen.

Mortiana fuhr zu ihm herum und antwortete zischend: »Ich habe die große Göttin um einen Wegweiser gebeten. Wenn eine Sidhe erscheint, überlasse das Reden mir. Und gleich, wen wir hier treffen, lass die Hände von den Waffen.«

Der Krieger schwieg, während er sich seine eigenen Gedanken machte. *Keine Sorge Gae Bolga, falls es Fraß für die Unterweltgötter gibt, werden wir uns die Freude nicht verderben lassen und blutige Ernte halten. Cuchulainn und sein mächtiger Speer, du und ich, sollen ohne Kopftrophäen aus einer anderen Welt zurückkehren? – Wohl kaum.*

Auf den ersten Blick war kein Unterschied zu der alltäglichen Welt auszumachen. Doch bei genauerem Hinsehen konnte man erkennen, dass die Schatten der Bäume und Büsche nicht wie gewohnt fielen. Vielmehr schien es, als würde überhaupt keine Regelmäßigkeit bestehen. Manche der Schemen besaßen offenbar ein Eigenleben. Ein Kraut warf mal hier, mal da seinen Schatten und wenn Cuchulainn sich nicht täuschte, regten sie sich unmerklich. Diese Regungen mussten schneller vonstattengehen, wenn man nicht hinsah. Denn beim zweiten in Augenschein nehmen einer bestimmten Kontur hatte sich mehr Bewegung ereignet, als wenn man seinen Blick längere Zeit unentwegt auf etwas richtete.

Diese Betrachtungen strengten die Augen des Kriegers derart an, dass sie zu schmerzen begannen, und er davon abließ. Mit gleichmütigem Blick, so als würde er rückwärtsgehen, wandelte er umher, versank in leichtfüßigem Einerlei und lauschte einer leisen Melodie, welche in seinen Gedanken Form annahm und stetig anschwoll.

Die Priesterin tat es ihm gleich. Wie von einem dünnen Faden ließ sie sich von den Stimmen leiten. Sie wusste, es war wichtig, nicht die Balance, die im Rhythmus lag, zu verlieren, um weiter dem Geleit der Göttin folgen zu können. Abseits des Weges drohten Abgründe, in denen Kreaturen lauerten, denen man besser nicht begegnete. Plötzlich hörte sie ein Grunzen hinter sich und den Klang eines Schwertes, das blankgezogen wurde. Erschrocken drehte sie sich um. Sie sah ihren Weggefährten, wie er in einem abartigen Tanzschritt und mit der Klinge in der Hand versuchte, ein abwechselnd weiß und grün farbiges Knäuel, das sich an sein Bein klammerte, abzuschütteln.

Cuchulainn war entsetzt. Ein merkwürdiges Wesen hatte ihn mitten in seiner Ruhe und Gelassenheit angefallen und sich in seine rechte Wade verbissen. Seine Glieder fühlten sich an, als würde er Wasser treten. Es war nichts zu machen, die kleine Bestie würde ihn nie wieder loslassen. Sein Bein drohte lahm zu werden, als schließlich Mortiana zu ihm trat, mit ihrer Hand in einer schnellen Bewegung über seine Stirn strich und er das Bewusstsein verlor.

Nach langer Schwärze kam noch etwas mehr Schwärze und dann brach durch Finsternis und Stille die nervtötendste Stimme, die er je gehört hatte. Das wasserfallartige Geplapper formte sich zu Silben und letztlich zu Worten.

»… und dann, und dann hat der widerliche Riese mich mit dem Stiefel getreten. Einfach so! Und dann, und dann, und dann hab ich natürlich zugebissen, hätte ja wohl jeder getan, der ruhig und friedlich in die Welt schaut, bevor er von einem Trollvieh zu Matsch gestampft wird. Normalerweise bin ich eher von gelassener und vor allem stiller Natur. Aber beim Bart meines Enkels, in so einer Situation! Tot hätte ich sein können, für immer. Nein, nein, so geht das nicht. Dem werd' ich gleich mal …«

Der Krieger hatte sich inzwischen auf den Hintern gesetzt und starrte den Wadenbeißer mit funkelnden Augen an. Er sah einen mickrigen Kobold, der sich gerade umwandte und mit einem knorrigen Finger auf ihn zeigte. Eine lange Nase verunstaltete sein ansonsten makelloses Gesicht. Er trug eine karierte Weste, aus deren Taschen allerlei Plunder lugte: ein Stück beschriebene Rinde, diverse Blumen, bemalte Knochen und allerlei anderen, offenbar willkürlich gesammelten Schnickschnacks. Auf eine irritierende Weise sah er, trotz seines hochtrabenden Geredes, kindlich aus. Vielleicht war das der Grund dafür, dass er überhaupt noch sprechen konnte, eine Art aufdringlicher Welpenschutz musste ihn bisher am Leben gehalten haben.

»Werde ich gleich mal, werde ich gleich mal …«, setzte das Wesen erneut stotternd an, »… um Entschuldigung bitten. Ja genau.« Ein Schnaufen der Erleichterung entrang sich seiner Kehle, da es ihm gelungen war, sich so elegant aus der Bredouille zu ziehen. »Ihr müsst verstehen«, fuhr das Wesen redegewandt fort, »dass es sich aus meiner Sicht um Notwehr handelte. Was ein Zubeißen selbstverständlich in keiner Weise rechtfertigt. Vor allem nicht bei einem so ehrenvollen Krieger wie Euch, der nur die Bösen bestraft und einem Rechtschaffenen wie mir niemals ein Haar krümmen könnte. Stimmts?«, fügte der kleine Mann zögerlich, den Blick flehentlich auf die Priesterin gerichtet, hinzu.

Der Krieger stand auf, räusperte sich, lehnte sich auf sein Schwert und blickte zu Mortiana. Sie lächelte. Cuchulainn versuchte noch einmal, den Winzling böse anzuschauen, aber es wollte ihm nicht so recht gelingen. Plötzlich fiel alle Schwere von ihm ab und er prustete los. Der Bewohner der Anderswelt fiel irritiert und etwas verlegen in sein Gelächter ein. Cuchulainn lachte so heftig, dass ihm das Schwert aus der Hand glitt. Er schaute es, wie es da auf dem Boden lag, schniefend an und sagte in rasch wiedergewonnenem Ernst: »Wir haben den Weg verloren.« Er machte eine Pause und runzelte die Stirn. »Wir sind verloren im Zwielicht.«

Eine kleine Lunge füllte sich vernehmlich, bis auch das letzte bisschen Luft mit unglaublicher Mühe eingesogen war. Die wachen Augen des Kobolds wurden immer größer und schienen gleich aus den Höhlen zu platzen, ehe der Redeschwall einsetzte. »Lasst mich euch sagen, wer ich bin. Mein Name ist Distelson. Zu meinen täglichen Beschäftigungen rechne ich seit einer Weile: Lustwandeln, Wegschlafen – eigentlich eine Art strengster Bewachung, Rätselraten und gelegentlich lasse ich mich in Abenteuer verwickeln. Wenn ich's mir recht überlege, könnte auch dies der Anfang einer aufregenden Geschichte sein. Eine schöne Frau, ein grober, einfältiger Riese …«

»Vorsicht!« unterbrach ihn Cuchulainn.

»Ähm, ich meine natürlich: eine schöne Dame, ein prächtiger, ruhmreicher, ja, von der Kriegsgöttin selbst geküsster Recke, und, leider zuletzt, Distelson der Rätsellöser. Nicht schlecht, oder? Also, wohin reisen wir? Suchen wir nach dem Kessel der Wiedergeburt? Das wird Dagda aber nicht erfreuen … Oder fordern wir einen Alben heraus? Wie wäre es, wir ziehen dem Norddrachen im Schlaf einen Zahn? Ich habe auch noch nie die Unterweltsonne erblickt…«

»Der Kleine hat doch nicht mehr alle Nadeln an der Tanne«, sagte der Krieger an Mortiana gewandt. »Wegen ihm sind wir vom Weg abgekommen, wer weiß, welches Unglück er als nächstes heraufbeschwört.«

Er konnte nicht ahnen, was seine Priesterin irritierte und schweigen ließ. Ihr Krieger sprach und verstand die Sprache des Geistes. Es musste wohl mit der Begegnung mit dem Atlanter zusammenhängen.

»Diene der Göttin, wie du es vermagst«, fuhr Cuchulainn ohne zu ahnen, dass er sich der Geistsprache bediente, fort. »Mögest du noch viele Jahreszeiten sehen.« Er hob sein Schwert auf, schob es

zurück in die Scheide, schulterte seine Habe und kehrte dem Feenwesen den Rücken zu.

Nichts was er sah, kam ihm vertraut vor, oder wollte als markan-
ter Wegpunkt herhalten. Bäume, Farne, unwegsamer Wald. Er
drehte sich einmal im Kreis und musste erkennen, dass es in allen
Richtungen gleich hoffnungslos war. Es war nicht nur die Umgebung, die jede Entscheidungsfreude von ihm nahm. Ein Gefühl des
Verlorenseins drohte ihn zu übermannen. *Verloren im Zwielicht*,
hatte er ohne Nachzudenken gesagt. *Genau so ist es.*

Mortiana schien von einer ähnlichen Stimmung betroffen, als sie
sagte: »Du weißt, die in der Anderswelt Wohnenden sind bevorzugte Kreaturen der großen Mutter. Sie abzuweisen, eine Bitte von ihnen auszuschlagen, kann sich übel auf unser Geschick auswirken.«
Sie sah dem offensichtlich gekränkten, mit vor der Brust ver-
schränkten Armen dastehenden Kobold tief in die Augen. »Und es
war doch eine Bitte, uns leiten zu dürfen?«

»Sagen wir, ein bittendes Angebot«, antwortete das beleidigte
Männlein.

Nach einigem Hin und Her über angebotene Bitten und bittende
Angebote und der Einsicht der beiden Reisenden, nicht selbst
einen Weg finden zu können, kamen die drei darin überein, dass
der Einheimische sie aus seiner seltsamen Welt führen und
Mortiana ihn danach im Gegenzug an einen Ort seiner Wahl bringen würde. Tore zu öffnen, war für die Priesterin ein Leichtes, erst
was dahinter kam, verlief eben oft anders als gewünscht. Ein Versprechen also, das leicht einzuhalten war, sofern der kleine Sidhe
den wahren Namen seines Wunschortes kannte, was sein Problem
sein würde. Auch Cuchulainn war mit der Vereinbarung einverstanden, da er, obwohl er argwöhnisch war und dem Zwerg nicht
traute, schlichtweg nicht wusste, wie sie ansonsten aus dieser verwirrenden Sphäre herausfinden sollten. Außerdem war ihm von
klein auf beigebracht worden, dass wenn die Göttin einem einen
Wink gab, und man ihm nicht Folge leistete, man auf keinen Zweiten hoffen durfte.

Distelson war guter Dinge. Die Sache versprach lustig zu werden. Der Strohkopf und seine hübsche Begleiterin konnten nicht ahnen, dass er an dieser Stelle gefangen gewesen war, ehe sie ihn eingeladen hatten, fortzugehen. – Eine unschöne, alte Geschichte, die sein loses Mundwerk und einen eingebildeten und humorlosen Fürsten der Albae einschloss. Sei's drum, nun war er frei. Er zupfte seinen Kragen zurecht, nahm sich den nächstbesten Ast als Wanderstock und begann mit hüpfenden Schritten seine neuen Freunde in eine Richtung zu führen, in der sich plötzlich ein Pfad auftat.

Kapitel 5   Cuchulainn: Der Ritus

»... und genau deshalb, und nur darum liebt die Göttin uns am meisten. Nennt uns die Erstgeborenen und daher gebührt uns die Stellung über euch zu gebie-«

»Halt den Mund, Zwerg!«, schnitt Cuchulainn ihrem Führer das Wort ab. Sie wanderten nun schon eine geraume Weile in dem merkwürdigen Wald und die einseitige Unterhaltung schien den Andersweltler mehr zu beschäftigen als der Weg, um den allein er sich zu kümmern hatte. Mortiana aber schien ihrer Sache sicher. Mit einem beruhigenden Lächeln unterband sie einen Wutanfall. Der Krieger schüttelte den Kopf und stapfte mit eisiger Miene weiter. Um die Aufmerksamkeit auf sich zu lenken und eine weitere Konfrontation zwischen den beiden zu vermeiden, stellte die Priesterin Distelson eine unbedeutende Frage, auf die dieser mit quälender Ausführlichkeit einging.

Die unbeständigen Schatten des Waldes wurden bald länger, bald kürzer. Irrlichter, zuerst nur wenige, dann immer mehr, hüpften aufgeregt von Ast zu Ast. Ein verhaltenes Kichern begleitete ihre Bewegungen.

Die Nacht hier muss heller als der Tag sein, sinnierte der Krieger. *Falls der Kleine vorhat, uns in diesem verwirrenden Lichterreigen loszuwerden, unterschätzt er die Länge meines Arms.* Er verkürzte mit zwei ausladenden Schritten den Abstand zu Distelson, der sich in einem Nebenstrang seiner Ausführung verheddert hatte und ausnahmsweise schwieg. Unerwartet blieb er abrupt stehen, so dass Cuchulainn in einer missglückten Ausweichbewegung gegen die Priesterin stieß. Der Krieger murmelte etwas von »erwürgen« und »an die Hunde verfüttern«.

»Hier entlang!«, fiepste Distelson entschieden, ohne den Groll des Kriegers zu beachten und wandte sich nach links. Mit grellem Flimmern vor den Augen folgten die beiden anderen. Sie gingen schnellen Schrittes. Der Funkenregen um sie herum veränderte zunächst die Farbe zu einem hellen Grün, dann wechselten die Lichtflecke von einer runden zu einer ovalen Form, sie wurden zu Glüh würmchen und zuletzt zu Glühwürmern. Der Untergrund fühlte sich fester an, es roch nach Herbstwald und die Konturen der Bäume, Büsche und Sträucher wurden trotz des fahlen Lichtes schärfer. Als Cuchulainn klar wurde, dass sie zurück in Eira waren, stieß er einen tiefen Seufzer der Erleichterung aus. Sein Magen knurrte vernehmlich. Erst jetzt fiel ihm auf, wie lange er schon nichts mehr gegessen hatte. Er kramte in seiner Tasche und fand einen kleinen Rest Pökelfleisch, den er sich zwischen die Zähne schob. Er bot auch Mortiana etwas an, doch sie schüttelte den Kopf. *Hoffentlich haben ihre Schwestern etwas Ordentliches zu essen zubereitet. Mit vollem Bauch reist es sich besser.*

Im spärlichen Licht des Neumonds sah Cuchulainn, wie Mortiana den Kopf neigte und Distelson Worte des Dankes zuflüsterte. Von hier ab übernahm sie wieder die Leitung der kleinen Reisegemeinschaft.

Es war wohl eher Zufall, dass der Winzling den richtigen Weg gefunden hat, überlegte der Krieger, grummelte aber trotzdem auf dem Fleisch kauend, Distelson nur halb zugewandt: »Hab Dank für deine Führung.« Nun, sie waren auf heimischem Boden und Cuchulainn gestand sich ein, dass dieser Umstand nicht auf seine Klugheit zurückzuführen war. Mortiana war weiser als er, sie hatte dem Unscheinbaren getraut. Sie hatte ein hellsichtiges Auge für die Muster, die von der Göttin gewebt wurden. Der Hund von Ulster nahm sich vor, von jetzt an den Blick für das Kleine, das Unscheinbare zu schärfen und Geduld walten zu lassen, wo sonst seine Klinge und der Speer ihr Vorrecht forderten.

»Na, du Riese? Hättest wohl nicht gedacht, dass es so leicht is'?«, fragte Distelson unbekümmert.

Cuchulainns geistiger Höhenflug endete abrupt. Zurück auf dem Boden, ganz in seinem Körper, war er der Allmutter auch sehr nahe, nur auf eine viel ungestümere, animalischere Weise. Und dies war nun einmal die seine. Er glaubte, den mächtigen Speer leise summen zu hören, als er antwortete: »Meinen Dank hast du bereits, solltest du mehr verlangen, wird meine Faust dich an den Ort deines Wunsches befördern.«

»Schweigt!«, befahl die Priesterin streng. »Und zwar alle beide.«

In den Wipfeln der Bäume auf einer leicht erhobenen Böschung tanzten Lichtflecke vom Widerschein eines Feuers. Je näher sie kamen, umso deutlicher konnten sie die Flammenschatten an den Bäumen züngeln sehen. Einzeln gesungene Silben schlossen sich zu Wörtern zusammen. Ein Lied drang an ihre Ohren. Jede Zeile rief Bilderreihen einer eigenen Geschichte in ihren Köpfen hervor. Es waren mehr als Worte, das Lied verdichtete die gesamte Schöpfung und das ganze Dasein der drei Reisenden in wenige Augenblicke.

Erdenmutter Danu,
Beherrscherin der Elemente,
Du bist in Tieren und Pflanzen,
In uns, in mir.
Dein Geliebter Cernu
Schickt sein Blut,
Mit dem Speer Lamhfadas.
Er erhörte Deinen Ruf
Und erwartet unsren Rat.
In der Macht Deines Namens heißen wir ihn,
Schwester Krähe,
Und ihren Begleiter vom kleinen Volk willkommen.

In einem traumähnlichen Zustand folgten Cuchulainn und Distelson den einladenden Stimmen und überquerten die Böschung, bis sie ein großes Feuer erblickten, das von drei Frauen umringt wurde. Ein Stück abseits spiegelte sich der Feuerschein auf Helmen, Schilden und Speerspitzen. Ungefähr ein Dutzend keltischer Krieger hielt neben einer gurgelnden Quelle Ritualwache. Uralte Bäume umstanden in respektvollem Abstand die Lichtung, in der die Luft, angefüllt von elementarer Kraft, knisterte.

Sanft wurde der Hund von Ulster aus seiner Umnachtung in die bezaubernde Wirklichkeit gezogen, als die jüngste der Priesterinnen ihm grazil entgegenkam. Auch die beiden anderen verließen ihre

Plätze am Feuer und wandten sich den Neuankömmlingen zu. Die eine war in die Jahre gekommen – allerdings sehr vorteilhaft – durch ihr nussbraunes Haar, das ihr bis zur Taille fiel, zogen sich graue Strähnen. Sie musste die Cerdiwen, die alte Weise und nachsichtige Mutter allen Daseins verkörpern. Neben ihr stolzierte, vor Kraft strotzend, eitel und selbstbewusst, eine Frau, die auf den ersten Blick Mortiana ähnelte, auch wenn sie ihr rabenschwarzes Haar kürzer trug und einen halben Kopf größer war. Sie repräsentierte fraglos die Morrigan, den dunklen, verführerischen Aspekt der dreifaltigen Urmutter.

»Heute Nacht bin ich deine Herrin der Blumen«, flüsterte die dritte dem Krieger ins Ohr, ehe sie einen Kuss auf seine Lippen hauchte. Sie war die Bleudwedd, die aufblühende, mädchenhafte Seite der großen Göttin, eine zierliche rotgelockte junge Frau. Mit einer sichelförmigen Klinge schnitt sie sich behände eine Strähne ihres Haars ab, legte sie ihm um seinen Hals und knotete die Enden zusammen. Das krause Haar kitzelte und der Krieger musste lächeln. Sie nahm seinen Arm und führte ihn in Richtung des Wassers, wo sie ihn anwies, sich niederzusetzen und zu warten. Ihre Hand streifte seinen Nacken, bevor sie zurück zum Feuer ging.

Der Blick des Kriegers blieb kurz gefesselt auf Mortiana und ihrer dunklen Schwester haften, die sich innig umarmten, bevor er auf die älteste der Priesterinnen und ihr wild gestikulierendes Gegenüber fiel. Der Halbling fuchtelte mit den Händen und redete gebärdenreich auf die Frau ein. Sie stand mit dem nackten Rücken zu Cuchulainn, so dass er nur das lange, braun-weiße Haar über ihn fließen sah. Doch er glaubte, ihren Gesichtsausdruck erraten zu können. *Respektloser Gnom,* ärgerte er sich im Stillen. Was hatte er wohl von einer geweihten Frau zu verlangen? Auf einen Wink der Ältesten gesellten sich die anderen Priesterinnen zu ihr und dem Furore machenden Plagegeist. Plötzlich nickte die Älteste und nach kurzem Zögern auch Mortiana, was Cuchulainn noch wütender machte. Distelson schien zufrieden, er machte einen Freudensprung. Mortiana löste sich aus der Gruppe, griff nach dem Koboldarm und gemeinsam näherten sie sich dem wartenden Krieger.

Nun wurde das eigentliche Ritual vorbereitet. Die Priesterinnen begannen mit bereitstehenden Ruten eine Triskele, mit dem Feuer als Mittelpunkt, in die Erde zu zeichnen. Dabei rief jede in der alten Sprache den ihr eigenen Aspekt der dreifaltigen Urmutter an. Der Boden erbebte unter der Macht der Beschwörungsformeln. In eigenartigem Kontrast dazu beruhigte sich das Wasser der Quelle neben dem Krieger. Die Oberfläche schimmerte nun matt im fahlen Mondlicht. Er starrte in das Nass und glaubte zu spüren, wie es an Tiefe gewann. In der Mitte, welche etwa zwanzig Fuß von ihm entfernt war, färbte es sich erst dunkelblau und dann wurde es immer schwärzer. Ein Schauer kroch ihm vom Nacken über den Rücken. Unwillkürlich drehte er sich um und sah in die Augen von Mortiana. »Ihr reist gemeinsam. Ich gab ihm mein Wort.«

Als der Krieger seinen Kopf herab beugte, um Distelson, der sich neben ihn gehockt hatte, in die Augen zu blicken, verschwand sein Zorn. Er hatte verstanden. Das alles gehörte zum Spiel der Göttin und wenn er an das unheimliche Wasser dachte, musste er sich eingestehen, dass ein wenig Gesellschaft, mochte sie noch so nichtig sein, nicht schaden konnte. »Aye, ich habe es befürchtet.«

Alle drei lächelten.

Die Gesänge wurden lauter, erhoben sich zu einem dumpfen Dröhnen. Und als das Wasser des kleinen Sees das tiefste Dunkel erreicht hatte, die Schutzkreise sich ausgedehnt, bald die ganze Quelle und damit auch Cuchulainn und Distelson miteingeschlossen hatten, entstand erst ein leichter, dann ein immer stärkerer Strudel. Ein Ruck ging durch die Reihen der Krieger, die Wache hielten.

Mortiana suchte mit einer Hand in einer ihrer vielen Taschen, fand das Gewünschte und stopfte geübt eine dünne Pfeife. Cuchulainn wusste, dass es sich um die Pflanze der Macht handelte. Während Mortiana im Takt der Gesänge hin und her wippte, zog sie dreimal tief den Rauch des Krauts ein, bevor sie die Pfeife an den Krieger weiterreichte, der, er wusste nicht, wie es geschehen war, auf einmal wieder auf den Beinen stand.

Warm und beißend füllten sich seine Lungen. Sein Blick wurde starr, doch sein Geist begann zu rasen. Der Herzschlag der Natur pochte in seinen Schläfen. Die Stimmen der Priesterinnen dehnten sich, während sie die Morrigan, die Führerin der Seelen, lobend und beschwörend anriefen. Die Frau, die Göttin, die Mortiana so ähnlich war, tanzte wild, raufte sich das Haar, stieß gellende Schreie aus.

Ein zweiter Zug brachte die Knie des Kriegers zum Zittern. Er schüttelte die Beine, damit sie nicht einschliefen. Im Bann des Augenblicks wippte er von einem Fuß auf den anderen und summte zu den Liedern, die so alt waren wie die Insel selbst. Er sah zu der Ritualwache hinüber. Er suchte nach einem bekannten Gesicht unter den Kriegern, fand jedoch keines. Ein wenig beneidete er sie. Cuchulainn hatte es immer geliebt, mit Waffenbrüdern Wache zu halten, während Priesterinnen oder Druiden die Götter um Hilfe, Schutz oder Macht anriefen.

Schwindelnd folgte er der Geste Mortianas und zog noch einmal an der Pfeife mit dem Rauschmittel.

Während er sie an Distelson weitergab, sprach er im Stillen zu sich: *Wer auch immer die stolzen Männer sein mögen, sie sind Brüder, und bald werde ich fern von ihnen, von dem Feuer und von ganz Eira sein. Mögen ihre Klingen mein geliebtes Ulster und die ganze grüne Insel schützen, bis ich zurückkehre, um meinen Platz unter ihnen wieder einzunehmen.*

Das Wasser schien nach ihm zu rufen, es graute ihm vor seiner Kälte. Der Strudel hatte sich beruhigt, fasste nun jedoch den gesamten Quell ein. Durch den Schleier, der sich vor seine Augen gelegt hatte, erschien die junge Frau, welche sich als Herrin der Blumen zu erkennen gegeben hatte. »Leg ab deine Kleidung und Waffen.«

Während der Krieger unter dem zärtlichen Blick der jungen Priesterin der Aufforderung Folge leistete, bemerkte er, wie Distelson, vermutlich auf Geheiß von Mortiana, es ihm gleichtat. Nackt, wie die Göttin ihn haben wollte, begegnete er dem Blick seines mädchenhaften Gegenübers. Ihre Augen waren von einem tiefen

Grün, das ihn an fruchtbare Wiesen und vor Kraft strotzende Frühjahrswälder denken ließ, wie sie bloß Kinderaugen sehen. Als sie die Fibel, die ihren Umhang hielt, löste und sie sich nun unbekleidet gegenüberstanden, wanderte sein Blick tiefer; glitt langsam über ihren pulsierenden Hals, der von einem bronzenen Halsring geschmückt wurde, hinab zu den kleinen, wohlgeformten Brüsten, streifte ihren Bauchnabel und verfing sich schließlich in dem roten Dreieck zwischen ihren Schenkeln. Die Frau duckte sich zu Boden, wo sie ihre Hand in eine Schale mit blauer Farbe tauchte. Er spürte, wie ihre Finger feucht und kühl seine Brust berührten. Schlängelnde Muster und Symbole zauberte sie auf seinen Körper, während die andere Hand sein Glied berührte und zu kosen begann. Eine tiefe Lust erwachte in Cuchulainn und eine wohlbekannte Wildheit stieg in ihm auf. Durch die Droge, die Gesänge und nicht zuletzt durch die Schönheit der Priesterin, die seine Männlichkeit umfasst hielt, berauscht, gab er sich gänzlich dem Tier hin, das stets ihn ihm lauerte, und sich nun seiner Fesseln entledigte.

Schnaufend und mit dem Fuß im Laub scharrend, nahm er zur Kenntnis, wie Mortiana die andere Frau zur Seite schob, um selbst die Arme um seine Schultern zu schlingen. Sie küssten sich innig. Zwei Hände schmiegten sich von hinten an seine Hüften und die Herrin der Blumen stöhnte magische Laute in sein Ohr.

In leidenschaftlichem Rausch verbanden sich alle drei Körper. Cuchulainn packte einen Oberschenkel seiner Priesterin und hob ihn nach oben. Mit der anderen Hand hielt er sie am Steiß. Ekstatisch liebten sie sich im Stehen, während sie, oder ihre junge Schwester, oder beide zusammen, das wusste er nicht zu sagen, Worte der Macht gurrten.

Sie bindet das Band,
Sie webt den Faden,
Sie gibt und Sie nimmt,
Sie pflanzt und gebärt.

Gemeinsam erreichten sie den Gipfel der Lust und schrien dabei ihre Götter an. »Vergiss deine Heimat nicht«, drang es an sein Ohr in dem Moment, da die Frauen ihn mit einem Ruck von sich stießen, »… und komm zu mir zurück!«

In einem Gefühl der Verwirrung und Überraschung landete er rücklings im eiskalten Wasser. Neben ihm traf Distelson platschend auf die brechende Oberfläche.

Das Bild, das sich ihm nur einen Wimpernschlag lang bot, sollte sich tief in sein Gedächtnis einprägen: Mortiana und die junge Geweihte, das Feuer unter den Wipfeln der erhabenen Bäume, die Schemen der Wache haltenden Krieger und sein Speer, die heilige Waffe, mit der er schon unzählige Schlachten geschlagen hatte, in der Hand der älteren Priesterin. – Alles Vergangenheit, alles fort. Der Strudel zog sie nach unten. Alles drehte sich. Und dann kam lange nichts, außer Schwärze und Stille.

Kapitel 6 Johannes: Die Vereinbarung

Auf dem Weg von den Ställen bis kurz vor das Haupthaus war es Johannes vorgekommen, als schwebe er, und nur das Knirschen der Schritte auf dem Kiesweg hatte ihn eines besseren belehrt.

»Wie soll das jetzt weitergehen?«, schreckte er sich selbst und Ishtar auf. »Die Prüfung habe ich anscheinend bestanden, aber das ist ja nur eine Seite der Medaille.«

»Du hast recht, wir sollten reden«, Ishtar löste sich aus seiner Umarmung, »und das unter vier Augen. Folge mir, ich weiß einen guten Platz dafür.«

Sie bog vor dem Kücheneingang nach rechts auf einen schmalen Pfad ein, der mit Steinplatten ausgelegt war. Etwa auf der Hälfte des Gebäudeflügels kamen sie zu einer von blühendem, wildem Wein umrankten Laube, in der um einen niedrigen, runden Tisch Korbsessel standen. Sie setzten sich, Johannes kam der bequeme Sessel sehr gelegen. Offensichtlich hatte ihn der bisherige Vormittag mehr angestrengt, als er wahrgenommen hatte.

Aber zum Ausruhen hatte er keine Zeit. Gerade als er ansetzen wollte zu reden, hielt ihn Ishtar zurück: »Bitte gedulde dich noch einen Moment. Ich lasse uns eine Erfrischung bringen, danach sind wir ganz unter uns und ungestört.«

Johannes wartete darauf, dass sie irgendetwas in dieser Richtung unternehmen würde. Aber ohne dass er etwas Derartiges mitbekam, erschien einer der weißgekleideten Jungen mit einem beladenen Tablett, das er mit einigen ehrfurchtsvollen, an Ishtar gewandte Worte, auf den Tisch stellte. Er setze an, ein Glas aus einem Steinkrug zu füllen, aber nach wenigen, für Johannes unverständlichen Worten von Ishtar ließ er davon ab, verbeugte sich und ließ sie alleine in der Laube zurück. *Guter Service*, dachte sich Johannes. Ishtar, die das Einschenken selbst übernommen hatte, lächelte ihn an und sagte auf seinen fragenden Blick hin: »Magie hat auch einige praktische Seiten.«

»Es sieht ganz danach aus.« Er nahm erst einen vorsichtigen, dann einen kräftigen Schluck von dem prickelnden, aromatischen

73

Getränk, das ihn an Äpfel und Zitronen erinnerte. Auch die Nuss-plätzchen, die sie dazu reichte, schmeckten ausgezeichnet. An die Versorgung hier könnte er sich gewöhnen.

»Du magst dich vielleicht wundern, warum ich so viel Wert auf Vertraulichkeit lege«, unterbrach Ishtar seine Gedanken. »Um dies zu verstehen, musst du wissen, dass es vollkommen unüblich und unerhört ist, dass ein Champion Gegenleistungen für seine Dienste erwartet. Die Auswahl zum Champion stellt nach unserer Vorstellung eine Auszeichnung und höchste Ehrbezeugung dar, und jegliches Zögern spricht gegen den Anwärter. Und eigentlich sollte ich mich erniedrigt fühlen, was ich aber seltsamerweise nicht tue. Im Gegenteil, in gewisser Weise verstehe ich deine Haltung und sie erscheint mir zumindest ansatzweise gerechtfertigt. Ich war schon immer etwas anders als meine Schwestern, trotzdem wäre es mir äußerst unangenehm, wenn sie erfahren würden, dass ich mit dir um deine Dienste verhandle. Ich bitte dich deshalb, was auch immer der Ausgang unserer Unterhaltung sein mag, lass es uns so darstellen …«

»Was immer du für richtig hältst«, unterbrach sie Johannes, dem ihr Vortrag anfing peinlich zu werden. Er verletzte andere Menschen nicht gerne, schon gar nicht eine Frau wie Ishtar. »Verstehe mich bitte nicht falsch, ich empfinde die Auswahl als Ehre, gerade von einer Person wie dir, aber ich sehe einfach keinen anderen Weg…«

»Johannes …«

»… lass mich bitte noch etwas ergänzen«, bat er nachdrücklich. »Du solltest wissen, welche Dienste du dir überhaupt einhandeln kannst. Ich befürchte, du bist dir dessen nicht so ganz bewusst.« Er erzählte ihr von seiner Welt, von deren technischem Entwicklungs-stand, dass dort Auseinandersetzungen schon lange nicht mehr mit Schwert und Bogen ausgetragen wurden, und dass er von dem Umgang mit solchen Waffen überhaupt keine Ahnung habe. Selbst Reiten spiele dort zur Fortbewegung keine Rolle mehr, und er beherrsche es lediglich, weil sein Bruder zu Sport- und Freizeit-zwecken Pferdezucht betreibe. Weiter erklärte er, dass in seinen eher intellektuell geprägten Gesellschaftskreisen Militär, und alles was damit verbunden war, in keinem sehr hohen Ansehen stünden, vor allem dass ihm militärischer Gehorsam, den er als Wehrpflichtiger in seiner Heimat erlebt hatte, unmöglich sei. »Definitiv werde ich mich in keine militärische Hierarchie einordnen, und definitiv werde ich keinem anderen Menschen befehlen, in den Tod zu gehen«, waren die Worte mit denen er seine Erzählung schloss.

Nach einer kurzen Pause entgegnete Ishtar, die seinem langen Vortrag interessiert, an manchen Stellen mit gerunzelter Stirn, an anderen mit fragendem oder auch belustigtem Gesichtsausdruck gefolgt war: »So etwas ähnliches habe ich mir nach unserer Begegnung letzte Nacht schon gedacht. »Aber ebenso bin ich in der letzten Nacht zu dem Schluss gekommen, dass es einen Grund geben muss, warum die Allmutter mich gerade zu dir geführt hat. Die Bestätigung meiner Wahl durch die Mahirrim war lediglich der letzte Stein in diesem Mosaik. Aber verstehe ich dich richtig, dass du mit den zuvor genannten Einschränkungen diese Wahl annimmst?«

»Ja, und das aus ganzem Herzen«, hörte sich Johannes spontan antworten und war darüber selbst ziemlich überrascht.

»Gut«, sagte sie mit einem zufriedenen Lächeln. »Dann lass mich dir meine Überlegungen bezüglich der Notlage deines Sohnes mitteilen.« Sie führte aus, dass sie ihm keine Armee zur Verfügung stellen könne, was nach der Beschreibung seiner Welt ohnehin eher lächerlich wäre. Nachdem sie ihm einige Fragen zu den Ortsverhältnissen des Gefängnisses und der Bewachung seines Sohnes gestellt hatte, meinte sie, dass dies ihre Vermutungen bestätige und sie als einzigen Lösungsansatz sehe, Johannes in einige Praktiken einfacher Magie einzuführen.

Johannes runzelte die Stirn. »Ich und Magie?«, fragte er zweifelnd. »Bis vor kurzem war ich mir noch nicht einmal sicher, ob ich überhaupt an deren Existenz glaube. Könntest du nicht einfach mitkommen?«

»Zu anderen Zeiten wäre das vielleicht ein Weg …« Fast schien es Johannes, als ob sie diesen Gedanken reizvoll fände. Doch plötzlich schüttelte sie energisch den Kopf. »In unserer derzcitigen Lage könnte ich eine Abwesenheit meinen Schwestern gegenüber nicht rechtfertigen.« Sie seufzte leise. »Bist du dir denn wirklich nicht bewusst, dass du die Fähigkeit, Magie zu nutzen, in dir trägst?« Ihr forschender Blick drückte Ungläubigkeit aus.

»Meinem Sohn, der als Kind in seinem Vater gerne einen Zauberer gesehen hätte, habe ich immer gesagt, dass meine einzige magische Fähigkeit darin bestehe, nicht dort zu sein, wo der Schlag fällt…«

»Eine große magische Leistung«, warf Ishtar ernst ein.

»… aber selbst das war lediglich als Scherz gemeint«, beendete Johannes nachdenklich seinen Satz. Er zuckte mit den Schultern. »Andererseits bin ich ja irgendwie hierhergekommen.«

»Eben«, stimmte Ishtar jetzt wieder energisch zu, »lass uns auf dieser Tatsache aufbauen.« Sie führte aus, dass sich einfache Formen der Magie mit der Beeinflussung der Wahrnehmung anderer Menschen beschäftigten, und sie sich vorstellen könne, ihm einige dieser Techniken beizubringen. »Zum Beispiel könnte ich dich lehren, wie du es anstellen musst, dass die meisten Menschen dich nicht wahrnehmen.«

»Du meinst einen Unsichtbarkeitszauber?«

»Nein«, sagte sie bestimmt. »Erstens hat das nichts mit Zauberei zu tun, und zweitens wirst du dadurch nicht unsichtbar. Andere Menschen werden einfach nicht auf dich aufmerksam.« Allerdings, schränkte sie ein, wirke dies nur bei Menschen, die sich ihrer selbst nicht sehr bewusst seien, in ihrer Welt treffe dies in der Regel auf Kerkermeister zu. Einige andere Anwendungen dieser Art, fuhr sie fort, könnten bewirken, von fremden Menschen als anders aussehend wahrgenommen zu werden. Dies alles laufe darauf hinaus, die Wahrnehmung der eigenen Person durch andere zu beeinflussen, stets aber mit den zuvor genannten Einschränkungen, nämlich einer gewissen geistigen Beschränktheit und Unbewusstheit der zu Täuschenden.

»Das könnte klappen …« Johannes hatte, während er ihren Ausführungen gefolgt war, einen vorläufigen Plan entworfen und sich überlegt, mit welcher Art von Leuten er es voraussichtlich zu tun haben würde: Wachpersonal im Gefängnis, Taxifahrer unterwegs, Schalterpersonal und Zöllner am Flughafen. »… ich glaube nicht, dass das Naturell von Gefängniswärtern oder Kerkermeistern, wie du sie nennst, in deiner und meiner Welt so unterschiedlich ist.«

»Gut, dann lass es uns auf diese Art versuchen. Ich werde jetzt Hepat und die anderen verständigen. Wir treffen uns in der Halle und denke bitte daran, überlasse das Reden mir!«

Sie ließ ihn alleine in der Laube zurück, und er hatte Zeit, die Vorkommnisse seit seiner Ankunft zu reflektieren. Es war so viel passiert in der kurzen Zeit, er hatte auf recht knapper Grundlage weitreichende Entscheidungen getroffen, aber das beunruhigte ihn nicht sonderlich, alles schien seine Richtigkeit zu haben. Und bezüglich der Situation seines Sohnes hatte er zum ersten Mal seit langer Zeit das Gefühl, etwas Sinnvolles tun zu können. Aber war er wirklich in der Lage, die von Ishtar einfach genannten Techniken zu erlernen? Hatte er ausreichend Zeit dafür? Ishtar hatte ihm versichert, er würde spüren, wann es Zeit für ihn wäre, in seine Welt zurückzukehren. War es möglich, dass sie ihn auch in dieser Hinsicht überschätzte? Er bemerkte, dass seine Gedanken anfingen, sich im Kreis zu drehen. Dafür hatte er einen wohl bewährten Trick parat: Er hörte auf, sie sich zu machen.

Mit einem gemurmelten Fluch drückte er sich aus dem bequemen Sessel hoch, offensichtlich musste er sich an lange Ausritte erst wieder gewöhnen. Sein Blick fiel kurz auf das Geschirr auf dem Tisch, aber er entschied, dass er sich hier um Abtragen oder sonstige Hausarbeiten wohl keine Gedanken zu machen brauchte. *Helden tun so etwas nicht, und ich bin jetzt einer*, stellte er amüsiert und gleichzeitig selbstironisch fest. Als er auf den Eingang zur Halle zuging, bemerkte er, dass die Sonne schon ziemlich hoch stand. Hoffentlich hielt man sich hier an geregelte Essenszeiten, er hatte Hunger.

In der Halle waren bereits einige der Champions versammelt, die sich in kleinen Gruppen unterhielten. Von den Priesterinnen war noch keine zu sehen. Aus einer Dreiergruppe in der Nähe des Einganges winkte ihm Savinien einladend zu. Er hatte sich bis dahin mit dem großen, arabisch aussehenden Champion Hepats, an den er sich noch vom Frühstück erinnerte und einem etwas kleineren, in etwa seiner eigenen Größe entsprechenden Mann mit schulterlangen, braunen Haaren angeregt unterhalten. Den beiden gemeinsam, nein, eigentlich allen dreien gemeinsam, war ihre drahtige Statur und eine angespannte Eleganz, die Johannes an Raubkatzen erinnerte. *Naja, kein Wunder, das sind ja auch Champions,* dachte er sich, als er auf die Gruppe zuging.

»Das ist Yusuf, der Champion von Hepat, und das hier ist Rodrigo, der Champion von Thanit«, stellte Savinien die Männer vor.

»Hallo, freut mich, ich wollte schon immer mal lebendige Helden kennenlernen.« Das war zwar nicht ganz aufrichtig, Johannes Vorstellung von Helden entsprach eher der von hirnlosen Muskelprotzen, aber er hielt es in der gegebenen Situation für angebracht, mit seinen Ansichten hinter dem Berg zu halten. Dennoch schien dies nicht die geeignetste Weise gewesen zu sein, ein Gespräch zu eröffnen. Die beiden Männer schauten ihn zweifelnd an, als ob sie darauf warteten, dass er noch etwas hinzufügte. Als das Schweigen ungemütlich wurde, schaltete sich Savinien nach einem Räuspern wieder ein: »Äh ja, da wir aus unterschiedlichen Zeiten kommen, sind wohl auch unsere Umgangsformen sehr verschieden. Wie dem auch sei, wir werden uns aneinander gewöhnen müssen und zu diesem Zwecke wäre es vielleicht vorteilhaft, wenn wir uns gegenseitig etwas über unsere gesellschaftlichen Hintergründe erzählen würden. Meine kennt ihr schon alle. Wie wäre es, Johannes, wenn du als Neuankömmling den Anfang machen würdest?«

Obwohl es Johannes langsam lästig wurde, sah er ein, dass Savinien recht hatte und erzählte, nach seinem Empfinden zum x-ten Male, von seiner Welt, der Gesellschaft in der er lebte und ansatzweise auch von den politischen Verhältnissen des 21. Jahrhunderts. Anders als Savinien, dem er das meiste schon während des Frühstücks anvertraut hatte, schienen Yusuf und Rodrigo völlig verblüfft, vor allem über die technische Entwicklung. An einigen

Stellen, beispielsweise als er über bemannte Raumfahrt sprach, war ganz offensichtlich, dass das Erstaunen Unglauben wich.

»Ihr braucht nicht so kritisch zu schauen«, mischte Savinien sich ein, »Visionäre und große Geister haben schon immer gewusst, dass es dazu kommen würde. Ich kann mich selbst rühmen, bereits dreihundert Jahre bevor dies Wirklichkeit wurde, darüber Texte verfasst zu haben.«

»Wie ist dein Familienname, Savinien?«, fragte Johannes nachdenklich, »ich kenne nur einen Franzosen namens Jules Verne, der über solche Dinge geschrieben hat. Allerdings lange nach der Zeit, in der du gelebt hast.«

»Lebe!«, verbesserte Savinien, »oder sehe ich etwa tot aus? Mein Degen könnte dir darüber Gewissheit verschaffen! Aber ich verzeihe dir, mein Freund aus der Zukunft, da wir uns hier wohl in der Vergangenheit treffen und zugegebenermaßen alles etwas verwirrend ist. Mein voller Name ist Savinien Cyrano de Bergerac und ich hoffe, dass mein Name auch in deiner Zeit noch eine Bedeutung hat.«

»Cyrano de Bergerac?« Johannes fiel aus allen Wolken. »Jedermann kennt Cyrano de Bergerac, die beste Klinge des Paris des 17. Jahrhunderts, den romantischen Verehrer, der den Namen Roxane unsterblich gemacht hat – und das bist du?«

Cyrano zwirbelte sich mit einem geschmeichelt verlegenen Lächeln den Schnurrbart, »Nun ja, dies sind nun mal die Legenden, die sich um Personen des öffentlichen Interesses ranken, aber« – und hier wurde er ernst – »was ist mit meinen Büchern, den naturwissenschaftlichen Abhandlungen? Sollten die etwa vergessen sein?«

Johannes, der noch nie von dem Schriftsteller Bergerac gehört hatte, wollte gerade seine Unbelesenheit als Ausrede für den ihm peinlichen Umstand anführen, als Yusuf, der bis dahin zusammen mit Rodrigo fassungslos dem Wortwechsel der beiden gelauscht hatte, das Wort ergriff:

»Bevor ihr euch in Kleinigkeiten ergeht, sage mir, Johannes, ist auch mein Name der fernen und nach deiner Erzählung wundersamen Nachwelt erhalten geblieben? Die zwei Freunde hier kennen ihn wohl, allerdings mehr als Alb, mit dem man Kinder schreckt. Ich bin Salah al Din Yusuf Ibn Ayyud, die Ungläubigen nennen mich Saladin.«

»Und erinnert ihr euch noch der Taten von Rodrigo Diaz de Vivar«, fiel der Braunhaarige ein, »dem seine fehlgeleiteten maurischen Freunde« – bei diesen Worten warf er einen belehrenden Blick auf Yusuf – »den Namen El Cid gaben?«

Saladin, El Cid Cyrano. Einige der größten Helden seiner Jugendzeit, als er Heldentum noch für erstrebenswert hielt. Die Gedanken wirbelten in Johannes' Kopf. Aber eines war ihm sofort klar: In dieser Gesellschaft würde er sich zukünftig nur noch als Johannes, Schulz von Konstanz vorstellen. Seine Geburtsstadt würde ihm vergeben müssen, wahrscheinlich gab es sie ohnehin noch nicht. Nachdem er sich wieder einigermaßen gefasst hatte, erzählte er, dass es über jeden einzelnen von ihnen zahlreiche Bücher und Filme – hier musste er wieder erklären – gab. Sehr zum Vergnügen der drei gab er die Inhalte, an die er sich erinnerte, wieder. Häufig unterbrach ihn der jeweilig Betroffene, um etwas richtigzustellen, während die anderen, die auf ihren Teil begierig waren, Ruhe gemahnten. Weitere Männer gesellten sich zu der Gruppe und Johannes, der es genoss, den dreien um den Bart zu streichen, kam jetzt so richtig in Schwung und wollte gerade den Namen eines neuen Zuhörers erfragen, als einer der weiß gekleideten Jünglinge auf ihn zutrat und ihn mit Gesten aufforderte, ihm zu folgen.

»Kollegen, ihr seht, die Pflicht ruft. Lasst uns ein anderes Mal weitermachen, es sieht so aus, als hätten wir noch viel Spaß miteinander.« Er ließ die ob dieses abrupten Abschieds verblüffte Gruppe stehen und folgte dem Jungen um die Tische herum in Richtung des Frauentraktes. Als er den Raum durchquerte, bemerkte er aus den Augenwinkeln, dass ihm offensichtlich nicht alle der Champions wohlgesonnen waren. Eine Gruppe um einen Schwarzafrikaner und einen bulligen Riesen mit langem, wirren roten Haar, den er für einen Iren hielt – die beiden übrigen konnte er ethnisch nicht einordnen – folgte ihm mit missbilligenden, verächtlichen Blicken. »Drei neue Freunde, vier neue Feinde, kein schlechter Schnitt für den Anfang«, murmelte Johannes vor sich hin, als er den Saal verließ. *Vor allem wenn man auf der Habenseite Namen wie Cyrano, Saladin und El Cid verbuchen kann*, fügte er zufrieden lächelnd in Gedanken hinzu, als der Junge die Tür hinter ihm schloss und er sich in dem ihm unbekannten Gebäudeteil umschaute.

Der Flur schien ihm etwas länger zu sein als im Männertrakt, von außen war ihm das nicht aufgefallen. Schräg links vor sich sah er eine große doppelflügelige Tür aus massivem Eichenholz mit aufwendigen Einlegearbeiten, die wohl zu einem größeren Saal führte. Erst weiter hinten kamen kleinere Türen in regelmäßigen Abständen, wie auf der anderen Seite des Gebäudes. *Ich könnte wetten, dass es zwölf sind*, dachte Johannes bei sich. Die weißgetünchten Wände waren mit Malerei, überwiegend in satten Erdtönen, bedeckt. Ein Gesamtmotiv konnte er nicht ausmachen, er entdeckte Blumengirlanden, Spiralgebilde, aber auch für ihn wie Schriftzeichen anmutende Symbole, sowie Sonnen, Monde, Sterne und vieles mehr. Trotz der Vielfalt und dem Fehlen einer erkennbaren Ordnung war der Gesamteindruck beruhigend und heimelig. Er folgte seinem kleinen Führer zu der großen Tür, an die dieser bereits geklopft hatte. Auf einen auffordernden Zuruf von drinnen hin öffnete der Junge einen Flügel und ließ Johannes an sich vorbei eintreten.

Der Raum wurde beherrscht von einem in der Mitte stehenden, ovalen Tisch aus poliertem Nussbaumholz, um den die Priesterinnen saßen. Entlang der drei fensterlosen Wände standen vollbeladene Bücherregale und -schränke, auf der ihm gegenüber liegenden Längsseite nahm eine lange Holzbank mit zahlreichen Sitzkissen unterhalb der hoch liegenden Fenster die gesamte Wand ein. Hepat, die am Kopfende saß, forderte ihn auf, dort Platz zu nehmen. Der Stuhl rechts neben ihr war leer. *Welch nette Geste für die abtrünnige Schwester*, dachte sich Johannes und schalt sich gleichzeitig für seine kindischen Gedanken. Er hatte sich in die Mitte der Bank direkt hinter Ishtar gesetzt, die sich ihm jetzt wie die übrigen Priesterinnen zuwandte.

»Johannes, ich will ohne Umschweife zum Ergebnis unserer Beratung kommen.« Hepat hatte sich erhoben und sah ihn ernst an. »Trotz deiner Auswahl durch die Mahirrim können wir dich nicht als Ishtars Champion akzeptieren. Wir sind selbst ratlos, wie es zu dieser Situation kommen konnte, und ich entschuldige mich in aller Form für die Ungelegenheiten, die dir daraus entstehen.«

Johannes hatte mit zunehmend gerunzelter Stirn und einem ungläubigen Lächeln zugehört. Er wollte gerade in Hepats kurze Redepause mit einem »aber« einfallen, als er deutlich Ishtars Stimme in seinem Kopf hörte: *Bleibe ruhig, mein Champion, später wirst du verstehen.* Er blickte sie überrascht an, aber sie erwiderte seinen Blick lediglich mit ernster Miene. Verwirrt schluckte er den Kommentar, den er bereits auf den Lippen hatte, hinunter.

»Du hast Ishtar sehr offen und aufrichtig von deinen Lebensumständen in deiner Welt berichtet«, fuhr Hepat fort »unter anderem eben auch darüber, dass es für dich dort aktuell unerledigte Dinge gibt, die deine Anwesenheit erfordern. Mein lieber Johannes«, – ihr Gesicht, das ihm kürzlich noch schön erschienen war, nahm einen schulmeisterlichen Zug an – »das kann nicht gut gehen! Wir können nur als Champion akzeptieren, wer sich mit ganzem Herzen und aus voller Überzeugung für unsere Sache einsetzen kann. Das mag dir jetzt noch möglich erscheinen, aber irgendwann würden sehr wahrscheinlich Zweifel in dir aufkommen, und ich gebe Ishtar recht, das können wir nicht riskieren.«

Jetzt verstand Johannes überhaupt nichts mehr. Zunächst war er nur zunehmend zornig wegen des belehrenden Tonfalls von Hepat geworden, als ob er das nicht alles selbst wüsste, aber jetzt nahm die Verwirrung Oberhand. Was für ein Spiel trieb Ishtar? Sein Blick schweifte unsicher zwischen Hepat und Ishtar hin und her, von denen die eine ihn mit oberlehrerinnenhafter, die andere mit kühler, sachlicher Miene anblickte, als sich Ishtars Stimme wieder in seinem Kopf meldete: *Habe Vertrauen!* Sehr zu seiner Verwunderung spürte er, dass sich tatsächlich Vertrauen in ihm einstellte. *Na gut, dann mal sehn, was die Ziege sonst noch zu sagen hat*, dachte er sich und sah, dass Ishtar ihn missbilligend anschaute.

»Wir halten dir jedoch deine Aufrichtigkeit zu Gute, und wir übrigen Schwestern waren in der Lage, auch Ishtar davon zu überzeugen, dass dir aus diesem Grunde eine zweite Gelegenheit, dich zu bewähren, zusteht. Zunächst bist du herzlich willkommen, hier zu bleiben, solange du es für angemessen und wünschenswert hältst. Aber irgendwann wirst du in deine Welt zurückkehren müssen, um deine dortigen, offenen Aufgaben zu erledigen. Ishtar ist sogar bereit, dich bei etwaigen notwendigen Vorbereitungen zu unterstützen. Falls es dir gelingt, deine Verpflichtungen in jener Welt zu erfüllen und rechtzeitig hierher zurückzukommen, steht dir die Ehre offen, wieder deinen Dienst als Ishtars Champion aufzunehmen.«

Hepat war offensichtlich am Ende ihrer Rede angekommen und Johannes hatte Mühe, ein Lächeln zu verbergen. Das hatte sie gut hinbekommen, seine Ishtar. Er unterdrückte den Impuls, ihr anerkennend zuzugrinsen und wandte sich mit ernstem Gesichtsausdruck an Hepat: »Ich habe Verständnis für eure Entscheidung und bin dankbar, dass ihr mir eine zweite Chance einräumt. Ich werde mir Mühe geben, euren Erwartungen gerecht zu werden.« Mit diesen Worten erhob er sich. *Gut gemacht,* hörte er Ishtars Stimme in seinem Kopf, es klang wie ein erleichterter Seufzer. Laut sagte sie zu ihm: »Dann bist du jetzt entlassen, bitte warte vor der Tür auf mich, wir müssen hier abschließend noch einige Dinge besprechen, ich werde in Kürze bei dir sein.«

Vor der Tür atmete er tief durch und sagte leise zu sich: »Mein lieber Johannes, da gibt es einige Dinge, an die du dich erst mal gewöhnen musst.« Die *Ehre* Dienst aufzunehmen, *entlassen* zu werden und dazu noch nicht einmal etwas sagen dürfen, was bildeten die sich eigentlich ein? Aber trotzdem, er konnte ein breites Grinsen nicht unterdrücken, er war zufrieden mit dem Ergebnis der Audienz.

Er ließ die Veranstaltung gerade noch einmal Revue passieren, um zu überprüfen, ob er irgendeinen Haken übersehen hatte, – ein halbherziger Horchversuch war an der dicken Eichentür gescheitert – als auch schon Ishtar alleine aus dem Raum trat.

»Ich könnte dich küssen, Johannes!« Ihre Augen blitzten vor Freude, wie bei einem Schulmädchen nach einem Klassenstreich. »Aber das würde nicht zu dem 'dann bist du jetzt entlassen' passen«, fügte sie mit gekünstelt tiefer Stimme hinzu und kicherte. Sie gratulierten sich gegenseitig, er ihr für ihre ausgeklügelte Taktik und sie ihm für seine Besonnenheit. Bevor sie jedoch Details erörtern konnten, kamen die ersten der übrigen Priesterinnen bereits nach und, auf Ishtars Rat hin, folgten sie diesen in den Gemeinschaftsraum.

***

Gleich nach dem herzhaften, von belanglosem Plaudern begleiteten Mittagessen hatte Ishtar zum Aufbruch gedrängt mit dem Hinweis, dass sie noch etwas Dringendes zu erledigen hätten. Johannes hätte lieber, wie er es gewohnt war, ein kurzes Verdauungsnickerchen gehalten, aber an so etwas schien hier keiner zu denken, und er hielt es für besser, sich seine Enttäuschung nicht anmerken zu lassen. Ein Bediensteter hatte bereits Fajulla und eine anmutige graue Stute, die im Gegensatz zu dem großen Braunen aufgezäumt und gesattelt war, zum Eingang des Haupthauses gebracht.

Gleich nachdem sich Johannes auf den breiten Rücken geschwungen hatte, nicht ohne vorher über Augenkontakt um Erlaubnis gefragt zu haben, hatte er wieder dieses überwältigende Gefühl der vollkommenen Verbundenheit mit diesem einzigartigen Wesen. Für einige Zeit gab er sich diesem Empfinden ganz hin und folgte Ishtar schweigend, die mit ihrer Reitbekleidung und geradem Rücken auf ihrer Stute eine tolle Figur abgab. Sie ritten auf einer breiten, befestigten Straße Richtung Norden. Unter der angenehm warmen Nachmittagssonne kamen sie an Obsthainen und frisch angelegten Feldern vorbei. Von einer Anhöhe aus sah Johannes eine kleine Ansiedlung, in der sich etliche Menschen geschäftig um mehrere kleine Häuser und ein deutlich größeres Gutshaus bewegten, von wo aus das Quieken junger Schweine und das Hämmern einer Schmiede herüberklangen. Kurz danach bogen sie auf einen von Trauerweiden gesäumten Weg nach Osten ab. Johannes schloss zu Ishtar auf und fragte sie, was denn eigentlich Grund und Ziel ihres Ausfluges seien.

»Ihr beiden schient so überwältigt voneinander zu sein, dass ich euch nicht stören wollte«, meinte Ishtar mit spöttischem Blick. »Als Champion brauchst du Waffen, auch wenn ich mittlerweile den Eindruck habe, dass dir das vielleicht nicht so ganz recht ist«, fuhr sie fort, wobei ihre Miene nachdenklich wurde. »Da vorne«, sie wies mit dem Finger auf eine Felsformation rechts des Weges, »ist der Eingang zu einer Höhle, in der sich eine Kammer mit außergewöhnlichen Waffen befindet, und dort sollst du eine für dich passende aussuchen.«

»Und was ist das besondere an den Waffen?«, fragte Johannes, während er sich von Fajullas Rücken gleiten ließ.

»Sie stammen aus unserer früheren Heimat.« Auch Ishtar war abgestiegen und ging, nachdem sie einen gedrechselten Holzstab aus der Satteltasche gezogen hatte, auf ein Gestrüpp vor einem großen allein stehenden Felsen zu.

»Sind das magische Waffen?«, fragte Johannes spöttisch, während er ihr folgte. Ishtar blieb stehen und schob einen Busch zur Seite, dahinter tat sich ein Felsspalt auf.

»Zunächst einmal sind sie aus bestem Stahl und hervorragend gearbeitet. Aber ja, in der rechten Hand und mit rechter Gesinnung geführt, können sie durchaus Magie wirken«, fügte sie scharf hinzu, während sie durch den Spalt schlüpfte.

Johannes folgte ihr und nachdem er sich durch die schmale Öffnung gezwängt hatte, sah er, wie Ishtar mit einer Hand um das obere Ende des Stabes strich. Der Stab begann in einem blauen Licht zu glühen und schließlich strahlte er einen so hellen Schein aus, dass er den vor ihnen liegenden Gang gänzlich ausleuchtete.

Was bin ich doch für ein Idiot!, rügte Johannes sich angesichts echter, ganz unmittelbar realer Magie. *Hier gelten nun mal andere Spielregeln, sonst wäre ich nicht hier und sonst hätte ich auch keine Hoffnung auf Hilfe.* Laut sagte er: »Der spöttische Ton von eben tut mir leid, ich werde mir Mühe geben, dass es nicht wieder vorkommt«.

»Ich fände es schön, wenn dir das gelingen würde, aber ich denke, ich sollte mich nicht zu sehr darauf verlassen«. Ishtar ging erhobenen Hauptes und leichten Schrittes voran, während Johannes ihr gebückt folgte, immer wieder Stalaktiten ausweichend und ständig bemüht, nicht auf dem glitschigen und übelriechenden Boden auszurutschen. Endlich, Johannes erschien es wie eine Ewigkeit, wurde der Gang weiter und höher, der Boden fast eben, trocken und sauber, um schließlich in eine große Kaverne zu münden. Der Stab in Ishtars Hand wurde noch einmal heller und beleuchtete jetzt zur Rechten ein riesiges Durcheinander von Hieb- und Stichwaffen, Bögen, Armbrüsten, Rüstungen und Schildern jeglicher Größe und Form. In einiger Entfernung davor waren aufwendig gearbeitete Lehnstühle im Halbkreis aufgestellt. Ishtar nahm auf dem mittleren Platz. Mit leicht abgewandtem Kopf und die Linke schützend vor die Augen gehalten, blieb Johannes vor ihr stehen und setzte gerade zum Sprechen an, als Ishtars befehlende Stimme hinter dem jetzt grellen Lichtschein erklang: »Hier magst du nun aussuchen, womit du, Johannes aus der allwissenden Welt, Magie zu wirken gedenkst. Aber wähle gut«, ihre Stimme hallte von den Felswänden wider, »dein Leben, dein Schicksal, vielleicht unser aller Schicksal könnten von deiner Wahl abhängen.«

Ärgerlich drehte Johannes sich um und ging auf die gewaltige Ansammlung von Mordinstrumenten zu. »Typisch Frau«, murmelte er vor sich hin, »die Sache mit der Magie werde ich jetzt wohl immer wieder aufs Butterbrot geschmiert bekommen.« Aber was ihn eigentlich viel mehr verstimmte, war ihr zweiter Satz, der ihm jede Menge Verantwortung aufhalste. Er hatte ihr doch gesagt, dass er überhaupt keine Ahnung von derartigen Waffen hatte und auch deutlich zum Ausdruck gebracht, was er generell von Waffen hielt.

Unwillig ging er die Reihe mit den scheinbar wahllos zusammengestellten Kriegsgeräten entlang. Was sollte er zum Beispiel mit so einem riesigen Schwert, das konnte er wahrscheinlich gerade mal kurz halten, ohne es fallen zu lassen. Prüfend hob er den Zweihänder an, um ihn gleich wieder abzustellen. Eben, das war doch Unsinn, dafür war er einfach nicht geschaffen. Er sah sich die Klinge und das Heft genauer an und strich dann vorsichtig mit der Hand darüber. Eigentlich war es eine wunderschöne Arbeit und ein hervorragendes Handwerksstück. Nachdenklich und interessierter ging er weiter, besah sich die Stücke genauer und fasste sie hier und dort auch an. Eine gewisse Faszination ging von den Teilen schon aus, gestand er sich ein.

Nicht Waffen töten, sondern der, der sie führt – so ein Quatsch! Mit dieser Parole durchgeknallter Waffenfreaks und seinem Kommentar dazu rief er sich wieder zur Ordnung. Natürlich waren diese Waffen geschaffen worden, um andere Menschen damit umzubringen. Vielleicht gab es aber doch Gründe, die dies rechtfertigten, meldete sich eine zweifelnde Stimme in seinem Kopf.

Wie auch immer, mahnte er sich, *du bist einen Handel eingegangen und jetzt solltest du zusehen, dass du deinen Teil der Abmachung erfüllst. Also, was kannst du, wie könntest du dir deine Rolle in diesem Spiel vorstellen?* Gewiss nicht als hirnloser Held, der eine unterlegene Armee gegen einen übermächtigen Feind anrennen lässt. Und auch nicht als Einzelkämpfer, der den besten Krieger der feindlichen Armee zum Zweikampf fordert. *Aber du bist ein guter Taktiker und hast ein schlaues und, falls nötig, verschlagenes Köpfchen.* Guerillataktik, schnell zuschlagen und ebenso schnell wieder verschwinden. Viele kleine, aber schmerzende Nadelstiche zufügen. Ja, das könnte er sich vorstellen.

Was brauchte man dazu? Eine nicht zu große, schnelle Truppe. Leichte Reiterei mit ebensolchen Waffen, deshalb wurde sie ja so genannt. Er ließ seinen Blick prüfend über die wüste Ansammlung schweifen. *Das könnte doch etwas für mich sein!* Er ging auf zwei an einer natürlichen Tropfsteinsäule lehnende Schwerter zu, die ihm leichter und feiner als die übrigen Waffen schienen. Er ließ sie prüfend durch die Luft zischen, ja, das lag ihm. *Lieber zwei Kleine, als eine Große*, das war während seiner Zeit in den Tropen immer schon sein Wahlspruch gewesen. Allerdings hatte sich der zu dieser Zeit auf Frauen und nicht auf Schwerter bezogen. Außerdem sollte ihm bei dieser Wahl zugutekommen, dass er mit dem linken Arm fast so geschickt war wie mit dem rechten. Damit hatte er schon manchen Gegner bei Spielen mit Schlägern überrascht. Und die Klingen waren schön! Sie glänzten silbern in dem blauen Licht, feine Wellenlinien liefen vom Heft zur Spitze und sie waren scharf wie Rasiermesser, ohne dass man Schleifspuren erkennen konnte.

Neben sich auf dem Boden entdeckte er einen runden, metallisch schimmernden Schild mit dem Kopf eines Wolfes in der Mitte. Darauf lagen ein kurzer Bogen und ein mit Pfeilen gefüllter Köcher. Er lehnte die Schwerter wieder an die Säule und hob die drei Teile vom Boden auf. Er war überrascht, wie leicht sie waren, in seiner Welt hätte er vermutet, dass sie aus Plastik bestünden.

»Wie viele Stücke darf man sich eigentlich aussuchen?«, rief er über die Schulter nach hinten.

»Nimm, was immer du für notwendig hältst«, kam Ishtars Antwort zurück.

Er schwang sich den Köcher über die Schulter, steckte den linken Arm durch die zwei Schlaufen auf der Rückseite des Schildes, hielt mit der linken Hand den Bogen und mit der rechten nahm er die zwei Schwerter an den Griffen und klemmte sie sich unter die Achseln. So beladen ging er zu Ishtar, deren Gestalt er im Gegenlicht nur schemenhaft wahrnahm. Als er vor ihr stand, hob er den linken Arm mit dem Schild an: »Ich habe mich dir ja deinen Worten nach als einsamer Wolf vorgestellt. Und, was hältst du von meiner Auswahl?«

Eigenartig«, antwortete Ishtar nachdenklich, »sehr eigenartig.«

Kapitel 7   Johannes: Die Befreiung

Johannes saß in der Laube und räkelte sich in dem Korbsessel. Draußen nieselte es leise, es war frisch, kein Lufthauch wehte, und alles war mit einem leichten Feuchtigkeitsschleier überzogen. Es war früh am Morgen und Ishtar hatte ihn während des gemeinsamen Frühstücks gebeten, sich hier mit ihr zu treffen.

Auf dem Rückweg von der Höhle am vorigen Nachmittag hatte er Ishtar gefragt, was an seiner Auswahl so eigenartig sei. Sie hatte erst gezögert, ihm dann aber doch schmunzelnd geantwortet, dass dieses Waffenset die Gemüter schon lange beschäftige. Die überwiegende Überzeugung war, dass sie vor langer Zeit wohl Paradewaffen für einen jungen Prinzen gewesen sein müssten, für den richtige Waffen noch zu schwer waren. Er erinnerte sich, wie er ihr selbstsicher erwidert hatte, dass sie ihm 'richtig' genug vorkämen und dass sie für seine Zwecke bestens geeignet wären. Woher er gestern diese Sicherheit gezogen hatte, war ihm heute unerklärlich. Nachdenklich betrachtete er seine Auswahl auf dem Tisch vor ihm. Er hatte die Waffen nach dem Frühstück aus seinem Zimmer geholt, da Ishtar sie mit entsprechenden Scheiden und Wehrgehängen versehen lassen wollte. Schulterzuckend nahm er eines der Schwerter in die Hand und folgte mit der anderen vorsichtig den Linien auf der Klinge. Für ihn sahen die Schwerter nach wie vor gefährlich genug aus, den Bogen hatte selbst Yusuf als Meisterwerk bewundert, und der Schild war, trotz seiner Leichtigkeit, angeblich unzerstörbar. Auf seine Frage, aus welchem Material dieser gefertigt sei, hatte Ishtar passen müssen und erklärt, dass viele Kenntnisse ihrer früheren Heimat bei ihrer Flucht verloren gegangen seien. Es sei aber noch genug von dem Material vorhanden, um für Fajulla Brust-, Flanken- und Stirnschutz aus Plättchen dieses Materials anfertigen zu lassen. Ishtar hatte ihm mit einem Lächeln versprochen, dass sie die Materialauswahl und die Herstellung ihrer Ausrüstung selbst überwachen werde, damit das ganze eines 'jungen Prinzen' würdig wäre.

Später, als sie zurück in Pela Dir waren, hatte sich Ishtar nach dem Abendessen zurückgezogen, er aber war noch längere Zeit über ein paar Krügen Bier mit einigen der Champions und deren Damen zusammengesessen. Es war eine entspannte Runde gewesen, sie hatten Fakten, aber auch Anekdoten und Mythen aus den verschiedenen Welten ausgetauscht, eher im Plauderton einer Wirtshausatmosphäre. Er hatte weitere Champions und Priesterinnen näher kennengelernt, darunter B'alam Agab, in der gemeinsamen Sprache *der Nachtjaguar*, einen Maya Krieger mit seiner Dame Ixchel, die ihm beide aufgrund ihres trockenen Humors sehr sympathisch waren. Aber auch zwei aus der Gruppe, die ihm am Vormittag noch feindselig erschienen war, hatten sich als gute und unterhaltsame Trinkkumpane herausgestellt. Es handelte sich um einen Zulukrieger namens Shaka und einen, von ihm richtig als Iren erkannten, Cuchulainn. Die zugehörigen Priesterinnen hießen Nozipho, die Mutter der Geschenke und Mebda. In der Gesellschaft von Cuchulainn hatte sich ein Liliputaner namens Distelson befunden, der behauptete, kein Mensch, sondern ein Sidhe zu sein, eine Art, die lange vor den Menschen die Erde bevölkert hätte, jetzt aber in einem Schattenreich leben würde. Genauso phantastisch und unterhaltsam wie diese waren all seine Geschichten und wenn Cuchulainn ihn nicht immer wieder mehr oder weniger grob, aber trotzdem nicht bösartig, zur Ruhe gebracht hätte, hätte er die Unterhaltung wohl alleine bestritten. Überhaupt waren die drei recht ruppig im Umgang untereinander und auch mit anderen, aber was sie sympathisch machte war, dass sie auch einstecken konnten. Und das mussten sie öfters, vor allem von Savinien und später auch, als ihm die Gruppe vertrauter war und vielleicht auch das Bier anfing zu wirken, von ihm selbst. Alles in allem ein sehr gelungener Abend.

»Hallo Johannes«, schreckte ihn Ishtar aus seinen Gedanken auf, »schön, dass du auf mich gewartet hast.«

Er rappelte sich in dem quietschenden Sessel hoch und erwiderte ihren Gruß etwas verschlafen, aber fröhlich. Während sich Ishtar, frisch wie immer und mit ein paar Regentropfen auf ihren dicken Zöpfen und der Stirn, ihm gegenüber niederließ, fiel Johannes wieder die Frage ein, die ihn seit dem Treffen mit den anderen Priesterinnen beschäftigte: »Ishtar, kannst du, oder besser, könnt *ihr* Gedanken lesen?«

»Das ist nicht weiter schwierig«, meinte sie in nebensächlichem Ton und holte Luft, um das Thema zu wechseln.

»Bitte nicht so schnell«, er sah sie kritisch an, »ich meine konkret, liest du meine Gedanken?«

Es entstand ein kurzes, verlegenes Schweigen, aber schließlich meinte Ishtar etwas unsicher: »Du sprichst wohl den Vorfall während der Ratsbeschlussverkündung an. Da habe ich mental mit dir kommuniziert. Ich werde versuchen, dich das zu lehren.«

»Das finde ich schön und interessant, aber ich denke, du weißt, dass ich davon nicht rede.« Rückblickend hatte ihre Reaktion auf seinen an Hepat gerichteten, gedanklichen Ziegen-Kommentar ihn verunsichert, denn den hatte er sicherlich nicht mitteilen wollen.

»Also gut, irgendwann muss es wohl sein«, seufzte Ishtar. »Du hast recht, ich muss mich bei dir entschuldigen.« Nach diesem für sie offensichtlich schweren Anfang schien sie ihre Selbstsicherheit wiederzugewinnen und sah ihm direkt in die Augen: »Ich hatte befürchtet, du könntest die Geduld verlieren und meinen schönen Plan zunichtemachen. Dafür wollte ich gewappnet sein, um gegebenenfalls reagieren zu können, deshalb bin ich in deine Gedanken eingedrungen.« Ein solches Verhalten entspreche nicht ihrer eigentlichen Haltung ihm gegenüber, fuhr sie fort, aber sie sei wieder einmal übereifrig wie eine Novizin gewesen. Außerdem widerspräche solches Tun auch dem Verhaltenskodex der Schwesternschaft, der Gedankenlesen bei ihnen nahe stehenden Personen untersage, geschweige denn bei einem Champion. »Ich verspreche dir, es wird nicht wieder vorkommen, darüber hinaus werde ich dich lehren, wie du ein Eindringen in deine Gedanken bemerken und abwehren kannst«, schloss sie ihre Entschuldigung ab und sah Johannes abwartend an, ob er damit zufrieden sei. Dieser hatte eine so heftige Reaktion überhaupt nicht erwartet. Eigentlich hatte er in Erfahrung bringen wollen, inwieweit er seinen gelegentlich männlich chauvinistischen Gedanken Raum geben konnte, ohne Gefahr zu laufen, dabei ertappt zu werden. Natürlich ohne diesen Aspekt zu erwähnen, versuchte er dem Thema die Schärfe zu nehmen, auch unter dem Hinweis, dass sich ihr Gedankenlesen in der gegebenen Situation als sehr hilfreich erwiesen hatte. Aber Ishtar blieb dabei, dass es ein schwerwiegender Fehler gewesen sei, auch in diesem Fall heilige der Zweck nicht die Mittel. Einerseits bewunderte Johannes ihre Konsequenz, andererseits beunruhigte sie ihn auch, da er davon ausgehen musste, dass sie die in gleicher Weise auch von anderen erwartete. Was ihn selbst betraf, hatte er da so seine Zweifel …

»Ich bin dir dankbar, dass du mir nicht weiter böse bist und dass du mir meinen Fehltritt leicht machen willst. Das ist aber nicht notwendig, ich bin es gewohnt, die Folgen meiner Handlungen zu tragen.« Damit war das Thema für sie wohl abgeschlossen und Ishtar begann, Johannes die Grundlagen einfacher Magie zu lehren.

Es war weniger ein Lehren mit Worten als mit Übungen und praktischen Beispielen. Im Laufe des Vormittages lernte Johannes Methoden sich zu entspannen, den Unterschied zwischen positiver und negativer Anspannung und sie brachte ihm bei, diese Zustände willentlich herbeizuführen, eigene Stimmungen und Gefühle zu erzeugen und sich selbst aus Distanz zu betrachten. Vor allem letzteres fiel ihm sichtlich schwer und Ishtar ließ ihn die Übungen dazu stets aufs Neue wiederholen. Besonders eine trieb ihn fast in den Wahnsinn, bei der er sich, nach seinem Dafürhalten, stundenlang in einem Spiegel betrachten sollte, ohne zu blinzeln, bis ihm die Tränen übers Gesicht liefen, und er nicht mehr wusste, ob die brennenden Augen der Grund dafür waren, oder die Erschöpfung und Mutlosigkeit.

»Ich denke, es ist genug für heute«, ließ sich Ishtar endlich vernehmen. »Lass uns morgen früh um die gleiche Zeit fortfahren. Es scheint mir nicht aussichtslos zu sein, zumindest bist du mit dem notwendigen Ernst bei der Sache.« Sie packte ihre Utensilien zusammen und als sie sich erhob, fügte sie tröstend hinzu: »Das schaffen wir schon, Johannes, aller Anfang ist schwer.«

Er konnte sie mit seinen verquollenen Augen nur undeutlich sehen, als sie davonging. »Du hast gut reden«, murmelte er vor sich hin. Verzweiflung stieg in ihm auf und schnürte ihm das Zwerchfell zusammen.

Der Nachmittag verlief nicht viel besser. Während des Mittagessens erbot sich Savinien, ihm den Umgang mit seinen, wie er es nannte, 'Stricknadeln' beizubringen. Freudig nahm Johannes das Angebot an, körperliches Austoben schien ihm nach dem frustrierenden Morgen eine gute Therapie zu sein. Er war schon immer sportlich veranlagt gewesen und wenn er in seinem bisherigen Leben gespürt hatte, dass sich aufgrund von Arbeit oder idiotischer Freizeiteskapaden ein Stimmungstief ankündigte, hatte er sich den Frust mit Freunden bei Squash, Badminton und ähnlichem, oder alleine im Fitnesscenter rausgeschwitzt.

Savinien machte ihm aber sehr schnell klar, dass Johannes' Vorstellungen von Sport überhaupt nichts mit Saviniens Auffassungen von Kampftraining zu tun hatten. »Prinzipiell finde ich die Idee von zwei Langwaffen nicht schlecht …« Mit kurzen Bewegungen aus dem Handgelenk führte Savinien zunächst einen Angriff auf Johannes Kopf und dann auf die rechte Seite, die Johannes beide mit seinen zwei Schwertern abblockte. Darauf schlug Savinien ihm mit der behandschuhten linken Faust auf die ungeschützte rechte Gesichtshälfte, die Johannes ihm einladend entgegengestreckt hatte. »… Wenn man sie denn nötig hat.«

»Die Beinarbeit beim Fechten wird von vielen fatalerweise unterschätzt …« Savinien deutete zwei Stiche auf die Körpermitte an, die Johannes auf die Seite ablenkte, worauf Savinien ihm seitwärts gegen das Knie trat. »… das werden wir üben müssen.«

So hatte es angefangen und so war es den ganzen Nachmittag weitergegangen. Savinien hatte seinen Spaß. Johannes bewunderte ihn für seine Leichtigkeit und Eleganz. Gleichzeitig aber hasste er ihn für seine Überheblichkeit und seinen Zynismus. Er hätte weiß Gott was darum gegeben, wenn er ihn wenigstens einmal aus der Ruhe, oder besser noch, in Verlegenheit hätte bringen können, oder noch besser – davon träumte er, je weiter die Zeit voranschritt – ihm eine leichte Verwundung hätte zufügen können. Eigentlich brannte er darauf, ihn einfach nur aufspießen, egal ob leichte oder schwere Verwundung, aber das wollte er sich nicht eingestehen. Außerdem konnte davon ohnehin keine Rede sein. Savinien schlug ihn, trat ihn, ritzte ihm die Haut auf, entwaffnete ihn, wann immer ihm der Sinn danach stand, und er tat dies mit offensichtlich großem Vergnügen. Aber Johannes gab nicht auf. Immer wieder raffte er sich auf und ging auf Savinien los. Das musste doch zu lernen sein! Und er hatte schon immer schnell gelernt.

Als endlich das Licht schwächer wurde, die Sonne hatte sich den ganzen Tag nicht gezeigt, hielt er schwer atmend, verschwitzt und am ganzen Körper zerschlagen inne und meinte: »Ich denke, es reicht, ich bedanke mich für die Belehrung, großer Meister, gebt Ihr mir morgen wieder die Ehre, mich zu verprügeln?«

»Stets zu Diensten.« Savinien, der keine Schweißperle vergossen hatte und frisch wie zu Beginn aussah, zwirbelte sich grinsend den Bart. »Und …«

»Wenn du jetzt irgendetwas sagst«, unterbrach ihn Johannes, »wie zum Beispiel aller Anfang ist schwer, oder auch: war ja gar nicht schlecht für den Anfang, dann bring ich dich um.«

»Es wäre interessant zu beobachten, wie du das anstellen willst«, meinte Savinien lachend, »aber, ein anderes Mal ist auch ein Tag.« Er nahm Johannes um die Schulter, der zuckte kurz zusammen, ließ sich dann aber doch humpelnd zum Haupthaus führen. »Lass uns etwas trinken gehen, zumindest du hast es dir verdient.«

***

Johannes saß im Dunkeln auf dem Stamm eines gefällten Apfelbaumes und überblickte im wolkenverhangenen, fahlen Licht des zunehmenden Mondes die Senke mit dem Anwesen der Priesterinnen. Die Fenster des großen Saales waren hell erleuchtet, während aus den beiden Seitenflügeln nur gedämpftes Licht drang. Als Schatten, aus dem einzelne Lichter funkelten, konnte er ein Stück dahinter das Gehölz mit den Wirtschaftsgebäuden ausmachen. Obwohl der Regen aufgehört hatte, war er auf dem Weg hierher von dem noch feuchten Gras und Gebüsch bis zu den Hüften nass geworden. Sein schmerzender Körper fröstelte, und er fühlte sich in jeder Beziehung elend. Er war hilflos in dieser Welt! Alles was er konnte und wusste, war hier wertlos. Sollte er den Weg, den er vor zwei Tagen gekommen war, wieder zurückgehen? Zurück in eine Gesellschaft, in der er die Spielregeln verstand und wo man seine Fähigkeiten schätzte? Allerdings drohten Teile dieser Gesellschaft seinen Sohn, wenn nicht gar zu töten, so doch zumindest seine wirtschaftliche Existenz und seine Zukunft zu zerstören.

Er hörte Schritte durch die Apfelbäume auf sich zukommen. Hoffentlich entdeckte man ihn nicht, er saß etwas abseits des Pfades im Schatten frisch belaubter Bäume. Er wollte jetzt mit niemandem reden. Auch, nein, *besonders* nicht mit Ishtar, die er jetzt erkennen konnte. Sie kam zielstrebig auf ihn zu und setzte sich wortlos an seine linke Seite. Nach vorn gebeugt, die Ellbogen auf den Knien, schwieg er trotzig, den Blick stur geradeaus gerichtet. Gerade sie konnte ihn jetzt am allerwenigsten verstehen, geschweige denn ihm helfen. Wahrscheinlich wollte sie das noch nicht einmal. Sie hatte ohnehin nur ihren eigenen Kram im Kopf. So haderte er eine Weile vor sich hin, bis er plötzlich bemerkte, dass seine linke Hand in ihrer rechten lag. Er hatte keine Ahnung, wie das geschehen war. Er drehte seinen Kopf zu ihr in der Erwartung, dass jetzt irgendeine Ansprache käme. Sie schaute ihm freundlich in die Augen, nicht vorwurfs- oder verständnisvoll, auch nicht mitfühlend oder mitleidig, einfach nur freundlich. Er richtete sich auf und lehnte sich gegen den Holzstoß, den man aus dem Geäst des gefällten Baumes hinter dem Stamm aufgeschichtet hatte. Er ließ seinen Blick über die ruhige Nachtlandschaft schweifen und spürte, wie sich der Kloß in seinem Magen langsam aufzulösen begann. Er sah ein paar Sterne durch die Wolken funkeln, nur wenig hinter sich hörte er den Ruf eines Käuzchens. Er spielte noch einmal gedanklich seine Optionen durch. Ishtars Hand hielt er mit beiden Händen auf seinem Schenkel umschlossen und kam zu dem

Schluss, dass er ja Zeit hatte. Heute war der erste Tag gewesen, was hatte er sich eigentlich vorgestellt? Dass er das mit links erledigen könnte? Er würde schon ein bisschen Anstrengung investieren müssen. Aber wenn es einer schaffen konnte, dann er!

Sie saßen noch einige Zeit schweigend nebeneinander, bis Johannes spürte, wie durchgefroren er war. Nun fühlte er auch wieder die Schmerzen und die Erschöpfung in seinem Körper. Aber das deprimierte ihn nicht mehr, sondern es verlangte ihn einfach nach einem warmen Bett. »Lass uns gehen … und danke Ishtar«, sagte er mit einer vom langen Schweigen krächzenden Stimme. Hintereinander gingen sie den schmalen Pfad zum Haupthaus zurück, erst auf dem Kiesweg fassten sie sich wieder an den Händen. Der Saal war mittlerweile verlassen und bevor sich ihre Wege in die verschiedenen Flügel trennten, nahm ihn Ishtar bei beiden Schultern, stellte sich auf die Zehenspitzen und küsste ihn auf die Stirn. Dann brach sie zum ersten Mal an diesem Abend ihr Schweigen: »Nicht weit von den Wirtschaftsgebäuden befindet sich eine der Allmutter geweihte Grotte mit einem kleinen Weiher. Nimm dort morgen früh ein Bad, das wird dir guttun. Aber jetzt schlafe dich erst mal gründlich aus, das war ein anstrengender Tag, mein seltsamer Champion.«

Es war nicht leicht gewesen, den Weiher zu finden. Johannes hatte sich in der ersten Dämmerung mit schmerzenden Gliedern aus dem Bett gequält und mühsam zu den Wirtschaftsgebäuden geschleppt. Es gab keine Stelle seines Körpers, die nicht schmerzte. Bei den Ställen hatte er Leute bereits bei der Arbeit vorgefunden, die er nach dem Weg fragen wollte, nur um festzustellen, dass eine Verständigung absolut unmöglich war. Er kannte das Wort für 'See' in vier verschiedenen Sprachen, aber keines davon war auf irgendeine Art von Verständnis bei den Arbeitern gestoßen. Auch Gesten von Schwimmen, ins Wasser springen, oder der Hinweis auf das Handtuch, das er um den Hals trug, hatten nichts gefruchtet, außer dass seine Verrenkungen immer mehr Leute anzogen, die versuchten zu helfen. Was letztendlich den Durchbruch brachte, war, dass er mit einem Zweig eine Seenlandschaft in den feuchten Sand des

Weges gezeichnet hatte. Nach einigen Fehlversuchen war einer der Arbeiter schließlich auf ein Wort, das für ihn so ähnlich wie *Dukra* klang, gekommen, das die anderen begeistert aufgenommen hatten. Froh, das Rätsel gelöst zu haben, hatte eine begeisterte Gruppe von mindestens zehn Leuten ihn mitgezogen und bis zu einem Feldweg geleitet, der ihn direkt zu dem Weiher geführt hatte.

Jetzt war er auf dem Weg zurück ins Haupthaus, wo er sich ein üppiges Frühstück erhoffte. Das Schwimmen hatte ihm tatsächlich an Leib und Seele gut getan. Es hatte ihn etwas Überwindung gekostet, in das eisige Wasser zu steigen, aber bereits nach wenigen Schwimmzügen hatte er den Eindruck gehabt, als ob Kraft und Energie in ihn eindrängen und ihn durchfluteten. Nach wenigen Minuten im Wasser war jeglicher Schmerz vergessen und aus Freude darüber hatte er noch etliche Zeit wie ein kleiner Junge im Wasser herumgetollt.

Forschen Schrittes betrat er das Gebäude durch den Kücheneingang, begrüßte das verblüffte Personal mit einem fröhlichen »Guten Morgen«, dasselbe wiederholte er, als er den Saal betrat und schwungvoll zu seinem Platz neben Savinien am Ende der Tafel ging.

»Oh, ich sehe, du hast den Weiher mit dem Wasser des Lebens bereits gefunden«, begrüßte ihn dieser mit einem schelmischen Lächeln. »Ich hätte dich gerne noch eine Weile schmoren lassen.«

»Das verblüfft mich überhaupt nicht«, entgegnete Johannes, »ihr Franzosen habt ja auch den Sadismus erfunden.« Diese Aussage verlangte natürlich Erklärungen, die Johannes gerne und ausführlich gab, während er nebenher kräftig von dem reichhaltigen Frühstücksangebot Gebrauch machte.

***

Zwölf Tage später saß Johannes auf dem Fels, aus dem die Quelle entsprang, die über einen kleinen Fall den Weiher mit frischem Wasser versorgte. Eine natürliche Stufe im Fels ergab einen perfekten Sitzplatz, von dem aus er den von Weiden und Erlen gesäumten Weiher überblicken konnte. Das Gewässer war fast kreisrund

mit einem Durchmesser von etwa fünfzig Metern. In dem tief-
dunklen, fast schwarzen Wasser, spiegelten sich die letzten Strahlen
der untergehenden Sonne. Es gab keinen sichtbaren Abfluss und
bei Tauchversuchen hatte Johannes schon wenige Schwimmzüge
vom Ufer entfernt keinen Grund mehr erreichen können. Dies war
sein Lieblingsplatz geworden. Morgens ging er hier regelmäßig
schwimmen, und häufig kehrte er am späten Nachmittag noch einmal zurück, um auf dem Hochsitz über der von dem Wasserfall ge-
bildeten Grotte seinen Gedanken nachhängen zu können. Heute
gab es allerdings einen besonderen Anlass. Schon während seiner
täglichen Übungen am Morgen mit Ishtar war er unruhig geworden. Am frühen Nachmittag hatte er mitten in einem Schlagabtausch mit Savinien seine Schwerter in den Boden gesteckt und
diesem mitgeteilt, dass er sich bedanke, aber Savinien jetzt wieder
Herr seiner Nachmittage sei, da der Zeitpunkt für die Rückkehr in
seine Welt gekommen wäre. Er hatte keine Ahnung, woher diese
Eingebung und die Sicherheit, mit der er sie vertrat, kamen, aber in
dieser Welt verblüffte ihn so gut wie nichts mehr. Er hatte Ishtar
informiert und war dann schnurstracks hierhergekommen. Seitdem
saß er da, ließ die letzten vierzehn Tage Revue passieren und überlegte, ob er für die Rückkehr in seine Welt und die Probleme, die
ihn dort erwarteten, ausreichend gewappnet war.

Im Schwertkampf war er besser geworden, aber noch weit davon
entfernt, einen ernsthaften Gegner für Savinien darzustellen, der
immer noch nach Belieben seine Spielchen mit ihm trieb, wenn
auch nicht mehr ganz so grausam wie an ihrem ersten Übungstag.
Aber Johannes glaubte ohnehin nicht, dass dieser Teil seiner hiesigen Aktivitäten von irgendeiner Bedeutung in der Welt des 21.
Jahrhunderts sein könnte.

Ishtar hatte sich als ausgezeichnete Lehrerin entpuppt. Es war ihr
immer wieder gelungen, ihn über Enttäuschungen hinwegzutrös-
ten, indem sie ihm, wie er inzwischen verstand, mit leichten Aufgaben zu Erfolgserlebnissen verhalf. So hatte sie ihm zum Beispiel in
Trance Zugang zu ihren Gedanken gewährt, er war begeistert gewesen, nicht nur über das, was er gesehen hatte, sondern auch

darüber, dass er es geschafft hatte. Heute wusste er, dass das vielmehr ihr Tun und ihre Führung gewesen war, als seine Leistung, aber damals hatte es ihm geholfen, sich nicht ständig als Versager zu fühlen. Sie hatte es auch verstanden, ihn zu motivieren, indem sie seine Bemühungen in einfacher Magie in einen größeren Zusammenhang stellte. Ihren Ausführungen zufolge war Magie in allen Dingen der Welt enthalten. Sie war das fünfte Element, und wenn man sich in einen entsprechenden Geisteszustand versetzte und auf die richtige Art schaute, war man in der Lage, sie zu sehen. Erkannte man ihre Fäden und Windungen erst einmal, war es nach Ishtar ein Leichtes, sie entsprechend seiner Bedürfnisse zu weben und zu wirken und damit die gewünschten Ergebnisse zu erzielen. Er hatte zwar keinen großen Erfolg damit gehabt, Magie zu sehen – einige Male dachte er, dass es ihm gelänge, aber was er zu sehen geglaubt hatte, waren keine Fäden oder Windungen, sondern eher geometrische Formen, die man weder weben noch wirken konnte – aber für seinen rational geschulten Geist war es ein willkommenes Erklärungsmodell gewesen. Mit diesem Bild im Hinterkopf hatte er die von ihr verordneten Übungen immer wieder durchgeführt, bis ihm dann endlich vor zwei Tagen der Durchbruch gelungen war. Er konnte bewirken, dass ihn einfache Gemüter nicht sahen, oder ihn aber mit einem ganz anderen Aussehen wahrnahmen. Gestern hatten sie es getestet: Er war während der Essensvorbereitung in die Küche gegangen und hatte unter den Augen des Chefkochs den Deckel des Suppentopfes entwendet. Als sie ihn wenig später zusammen in die Küche zurückbrachten, konnte keiner des zahlreichen Personals erklären, wie er weggekommen war. Daraufhin war er wieder alleine zwischen den Wirtschaftsgebäuden auf und ab spaziert. Als sie wenig später die Arbeiter dort fragten, ob sie einen der Champions vorbeikommen gesehen hätten, hatten diese Stein und Bein geschworen, dass – er hatte es sich nicht leicht gemacht – vor wenigen Minuten der große schwarze Krieger hier auf- und abgegangen sei. Voll Freude und Stolz hatte er Ishtar in den Arm genommen und war mit ihr unter den verdutzten Blicken der Arbeiter über die Straße getanzt. Zunächst war sie ihm willig gefolgt, dann hatte sie sich aber seiner Umarmung entzogen, ihr Kleid zurechtgezupft und ihm zwar freundlich, aber sehr formal gratuliert. Das war überhaupt so eine Sache, die Johannes nicht verstehen konnte. Seit dem gemeinsamen Abend auf dem Baumstamm hatte Ishtar strikt jede intime Nähe und Berührung vermieden. Aber das war ein Thema, um das er sich kümmern wollte, wenn er zurückkam. Heute Nacht würde er sich zunächst einmal in seine Welt aufmachen und zusehen, dass er seine dortigen Angelegenheiten in Ordnung brächte.

***

Johannes saß an seinem Schreibtisch und ordnete Papiere. Er war dabei, die Abrechnung von Reisekosten für seinen Arbeitgeber vorzubereiten. Eigentlich müsste er das einmal im Monat tun, aber er hatte die unangenehme Arbeit wieder einmal viel zu lange hinausgezögert und jetzt saß er vor einem Chaos von Papieren, die er erst einmal chronologisch ordnen musste. Das Telefon klingelte, geistesabwesend nahm er den Hörer ab: »Ja?«

»Johannes? Ishtar am Apparat. Bist du heute Morgen schon Savinien begegnet? Epona müsste ihn dringend sprechen.«

»Nein, tut mir leid, das letzte Mal habe ich ihn gestern beim Abendessen gesehen. Aber versuche es doch mal bei den Ställen. Ich glaube, er hat irgendetwas erwähnt, dass er da hinwollte.«

»Okay, danke und entschuldige die Störung.«

Schon als er den Hörer auflegte dachte er sich: *Was für ein blöder Traum!*

Langsam wurde er wach. Aber ein Telefon klingelte wirklich. Er ortete das Geräusch rechts neben seinem Kopf, tastete auf einem Nachttisch herum, bis er die Quelle des Lärms fand. »Ja?«

Natürlich war es nicht Ishtar, sondern Claudia, seine Exfrau, die zeterte, dass sie schon zig Mal versucht habe anzurufen, wo er sich denn gestern rumgetrieben habe, ob er überhaupt kein Verantwortungsgefühl habe, dass er sich nicht einmal in dieser Situation Zeit für seinen Sohn nehme …

»Claudia, mach mal langsam, ich bin gerade aufgewacht. Könntest du mir bitte das heutige Datum und die Uhrzeit sagen?«

»Es ist Montag der 22. Mai, 2006, es ist acht Uhr morgens und in genau vier Tagen entscheidet der bescheuerte Shah Alam High Court über das Schicksal deines Sohnes Michael! Hast du wieder getrunken und dich mit Weibern rumgetrieben? Wir müssen dringend mit dem Anwalt und der Botschaft reden. Ich habe auch schon einen weiteren Termin mit den zwei Journalisten von der *Welt* und vom *Spiegel* verabredet.

»In vier Tagen, sagst du?« Johannes hatte sich im Bett aufgesetzt und war jetzt hellwach.

»Genau! Das hat mir gestern diese Pfeife von Anwalt, Ibrahim, den *du* ausgesucht hast, mitgeteilt und seitdem versuche ich dich zu erreichen. Aber du musstest ja wohl wieder …«

»Können wir uns in einer halben Stunde in der Lobby treffen?« Sie wohnten im selben Hotel und neben der Rezeption gab es einen Coffeeshop. »Oder besser in einer Stunde?« Er brauchte etwas Zeit, um sich zu sammeln.

»Ja, oder in zwei oder in drei Stunden, es geht ja nur um deinen Sohn!«

»Also um neun im Café, ach ja, und bring bitte genügend Zigaretten mit, ich weiß nicht, ob ich noch welche dahabe.« Er unterbrach die Verbindung und legte den Hörer vorsichtshalber neben das Telefon, Claudia mochte es nicht, wenn man sie nicht ausschimpfen ließ.

Heute war Montag, am Samstag hatte er sich mit Claudia und den beiden Journalisten zum Lunch getroffen. Dabei war er zu dem Schluss gekommen, dass auch die Einbeziehung der Öffentlichkeit nicht viel Aussicht auf Erfolg versprach und sich für den anderen Weg entschieden. Das hieß, er war nur einen Tag fort gewesen!

Er stand auf und suchte in seinen Kleidern, die unordentlich über einen Stuhl geworfen waren, nach Zigaretten. Vier Tage Zeit, das musste zu schaffen sein.

Es war nicht einfach gewesen, Claudia davon zu überzeugen, dass er zunächst einmal nach Bangkok müsse, und sie sich alleine mit den Journalisten treffen sollte. Eigentlich hatte es überhaupt nicht geklappt. Auch seine wiederholte Versicherung, dass die Reise im Interesse Michaels sei, hatte nichts bewirkt. Sie hatte Details wissen wollen, und als er diese verweigerte, hatte sie ihm vorgeworfen, dass dies wohl wieder eine seiner üblichen Spinnereien sei. Er solle endlich erwachsen werden und auf den Boden der Tatsachen kommen, die Welt sei nicht so, wie er sie sich zusammenphantasiere. In diesem Punkt musste er ihr innerlich recht geben, die Welt hatte selbst für ihn einige Überraschungen zu bieten, vor allem in den vergangenen paar Tagen. Dass er Claudia nicht überzeugen konnte, hatte ihn nicht weiter gestört, das konnte er schon lange nicht mehr. Viel wichtiger war, dass Claudia sich über seine Bangkokreise gegenüber ihren Freunden und Bekannten empören würde und auf irgendeinem Weg würde die Information sicherlich an die malaysischen Sicherheitsbehörden gelangen.

***

Am selben Nachmittag war er nach Bangkok geflogen, ein gültiges Visum hatte er dank seiner Entwicklungshelfertätigkeit noch. Er hatte seine chinesischen Trinkkumpane im Rotlichtmilieu, die er während eines dreimonatigen Kurzzeiteinsatzes beim Forstministerium in Bangkok kennengelernt hatte, aufgesucht und sie an ihre frühere Prahlerei erinnert. Sie hatten ihm seinerzeit zugesichert, dass sie ihm innerhalb eines Tages alles, aber auch wirklich alles besorgen könnten, wenn er nur genügend Dollarreserven hätte. Diese Reserven hatte er mobilisiert, und sie hatten ihm innerhalb der versprochenen Tagesfrist zwei hervorragende Schweizer Ausweise geliefert. Sie waren auf einen Karl Kalitta, zweiundfünfzig Jahre, geboren in Bern mit Wohnsitz in Manila, Philippinen, und einen Peter Kalitta, dreiundzwanzig Jahre, geboren und wohnhaft in Luzern, ausgestellt. Die zugehörigen Passbilder hatte Johannes besorgt, indem er zwei nichtsahnende Touristen entsprechenden

Alters auf dem Pat Pong mit seiner Digitalkamera fotografiert hatte. Die Bilder hatte er dann in einem Internetcafé mit Photoshop bearbeitet und auf Photopapier ausgedruckt. Probleme hatte es aber mit den Einreisestempeln nach Malaysia gegeben. Johannes wollte, dass Karl dort vor vier Wochen angekommen war und Peter erst zwei Tage zuvor. Seine chinesischen Freunde hatten ihm versichert, dass es absolut unmöglich sei, hier in Bangkok an die entsprechenden Stempel zu kommen. Johannes hatte seinen Rückflug auf den nächsten Tag umgebucht und seinen Freunden erklärt, dass er tief enttäuscht von ihnen sei. Sie hätten ihm ewige Freundschaft geschworen und schon beim ersten Mal, als er sie wirklich brauchte, ließen sie ihn im Stich. Das hatte für viel Aufregung gesorgt, man hatte ihn genötigt, sich mit ihnen zusammenzusetzen und die Angelegenheit noch einmal zu besprechen. Die Ausweise hatte Johannes ihnen zurückgegeben, mit dem traurigen Hinweis, dass sie so wertlos für ihn seien. In wechselnder Gesellschaft hatte er dagesessen und Unmengen von Tiger Bier und Reisschnaps getrunken, während immer wieder Leute aus der Gruppe gegangen und andere dazugekommen waren. Irgendwann, es musste gegen zwei Uhr morgens gewesen sein, war Chinboy, der Anführer der Truppe, wieder aufgetaucht und hatte triumphierend die zwei Ausweise auf den Tisch geknallt. Johannes hatte sie aufgeschlagen, die Einreisestempel waren perfekt. »Ich wusste, dass ich mich auf euch verlassen kann«, hatte er im Aufstehen gesagt und sich in sein Hotel geschleppt.

***

Zurück in Kuala Lumpur hatte er sich im Hotel geduscht und telefonisch kurzfristig eine Besuchserlaubnis bei seinem Sohn am Nachmittag erwirkt. Er kannte den zuständigen Beamten von früheren Besuchsanträgen, dieser wusste, dass Johannes großzügig war. Nachdem er in einem Reisebüro einige Blocks entfernt zwei Tickets für die Frühmaschine mit Philippine Airlines nach Manila auf die Namen Peter und Karl Kalitta gebucht hatte, ging er zum

Lunch in einen McDonald's. Von dort aus rief er über sein Handy Hassan an, den Taxifahrer, mit dem er bei seinen vielen hiesigen Aufenthalten in den letzten paar Monaten immer gefahren war, und zu dem er ein fast schon freundschaftliches Verhältnis aufgebaut hatte. Allerdings verdiente Hassan an dieser Freundschaft auch ganz gut. Auf der Fahrt zum Flughafen machte Johannes ihm ein Angebot, das ihn, zumindest für seine Verhältnisse, zum reichen Mann machen würde. Falls alles klappte.

Vom Flughafen aus stoppte er die Zeit, die sie zum Untersuchungsgefängnis Sungai Buloh benötigten, das etwa fünfundzwanzig Kilometer nördlich von Kuala Lumpur lag. Er prägte sich die Umgebung gründlich ein und stoppte die Fahrtzeit für einzelne Etappen. Jetzt am frühen Nachmittag war relativ wenig Verkehr, zwischen sechs und sieben Uhr morgens würde es noch weniger sein. Das Sungai Buloh war ein höchst modernes, voll elektronisch überwachtes Gefängnis. Hier hatte bis vor wenigen Jahren noch der ehemalige Vizepräsident von Malaysia, Anwar Ibrahim, eingesessen, einer der Hauptanklagepunkte war der Verdacht auf Sodomie gewesen. *Die spinnen doch, die Malaien*, dachte Johannes. Michael hatten sie mit achtundzwanzig Gramm Haschisch erwischt, er hatte sich von seinen Reisekumpanen zu einem Sammeleinkauf breitschlagen lassen. Sein Sohn hatte sie auch nicht mehr alle. Johannes wäre es lieber gewesen, wenn das noch aus der Kolonialzeit stammende, alte Pudu Gefängnis im Zentrum Kuala Lumpurs in Betrieb gewesen wäre, aber dort gruselten sich jetzt fröhliche Touristen an Orten, wo echte Menschen mit Bambusstäben zu Krüppeln geprügelt, und andere, die weniger Glück gehabt hatten, aufgehängt worden waren. Auch die Touristen waren verrückt. Aber von ihm, Johannes, konnten sie vermutlich alle noch etwas in Sachen Idiotie und Durchgeknalltheit lernen, wenn er tatsächlich glaubte, dass sein Plan gelingen könnte.

Nach den umfangreichen Sicherheitskontrollen hatte er Michael kurz gesehen, zehn Minuten waren ihm zugestanden worden. Er war sich sicher, dass der Besuchsraum abgehört wurde, daher hatten sie die meiste Zeit nur über Belanglosigkeiten gesprochen.

Erst zu Ende der Besuchszeit, schon im Gehen, sah sich Johannes veranlasst, Michael zu ermahnen: »Du erinnerst dich, dass ich dich als Kind in kritischen Situationen, in welchen schnelles Handeln nötig war, immer aufgefordert habe, erst zu folgen und dann zu fragen.« Michael hatte ihn angegrinst, natürlich erinnerte er sich daran, sein Vater hatte oft genug darüber lamentiert, dass er sich genau daran nie gehalten hatte und so in den einen oder anderen Schlamassel geraten war. »Wenn ich dir diesen Satz das nächste Mal sage, versprich mir, dich einmal im Leben daran zu halten.«

Michael hatte sich daran gehalten. Gerade hob das Flugzeug vom Flugplatz Manila in Richtung Frankfurt über Bahrain ab. Sie flogen mit Gulf Air und Johannes glaubte nicht, dass die Araber sie an die Malaien ausliefern würden, selbst wenn diese mittlerweile ihre Fluchtroute herausbekommen hätten. Aber wahrscheinlich würden sie daran ohnehin noch eine Weile zu knacken haben. Trotzdem hatte er sich vorsichtshalber gegen eine europäische Airline entschieden, weil diese, bevor sie von Manila in eine der europäischen Hauptstädte flogen, Zwischenlandungen in Ländern machten, denen er nicht über den Weg traute.

»Und, wie fühlt man sich als freier Mann? Ich denke, jetzt haben wir es geschafft.«

»Oh Mann, ich kapiere überhaupt noch nichts. Darf ich jetzt endlich mal fragen, oder ist immer noch die Erst-folgen-Sache angesagt?«

»Nein, jetzt kannst du fragen so viel du willst, aber wenn es dir recht ist, erzähle ich dir erst einmal etwas.«

Michael war es recht und Johannes erzählte. Die zwei auf seinen Besuch bei Michael folgenden Nächte hatte er damit verbracht, die Routine des Schichtwechsels des Wachpersonals im Sungai Buloh Gefängnis zu beobachten. Am darauffolgenden Morgen um fünf Uhr hatte er sich unter die Gruppe der Wachmänner der Tagesschicht gemischt.

»Genau das ist der Punkt, den ich nicht verstehe«, unterbrach Michael. Wie konntest du dich ungesehen unter die Wachmannschaft mischen? Und auch später mit mir zusammen, warum haben uns die Leute nicht gesehen, oder nicht erkannt?«

Johannes wand sich. Einerseits wollte er die wahren Gründe nicht nennen, weil das Ganze für ihn selbst noch zu neu und eigenartig war. Andererseits war es schon immer sein Prinzip gewesen, seinen Sohn nicht anzulügen und ihm auch nichts vorzuenthalten, wenn er ihn etwas fragte. »Bist du bereit für eine seltsame, wirklich äußerst seltsame Geschichte?«

»Papa, du kannst mir glauben, mich schockt nichts mehr.«

»Das wollen wir mal sehen«, erwiderte Johannes und er berichtete, wie er sich in seiner Verzweiflung, nichts zu Michaels Rettung tun zu können, zu dem phantastischen Weg einer Traumreise entschieden hatte. Wie der Traum Realität wurde, und was er dann in dieser anderen Realität erlebt hatte. Zunächst hatte Michael aufgeregt immer wieder seine Ungläubigkeit zum Ausdruck gebracht und ständig mit Zwischenfragen unterbrochen. Aber nachdem Johannes gedroht hatte, mit dem Erzählen aufzuhören, wenn er jetzt nicht Ruhe gebe und einfach nur zuhöre, war er der Geschichte mit fassungslosem Staunen gefolgt. »Tja, und nachdem wir in Deutschland angekommen sind, werde ich wohl zurückgehen müssen, um meinen Teil der Abmachung zu erfüllen«, endete Johannes.

»Hey, wenn du keine Lust dazu hast, dann schick doch mich«, schlug Michael eifrig vor.

»Ja, vielleicht wärst du für so eine Herausforderung besser geeignet als so ein alter Knacker wie ich. Aber ich denke, das muss ich selbst ausbaden.« Er wollte es sich nicht eingestehen, aber eigentlich freute er sich darauf, nach Pela Dir und nicht zuletzt zu Ishtar zurückzukehren.

Die Zwischenlandung in Bahrain verlief routinemäßig und ereignislos. Als sie zum Boarding gingen und Johannes neben dem Eingang zum Finger zwei Soldaten in Uniformen stehen sah, bekam er noch einmal weiche Knie. Aber die beiden unterhielten sich lediglich und beachteten die Passagiere überhaupt nicht. Endlich befanden sie sich wieder in der Luft auf dem Weg nach Frankfurt.

Befriedigt und stolz sah Johannes zu seinem Sohn hinüber, der neben ihm in einen unruhigen Schlaf gefallen war. Nicht zu fassen, dass das geklappt hatte.

Nachdem er mit der Wachmannschaft ins Innere des Gefängnisses und an den Sicherheitschecks vorbeigekommen war, war er zweien der Wachmänner erst in den Umkleide-, dann in den Kontrollraum gefolgt. Er hatte sie eine Weile beobachtet, bis er dachte, das Schließsystem verstanden zu haben. Als einer von ihnen den Raum verließ und der andere gähnend eine Zeitung las, war er zu dem Kontrollpult gegangen und hatte das Hauptgitter und die Zelle Nummer 67 entriegelt. Er hatte sich Michaels Beschreibung in Erinnerung gerufen, war aus dem Kontrollraum geschlüpft und hatte auf Anhieb die Nummer 67, Michaels Zelle, gefunden. Er war an seine Pritsche getreten, hatte ihm die Hand auf den Mund gelegt und ihn damit geweckt. Nach einer kurzen Erinnerung an seine letzten Worte bei seinem Besuch vor zwei Tagen, wies er ihn an, so wie er war, nur in Shorts bekleidet mit ihm zu kommen, so nahe wie möglich bei ihm zu bleiben und auf jeden Fall immer Körperkontakt mit ihm zu halten. Auf diese Weise war es ihm möglich, das Nichtgesehenwerden auf Michael auszuweiten. Sie waren noch einmal zurück in den Kontrollraum gegangen und hatten das Gitter und die Zelle wieder verschlossen. Von dort waren sie in den Umkleideraum zurückgekehrt und hatten sich den letzten Wächtern der Nachtschicht angeschlossen, die das Gefängnis verließen. Zwei Häuserblocks weiter hatte Hassan gewartet. In lediglich zwanzig Minuten hatte er sie zum Flughafen gebracht, Michael hatte kaum Zeit gehabt, seine neuen Kleider anzuziehen und sich einigermaßen herzurichten. Dort hatte Hassan ihnen die zwei Reisetaschen zum Schalter von Philippine Airlines getragen, sie hatten sich verabschiedet, und Johannes hatte ihm einen Umschlag in die Hand gedrückt. Mit zehntausend Dollar konnte er sich ein eigenes Taxi kaufen und gehörte damit schlagartig zum Mittelstand. Johannes ging auf Michael gestützt zum Schalter, wo sie als Karl und Peter Kalitta eincheckten. Die verschlafene Schalterbeamtin hatte die Passbilder noch nicht einmal mit ihren Gesichtern verglichen. Das war bei der Passkontrolle anders gewesen, und dort hatten sie auch ihre Geschichte vorbringen müssen, dass der Vater Karl in Malaysia Urlaub gemacht hatte, dann aber schwer erkrankt sei. Sein Sohn Peter sei vor zwei Tagen nachgereist, um ihn aus dem Krankenhaus abzuholen und ihn nach Manila zu begleiten, wo seine philippinische Frau auf ihn wartete. Nein, die Krankheit wäre nicht ansteckend und er sei reisefähig, das könne er mit einem Dokument seines hiesigen behandelnden Arztes – das Dokument hatte ihn weitere fünfzig Dollar gekostet – belegen. Solange er sich auf seinen Sohn stützen könne, wäre alles in Ordnung. Der Zollbeamte hatte die Pässe kritisch begutachtet, die Einreisestempel mit ihrer Geschichte verglichen und auch das ärztliche Gutachten von vorn bis hinten durchgelesen. Schließlich hatte er den Ausreisestempel in die Pässe gedruckt, ihnen die Papiere zurückgegeben, einen guten Flug und dem kranken Vater gute Besserung gewünscht. In der Abflughalle war Johannes wieder nervös geworden. Philippine Airlines, die Abkürzung PAL wurde im Volksmund als 'Plane Always Late' interpretiert, wurde mal wieder ihrem Namen gerecht. Aber handelte es sich um eine der normalen Verspätungen, oder suchte man sie bereits? Seine Befürchtungen hatten sich als unbegründet erwiesen. Sie waren ohne Zwischenfälle nach Manila gekommen, hatten dort ihre auf die richtigen Namen ausgestellten Tickets, die er übers Internet bestellt hatte, am Gulf Air-Schalter abgeholt und hatten unbehelligt die Maschine nach Frankfurt bestiegen.

So einfach war das gewesen. Während der eigentlichen Befreiungsaktion war er kühl, sicher und beherrscht gewesen. Es gab etwas zu tun, und er wusste, was das war. Aber als er zuvor, in einer Buschgruppe versteckt, auf das Eintreffen des Schichtwechsels gewartet hatte, hatte er sich zwei Mal übergeben müssen. Alleine, im Dunkeln, hatte er über eine Stunde Zeit gehabt, sich mögliche Fehlschläge und deren Konsequenzen auszumalen. Ähnlich fühlte er sich jetzt wieder, nachdem das Ganze über der Bühne war. Er schaute seine Hände an. Ob die mal wieder aufhören würden zu zittern? »Und so etwas will ein Champion sein«, sagte er zu sich selbst. Er spürte eine neue Übelkeitswelle nahen und nahm vorsichtshalber die Spucktüte aus der Sitztasche.

Kapitel 8   Johannes: Die Rückkehr

Sehen, Tasten/Fühlen: Ich gehe in einem fahlen Licht auf einem Kiesweg leicht bergauf. Durch meine dünnen Schuhsohlen spüre ich einzelne Kieselsteine deutlich. Ich sehe vor mir das Haus. Ich schaue es mir genauer an. Es ist aus Holz. Ich schaue es mir noch genauer an: Es ist aus Brettern gezimmert, es hat eine Veranda, es sieht etwas vernachlässigt aus, es steht leer. Ich gehe die drei Treppenstufen hinauf, die Bretter sind ungehobelt und ich spüre die groben Holzfasern. Ich betrete das Haus. Ich schaue mich um und nehme Details wahr. Vor mir ist eine Bodenluke, ich öffne sie und klettere die Holzstiege hinunter. Sie führt in einen aus Fels gehauenen, schwach beleuchteten Raum. Ich schaue mich um und nehme Details wahr. Nichts ist bedrohlich. In der Mitte der Felskammer ist ein viereckiges Loch im Boden, dort beginnt eine Wendeltreppe. Ich gehe auf der Wendeltreppe nach unten. Ich spüre, dass die Treppe aus Metall ist, auch das Geländer ist aus Eisen. Ich nehme Details wahr. Das Geländer ist kühl, es ist über Rostnarben frisch gestrichen. Ich nehme bewusst jede einzelne Stufe, ich spüre das Geländer, ich gehe kreisförmig nach unten, sehr lange, sehr tief, sehr bewusst.

Sehen, Tasten/Fühlen, Hören: Unten ist eine riesige Felsenhöhle, ich kann keine Decke sehen, das schwache Licht reicht nur wenige Meter über den Boden. Ich bin sehr alleine, aber nichts ist bedrohlich. Ich horche, kein Ton dringt an mein Ohr. Ich gehe über den Felsboden, den ich deutlich spüre, zu einem rechteckigen Wasserbecken, wo ein hölzernes Ruderboot an einem eisernen Ring vertäut ist. Ich löse das Seil, ich spüre deutlich die Fasern und das Eisen des Ringes, ich höre nichts. Ich stoße das Boot ab und gleite über das tiefe, schwarze Wasser. Ich halte die beiden Bordwände und spüre das rissige Holz. Das Boot wird von einer Strömung bewegt, die Fahrt wird schneller. Felswände kommen von beiden Seiten auf das Boot zu, durch ein riesiges Tor schießt es ins Freie. Das Wasser um mich herum gurgelt, ich höre Wellen gegen die Bordwand schlagen. Ich trete mit dem Fuß auf den Holzboden und *höre den dumpfen Klang. Die Fahrt verlangsamt sich, ich steuere das Boot auf eine Böschung am rechten Ufer zu, steige aus und binde das Boot an einer aus der Böschung herausragenden Wurzel fest. Ich höre das Wasser gegen das Ufer schlagen und Steine die Böschung hinunterkullern, während ich hinaufsteige.*

Sehen, Tasten/Fühlen, Hören, Riechen: Ich gehe durch eine vegetationslose, leicht abfallende Steinlandschaft. Ich fühle kantigen Fels unter meinen Füssen, ich höre Geröll knirschen, wenn ich darüber gehe. Trotz der öden Landschaft und dem fahlen Licht ist nichts bedrohlich. Ich ziehe Luft durch die Nase ein, sie ist frisch, aber hier gibt es nichts, was riechen könnte. Ich gehe lange weiter, schaue mir einzelne Felsen an, berühre sie gelegentlich und achte auf die vereinzelten Geräusche. Eine Brise kommt auf, sie weht mir ins Gesicht. Ich höre Möwen schreien, die Luft riecht salzig nach Meer. Ich atme tief durch die Nase ein, rieche Salzwasser, Tang und Fisch, während ich über eine Kuppe schreite. Vor mir taucht ein Strand auf, wo an einem Landungssteg ein größeres, flachkieliges Boot auf mich wartet. Ich stapfe durch den Sand darauf zu, höre Wellen ans Ufer schlagen und entferntes Möwengekreische und ich rieche den immer intensiveren Meeresgeruch.

Sehen, Tasten/Fühlen, Hören, Riechen, Schmecken: Ich besteige das sanft schaukelnde Boot, und der Fährmann, der im hinteren Teil steht, legt mit einer langen Stange vom Ufer ab. Er ist sehr groß, in einen langen, dunklen Kapuzenmantel gehüllt, sodass man ihn in dem schwachen Licht nicht deutlich erkennen kann. Trotz seiner düsteren Erscheinung geht nichts Bedrohliches von ihm aus. »Wie sollte er sonst aussehen«, sage ich mir und begrüße ihn mit einem fröhlichen »Alles klar, Fährmann?« Ich erwarte keine Antwort und fange an, mich auszuziehen. Als ich das letzte Mal hier ankam, brachte mich der Fährmann solange nicht ans Ufer, bis ich auch das letzte Kleidungsstück abgelegt hatte. Man lernt dazu. Wie erwartet kommt Nebel auf, der immer dichter wird. Ich fröstle, während sich alles mit einem Feuchtigkeitsschleier belegt. Ich lecke meine Lippen, sie schmecken salzig. Wir stoßen durch eine Nebelwand und legen an einem ähnlichen Landungssteg wie auf der anderen Seite an. Ich steige aus, bedanke mich bei dem Fährmann und gehe durch weiches Gras einen Hügel hinauf. Hier lasse ich mich auf einem Knie nieder, ziehe einen Grasballen aus der Erde, rieche an der Wurzelseite, drehe den Ballen wieder um, höre kleine Steinchen und Erdteile auf den Boden fallen, zupfe einen Grashalm ab und kaue darauf herum. Der bittere Geschmack macht mir die Zunge pelzig. Ich habe all meine fünf Sinne zusammen!

Johannes war zurückgekehrt.

Er schaute über die Schulter in die Weite der im Dunkel liegenden Streuobstwiese. Von einem Strand oder einem Landungssteg war nichts mehr zu sehen.

***

Johannes rannte durch das nasse Gras. Nach seiner Rückkehr letzte Nacht musste es wieder geregnet haben. Jetzt glitzerte die Morgensonne in vielen kleinen Wassertropfen auf Blättern und Grashalmen. Tief zog er die würzige, nach nasser Erde und Blüten duftende Luft ein und freute sich über seinen Laufstil, die Harmonie seiner Bewegungen, die zu dieser Stunde noch unberührte Landschaft, die nur ihm und den Vögeln zu gehören schien. Letztere brachten ihre Freude darüber lauthals zum Ausdruck. Das schien ihm eine gute Idee, und auch er stieß aus tiefster Seele einen Freudenschrei aus. Das Vogelkonzert verstummte kurz, dann begannen einige zaghaft zu schimpfen, um nach wenigen Momenten wieder zu jubilieren wie zuvor. Lachend rannte er weiter. Er war letzte Nacht nicht überrascht gewesen, als er Ishtar wartend, wie bei seiner ersten Ankunft, vorfand. Sie hatte sich zur Begrüßung auf die Wangen küssen und sich willig an seinen Körper drücken lassen. Er spürte jetzt noch genau die Stellen, an denen ihre Brüste und ihr Schamhügel, nur von ihrem dünnen Gewand bedeckt, ihn berührt hatten. Er kam etwas aus dem Lauf- und Atemrhythmus und musste auf den nächsten paar Metern korrigieren. Nach dieser ersten Intimität hatte Ishtar sich von ihm gelöst, ihm eine bereitliegende Wolldecke um die Schultern gelegt und nachdem sie ihn mit

111

Speisen und Getränken versorgt hatte zum Erzählen aufgefordert. Er hatte ihr unter Auslassung von für sie unverständlicher Details, wie zum Beispiel elektronischen Schließanlagen, von der Befreiung seines Sohnes berichtet. Trotzdem hatte sie offensichtlich nicht alles verstanden, aber sie hatte sich unter Berücksichtigung der späten Stunde fürs erste zufrieden erklärt. Im Gegenzug hatte sie ihm mitgeteilt, dass er über einen Monat weggewesen sei, es hier bereits Frühsommer wäre und die Zeit nahe, um Soldaten auszuheben. Da er erschöpft gewesen war, hatten sie weitere Gespräche auf den nächsten Tag nach dem Frühstück verlegt, wie üblich wollten sie sich in der Gartenlaube treffen. Er freute sich auf das Treffen. Er freute sich auch darauf, den schlitzohrigen Savinien, den stets unbekümmerten Rodrigo und den nur auf den ersten Eindruck strengen, wenn man ihn aber näher kennenlernte, warmherzigen und humorvollen Yusuf wieder zu treffen. Und alle anderen auch. Er lief im Einklang mit sich selbst und seiner Umgebung und freute sich.

Johannes lief bis zu dem Weiher, streifte die Kleider ab und schwamm gemächlich ein paar Runden, bis er abgekühlt war. Direkt am Ufer, wo er seine Kleider abgelegt hatte, wusch er sich mit der in einen Lappen eingewickelten, mitgebrachten Seife. Danach kletterte er unbekleidet zu seinem Lieblingsplatz über der Grotte und ließ sich auf dem noch kühlen Stein zum Trocknen in der strahlenden Morgensonne nieder. Der Abschied von seinem Sohn Michael in Deutschland war ihm nicht leicht gefallen. Er hätte ihn gerne noch zu den deutschen Behörden begleitet, bei denen er sich auf seine Bitte hin stellen sollte, sobald sie die Passkontrolle passiert hatten. Aber Johannes hatte das dringende Bedürfnis verspürt, bereits in der kommenden Nacht nach Pela Dir zurückzukehren, und er hatte gelernt, sich auf solche Gefühle zu verlassen. Er war vom Flughafen aus direkt in sein kleines Einzimmer-Apartment in Frankfurt gefahren, und hatte dort bis zum Abend noch einige Informationen aus dem Internet gezogen. Michael und er hatten Stillschweigen über die in ihrer Welt nicht erklärbaren Einzelheiten der Flucht vereinbart, und er wusste, dass er sich in dieser Hinsicht auf ihn verlassen konnte. Ein gegebenes Wort brach man nicht. Auf die Frage, wie sich Michael der Neugier, der mit Sicherheit eine Sensation witternden Medien und – noch schlimmer – seiner Mutter, entziehen sollte, hatte er selbst allerdings auch keinen Rat gewusst. Aber das war jetzt Michaels Problem. Er hatte ihm genügend Phantasie vererbt, die sollte er mal spielen lassen, er selbst musste sich um die Begleichung der Rechnung für die gelungene Befreiung in dieser Welt hier kümmern.

Er stieg von seinem Hochsitz hinunter, zog sich an und machte sich auf den Rückweg. Unterwegs, bei den Ställen, wollte er nach Fajulla sehen, um ihn zu begrüßen. Das Personal dort machte ihm aber klar, dass Fajulla nicht da und, wenn er sie richtig verstand, schon längere Zeit weg war. Das war schade, er hatte sich sehr auf das Wiedersehen gefreut, aber er war sich sicher, dass der Mahirrim zur rechten Zeit wieder auftauchen würde. Er genoss den restlichen Spaziergang zurück zum Hauptgebäude, und als er dort ankam, saßen die übrigen Champions und einige der Priesterinnen bereits beim Frühstück. Er konnte gerade noch zu seinem Bedauern feststellen, dass Ishtar nicht anwesend war, als er auch schon, wie es ihm schien, von allen mit ehrlicher Freude willkommen geheißen und mit unzähligen Fragen überschüttet wurde. Die Kunde, dass er erfolgreich gewesen und damit jetzt vollwertiger Champion war, war offensichtlich schon durchgedrungen. Er schilderte die Befreiung so verständlich wie möglich und in dem Durcheinander der vielen Zwischenfragen gelang es ihm nur mit Mühe, seine Morgensuppe, die ihm Savinien vorgesetzt hatte, runterzuschlucken. Trotzdem tat ihm das Willkommen wohl, er fühlte sich wie der heimgekommene, verlorene Sohn. Nachdem die größte Neugierde und auch sein Appetit einigermaßen gestillt waren, verließ er die immer noch aufgeregt diskutierende Runde mit dem Hinweis, dass er später gerne noch ausführlich Rede und Antwort stehen werde. Jetzt wolle er aber Ishtar nicht warten lassen. Mit Savinien, Rodrigo und Yusuf hatte er sich am frühen Nachmittag zu einer Unterredung und Begrüßung zu viert verabredet.

Er verließ die Halle durch den Hinterausgang und ging durch den Kräutergarten, der jetzt im Frühsommer in voller Blüte stand und die frische Luft mit den unterschiedlichsten Aromen würzte. Von hier aus sah er, dass im Gartenpavillon bereits jemand saß. Im Näherkommen erkannte er, dass es Ishtar war. Sie trug ein rostfarbenes, wie hier üblich unter den Brüsten gerafftes, weit ausgeschnittenes Kleid, das ihre makellose Figur auch im Sitzen hervorragend zur Geltung brachte. Ihr kastanienfarbenes, glänzendes Haar hatte sie mit Spangen straff nach hinten befestigt, von wo ab es locker über ihren Rücken fiel. An den Schläfen hatte sie dünne, lange Zöpfchen geflochten, die den strengen Eindruck der übrigen Frisur aufhoben. Ihren Hals schmückte ein einfaches Granatkollier, das den edel geformten Nacken und den Brustansatz betonte. Um die Hüften trug sie einen locker sitzenden Gürtel aus geflochtenen, schwarz gefärbten Lederriemen, der ebenfalls mit Granaten auf silbernem Grund besetzt war und ihre Taille noch schmaler erscheinen ließ. Johannes spürte wieder die Stellen, wo sie ihn berührt hatte, und ein Stich fuhr durch seinen Unterleib.

»Mach den Mund zu und setz' dich erst mal«, lachte sie ihn an und wies auf den Stuhl neben sich.

Johannes hatte gar nicht mitbekommen, dass er mittlerweile vor ihr stand und sie von oben bis unten musterte. Verlegen murmelte er ein »Guten Morgen Ishtar«, während er umständlich Platz nahm, aber zu sich selbst fügte er rechthaberisch hinzu: *Den Mund hatte ich nicht auf.*

»Bei Männern wie dir muss eine Frau keine Gedanken lesen können, um zu erkennen, was in euch vorgeht«, meinte Ishtar immer noch lachend. »Ihr tragt euer Herz, oder was auch immer, nicht auf der Zunge, sondern mitten im Gesicht.«

»Du siehst aber auch wirklich fantastisch aus«, antwortete Johannes, der sich wieder gefasst hatte, »daran muss ich mich erst wieder gewöhnen.« Vielleicht konnte er ja auch Kapital aus der ihm eher peinlichen Situation schlagen: »Und es ist wirklich mein Herz, das dir entgegen schlägt und nicht *Was auch immer.*«

»Lass es gut sein, Johannes! Ich gebe zu, ich habe mich zu Ehren deiner Rückkehr etwas feingemacht«, sie schaute ihm lächelnd in die Augen und legte ihre Hand auf seinen Unterarm, »und ich freue mich, dass es so gut gewirkt hat. Aber ich denke«, ihr Ton wurde wieder sachlich, »wir sollten uns jetzt ernsteren Dingen zuwenden.«

Johannes hatte nicht gewusst, dass sein Unterarm eine seiner erogenen Zonen war, er spürte es jetzt aber ganz deutlich. »Das *ist* mir sehr ernst …«, versuchte er einzuwenden, aber als er ihren rügenden Blick sah, fuhr er fort: »in Ordnung, lass uns das vertagen, aber dann geht das hier nicht.« Er nahm sanft ihre Hand von seinem Arm und legte sie in ihren Schoss zurück. »Sonst kann ich mich auf kein anderes Thema konzentrieren.«

Sie sah ihn einen Augenblick lang zögernd an, dann schüttelte sie kaum wahrnehmbar den Kopf, richtete sich im Sessel auf und meinte: »Gut, lass uns zur Sache kommen!«

Sie berichtete ihm, dass man überein gekommen war, rings um Pela Dir ein Heerlager einzurichten und bis im frühen Winter zu halten. Die Champions sollten sich dafür geeignete Plätze aussuchen und dann in den jeweiligen Baronien ihrer Damen Soldaten ausheben, um später mit ihnen in die Lager zurückzukehren.

»Wie kommt ihr zu Baronien, ich dachte, ihr seid nicht von hier?«, fragte Johannes. Sie erklärte, dass als sie vor mehr als fünfhundert Jahren ankamen, gerade ein fürchterlicher Krieg zu Ende war. Der gesamte Süden hatte sich gegen den damaligen Hochkönig aufgelehnt und in einem jahrelangen Vernichtungsfeldzug hatte dieser mit seinen Verbündeten jede Ansiedlung und jede Burg in Schutt und Asche gelegt. Die Adligen waren getötet worden oder geflohen, die wenigen überlebenden Bauern in dem ohnehin spärlich besiedelten Land hatten sich in den Wäldern versteckt und lebten wie die wilden Tiere. Erst zu diesem Zeitpunkt hatte der Hochkönig bemerkt, dass er jetzt aus einem Großteil seines Landes auch keine Steuereinnahmen mehr erhielt. Daher war es ihm sehr gelegen gekommen, den zwölf Priesterinnen, die ihm ohnehin unheimlich waren und die er möglichst weit weg von sich haben wollte, den gesamten Süden als Pacht anzubieten. Sie hatten das Angebot angenommen und mit den Schätzen, die sie aus ihrer alten Heimat mitgebracht hatten, und ihrem überlegenen Wissen, war es ihnen gelungen, das Land in wenigen Jahren wieder zu kultivieren. Die Art und der Tonfall, mit denen sie von den Ereignissen berichtete, machten deutlich, wie wenig sie von dem ansässigen Adel und dessen Sitten hielt.

Johannes beschäftigte aber etwas anderes: »Das heißt, du bist über fünfhundert Jahre alt?«, fragte er zweifelnd.

Nein«, erwiderte sie, »aber *die Ishtar* reicht bis in die frühste Vergangenheit zurück. Mehrere tausend Jahre, wenn du es in Zahlen wissen willst.«

»Dann ist *die Ishtar* eher eine Position oder Institution«, bohrte Johannes nach.

»Deinem Verständnis nach … gewissermaßen, ja. Wir selbst sehen das anders, aber das sollte uns jetzt nicht ablenken.«

Johannes hätte das Thema gerne noch etwas vertieft, zum Beispiel mit der Frage, wer sie dann eigentlich selbst sei. Aber Ishtar, oder besser *die Ishtar*, machte deutlich, dass sie darauf nicht weiter eingehen wollte und fuhr mit ihrer Erzählung fort: Ihre Baronie hieße Fennmark und befände sich im äußersten Südosten der Halbinsel. Sie bestehe aus sechs Dörfern und einer kleinen Stadt, wo sie auch eine kleine Garnison mit einigen berittenen Soldaten unterhalte. »Wenn es dir recht ist, reisen wir in fünf Tagen gemeinsam dorthin, dann kannst du dir selbst ein Bild machen«, schloss sie ihren Vortrag ab.

Johannes stimmte mit Freuden zu, alleine die Aussicht, mehrere Tage und Nächte gemeinsam mit Ishtar zu verbringen, hob seine Laune beträchtlich. Außerdem interessierte es ihn wirklich, wie das Land aussah, und wie es funktionierte, schließlich würde er hier voraussichtlich eine längere Zeit seines Lebens verbringen, und bisher war er ja nicht über die Grenzen von Pela Dir hinausgekommen. »Ich hätte nur noch eine Bitte«, fügte er hinzu, »könntest du mir Sprachunterricht erteilen? Bevor wir dort ankommen, wäre ich gerne in der Lage, wenigstens ein paar alltägliche Situationen in der Landessprache meistern zu können.« Ishtar willigte gerne ein, sie schalt sich, dass sie nicht selbst diese Notwendigkeit erkannt hatte, und entschied, den täglichen Magieunterricht durch Sprachunterricht zu ersetzen.

»So, und jetzt lege bitte deine Kleider ab«, meinte Ishtar, nachdem sie das geregelt hatten.

»Wie bitte?« Johannes traute seinen Ohren nicht. »Ich dachte, das wollten wir auf ein anderes Mal verschieben.«

Ishtar lächelte verschmitzt, sagte aber vorwurfsvoll: »Du bist einfach unverbesserlich, kannst du nicht zur Abwechslung einmal an etwas anderes denken? Dein Lendentuch und das Unterhemd kannst du anbehalten. Wir werden jetzt aus dir, auch dem Aussehen nach, einen mir würdigen Champion machen.«

Von Johannes unbemerkt, waren drei der weißgekleideten Mädchen schwerbeladen zu der Laube gekommen. Johannes zog sich aus. Bevor er die Hose herabließ, schaute er erst noch prüfend in seinen Bund, ob das Lendentuch auch richtig saß. Der Umgang damit war ihm noch nicht wirklich vertraut, und er wollte die kleinen Mädchen nicht erschrecken.

»Beuge dich bitte etwas nach vorne«, forderte Ishtar ihn auf. Sie hatte dem ersten der Mädchen ein Kettenhemd abgenommen, das sie jetzt Johannes über den Kopf zog. Es hatte dreiviertellange Ärmel und reichte ihm bis zu den Knien.

»Was ist das für ein Material?«, fragte er Ishtar verblüfft, die ihm den Ausschnitt auf der Brust zuknöpfte, »das ist ja unglaublich leicht.«

»Es ist dasselbe Material, aus dem dein Schild und dein Bogen gefertigt sind. Es ist uns gelungen, einige Ballen davon aus der alten Heimat herüberzuretten. Und ich dachte mir, für leichte Reiterei braucht es leichte Rüstung. Kein Pfeil wird meinen Champion verletzen. Beuge dich noch einmal vor!« Sie zog ihm einen smaragdfarbenen Waffenrock über, während sie ihn zurechtzupfte deutete sie auf die Stickerei auf der Brust und erklärte: »Das ist jetzt das Wappen der Fennmark, dein grimmiger Wolf, der alle in

Stücke reißt, die die Fennmark bedrohen, und mein Zeichen, der silberne zunehmende Mond, der ihn schützend überdacht. Heerführer der Fennmark, Hose, Strümpfe und Stiefel solltest du vielleicht besser selbst anziehen, ich tauge nicht viel als Kammerdienerin.« Sie ließ sich die genannten Gegenstände von den kichernden Mädchen geben und überreichte sie Johannes mit feierlicher Miene, nur in ihren Augen blitzte der Schalk.

Johannes wusste nicht so recht, wie er mit der Situation umgehen sollte, war das jetzt Spaß oder Ernst? Vielleicht ja auch ein bisschen von beidem. Er stieg in die enganliegende graue Stiefelhose, zog die langen Strümpfe über den Saum und schlüpfte dann in die fast kniehohen Stiefel aus weichem, braunem Leder. Er ging prüfend auf und ab, »Falls sie dich jemals als Priesterin entlassen sollten, solltest du Schneiderin oder Schusterin werden. Das sitzt alles perfekt!«

»Dann können wir ja zur Bewaffnung unseres Helden schreiten.« Sie legte ihm einen breiten Ledergürtel um, der mit geschwärzten Silberplättchen beschlagen war und an dessen Seite ein Dolch in einer aufwendig bestickten Scheide hing. Während sie ihm die breite Gürtelschnalle aus gehämmertem und ziseliertem Metall schloss, murmelte sie leise vor sich hin: »Aber ein bisschen abnehmen könnte der Herr Baron schon noch. So, dreh dich im Kreis, lass dich anschauen!«

Die Mädchen tuschelten und gickelten zustimmend und auch Ishtar, die ihn kritisch musterte, war offensichtlich zufrieden. Halterungen für seine Schwerter, die er kreuzweise auf dem Rücken trug, und für sein Schild, etwas unterhalb der Schwertgriffe, ergänzten die Ausrüstung. Das Schild ließ sich einfach mit der linken Hand vom dem Rücken lösen und die Schwerter konnte er leicht über die Schultern ziehen. Das Zurückstecken musste er wohl noch etwas üben, das war nicht so ganz einfach, ohne sich zu verletzen. Die Mädchen konnten sich kaum mehr einkriegen vor Lachen, und auch Ishtar schluckte schwer.

Aus der Richtung des Gartenzaunes hinter dem Pavillon vernahm Johannes ein vertrautes Wiehern. »Ich glaube, da will dich noch jemand willkommen heißen, geh schon!« Freudig lief er in Richtung des Schnaubens und Wieherns los und als er zwischen zwei Busch-reihen durchschlüpfte, sah er Fajulla auf der anderen Seite des Zaunes aufgeregt tänzeln. Aber was für ein Fajulla! »Junge, Junge«, sagte Johannes halblaut »uns zwei haben sie ganz schön rausgeputzt.« Fajulla trug einen Brust- und Flankenschutz, ähnlich gearbeitet und aus dem gleichen Material wie Johannes' Kettenhemd und darüber eine smaragdfarbene Schabracke mit dem neuen Wappen der Fennmark. Darauf festgezurrt war ein großer Sattel aus glänzendem braunem Leder mit Knauf und Köchern für Pfeile und Bogen. Die Satteltaschen waren mit feinen Stickereien verziert und daran festgebunden war ein Helm aus gehämmertem und geschwärztem Metall. Fajullas Stirnschutz, der einen spitzen Dorn in der Mitte hatte, war aus dem gleichen Material gearbeitet. Auffordernd nickte Fajulla ihm zu. Johannes ließ sich nicht zweimal bitten. Er flankte über den Zaun, tätschelte Fajulla den Hals und schwang sich in den Sattel. Lässig und breit grinsend hob er die linke Hand zum Gruß gen Ishtar und die Mädchen, die ihm zum Zaun nachgelaufen waren, und dann ließ er Fajulla laufen.

***

»Da kommt ja der Prinz der Fennmark endlich, darf ich euch aus dem Sattel helfen?« Savinien erwartete ihn, wie verabredet, mit Yusuf und Rodrigo bei den Stallungen.

»Das geht schon, danke«, antwortete Johannes. Er schwang sein rechtes Bein über Fajullas Hals und lies sich aus dem Sattel gleiten. »Aber beim nächsten Mal vielleicht doch besser«, ergänzte er stolpernd. Beim Runterrutschen hatte sich eines seiner Schwerter am Sattel verhakt, und er hatte kurz Mühe, das Gleichgewicht zu halten. »So viel zu dem geplanten grandiosen Auftritt bei meinen Freunden«, meinte er zu der lachenden Gruppe, die seinen Aufzug und seine Ausrüstung fachmännisch begutachtete. Johannes hatte einen langen Ausritt hinter sich und das Wiedererleben der

Harmonie und Verbundenheit mit Fajulla so genossen, dass er das Mittagessen darüber vergessen und erst mit Verspätung an seine Verabredung mit den drei Champions gedacht hatte. Nachdem Fajullas Rüstzeug ausreichend bewundert worden war, übergab ihn Johannes an einen der herbeigeeilten Stallburschen und ließ sich von seinen Kameraden zu dem neu eingerichteten Fechtboden führen. Eine große, gut ausgeleuchtete Lagerhalle war leer geräumt und mit einem Dielenboden ausgelegt worden. Entlang der Wände waren Waffenständer angebracht, in denen Übungswaffen steckten.

»Hier wirst du in nächster Zeit einiges an Schweiß verlieren, wenn du auf unseren Vorschlag eingehst«, meinte Yusuf und legte ihm väterlich die Hand auf die Schulter. »Was auch immer für ein Held du in deiner eigenen Welt sein magst, hier muss ein Champion mit all dem«, er schwenkte seine freie Hand über die Waffenständer, »auf das beste vertraut sein. Savinien als dein Schwertlehrer hält große Stücke auf dich …«

»So kann man das nicht gerade sagen«, wandte dieser ein, während er sich die Nase rieb..

»… vor allem was deine Schnelligkeit und Ausdauer anbelangt«, fuhr Yusuf unbeirrt fort. »Wir haben deshalb in deiner Abwesenheit einen Übungsplan für dich entwickelt, den wir dir anbieten wollen: Savinien wird dich weiterhin im Schwertkampf unterrichten, darüber hinaus wird er dir auch noch die schmutzigen Messertricks seiner Kaschemmenbekanntschaften beibringen. Der ungelenke Kastilier hier«, er deutete auf Rodrigo, »wird dich lehren, Speer und Schild zu gebrauchen, während ich dich in die edle Kunst des Reiterkampfes und des Bogenschießens einführen werde.«

»*Ungelenk*?! Da werde ich dich noch eines Besseren belehren«, warf der stämmige, braungelockte Spanier ein. »Aber was hält du von unserem Vorschlag?«, wandte er sich an Johannes.

Dieser konnte zunächst einmal nichts antworten, er war zu gerührt und musste erst einmal kräftig schlucken, um die Tränen zu unterdrücken. Schließlich räusperte er sich und meinte während er einen nach dem anderen in die Augen schaute: »Ich weiß nicht, was ich sagen soll. Da bieten mir die drei größten mir bekannten Helden ihre Dienste an. Mir fehlen die Worte.« Er zuckte mit den Achseln, »ich kann es nur mal so probieren: Danke, und ich werde mir die größte Mühe geben, mich dieser Ehre würdig zu erweisen.«

Kapitel 9   Johannes: Die Aushebung

Sie waren nach einem einfachen Frühstück in der Morgendämmerung in die Fennmark aufgebrochen. Maks, einer der Bediensteten Ishtars, hatte mit Fajulla und Raisa, so hieß Ishtars Stute, einem Pferd für sich selbst und einem Packtier am Haupteingang der Halle auf sie gewartet. Es war noch kühl und sie hüllten sich in ihre Kapuzenmäntel, die sie über ihre leichte Sommerkleidung gezogen hatten. Johannes' Schild und Waffen waren auf dem Packpferd verstaut, da sie nur durch Baronien der Priesterinnen reisten, hatte Ishtar den Weg für sicher befunden.

Etwa eine Stunde lang waren sie der gut ausgebauten Straße durch üppiges Ackerland, auf dem gepflegte Kulturen von verschieden, noch grünen Weizen- und Rübenarten standen, in Richtung Osten gefolgt. Die alte Königstraße folgte in diesem Abschnitt dem Flüsschen Kristallwasser, – Johannes war seiner Försternatur entsprechend ganz begierig auf geographische Namen – das aus der Hochebene Ban Mahirrim kam, wo Fajulla und seine Artgenossen zu Hause waren. Dort wo die Straße den Fluss mit einer dreibogigen Steinbrücke überquerte, lag an beiden Ufern ein Dorf, das sie durchquert hatten. Johannes hatte den Eindruck gewonnen, dass es den Leuten hier gut ging. Wohlgenährte, wenn auch schmutzige Kinder hatten auf der Straße gespielt, ein rotznäsiger Junge hatte sich mit einem kräftigen Welpen gebalgt, offensichtlich blieb noch genug Nahrung für Haustiere übrig. Gänse und Enten waren auf dem Weg zum Morgenbad gewesen, hinter den überwiegend aus Holz gebauten Häusern hatten sich fette Schweine in Pferchen gesuhlt. Gut gelaunte Frauen und Männer waren trotz der frühen Stunde schon geschäftig gewesen, das Land schien seine Bewohner nicht schlecht zu ernähren. Ishtar waren sie ehrerbietig, aber furchtlos begegnet, Johannes auf seinem Mahirrim hatten sie mit unverhohlener Neugier nachgestarrt. Nicht weit hinter dem Dorf bog von der nun nach Südosten führenden Straße ein befestigter Weg, nicht mehr als eine Wagenspur breit, nach Osten in Richtung der Baronie Hochfirst ab. Diesem waren sie gefolgt und, nachdem die Bewirtschaftung immer extensiver geworden war, durch lückigen Nieder- und Mittelwald schließlich in geschlossenen Hochwald gekommen. Zunächst war Johannes begeistert gewesen. Als Förster ging ihm das Herz auf, als sie durch gewaltige Eichenwälder ritten, in feuchteren Senken durch Eschen- und Erlenhaine. Das Gelände war hier hügeliger, und die Bäume schienen uralt und noch nie genutzt worden zu sein. Gelegentlich scheuchten sie Wild auf, das die Warnungen des stets gegenwärtigen Eichelhähers nicht ernst genommen hatte. Nach etwa zwei Stunden wurde das Ganze allerdings etwas langweilig. Bisher war der Ritt überwiegend schweigsam verlaufen, jeder hing seinen eigenen Gedanken nach, und zumindest Maks und Johannes waren zu Anfang auch noch recht verschlafen gewesen. Lediglich Ishtar hatte frisch ausgesehen wie immer. Sie führte die Gruppe an und schien sich des Weges sicher zu sein. Johannes schloss zu ihr auf. »Darf ich stören?«

»Du störst nicht, ich wundere mich ohnehin schon geraume Zeit, dass du so schweigsam bist. So kenne ich dich gar nicht, also stell schon deine Fragen!«, meinte sie mit einem Schmunzeln.

Johannes lächelte zurück: »Ja, es gibt da schon so einiges, was ich gerne wissen will. Unter anderem, wie ist die Sozialstruktur in eurer Gesellschaft?« Als er ihren fragenden Blick sah, ergänzte er: »Ich meine zum Beispiel die Bauern, die wir vorhin gesehen haben, sind sie frei, gehört ihnen das Land, das sie bearbeiten?«

»Ich fürchte, ich verstehe immer noch nicht genau, was du meinst«, erwiderte Ishtar und fuhr mit einem Achselzucken fort: »Die Bauern bewirtschaften ihre Felder, führen den Zwölften ab und leisten einen Tag in der Woche Gemeinschaftsarbeit. Natürlich wären sie *frei*, ihre Felder nicht zu bewirtschaften oder wegzugehen, aber was würde ihnen das einbringen? Sie selbst und ihre Familien würden verhungern.«

Johannes musste ein weiteres Mal einsehen, dass ihre Welten in manchen Hinsichten so weit von einander entfernt waren, dass selbst identische Worte unterschiedliche Bedeutungen hatten. Erst nach vielen weiteren Nachfragen ergab sich für ihn ein einigermaßen klares Bild: Die Halbinsel, über die die Schwesternschaft herrschte, war in zwölf mehr oder weniger autonome Baronien unterteilt, über die jeweils eine der Priesterinnen herrschte. In den Baronien befanden sich mindestens eine Stadt und eine wechselnde Anzahl von Dörfern. In jeder der Gemeinden gab es eine sogenannte *Weise Frau*, die für das Gesundheitswesen zuständig war und direkt dem zentralen Rat in Pela Dir unterstand. Außer ihr gab es einen Vogt, oder Meier, der die Bewirtschaftung des Landbesitzes leitete und den Zwölften eintrieb. Diese beiden, gleichberechtigt mit einem direkt von der Bevölkerung gewählten Sprecher, stellten die lokale Regierung dar, die über die örtlichen Belange entschied und die niedere Gerichtsbarkeit ausübte. Nur wenn diese drei in einem Streitfall nicht zu einem einstimmigen Urteil kamen, oder wenn es sich um schwere Verbrechen wie Mord, Vergewaltigung und vergleichbarer Delikte, bei denen dem Opfer nicht nur körperlicher sondern auch seelischer Schaden zugefügt wurde, handelte, sprach die Landesherrin, unterstützt von zwei Schwestern, selbst Recht.

»Auf diese schweren Verbrechen steht die Todesstrafe?«, fragte Johannes nachdenklich.

»Bei Mord ohne Entschuldigungsgründe lässt sich das nicht vermeiden.« Ishtar schien darüber selbst nicht glücklich zu sein. »Alles andere ließe sich der Bevölkerung nicht vermitteln. Bei Vergewaltigung oder sonstiger Grausamkeit mit bleibenden Folgen für das Opfer ...«

»... ihr macht keinen Unterschied zwischen den beiden Vergehen?«, unterbrach Johannes.

»... du etwa?, gab Ishtar erstaunt zurück. »Glaubst du etwa, dass man nur mit aufgezwungenen sexuellen Handlungen Menschen nachhaltigen Schaden zufügen kann?«

»Nein, ich nicht«, rechtfertigte sich Johannes. »Aber die Gesellschaft, aus der ich komme, ist in dieser Hinsicht wohl etwas hinter euch zurück.«

»In diesen Fällen«, nahm Ishtar mit einem Stirnrunzeln den Faden wieder auf, »verhängen wir häufig einen Ausschluss aus der

Gemeinschaft, verbunden mit einer Verbannung und dem Einzug des Vermögens. Auf jeden Fall wird sichergestellt, dass die Opfer ihren Peinigern nicht mehr begegnen müssen.«

»Und ihr könnt immer zweifelsfrei feststellen, ob die Anschuldigungen gerechtfertigt sind?«, fragte Johannes nach, im Hinblick auf die Tatsache, dass diese Delikte in der Regel ohne Zeugen stattfanden. Ishtar schaute ihn nur erstaunt an.

Klugscheißer, schalt sich Johannes innerlich. Für Leute, die Gedanken lesen konnten, sollte das ja wohl kein Problem sein. »Vergiss die Frage«, sagte er laut.

»Ja, für's erste genug der Fragen, zumal deren Qualität nachlässt«, fügte Ishtar mit einem Schmunzeln hinzu. »Lass uns hier eine kurze Rast einlegen.« Sie lenkte ihre Stute zu einer Stelle etwas abseits des Weges an einem Bachlauf, wo eine umgestürzte, gigantische Pappel eine kleine Lichtung in den Wald geschlagen hatte. Johannes war froh, absteigen zu können, nach dem ungewohnt langen Ritt taten ihm trotz Fajullas weichem Schritt und dem gut gepolsterten Sattel Hintern und Rücken weh. Es musste kurz vor Mittag sein, die Umhänge hatten sie schon lange hinter den Sätteln festgezurrt. Es war sommerlich warm und in dem dichten Wald bewegte sich die Luft kaum. Es roch nach faulendem Laub und das Gurgeln des Baches mischte sich mit dem Summen unzähliger Insekten.

Während Johannes Fajullas Bauchgurt lockerte, meinte er zu Ishtar, die Raisa die gleiche Erleichterung verschaffte: »Eine Frage hätte ich zu diesem Thema noch, wie ist bei euch die Erbfolge geordnet? Erbt der älteste Sohn, oder wird der Hof unter den Kindern aufgeteilt?« Sie setzten sich auf die Decke, die Maks ausgebreitet hatte, und während sie ihm beim Herrichten einer einfachen Mahlzeit zuschauten, erklärte Ishtar, mittlerweile etwas unwillig, dass die Mutter Erde, die alle ernähre, weiblich sei und daher solle auch eine Frau auswählen, wer sie bearbeiten dürfe. Dies schien Johannes wieder einer dieser auswendig gelernten Priesterlehrsätze zu sein, er konnte den erhobenen Zeigefinger regelrecht hören, aber er ließ es dabei bewenden. Die Fragestunde war offenbar zu Ende.

***

Fünf Tage später, an einem Sommermorgen mit strahlendem Sonnenschein, saß Johannes wieder auf einer Lichtung an einem Bachufer. Er zog mürrisch seine Stiefel an, für die es seiner Ansicht nach viel zu heiß war. Ishtar hatte ihn gebeten, seine Ritterkleidung anzulegen, da sie an diesem Vormittag Fennstadt erreichen würden, das Zentrum ihrer Baronie, und ihre Untertanen sollten den Champion bewundern können. Wenigstens das Kettenhemd hatte sie ihm erlassen. Die Reise war, wie von Ishtar angekündigt, problemlos verlaufen. Das aufregendste, zumindest für Johannes, war die Hatz eines Wolfsrudels auf einen jungen Hirsch gewesen, die sie von einem Bergkamm aus beobachtet hatten. Die Tage waren mit Landeskunde und Sprachunterricht ausgefüllt gewesen, zumindest die Namen von Waldpflanzen und -tieren beherrschte Johannes mittlerweile weitgehend. Wann immer Ishtar seiner Fragen überdrüssig wurde, hatte er seine neuerworbenen Sprachkenntnisse an dem geduldigen Maks ausprobiert. Zwei der Nächte hatten sie in Dörfern verbracht, eine davon, sehr zu seiner und Maks' Freude, in einem Gasthaus mit Bierausschank. Die andere im Haus eines Ortsvorstehers, der es für sie geräumt hatte, weil es in seinem Dorf kein Gasthaus gab. Johannes hatte die Nacht zusammen mit Maks auf einem Strohlager in der Küche verbracht, während Ishtar das einzige Schlafzimmer bezogen hatte. Die übrigen Nächte hatten sie im Wald gelagert, wo Johannes die Abende mit Ishtar am Feuer genossen hatte. Zu einer weiteren Annäherung zwischen ihnen beiden war es jedoch sehr zu seinem Leidwesen nicht gekommen, Maks' ständige Anwesenheit hatte dazu keine Möglichkeit gelassen. Am letzten Nachmittag hatten sie ein Dorf namens Buchenheim umritten, das bereits zur Fennmark gehörte und dann hier auf dem Hügel, an der Grenze, wo der Wald in bewirtschaftetes Ackerland überging, ihr Lager aufgeschlagen. Ishtar hatte offensichtlich einen großen Auftritt geplant.

Johannes stand auf und wippte auf den Füßen, um den Sitz der Stiefel zu überprüfen. Da sah er Ishtar aus dem Unterholz auf sich zukommen, auch sie hatte sich fein gemacht. Sie trug ein jadefarbenes, knöchellanges Batistkleid, das mit schwarzen

126

Symbolen bestickt war, die ihre Körperlinie betonten. Ihre Füße steckten in mit moosgrünen Halbedelsteinen besetzten Stiefeletten mit leichtem Absatz. Um den Hals trug sie ein Smaragdcollier, am Ringfinger der rechten Hand einen ebenfalls mit Smaragden besetzten Siegelring.

»Schau, der ist gerade noch rechtzeitig vor unserer Abreise fertig geworden.« Sie hob ihre rechte Hand, Johannes nahm sie und zog sie etwas näher an seine Augen. Auf dem Ring war der Wolf mit dem überdachenden Viertelmond eingraviert, das neue Wappen der Fennmark.

»Sehr schön«, meinte er nach einem prüfenden Blick, »aber nicht so schön wie deine grünen Augen.« Das war ihm ernst, und er hoffte, dass sie es auch so verstand. Er wollte sie gerade etwas näher zu sich heranziehen, als aus einiger Entfernung Hufgetrappel zu vernehmen war. »Ja ich weiß, jetzt ist nicht der richtige Zeitpunkt dafür.« Enttäuscht ließ er ihre Hand los.

»Sei nicht ungeduldig, was sein soll, wird auch geschehen.« Sie fasste ihn an beiden Händen, stellte sich auf die Zehenspitzen und gab ihm einen leichten Kuss auf die Lippen. »Aber jetzt zu den Staatsgeschäften!«

Maks war noch im Dunkeln aufgebrochen, um nach Fennstadt zu reiten und die Ankunft der Landesherrin anzukündigen. Hier kam nun ihr Ehrengeleit. Johannes zählte dreizehn Reiter auf die Lichtung traben, zwölf davon in Uniform in den gleichen Farben wie seine eigene und einen in Zivil. Sie zügelten ihre Pferde, stiegen ab und der Anführer der Uniformierten und der Zivilist kamen auf Ishtar und Johannes zu.

»Der kräftige in Uniform ist Hauptmann Wulf und der kleine, dürre ist Cernen, mein Verwalter«, erklärte Ishtar Johannes. Sie sprach die beiden Neuankömmlinge an, der gedrungene Hauptmann, der vor ihr in die Knie gegangen war, erhob sich, und der spindelige Verwalter, der sich tief verbeugt hatte, richtete sich auf. Letzterer schien ganz aufgeregt und redete sogleich mit piepsiger Stimme auf Ishtar ein. Nicht unfreundlich, aber bestimmt, schnitt sie ihm das Wort ab und stellte dem bärtigen Soldaten eine Frage, die dieser mit einer tiefen, klaren Stimme knapp beantwortete.

»Lass uns aufsteigen«, wandte Ishtar sich an Johannes, »es ist alles vorbereitet.«

Der Hauptmann sprach sie aber noch einmal an, diesmal mit etwas unterwürfiger Stimme und ließ den Blick zwischen Ishtar, Johannes und Fajulla, der etwas abseits bei Ishtars Stute stand, schweifen.

»Hauptmann Wulf fragt«, dolmetschte sie, »ob er Fajulla etwas näher betrachten darf. Für ihn ist er so etwas wie ein Drache, ein Fabelwesen, das plötzlich leibhaftig vor ihm steht.«

Johannes wechselte einen Blick mit Fajulla und meinte dann: »Dagegen ist nichts einzuwenden, solange er sich Vertraulichkeiten wie Tätscheln, oder gar nach dem Gebiss schauen verkneift.«

Kurz vor der Stadt hielten sie noch einmal kurz an, damit Ishtar in den Damensitz wechseln konnte. Während Johannes ihr in den Sattel half, fragte er sie, was mit dem aufgeregten Verwalter denn los sei. Sie erklärte, dass Cernen vor besonderen Ereignissen und Buchprüfungen immer so wäre, er sei aber ansonsten ein äußerst zuverlässiger und kompetenter Mann.

Ihr Einzug in Fennstadt war prächtig. Johannes ritt an Ishtars linker Seite, vor und hinter ihnen jeweils sechs Soldaten in Zweierreihen, als letzter folgte der zappelige Verwalter. Es gab scheinbar nur eine größere Straße durch Fennstadt, überhaupt fand Johannes den Begriff *Stadt* etwas hochgegriffen. *Marktflecken* war das erste Wort gewesen, das ihm eingefallen war, als er die Ansiedlung zum ersten Mal von einem Hügel aus gesehen hatte. Die Straße war zur Staubvermeidung mit Wasser besprengt worden, außerdem hatte man Blüten ausgestreut. Zu beiden Seiten standen mehrere Reihen von Bauern und Bürgern im Sonntagsstaat, die Ishtar zujubelten. Johannes wurde eher skeptisch betrachtet, während der Mahirrim allseits Erstaunen und Bewunderung auslöste. Bereits nach einer kurzen Strecke mündete die etwa drei fuhrwerkbreite Staubstraße in einen gepflasterten Marktplatz mit einem Brunnen in der Mitte, der von zweistöckigen Bruchsteinhäusern begrenzt wurde. Vor dem größten dieser Häuser stand eine mit bunten Tüchern bedeckte Holztribüne, vor der der Zug zum Stehen kam. Sie stiegen ab, die Pferde wurden weggeführt, nur der Mahirrim blieb am Fuß der Tribüne zurück. Ishtar und Johannes wurden von Cernen zur obersten Ebene geführt, wo sie auf zwei mit Blumen bekränzten, hochlehnigen Sesseln Platz nahmen. Der Verwalter und der Hauptmann stellten sich eine Ebene tiefer auf, sodass der Blick auf Ishtar und Johannes von allen Seiten des überfüllten Platzes frei war. Aus der Menge trat ein großer, bierbäuchiger Mann zum Fuß des Gerüstes.

»Rigoren, der Bürgersprecher«, sagte Ishtar hinter vorgehaltener Hand zu Johannes, und auf einen Wink Cernens hin verstummten die Zuschauer.

Der Bürgersprecher wischte sich mit einem nicht ganz sauberen Tuch den Schweiß von der Stirn, räusperte sich und dann bellte er mit einem tiefen Bariton Ishtar und Johannes an.

»Wenn er dich beleidigt, sage mir Bescheid, dann züchtige ich ihn für dich«, flüsterte Johannes ihr ins Ohr.

»So redet er, wenn er freundlich sein will« zischelte sie zurück »das ist die untertänige Begrüßungsansprache.«

Das hatte sich Johannes schon gedacht, und er war froh, dass er nichts verstand. Er hasste solche Ansprachen, sei es als Zuhörer, oder noch schlimmer als Redner, beides hatte er während seines Berufslebens oft genug ertragen müssen. Er schaute sich lieber die dicht gedrängten Leute auf dem Platz an. Es waren viel weniger Frauen als Männer, aber das war auch nicht weiter verwunderlich. Ishtar hatte den Heerbann ausgerufen, dem die Männer aus den umliegenden Dörfern gefolgt waren. Die Mehrzahl der Frauen war mittleren Alters, üppige Matronenfiguren, die ihn von leckeren Eintöpfen und Soßen träumen ließen. Die paar jüngeren, die er in der Menge ausmachen konnte, erinnerten ihn an Reklame für holländischen Käse: blaue Augen, blonde Zöpfe und dralle rote Backen. Sichtlich erschöpft beendete der Bürgersprecher seine Ansprache, und Ishtar richtete Grußworte an ihre Untertanen. Die meisten Männer, die er sah, waren mehr oder weniger untersetzte, kräftige Gestalten mit breiten Schultern, langen braunen oder blonden Haaren und ebensolchen Bärten. Einen Bart trug hier offensichtlich jeder, selbst dem kleinen Cernen mit der Piepsstimme zierten ein paar spärliche Haare das Gesicht. Johannes fuhr sich geistesabwesend über Kinn und Schläfen. Er hatte sich heute Morgen mit seinem Dolch rasiert, mittlerweile beherrschte er das, ohne sich größere Verletzungen zuzufügen. Das hier waren also seine zukünftigen Soldaten. Anständige Bauern und Bürger, die mit der großen Politik des Landes überhaupt nichts am Hut hatten und nur in Ruhe ihrer Arbeit nachgehen wollten, um ihre Familien zu ernähren. Wie viele von ihnen würden wohl nie mehr in ihre Dörfer zurückkehren, wie viele als Krüppel, unfähig ihre Familien zu ernähren? Und er würde die Befehle erteilen, die dazu führten. Der Gedanke ließ ihn schaudern.

Ishtar war zum Ende ihrer Ansprache gekommen, und das Volk jubelte. Sie nahm Johannes an der Hand, zog ihn hoch und meinte: »Du bist an der Reihe, Heerführer.«

»Du machst Scherze«, wandte er ein, »die verstehen mich doch gar nicht.«

»Stell dich nicht an«, sie knuffte ihn in die Rippen, »hör doch, der Jubel gilt dir. Sie haben ein Recht darauf, von ihrem Heerführer gegrüßt zu werden und selbstverständlich werde ich übersetzen.«

Tatsächlich hatten einige begonnen seinen Namen zu rufen, und immer mehr stimmten ein. »Nun gut, wenn's denn sein muss«, grummelte er, und Ishtar brachte die Menge zum Verstummen, indem sie ihre Hand hob.

»Liebe Bürgerinnen und Bürger der Fennmark!« Man hätte eine Stecknadel fallen hören, und Johannes hätte gerne das schmutzige Tuch des Bürgersprechers gehabt, um sich den Schweiß von der Stirn zu wischen. »Ich bedanke mich für das Vertrauen, das ihr in mich setzt.« Was blieb ihnen denn anderes übrig? Er erzählte ihnen von den wunderbaren Eindrücken von Land und Leuten, die er während seines kurzen Aufenthaltes hier bereits gewonnen hatte. Die Leute schienen an seinen Lippen zu kleben. Er kam jetzt immer mehr in Schwung, er erinnerte sich an die unzähligen Male, als er solche Dummheiten zuvor gemacht hatte, und Ishtar übersetzte abschnittsweise. Er pries den Fleiß der Bauern, der sich in dem Zustand ihrer Felder widerspiegele, die Ordnungsliebe der Städter, die man an den gepflegten Straßen erkennen konnte …

Aber war das hier nicht doch etwas anderes, etwas ernsteres, als all die Male zuvor? Die unangenehmen Gedanken über seine Rolle in der ganzen Sache kehrten zurück. Zumindest hatten sie seine Offenheit verdient: »Wenn ich mir eure guten und ehrlichen Gesichter anschaue, bin ich mir sicher, dass ihr eure Pflicht für euer Land und eure Herrin getreulich erfüllen werdet. Aber was ist eigentlich *meine* Pflicht als euer Heerführer bei der Angelegenheit, die vor uns liegt?« Ob dieser erstaunlichen Wende war wieder absolute Stille auf dem Platz eingekehrt, und auch Ishtar schaute ihn fragend an. »Ich will euch sagen, worin ich eine meiner Hauptaufgaben sehe: Ich möchte so viele wie möglich von euch unversehrt zu Haus und Herd zurückführen. Und an der Zahl derer, die so zurückkommen, mögt ihr messen, ob ich meinen Teil erfüllt habe.«

Als Ishtar mit der Übersetzung seines letzten Abschnittes fertig war, blieb es totenstill auf dem Platz. Hatte er mit seiner Ehrlichkeit vielleicht doch nicht den richtigen Ton getroffen? Nun gut, es war auch ein etwas abruptes Ende gewesen.

Erst zögerlich, dann aber bestimmt, trat der Bürgersprecher vor, warf seine Mütze in die Luft und brüllte irgendetwas mit 'Johannes'. Mehr Mützen flogen, mehr Johannes-Rufe, mit einem Mal tobte der ganze Platz und die Luft darüber war voll mit Mützen und Hüten. Ishtar war näher an ihn herangetreten, hatte hinter ihren Rücken seine Hand genommen und drückte sie.

»Das meine ich ernst, Baronin«, flüsterte er ihr zu.

»Das weiß ich, mein Champion«, erwiderte Ishtar und verstärkte den Druck ihrer Hand noch etwas.

Für kurze Zeit genoss Johannes die Situation. Dann glaubte er aber aus den Hochrufen so etwas wie *Heil Johannes* herauszuhören. Für ihn als Deutschem, der sich der Vergangenheit seines Volkes bewusst war, hatte das überhaupt keinen guten Klang.

»Lass uns gehen, Ishtar, das wird mir peinlich.«

Sie schaute ihn kurz an, und als sie sah, dass es ihm ernst war, ließ sie seine Hand los, beugte sich zu Cernen und Wulf vor und forderte sie auf, sie vom Platz zu geleiten. Johannes und Ishtar folgten ihnen die Stufen der Tribüne hinab, die Menge teilte sich vor ihnen und unter anhaltendem Jubel verließen sie den Marktplatz, gefolgt von Fajulla, durch eine schmale Gasse hinter dem Holzgerüst. Die Gasse war mehrere Häuserblocks lang und mündete am Ufer eines breiten Flusses. Hier warteten zwei der Soldaten mit den Pferden auf sie. Flussaufwärts sah Johannes eine Brücke aus sechs Steinbögen mit einer Mühle in der Mitte, unter der sich ein gewaltiges Schaufelrad drehte. Sie ritten in die andere Richtung, Ishtar jetzt wieder im Herrensitz mit gerafftem Kleid. Am Ende der Bebauung folgten sie einem Pfad, der sich einen steilen, mit Gras bewachsenen Hügel hinaufwand, zur Burg. Auch der Ausdruck *Burg* schien Johannes etwas übertrieben. Die flache Kuppe des Hügels wurde von Holzpalisaden mit vier hölzernen Wachtürmen begrenzt, in der Mitte stand ein etwa dreißig Meter hoher Burgfried, wo, wie Johannes später erfuhr, die Soldaten untergebracht waren. Auf der Seite zum Fluss hin war ein langgestrecktes, mit Schieferplatten gedecktes, zweistöckiges Steinhaus, auf der gegenüberliegenden Seite befanden sich die aus Holz gebauten Pferdeställe.

Als sie dort abstiegen, meinte Johannes beiläufig zu Ishtar: »Es sieht so aus, als ob dich deine Untertanen richtig gern hätten.«

»Ja«, erwiderte sie ernst, »aber das war nicht immer so.« Auf dem Weg zum Haus erklärte sie, dass die Fennmark bis zu Hepats Wahl zur Hohepriesterin deren Baronie gewesen sei. Es sei bei ihnen Regel, dass die Hohepriesterin die Grafschaft um Pela Dir zugeteilt bekäme, damit sie die doppelte Verpflichtung für das Land und die Schwesternschaft besser in Einklang bringen könne. Und, wie er ja schon erfahren habe, sei Hepat es gewohnt, auf mütterliche Weise alles genau und bis in die geringste Kleinigkeit hinein zu regeln. Das sei aber so gar nicht ihre eigene Art, sie selbst gebe den Dingen gerne Raum, damit sie sich entfalten konnten. Daran hätten sich die Einwohner der Fennmark erst gewöhnen müssen. »Und um deine Frage vorwegzunehmen, ja, Ishtar war die vorherige Hohepriesterin. Aber genug davon, wir müssen regieren.«

***

Am frühen Nachmittag kehrte Johannes mit dem Hauptmann zum Marktplatz zurück, um die eigentliche Aushebung der Soldaten durchzuführen. Ishtar blieb auf der Burg, sie überprüfte mit Cernen die Wirtschaftsbücher der Baronie. Johannes hatte Wulf unter Vermittlung von Ishtar klargemacht, dass er insgesamt zweihundert Soldaten in das Heerlager von Pela Dir schicken wolle, um sie dort ausbilden zu lassen. Wulf solle darauf achten, dass vorzugsweise Ledige, zumindest aber Kinderlose aus den etwa zwölfhundert Männern im wehrfähigen Alter ausgesucht würden. Wulf hatte protestiert, er hätte gerne mehr Soldaten ausgehoben. Aber Johannes hatte darauf bestanden, hundertzwanzig berittene Männer für seine schnelle Eingreiftruppe, und achtzig Mann Reservisten erschienen ihm mehr als ausreichend. Der Hinweis Ishtars, dass Johannes den Oberbefehl über die Truppen der Fennmark habe und darüber hinaus ihr vollstes Vertrauen, hatte die Auseinandersetzung beendet. Aber man merkte Wulf an, dass er damit nicht zufrieden war.

Vor der Tribüne auf dem Marktplatz war ein Tisch aufgestellt worden, an dem Johannes, Wulf und ein Schreiber saßen. Davor stand die lange Reihe der wehrfähigen Männer der Fennmark, das Ende der Schlange musste irgendwo in der Durchgangsstraße sein und war von dem Tisch aus nicht zu sehen. Auf Anweisung von Johannes fragte Wulf jeden der Männer auch nach Alter, Gesundheitszustand und besonderen Fertigkeiten. Nach drei Stunden hatten sie eine Gruppe von dreihundertachtzig ausgewählten Männern, aus denen Wulf die zweihundert am besten geeigneten aussuchen, und deren persönliche Daten der Schreiber notieren sollte. Johannes hatte den Eindruck, dass Wulf bei jedem Mal, wenn er einen Mann ausmustern musste, körperliche Schmerzen litt. Einen Freund hatte er sich hier nicht geschaffen. Nachdem er aber sah, dass trotzdem alles nach seinen Vorstellungen ablief, machte er Wulf klar, dass er sich noch die Pferde anschauen wollte. Wulf kommandierte einen seiner Soldaten ab, und mit diesem ritt Johannes zu den Koppeln, die auf der gegenüberliegenden Seite der Stadt lagen, von wo sie heute Morgen hereingekommen waren. Die zweihundertfünfzig von ihm angeforderten Pferde waren kleinere, aber lebhafte Tiere. Sie machten einen wendigen Eindruck, schienen gut im Futter zu stehen und gesund zu sein. Zufrieden schickte Johannes den Soldaten zu Wulf zurück. Er ritt alleine in einem großen Bogen um das Städtchen herum zum Fluss und von dort zu der Brücke mit der Mühle. Die Steinmetzarbeiten an der Brücke und der hölzerne Mechanismus der Getreidemühle, der den riesigen Mühlstein bewegte, beeindruckten ihn tief. Die Mühlenarbeiter, die sich über sein Interesse offensichtlich freuten, erklärten ihm mit Händen und Füßen den gesamten Betriebsablauf. Erst als es dämmerte, kehrte er zur Burg zurück. Beim gemeinsamen Abendessen mit Ishtar erklärte er, dass alles soweit zu seiner Zufriedenheit verliefe.

»Ich denke, meine Anwesenheit ist hier nicht länger notwendig, und ich würde gerne, sobald als möglich, meine eigene Ausbildung mit meinen drei Lehrmeistern wieder aufnehmen. Wie lange brauchst du noch?«

»Mindestens noch drei bis vier Tage, da ich vor nächstem Jahr sicherlich nicht noch einmal Zeit finde, hierher zu kommen.«

»Was hältst du dann davon«, schlug Johannes vor »wenn ich mit Maks alleine vorausreite und du mit den Soldaten nachkommst?«

»Das scheint mir sinnvoll, da ich ohnehin die ganze Zeit über den Büchern sitzen werde und keine Zeit hätte, dir die Fennmark zu zeigen.«

***

Die Rückreise mit Maks, mit dem er sich in der Zwischenzeit einigermaßen verständigen konnte, war für Johannes sehr lehrreich
und interessant. Maks, der mit dem Leben in der Wildnis offensichtlich bestens vertraut war, brachte ihm bei, wie man Kaninchen
mit selbst gebauten Schlingen und Forellen mit bloßen Händen
fing. Was Johannes aber fast noch besser gefiel, war, dass er ihm
auch zeigte, welche wilden Kräuter und Wurzelgemüse dazu passten und wie man das Ganze ohne großen Aufwand schmackhaft
zubereitete. Nach Johannes' Ansicht hätte diese Reise der Anfang
einer schönen Männerfreundschaft sein können, aber wann immer
sie sich nahe kamen, machte Maks klar, wer Knecht und wer Herr
war. Nun gut, das schienen hier einfach die Regeln zu sein. Johannes hatte nicht vor, sich daran zu halten.

Kapitel 10   Cuchulainn: Ein neues Geschick

Der Mond war bereits hinter den Bäumen auf den Hügeln untergegangen und vor ihnen stieg langsam die Sonne auf. Wie zu Stein erstarrt, saßen die beiden ungleichen Gestalten zu einer einzigen Silhouette verschmolzen auf einem Felsvorsprung und blickten nach Osten. Ein leichter Nieselregen verwischte den Schimmer des Morgens am Horizont. Distelson hatte sich an den Körper des großen Kriegers geschmiegt und spielte leise auf seiner Flöte, während Cuchulainn an bestimmten Stellen mitsummte und brummte und dabei seinen Umhang als schützendes Dach über ihre Köpfe hielt.

Wer ist der Wandrer in dunkler Nacht,
dass er trägt der Sonne Pracht
... in finstrer Nacht?

Das Lied erzählte langatmig die Geschichte von Lugh Lamhfhada, was *Lugh mit dem langen Arm* bedeutete, wie er nach Eira an den Hof von Tara kam, um sich der unsterblichen Túatha Dé Danann anzuschließen. Der Gott klopft an die Pforte und der Torwächter fragt ihn, welche besonderen Eigenschaften er habe, dass ihm geöffnet werden solle. Lugh sagt, er sei ein äußerst geschickter Handwerker und bekommt zur Antwort, es gäbe bereits sehr gute Handwerker in Tara. Daraufhin preist er sich als Schmied, als Sänger, als mächtigen Krieger und großen Zauberer. Alle diese Fertigkeiten seien schon in Tara vertreten, erwidert der Torwächter abweisend. Da fragt Lugh, ob es denn auch schon einen gäbe, der alle diese Kenntnisse in einer Person versammle. Der Wächter gibt nach und lässt ihn ein.

Mein Name ist alt, wie der Stein im Grund,
der Wind kennt ihn, viele fürchten ihn,
Kinder singen ihn
und du kannst ihn nicht sagen?

Während die beiden die Legende in ihrem langsamen Rhythmus vorantrieben, erinnerten sie sich an all die Dinge, die ihnen selbst widerfahren waren, seit sie ihre Heimat verlassen hatten. So viel und noch viel mehr war geschehen...

Und wer, grimmer Hüter, sprich geschwind,
vermag all dies und noch mehr?

Die folgende Passage brachte Cuchulainn nicht mehr zusammen. Er ließ sie aus und gab sich ganz den schon ein wenig verblassten Bildern hin, die vor seinem inneren Auge vorbeihuschten. Er versuchte Ordnung hineinzubringen, am besten er begänne ganz von vorne …

Der Morgen hält für mich die Pfade frei,
wenn alles schläft, wacht sie allein.
Der Schwester die Schatten, der Tag ist mein.

Seit über einem Jahr waren sie jetzt in diesem Land, in dieser Zeit. Er war als erster der Champions hier gewesen, in der Zwischenzeit war auch der letzte, dieses halbe Hemd Johannes angekommen, von dem er nicht wusste, was er von ihm halten sollte, der ihm aber schon mehr als einmal die Zornesröte ins Gesicht getrieben hatte.

Und wo hatte alles seinen Anfang genommen? Genau, Mortiana, seine dunkle Priesterin, hatte ihn zum Abschied auf den Hals geküsst, und er und sein kleiner Schildträger waren in die Quelle gestürzt, waren hinab gezogen, von der Tiefe verschluckt und wieder ausgespien worden …

***

Cuchulainn riss die Augen auf. Er holte Luft, doch statt Luft drang Wasser in seinen Mund und seine Kehle. Ein Anflug von Panik. Wasser, tiefblau, überall. Er sah sich kopflos um. Der kleine Andersweltler strampelte hilflos direkt neben ihm. Er packte ihn an den Haaren und zog ihn mit sich nach oben. Sie überholten die eigenen Luftbläschen. *Nur noch ein kleines Stück!* Endlich durchbrachen sie die Oberfläche. *Luft!*

Nur langsam, mit größter Willensanstrengung, überwand Cuchulainns Bewusstsein den fürchterlichen Schmerz, der von Kälte und den Nachwehen der Ohnmacht herrührte. Blinzelnd öffnete er die Augen und wäre er nicht so erschöpft gewesen, hätte er wohl befürchtet, sein Augenlicht verloren zu haben, da alles was er sah ein von weißen Flusen durchsetztes Nichts war. Eine Ödnis, eine Wüste von Weiß, auf die noch mehr Weiß hinabfiel. Einige Zeit blieb er, unfähig sich zu bewegen, liegen, bis ein Husten neben ihm ihn von den kräftezehrenden Versuchen, die Dinge um sich herum zu ordnen, ablenkte. Mit schmerzverzerrtem Gesicht drehte er seinen Kopf auf der kalten, weißen Masse, die er erst jetzt als Schnee erkannte.

Distelsons Körper lag verdreht neben ihm. Seine Haut war an den Armen blau angelaufen und seine Beine, die noch bis zur Hälfte in einem natürlichen Becken eines kleinen, zu Eis erstarrten Wasserfalls steckten, zitterten krampfartig.

Ein Fetzen der Erinnerung flammte in Cuchulainn auf. Mit brennenden Lungen war er dem Licht am Ende der Dunkelheit entgegengeschwommen, hatte mit letzter Kraft das Eis an der Oberfläche durchbrochen und sich schließlich aus dem Wasser gehievt. Den Kleinen hatte er noch hinter sich her zerren können, dann war es schwarz geworden.

Die Kälte peinigte seine Glieder. Er rang sich zu dem Entschluss durch aufzustehen. Doch woher die Kraft nehmen, den geschundenen Körper zu erheben? Der Krieger kannte die Antwort: *Wut.* Nur die blanke Raserei würde ihm jetzt noch helfen können. Hier zu sterben kam nicht in Frage. Die Göttin hatte ihn hierher geschickt, für sie zu kämpfen und nicht, um sich der Schwäche ergebend den Kältetod zu sterben. Grunzend zog er die Beine unter die Brust. Seine tauben Hände fanden Halt auf der schneebedeckten Erde. Als er endlich stand, wollte ein heftiger Schwindel ihn wieder zu Boden zu werfen, doch nach zwei stolpernden Schritten hörte die Welt auf sich zu drehen. *Großartige Vorschrift,* dachte er, als er an seinem nackten Leib herunter sah, *keine Kleidung auf eine Reise dieser Art mitnehmen zu dürfen, auch ja keine Stiefel …*

Eine zaghafte Stimme neben ihm meldete sich zu Wort: »Wo … wo … willst du hin?«

Langsam, um seinen Gleichgewichtssinn nicht zu überfordern, drehte sich Cuchulainn um, betrachtete den Kobold und hielt kurz inne. Mehr instinktiv als gewollt trat er zu dem Häuflein Elend und bückte sich. Seine Arme schlossen sich um den kleinen Körper und hoben ihn in die Höhe. Er drückte ihn an die Brust und ging los. »Raus aus dieser Kälte, mein kleiner Begleiter«, lautete die späte Erwiderung.

Die Schneeflocken drangen erbarmungslos auf ihre ungeschützten Leiber ein, während der Krieger ein Bein vor das andere setzte, um ihnen einen Weg durch Wind und Wetter zu bahnen. Fast blind und mit der vor sich hin stammelnden Last in den Armen schätzte Cuchulainn die Wahrscheinlichkeit, diesen Tag zu überleben, eher gering ein, als plötzlich eine sanfte Weise ihren Weg zu seinen Ohren fand. Da es nichts anderes als Orientierungspunkt gab, beschloss er, den Tönen, die von einer Flöte stammen mussten, zu folgen. »Oh Cernunnos, Beschützer der Welt …«, begann er zu beten, da er bemerkte, wie seine letzten Kräfte ihn zu verlassen drohten. War es Einbildung, oder waren dort, nur wenige hundert Schritt rechts von ihnen, in einer kleinen Mulde die Umrisse eines Gebäudes zu erkennen? Sollte er sich irren, soviel stand fest, war dies das Ende. Es gelang ihm, seinen Schritt etwas zu beschleunigen. Und bald wurde offenbar, dass sie sich auf ein kleines Gehöft zubewegten, dessen Konturen sich nun immer deutlicher aus dem endlosen Weiß um sie herum abzeichneten.

Er wollte etwas sagen wie 'Halte durch!', doch seine Lippen verweigerten ihm den Dienst und statt der Worte entfuhr seinen gequälten Lungen lediglich ein unverständliches Keuchen.

Als nur noch wenige Schritte sie von dem mit Stroh gedeckten Lehmhaus trennten, erhaschte Cuchulainn einen Blick durch ein Fenster ins Innere. Eine Frau mit langen blonden Haaren saß dort. Nun setzte sie die Flöte ab und Cuchulainn traf der Blick einer winterlich blauen Iris. Er ging zur Tür und wollte sie mit der Schulter aufschieben, doch sie war verriegelt. Verzweiflung stieg frostig und schneidend wie die unerbittliche Kälte des grimmigen Tages in ihm auf. Erst jetzt bemerkte er, dass der kleine Leib an seiner Brust steif geworden war. Das Rot auf den Wangen des Wesens aus der Anderswelt war einem fahlen Blau gewichen. Die Äuglein starrten ausdruckslos an ihm vorbei ins Leere. *Er hat es nicht geschafft.* Noch einmal stemmte er sich gegen die Tür. Nichts zu machen, sie war fest von innen verschlossen. Er hatte weder Kraft noch Willen übrig, es erneut zu versuchen. Der mächtige Krieger sank gebrochen auf die Knie. **Wir** *haben es nicht geschafft. Vergib mir, Erdenmutter.*

Von dem Turm, in dem er einst im Traum jenem Merlin begegnete, steht nur noch das Fundament. Die ganzen Steinmassen sind in sich zusammengefallen, noch schwebt Staub von dem Einsturz in der Luft und macht das Atmen schwer. Cuchulainn fühlt die kleine Hand des Andersweltlers nass und schwach in der seinen. Schweigend gehen sie durch die Trümmer. Sind sie gestorben? Ist das die andere Seite? Weder Mond noch Sonne stehen am Himmel, alles ist grau und im Zwielicht gefangen. Doch was ist das? Dort hinten zwischen zwei abgebrochenen Säulen glimmt ein Licht. Die Laterne der Morrigan! Würde sie sie in ein neues Dasein leiten? Cuchulainn spürt Widerwillen, er liebt seinen Körper und klammert sich an ihn. Doch er fühlt sich fern und beinahe schwerelos an. Ein Lachen. Nein, das ist nicht die Seelenführerin, es ist wieder der Alte. Er hockt mit überschlagenen Beinen inmitten all des Schutts an einem kleinen Feuer. Seine Schlange hebt träge den Kopf und zischelt. »Cuchulainn, Distelson, ich freue mich, dass ihr den Weg zu mir gefunden habt«, spricht der Alte. »Kommt zu mir, wärmt euch die Hände.«

Distelson will sich setzen, doch Cuchulainn hält ihn fest. Es wäre nicht gut, hier zu verweilen. Doch einfach gehen kann der Krieger nicht, das heilige Gebot, niemals eine Einladung auszuschlagen, bindet ihn. Also stehen sie abwartend da.

»Wie ihr wollt«, sagt der Alte eher belustigt als verärgert. »Es spielt auch keine Rolle.« Er streicht der Schlange über den schmalen Kopf. »Wie ihr seht, ist meine Wohnstatt nicht im besten Zustand. Ich bitte euch, sie wiederherzustellen, sofern ihr es vermögt.«

Cuchulainn versteht nicht. Um den Turm wieder aufzubauen, hätte es hunderte von Männern und Jahre an Zeit benötigt. Distelson schweigt beklommen, dann sagt er schließlich: »Es tut uns leid, wir wissen nicht, wie das geht, ehrwürdiger Grenzwächter.«

Der Alte lächelt wieder. »Nun, mit Vorstellungskraft, mein Junge.«

Es ist zwar närrisch, aber Cuchulainn versucht es dennoch. Er beschwört seine Erinnerung daran, wie alles aussah, ehe der Verfall einsetzte. Und tatsächlich, wie er das Bild gefunden hat und festhält, beginnt es zu Knistern. Er kann es nicht sehen, aber er glaubt, der Stein will sich zu seiner alten Form zusammenfügen. Distelsons Hand versteift sich in seiner, auch er versucht das Unmögliche. Doch dann erschlafft die kleine Hand und auch Cuchulainn verliert die Konzentration. Mortiana, sie hatte ihn zum Abschied geküsst. Er spürt ihre Lippen brennend heiß auf seinem Hals. Würde er sie wiedersehen?

Der Greis seufzt. »Auch ihr gemeinsam seid es nicht«, sagt er mehr zu sich selbst. Bedauernd hebt er seinen linken Arm und deutet auf einen übriggebliebenen Torbogen, der von langen, breiten Rissen durchzogen ist. »Nehmt diesen Pfad. Und sputet euch nun.«

Das lässt sich Cuchulainn nicht zweimal sagen. Distelson stammelt: »Halt … ich … was?«

Der Ire zieht ihn hinter sich her auf den Torbogen zu. »Komm schon, *sputet euch*, hat er gesagt!«

Hinter dem Durchgang sieht es nicht anders aus als vor ihm, zerklüftete Felsen und Trümmerhaufen. Aber als der Krieger hindurchgeht, tritt er nicht auf Stein, sondern ins Leere und stürzt in einen bodenlosen Abgrund.

Cuchulainn riss die Augen auf. Er holte Luft, doch statt Luft drang Wasser in seinen Mund und seine Kehle. Ein Anflug von Panik. Wasser, tiefblau, überall. Er sah sich kopflos um. Der kleine Andersweltler strampelte hilflos direkt neben ihm. Er packte ihn an den Haaren und zog ihn mit sich nach oben. Sie überholten die eigenen Luftbläschen. *Nur noch ein kleines Stück!* Endlich durchbrachen sie die Oberfläche. *Luft!*

Wie oft hatten sie diese Szene schon durchlebt? Nie war es ihm gelungen, den Kleinen lebend zu dem Gehöft zu bringen. Und ohne ihn blieb ihm offensichtlich der Zugang verwehrt.

Sie keuchten, japsten und spuckten Wasser. Es dauerte eine Weile, bis sie sich auf allen Vieren ausgehustet hatten, und der Krieger sich erschöpft auf den Rücken fallen ließ. Diesmal würde er ihn nicht verlieren!

»War doch gar nicht so schwer … bin schon durch ganz andere Tore gegangen … die waren vielleicht ungemütlich«, räusperte sich Distelson matt. Er hätte gerne mehr gesagt, aber sein Hals fühlte sich an, als hätte er eine ganze Igelfamilie verschluckt und wieder ausgespien. Außerdem hatte er gerade seinen Kopf bequem auf den Bauch seines Reisegefährten gebettet. Der Krieger ließ es geschehen, er war zu müde, um den kleinen Kerl zurechtzuweisen. Eine matte Abendsonne schien auf ihre nackten Körper. Träge sah sich Cuchulainn um. Sie waren dort, wo sie immer ankamen, bloß dass diesmal kein Schnee lag. Blumen und Farne wuchsen an dem Teich, und der kleine Wasserfall war nicht gefroren, sondern rauschte monoton vor sich hin. Es war frühlingshaft. Ein paar Spatzen musterten mit hektischen Bewegungen ihrer kleinen Köpfe die zwei Neuankömmlinge. Der Ton einer Flöte war zu vernehmen. Ehe der Schlaf ihn überwältigen konnte, rappelte sich Cuchulainn auf und schubste dabei den kleinen Wicht unsanft von sich. »Auf jetzt, wir ruhen uns später aus.«

Also gingen sie los, aber schon nach ein paar Schritten fiel Distelson zurück. *Warum die kleine Plage nicht einfach stehenlassen? Was kümmert er mich? Warum bin ich ohne den Wurm nicht willkommen?* Irgendwie mussten ihre Schicksalsfäden miteinander verwoben sein, und er wollte um keinen Preis wieder alleine vor der verrammelten Tür enden. Grummelnd ging er zurück, hob seinen Begleiter wortlos auf die Schulter und trug ihn den Rest des Weges, der ihm nun viel kürzer erschien. Das kleine Haus sah genauso aus wie immer, nur dass diesmal alles wesentlich freundlicher auf ihn wirkte. Auf dem Riet des Daches bildeten grüne Moosflecken ein sonderbares Muster, Rauch stieg aus einem verschnörkelten Schornstein auf und Primeln und Disteln wuchsen um das Grundstück und an dem kleinen Mäuerchen, das bei den letzten Malen von dem Schneeteppich verdeckt gewesen war. Er stieg darüber und wieder traf ihn der Blick der Flöterin durch das diesmal geöffnete Fenster. Auf der Schwelle setzte er den Andersweltler ab.

Distelson gähnte und streckte sich: »Sind wir da?«

»Wir werden sehen …« Cuchulainns Herz machte einen Sprung, als er mit dem Knöchel gegen das Holz klopfte und einen weiteren, als von drinnen ein freundliches »Herein« zur Antwort kam. Sie traten ein. Das Innere der Behausung war größer, als man von außen hätte ahnen können und spärlich eingerichtet. Ein Kamin in der Mitte hütete ein prasselndes Feuer, Felle bedeckten den Boden und einen Teil der lehmbraunen Wände, in die zwei abgehenden Türen eingearbeitet waren. Ein siebenarmiger Kerzenständer auf einem runden Tisch spendete zusätzliches Licht, drei Stühle standen um ihn herum. Die Frau auf dem einen hatte die Flöte abgesetzt, die sie nun beiläufig in der linken Hand ruhen ließ, während sie die Neuankömmlinge begutachtete.

Bevor der nackte Krieger etwas sagen konnte, begrüßten ihn die weichen und zugleich kraftvollen Worte der Hausherrin: »Ihr seid willkommen, Cuchulainn, ruhmreicher Krieger, und du, Distelson, treuer Begleiter und Hüter der geheimen Pfade. Nach gastlicher Wärme und Ruhe verlangt es euch und beides sei euch gewährt.«

Sie schloss das Fenster und verriegelte es, während Cuchulainn die Tür hinter sich ins Schloss zog. Distelson lehnte an einem Balken des Türrahmens, seine Augenlider flatterten, dass man das Weiße unter ihnen sah. Er war wieder eingeschlafen. Sein kleiner Körper hatte die Strapazen ihrer Reise noch nicht überwunden. Der Krieger hob ihn hoch und legte ihn auf einen Wink der Gastherrin vor dem Kamin nieder und deckte seine vom Feuer abgewandte Seite mit einigen der umher liegenden Felle zu. »Ach ja«, stellte sich die Hausherrin mit einem Lächeln, das nicht so recht zu ihren frostigen Augen passen wollte, vor, »ich bin Mebda.«

Die Frau verschwand für wenige Augenblicke in einem Nebenzimmer, um mit einem Schaffellumhang in den Händen wieder zu erscheinen. Als sie Cuchulainn in den Umhang half, fielen ihm die feingliedrigen Finger ins Auge, welche wie ihr Gesicht und die bloßen Unterarme von mondlichtfarbener Blässe waren. Auf eine einladende Geste hin nahm er ihr gegenüber Platz. Die außerordentliche Gemütlichkeit der einfachen Stühle fiel ihm erst auf, nachdem er eine Weile schweigend dagesessen hatte.

Zwar war er bei dieser Ankunft nicht barfuß durch den Schnee gestapft, aber auch im Frühjahr fror man ohne Bekleidung am Abend und so genoss er die wohltuende Wärme, die von dem Kamin ausging und freundlich seinen Körper umarmte. Ein dampfender Sud, den die Gastgeberin anbot, verstärkte das Gefühl der Behaglichkeit noch und trieb ihm einen mit Honig gesüßten Brennnesselduft in die Nase. Er hätte noch eine lange Weile still da sitzen und sich den angenehmen Gegebenheiten hingeben können, doch er wollte nicht unhöflich erscheinen und so formten seine Lippen die kehlig klingenden Sätze: »Lugh zum Gruß, Mebda. Wir danken dir für deine Gastfreundschaft. War es deine Not, die mich in diese Welt rief? Stehst du hier für die Göttin?«

Die Frau lachte. »Entspanne dich, Cuchulainn. Die Antworten auf deine Fragen sind von vielschichtiger Natur. Du bist zur rechten Stunde erschienen, wir haben noch Zeit …« Und mit unheilvollem Ton fügte sie hinzu: »… ehe der Krieg kommt.«

Als sie seinen Blick in Richtung Feuer bemerkte, beruhigten ihn die Worte: »Mach dir keine Sorgen. Es wird deinem Freund bald besser gehen. Er braucht Schlaf.«

Ich sorge mich nicht. Der Held war es nicht gewohnt, dass ihm nicht alleine die volle Aufmerksamkeit zukam und er ärgerte sich darüber. *Mein Freund? Er ist bloß ein nervtötender Niemand und ich erkenne durchaus, er ist nicht krank, sondern bloß faul.* Er sprach die Worte nicht aus, zog lediglich den Umhang enger um sich und fragte stattdessen: »Gegen wen werden wir kämpfen?«

Mebdas Blick wanderte von der Flöte in ihrer Hand zurück zu den Augen Cuchulainns. Sie strich ihre Tunika glatt und sagte:

»Nun gut. Zunächst sollte ich dir die Eile nehmen. Du musst wissen, dass die Zeit für jene, die auf dich warten, anders verläuft als hier. Selbst wenn du Jahre mit mir in dieser Welt verbringst, könnten in deiner Heimat im Falle deiner Rückkehr erst wenige Wimpernschläge vergangen sein. Dies geschieht nach den Regeln der Göttin, von denen nur Wenige mehr wissen als ich.«

Der Krieger grübelte. Sie hatte ihn durchschaut, sein Plan war es gewesen, herzukommen, den wie auch immer gearteten Feind zu besiegen und dann schnellstmöglich zu seinen eigentlichen Aufgaben und Mortiana zurückzukehren.

»Aber ich bin dir eine Antwort schuldig geblieben. Einstmals war ich eine von Zwölfen. Wir hüteten das Land und beschützten die Erde. Doch stets mit dem Wort, niemals mit dem Schwert. An unsere Lande grenzen die mittleren Königreiche an. Mit ihnen haben wir Verträge geschlossen und die Grenzen werden beidseitig respektiert. Hinter ihren Reichen erstrecken sich die Gebiete der wilden Stämme. Wir nennen sie Nortu. Die längste Zeit waren sie ungeeint und sie blieben hinter ihren Grenzsteinen, aus Respekt vor den Streitkräften der Könige in den Mittellanden und aus Furcht vor unsere Zauberkraft. Unsere Herrschaft ist von jeher zurückhaltend, wir lenken ohne Krone, Zepter und Richtschwert.«

Spürbares Unbehagen erfüllte den Raum, als Mebda fortfuhr zu sprechen. »Eine allerdings, die mächtigste unter uns Zwölfen, gierte nach Macht. Sie wurde abtrünnig und verschwand mit ihren Novizinnen in die Berge des Nordens. Dort hat sie sich von dem einflussreichsten der Nortu-Stämme zur Kriegsherrin ernennen lassen und sammelt nun rasch weitere Banner. Die Stämme nennen sie die Königin der Hexen und ihre Stärke ist in jeder Hinsicht ebenso beachtlich wie bedrohlich. Sie hat Rache geschworen und …« Ihr Atem stockte. »… und … es gibt Gerüchte, sie hätte den Kreis des Lebens durchbrochen und sich mit … anderen … *Göttern* eingelassen.«

Cuchulainn fuhr es kalt den Rücken hinab. Er kannte die Geschichten von dem Verrat an der Göttin. Druiden und Priesterinnen hatten sich immer wieder chaotischen Gottheiten verschrieben.

Einer der gefürchtetsten jener Dämonengötter war … Schnell wischte er diesen Gedanken beiseite.

»Du kennst ihn,« las die blonde Frau ihm überrascht von den Augen ab, »hoffen wir, dass wir uns irren, denn in diesem Fall wäre die Königin der Hexen keine Marionette des großen Wurms, sondern andersherum. Uns stünde eine Macht von ungeahnten Ausmaßen gegenüber.«

Eine Weile lang hingen beide ihren eigenen Gedanken nach. Das Feuer war auf ein Häuflein Glut heruntergebrannt. Als Mebda aufstand und hinausging, neues Feuerholz zu holen, kratzte der Krieger sich am unrasierten Kinn und nickte kurz darauf ein.

Sie kam zurück und schloss die Tür hinter sich, durch deren Spalt im letzten Moment eine Katze huschte. Während sie mit dem Getigerten schwatzte, der viel über seine nächtlichen Eskapaden zu erzählen hatte, brachte sie den müden Cuchulainn zu Bett. Nachdem sie ihm geholfen hatte, es sich auf dem kleinen, aber bequemen Schlafplatz gemütlich zu machen, murmelte er noch etwas von Spähern, die sobald als möglich ausgesandt werden müssten. Nur wer seinen Feind kenne, könne einen Krieg gewinnen, waren seine letzten Worte.

»Schlaf jetzt, mein Champion, und träume.« Leise, an sich selbst gerichtet, fügte sie hinzu: »Es ist nicht deine Schuld, du kannst nichts dafür, dass deine Ankunft uns den letzten Rest Hoffnung auf Frieden genommen hat.«

Sie küsste den schlafenden Krieger auf die Stirn und verließ den Raum, um sich ihrerseits schlafen zu legen. Ihre Nacht war geprägt von Albträumen und dunklen Visionen. Das Gleichgewicht der Allmutter war in dieser Nacht erneut erschüttert worden.

Kapitel 11   Cuchulainn: Die Wahl der Waffen

Cuchulainn rieb sich die Augen. Er hatte geschlafen wie ein Stein.
Die Strahlen der Mittagssonne, die durch ein kleines beschlagenes
Fenster auf seine Schlafstatt fielen, blendeten ihn. Gerade versuch-
te er die Bilder eines Traums, der ihm wichtig erschienen war, in
Erinnerung zu rufen, als eine quäkende Stimme sein Vorhaben im
Ansatz vereitelte.

»Du bist wach! Ist es nicht ein herrlicher Tag?! Mebda hat dir ein
erstes und mir ein zweites Frühstück gerichtet. Puh, das war gestern vielleicht eine Reise … all das Wasser und dann noch der Fußweg und …«

»Ja, ich habe verstanden, es geht dir also wieder gut. Wie schön«,
schnitt ihm der Krieger das Wort ab. »Wo ist sie?«

Er stand auf und streckte sich, während Distelson einen Schwall
von Worten über einen Test und die dringenden Geschäfte ihrer
Gastherrin niederprasseln ließ. Auf dem gedeckten Tisch befanden
sich Speck, Brot, Ziegenmilch und zwei Stücke Honigkuchen.

»Ich glaube, jemand ruft nach dir«, sagte Cuchulainn. Als Distelson daraufhin vor die Tür trat, schlug er sie hinter ihm zu, schob
den Riegel vor und setzte sich erleichtert an den Frühstückstisch.
Das Klopfen und Jammern waren immer noch besser zu ertragen
als die Belästigung Auge in Auge. Nach einer Weile allerdings gab
er sich versöhnlich, und Distelson durfte ihm, auf das Versprechen
hin, nur auf Fragen zu antworten und ansonsten den Mund zu halten, seine Ziegenmilch schlürfend Gesellschaft leisten.

Nachdem sie mit dem Essen geendet hatten, bediente
Cuchulainn sich an einem Stapel zusammengelegter Kleidungsstücke, den die Gastgeberin in einer Ecke gerichtet hatte. Nicht
dass er jemals viel Wert auf Äußerlichkeiten gelegt hätte, ganz im
Gegenteil, er verachtete die Krieger, welche ihren Mangel an Fähigkeiten durch edle Gewandung, Schmuck und Zierrat auszugleichen
suchten. Nichtsdestotrotz freute er sich über den goldbestickten
Saum an der neuen dunkelblauen Tunika. Vor allem aber kratzte
der dicke Stoff nicht, ebenso wenig wie der der karierten Hose und

auch die Lederstiefel, die er nun trug, saßen wie angegossen, waren
äußerst bequem und boten einen sicheren Stand. Zuletzt zurrte er
den mit kleinen Bronzetellern versehenen Gürtel zurecht. Ohne
Waffen, die er hineinstecken konnte, kam er ihm nutzlos vor, aber
er war entschlossen, diesen Umstand schnellstmöglich zu ändern.
Distelson hatte seine frischen Kleider bereits früher angezogen: ein
etwas weites, graues Hemd, eine an den Fußknöcheln umgeschlage-
ne, braune Lederhose und einen wollenen Kragen. Der Krieger
fragte sich, ob es einmal Kinder im Haus gegeben hatte, ob ihre
Gastherrin Stücke ihrer eigenen Garderobe in der Nacht noch für
den Zwerg umgenäht hatte, oder ob sie auch Distelsons Erscheinen
vorausgesehen hatte. Am Vorabend noch tief erschöpft und ausge-
brannt, fühlten sich nun beide kräftig und munter. Der Feerich
wirkte aufgeweckt und vollkommen erholt. Nur mit größter Anstrengung gelang es ihm, seine überquellende Heiterkeit zurückzu-
halten. *Das war schnell gegangen, sehr schnell.* Doch der Krieger
hatte aufgehört, sich über dergleichen Ungereimtheiten zu wundern.

»Gehen wir.«

Während sie das Haus verließen und über die saftig grünen Wiesen liefen, faselte der neu eingekleidete Distelson von seiner Aufregung darüber, ob Cuchulainn die Aufgabe, die, wie er sich aus-
drückte, 'drohend vor ihm lag', meistern würde. Anstatt ihm zuzuhören, überblickte der Krieger immer wieder das rasch wechselnde
Landschaftsbild. Zuerst waren sie querfeldein über Wiesen, vorbei
an kleineren Baumgruppen gewandert, dann waren sie auf eine
breite, befestigte Straße gelangt, die sie nach kurzer Zeit zu einer
Brücke über einen schmalen, aber schnell fließenden Fluss geführt
hatte. »Das muss der Kristallwasser sein, genau so hat Mebda es beschrieben«, hatte Distelson erfreut ausgerufen. Als die große Straße
hinter dem Fluss eine Biegung machte, waren sie auf einen kleineren Pfad abgebogen, dem sie hügelan durch lichtes Unterholz gefolgt waren. Nun, auf dem Kamm einer Hügelkette, hielten sie
inne. Nordöstlich von ihnen erhoben sich in der Ferne Gebirgsrie-
sen, deren Gipfel in den Wolken verschwanden. Westlich erstreckte

sich die See, und ihr vorgelagert erblickten sie ungefähr ein Dutzend Gebäude, von denen eines sich, aufgrund seiner Größe und selbst aus diesem Abstand erkennbar besser verarbeiteten Außenwände, von den übrigen abhob. Von dem Haupthaus ging ein gerader Weg ab und von ihm wiederum ein Pfad, der den, auf dem sie gingen, kreuzte und sich weiter nach Osten hinaufschlängelte, wo er zwischen Felsen verschwand. »Er führt zu der Hochebene Ban Mahirrim«, gab sich Distelson ortskundig. Der Krieger rümpfte die Nase. Er müsse sich als würdig erweisen, hatte der Kobold die Worte der Priesterin weitergegeben, würdig zu … *Ja, wozu eigentlich? Ein Krieger der Göttin zu sein?* Seine Kriegerprüfung lag viele, viele Sommer zurück und seitdem hatte er unzählige Male bewiesen, nicht nur eine, sondern *die* Hand und Faust der Göttin zu sein. Falls der Kleinwüchsige keinen Pferdemist erzählte, und sie ihn wirklich testen würden, konnten sie nur genau das erfahren. Daher machte er sich nicht im mindesten Sorgen, sein Geist war ruhig wie ein stiller See.

Ein leichter, warmer Nieselregen setzte ein. Cuchulainn hatte es schon immer gemocht, wenn es regnete und gleichzeitig die Sonne schien. Dem Andersweltler musste es ähnlich gehen, denn ausnahmsweise schwieg er, während sie ohne Eile weiterzogen. Sie blieben einige Male stehen, genossen die frische, feuchte Frühjahrsluft und erfreuten sich an der erbaulichen Landschaft.

An einer markanten Eiche angelangt, begann der Halbling wieder zu plappern. Er wiederholte Mal um Mal die detaillierte Beschreibung der Priesterin. In der Tat war der Eingang zur Höhle, dem Ziel ihres Ausflugs, gut versteckt; eine unscheinbare Hecke verbarg ihn. *Wir hätten für diese Wegstrecke wesentlich länger brauchen sollen,* überlegte der Krieger. *Entweder hat Mebda einen Segen über uns gesprochen, oder in dem kleinen Wicht steckt mehr, als man vermuten würde …* Irgendwie war es Distelson gelungen, durch die Hecke hindurchzuschlüpfen. Cuchulainn schob sie forsch beiseite und kam hinterher. Der Geruch von Fackeln und Räucherwerk stieg ihm in die Nase. Es dauerte einige Momente, bis sich seine Augen an die spärlichen Lichtverhältnisse gewöhnt hatten, doch schon davor erkannte er in dem runden Hohlraum vor ihnen zwei vollgerüstete Wachen. Sie versperrten den Weg in einen Tunnel, in dem an den Wänden angebrachte Fackeln flackerten.

»Lugh zum Gruße«, sprach Cuchulainn die grimmig dreinblickenden Männer an. Der rechte musterte ihn, nickte schließlich und sagte etwas. Cuchulainn verstand lediglich seinen Namen, aber die Gestik der beiden Wachen war eindeutig, sie traten zur Seite. Cuchulainn ging zwischen ihnen hindurch in den Tunnel. Als Distelson ihm nachfolgen wollte, wurde er aufgehalten. Die Wache rang sichtlich um respektvolle Worte, obgleich sie ja ohnehin nicht verstanden wurden. Dabei deutete der Mann mit seiner Speerspitze auf Cuchulainns. Distelson wollte zu einer Erwiderung anheben, entnahm allerdings dem Ausdruck auf dem bärtigen Gesicht, dass jeder Einspruch zwecklos war und überlegte es sich anders. Es war offenkundig, dass ihm der Zutritt verweigert bleiben würde, gleich, was er vorbrachte. Enttäuscht ließ er sich neben den Wächtern zu Boden sinken.

Zunächst war der Gang schmal und die Decke an manchen Stellen so niedrig, dass Cuchulainn sich bücken musste, um sich nicht den Kopf zu stoßen. Doch je tiefer er in die Höhle vordrang, umso weiter wurden die Abstände zwischen den Wänden. Auch die Decke, aus der zahlreiche Stalaktiten wuchsen, in denen er Gestalten und Gesichter erkannte, wurde zunehmend höher. Fledermausdreck verunzierte den Boden und der davon ausgehende Gestank mischte sich mit dem intensiver werdenden Duft von Kräutern, von denen der Krieger nur Misteln eindeutig bestimmen konnte. Der Gang mündete schließlich in einen Raum von gigantischen Ausmaßen, vor dem wieder ein halbes Dutzend, diesmal jedoch weibliche, Wachposten standen. Unter ihren mit Bronzeplatten beschlagenen Harnischen war ihre Kleidung Rot gehalten. Jede von ihnen trug ein Schwert in der Scheide und ihre Augen wurden von einer ebenfalls roten Stoffbinde verdeckt. Dennoch bewegten sie sich sicher, als sie dem Krieger den Weg freigaben.

Dahinter erblickte Cuchulainn die prunkvollste Waffenkammer, die er je gesehen hatte. Äxte, Lanzen, Schwerter, alles was geeignet war den Tod zu bringen, schien hier versammelt und angehäuft. Ein glückseliger Ausdruck machte sich auf seinen Zügen breit. In einem Halbkreis inmitten des Waffenarsenals saßen elf Priesterinnen mit weißen Umhängen in breiten, gepolsterten Stühlen. Auch Mebda war unter ihnen und lächelte ihm aufmunternd zu. Gerade wunderte sich Cuchulainn, weshalb zwei der ihn an Throne erinnernde Sitzgelegenheiten frei waren, als eine der Frauen sich erhob und das Wort an ihn richtete. »Sei gegrüßt, Weltenwanderer, wir sind der Rat, der schon bestand, als der Mensch noch nicht geboren war. Du kamst her, um für uns und daher für das All-Eine, das, was du die große Göttin nennst, zu kämpfen. Und jeder Krieger braucht ein Instrument seines gerechten Zorns. Wähle deine Waffe und nenne sie bei ihrem wahren Namen.« Die Hohepriesterin ließ ihre Worte verhallen, bevor sie, ihn erwartungsvoll anblickend, wieder Platz nahm.

Er stand kurze Zeit irritiert da, um dann seinen Blick über das zahllose Kriegswerkzeug schweifen zu lassen. Nach welchen Kriterien sollte er entscheiden? Er dachte an den Speer, den er zurückgelassen hatte, und suchte daraufhin alle Stangenwaffen ab, ohne eine besondere Anziehung zu einer bestimmten zu fühlen. Elf Augenpaare waren auf ihn gerichtet, als er näher trat, so dass er hier und da genauer hinschauen konnte. Es half nichts. Er hatte keinen blassen Schimmer, welches *seine* Waffe war, geschweige denn, dass er eine hätte benennen können. Cuchulainn grübelte. Und als er so ratlos dastand, drang ein krächzender Laut an sein Ohr. *Ein Vogel, hier? – Unmöglich.* Wie ein Pfeil schoss ihm die Erkenntnis in den Kopf. Der Traum heute Nacht, von dessen Erinnerung Distelsons Geplapper ihn weggezerrt hatte. Seine Augen ruhten mit einem Mal auf dem beidseitig geschwungenen Kopf einer Axt. Die Blätter waren verstaubt, doch waren darunter Triskelen und andere Symbole zu erkennen, die im flackernden Schein der Fackeln zu glimmen schienen. »Rabenfreude!«, rief er aus und packte mit beiden Händen zu. Ehrfürchtig strich er mit dem Ärmel seiner Tunika über den kalten Stahl, um die Waffe zu säubern. Vorsichtig betastete er die Schneiden, sie waren scharf, als wären sie frisch geschliffen worden. Als er sich umdrehte, sah er, dass die Frauen aufgestanden waren. Mebda hatte den Kopf schräg gelegt und sah ihn liebevoll, zugleich aber auch traurig an. Dieselbe Frau, die zuvor gesprochen hatte, und offensichtlich die Ranghöchste unter ihnen war, sagte feierlich: »Cuchulainn, der Hund von Ulster, unser erster Champion, steht bereit für den Kampf gegen die Dunkelheit.«

Auf dem Weg zurück, die Dämmerung hatte bereits eingesetzt, zogen alle, die ihm an jener heiligen Stätte begegnet waren, in einem Fackelzug über die dunklen Hügel. Voran die Wachmannschaft, danach folgten die Priesterinnen und hinterdrein Cuchulainn und Distelson. Mebda ließ sich zurückfallen, bis sie auf Schritthöhe ihres Champions war. Die mächtige Axt trug er stolz auf der Schulter, zusätzlich hatte er noch ein kleines Beil und einen Langdolch ausgesucht, die er sich beide in den Gürtel gesteckt hatte. Mit ernster Miene begann die Priesterin nun, ihn in sein neues Aufgabenfeld einzuweisen. Sie erklärte ihm, dass er von jetzt an die Stellung eines Kriegsherrn besetze und in allen militärischen Angelegenheiten freie Hand habe. Sein Oberbefehl, soweit er verstand, erstreckte sich auf ein Gebiet, dem sieben Dorfverbände, von der Größe irischer Caers, angehörten und welches bisher, in weltlichen Belangen, von einem gewissen Conjoi verwaltet worden war. In Eira bestand ein Caer aus mehreren Familien und war strikt hierarchisch organisiert. Diese Vorstellung fand er in den Worten der Priesterin bestätigt und erfuhr, dass ihm eintausendzweihundert Männer, Frauen und Kinder unterstanden. Er begann einen Moment zu schwitzen, als er versuchte, sich diese Zahl bildlich vorzustellen, bis er sich entschloss, sie durch *ziemlich viele, aber nicht genug* zu ersetzen. Es fiel ihm auch nicht leicht, sich zu konzentrieren, da er Distelson, den er in der allzu gutmütigen Stimmung, in der er sich befand, zu seinem Schildträger ernannt hatte, und dieser daraufhin wissbegierig alles über die Rolle eines Schildträgers erfahren wollte. Vor allem weil Cuchulainn überhaupt kein Schild besaß.

Die Schar löste sich an jeder Weggabelung nach und nach auf, bis sie nur noch zu dritt durch die sternklare Nacht wanderten.

Es war bereits spät, als sie an dem kleinen Haus angelangten, doch dem Krieger war nicht nach Schlafen zumute. Er erklärte, noch einen Spaziergang machen zu wollen. 'Alleine!', wie er betonte. Der Halbling, sichtlich gekränkt zum zweiten Mal an diesem Tag zurückgelassen zu werden, verabschiedete sich erfreulich wortkarg mit beleidigter Miene, während Mebda, auf deren Stirn sich einen kurzen Moment eine Sorgenfalte bildete, die Tür aufsperrte. Sie öffnete den Mund, wie in der Absicht noch etwas zu sagen, unterließ es dann aber.

Cuchulainn war froh, ein wenig Zeit für sich zu haben. Die Ereignisse des Tages waren zu rasch an ihm vorbeigezogen, als dass er sie auf sich hätte wirken lassen können. Beil und Dolch am Gürtel und die große Axt auf der Schulter, machte er sich auf den Weg. Trotz ihrer wuchtigen Beschaffenheit, ließ sie sich mühelos tragen. Sie war ihm keine Last, im Gegenteil, er genoss das beruhigende Gefühl, wieder unter Waffen zu stehen. Nun, da er alleine lief, schien ihm alles näher und langsamer, die Abstände größer, die Entfernungen weiter. Er wanderte ziellos. Eine alte Melodie auf den Lippen streifte er guter Dinge durch die von Stern- und Mondschein helle Nacht. *Ich habe meinen Platz gefunden. Die Worte der Priesterin waren zurückhaltend, aber es wird Krieg geben, sonst wäre ich nicht hier. Ich werde eine Armee aufstellen, ein Heer der Erdgöttin,* dachte er, und malte sich Bilder aus von prächtigen Streitwagen, mörderischen Kriegshunden und wie die Sonne sich auf zahllosen Helmen und Speeren hinter ihm spiegelte.

Plötzlich wurde er müde. Er setzte sich mit dem Rücken an einen von Moos überzogenen Stein. Die Augen wurden ihm schwer und fielen ihm schließlich zu.

Er stand auf weitem Feld. Die Schlacht war vorüber. Von seinen Waffen tropfte Blut. Er drehte sich langsam um die eigene Achse. Leichen so weit sein Blick reichte. Auch Pferde, aus denen Speere ragten, waren darunter und Hunde, die Schnauzen geöffnet, die erschlafften Zungen aus den Hälsen gestreckt. Überall Tod und einsetzende Verwesung. Er bewegte sich in eine zufällige Richtung. Ein Schwarm Krähen flog krächzend auf. Cuchulainn wandelte unter dem Mantel des Todes, der wie eine eigene Präsenz über allem ausgebreitet lag. Ein Stöhnen drang an sein Ohr. Er ging darauf zu. Er fand einen Leib, der so gespickt von Lanzenspitzen war, dass er suchen musste, unter dem ganzen Eisen den Kopf des Mannes zu entdecken. Die Nackenhaare des Kriegers stellten sich auf, ein kalter Schauer jagte seinen Rücken hinab. Der Sterbende war er. Es war unmöglich, dass noch Leben in diesem zerstörten Körper wohnte, doch die aufgeplatzten Lippen bewegten sich, formten Laute. Cuchulainn widerstand dem Impuls fortzulaufen, weg von all diesem Grauen, und beugte sich hinab. »Fürchte dich nicht«, sagte sein anderes hinscheidendes Ich. Dann war es still.

Cuchulainn schrak hoch. Schnellen Schrittes machte er sich auf den Rückweg. Doch trotz der klaren Nacht verirrte er sich. Alles schien ihm gleich auszusehen. Ein stiller Weiher, Weiden, eine niedrige, zerbröckelnde Mauer. War er schon einmal hier gewesen? Er vernahm den hellen Ruf eines Kauzes. Zwar fand er den Nordstern am Himmel, aber es half nichts, er hatte nicht darauf geachtet, in welcher Himmelsrichtung Mebdas Hof lag. Kurzerhand beschloss er, dem Mäuerchen zu folgen. Es zog sich lange hin und als es endete, ging er einfach in die eingeschlagene Richtung weiter. Schon zeichnete sich der erste Schein des Morgens ab, als er vor sich eine aus dicken Baumstämmen errichtete Wehranlage erblickte. Vier an den Ecken aufgesetzte Türme schlossen ein Quadrat von Holzpalisaden. Einer war aus Stein und größer als die drei anderen. Rauch stieg von ihm auf. Auf der östlichen Längsseite fand er ein schlichtes, in die Palisade eingelassenes Tor vor. Grölende Stimmen waren zu vernehmen. Cuchulainn klopfte mit der Faust an. Da die offenbar Trunkenen keine Notiz von ihm zu nehmen schienen, versuchte er es noch einmal kräftiger. Das unabgeschlossene Tor öffnete sich einen Spaltbreit.

Cuchulainns Müdigkeit wandelte sich zu Zorn. Welch eine Nachlässigkeit! Dies war nun das Land, für das *er* die Verantwortung trug!

Mit forschem Schritt und einem strengen Ausdruck auf dem Gesicht betrat er die Garnison, überquerte den Innenhof und riss die Tür zum Steinturm auf, aus dem die Stimmen drangen.

Alle brachen abrupt ihre Gespräche ab und starrten den Fremden sprachlos an. Sechs Männer saßen an dem großen, runden Tisch, auf dem Würfel und Münzen verstreut herumlagen. Jeder hielt ein Trinkgefäß in der Hand. Ihre Schwertgurte hingen achtlos über den Stuhllehnen. Der trunkenste von ihnen stieß einen Rülpser aus, ein anderer lachte dämlich und alle glotzten den fremden Hünen an. Cuchulainn stand reglos auf der Schwelle. Eine so tiefe Stille, wie sie sich in Cuchulainn ausbreitete, schrie geradezu nach einem Sturm. Und wie Donner krachten seine Worte in den Raum. »Taugenichtse! Der Witz einer Wachmannschaft seid ihr! Der Tag, an dem eure Großmütter die Schafe empfingen, die ihr eure Väter nennt, sollte zum Trauertag aller wahren Krieger erklärt werden. Mein Zwerg würde euch mit Leichtigkeit die pickligen Ärsche versohlen!«

Schweigen.

Conloi und seine Kameraden waren in dieser Weise zusammengekommen, weil Wigram, jener, der den Rülpser ausgestoßen hatte, am Tag zuvor Vater geworden war. Auch sonst führte Conloi kein allzu strenges Regiment, wozu auch? Es herrschte schon lange Frieden und die meisten seiner Männer waren Freunde von Kindestagen an. Bisher hatte Mebda sich nie über sie beschwert, sicher, sie waren keine Ritter in strahlenden Rüstungen, aber sie verrichteten gewissenhaft ihren Dienst und waren in der ganzen Baronie gern gesehen.

Von den Worten, die ihnen entgegengeschleudert wurden, verstanden sie nichts, aber es war offenkundig, dass es sich um Beleidigungen handelte und keiner von ihnen war bereit, dergleichen hinzunehmen. Wigram, erbost, dass das Fest zu seinen Ehren so derb gestört wurde, versuchte eine Schwachstelle in der Erscheinung des Mannes ausfindig zu machen, den er gleich zweimal vor sich sah. Als er keine fand und der Mut ihm den Dienst zu verweigern drohte, kam der verzehrte Met ihm zu Hilfe und trieb ihn zur Tat. Während er ungeschickt nach seinem Schwert griff, nahm er nun gleich drei Irre mit riesiger Axt wahr, die sich bedrohlich schnell näherten. Selbstredend hegte er nicht die Absicht, Blut zu vergießen, er wollte dem Fremden lediglich ein wenig Angst machen, doch der Griff zur Waffe war ein grober Fehler gewesen, den er wenige Atemzüge später bedauerte. Als er endlich die Klinge aus ihrer Scheide befreit hatte, traf ihn der Knauf von Rabenfreude mit solcher Wucht, dass er rückwärts durch die Luft geschleudert wurde, bis ein Tisch, der unter der Wucht des Aufpralls zersplitterte, seinen Sturz unsanft abbremste. Die fünf Verbliebenen sprangen auf, um den frisch gebackenen Vater zu rächen. Aber der Fremde Hüne war in seiner Rage nicht zu aufzuhalten. In Windeseile teilte Cuchulainn Hiebe und Tritte aus. Er hatte seinen Spaß, ließ Rippen bersten, Nasenbeine brechen und schlug zuletzt Conloi mit einem geraden Hieb vor die Brust, dass diesem der Atem wegblieb.

Der Keilerei währte nicht lange, bald stand er allein da. Die ohnehin schon ungeordnete Behausung glich jetzt einem Trümmerhaufen. Nichts hing oder stand noch, wo es sollte. Der Hund von Ulster war zufrieden.

Er streckte sich und entschuldigte sich bei der Axt, die in ihrem ersten gemeinsamen Kampf kein Blut hatte kosten dürfen. Sein letztes Opfer schien mit dem Bewusstsein zu ringen. Er trat auf das Häuflein Elend zu und beugte sich zu ihm herab. »Dein Hauptmann, Conloi, wo finde ich ihn?« Der Mann sah ihn verwirrt an, während er stöhnend mit der Hand seine Brust abtastete. Dann deutete er mit dem Daumen auf sich selbst und brachte mit rasselndem Atem gequält hervor: »Ich bin Conloi, Sohn des Rodgier.« Er sah sich unglücklich um. »Und das sind die Hauptleute von Grüngrund.« So hatte Mebda die Baronie genannt, die seit heute seiner Schirmherrschaft unterstellt war, erinnerte sich Cuchulainn. Sein Zorn war abgeklungen. Er kratzte sich am Kopf, stand auf und reichte Conloi die Hand. Zögernd wurde sie ergriffen und das Wrack von einem Mann auf die Beine gehievt. »Und wer bist du, wenn die Frage gestattet ist?« Der Krieger verstand das *du* und die Betonung legte eine Frage nahe. »Mein Name ist Cuchulainn, Sohn des Lugh. Ich bin dein neuer Herr.«

Conloi sah den Hünen unverständig an, der gerade einen unversehrten Stuhl fand, den er ihm unsanft unter den Hintern schob, so dass er keine Wahl hatte, als sich seufzend darauf niederzulassen. Cuchulainn nahm sich einen herumliegenden Rundschild, auf den er sich mit überkreuzten Beinen vor den Hauptmann setzte.

»Wir haben viel zu bereden, Conloi, äh … Rodgier?«

Das Gespräch, viel mehr der Versuch eines solchen, zeigte bald, dass der bisherige Austausch nur aufgrund seiner knappen Eindeutigkeit möglich gewesen war. Auf alle Versuche hin, über 'ich' und 'du' und Namen hinauszukommen, erntete Cuchulainn immer wieder ratlose Blicke und unverständiges Kopfschütteln. Nach einer Weile gab er es auf und verließ mit barschen, zurechtweisenden Worten, von denen er hoffte, sie würden zumindest annähernd begriffen, den Turm und die Wehranlage.

Die Morgenröte hatte sich über das Land gelegt und plötzlich wusste er wieder, in welche Richtung er gehen musste, da er sich erinnerte, von welcher Seite die Sonne morgens in Mebdas Stube fiel. Trotz seiner Schläfrigkeit genoss er die frische Morgenluft. Man konnte Cuchulainn viel nachsagen, aber nachtragend war er nicht. Bloß wenn er wirklich tiefen Groll hegte, setzte sich dieser in seiner Seele fest. Eine aufschäumende Wut hingegen verebbte so schnell wieder wie die Flut an den Küsten seiner Heimat. In seinen Träumereien nahmen Conloi und seine Männer nun Plätze an seiner Seite ein. Trunkenbolde fraglos, aber das konnte gerade er niemandem zum Vorwurf machen, außerdem hatten sie Schneid dadurch bewiesen, den Sohn des Lugh herauszufordern.

✳✳✳

»Er ist ein Vieh, ein gefährliches, unbeherrschtes, nicht zu bändigendes Vieh!«, brauste die Hohepriesterin auf. Sie schüttelte den Kopf. Es war nicht ihre Art, die Fassung zu verlieren. Aber was ihre Schwester ihr da berichtete, war ungeheuerlich. Ungeheuerlicher noch, dass sie gedachte, ihn ohne Strafe davonkommen zu lassen. Einen Augenblick lang herrschte Schweigen.

»Was dachtest du dir bloß, als du dich gerade für ihn entschieden hast?«

»Ich dachte, ihr anderen beabsichtigt, Feuer mit Wasser zu bekämpfen, und weiterhin, dass es nicht schaden könne, zusätzlich einen Gegenbrand zu legen.«

»Solange diese Feuersbrunst uns nicht selbst versengt. – Du bewegst dich auf dünnem Eis und Ishtar ist im Begriff, dir zu folgen«, setzte Hepat hinzu, ihre Stimme war zwar immer noch scharf, aber Mebda hörte einen Anflug von Versöhnlichkeit heraus.

»Tun wir das nicht alle, seit Boudicca uns abgeschworen hat?«, gab Mebda zurück. »Du liest die Zeichen besser als ich, auch du musst gesehen haben, dass unsere Aussicht auf einen Sieg gering ist. Wir haben keine andere Wahl, als Wagnisse einzugehen.«

Die Hohepriesterin seufzte. Sie saßen auf einer Bank unweit von Mebdas Behausung. Distelson, der den beiden nachgeschlichen war, fragte sich, was an diesem Ort so besonders war, dass sie sich gerade hier trafen. Die Bank stand am Rande einer kleinen Erhöhung inmitten eines lichten Buchenwaldes. Sein Feengespür nahm nichts wahr, abgesehen von einem Dachsbau einen Steinwurf von seinem Versteck entfernt. Als Cuchulainn zurückgekommen war, hatte er Mebda erzählt, was vorgefallen war. Da er sich uneinsichtig gezeigt und, in die Enge gedrängt, Mebda sogar Vorwürfe bezüglich ihres Führungsstils gemacht hatte, hatte sie ihn kurzerhand in einen tiefen Schlaf versetzt, den er allem Anschein nach ohnehin bitter nötig gehabt hatte. Wenig später, zur Mittagszeit, war die Hohepriesterin erschienen, und die beiden Frauen waren hinausgegangen. Distelson, der sich schlafend gestellt hatte, war ihnen kurz darauf heimlich gefolgt. Nun saß er mit angehaltenem Atem da, bemüht keinen Laut von sich zu geben.

»Wir stehen für Ordnung, für Recht und Gerechtigkeit, wir dürfen nicht zulassen, von unserem Kurs abgedrängt zu werden, von eben jenen, die wir herbeirufen, um ihn zu schützen. Rabenfreude hat ihn gewählt, schön und gut. Aber ich habe einen Blick darauf erhascht, wie mein Zuspruch in der alten Sprache auf ihn wirkte. Ich habe ihn lediglich etwas ermuntert, er jedoch hörte etwas von 'gerechtem Zorn'! Er ist solch ein blutrünstiger Tor.«

Sie schwiegen einen Augenblick.

158

»Bei allem Respekt, Hepat, es bleibt meine Angelegenheit«, sagte Mebda und keines ihrer Worte war hohl. Aus ihrer Stimme sprach tatsächlich eine tiefe, bedingungslose Ehrerbietung.

»Bei aller Nachsicht und allem Verständnis«, erwiderte die Obere, »die Gesetze müssen geachtet werden.«

Distelson kam sich noch kleiner als sonst vor, so als würde er einem Disput seiner Eltern lauschen.

»Das werden sie«, versprach Mebda. »Aber meine Wahl ist nicht rückgängig zu machen und ich bereue sie trotz allem nicht. Gib mir etwas Zeit mit ihm, ich werde ihn vorbereiten«, bat sie noch. Man hörte den Dachs, wie er die Nase aus seinem Bau streckte und schnüffelte. »Außerdem«, fuhr die Priesterin fort, »ist er nicht alleine gekommen. Der Sidhe und er bilden eine Einheit.«

»Ja, ich habe es in ihren Mustern gesehen. Meinst du, er kann deinen Flammenbringer im Zaun halten?«

Die Frage blieb im Raum stehen, doch Distelson meinte ein unmerkliches Nicken der Hohepriesterin zu erkennen. *Cuchulainn im Zaun halten? Ich?*

»Genau du!«, manifestierten sich in seinem Geist zwei Stimmen gleichzeitig.

Kapitel 12   Cuchulainn: Lange Wege, alte Schwüre

Drei Monde waren vergangen, seit Cuchulainn und Distelson angekommen waren. Die letzten Tage war es außergewöhnlich heiß und
trocken für den Frühsommer gewesen, vergangene Nacht hatte es
daraufhin heftig gestürmt. Mebda hatte sie hier in der Beschaulich-
keit ihrer Behausung und der näheren Umgebung festgehalten, sie
hatte gemeint, sie müssten sich erst an die Spielregeln und Bräuche
dieses Landes gewöhnen, ehe sie bereit wären, die Gemeinschaft
aufzusuchen. Unbeschönigt hatte sie gesagt, dass *er*, Cuchulainn,
sich wie ein wild gewordener Eber aufgeführt hätte und erst einmal
gezähmt werden müsse, ehe man ihn auf die Gesellschaft loslassen
könne. Cuchulainn sah keine Schwierigkeit in seiner Wildheit, immerhin zeigte sich in ihr seine Nähe zu den Göttern. Andererseits
war er es nicht gewohnt, mit Frauen zu streiten, und hatte deshalb
nach einem kurzen Zornesausbruch, den vor allem der Anders-
welter zu spüren bekommen hatte, allem beigepflichtet, und die
Ansichten der Priesterin abgenickt. Der Versuch, eine Frau von einem von ihr für notwendig erachteten Vorsatz abzubringen – das
hatte allen voran Mortiana ihm gelehrt – war so, wie den Winter zu
bitten, dieses Jahr einmal nicht vorbeizuschauen, und deshalb hatte
er beschlossen, die Sache schlicht auszusitzen. Überraschender-
weise hatte er jedoch mehr und mehr Gefallen an den Gesprächen
gefunden, die sie ihm zu Beginn noch aufgezwungen hatte, die ihm
aber zunehmend selbst zum Anliegen geworden waren. Nie hatte
der Ire so viel Freude am Gedankenaustausch empfunden. Sie nahmen sich gegenseitig ernst, doch nicht so, wie es der Held gewohnt
war, in der schlichten Hochachtung des Anderen, die allein aus dem
Rang herrührte. Sie diktierte ihm nicht, was er zu tun und zu lassen
hatte und wie die Dinge zu betrachten waren. Sie begegneten sich
zunehmend auf Augenhöhe. Cuchulainn war es dabei fast unheimlich, wie verwandt ihre Gedankengänge den seinen waren. Er hatte
gar nicht gewusst, dass so viele Dinge in Worte zu kleiden waren.
Manchmal, an besonders langen Abenden, verwirrten und verstörten ihn ihre Gespräche, da sie Selbstverständliches ins Wanken

160

brachten. Aber auch nach solchen Abenden ging er glücklich zu Bett, allein, weil er die Nähe zu Mebda hatte genießen dürfen.

Viel redeten sie über menschliche Verhaltensweisen. Von einem Helden sieht man immer nur die Oberfläche, man hört sein Wort, das wie in Stein gemeißelt daherkommt, doch dahinter stecken viele Einschätzungen, blitzschnelle Erwägungen dessen, was gerade Not tut. Mit Mebda bekamen all diese Dinge zum ersten Mal eine eigene Sprache, er lernte, seine Beweggründe zu benennen. Und ebenso wurde er in solchen Nächten tiefer in die Mysterien des Lebens und der Göttin eingeweiht, als Mortiana es in einem ganzen Jahr getan hatte. Dies ohne Lehrmeisterhaftes, wie die Druiden es liebten, sondern stets mit der Bereitschaft, einzelne Aspekte gegeneinander abzuwägen. Natürlich hatte es auch Unstimmigkeiten gegeben. Nur mit größter Mühe war es Mebda gelungen, ihn dazu zu bewegen, ein wenig von seinen starren Vorstellungen im militärischen Bereich abzurücken. Immer wieder kamen sie dabei auf seine unerfreuliche erste Begegnung mit Conloi, dem Hauptmann, zu sprechen. Mebda erklärte Mal um Mal, dass wenn er sie als Landesherrin akzeptiere, er ihr auch in den wohl geprüften Urteilen über die Männer und ihrer Eignung für die jeweiligen Posten vertrauen müsse. Weiterhin sei es unabdingbar, dass er verstünde, dass sie sich nicht in Eira befänden, der Großteil der Menschen auf ihrem Grund und Boden zumeist einfache Bauern wären, die nichts mit einer Waffe anzufangen wüssten und jene, die in Waffen stünden, kaum Kampferfahrung hätten.

An sich war Cuchulainn dieser Conloi gar nicht unsympathisch gewesen, aber er konnte nicht anders als darauf zu beharren, dass er ein Taugenichts war. Ansonsten hätte er ja zugeben müssen, wie unangebracht die kleine Keilerei gewesen war. Nach all ihren Unterredungen verstand er immer noch nicht, weshalb sie um diese Kleinigkeit solch einen Wirbel machte. Er hatte einen Haufen pflichtvergessener Kämpen verdroschen. Na und? Mortiana hätte einen solchen Vorfall vermutlich nicht einmal der Erwähnung wert befunden. Nun, er war eben nicht in Eira und Mebda war nicht Mortiana. Hier einigte man sich auf andere Weise. Indem jeder ein wenig nachgab, näherte man sich einer Mitte zwischen sich widersprechenden Positionen an. Die Priesterin nannte das 'einen Kompromiss finden'. Cuchulainn klang das verdächtig nach Feigheit und er war froh, dass seine alten Waffenbrüder Gesprächen dieser Art nicht lauschten.

Letzten Endes kamen sie darin überein, dass der Krieger die bisherige militärische Organisation nicht vollkommen umkrempeln, jedoch einige neue Posten einführen und, in gemeinsamer Absprache, einige alte neu besetzen würde. Er versprach, sich grundsätzlich in Nachsicht zu üben, aber zugleich anzustreben, das Land streitfähiger zu gestalten. Nicht selten war Distelson dafür ausschlaggebend, dass sich dergleichen Mittelwege auftaten. Es geschah meist ganz nebenbei, er äußerte eine schlicht daherkommende Meinung, die sich dann im weiteren Verlauf eines Gespräches als wichtiger Anstoß erwies. In der Tat geschah es derart unterschwellig, dass Cuchulainn seine Einflussnahme kaum bemerkte.

Wie so oft saßen Mebda und der Ire auch nun gemeinsam am Tisch, während Distelson in einer Ecke hockte, von wo aus er seine Kommentare abzugeben pflegte. Ein wenig gelangweilt spielte er mit dem verstreuten Plunder, den er bei seinen Spaziergängen gesammelt hatte. Gegen das Fenster prasselten Regentropfen, der Ausklang des Sturmes, der in der Nacht zuvor Bäume geknickt und das Dach beschädigt hatte, so dass es an einer Stelle in die Stube tropfte.

»Sobald der Regen sich verzogen hat, kann ich es nachbessern«, bot Cuchulainn an. Die Priesterin besah die kleine Pfütze auf dem Boden, hob den Blick und sagte: »Nicht nötig, ich werde jemanden beauftragen, der sich darum kümmert. Morgen bei Tagesanbruch gehen wir nach Pela Dir. – Das heißt, wenn du einverstanden bist.«

Cuchulainn nahm die Nachricht mit unverhohlener Freude auf. So teuer die Gespräche mit der Priesterin ihm geworden waren, so sehr vermisste er die Gesellschaft anderer Krieger. Ein zusätzlicher Grund für seine Begeisterung bestand darin, dass er glaubte, er und Mebda könnten dort endlich das Bett teilen. Drei Monde und nichts außer freundschaftlichen Berührungen! All seine Annäherungsversuche hatte sie im Keim erstickt. Ihre Zurückhaltung erklärte er sich aus der Anwesenheit Distelsons. Nicht dass es ihm etwas ausgemacht hätte, sie vor dem Störenfried zu beglücken. Die ganze Welt könnte ihnen seinetwegen dabei zuschauen, aber er hatte einmal eine Unfreie gehabt, die sich auch immer geziert hatte, wenn die Augen seiner Mannen auf ihnen ruhten. Das vielleicht Verstörendste an dieser Sache war, dass es gar nicht seine Lenden waren, die auf ihrer Vereinigung bestanden. In Wirklichkeit war er schlicht gerne bei ihr, aber so zu empfinden war unmännlich und deshalb wollte er die Sache so schnell wie möglich hinter sich bringen.

Nachdem Distelson seine Kiesel, bizarren Wurzeln und Schneckenhäuser nach einem bestimmten Muster geordnet hatte, lächelte er zufrieden und setzte sich zu den beiden Großen an den Tisch. Mebda schenkte ihnen aus einer Tonkanne bittersüßen Brennnesseltee in die Tassen. Sie redeten lange und lauschten dabei dem Regen, der nicht wie erwartet nachließ, sondern an Heftigkeit sogar noch zunahm. Zu ihm gesellte sich ein starker Wind, der durch die Bäume heulte, an den Läden der Fenster riss und unter dem Türspalt hindurch pfiff.

»Du sagtest doch, die Witterung würde sich bessern«, wandte sich Cuchulainn an Mebda. In Wetterfragen war auf Priesterinnen üblicherweise Verlass.

»Es ist ein seltsamer, widernatürlicher Sturm, der wütet; der Wind trägt Bosheit in sich«, antwortete sie nach kurzem Zögern. Sie tauchte ihren kleinen Löffel in das Honigglas auf dem Tisch und rührte ihn in ihren Tee. Es war offenkundig, dass diese Angelegenheit ihr Unbehagen bereitete und so ließ der Krieger es dabei bewenden.

»Lässt sich der Sud jetzt noch umrühren?« Es war der vierte Löffel Honig, den sie hinzugefügt hatte. Sie ließ zum Beweis das Silber an die Tasse klimpern. »Ich mag es süß und klebrig.« Sie lächelte und Cuchulainn bemerkte, wie sich in seinem Beinkleid – den Göttern sei Dank – eine Beule bildete. Doch als sie eine Weile später zu Bett gingen, entzog sie sich seinen Blicken einmal mehr und Cuchulainn legte sich verdrießlich auf seine Schlafstätte.

»Ich mag es übrigens auch sehr süß und sehr klebrig«, sagte Distelson, der sich neben ihm zum Schlafen richtete, und leckte sich dabei mit der Zunge über die Lippen.

»Schön für dich, Gnom«, raunzte der Krieger angeekelt und drehte sich an die Wand.

»Wollen wir?«, fragte Mebda, als der Krieger seine wenigen Habseligkeiten zusammengerafft, sie an dem Axtstiel festgezurrt und alles zusammen auf die Schulter gewuchtet hatte.

Cuchulainn nickte. Im Gehen wandte er sich an Distelson: »Stell nichts an. Du bleibst einfach hier und wartest, bis ich dich abhole.«

Der Sidhe warf den beiden einen leidenden Blick zu.

Die Priesterin zog die Kapuze ihres langen Capes ins Gesicht und öffnete die Tür. Sie schlüpften schnell hindurch, hinaus in den niederprasselnden Regen. Distelson stöhnte resigniert hinter ihnen her und ärgerte sich über sein Leichtgewicht; die starken Windböen hätten ihn mühelos von den Füßen gehoben und so hatten sie beschlossen, dass er vorerst zurückbleiben musste.

Krieger und Priesterin kämpften sich durch Wind und Wetter. Manchmal waren die Böen so stark, dass Cuchulainn sich mit der freien Hand an den Stämmen kleiner Bäume festhielt, um nicht zu Fall gebracht zu werden. Mebda schien von dem wilden Treiben unberührt, selbst ihr Haar, das sie offen trug, wirkte, als blase höchstens eine leichte Brise. *Sie muss so verbunden mit der Erde sein, dass die Geister der Winde sie nicht anzurühren wagen.* Nach einer Weile legten sie eine Pause unter dem natürlichen Dach eines Felsüberhanges ein. Der Krieger legte die Axt ab und stampfte mit beiden Beinen auf, um die Stiefel vom schweren Matsch zu befreien. Laut prasselte der Regen gegen den Stein. Während Mebda sich an die Wand lehnte und sich die Hände rieb, schüttelte Cuchulainn seine Mähne wie ein nasser Hund, dann stützte er sich ihr gegenüber an den rauen Fels.

»Was kannst du mir über die anderen Krieger, die kommen werden, berichten? Was sind das für Männer?« Bereits bei der Waffenwahl hatte die Hohepriesterin angedeutet, dass er nicht alleine die

Streitkräfte anführen würde und Mebda hatte ihm erklärt, jede der elf Landesherrinnen würde einen eigenen Champion herberufen. Allerdings stellte er die Frage weniger aus echtem Interesse, als um das Schweigen zu brechen.

Die Priesterin erwiderte, es seien noch nicht alle Namen bekannt. Bisher sei außer ihm erst ein weiterer an ihren Gestaden erschienen, ein gewisser Shaka Zulu. »Er wird dir gefallen. Ein Meister im Kampf mit dem Speer, er kommt wie du von sehr weit her und – du wirst schon sehen …«

»Aber keiner wird so sein wie ich, ey?«

Mebda runzelte die Stirn. »Jeder, der den Ruf vernimmt, wird auf seine Weise herausragend sein. Die Besten aller Welten eben«, fügte Mebda ernst hinzu, »und genau die brauchen wir auch.«

Cuchulainn rümpfte die Nase, die Worte schmeckten ihm nicht. Es gab nur einen Besten und der war er.

***

Cuchulainn und Mebda hatten das dreimonatige Exil nicht nur mit Reden verbracht. Späher waren ausgeschickt worden. Nicht alle waren zurückgekehrt, aber jene, denen es gelungen war, hatten berichtet, dass es zwar kleinere Vorstöße gegen die mittleren Königreiche gab, die Hauptstreitmacht der Nortu jedoch noch dabei war sich zu sammeln und damit wohl auch noch eine ganze Weile beschäftigt sein würde. Es gab immer noch Häuptlinge, die das Haupt nicht vor der Königin der Hexen beugen wollten. Allerdings schienen sich die schlimmsten Befürchtungen bewahrheitet zu haben. Ein mächtiger Krieger, ging die Sage im Norden, einen, wie die Welt noch keinen gesehen habe, sei an die Seite der Hexenkönigin getreten und bestreite nun ihre Zweikämpfe. Seinen Namen habe noch keiner vernommen, aber es sei gewiss, dass er weder aus dem Norden, noch aus den mittleren Königreichen, noch aus dem Land der Fischer stamme. *Der Sohn der Made*, schauderte Cuchulainn bei dem Gedanken an ihn.

Immerhin würde noch eine ganze Weile kein Einmarsch erfolgen. Zwei Schneeschmelzen würden noch vergehen, so schätzte der hohe Rat der Priesterinnen, ehe die Banner der Nortu, angeführt von der Königin der Hexen und ihrem unheiligen ersten Krieger über die Berge in die Täler ziehen würden.

Somit verblieben ihnen etwas weniger als zwei Jahre, sich auf den Angriff vorzubereiten. Cuchulainns Vorschlag, dem Ansturm mit einem eigenen Einfall zuvorzukommen, hatte Mebda aus verschiedenen Gründen für unmöglich erklärt. Die vertragsrechtlichen Seiten ihrer Einwände hatten ihn kalt gelassen, überzeugt hatte ihn schließlich allein der klägliche Zustand jener Lande, für die er nun einstand. Der Ire war kühn, aber kein Narr. Man zog nicht mit einer Handvoll Mannen gegen eine Armee, selbst wenn die Handvoll noch so schlagkräftig gewesen wäre, was sie allem Anschein nach nicht war. Und doch, mit zwei Dutzend seiner besten Männer aus Eira, ja, mit denen hätte man sich vielleicht ein ganz anderes Vorgehen überlegen können … Cuchulainn starrte in den schwächer werdenden Regenguss.

»Du denkst an deine Heimat?«

»Hm?«, gab der Krieger zurück, der erst jetzt feststellte, dass seine Gedanken tatsächlich zu seiner geliebten Insel abgedriftet waren. »Aye.«

Sacht stieß sich die Priesterin von der Felswand ab, kam auf ihn zu und legte eine Hand auf seine Hüfte. »Ich bitte dich, bleibe bei uns mit Körper und Geist. Das Land der Fischer braucht dich … ich brauche dich.«

Nun legte auch er, erst die eine, dann die andere Hand auf ihre Taille und zog sie näher an sich heran. Durch den schweren Stoff ihres Capes und die Wolle ihres Kleides darunter spürte er ihren aufgeregten Herzschlag. Die ungemütliche Nässe und der kühle Wind waren ihm gleich, er wollte sie hier und jetzt. Jeden seiner Annäherungsversuche hatte sie bisher abgewiesen, und Cuchulainn hatte diese allmählich beschämende Tatsache stets auf die Anwesenheit des Andersweltlers geschoben. Nun waren sie unter sich und konnten dem Tier endlich freien Lauf lassen. Einen Wimpernschlag zu spät erkannte er ihren Gesichtsausdruck, als er versuchte sie zu küssen, und seine Hände sich geübt unter ihre Kleidung wühlten. Von Mebdas linker Hand zwischen seiner und ihrer Brust ging plötzlich eine Kraft aus, die ihn heftig zurückstieß. Wäre die Wand nicht gewesen, wäre er gestürzt.

»Nicht jetzt«, zischte die Priesterin. Aber als sie den verletzten Stolz im Blick des Kriegers bemerkte, wiederholte sie ihre Worte sanfter mit dem Hauch einer Entschuldigung. »Nicht jetzt.« Er mied ihren Blick und stapfte an ihr vorbei.

Der Rest des Weges verlief in unangenehmem Schweigen und der Marsch war lang. Er führte sie über Hügel und Kämme, über eine kleine Furt und dahinter an überfluteten Äckern und Feldern vorbei. Als sie das große Ratshaus erreicht hatten, das dem Krieger bereits von oben auf dem Weg zur Waffenkammer aufgefallen war, öffnete Mebda das schwere Tor, und überließ Cuchulainn auf der Schwelle einem jungen Dienstmädchen. Mit einer schüchternen Handbewegung forderte das hübsche Mädchen den Hünen auf ihr zu folgen.

»Vergiss Distelson nicht. Wir sehen uns später im Versammlungsraum«, sagte die Priesterin noch, ehe sie schnellen Schrittes im Inneren verschwand. Kurz zögerten die beiden, dann führte das Mädchen den Krieger durch die große, vom schalen Licht weniger Fackeln beleuchtete Halle, von dort bog sie rechter Hand in einen Korridor ab. Zur linken Seite waren Türen zu sehen, die sich weit in die Dunkelheit des kaum beleuchteten Gangs erstreckten. Doch schon vor der ersten blieb das Mädchen stehen, verbeugte sich und tat einen Schritt zurück. Cuchulainn zwinkerte ihr zu und öffnete die knarrende Tür. Das Zimmer war klein und spärlich eingerichtet. Im Vergleich zu den Gemächern, die der Hochkönig von Eira ihm stets bereithielt, war es geradezu schäbig und trostlos, und entsprach damit recht genau der Laune des Kriegers.

Nun war er nicht mehr erpicht darauf, Bekanntschaft mit diesem Shaka Zaka, oder wie der hieß, zu schließen, irgendwie fühlte er sich unvollständig und da er auch nichts anderes mit sich anzufangen wusste, warf er lediglich sein Gepäck in eine Ecke, durchquerte das Gebäude auf dem selben Weg, den er gekommen war, und machte sich auf, Distelson früher als geplant abzuholen.

Der Regen hatte nachgelassen und die starken Böen waren zu leichten Lüftchen geworden. Als er unter den dichten Wolkenbänken über die Hügel wanderte, hatte er erneut das Gefühl, dass ohne die Priesterin an seiner Seite er selbst und alles um ihn herum träger und langsamer war. Und das trotz des unangenehmen Vorfalls vom Vormittag. Oder war es die Wegstrecke, die sich verändert hatte? Hatte er sich erneut verirrt? Doch er war sich sicher, den gleichen Boden unter sich zu haben, dieselben Bäume an sich vorbeiziehen zu sehen.

Die Spuren allerdings, die er und Mebda hinterlassen hatten, und die trotz des Regens im Matsch noch hätten sichtbar sein müssen, waren verschwunden. An der Furt eines schnellen Flusses, den er auf dem Hinweg als leicht zu überquerenden Bach angesehen hatte, verbrachte er lange Zeit damit, einen sicheren Pfad zum jenseitigen Ufer zu finden. Auf der anderen Seite gönnte er seinen steifen Waden gerade eine kurze Ruhepause, da hörte er das Schnauben eines Tieres. Er umgriff den Schaft der Axt fester, doch es drohte keine Gefahr. Wie aus dem Nichts trabte der graue Mahirrim, der ihn erwählt hatte, hinter einem größeren Hügel hervor. Anmutig schüttelte das Tier die Mähne, als es vor dem Krieger zum Stehen kam. Sein Name war Cahabier. Cuchulainn hatte so viele Prüfungen hinter sich, dass die Erwählung des Tieres einige Tage nach der Waffenwahl keine große Sache für ihn gewesen war. Zwar hatte ihm der Stolz in Mebdas Augen gefallen und es war wirklich ein prächtiges Ross, aber er stand lieber auf seinen eigenen Beinen und war nicht davon ausgegangen, dass es ihm von großem Nutzen sein würde. Nun, durch das unverhoffte und höchst willkommene Erscheinen, war er im Begriff seine Meinung zu ändern. Er tätschelte die muskulöse Flanke und schwang sich auf den hohen Rücken. »Heia!«, rief er und Cahabier setzte sich in Bewegung. Die Hufe wirbelten feuchte Grasnarben auf, wie sie durch das weite, nass-trübe Land galoppierten.

Abends wurde ihm von freundlichen Bauern trotz der Verständigungsschwierigkeiten Gastrecht gewährt. Wortkarg saß Cuchulainn am Abendtisch, während ein Knecht Cahabier versorgte. Gegen die freundlichen Einwände des Hausherren richtete er sich seine Schlafstätte im Stall, um früh am nächsten Morgen wieder aufzubrechen.

Voller Staunen über die Zauberkraft Mebdas war er zwei Tage unterwegs. Und auch sein Reittier begann er zu bewundern. Ein gewöhnliches Pferd hätte Schwierigkeiten gehabt, die Strecke in doppelter Zeit zu meistern. Die Schnelligkeit des Tieres gründete nicht allein auf seiner Ausdauer und Kraft, sondern mindestens genauso sehr auf der Sicherheit, mit der es über den tückischen Untergrund preschte. Enttäuschung und Niedergeschlagenheit verflogen. Es war ein guter, freier Ritt. Die große Axt hatte er in eine Schlaufe am Sattel gesteckt. Das diesige Wetter störte ihn nicht, es war wie ihn Eira und zugleich war es auch egal, wo er war. Er hatte seine Muskeln, er hatte seine Waffen, die Götter waren mit ihm und der Wind pfiff ihm feucht, aber nicht kalt durchs Haar. Was wollte ein Mann, ein Krieger, ein Held mehr?

Mühelos fand Cahabier Mebdas Haus, wo Distelson sie schon aus der Ferne winkend erwartete.

Der Zwerg saß vor ihm im Sattel, als Cuchulainn den Weg nun zum vierten Mal auf sich nahm. Distelson war bei der Begrüßung außer sich vor Freude gewesen und merkwürdigerweise hatte auch das Herz des Kriegers einen kleinen Sprung getan, als der Winzling ihm in die Arme gefallen war. Selbst das einsetzende und nicht enden wollende Geplapper war ihm nicht unrecht, der Krieger ermunterte den Winzling sogar durch die ein oder andere Nachfrage dazu. Am Abend kehrten sie bei derselben Familie ein, die Cuchulainn schon auf dem Hinweg bewirtet hatte, wobei Distelson, der ein außergewöhnliches Sprachtalent zu besitzen schien, für rege Unterhaltung sorgte. Es waren einfache, aber glückliche Menschen, die gerne lachten, wie Cuchulainn jetzt bemerkte. Wie es sich nach altem Brauch geziemte, bedankten sich die beiden Gäste mit dem, was sie zu schenken fähig waren. So sorgte eine Fibel und ein Beutel voll essbarer Beeren, die Distelson trotz des Sturmes und Mebdas Verbot gesammelt hatte, für überschwängliche Verabschiedungen und ehrerbietige Grüße, die unbedingt zum Hohen Haus getragen werden sollten.

Sie erreichten Pela Dir zur Mittagszeit. Die Wolken waren aufgebrochen und hatten der Sonne Platz gemacht. Sie ergoss ihre Strahlen in warmer Umarmung auf das Tal, die langgestreckte Küste und die endlos weite See. Im Zentrum des Tales, das nun in neuem Glanz erstrahlte, lag das kreuzförmige Ratshaus. Sie ritten hinab und staunten über all die Menschen, die von der Helligkeit angezogen aus ihren Häusern kamen. Freundliche und zugleich ehrfürchtige Grüße begleiteten sie auf ihrem Weg zu der großen Flügeltür.

Als sie gemeinsam die Unterkunft Distelsons – eine eigens für ihn geräumte Speisekammer im Küchentrakt – begutachteten, zupfte eine der überall umher schwirrenden Dienerinnen an Cuchulainns Tunika. »Mebda«, sagte sie unsicher feixend und wies in Richtung der großen Halle.

»Hol meine Axt, Schildträger«, brummte der Ire im Gehen.

Distelson, über den plötzlichen Tonfallwechsel verwirrt, setzte noch an zu einem: »Aber wo …« Doch der Krieger war schon verschwunden.

Als Cuchulainn die Hand auf die Klinke der Tür zur Halle legte, spürte er einen sanften Druck an seiner Schulter. Er drehte den Kopf, es war Mebda. Sie sahen sich einfach nur an. Es war nicht Cuchulainns Art, einmal Getanes mit dem Wort zurückzunehmen und sie machte ebenso wenig Anstalten dazu. Doch der Druck ihrer Hand an seiner Schulter fühlte sich mit einem Mal warm, dann heiß an. Für einen Augenblick verschwamm dem Krieger die Sicht. Er sah zwei nackte Körper auf frühlingsgrünem Gras im Liebestaumel umschlungen. Auf dem Rücken des Mannes erkannte er die eigenen Narben. Die Augen der Priesterin brachten ihn zurück, sie lächelten, ebenso wie ihr Mund. Er erwiderte das Lächeln und nickte. Ein Versprechen, er hatte verstanden. Sie zog ihn zu sich hinab und küsste seine Stirn. Er hob den Kopf und ihre Miene war wieder undurchdringlich. *Frauen …* Aber wenn das Spiel so endete, wie sie ihm gezeigt hatte, wollte er sich darauf einlassen. Sie öffnete die Tür und ließ ihm den Vortritt.

Seine Gedanken eilten einen kurzen Moment zu Mortiana, der er versprochen hatte zurückzukehren, da starrte er plötzlich in ein schwarzes Gesicht. Blitzschnell und ohne nachzudenken umschlossen seine Finger den Griff des Dolches an seinem Gürtel. Er war schon halb aus der Scheide, als die Stimme Mebdas beinahe schmerzhaft in seinen Kopf schoss. *Halt!*, gemahnte sie ihn.

Sein Gegenüber war unbewaffnet, seine Hand zum Gruß ausgestreckt. Erschrocken zog sie der dunkelhäutige Mann nun zurück.

»Verzeih«, sagte Cuchulainn stockend, »in meiner Heimat ist nur der Feind von deiner … Farbe.«

Immer noch auf der Hut schob er den Dolch zurück in die Scheide und streckte nun seinerseits die Hand aus. »Sei gegrüßt«, sagten seine Lippen, doch seine Muskeln waren angespannt, bereit blitzschnell zu reagieren.

Die Hand wurde mit festem Griff entgegengenommen. Ein Lächeln entblößte zwei schneeweiße Zahnreihen. Nur der Blick der Frau, welche neben dem Schwarzen stand, traf ihn noch einen Augenblick vernichtend, bevor auch ihre Miene sich aufhellte.

»Die Geistfrau Nozipho. Und ich bin Shaka kaSenzagakhona, Häuptling der Zulu.«

Cuchulainn stellte Mebda und sich vor. Gemeinsam nahmen sie Platz; die Priesterinnen ein wenig abseits, sie hatten offenbar etwas unter vier Augen zu besprechen. Wieso hatten er und der Fremde sich überhaupt verstanden? Natürlich, sie sprachen in dieser Geistsprache, in der er sich auch mit Mebda unterhielt.

Die Dienerinnen entzündeten auf einen Wink Noziphos, deren unantastbare Eleganz sich mit der Mebdas messen konnte, Kerzen. Bald war die Halle von angenehmem Licht erfüllt und das Bienenwachs der Kerzen verströmte einen süßlichen Duft. Sogleich wurde er überdeckt von dem Geruch dampfender Speisen, welche die Dienerinnen herantrugen. Ununterbrochen wurde ein Gang nach dem anderen aufgetragen. Die beiden Krieger aßen heißhungrig. Die Hautfarbe seines Gegenübers irritierte Cuchulainn noch eine

Weile, aber Stück um Stück fügten sich die offenen Gesichtszüge des dunklen Mannes zu einem harmonischen Gesamteindruck, einem durchaus angenehmen. Seine krausen Locken fielen ihm wirr über den Nacken und tief in den Rücken. Sie umrahmten ein wohlgeformtes Gesicht, das dem Iren, nun da er sich allmählich daran gewöhnte, immer besser gefiel.

Eine halb abgenagte Hammelkeule in der Hand, plauderte Cuchulainn über seine Heimat, erzählte von den Fomoren mit der ebenfalls dunklen Haut und seinem Speer, den er hatte zurücklassen müssen. Shaka rühmte sich, wie von Mebda angekündigt, selbst einen großen Speerkämpfer, und auch sonst stießen sie auf viele Gemeinsamkeiten, wie die Verachtung für Rüstungen, oder ihre Auffassungen über die jeweiligen Kriegerkodizes. Nach der Rede des Dunkelhäutigen war ihm die Region Kargstein zugewiesen worden, südwestlich von Grüngrund, seiner eigenen Baronie, gelegen. Nur über die Rolle der Frau in ihren jeweiligen Gesellschaften herrschte kurze Disharmonie, was Shaka, als er es bemerkte, geschickt überging. Cuchulainn, der die Gesellschaft genoss, ließ sich entgegen seiner üblichen Art erleichtert ablenken. Erst als Distelson, die schwere Axt hinter sich herziehend, zu ihnen trat, bemerkten sie, dass die Frauen sie allein gelassen hatten.

»Wer ist denn der Zwerg mit dem ganzen Eisen?«, wandte sich Shaka an den Iren.

»Distelson, mein Schildträger. Obwohl eigentlich häufiger ich den Gnom trage.« Beide lachten.

Eine Schweißperle rann dem Andersweltler die Wange herab. »Was ist nun mit der Axt?«

Noch immer lachend erwiderte Cuchulainn: »Heute gibt es keine Nahrung für Rabenfreude, dafür umso mehr für uns. Bring sie zurück. Und beeile dich diesmal ein wenig. Auch diese reichen Quellen«, er deutete auf das pompöse Mahl, »sind gewiss nicht unerschöpflich und du siehst aus, als könntest du etwas zwischen den Zähnen vertragen.«

Gequält schaute Distelson Cuchulainn an in der Hoffnung, er würde das Gesagte gleich als Scherz zu erkennen geben, aber vergebens. Wortlos verließ der Sidhe die Halle. Sie sollten ihn diese Nacht nicht wieder sehen.

Nach dem Essen begannen sie zu trinken. Der Zulu hielt zunächst gut mit, doch Cuchulainn hatte Nachholbedarf und sein unstillbarer Durst war in seiner Heimat allgemein berüchtigt. Viel zu lange für sein Gefühl hatte er dem Suff und den rauen Sitten unter Kriegern entbehrt. Die Köpfe auf den Tischen, noch die Trinkhörner in den Händen, aus denen klebriger Honigbrand rann, fielen sie schließlich in einen ohnmachtsgleichen Schlaf.

Der Vorgang wiederholte sich die folgende Nacht, mit der Neuerung, dass Distelson – anfangs noch beleidigt – an der Zecherei teilnahm. Wie sie von den Priesterinnen erfuhren, war es ungewiss, wann die übrigen Champions sich ihnen zugesellen würden. Den beiden war das nur recht. Man musste wirklich nichts überhasten. Zuerst galt es einmal, richtig in dieser Welt anzukommen. Eine böse Hexe, ihren Dämon und ein Heer von Wilden bezwingen – das war für Cuchulainn nun wirklich nichts so Neues, als dass man deswegen hätte ungemütlich werden müssen. So dachte und sprach er zumindest, wenn er mit Shaka an der Tafel saß. In den Nächten jedoch plagten ihn Albdrücke. Ganze Reihen von Träumen, die sich alle ähnelten. In einem Kreis von Männern mit Schilden wurde ein Zweikampf ausgetragen. Die Gegner wechselten; große, kleine, bärtige, kahle, mit Schwert, Beil oder Kriegshammer bewaffnete Männer. Ihr Herausforderer hingegen war immer derselbe: eine Bestie von einem Krieger, ein Unhold aus dem Schattenreich, der einem nach dem anderen die Seele aus dem Leib riss. Sah er das, was weit entfernt, tief im hohen Norden, tatsächlich geschah?

Versunken in diesen visionsartigen Bilderwelten, verschlief Cuchulainn den größten Teil der Tage, während Shaka Ausritte auf seinem Mahirrim unternahm, um sich an das zauberhafte Tier zu gewöhnen. Er war ein ebenso ungeübter Reiter wie der Ire. Eine weitere Gemeinsamkeit, die unverhohlen eingestanden, beide Männer zum Schmunzeln gebracht hatte. An anderer Stelle hatte der dunkle Krieger erwähnt, dass er bereits zur Tat geschritten sei. Er habe Hauptleute eingesetzt, welche seine Aushebungen kontrollierten, er sei bloß hier, um mit seiner Geistfrau ungestört das weitere Vorgehen zu planen, möglicherweise die Landessprache zu erlernen und um sich mit seinem Reittier anzufreunden. »Und um mit mir zu saufen!«, hatte der Ire polternd hinzugefügt. Shaka hatte bejaht und gelacht, aber Cuchulainn hatte die Rede einen Stich versetzt. Womöglich war es ein Fehler, sich auf die faule Haut zu legen, während, Wahrträume hin oder her, der Feind mit Sicherheit nicht untätig war. Bei all seinem Vertrauen in die eigene Stärke und der Gewissheit, dass am Ende wieder einmal er die Sache entscheiden würde, war er sich doch bewusst, dass er zur Maßlosigkeit in den Genüssen neigte. Einmal hatte er, obgleich Eira in Not war, einen ganzen Sommer und danach noch einen langen Herbst mit Fand, der Tochter des Meeresgottes Mannanan, auf einer kleinen Insel zugebracht. Berauscht von ihrem Körper, dem rauchig derb gebrannten Lebenswasser und den die Sinne vernebelnden Kräutern, wäre er vielleicht für immer in dieser betörenden Behaglichkeit entschlummert, hätte Mortiana ihn nicht schließlich aufgespürt und zur Vernunft gebracht. Er saß am Tisch und musste grinsen bei der Erinnerung, wie seine dunkle Morrigu in Zorn und Flammen erschienen war und Fand mit Worten, schärfer als jede Klinge, zurechtgewiesen hatte. Dennoch, er wäre geblieben, hätte Mortiana ihnen beiden nicht damit gedroht, die Udinen, die unbarmherzigen Dienerinnen von Fands' Vater, über ihre Liaison in Kenntnis zu setzen. Er nahm einen Schluck Ale und entschied: *Noch eine Nacht, danach nehme ich die Dinge in die Hand.*

Als der Zulu von einem weiteren Ausritt zurückkehrte, bestaunte Cuchulainn seine Aufmachung. Er hatte seine gemütliche Bekleidung vom Vortag gegen einen goldbestickten roten Wams und weite Beinkleider in gleicher Farbe getauscht. Seine krausen Locken waren nun zu straffen Zöpfen geflochten, die er sich um den Hals geschlungen hatte, was auf Cuchulainn einen beinahe weibischen Eindruck machte. Sie umrahmten fremd und elegant das symmetrische Gesicht mit den breiten Lippen. Schönheit an einem anderen Mann festzustellen, hatte den Krieger schon immer verwirrt, deshalb reagierte er verzögert auf die herzliche Begrüßung seines Gegenübers.

Shaka setzte sich und deutete auf sein Horn. Sogleich kam ein Mädchen herbeigelaufen und füllte es. Sie stießen an und eine weitere feuchtfröhliche Nacht begann. Eine Weile später kam Distelson hinzu. Cuchulainn wäre aufgebraust wegen seiner unentschuldigten Abwesenheit, hätte sein dunkelhäutiger Trinkkumpan nicht soeben von der eigentümlichen Sitte seines Volkes erzählt, die zu seiner Zeugung geführt hatte: dem Uku-Hlobonga. Nach diesem Brauch durften junge Leute sich vor der Eheschließung körperlich näherkommen. Sie durften so ziemlich alles miteinander anstellen, was nicht zu einer Empfängnis führte. Shakas Vater war übers Ziel hinausgeschossen, was nach Shakas' Rede einen ziemlichen Ärger verursacht hatte. »Eine Schande, die mit dem Opfer eines Schafes reingewaschen wurde«, erklärte der Zulu. *Eine seltsame Schande,* fand der Ire, *hätte dein Vater ihn nicht reingesteckt, wärst du jetzt nicht da.* Laut fragte er jedoch, ob bei diesem 'Uku-Bungu' Götter anwesend seien, wie bei dem keltischen Beltanefest. Der Speerkrieger lächelte und entblößte dabei wieder seine beeindruckend gesunden Zähne, »Überall sind Götter anwesend, mein Freund.« Da musste Cuchulainn ihm zustimmen. Sie schütteten zum Ehrbezeugnis derselben einen Schluck aus ihren Hörnern auf den Boden und tranken dann selbst. Als die Unterhaltung der Krieger später ins Stocken kam, wandte sich Cuchulainn an Distelson: »Sag Wicht, wie schaffst du es, bei deiner Statur mit uns Männern beim Trinken mitzuhalten?« Es war erstaunlich, der Kleine hatte tatsächlich keine einzige Runde ausgelassen.

»Dein ganzer Körper muss mittlerweile aus Gegorenem bestehen«, pflichtete der Zulu bei.

»Sidheblut«, sagte Distelson. »Aber wenn ihr die ganze Geschichte hören wollt …« 'Die ganze Geschichte' unterhielt sie bis tief in die Nacht. Immer wieder unterbrachen die beiden Krieger ihn, um sich über das genaue Aussehen einer Feenkönigin, oder die Größe eines Schatzes zu erkundigen.

Am Ende seiner Ausführungen angelangt, gluckste er, in unbestimmte Richtung torkelnd, noch: »Und das ist also der wahre Grund, warum wir Feen nicht betrunken werden.« Dann stieß er sich den Kopf an der Wand, fiel, als hätte ihn ein Streithammer ge-troffen, und blieb ausgestreckt liegen.

Zuerst lachten die beiden, bis Cuchulainn doch aufstand, um nach seinem Schildträger zu sehen. Nachdem er keine schlimmeren Blessuren feststellen konnte, hob er ihn auf und setzte ihn auf sei-nen Stuhl, wo er vornüber gebeugt mit dem Kopf auf dem Tisch sofort laut zu schnarchen begann.

Es war unmöglich Cuchulainn nicht zu lieben, auf die ein oder andere Art. Selbst jene, die geschworen hatten, ihn zu töten, seine Feinde, mussten seinem Zauber erliegen. Und der Held wusste von seiner Wirkung. Ohne Zweifel, er war von der Göttin geküsst, ein mystischer Krieger, wie er nur einmal in hundert Generationen vor-kommt. Stets bereit, mit seinen Waffen zu verschmelzen zu einer einzigen, tödlich tanzenden Einheit urwüchsiger Wildheit. Ein Tier, wie Hepat festgestellt hatte, aber eines von einer beinahe unheimli-chen Anziehungskraft. Sogar jetzt ging sie von ihm aus, da er sich zügellos dem Rausch hingab, vulgär und ausfällig wurde, denn es war klar, dass dieser Zustand ein vorübergehender, bloß ein Atem-holen, ein Kräfteschöpfen war, ehe sein ganzes Wesen sich einer Sache ohne Kompromisse widmen würde. Und diese Sache würde der Krieg gegen den Norden sein.

Das alles ging Distelson durch den klaren Feenkopf, während er schnarchte und den Betrunkenen mimte. Er musste achtsam sein, sagte er sich, diese Art Anziehungskraft war gefährlich, sie verlock-te zu Bewunderung und vorauseilendem Gehorsam, und der Lohn dafür war Verachtung. Mit dem Ohr, das nicht zerknautscht auf dem Tisch lag, lauschte er dem weiteren Gesprächsverlauf.

»Culainn«, sagte Shaka lallend, »wenn du wirklich der Sohn eines Gottes bist, wie du sagst …« Eine Pause trat ein, in der er erst den Faden wieder finden musste, »… dann müsstest du doch eigentlich unsterblich sein, oder nicht?«

Der Ire nahm einen tiefen Schluck, wobei sich ein guter Teil der schäumenden Flüssigkeit über Hals und Tunika ergoss. Er sah sich verstohlen um. Die Mädchen hatten sich zurückgezogen und ein paar Krüge auf dem Tisch zurückgelassen, von denen sie sich seit geraumer Zeit selbst bedienten.

Er war sich bewusst, dass das, was ihm auf der Zunge lag, auszusprechen, ein schwerwiegender Fehler sein könnte. Doch ein Kelte liebte die Freiheit. Und oft, wusste Cuchulainn, bestand diese gerade in unüberlegter Spontanität. *Unbedacht sind wir der Göttin am nächsten,* dachte er. Und es war ja schon beinahe heraus. Außerdem kannte er kein Misstrauen. Er hatte Freunde, er hatte Feinde, ein Dazwischen gab es nicht. Seine Menschenkenntnis – so seine Überzeugung in diesem Augenblick – hatte ihn nie im Stich gelassen. Freilich, eine Widerlegung von Seiten jener, die zu seinen Feinden zählten, war so gut wie unmöglich, sie starben für gewöhnlich zu schnell, und sein Sohn, den er getötet hatte, kam ihm nicht in den Sinn. Ale und Met und Branntwein trugen das Ihrige bei und wuschen jeden Zweifel fort.

Tief sah Cuchulainn dem schwarzen Mann ihm gegenüber in die Augen. Er sah sie beide Schulter an Schulter im Schlachtgetümmel stehen. Kein Zweifel, sie würden Freunde werden. Freundschaften begannen mit Geschenken und das größte von allen war Vertrauen. Der Hund von Ulster dämpfte seine Stimme. »Du willst wissen, ob ich sterben kann? Ich verrate es dir.« Auch Shaka hatte eine bedeutungsschwere Miene aufgelegt.

»In meinem Heimatland, dem schönen Eira, ist es Brauch, nach gewissen Regeln zu leben. Abgelegte Versprechen werden immer gehalten. Wenn eine bestimmte Verhaltensweise, meistens ein Verbot, besonders wichtig ist, wird daraus ein heiliges Versprechen, das von einem Druiden oder einer Priesterin in einer sehr alten Praktik abgenommen wird. Wir nennen das einen Gais.«

»Ich verstehe«, sagte Shaka, »und du hast so einen Gais, an den du dich halten musst, sonst …«

Cuchulainn unterbrach ihn: »… Ganz genau. Es wäre mein Ende, würde ich dagegen verstoßen. In der Tat sind es sogar zwei, an die mein Leben gebunden ist.«

»Welche?«, wollte der Zulu wissen.

Der Ire senkte seine Stimme noch mehr. Shaka beugte sich nach vorne, um das Flüstern zu verstehen.

»Zum einen ist in meiner Heimat Gastfreundlichkeit und Gast-recht von außerordentlicher Bedeutung. So werde ich niemals eine Einladung ausschlagen.«

Er machte eine Pause, zögerte kurz, fuhr dann aber doch fort: »Zum anderen begann mein Krieger-Dasein mit dem Kampf gegen einen Hund, woher auch mein Name stammt. Der Hund wurde dadurch zu meinem ... Schutzgeist, wie du es wohl nennen würdest. Ich darf niemals Hundefleisch verzehren, das wäre mein Ende.« Cuchulainn musste weit ausholen, um dem angehenden Freund seine Namensgebung zu erklären, aber der Zulu nickte und lächelte an den passenden Stellen. Als Cuchulainn auf eine Nach-frage hin auf die Fomoren zu sprechen kam, hob er die Stimme wieder, um deutlich zu machen, dass er Seedämonen nicht fürchtete.

»Dergleichen gibt es bei mir zuhause glücklicherweise nicht. Da-für aber Elefanten, *Hund des Culainn*«, fügte der Zulu noch hinzu, um anzuzeigen, dass er die Episode von Cuchulainns erster großer Heldentat verstanden hatte.

»Was ist ein Elefant?«

Shaka berichtete von den dem Iren gänzlich fremden Tieren der afrikanischen Steppe. Der Zulu wusste seinen Gesprächspartner richtig einzuschätzen, als die Tiere kleiner und damit unspektaku-lärer wurden, wechselte er das Thema, bis sie, wie an den Abenden zuvor schon, an der großen, ovalen Tafel einschliefen.

Ein fürchterliches Schädelbrummen bestimmte Cuchulainns Auf-wachen am nächsten Morgen. Shaka und Distelson schliefen noch, so entschied der Ire, sich erst einmal an den Resten des gestrigen Mahls gütlich zu tun, die noch unordentlich über die lange Tisch-platte verstreut lagen. Als er satt war, ging er in die Küche, sich einen Krug kühlen Ales zu holen, was, wie er wusste, die schlimms-ten Kopfschmerzen wenigstens für eine Weile unterdrücken würde. Er ging zurück in die Halle, entzündete die Feuerstelle, hockte sich davor und ließ die letzten Abende Revue passieren. Sein Geheimnis zu verraten, war für ihn nicht nur ungewöhnlich, sondern auch unbedacht gewesen. Unbedachtheit allerdings, überlegte Cuchulainn, ist die Mutter jeder Leidenschaft und Leidenschaft der Weg, dem er folgen wollte. Auch wenn dies ihn einst sein Leben kosten würde, so war es doch die Art der Göttin. Zu versuchen ihr Spiel zu verstehen, wäre eine unerhörte Anmaßung, zumindest für einen Mann. *Nein,* entschied er, *der großen Mutter ein guter Sohn zu sein, ist die Aufgabe eines jeden Kriegers. Wie anders als in der Hingabe an das Ungewisse, das verborgen, feucht, dunkel und gefährlich in uns schlummert, könnten wir dies erfüllen?* Erstaunlich, dachte er noch, während der letzte Schluck des Ales seine Kehle herunterrann, wie gemütlich die Zeit zuweilen ohne allzu große Ereignisse verstreicht, um sich dann plötzlich zu raffen und Dinge geschehen zu lassen, die das Gefühl von Schicksalhaftigkeit erwecken.

Als Shaka gähnend, einen Fluch vor sich hinmurmelnd, erwachte, sagte der Ire: »Ich habe nachgedacht. Du beherrschst die Landessprache ebenso wenig wie ich. Wenn wir die Einheimischen in die Schlacht führen wollen, müssen wir lernen, uns mit ihnen zu verständigen.«

Der Zulu kratzte sich an der Brust. »Meine Rede, das dachte ich mir auch. Aber wie wollen wir das am besten anstellen?«

Cuchulainn war erfreut, dem neugewonnen Freund einen Schritt voraus zu sein.

»So, dass es Spaß macht. Heute Abend gehen wir in eine Schenke, so etwas wird es ja wohl geben, und dort suchen wir uns geeignete Lehrmeister.«

Trotz des Nieselregens hatte Cuchulainn sich entschieden, Laufen zu gehen. Zu Einbruch der Dunkelheit war er mit Shaka im *Stinkenden Eber,* so hatte zumindest Mebda schmunzelnd den Namen des nächstgelegenen Wirtshauses übersetzt, verabredet. Er hoffte, dass der Name nicht auf die Qualität des Ales zurückzuführen war. Die Tage wurden stetig wärmer, aber zur Nacht hin kühlte es aufgrund des Sommersturmes, dessen Nachboten noch immer über die Lande zogen, stark ab. Der Ire trug lediglich eine kurzärmelige Tunika und die frische Luft an Armen und Hals spornte ihn zur Eile an. Schon nach einem kleinen Stück Weges spürte er, wie die erschlafften Muskeln sich strafften und der im Übermaß konsumierte Gerstensaft aus seinen Poren gepresst wurde. Seine Beine trugen ihn nördlich vom Haupthaus über eine Kiesfläche und dahinter vorbei an Scheunen, Schmieden und Stallungen. Die Straße war verlassen, aber aus den gemauerten Kaminen stieg Rauch auf. Eine Weile später bemerkte er, dass er auf die verborgene Waffenkammer zuhielt. Er ließ den schmalen Pfad zu ihr seitlich liegen und beschrieb einen Bogen zurück zu seinem Ausgangspunkt. Am östlichen Ende des kreuzförmigen Haupthauses angekommen, streifte er die schweißnasse Tunika ab, tauchte sie in ein großes Fass voll Wasser und rieb sich mit ihr Achseln und Brust sauber. Fröstelnd, aber erfrischt und voller Tatendrang klopfte er an die Seitentür. Kurz darauf öffnete ein schmächtiger Junge. Von dem halbnackten Riesen erschrocken, floh er ins Innere, gefolgt von einem grinsenden Cuchulainn, der laut die Tür hinter sich ins Schloss warf. Er ging durch die Küche und die dahinterliegenden Gänge. In ein langfallendes, violettes Kleid gehüllt, kam ihm seine Priesterin entgegen. Sie hatte wieder den ihr eigenen undeutbaren Gesichtsausdruck aufgesetzt. Cuchulainn dachte kurz über die Bedeutung des Wortes *Männertrakt* nach, als sie kurz vor ihm stehen blieb und mit einem schelmischen Unterton flüsterte: »Rasch, gehen wir in dein Zimmer.«

Cuchulainn hob eine Braue, beeilte sich dann aber, ihr in seine Stube zu folgen.

Um nicht unnötigen Stoff zwischen sie zu bringen, unterließ er es, trotz Gänsehaut, seine Wechseltunika überzuziehen. Er setzte sich aufs Bett und lehnte sich zurück, wobei er darauf bedacht war, seine Muskeln spielen zu lassen. »Also …«, setzte er an.

Mebda nahm sich den einzigen Hocker im Raum und setzte sich ihm gegenüber.

»Also?«, gab sie interessiert zurück.

Der Ire war etwas aus dem Konzept geraten, nach Worten suchend sagte er schließlich: »Shaka ist wirklich ein anständiger Kerl.«

Die Priesterin war nun ihrerseits, angesichts der hohlen Worte, leicht irritiert. »Es freut mich, dass du einen Freund gefunden hast.«

»Das ist er wohl in der Tat«, sagte Cuchulainn wieder fester, konnte sich aber nicht verkneifen hinzuzufügen: »Ein Druide hat mir einmal geraten, niemals die Schönheit einer Frau zu rühmen, bevor man sie nackt gesehen hat.«

Beide schwiegen einen Moment, dann lachte Mebda schallend auf, bis sie sich ihrer Umgebung erinnerte und die Hand auf den Mund legte. »Nichts für ungut«, sagte sie zwischen die Finger hindurch, »ich musste nur gerade an die fürchterliche Erfahrung deines Druiden denken, die zu so einem dämlichen Rat führte.«

Cuchulainn erinnerte sich an den Mann und musste auch schmunzeln. »Ja, vermutlich ist ihm tatsächlich etwas Unangenehmes widerfahren.«

Unvermittelt nahm sie seine Hand in die ihre und beugte sich vor. »Im Ernst, auch mich verlangt es nach dir, doch was dein Druide dir hätte beibringen sollen ist, dass alles seine rechte Zeit hat.«

Ebenso unerwartet wie sie ihn berührt hatte, stand sie auf. Sie zauberte hinter ihrem Kleid ein Ledergehänge hervor, legte es neben ihm auf dem Bett ab, erhob sich, lächelte ihm von der Schwelle aus noch einmal kurz zu und verschwand auf tapsenden Sohlen. Fast unhörbar leise hallten ihre Schritte auf dem Gang wieder.

Unsicher über den eigentlichen Zweck ihres Besuchs, fand Cuchulainn sich alleine in dem engen Zimmer wieder. *Der rechte Zeitpunkt heißt immer: Jetzt!*, das hatte Mortiana ihm einmal gesagt. Ihm schwante immer mehr, dass die beiden abgesehen von ihren Titeln kaum etwas verband. Es war Mortianas Art, stets alles ohne Rücksicht auszusprechen, jedenfalls das, was für seine Ohren bestimmt war. Mebda redete mehr und zugleich weniger, manches teilte sie ihm mit, ohne dafür Worte zu gebrauchen. Sie hatten keine Silbe über die Art, wie er seine Nächte verbrachte, gewechselt und doch fiel ihm im Nachhinein auf, dass eine Bitte diesbezüglich im Raum gestanden hatte. Wohl gemerkt, *eine Bitte*, kein Verbot oder dergleichen. Es war schon seltsam hier … Er begutachtete ihre Gabe: Ein Schultergurt für Rabenfreude, damit er die große Axt nicht immer in der Hand tragen musste. Eine gute und überaus nützliche Lederarbeit. Weshalb war sie gekommen? Jetzt zweifelte er an der Weisheit der Druiden *und* an der geistigen Klarheit von Priesterinnen. *Der richtige Zeitpunkt?*, überlegte er noch einmal. Es gab nur eine für die Liebe ausgewiesene Zeit im Jahr. Das konnte sie unmöglich meinen, das Fruchtbarkeitsfest? Aber wie alle hohen Feste wurde Beltane nur einmal im Jahr gefeiert und sollte es hier auf die gleichen Tage wie in Eira fallen, und davon ging er aus, schien sie ihm doch tatsächlich weismachen zu wollen, dass er noch etliche Monde, beinahe ein ganzes Jahr, auf ihren Körper warten sollte. *Für was möchte sie sich bestrafen?*, fragte er sich und war froh, bald Shaka zu treffen.

Der Stinkende Eber hatte nur zwei Besucher, die nicht einmal aufsahen, als Cuchulainn den düsteren Schankraum betrat. Der Wirt hingegen kam sogleich wild gestikulierend auf ihn zu. Er war ein Mann von schlanker Statur, seine halblangen, blonden Haare umrahmten ein glattes, geschäftsbedingt ernstes Gesicht. Schnell bemerkte er, dass seine Worte bei dem neuen Gast nicht ankamen und wies freundlich aber bestimmt auf die Axt, die über der Schulter des Iren aus der neuen Halterung hervorragte. Cuchulainn setzte einen Ausdruck gespielten Unverständnisses auf und sagte: »Ale.«

Otwin, so hieß der Wirt, war in einer prekären Situation. Es war eine eiserne Regel, dass in seinem Schankhaus keine Waffen getragen wurden. Eine Regel, die alle kannten und an die sich jeder hielt. Üblicherweise hatte er kein Problem damit, laut und, wenn es notwendig war, auch handgreiflich zu werden. Aufgrund von Gerüchten, die alle früher oder später, meist jedoch früher, bei ihm landeten, wusste er jedoch von den herbeigerufenen Helden. Sie waren nicht von hier und wussten nichts von den hiesigen Sitten, außerdem war mit dem Hünen vor ihm sicher nicht gut Kirschen essen … Der Riese hatte mittlerweile sein Gebärden geändert. Seine Unschuldsmiene war sichtbarer Ungeduld gewichen. Nur kurz kreuzten sich ihre Blicke und Otwin war überzeugt, heute von seiner Regel abzusehen. Dennoch blickte er Bestätigung suchend zu den zwei Stammgästen, die sich stumm gegenüber saßen und noch immer keinen Anteil zu nehmen schienen. Er fasste ihr Schweigen als Einverständnis auf, nickte dem Fremden zu, deutete auf die vielen freien Plätze und machte sich an seine Arbeit.

Neben einem langen Eichentresen prasselte ein Feuer in einem offenen Kamin. Cuchulainn rückte einen Stuhl davor, zog seine Schuhe aus und machte es sich gemütlich. Das Ale reichte ihm eine, für ihr mittleres Alter gutaussehende, Bedienstete, die zuvor in einem Nebenraum Geschirr gespült hatte. Der Raum war in flackerndes Licht getaucht, Kerzen auf den Tischen zeichneten Schatten der groben Einrichtungsgegenstände an die verrußten Wände. Der Ire verschränkte die Arme und sah in die Flammen. In seiner Heimat hätte er einen Ort wie diesen nicht aufgesucht, dort verbrachte er die Nächte zechend in den Rundhallen von Königen. Die beiden Stammgäste schienen zu Salzsäulen erstarrt. Nichts rührte sich. Die Frau, vermutlich das Eheweib des Wirtes, verschwand wieder in einen Raum hinter dem Tresen. Cuchulainn begann an seiner Idee zu zweifeln. Vielleicht war es aber auch einfach noch zu früh, ein Urteil zu fällen.

Die Tür öffnete sich und Shaka kam herein. Er befand sich in Begleitung eines Mannes, der noch den Schweiß der Tagesarbeit auf der Stirn trug. Sie brachen ihre behelfsmäßige Gebärdensprache ab und wurden von dem Iren mit einem Händedruck empfangen.

»Tandrim«, sagte der Einheimische und deutete mit einer schmutzigen Hand auf seine Brust.

»Cuchulainn …« er zögerte kurz. *Ri* war in seiner Sprache das Wort für König. Vermutlich war es hier von gleicher Bedeutung. »Cuchulainn Ri ap Grüngrund.«

Darauf machte Tandrim ein verblüfftes Gesicht, das sich vor allem durch den weit offenstehenden Mund auszeichnete. *Hatte er verstanden?* Der Ire klopfte ihm aufmunternd auf die Schultern, wies auf Shaka und sagte lächelnd: »Shaka Zulu, Ri ap Kargstein.« Dieser zupfte sich wichtigtuerisch die Borte seiner Tunika zurecht, worauf alle drei anfangen mussten zu lachen. Zusammen nahmen sie vor dem Kamin Platz, bestellten eine Runde Getränke und begannen erst zurückhaltend, dann immer lockerer ein heiteres Gebärdengespräch. Tandrim hatte wohl drei Töchter und eine Frau von solcher Schönheit, dass sie einem Ri gebühren würde. Shaka konterte mit der plastischen Darstellung der Vorteile von krausem Frauenhaar, vor allem an bestimmten Körperstellen, was selbst den Wirt belustigte, der nicht umhin konnte, dem Spektakel aus geschäftsmäßiger Distanz beizuwohnen.

Nach und nach füllte sich die Schenke. Die Mehrheit waren Tandrims Gebärden nach zu urteilen Waldarbeiter, die das Abendbrot mit ihren Familien einnahmen, um den Tag dann im Stinkenden Eber ausklingen zu lassen. Im Gegensatz zum Wirt waren allesamt robuste, bärtige Männer.

»Es zeugt wohl von Ehrlichkeit, wenn ein Geschäftsmann seine Gesichtszüge nicht durch einen Bart verdeckt«, vermutete Shaka.

Jede in das Wirtshaus eintretende Gruppe wurde von Otwin empfangen und nach kurzem Plaudern wurde ihr ein Tisch zugewiesen. Auffällig war, dass zuerst die von den dreien weit entfernten Plätze besetzt wurden. Meist geschah dies mit einem verstohlenen Blick, manchmal von einem Kopfschütteln in Richtung der Axt begleitet, die nun neben dem Kamin an der Wand lehnte.

Tandrim, dem sichtlich unangenehm war, dass seine Freunde und Bekannte ihn aufgrund seiner Gesellschaft mieden, verabschiedete sich unbehaglich mit einer absichtlich unverständlichen Ausrede.

Cuchulainn wurde ärgerlich, besann sich aber, trank sein Ale aus und sah zu Shaka hinüber. Auch er war bereit zu gehen. Sie legten einige Münzen unbekannten Wertes, die sie von ihren Priesterinnen erhalten hatten, auf die Stühle und verließen ebenfalls das Schankhaus.

Von Draußen hörten sie, wie ein fröhliches Lied angestimmt wurde. Der Ire drehte sich zur Tür, doch Shaka hielt ihn am Arm fest.

»Was willst du, Culainn? Ist es nicht offensichtlich, dass wir unerwünscht sind?«

»Nicht erwünscht?!« Er musste an sich halten, um die Holztür nicht mit Rabenfreude zu öffnen. »Ich werde ihnen zeigen, wie sich ein unerwünschter Gast verhält …«

»Merkst du nicht, mein Freund, wie sehr du dich im Unrecht befindest? Wir sind nicht in deiner Heimat, hier gelten andere Regeln. Tu mir den Gefallen und denke wenigstens bis morgen darüber nach. Wenn du dann immer noch der Meinung bist, die Sprache mit Waffengewalt erlernen zu können, dann mach, wonach dir der Sinn steht, aber ohne mich.«

Cuchulainn sah die Bestimmtheit in den Augen Shakas und brach in Richtung Ratshaus auf. »Vielleicht tue ich das«, war das Letzte, was Shaka in dieser Nacht von ihm hörte.

In einem kleinen Häuschen, das dem Frauentrakt vorgelagert war, saß mit überkreuzten Beinen der Hund von Ulster in einem Korbsessel. Die sternenklar kühle und windige Nacht kam ihm gelegen, denn sie schützte ihn vor Gesellschaft. Der seltsame Bau, in dem er sich befand, hatte statt Wänden nur offene Balken, die das runde Dach trugen. Er zog die Schultern an und beugte den Kopf, bis sein Kinn beinahe die Brust berührte, um seinen Hals vor dem scharfen Luftzug zu schützen. Zähneklappernd blickte er auf die Streuobstwiesen und die Allee, welche das Haupthaus mit den Wirtschaftsgebäuden verband. Seine Gedanken galten schon lange nicht mehr dem Besuch im Stinkenden Eber. Er wusste, dass Shaka im Recht gewesen war.

Nein, er dachte über Tieferes, sein ganzes Leben nach. Einem Kampf war stets der nächste gefolgt. Immer war er unterwegs gewesen, seine Bindungen zu Frauen lose und tragisch, seine Freundschaften kurzlebig. Er dachte zurück an seinen Ziehvater, Sualtam Mac Roth, der ihn zum Krieger ausgebildet hatte. Daran, wie er, um die Gunst einer Frau zu erlangen, sein Tötungshandwerk von der Kriegerprinzessin Scatach zur höchsten Perfektion hatte bringen lassen und auch an das dunkelste Kapitel seines bisherigen Weges, den Zweikampf mit seinem Sohn. Eine Narbe, die niemals heilen würde. *Ein Mann ohne Nachfahren ist immer sterblich*, hätte er nun dem Zulu geantwortet, auf den zu Hause eine ganze Schar von Bälgern wartete. Sicherlich hatte auch Cuchulainn weitere Kinder gezeugt, doch kannte er keines von ihnen beim Namen. Nur im Wahn der Schlacht, im rasenden Zorn, war er sich dieser

Leere nicht bewusst. Der Blutrausch gab ihm Geborgenheit, war der Schoß der Göttin. Doch auch in diesem friedlichen, wenngleich beklemmenden Augenblick, befand er sich in ihrer Obhut, disziplinierte er sich. *Die unterschiedlichen Gesichter der Göttin*, schloss er seine Gedanken ab und lächelte ein sorgenvolles Lächeln.

»Was bekümmert den Geist meines Champions?« Mebda stand plötzlich im Eingang der Laube. Es wirkte, als ob sie fröstelte, doch Cuchulainn wusste, dass es bloß eine Geste war. Priesterinnen froren nicht. Er hasste diese Art von Fragen, trotzdem musste er sich eingestehen, nicht ganz so abgeneigt gegen eine Unterhaltung zu sein, wie er eben noch beschworen hätte.

»Eine alte Wunde«, sagte er knapp.

Liebevolle, stahlblaue Augen trafen die seinen, kein Anzeichen mehr von der undurchdringbaren Maske, welche sie so gerne vor sich hertrug.

»Angst ist die Wurzel allen Übels, aber nicht bei dir, Setanta …« Schon ewig hatte ihn niemand mehr mit dem Namen, den Dechtire, seine Mutter, ihm gegeben hatte, angesprochen. »… Das, was du soeben als Schwäche empfindest, ist die aufrichtige Liebe zur Göttin. Und wie könnte Liebe jemals eine Schwäche sein? Traurigkeit zu spüren bedeutet, am Leben zu sein.«

Ihre Worte waren Balsam, dennoch wurde ihm der Moment zu schwer. »Wie geht es dem Zwerg?«

Sie ließ sich einen Augenblick Zeit, bevor sie dem Wunsch des Kriegers nachgab, auf diese banalere Ebene zu wechseln. »Er ist sehr geschäftig, unterhält sich mit den Köchen und bringt die Dienstmädchen zum Lachen. Aber du solltest besser mit ihm umgehen, es steckt mehr in ihm als du siehst.«

»Danke für die Belehrung«, bemerkte Cuchulainn einsilbig. »Als nächstes rätst du mir dann wohl noch, ich solle freundlicher zu frechen Männern in diesen Landen sein, genauso wie zu dem Schwächlingshaufen deiner Krieger.«

Mebda wurde sichtlich ärgerlich, es wirkte fast, als bereue sie ihre einfühlsame Eröffnung des Gesprächs. Er hätte diesen eigentlich schon beigelegten Zwist nicht wieder aufkochen sollen, schalt er sich selbst, aber jetzt war es zu spät.

»Du irrst in doppelter Hinsicht. Zum einen sind es nun ebenso *deine* Krieger, und zum anderen keine Schwächlinge. Du kannst nicht einfach zu Conloi gehen, der seine Ergebenheit schon vielfach unter Beweis gestellt hat, und ihm die Zähne einschlagen.«

Wieder diese alte Geschichte. »Es waren neun Männer …«

»Es waren sechs«, fiel ihm die Priesterin ins Wort.

»Sechs, neun, was macht das für einen Unterschied? Es hätten auch hundert sein können und die Sache wäre gleich ausgegangen.«

»Hierin hast du recht, es macht keinen Unterschied. Doch nur weil du sie besiegen konntest, gab es noch lange keinen Grund für diesen Kampf. Zweifle nicht an meinen Fähigkeiten.« Ihre Augen funkelten. »Ich regiere dieses Land schon lange und bis zu der Zurschaustellung deines langen … *Arms* haben sich die Männer, die du angegriffen hast, seit Jahren keinem Gegner mehr gegenüber gesehen. Eine wahre Heldentat also.« Sie schüttelte den Kopf. »Aber es ist ja nicht so, als besprächen wir das zum ersten Mal«, fügte sie noch ungehalten hinzu.

»Schmälere nicht meinen Ruhm, Mebda.« Das galt es nun schon noch klarzustellen. Die anzügliche Anspielung aus dem Munde seiner unberechenbaren Priesterin hatte ihn allerdings sogleich wieder versöhnlich gestimmt. »Jeden Kampf bestreite ich für *dich*.« Sein Ruhm war der ihre, das musste ihr doch trotz aller Sonderlichkeit hier wohl klar sein.

Sie stand immer noch auf der Schwelle zur Laube. Ihr Blick ging nun an ihm vorüber, vorbei an den grünen Ranken, hin zu den weiten Feldern, wo ein Fuchs schleichend nach Beute Ausschau hielt. Gemeinsam verloren ihre Seelen sich im Anblick der Nacht. Die Spannung löste sich auf, und mit einem Mal erkannten sie die Notwendigkeit ihres So-Seins in Gedanken, Worten und Taten. Wie es in solchen Momenten geschieht, in denen alles Schwere abfällt, die Last von den eigenen Schultern auf die schicksalhafte Bestimmung abgegeben wird, blieb zuletzt nur Zuneigung und Achtung für den anderen zurück. Sie schwiegen, doch es war ein erlöstes, einträchtiges Schweigen. Sie waren Figuren in einem Traum, geträumt von Mutter Erde, frei allein darin, die von ihr zugewiesenen Rollen mit erhobenem Haupt anzunehmen. Als Cuchulainn aus einem kurzen Schlaf erwachte, fand er sich zugedeckt und allein in der Laube wieder. Gähnend machte er sich auf den Weg in sein Bett.

Nachdem der Ire am nächsten Abend ohne Bewaffnung im Stinkenden Eber erschienen war und sogar so etwas wie eine Entschuldigung Otwin gegenüber vorgetragen hatte, wurden er und Shaka bald zu gerngesehenen Gästen. Nicht nur, weil sie jeden Abend zuverlässig einkehrten und stets mehrere Runden Ale ausgaben, sondern auch wegen ihres musikalischen Talents. Im Zusammenspiel von Flöte und Trommel wurden sie ebenso besser, wie in der Sprache ihrer Zuhörer, die sich immer mehr an die seltsamen Fremden gewöhnten. Während Shaka eher durch konzentriertes Zuhören lernte, suchte Cuchulainn den praktischen Weg. Als er einsah, dass es unsinnig war, sich ausgerechnet nur von seinem Freund verbessern zu lassen, dessen Kenntnisse beinahe ebenso gering wie seine eigenen waren, war es allen ein Genuss und munteres Vergnügen, den riesigen Krieger auf immer feiner werdende Fehler seiner Aussprache und Satzstellung aufmerksam zu machen. Auch Distelson war bald Stammgast, er unterhielt mit seinen Feengeschichten. Stets konnte er einen Grund nennen, der den jeweiligen Abend zu einem ganz besonderen machte. »Weshalb sind wir heute zusammen gekommen?«, fragte Cuchulainn und Distelson antwortete ohne Nachzudenken: »Weil genau heute vor siebzig Wintern Minto die Herrliche mit Gundwin, Herr des Nebelreichs, vermählt wurde …« Oder: »Wir wollen diesen Tag ehren an dem Ogham den Menschen die Schrift brachte …«

Kurzweilige, heitere Monde zogen so mit Gesängen und Geschichten an ihnen vorüber. Die Tage der Champions waren gleichförmig, und bestimmt von körperlicher Ertüchtigung, weitgehend harmonischen Gesprächen mit ihren Priesterinnen und dem Schmieden von Plänen.

An einem warmen Spätsommertag hatte der Ire Conloi zu sich bestellt und auch ihn – ohne dass ein weiteres Wort Mebdas dazu notwendig gewesen wäre – zähneknirschend um Verzeihung gebeten. Conloi hatte im Gegenzug auf die einzige richtige Weise reagiert und sich seinerseits für die Nachlässigkeit seiner Wachmannschaft entschuldigt. Sie hätten sich zu sehr an den Frieden gewöhnt. »Wir müssen an einem Strang ziehen«, hatte Cuchulainn gesagt und mit der Faust in die hohle Hand geschlagen. Der Hauptmann war zusammengezuckt und hatte daraufhin emsig beigepflichtet. Es war Zeit, mit den eigentlichen Vorbereitungen zu beginnen, denn der Krieg rückte langsam aber unaufhaltsam näher.

Kapitel 13   Cuchulainn: Die Axt bricht ihr Schweigen

Es war ein warmer Morgen. Tau und frischer Kleegeruch lagen in der Luft. Distelson erfreute sich an dem herzhaften Grün und der sommerlichen Weite von Wiesen, Feldern und Tälern. Er machte einige vergnügte Hüpfer und frohlockte, wie das Gras seine nackten Füße kitzelte. Tage wie dieser waren rarer geworden, nicht mehr lange und die ersten Vorboten des Herbstes würden Einzug halten. Die letzten Monde waren wie im Flug vergangen. Die fröhlichen Nächte im Stinkenden Eber hatten etwas Traumhaftes an sich gehabt und nun war es an der Zeit aufzuwachen. – So hatte zumindest der große Krieger gesprochen, und er als gewissenhafter Schildträger hatte munter zugestimmt. In der Mitte eines glitzernden Netzes zu seinen Füßen hockte eine Spinne. »Hallo du«, sprach er sie an und streckte seinen dünnen Zeigefinger aus, um ihr den haarigen Hinterleib zu streicheln. Sie putzte ihre Schneidewerkzeuge und gurrte in einer Tonlage, welche bloß Feenkinder zu hören vermochten. Ein tiefes Gähnen drang aus dem offenen Fenster. »Guten Fang, kleine Freundin«, verabschiedete sich Distelson von der Spinne, sprang auf und ging zurück Richtung Haus.

Cuchulainn rieb sich die Augen. Er hatte die Garnison ausbauen und einen Vorposten am nördlichsten Zipfel der Baronie Grüngrund errichten lassen. Es war eher in der Absicht geschehen, den ihm unterstellten Männern eine Beschäftigung zu bieten, als aus einem drängenden Anlass. Denn jenseits der Ländereien der Priesterinnen erstreckten sich die Reiche der verbündeten Könige, ehe, den Beschreibungen Mebdas zufolge, der feindliche Norden anschloss. Sechzig Mann mittleren Alters standen in Waffen unter seinem Befehl. Von den zwanzig, die das kleine Fort an der Grenze bewachten, war am Vortag die beunruhigende Nachricht eingetroffen, dass zwei Kundschafter seit mehreren Tagen überfällig waren. Cuchulainn hatte beschlossen, sich selbst ein Bild von der Lage zu verschaffen und mit einem Dutzend Speere einen Vorstoß über die

Grenze zu unternehmen. Zur Mittagszeit würde er sie abmarschbereit an der Weggabelung Erlenhain treffen. Shaka hatte sich ein Fieber zugezogen. – Nichts, das man nicht heilen könnte, hatte Mebda versichert, aber es sei etwas, das er von Zuhause mitgebracht, das in ihm geschlummert habe und daher aufwendiger behandelt werden müsse. Halb gönnte Cuchulainn dem Freund die Krankheit, die ihn in den Stand versetze, sich von seiner Priesterin Nozipho umsorgen zu lassen, obgleich er ihn lieber an seiner Seite gesehen hätte. Der eben frisch eingetroffene Champion hingegen, der sich als Rostam, Prinz von Zabulistan, vorgestellt hatte, war ihm auf Anhieb zuwider gewesen. Er war groß gewachsen, hatte dunkles, langes Haar und schaute unter seinem gebürsteten Vollbart stets so ernst drein, als ob im nächsten Moment der Himmel einzustürzen drohte. Anders als Shaka und er selbst war dieser Prinz ein geborener Reiter. Sie hatten ihm dabei zugesehen, wie er sein Mahirrim gebändigt hatte. Ein gewaltiges Monstrum von einem Pferd, dessen Name in der Geistsprache *Blitz* lautete. Der Held war aufgesprungen und davongestoben, in der Hand einen Speer, wie Cuchulainn noch keinen gesehen hatte, ein schweres Ding mit breitem, trichterförmigem Armschutz. *Blenderisches Großmaul.*

Er gähnte noch einmal, streckte sich, schälte sich aus den Decken seiner Lagerstatt, stand auf und ging hinter das Haus, um sich dort an einem Wasserfass zu waschen. Ohne eine Erklärung zu geben, hatte Mebda ihn und den Andersweltler schon vor einigen Tagen dazu angehalten, wieder bei ihr einzukehren. Jetzt überlegte er, ob sie den Vorfall hatte kommen sehen und die Einladung wegen der in der Nähe stationierten Kämpfer ausgesprochen hatte. Auf halbem Weg sprang ihm Distelson entgegen, er faselte etwas Wirres von einer Spinne, einem Vesperpaket und seiner Aufregung wegen des bevorstehenden Ausritts. Cuchulainn grummelte: »Bring alles Hergerichtete zu den Pferden.« Dann schob er ihn beiseite. Am frühen Morgen konnte er die überdrehte Art des Wichts nicht ertragen.

Als er den Kopf aus dem kühlen Nass in den Nacken warf, legte sich eine Hand auf seine Schulter. Er erschrak nicht mehr über das plötzliche Auftauchen Mebdas, die es verstand, wie ein Nebel in Eira zu erscheinen und auch wieder zu verschwinden.

»Guten Morgen, Schönste aller Schönen«, sagte er, ohne sich umzudrehen.

»Ebenso, Schmeichelhaftester aller Schmeichler«, tönte es mit feinem Spott zurück. »Ich habe Distelson gestern Abend Proviant für euch gerichtet.«

»Aye, ist ja nicht so, als würde er Dinge für sich behalten. Weshalb ist der Nichtsnutz eigentlich schon wach? Das ist doch sonst nicht seine Art.«

»Er ist bereits vor Einbruch der Dämmerung in den Wald gegangen, um sich zu verabschieden.«

Cuchulainn rieb sich mit einem Stück Stoff, das immer neben dem Wasserfass hing, Gesicht, Hals und Brust trocken. Am ersten Abend, als sie wieder in Mebdas beschauliches Haus gekommen waren, hatte der Andersweltler bei einem Spaziergang einen Eremiten kennengelernt, der, kaum zu glauben, Gefallen an seiner Gesellschaft gefunden haben musste und ihn nun in irgendeiner fast vergessenen Schrift unterwies. Cuchulainn hatte Lemrin, so hieß der Alte, nie zu Gesicht bekommen und er interessierte ihn auch nicht, solange er ihm nur den Halbling ab und zu vom Hals hielt. Der Hüne und der Zwerg waren zwar zu so etwas wie Freunden geworden, woran Cuchulainn keinen Zweifel aufkommen ließ – ein vorlauter Gast des Stinkenden Ebers hatte für abfällige Bemerkungen sogar einmal mit einer gebrochenen Nase bezahlt – aber Cuchulainn war froh darüber, Mebdas Gesellschaft auch manchmal für sich alleine genießen zu können. Obwohl sie das Bett noch immer nicht geteilt hatten, waren sie sich nähergekommen und seltsamerweise genügte eine scheinbar beiläufige Berührung der Priesterin, ihn einen ganzen Tag in Schwung zu bringen. Überhaupt hatten sie zu einem erfreulichen Umgang gefunden. Der Krieger hielt sich Geliebte, woran die Priesterin sich nicht zu stören schien. Sein Teil des unausgesprochenen Handels bestand darin, deutlich zu machen, dass allein sie seine Herrin war. Und auch in anderen Belangen hatte sich ihr Vertrauen in ihn bewährt. Er konnte einen Tag mit Shaka auf die Jagd gehen, die ganze Nacht zechen und stand am nächsten Morgen doch ungerührt und geistesgegenwärtig an ihrer Seite, wenn sie ihn brauchte.

»Er hätte sich besser reisefertig gemacht, sein Pony wird uns schon genug aufhalten.«

Er ging zu den Tieren, die auf der Rückseite des Hauses unter dem Dach eines kleinen Anbaus standen. Mebda lief neben ihm her und lehnte sich schließlich mit den Ellbogen auf einen Balken. Sie sah ihm zu und lächelte dabei auf diese bestimmte Weise, wie nur sie es konnte. Offen, liebevoll-nachsichtig und zugleich ein wenig traurig.

Zuerst striegelte Cuchulainn seinen großen Grauen, um die Durchblutung anzuregen. Obwohl er alles andere als ein guter Reiter und sein Leben lang zu Fuß in den Kampf gezogen war, hatte der stolze Mahirrim ihn erwählt und ihm bereits gute Dienste geleistet. Er tätschelte das Tier am Hals und warf ihm eine Reitdecke über. »Wir haben einen langen Ritt vor uns, Cahabier«, flüsterte er ihm ins Ohr. Danach wiederholte er die Prozedur an Distelsons gescheckten Pony, mit dem Unterschied, dass er ihn am Ende mit Strenge in der Stimme dazu anhielt, sich bloß ranzuhalten.

Distelsons tollpatschige Schritte waren nicht zu überhören, als er sich atemlos näherte. Unter seinen Armen klemmten die Wechseltunika des Iren, sein Lederwams, der mit Taschen und Scheiden bestückte Gürtel und das prall gefüllte Proviantpaket. Den Krümeln um seinen Mund herum war abzulesen, was er die letzte Zeit getrieben hatte. »Ich habe ganz vergessen, was Lemrin mir über die Geschichte von …«, setzte er an, doch Cuchulainn schnitt ihm das Wort ab, während er seine Sachen entgegennahm: »Vergiss die alten Geschichten, der Tag ist jung, öffne Augen und Ohren und werde Zeuge, wie ich neue schreibe.« Dann fiel es ihm auf. »Im Namen des Gehörnten, WO IST DIE AXT?«

»Ich, ähm …«, machte Distelson. Verflucht, er hatte vor allem diese eine Aufgabe; wie konnte er nur so selbstvergessen sein?!

193

Cuchulainn hatte großspurig getan und den Sidhe angefahren – beides Dinge, bei denen Mebda normalerweise mit den Augen rollte oder ihn gar zurechtwies, woraufhin sich oft ein Streit entfachte, nicht so diesmal. Sie schenkte Distelson einen scheltenden Blick und wandte sich an Cuchulainn: »Heute bringe ich dir deine Waffe.« Als sie um die Ecke gegangen war und der Ire den Gürtel festgeschnallt hatte, sah er Distelson dabei zu, wie er sich vergeblich abmühte, in den Sattel seines Ponys zu klettern. Cuchulainn schnaubte und half ihm.

»Meinst du … wir werden sie brauchen?«, brach Distelson das Schweigen, als sie beide wartend im Sattel saßen.

»Wen?«

»Na, die Axt?«

»Ich hoffe doch«, strahlte Cuchulainn, aber als er bemerkte, dass die Hände des Andersweltlers zitterten, fügte er hinzu: »Schon gut, Distelson, ich werde auf dich achtgeben.«

Die Sonne stand nun als großer Feuerball am östlichen Himmel und tauchte die morgendlichen Schwaden um sie in ein sanftes Rot. Mebda kam zurück. Das schwere Kriegsgerät in ihren zierlichen Händen bot einen erhebenden Anblick. Sie trug die Axt auf einem langen Tuch, so, dass das breite Blatt auf ihrem linken Unterarm lag und die Sonnenstrahlen darauf glitzerten. Sie blies mit gespitzten Lippen über den runenverzierten Stahl und sprach dann eine Formel in fremder Zunge, doch Cuchulainn erfasste die Essenz der Worte in seinen Gedanken, ein Segen, ein Dank an die Schmiedin der Waffe und eine Bitte, sie möge ihrem Krieger treu zur Seite stehen. Er nahm sie entgegen und wog sie in der Hand. *Rabenfreude! Er würde dafür sorgen, dass sie ihrem Namen Ehre bereitete.* Den Schaft voran schob er sie in die Halterung, die es ihm ermöglichte, sie durch das Lösen einer Schlaufe rasch ziehen zu können. Mebda reichte ihm noch das Tuch. Es war länger und breiter, als er gedacht hatte. Auf dem grünen Stoff war mit Goldfaden das Geweih eines Hirsches gestickt. »Das Zeichen Grüngrunds«, erklärte die Priesterin. Auch wenn sie stets betonte, dass hier alles anders als in seiner Heimat sei; er, der Günstling des Cernunnos, des Gottes der großen Jagd, erhielt mit Sicherheit nicht zufällig eben jenes Wappen. Distelson bekam eine kleinere Ausfertigung derselben Machart. Cuchulainn schnippte ihm eine Ersatzfibel zu und beide banden sie sich aus dem leichten Stoff eine Schärpe, die sie mit den Fibeln an ihren Schultern befestigten.

»Jetzt aber los, ihr beiden.«

Cuchulainn nickte ihr zum Abschied zu – sie würden ja bald wieder zurück sein – verpasste Distelsons Pony einen Klaps aufs Hinterteil und trieb Cahabier an. Der Mahirrim schnaubte widerwillig. *Verflixtes Vieh!* Der Krieger gab nach, seine Lippen formten ein lautloses 'Bitte' und schon ging es los.

Mebda schaute ihnen von der Tür aus nach, als die Tiere in Trab fielen und sich in Richtung des angrenzenden Waldes entfernten.

Distelson wusste, dass sein Freund über ihre Reiseroute nachdachte und erzählte ihm daher nicht, was Lemrin, der Weise, ihm über die Ankunft der alten Rasse berichtet hatte. Auch nicht, dass sie sich bloß auf den Überbleibseln eines einst riesigen Kontinents befanden. Nach einem zügigen Ritt stießen sie zur Mittagszeit auf die wartenden Soldaten.

»Sei gegrüßt Cuchulainn, Herr von Grüngrund ... und auch du, Meister Distelson«, empfing sie Tragor, ein fähiger Veteran, der sich, Mebdas Aussage nach, wie kein anderer in der Gegend auskannte. Wie verabredet, hatte er ein Dutzend Berittener mitgebracht.

Mit einem Handzeichen erwiderte Cuchulainn den Gruß. Er verstand mittlerweile so gut wie alles, nur beim Sprechen verknotete sich seine Zunge gelegentlich noch bei besonders verflixten Silbenfolgen.

Obgleich es keine Anzeichen von Gefahr gab, teilte er einen jungen Krieger dazu ein, vorauszureiten und mit Tragor und ihm an der Spitze des Zugs im gelegentlichen Austausch zu bleiben. Wenn die Reise planmäßig verlief und sie gut vorankamen, sollten sie am Abend des nächsten Tages den Vorposten erreichen. Durch laue Mischwälder, vorbei an Dornbüschen und entlang plätschernder

Bäche führte sie ihr Weg. Die Nacht verbrachten sie um ein Feuer in einer verlassenen Ruine, die Tragor als Lagerplatz vorgeschlagen hatte. Auch der nächste Tag verlief ruhig, bis plötzlich das Pferd von Fill, dem Kundschafter, in rasendem Galopp um eine Biegung des Weges vor ihnen auf die Gruppe zurückgeprescht kam. Der Reiter riss kurz vor Cuchulainn an den Zügeln, sein Pferd stieg kurz und der Mann presste nach Luft ringend hervor: »Die Wehranlage steht in Flammen, wir wurden angegriffen!«

Alle Blicke folgten seiner ausgestreckten Hand und schon sahen sie den aufsteigenden Rauch.

Sofort trieb der Hund von Ulster sein Reittier an. Die andern taten es ihm gleich. Auf einer Kuppe sahen sie das unter ihnen liegende Fort in Flammen stehen.

Zwei blau bemalte Männer flohen von der Feuersbrunst weg in Richtung Norden. In ihren Händen hielten sie Schwerter und ihre Körper waren blutbesudelt.

»Tragor!«, rief Cuchulainn, »schneide ihnen mit Fill und Cegan den Weg ab, bevor sie den Wald erreichen. Der Rest kommt mit mir.«

Rabenfreude sprang in seine Hand, als er den Mahirrim auf die Flammen zueilen ließ. Die Frontansicht raubte Cuchulainn nicht allein aufgrund der Hitze den Atem. In einer langen Reihe waren Köpfe auf Pfählen aufgespießt. In ihren leblosen Augen glänzte der Feuerschein. Ihm fiel auf, dass das Haupt des Befehlshabers fehlte. Dreizehn Mann glotzten ihm da tot entgegen, beinahe ein Drittel der Speere unter seinem Kommando.

Einen Augenblick gab er sich dem Anblick von Tod und Vernichtung hin. Blanke Wut schäumte in ihm auf. Diese Männer waren auf seine Anweisung hier gewesen, viele von ihnen hatten Weib und Kind und sie befanden sich nicht im Krieg. Aber so war das eben. Es herrschte immer Krieg, egal in welcher Welt. Die Vorstellung, grausame Vergeltung zu üben, beflügelte Cuchulainns Geist.

Tragor kam zurück. Den Blick auf seine geköpften Kameraden geheftet, sagte er geistesabwesend: »Sie sind uns entkommen.«

Cuchulainns Hand an der Axt bebte. »Nein. Ihr Tod ist so gewiss wie der morgige Sonnenaufgang.«

Distelsons Pony war, durch die Flammen beunruhigt, an die Seite des Mahirrim getänzelt.

»Es könnte eine Falle sein. Wir sollten nichts überstürzen«, gab das Feenwesen zu bedenken. Cuchulainn ignorierte ihn, ließ Cahabier steigen und dachte im Stillen: *Natürlich ist es eine Falle, aber kein Fallensteller rechnet mit dem Sohn Lughs, dem Auserwählten des Cernunnos und seiner Axt Rabenfreude.* Zum ersten Mal seit langem fühlte er sich wieder richtig lebendig.

»Holen wir uns diese dreckigen Feiglinge!«

Mit dem Hund von Ulster an der Spitze ritten die Männer Grüngrunds auf die Baumgrenze zu. Als sie in den dichten Wald vordrangen, nahmen sie entfernt Bewegung wahr. Sie hielten darauf zu, verloren aber nach einiger Zeit den Sichtkontakt, was sie dazu zwang, die Geschwindigkeit noch mehr zu drosseln, da sie nun auf die Fährtenkunde Tragors angewiesen waren. Abgebrochenen Ästen und roten, manchmal blauen Spuren an Rinden und Blättern folgend, stießen sie immer tiefer in den Wald vor.

Während sie öfters kurz innehielten, damit Tragor die Spuren in Augenschein nehmen konnte, durchsuchten die Augen der Männer das Unterholz und eine düstere Stimmung der Vorahnung breitete sich unter ihnen aus. Am heftigsten schien diese Distelson zu ergreifen. Er stammelte etwas von 'gefährlichem Wald' und 'bösen Geistern'.

»Halt endlich den Mund, du Leierlaute«, befahl Cuchulainn barsch, er befürchtete, der Halbling würde durch sein Gewimmer die Moral der Truppe schwächen.

»Das einzige, Krieger von Grüngrund, was es hier zu fürchten gibt, sind wir! Denkt an die Schädel eurer Freunde.«

Genau das taten sie, aber sie kamen dabei zu anderen Schlüssen, als Cuchulainn beabsichtigte.

Ein Windstoß fuhr durch die Bäume, wirbelte Blätter gegen Tier und Reiter und ließ selbst Cuchulainn frösteln. Die Vorstellung eines dunklen Schicksals drang tief in ihre Seelen und sie meinten den Geruch von Tod einzuatmen.

Ja, dachte Durson, ein Mann mittleren Alters, *das ist es: Tod.* Krampfhaft versuchte er, seine Gedanken auf etwas Angenehmes zu richten. Er war nach dem Dahinscheiden seiner ersten Frau gegen alle Erwartungen der gutherzigen Elsa begegnet. Sie erwartete ein Kind von ihm. Erst jetzt wurde ihm bewusst, wie glücklich er in den letzten Monden hätte sein müssen. *Als würde eine eisige Hand alles, was ich bin, zwischen ihren Fingern zerreiben.* Er spürte einen Blick von der Seite auf sich ruhen. Es war Distelson. Das stets so muntere Männlein war in seinem Sattel zusammengesunken, beklommen starrte es ihn an und schien seine düsteren Vorahnungen zu teilen. Durson versuchte sich an einem Lächeln, doch es misslang ihm. Distelson schauderte. Als es so dunkel geworden war, dass sie nur noch im Schneckentempo vorankamen, entschied Cuchulainn, ein Lager für die Nacht einzurichten. Doch auch am folgenden Tag gelang es ihnen nicht, die Mörder auf der Flucht einzuholen, genauso wenig wie an dem Tag darauf. Aus der hitzigen Verfolgung wurde eine lange, zermürbende Pirsch. Tragor bedeutete, dass sie sich bereits tief in der Dornmark befänden, jener Baronie, welche die Priesterin Boudicca regiert hatte, ehe sie abtrünnig und zur Hexenkönigin geworden war. Pela Dir habe einen Verwalter eingesetzt, doch viele Familien seien in die angrenzenden Gebiete Raufels und Hochfirst übergesiedelt. Cuchulainn hätte sich gerne ein Bild von dem verwaisten Landstrich gemacht, aber die Spur führte sie weiter durch den dichten, urwüchsigen Wald.

Am Mittag des fünften Tages plagte der Ire sich mit der Überlegung, die anderen zurück zu schicken und mit Tragor alleine weiterzuziehen. Er würde die Schweinehunde stellen und wenn er sie dazu bis in den hohen Norden jagen musste. Es wäre auch nicht das erste Mal, dass er so eine Angelegenheit auf eigene Faust in Angriff nahm. So dachte er, als Tragor ein Zischen ausstieß. Eine Lichtung tat sich vor ihnen auf.

Ein kleines, goldgelocktes Kind stand darauf. Es hatte ihnen den Rücken zugewandt und wirkte seltsam fehl am Platz. Vor die Sonne schob sich eine Wolke, als das Mädchen sich umdrehte und mit entzückter Miene den Neuankömmlingen zuwinkte. Sommersprossen sprenkelten sein Gesicht, in der Hand hielt es eine Wurzel.

»Wo sind deine Eltern?«, fragte Cuchulainn aus sicherem Abstand. Distelson bibberte und zwei der Pferde scheuten, als sie antwortete.

»Meine Mutter habe ich vor langer Zeit schon verloren und meinem Vater werdet ihr bald begegnen.« Sie kicherte.

Cuchulainn stieg von Cahabier und nahm die Axt in beide Hände. Die anderen verharrten in ihren Sätteln.

Das Kichern schwoll zu einem widerlichen Gelächter an. Durson schaute nach oben. Wo ihn die Sonne hätte blenden müssen, war nun nur noch ein schmutziger Brei von Wolkenfetzen zu erkennen. Er blickte wieder nach vorn, aber jetzt stand dort kein Kind mehr. Die blonden Locken waren zu grauen Strähnen geworden, das junge Gesicht einer hassverzerrten Fratze gewichen.

»Ihr sehnt euch nach Rache. Nun empfangt den Tod!« Zwei Dutzend Bewaffnete in Kriegsfarben schälten sich lautlos aus den Büschen vor ihnen.

»Die Königin der Hexen sendet dir Grüße, Cuchulainn, Sohn eines Hundes«, geiferte es böse.

Durson, Tragor und die Übrigen glaubten ihren Ohren nicht zu trauen, als sie jetzt Distelson lachen hörten.

»Der Sohn eines Hundes? Mein Herr hat mehr Leben genommen, als deine Waldläufer Bäume gesehen haben.«

Cuchulainn wusste natürlich, dass sein kleiner Freund vor Angst beinahe verging, aber wenn man ihn nicht kannte, verriet seine Stimme nichts davon. Sein Schauspiel war wirklich gut und es kam zur rechten Zeit. Der Ire nickte kaum merklich anerkennend in seine Richtung, bevor er laut sagte: »Die Verräterin, die du Königin der Hexen nennst, muss eine Närrin sein, wenn sie glaubt, ein Haufen Astlochficker und eine Novizin würden ausreichen, gegen die Krieger Grüngrunds und den Sohn des Sonnengottes zu bestehen.«

Die Männer an seiner Seite erinnerten sich wieder ihres Mutes und zogen endlich die Waffen.

»Eure Verbrechen werdet ihr mit Blut bezahlen«, knurrte der Ire.

Die Wurzel in der Hand der Hexe zeichnete frenetisch Linien in die Luft und Cuchulainn, der gerade zum Angriff übergehen wollte, hielt mit der Axt weit über den Kopf erhoben plötzlich inne. Ein lähmender Schmerz jagte durch seine Glieder, und er erstarrte mitten in der Bewegung. Ein Zauber! Doch was war das? Die Stelle an seinem Hals, an der Mortiana ihn in jener lange zurückliegenden Nacht zum Abschied geküsst hatte, begann zu brennen. Kraft strömte von der Stelle aus in seinen ganzen Körper und brach langsam die Starre. Ein Blinzeln nach rechts zeigte ihm, dass seine Männer stocksteif im Sattel saßen. Die Waffen hielten sie reglos in den Händen. Nicht einmal die Pferde rührten sich.

Lachend näherte sich die Hexennovizin. »Na, großer Krieger, wie fühlt es sich an, den Tod als Gewissheit vor sich zu haben?« Mit der einen Hand malte sie Kreise in die Luft, während die andere einen gezackten Dolch zog. Cuchulainn blieb stumm und regungslos. Einen Schritt vor ihm machte sie Halt. Die kurze Klinge hob sich langsam, ihre Spitze zielte auf sein Herz.

Das überhebliche Lächeln schwand und ihr Blick brach, als er auf das nun rot pulsierende Mal auf seinen Hals fiel. »Aber … das kann nicht …«, stammelte sie und dann sauste die Axt nieder. Der Kuss, ein Weihezeichen der dunklen Seite der Göttin, hatte ihn vor dem Bann geschützt. Rabenfreude fraß sich durch Knochen und Fleisch. Von der Schulter bis zum Gesäß in zwei Hälften geteilt, fiel der Körper der Hexe wie ein geplatzter Sack zu Boden.

»Wie fühlt es sich an, wenn einen der Zorn der Göttin trifft?!«, fauchte der Hüne.

Obwohl die Stammeskrieger zahlenmäßig zwei zu eins überlegen waren, brauchten sie einen Moment, um das Gesehene zu verdauen. Doch das Entsetzen über den Tod ihrer Hexe schlug schnell in Wildheit um und ihr Anführer trieb sie brüllend in den Kampf.

Der Bann, der auf den Recken Grüngrunds gelegen hatte, war gebrochen und so traf Metall auf Metall. Die Pferde boten nur einen kleinen Vorteil auf der engen Lichtung. Tragor parierte ein heransausendes Beil und zog dem Angreifer die Rückhand seines Schwertes über die Kehle. Ein Speer stieß in den Hals seines

Pferdes, das ihn sterbend mit sich zu Boden riss. Die meisten Waffen der Bemalten waren aus Bronze und manche brachen daher, wenn ihre Besitzer versuchten, die stählernen Klingen ihrer Gegner abzuwehren. Rabenfreude hielt blutige Ernte. In einem Halbkreis schwang Cuchulainn die mächtige Axt, die drei Angreifern schreckliche Wunden zufügte. Er befand sich im Blutrausch und machte sich erst gar nicht die Mühe, den Hieben auszuweichen, er setzte darauf, dass Rabenfreude ihnen mit ihrer Reichweite zuvorkam. Ein Schwertstreich ritzte seine Hüfte, doch er bemerkte es kaum und stieß dem Stammeskrieger den Axtkopf gegen die Brust. Röchelnd hauchte er mit zermalmten Rippen sein Leben aus.

Durson kam Distelson zu Hilfe, der verzweifelt den Angriffen eines Speers auswich. Der schlanke, halbnackte Mann, von dessen Gesicht man kaum etwas sah, weil zahllose Zöpfe wirr darüber hingen, stach nach dem Sidhe. Dieser hatte im letzten Moment an den Zügeln gerissen und der Speer glitt vom Sattel ab. Durson rammte ihn mit dem Ellbogen, dass er fiel. Und als er im Begriff war sich aufzurappeln, bohrte er ihm sein Schwert in den Magen. Er drehte die Klinge, um ihm den Rest zu geben, da traf ihn ein Pfeil in die Schulter und er ging selbst zu Boden. Es war ein heftiger, grausamer Schlagabtausch.

Zuletzt war es vornehmlich Cuchulainn zu verdanken, dass sie den Sieg davontrugen. Das Blut der Hälfte der Gegner troff von seiner Axt. Aber sie hatten schwere Verluste erlitten. Von den ehemals zwölf waren nur noch Tragor und drei weitere von ihnen am Leben, eingeschlossen Durson, der, sich vor Schmerzen windend, im Gras lag. Distelson war bei ihm und presste ein Stück Stoff auf die Wunde an der Schulter, nachdem er selbst den Pfeil aus dem Fleisch gezogen hatte.

Als er sichergestellt hatte, dass keiner der Stammeskrieger mehr am Leben war, ließ der Hund von Ulster sich erschöpft im Gras nieder. Die Männer hatten gut gekämpft, doch konnte man sie kaum Krieger nennen. Der pure Überlebensdrang und Rabenfreude hatten sie dieses Scharmützel gewinnen lassen. Er hatte Lämmer zur Schlachtbank geschickt, dachte er und besah sich die

Verletzung des Mannes, der Distelson gerettet hatte. Sein gequältes Stöhnen hallte in seinem Kopf nach. In einem engen Verband mochten sich dieser Schlag Männer als tauglich erweisen, für den Kampf Stirn an Stirn fehlte es ihnen nicht nur an Können, sondern vor allem an Wildheit und Entschlossenheit. In Eira wog jeder seiner Krieger mindestens fünf menschliche Feinde oder zwei Fomoren auf. Diese hier schafften mit Mühe und Glück einen einzigen Mann. Eine Kriegsbande Fomoren hätte sie aufgerieben, aber auch diese Stammeskrieger waren nicht zu unterschätzen. Sie kämpften mit echter Leidenschaft. Cuchulainn wusste, dass nun keine Zeit zum Grübeln und Nichtstun war. Er hätte den wenigen Verbliebenen Befehle zubrüllen, Anweisungen zu einem raschen, gesicherten Rückzug erteilen sollen, doch etwas hielt ihn davon ab, ließ ihn im Gras verharren und abwarten. Nicht die Kraft fehlte ihm, es war jene Stimme tief in seinem Inneren, die fern und leise und doch unüberhörbar an Wendepunkten seines Lebens zu ihm sprach. Sie waren hier noch nicht fertig. Es würde etwas folgen, das notwendig war und vor dem es kein Entrinnen gab. Gedankenverloren betrachtete Cuchulainn eine Blume neben sich. Ihr kleiner weißer Kelch schien eine Geschichte zu erzählen. *Alles ist stets in allem enthalten, man muss nur hinsehen*, erinnerte er sich an einen Satz Mebdas. Ganz gleich, ob Menschen um sie herum starben, alles emsige Streben war unwichtig für diese Blume. Sie begehrte weder Ruhm noch Macht, alles was sie sich wünschte war, endlich wieder die Güte der Sonne zu spüren.

Bei dieser Überlegung sah er in den Himmel. Er war immer noch verdunkelt und auf einmal änderte sich die Stimmung an dem Ort. Die Blume sah nicht länger selbstgenügsam und friedlich aus, vielmehr schien sie zu leiden. Zuerst wurde ihr Stängel braun, dann schien die ganze Pflanze von einer Art Krankheit befallen. Sie welkte, wurde aschfahl und starb ab. Der Ire sah sich um. Auch all die anderen Blumen auf der Lichtung teilten das Schicksal dieser einen. Sie vertrockneten und fielen in sich zusammen. Nebel zog auf.

»Was geschieht hier, Distelson?«, wandte er sich an den Andersweltler.

»Der Tod kommt«, flüsterte Distelson, »wir müssen verschwinden.«

Sie hätten den Verwundeten auf ein Pferd zerren und ihr Heil in der Flucht suchen können, doch vor dem, was sich ihnen näherte, gab es kein Entkommen. Ihr Schicksal war bereits besiegelt gewesen, als sie den ersten Spuren in den Wald gefolgt waren. Und wenn dies Cuchulainns letzter Tag sein sollte, so würde er ihn nicht im kläglichen Versuch enden lassen, das Heil in der Flucht zu suchen. Doch wie könnte das sein? Hatte er einen seiner Gais, seiner heiligen Schwüre, gebrochen, ohne es zu bemerken? Er würde es bald herausfinden.

Ein gespenstisches Knurren bohrte sich in die Wahrnehmung der dezimierten Gruppe. Ohne Zweifel wussten sie, dass es aus nördlicher Richtung kam und das Böse, welches zu einem solchen Laut fähig war, nicht mehr weit entfernt sein konnte.

Schweigend erhob sich Cuchulainn und nahm Rabenfreude von der toten Erde auf. Kein Vogel sang, kein Insekt zirpte, keine Blume duftete mehr. Der widernatürliche Nebel schien alles Lebendige in sich zu ersticken. Der Krieger wappnete sich zum Kampf.

»Oh Cernunnos, stehe mir noch einmal bei mit deiner Macht«, beschwor er den Gott mit den Hörnern, der immer da war, aber schlummerte, solange er ihn nicht rief. Das tiefere Erdreich, das der Verderbnis nicht anheimgefallen war, sog die Essenz der Gefallenen auf. Die Leiber gaben ihr Blut ab, tränkten den Grund und der Hund von Ulster wirkte den einzigen Zauber, den er kannte: Er nahm die Kraft der Allmutter auf. Sie nährte ihn, ließ seine Adern anschwellen, ihr kraftvoller Segen durchschoss seine Blutbahnen. Der Gehörnte hatte seinen Ruf vernommen und antwortete mit seiner wilden, ungestümen Urkraft.

Die anderen, bis auf Distelson, sahen verängstigt das an, was einmal ihr Anführer gewesen war. Es war nicht so, als hätte sein Äußeres sich wirklich verändert, aber würden sie diesen Tag überleben und jemals schildern müssen, was sie in diesen Momenten erblickt hatten, ihre Sprache würde nicht ausreichen, das Unfassbare zu beschreiben. Nur der Andersweltler wusste um die Grenzen zwischen den Welten, nur er hatte von dem, was in den Sagen Wellenkrampf hieß, gehört. Die Hörner, welche schemenhaft aus Cuchulainns Kopf zu wachsen schienen, ließen keinen Zweifel. Der Grüne Jäger schickte ihm seinen Beistand. Kalter Schweiß brach Distelson aus, nicht aus Angst, sondern aus Ehrfurcht. Die Götter seines Freundes waren auch die seinen. Würde er mit ihrer Hilfe den Tod töten können? *Der Wellenkrampf, die Rage des grünen Gottes, der heilige Blutrausch.* Der Sidhe sah ihn deutlicher als die anderen. Cuchulainns Gestalt verzerrte sich. Arme und Beine schwollen an, der Nacken wurde breiter, das Gesicht verzog sich zur Fratze, arkane Symbole tänzelten über die gesamte Erscheinung, die riesige Axt wirkte mit einem Mal beinahe winzig in den mächtigen Fäusten. »CER-NU-NNOS!«, stieß Cuchulainn ekstatisch aus und reckte Rabenfreude über den Kopf.

Bäume barsten und verfaulten augenblicklich, als ein grauenhaftes Wesen, sie beiseite knickend, aus ihnen hervor und auf das kleine Fleckchen vertrockneten Bodens trat. Der gottbeseelte Ire war groß, aber das Etwas, das da auf sie zukam, war ein Koloss.

Ein Mann begann zu zittern und ergriff ungestüm schluchzend die Flucht. Die übrigen blieben nicht aufgrund ihrer Tapferkeit. Vielmehr lähmte sie ein bisher ungeahntes Entsetzen.

Der Hund von Ulster versuchte, sich nicht von dem Schein täuschen zu lassen, wie es zweifellos seinen zusammengekauerten Gefährten auch mit seiner Gestalt ergehen musste. *Wer die Furcht in der Schlacht zum Verbündeten hat, dem gehört schon fast der Siegeskranz,* hatte Mortiana oft gesagt. Man musste dem Gegner den eigenen Willen aufzwingen; Wirklichkeit ist das, was wir glauben zu sehen.

Auch mit diesem Wissen vermochte er es nicht, den Schrecken gänzlich zu verwinden, er konnte jedoch jenseits des Unaussprechlichen Rüstteile ausmachen. Sein Gegenüber trug, bei genauerem Hinsehen, einen dunklen Harnisch, aus dem lange Sporen herausragten. Einen Helm, der einem Widderkopf ähnelte und von dem sich die gekrümmten Hörner fast bis zu den Schulterschienen hinab wanden. Er suchte nach einer Schwachstelle in der massigen Gestalt, sein Blick blieb jedoch an der Stelle haften, wo sich Stiefel, Füße, oder eher Klauen, hätten befinden müssen. Dort war nichts dergleichen. Es wirkte so, als berühre diese Bestie nicht die Erde, welche es durch seine Gegenwart verdarb.

»Deine Zeit ist gekommen, Narr, der du es wagst, mir die Stirn zu bieten.« Die Stimme des Feindes war grauenerregend und sonderbar, so als sprächen zwei Wesen gleichzeitig. Während die eine Tonfolge aus dem grässlichsten Ort, den man sich als Jenseits vorstellen konnte, zu zischeln schien, klang die andere auf bedrohliche Weise angenehm. Cuchulainn drehte es den Magen um, als sie sich wie heißes Gift durch seine Gehörgänge brannte. Er hatte Rabenfreude unwillkürlich heruntergenommen, nun besann er sich auf ihre Anwesenheit, auf ihr beruhigendes Gewicht und die Kraft des grünen Gottes, die durch seine Adern strömte.

»Du redest zu viel«, antwortete er, »meine Axt ist durstig.«

In einer unglaublich schnellen Bewegung zog die chaotische Wesenheit ihre Waffen. Fröstelnd bemerkte Cuchulainn, dass an ihrem Gürtel der Kopf des vermissten Hauptmanns baumelte. Ein Kriegsbeil mit langem Stiel, das Blatt erinnerte an einen Halbmond, ruhte nun in ihrer linken Hand, in der anderen hielt sie ein gigantisches Krummschwert, in dessen Klinge kurz vor der Parierstange heimtückische Zacken geschmiedet waren.

Beide gingen gleichzeitig aufeinander zu und der Tanz begann.

Cuchulainn holte zum Schlag aus, nicht weit, damit er nicht allzu viel Angriffsfläche bot. In der Bewegung ließ er den Stiel durch seine Finger rutschen, so dass er die Axt schließlich ganzen hinten fasste, um sie mit maximaler Reichweite durch die Luft sausen zu lassen. Das Monstrum wich nicht aus, sondern kam in zwei schnellen, ausladenden Schritten auf ihn zu und hämmerte ihm einen gepanzerten Handschuh ins Gesicht. Cuchulainn taumelte zurück, aus Mund und Nase sprudelte Blut. Mit einer Finte auf rechts setzte der Dämon nach, während gleichzeitig das Beil nach oben schnellte. Da Cuchulainn es gerade noch rechtzeitig kommen sah, verfehlte es sein tödliches Vorhaben, zeichnete ihm aber dennoch eine rote Linie auf die Brust. Das Tier in ihm schrie auf und er gab sich dem Wellenkrampf vollends hin. Rabenfreude verschmolz mit ihm, wurde zur Verlängerung seiner Arme. Wild, aber nicht unkontrolliert, ließ er eine schnelle Folge von Hieben und Stößen auf das Monstrum niedergehen. Es parierte und schlug zurück. Wütend stieß Stahl auf Stahl. Funken stoben. Die Kontrahenten waren beide keine Verteidiger, sie waren es gewohnt, anzugreifen und damit erfolgreich zu sein, so wich keiner mehr als einen Schritt zurück. Cuchulainn führte die Axt nun näher am Körper, damit er unvorhergesehener zuschlagen konnte. Fäuste, Ellbogen, Köpfe, Waffen – sie setzten alles ein, was sie aufbringen konnten. Ihre Bewegungen stimmten sich aufeinander ab, wurden zu einem unerbittlichen Wirbelsturm aus Schweiß, Muskeln, Eisen und Blut. Keiner gab einen Deut nach, jede Attacke erfolgte in tödlicher Absicht. Die Zeit hatte ausgesetzt, sie waren in einem ewigen Reigen aufgegangen, doch als sie plötzlich und unerwartet zurückkehrte und ihr Recht einforderte, spürte Cuchulainn die Erschöpfung. Der Feind bemerkte es, ein beißendes, zweitöniges Lachen erschallte. Der Ire schwang die Axt, um den Laut nicht mehr ertragen zu müssen. Das Monstrum wich aus und machte sogleich einen Ausfall. Das Krummschwert raste auf Cuchulainns Herz zu. Keinen Wimpernschlag zu früh lenkte er den Stoß mit dem Stiel der Axt ab. Jetzt waren sie sich so nah, dass ihm fauliger Schwefel-Atem in die Nase stieg. Angewidert stieß er beidhändig mit Rabenfreude zu, um wieder Abstand zwischen sie zu bringen. Der Feind fing den Angriff mit Schwert und Beil ab. Durch eine Drehbewegung verkeilte Cuchulainn die Waffen und drückte eine Kraftprobe vortäuschend dagegen. Sie wurde angenommen und mit einem Ruck ließ es der Hund von Ulster zu, dass seine Axt fortgeschleudert wurde. Wegen des weggefallenen Widerstands rasten die Klingen nun ungebremst auf seine Kehle zu, er duckte sich unter ihnen hindurch und zog blitzschnell den Dolch aus seinem Gürtel; tief trieb er ihn in die Seite des Ungeheuers. Es stieß einen markerschütternden Schrei aus, ehe sein Knie krachend Cuchulainns Nase vollends zertrümmerte.

Er taumelte zurück. Erst jetzt bemerkte er die vielen Schnitte und Schrammen, die er sich in dem selbstvergessenen Kampf zugezogen hatte. Cuchulainn spürte, wie ihn mit dem Blutverlust auch die Stärke des Gottes zu verlassen drohte. Der Wellenkrampf ebbte ab und zurück blieb ein Mann mit geprellten Rippen und einer Nase, aus der sein Lebenssaft so beständig hervorquoll, dass ihm schwindelte.

Fassungslos und entsetzt folgte Distelson dem offensichtlich seinem Ende entgegengehenden Zweikampf. Das war nicht möglich, Cuchulainn konnte nicht sterben. Nicht hier und jetzt, seine Gaise waren ungebrochen! – Ein Pfiff ertönte. Ein tiefer Ton, ein hoher und noch einer schräg zwischen den beiden vorangegangen. So laut und schrill, dass der Sidhe sich verzweifelt die empfindlichen Ohren zuhielt. Er fuhr ihm durch Mark und Bein, trotzdem schien ihn nur er selbst und der todbringende Unhold zu hören. Dieser hielt in seinem Angriff inne und horchte unwillig auf, während sich vor Distelsons innerem Auge ein Bild herausschälte:

Weit entfernt des Platzes, auf dem der Zweikampf seinem Ende nahe schien, stand auf einem Felsen von Krüppelkiefern umgeben ein weißes Pferd. Auf ihm saß die Königin der Hexen, die neue Herrin, die sie ihm angekündigt hatten. Ihr drittes Auge war auf die Rivalen gerichtet. Sie hatte viele Möglichkeiten der Zukunft gesehen und eine Entscheidung getroffen. Auf ihren Pfiff hin stand die Welt einen Augenblick lang still. Langsam verklang er.

So schnell Cuchulainn es noch vermochte, rollte er sich zu seiner Axt. Er stellte sie auf dem schweren Ende auf und zog sich keuchend an ihr hoch. Er glaubte, Unsicherheit in den glühenden Augen seines Gegners zu sehen, war jedoch zu geschwächt, um den

Moment zu nutzen. Er spuckte einen Mund voll Blut aus und presste zwischen schweren Atemzügen hervor: »Hast du schon genug, du Anfänger?« Seine verdammte Nase. Konnte der Blutstrom nicht endlich enden? Er schwankte. Er musste sprechen, wenn er nicht im Angesicht des Feindes die Besinnung verlieren wollte. »Komm her du Sohn einer Hure, dann ziehe ich dir die Haut ab und mache mir daraus ein Paar Stiefel! Ich hole mir deinen Schädel und werde daraus trinken …«

Sein Gegenüber fauchte und kam wieder ein kleines Stück näher. Mit etwas göttlichem Beistand würde Cuchulainn vielleicht noch einen Angriff überstehen. Fieberhaft sann er nach einem Manöver, das ihn retten könnte. Wenn ihm nicht gleich etwas einfiel, würde sein Kopf bald neben dem des Hauptmanns am Gürtel hängen. Doch dann sank der Dämon ein wenig in sich zusammen; er schien Schmerzen zu leiden.

Erneut durchstieß ein Pfiff die Luft, den nur der dunkle Champion und Distelson wahrnahmen.

Jetzt, sagte sich Cuchulainn, würde er ihn sich schnappen – aber seine Muskeln verweigerten ihm den Dienst. Alles was er zustande brachte, war ein unbeholfenes Straucheln, allein die Axt hielt ihn vom Sturz ab. Der Nebel begann sich zu lichten.

»Wir sehen uns wieder«, versprach der Koloss in seinen zwei Stimmen und in seinen abgehackten, pfeilschnellen Bewegungen drehte er sich ohne ein weiteres Wort um und verschwand so unvorhergesehen, wie er gekommen war.

Cuchulainn brach zusammen. Es dauerte einen Augenblick, bis Distelsons verdutztes Erstaunen über das jähe Ende des Zweikampfes wich, und er seinem Freund zu Hilfe eilte.

Der Abend graute bereits, als die schlimmsten Wunden verbunden, die Gefallenen verbrannt und eine behelfsmäßige Trage für Durson gebaut worden war. Nachdem Cuchulainn zwei Wasserschläuche geleert hatte, war er beinahe wieder in der Lage, aufrecht zu stehen, ohne dass ihm schwarz vor Augen wurde. Zögerlich machte er einige testende Schritte und als er gewiss war, auch wieder reiten zu können, gab er den Befehl zum Abmarsch. Entmutigt traten die Überlebenden die Heimreise an.

Mit der Trage kamen sie nur langsam voran, obwohl sie nun die Richtung kannten und nicht mehr nach Spuren suchen mussten, würden sie für den Rückweg weit länger brauchen. Am Vormittag des zweiten Tages führte Tragor sie auf eine Straße; sofern man die verkrustete Schlammspur, die sich durch den dichten Wald schlängelte, denn so nennen wollte. Durson stöhnte und Distelson stieg von seinem Pony, um ihm Wasser zu bringen, als Tragor die Hand hob und »Pssst« machte.

Jetzt hörte es auch Cuchulainn: Hufgetrappel.

»Schnell«, grunzte er und lenkte Cahabier zu dem Mann, an dessen Pferd die Trage festgemacht war. Nun zogen sie sie gemeinsam, während die anderen vorausritten. Es waren keine weiteren Befehle nötig, jedem war klar, dass sie den Reitern nicht entkommen konnten und sie auf dem schmalen Steg der alten, von Moos überwucherten Brücke vor ihnen immerhin den Vorteil der Stellung hatten. »Formation«, bellte der Ire und Tragor stellte sich auf seine eine Seite, der feiste Ruhbrik auf die andere. Die drei versperrten Schulter an Schulter den Weg, einen Mann hatten sie in Reserve und Distelson und der mittlerweile verstummte Durson hatten sich hinter ihnen positioniert. Cuchulainn sah auf das glucksende Bächlein, das von der Brücke überspannt wurde. Wie lange mochte es wohl dauern, bis einer hindurchwaten und ihnen in den Rücken fallen würde? Sie würden es sehr bald erfahren. Der Reitertrupp nährte sich eilig, mindestens fünfzig Speere. Cuchulainn nahm Rabenfreude in die Hand, Tragor und Ruhbrik zogen ebenfalls blank. *Keine Stammeskrieger*, dachte Cuchulainn, jedenfalls nicht von der Art, der sie schon begegnet waren. Diese Männer trugen Rüstungen, ihre Waffen waren aus Stahl und als sie kurz vor ihnen ihre prächtigen Streitrösser zügelten, machte keiner feindliche Anstalten. Einer von ihnen drängte seinen goldbehangenen schwarzen Hengst nach vorne und stieg ab. Es war ein mittelgroßer, athletisch gebauter Mann. In seine dunklen Krauslocken waren an den Schläfen Zöpfe eingeflochten. Er trug einen kurzen, kecken Schnurrbart und an seiner Seite hing ein Schwert mit fein gearbeitetem Knauf. Er sah erst Cuchulainn, dann die anderen auf der Brücke an und blickte zuletzt wieder zurück zu dem Iren. Genaugenommen auf das Zeichen des Hirschgeweihs, das er auf der Brust trug. Ein verschmitztes Lächeln huschte über seine Züge.

»Gestatten, Sotrac tra Wurgun, König von Ark und Hochkönig der mittleren Königreiche.« Er lächelte noch einmal. »Und ihr seid was, Mannen von Ban Rotha?«

Ohne sein Gegenüber aus den Augen zu lassen, versicherte sich Cuchulainn bei Tragor, die Worte richtig verstanden zu haben. Zweifelsohne bediente sich dieser Sotrac derselben Sprache, welche er sich in den letzten Monden angeeignet hatte, aber aus seinem Mund klang sie kehliger, abgehackter und nicht jedes Wort war Cuchulainn bekannt.

»'Tra' steht für aus den Lenden des soundso«, erklärte Tragor flüsternd.

Der Ire senkte die Axt ein wenig. »Du sprichst mit Cuchulainn tra Lugh Lamhfhada, Hund von Ulster und König von Grüngrund.«

»So? Mir war nicht bekannt, dass sich die hohen Zauberinnen des Südens Könige halten«, bemerkte der Krauslockige spitzfindig.

»Jetzt weißt du es.«

Obgleich Cuchulainn dieser Hochkönig auf Anhieb gefiel, der an der Spitze seiner Krieger ritt, anstatt sich hinter hohen Mauern zu verstecken, wie es die Mächtigen so gerne taten, galt es Würde zu wahren. »Und was verschlägt euch ins Land der Fischer?« Sie befanden sich zwar in Dornmark, der Baronie ohne Herrin, aber doch innerhalb der Grenzen Ban Rothas.

»Och, wir dachten, ihr könntet womöglich Hilfe gebrauchen«, sagte Sotrac im Plauderton, als würde er über das Wetter sprechen. »Ein Stoßtrupp Nortu-Stammeskrieger hat es durch unsere Linien geschafft. Wir sind ihnen gefolgt, bis sich ihre Spuren auf einer Lichtung verloren. Sah so aus, als hätte es einen Kampf gegeben.«

»Hat es«, stimmte der Ire zerknirscht zu und versuchte, die aufkommenden Bilder zu verscheuchen. Er dachte kurz nach, senkte die Axt noch ein Stück und sagte: »König Sotrac, du und deine Männer seid willkommene Gäste im Land der Fischer.«

»Sehr freundlich«, antwortete Sotrac leicht spöttisch in Anbetracht der ungleich verteilten Kampfkraft, »es wäre mir eine Freude, die Gastfreundschaft mit einem kleinen Mahl und dem ein oder anderen Krug arkischem Starkbrand zu erwidern.«

Und so wurden die Waffen weggesteckt, Hände geschüttelt und ein Lager eingerichtet.

Während sich ein ältlicher Feldscher mit krummem Rücken im Dämmerlicht um Durson kümmerte, saßen die Übrigen um ein Feuer. Wieder fiel Cuchulainn auf, dass der Hochkönig auf einer Ebene mit seinen Mannen verkehrte. Er war fraglos stolz, aber es war kein Stolz, der die anderen herabsetzte. Starker Pflaumenbrand machte die Runde und die Männer erzählten sich, was vorgefallen war. Feierlich erklärte der Hochkönig, dass wenn das Land der Fischer angegriffen würde, die mittleren Königreiche ihm zur Seite stünden. Selbstverständlich würden sie das, dachte Cuchulainn, vor allem da der Feind zuerst durch ihre Länder ziehen musste, um Ban Rotha zu erreichen. Aber er dankte im Namen Pela Dirs und stieß mit den Mittelländern an. Das waren echte Krieger, Recken, die vom und für das Schwert lebten, kein Vergleich zu jenen beherzten, aber kaum geeigneten Männern, welche er in den Kampf geschickt hatte. Man sah es an ihren Blicken, ihren Bewegungen, ihrer Achtsamkeit auf ihre zahlreichen Waffen. Das war die Sorte Kämpfer, mit der man Kriege gewann.

»Sagt«, hob Cuchulainn an, »wie konnten diese Wilden es durch das mächtige Ark schaffen?«

Sotrac dämpfte seine Stimme ein wenig, und obwohl sie mitten in der großen Runde saßen, war es, als führten sie ein Gespräch unter vier Augen. »Unsere Grenzen galten bisher als sicher. Eine kleine Gruppe unter Führung einer Kriegshexe allerdings kann gewiss Wege finden, an unseren Patrouillen vorbei zu kommen. Was mich beschäftigt, ist das *Warum*.«

»Aye, strategisch ergibt es keinen Sinn«, stimmte Cuchulainn düster zu. »Zum Auskundschaften waren sie zu zahlreich, für einen bedeutenden Angriff zu wenige. Wäre es ein Raubzug gewesen, hätten sie kaum eine von ihren eigenen Ländereien weit entfernte Wehranlage angegriffen. Ich kann nur vermuten, dass sie nach etwas suchten.«

»Oder nach jemandem«, fügte der König unheilschwanger hinzu. »Außerdem«, führte er weiter aus, »solltet ihr wissen, dass im nördlichen Hochland Truppenbewegungen stattfinden. Es wurden bereits Boten ausgesandt, aber sie sind überfällig … Es scheint fast, als ob die Verräterin ein Mittel gefunden hätte, die Stämme zu einen.«

War das möglich? Hatte Sotrac noch nicht begriffen, wie dieses Spiel lief? Dachte der König, jener Feind, gegen den er gekämpft hatte und von dem Distelson sicherlich zum fünften Male gerade mit ausholenden Gesten drei Männern mit buschigen Vollbärten erzählte, sei ein gewöhnlicher Sterblicher und ihre Beschreibungen nicht mehr als die üblichen Übertreibungen? Oder hielt er absichtlich Dinge zurück und spielte bloß den Unwissenden? Solche Gerissenheit traute er dem Mann mit den dichten Augenbrauen, zwischen denen sich stets eine kleine, kluge Falte zeigte, durchaus zu. Oder war die Absicht seiner Rede, deutlich zu machen, dass die Königin der Hexen zuvorderst ein Problem Ban Rothas war? Cuchulainn hatte zu wenige Kenntnisse von den Verhältnissen der verschiedenen Reiche und da ein Fehltritt in solchen Angelegenheiten schwerwiegend sein konnte, lenkte er den Gesprächsverlauf auf andere Bahnen. »Wie viele Männer befehligst du?«, fragte er freundlich und erfuhr, dass die mittleren Königreiche aus wesentlich kriegerischeren Völkern bestanden als jenes, für das er nun die Verantwortung trug. Das war ihm unangenehm, seine Wunden brannten und um den Schmerz wegzutrinken, fühlte er sich zu schwach, außerdem hatten sie noch einen weiten Weg vor sich und schließlich wusste er eben auch nicht, welche Äußerung welche Folge haben würde. Aus diesen Gründen passte er eine günstige Gelegenheit ab, um sich, ohne den König zu beleidigen, zurückzuziehen. Er rollte sich in seine Decke am Rand des Lagers neben einem Wachposten, blickte in die Dunkelheit und lauschte den Stimmen am Feuer. Distelson war nicht zu hören. Eigenartig … Dann fühlte er, wie sich ein kleiner Körper an seinen schmiegte. Der Sidhe war heute tapfer gewesen. *Er* wusste ohne Zweifel, was vor sich ging, wem sie da begegnet waren, doch er hatte weder vor den fremden Kriegern noch im Angesicht der Höllenbrut seine Furcht gezeigt. Der Ire rutschte ein wenig und machte damit Platz auf seiner Lammfellunterlage. Distelson zupfte an der Decke, und Cuchulainn ließ ihn gewähren. Ein Kauz stieß seinen Ruf aus, der Schlaf umfing die beiden und nahm sie mit in seine Traumwelten.

***

Am nächsten Morgen ging man freundschaftlich und mit gegenseitigen Ehrbezeugungen auseinander. Der Hochkönig erklärte, auf der Stelle kehrt zu machen und mit seinem Trupp nach Ark zurückzukehren, Cuchulainn entschied in Anbetracht der Ereignisse, direkt nach Pela Dir aufzubrechen. Er schickte den feisten Ruhbrik voraus, ihre Ankunft anzukündigen und den hohen Rat einzuberufen. Dem jungen Cegan trug er auf, nach Grüngrund zu eilen, dort den Hauptmann Conloi ins Bild zu setzen, damit er die Überreste der Garnisonsbesatzung bestattete und einen neuen Wachposten an der Grenze einrichtete.

Nach der Behandlung des Feldschers war Durson in der Lage, sich auf einem Pferd zu halten und so ritten sie, so schnell es mit Rücksicht auf ihn möglich war, in westlicher Richtung durch Ban Mahirrim. Die Lande der zauberhaften Pferde bestanden aus weitläufigen Steppen, grünen Tälern und lichten Wäldern. Am dritten Tag der Reise fiel allmählich der schwere Mantel des Schweigens von ihnen ab. Durson erholte sich, Distelson summte erst leise und zurückhaltend, dann zunehmend lauter und freier seine Feenweisen. Tragor, der Fährtenleser, deutete hier auf eine Felsformation, dort auf einen Bachlauf und erzählte die Legenden jener Orte. Und auch Cuchulainn fand langsam einen Ausweg aus dem düsteren Labyrinth der Schmach, in dem sich sein Geist verirrt hatte. Noch nie zuvor hatte er einen Zweikampf verloren und er machte sich nichts vor, der Dämon hatte ihn besiegt. Hätte er sich nicht ohne erkennbaren Grund so plötzlich zurückgezogen, was daran gelegen haben musste, dass Cuchulainns Schwüre ungebrochen waren, er hätte ihn auf direktem Weg zur Morrigan, der Seelenführerin geschickt. Aber er war noch hier, hier auf dem Rücken Cahabiers, Rabenfreude über der Schulter und Distelson an seiner Seite. Mit jedem Lied des Sidhe und jeder Geschichte aus dem Mund des Fährtenkundigen hellte sich seine Stimmung auf. Niedergeschlagenheit und der Stachel der Verzweiflung wichen kühnen Gedankengängen. Ein Held hatte es niemals leicht und ein Kampf ist erst dann vorbei, wenn er vorbei ist, dachte er bei sich. Je weiter sie nach Westen kamen, umso mehr befiel ihn gar eine gewisse Vorfreude auf das nächste Zusammentreffen mit dem Feind. Er würde sich bis dahin schon etwas einfallen lassen, um den Kampf zu seinen Gunsten zu entscheiden. Cuchulainn fühlte, dass er nun in dieser Welt angekommen war. Er hatte einen ebenbürtigen Feind und die Göttin hatte gezeigt, dass sie ihm auch hier durch die Macht des grünen Gottes beistand. Er würde sie und ihre Stellvertreterin Mebda nicht enttäuschen.

Im Ratsgebäude von Pela Dir war bei ihrer Ankunft bereits die gesamte Priesterschaft versammelt. Ruhbrik hatte sie also angekündigt. Distelson schluckte in Anbetracht der Festlichkeit der Halle und der Ernsthaftigkeit auf den Mienen der hohen Frauen. Bis auf Nozipho und zwei, die sich als Guanyin und Rudaba vorstellten, standen sie hinter leeren Stühlen und fixierten Cuchulainns noch angeschwollenes Gesicht. Shaka saß neben dem neu eingetroffenen Krieger Guanyins namens Zhang Feng. Seit zwei Tagen sei er hier und freue sich, nun den großen Krieger kennen zu lernen, von dem Shaka so oft redete. Er war ungerüstet und wirkte außerordentlich ausgeglichen, ja, abgeklärt. Er hatte zu Schlitzen verengte Augen und seine sparsamen, genau koordinierten Bewegungen verrieten ihn als geübten Schwertkämpfer. Zwei Plätze weiter hockte jener Prinz von Soundso und machte ein finsteres Gesicht.

Die Stimme Mebdas erklang angenehm in Cuchulainns Kopf. Sie lud ihn ein, vor ihr Platz zu nehmen. Alle warteten angespannt, ihre ganze Aufmerksamkeit auf ihn gerichtet. Er wollte Mebda gerne gebührend begrüßen, doch es schien nun nicht angemessen und daher begann er ohne Umschweife mit dem Bericht des unglückseligen Abenteuers. Er war mit seinen Ausführungen noch nicht am Ende angelangt, da öffnete sich die Flügeltür und herein kam ein braungebrannter Mann mit sorgfältig gekämmtem Bart. Nicht nur die mit Borten verzierte Tunika verlieh ihm eine erhabene Ausstrahlung, die Cuchulainn an den König seiner Heimat erinnerte, sein ganzes Wesen schien majestätisch. *Eine Person wie zum Herrschen geschaffen*, dachte Cuchulainn unwillkürlich, und hielt mitten im Satz inne.

»Gestatten, Salah al Din Ibn Ayyud«, stellte sich der Mann vor. Dabei küsste er die eigene Hand, machte eine Cuchulainn fremde Geste und setzte sich vor die Priesterin, welche Cuchulainn als die Wortführerin aus der Waffenkammer erkannte, Hepat, die Hohepriesterin.

Jeder der Anwesenden erwiderte die Begrüßung bloß kurz, da man Cuchulainn nicht länger als unbedingt nötig von Heilarbeit und Ruhestätte fernhalten wollte. Um seine Wunden hatte sich zwar bereits Schorf gebildet, aber an einigen Stellen sickerte noch immer ein wenig Blut.

Mebda strich ihm stärkend über die Wirbelsäule und er gab den Rest des Erlebten mit einigen Sprüngen wieder. Als er geendet hatte, löste Hepat, die Hohepriesterin und Schutzherrin des letzten Neuzuganges mit dem komplizierten Namen, die Runde mit den Worten auf:

»Vieles, was uns zum Nachdenken bringen sollte, wurde gehört. Der hohe Rat der Champions findet sein Ende. Die Trommeln des Krieges haben begonnen sich zu rühren, die Tore zwischen den Zeiten werden sich weiter öffnen, bis auch der letzte Champion seinen Weg in unsere Welt gefunden hat und wir gemeinsam den Nortu und ihren unheiligen Anführern die Stirn bieten werden.«

Nachdem seine Verletzungen noch einmal fachmännisch, und von einem Heilgesang Mebdas begleitet, versorgt worden waren, er sich ausgeschlafen und gegessen hatte, saß Cuchulainn nun bis zur

Brust im kühlen Quellwasser, auf dem sich die Abendsonne spiegelte. Mebda massierte ihm die letzten Spannungen aus dem Rücken, während Distelson vor ihnen auf der Jagd nach Wasserläufern im frischen Nass planschte. Die angenehmen Berührungen, das Spiel des Sidhes und das gleichförmige Rauschen des Wasserfalls hatten den Krieger in ein sanftes Dösen abdriften lassen. Sein müder Blick streifte Rabenfreude, die an einer nahen Erle lehnte, wo sie auch ihre Kleidungsstücke abgestreift hatten. Die klare Schneide der Axt glänzte und er hatte das Gefühl, dass sie seinen Blick erwiderte.

Wie viele Menschen lebten wohl in Grüngrund?, fragte sich der Ire träge.

»Bei der letzten Zählung waren es fünfhundert und dreiundsiebzig Familien, seitdem dürften einige wenige hinzugekommen sein«, antwortete Mebda, sie hatte offenbar seine Gedanken gelesen. »Weshalb fragst du dich das, mein Champion?«

Cuchulainn drehte sich zu ihr um, tauchte kurz unter und sagte mit triefenden Haaren laut: »Weil ich jeden Mann, jede Frau und jeden Jüngling, der ein Schwert halten kann, so bald als möglich unter Waffen sehen will.«

Die Priesterin lächelte nachsichtig. »Wie du sehr wohl weißt, eignen sich die wenigsten davon zum Kampf. Es sind Bauern, Fischer, Waldarbeiter und Handwerker, nicht der Stoff, aus dem Krieger sind.«

»Aus jedem Eisen lässt sich ein Schwert schmieden. Ich brauche sie alle.«

Für einen Augenblick huschte Zorn über Mebdas ebenmäßige Miene, doch dann verstand sie. »Du fürchtest den, dem du begegnet bist.«

»Aye«, gestand der Ire grunzend, »aber mehr noch fürchte ich, was geschieht, wenn diese Bestie über all diese Bauern, Fischer, Waldarbeiter und Handwerker kommt. Es wird keine Gnade geben, Ban Rotha wird brennen, bis nichts mehr als Asche davon übrig ist. Und die Göttin hat mich hierher geschickt, es zu beschützen.«

»Ich habe dich gerufen«, stellte Mebda klar.

»Und du bist meine Göttin.«

Zweifel spiegelten sich in den blauen Augen der Priesterin. Sie sahen sich lange schweigend an. Dann legte sie ihre Hände um seinen Nacken und zog seinen Kopf nahe an ihren. »Ich bin für dich das, was du in mir siehst. Aber Göttin oder nicht, Ban Rotha wird fortbestehen und wir werden alles tun, was dafür nötig ist. Darauf hast du mein Wort.«

Sie küssten sich. Es war ein glühender, ungezügelter Kuss und Cuchulainn meinte zu hören, dass die Axt leise zu singen begann.

Kapitel 14   Cuchulainn: Der Kriegsrat

Fast ein Jahr war vergangen seit Cuchulainn das Gesicht des Feindes erblickt hatte. Viel Zeit für den irischen Helden, nicht nur die körperlichen Fähigkeiten zu steigern. Unzählige Abende hatte er zusammen mit Saladin Yusuf, seinem Freund Shaka und dem fremdartigen Zhang Sanfeng verbracht. Taktiken in Schlachten, Erfahrungen mit Frauen und Debatten über Glaubensvorstellungen hatten die Gespräche in der Halle Pela Dirs dominiert.

Es war Herbst geworden, dann ein weißer Winter, ein saftiger Frühling und zuletzt ein warmer, wenn auch verregneter Frühsommer. Im Laufe der Monde waren immer mehr Champions eingetroffen. Manchmal vergaß er noch ihre Namen, er begann, sie im Geiste in der Reihenfolge ihres Erscheinens aufzuzählen: *Shaka, sein Freund, Rostam, der Prinz von Sonstwo, Saladin mit der lehmfarbenen Haut und den gerissenen Luchsaugen ...*

Mit jedem Namen zog er sich mit dem linken Arm hoch, bis sein Kinn auf Höhe des Astes anlangte, an dem er hing. Die morgendliche Sommersonne vertrieb allmählich den Tau, der Pela Dir noch in einen leichten Dunst hüllte. Er befand sich in Gesellschaft Distelsons auf einer kleinen Anhöhe, von der aus das vor wenigen Tagen errichtete Heerlager Grüngrunds zu überblicken war. Weiter im Westen waren die Zelte des von Shaka geführten Kargstein zu erahnen. Insgesamt waren es elf Heerlager, eines für jede Priesterin, jede Baronie, jeden Champion. Und alle waren hier im Talkessel Pela Dirs versammelt.

»Uffh!« ... *Der stets heitere Rodrigo, der stille Sanfeng ...* »Huurrgh.« ... *die Raubkatze B'alam, der eitle Schmeichler Savinien, der stolze Tecumtha ... Komm schon! Noch zwei! ... das kleine Muskelpaket Lapu-Lapu und ... Johannes.* »Puh!«

Cuchulainn ließ sich fallen. Er atmete einige Male tief durch und wechselte dann auf den anderen Arm. Der letzte fiel gänzlich aus der Reihe. *Johannes?* Das war kein Name für einen Krieger. Neulich hatte er ihn beobachtet, wie er einen seiner Hauptmänner verdroschen hatte. *Er hat sich dabei gar nicht so übel angestellt – für einen Knaben, der bald seine Kriegerprüfung ablegen wollte.* Die anderen waren allesamt große Feldherren, die ihren Mut in vielen Schlachten unter Beweis gestellt hatten. Jedenfalls, wenn man ihren Worten Glauben schenken wollte. Cuchulainn hatte jedoch keinen Grund, an ihnen zu zweifeln. So mächtig, schlau und geschickt sie alle sein mochten, in einem war sich der Ire sicher: Keiner außer ihm selbst hatte auch nur den Hauch einer Chance gegen den Feind zu bestehen, dem er begegnet war. Das war einerseits ein Trost, andererseits, wenn er sich an das Biest, diese Ausgeburt der Hölle, erinnerte, bedeutete es eine große Verantwortung. Es lag an ihm, diesen untoten Dreckskerl in die nächste Welt zu schicken.

»Dreißig«, bemerkte Distelson beiläufig, der sich am Stamm der Ulme angelehnt über eine Schriftrolle beugte.

»Wusstest du«, fragte der Sidhe, als Cuchulainn sich fallen ließ und geräuschvoll auf den Füßen landete, »dass die Priesterinnen dieses Land ungefähr zur gleichen Zeit erreicht haben müssen wie die Túatha Dé Danann Eira?«

Der schwitzende Ire hielt inne, die Schultern kreisen zu lassen und machte eine wegwerfende Geste. Die Túatha Dé Danann waren das Geschlecht seiner Götter. »Blödsinn! Wir befinden uns in einer anderen Welt. Was für einen Sinn macht es also, von *gleicher Zeit* zu sprechen?«

Das Feenwesen wandte sich etwas zu schnell wieder der Schriftrolle zu, als er in beiläufigem Tonfall zustimmte: »Selbstverständlich, wie dumm von mir.«

Cuchulainns Interesse war geweckt. Er wollte gerade näher auf die Sache eingehen, als Hufgetrappel ihn ablenkte.

Ein Reiter, von einem großen ovalen Schild halb verdeckt, kam in Sicht.

»Guten Morgen, Cuchulainn«, sagte sein dunkelhäutiger Freund, mit dem er erst letzte Nacht wieder über ihrer beider Namensgebung gesprochen und gescherzt hatte.

»Sei gegrüßt, Shaka. Ein großer Tag, wenn Hund und Käfer ihn gemeinsam beginnen.«

Der Name Shaka leitete sich nämlich, wie er erklärt bekommen hatte, von einem Käfer ab, der für die Störung des weiblichen Zyklus verantwortlich gemacht wurde und damit indirekt für Shakas ungeplante Geburt.

Der Zulu ließ seinen Schild fallen und schwang sich grinsend vom Pferd. Gemeinsam mit Zhang Sanfeng hatten sie, aufgrund von Freundschaft und Ähnlichkeit der Haltung, soweit sich das über den zurückhaltenden Sanfeng sagen ließ, eine Gruppe gebildet. Zu dritt beredeten sie jene Dinge, welche sie nicht offen im Rat aussprechen wollten. Bis jetzt waren es Inhalte von eher belangloser Natur, doch konnte sich dies ändern und es war immer gut von Freunden zu wissen, die einem notfalls auch in den eigenen Reihen den Rücken deckten. Außerdem würde vermutlich irgendwann die Frage aufkommen, wer den Oberbefehl über die vereinten Truppen Ban Rothas übernehmen würde. Die Vorstellung, dieser Hänfling Namens Johannes könne mit seinen ständigen halblaut geäußerten Bedenken und seinen Nörgeleien auf diesen Posten schielen, war zwar lächerlich, andererseits musste Cuchulainn ihm eines zugestehen: Aus ihm unerklärlichen Gründen schienen einige der anderen Champions von ihm angezogen. Sei es aus Nachsicht oder anderer Schwäche, um diesen Johannes bildete sich ein Kreis ernstzunehmender Männer. Ein Grund mehr für den Iren, die eigenen einzuschwören. Jede Armee, so dachte Cuchulainn, brauchte am Ende einen Anführer, der über allen anderen stand. Von den freundschaftlichen Banden zu seinen Kumpanen abgesehen, gab es also auch noch machtgesteuerte Motive, die ihn an Shaka und Sanfeng schweißten. Mit Zweiterem war der Umgang nicht ganz so leicht wie mit dem Zulu-Krieger. Oft blieb er stundenlang still. Dann beobachtete er Tiere, manchmal auch Pflanzen. 'Versenkung', nannte er darauf angesprochen seine Übungen. Zuletzt, als Cuchulainn ihn nach dem Grund seiner Beobachtungen gefragt hatte, sagte er, die meisten Menschen hätten verlernt, ihre vollständige Aufmerksamkeit auf eine einzige Sache zu richten. Obwohl Cuchulainn die Weisheit hinter den Worten erriet und ähnliches von Priesterinnen und Druiden gehört hatte, musste er meistens darüber schmunzeln. Es waren eben die sonderbaren Gedanken von Denkern und Mystikern, nicht die von Kriegern. Sanfeng schien nicht im Geringsten verärgert über seine Reaktionen. Er vermittelte dem Iren eher, ihm dieselbe Geduld entgegenzubringen, wie allen Dingen, denen er sich zuwandte. Er bemerkte wohl auch, dass Cuchulainn nicht so unverständig war, wie er sich gab. Jene tiefen Gedankengänge, eher *Sichtweisen* auf die Welt, waren dem Iren gar nicht mehr so fremd, nur passte es nicht zu seinem Selbstbild, sich auf dergleichen ernsthaft einzulassen. Außerdem war er für solche Dinge schlicht zu ungeduldig. Sanfeng teilte mit Cuchulainn und Shaka nicht einmal den Glauben an das letzte Wort des Schwertes und doch pflegten die drei ein beinahe brüderliches Verhältnis.

Leider hatte sich zwischen Shaka und Distelson ein unguter Ton eingestellt. Durch die fortschreitende Militarisierung pochte der Zulu auf klare Hierarchien und das Feenwesen war in keine einzuordnen. Er war weder Kind, noch Weib, noch Mann und bewegte sich frei zwischen den Rollen. So würdigte der dunkle Krieger ihn auch jetzt keines Blickes. Cuchulainn sah das nicht gerne, aber er verstand den Freund. Er selbst dachte grundsätzlich ähnlich und machte für Distelson lediglich eine Ausnahme.

Cuchulainn kratzte sich am Kinn. »Wie geht die Ausbildung deiner Leute voran?«

»Gut soweit, obwohl mir immer noch nach zwei Sätzen der Hals schmerzt von all diesen Krächzlauten.«

Distelson kicherte, »Ja, man muss viel Branntwein trinken, bevor die Zunge ausreichend gelähmt ist, um …«

Ein hochgezogene Braue Cuchulainns gemahnte ihn zu schweigen.

»Sechs Dutzend stehen bereits geübt unter Waffen. Es wird allerdings eine Weile dauern, bis ich ihnen den Kampf mit Schild und Stichspeer ausreichend beigebracht habe. Ich weiß, du hältst nichts davon, dich mit einem Schild zu schützen. Wenn es aber zur

Schlacht kommt, wirst du sehen, was für eine Verheerung meine Taktik unter den feindlichen Reihen anrichten wird. Nicht umsonst nennt man mich in meiner Heimat *Besieger der Tausend*.«

»Ich habe es schon gestern gesagt. Es ist nicht meine Art in die Schlacht zu ziehen«, antwortete der Hüne, »doch zweifle ich nicht an deinen Fähigkeiten. Die große Mutter hat uns nicht ohne Grund zusammengebracht. In der Kombination unsrer Kampfstile werden wir dem Norden die Niederlage bereiten.«

Trotz der Worte konnte Cuchulainn sich eines verächtlichen Blickes auf den Schild des Freundes nicht erwehren. Was Shaka mit einem Zwinkern zu der, in seinen Augen, viel zu klobigen Axt, ausglich. »Wie machen sich *deine* Männer?«, erkundigte er sich.

»Faule Säcke, die ein Schwert nicht von einer Mistgabel zu unterscheiden wissen. Aber sie werden besser. Ich werde einen kleinen Lauf ansetzen. Du bist eingeladen mitzumachen, falls du Lust und Zeit hast.«

Er verschwieg ihm, dass Mebda und er noch einen ganz anderen Plan ausgeheckt hatten. Es würde sich erst noch erweisen müssen, ob er überhaupt aufging und davor wollte er nicht prahlen.

Shaka betrachtete die Waden des Iren, welche die Maße eines Baumstumpfs hatten. Er selbst konnte sich einer außergewöhnlichen Kondition rühmen, und war deshalb einen Moment versucht, dem Angebot, vielmehr der Herausforderung, dafür kannte er Cuchulainn von Jagdausflügen und Probekämpfen gut genug, Folge zu leisten. Doch schließlich sagte er: »Danke für die Einladung, meine eigenen Angelegenheiten halten mich leider davon ab. Gerne würde ich das nachholen.«

»Jederzeit.«

Sie verbeugten sich, Sanfeng nachahmend, und gingen lachend auseinander.

Distelson hoppelte Cuchulainn nach. Sie waren ein kleines Stück den Hügel hinabgegangen. Cuchulainn hielt an; eine überschaubare Wiese, ideal für seine Dehnübungen. Er machte einen Ausfallschritt und beugte den Oberkörper weit nach vorne. Distelson hockte sich im Schneidersitz neben ihn und nahm wieder sein Schriftstück zu Hand. Unter ihnen im Tal scheuchte Conloi und ein weiterer Hauptmann gerade einige Rekruten herum.

Der Ire nahm die Gedanken von vorhin wieder auf. Er überlegte sich, gegen welchen der anderen Champions er am wenigsten gern antreten würde. Er hatte zuweilen zwar noch Schwierigkeiten mit den Namen, aber Cuchulainn war kein Narr. Er hatte die anderen beobachtet und versucht, so viel wie möglich von ihnen zu sehen, von ihren Stärken, ihren Schwächen, ihren Eigenheiten. Man sollte nicht nur den Feind gut kennen, sondern auch jene, die mit einem in die Schlacht zogen. Zweifellos hätte er am unliebsten mit Johannes die Waffen gekreuzt, weil bei so einem Zweikampf kein Ruhm zu ernten wäre. *Aber ernsthaft, wer war nach ihm wohl der Tödlichste?* Jener, der sich Nachtjaguar nannte und sich selbst für den 'zweiten Menschen' hielt, war jedenfalls der Unheimlichste. Ein Geschöpf, kaum menschlich zu nennen, auf dessen fremdartigen Zügen Sterne und Gestirne eingraviert waren. Von ihm hatte er am wenigsten in Erfahrung bringen können. Er war zurückhaltend und beinahe unwirklich, genau wie seine mysteriöse Priesterin Ixchel. Gemeinsam wirkten sie so unergründlich wie der Mond, aber Cuchulainn dachte, wenn es darauf ankäme, aus diesem Mond schon einen Halbmond schneiden zu können. Jener Tecumtha schied als Bogenschütze aus; mit seinem kurzen Beilchen wäre er im Nahkampf keine ernsthafte Herausforderung. In dem großspurigen Prinzen Rostam sah er eine schlechtere, schwächere Ausgabe seiner selbst. Yusuf war ein kluger Kopf, ein großer Stratege, aber als Krieger höchstens oberes Mittelmaß. Rodrigo und Savinien, die sich vermutlich aus Mitleid so viel mit dem Kümmerling Johannes abgaben, waren beide fähige Kämpfer. Doch der eine war zu langsam, ein Mann, der es offensichtlich gewohnt war, in schwerer Rüstung zu streiten, der andere zu tänzerisch – beide keine große Sache für Rabenfreude. In Lapu-Lapu hingegen steckte ein anderes Talent, er wurde aufgrund seines kleinen Wuchses von den übrigen am ehesten unterschätzt. Manchmal zogen sie ihn auf, aber er schien genug Selbstvertrauen zu haben, um daran keinen Anstoß zu nehmen. In einem Kampf Mann gegen Mann würde er womöglich am längsten durchhalten, denn seine Befähigung war nicht antrainiert, sondern kam aus dem Inneren, aber schließlich würde er dem Wellenkrampf nichts entgegenzusetzen haben.

Mittlerweile hatte sich Cuchulainn zum Oberkörper hochgearbeitet. Er nahm den rechten Arm oberhalb des Ellbogens dicht an Brust und Hals, bis es in der Schulter zog.

Blieben noch seine beiden Freunde. So gerne er Shaka hatte, er hatte schon ganz andere Speerkämpfer gesehen – und besiegt. Immerhin war er von der Schattenprinzessin Scáthach ausgebildet worden. Er dachte zurück, wie damals am Hof von Cú Roís, dem König von Munster, ein Streit um das saftigste Stück Fleisch ausgebrochen war und er seine beiden Rivalen Conall Cernach und Loegaire Buadach in ihre Schranken verwiesen hatte. Er musste bei der Erinnerung grinsen. Später hatte man den Zankapfel den *Heldenbissen* genannt. Dabei war es nicht mehr als eine schäbige Hammelkeule gewesen, Cú Roís war schon immer ein räudiger Gastgeber gewesen. Mebda hätte gesagt, dass es sowieso um nichts anderes als *den längsten Arm* gegangen wäre – und hätte damit vollkommen recht gehabt. Aber was sprach dagegen, sich zu messen, solange er den stärksten Arm, die schärfste Waffe und den längsten Schwanz hatte? Nun gut, jedenfalls den schönsten; Shakas Gemächt, dem er einmal am Weiher ansichtig geworden war, zählte nicht, diese Ausmaße stießen ans Unnatürliche.

Der Ire schüttelt die Hände aus, machte zwei auflockernde Sprünge und streckte sich so, wie Scáthach es ihm beigebracht hatte. 'Mach so, als wolltest du den Arsch deines Vaters am Himmelszelt kitzeln', hatte sie gesagt. Er drückte sich von den Ballen auf die Zehenspitzen und hielt den Atem an.

Als letzter war da noch Zhang Sanfeng, der dritte Pfeiler ihrer freundschaftlichen Verbindung. Er war still, über alle Maßen höflich, so ruhig und friedlich wie ein spiegelglatter See, an einem Tag, an dem kein Luftzug geht. Cuchulainn hatte ihn noch nie eines seiner beiden schlanken Schwerter zücken sehen, doch er wusste mit

Bestimmtheit, wenn er es denn tat, dann rollten Köpfe. Es lag in seinen Augen, es lag in der Art, wie er sich bewegte, stets im vollkommenen Gleichgewicht, immer Herr der Lage, trotz seines Schweigens. Kein Zweifel, er war neben ihm der Beste und er freute sich bereits darauf, diesen stillen See einmal in Aufruhr zu sehen.

Geräuschvoll leerte der Ire seine Lungen, setzte mit den Fersen auf, nahm die Arme hinunter und schüttelte sich noch einmal von oben bis unten aus. Dann stieß er Distelson mit der Fußspitze an. »Ruf alle zusammen. Zeit, mich vorzustellen.«

Kurz darauf sammelte sich unter ihm seine Armee. Entgegen seinem Wunsch, dass jeder Mann und jede Frau, die ein Schwert halten konnte, ausgehoben werden sollte, waren es in der größten Zahl doch nur die Jungen, Begeisterungsfähigen gewesen, die erschienen waren. Zwar waren auch einige Frauen dabei, doch es waren lediglich junge Witwen, die vermutlich eher auf Männerschau waren und Mädchen, noch grün hinter den Ohren und aller Wahrscheinlichkeit nach Ausreißerinnen, deren Mütter nun zu Hause um sie weinten. So waren es gerade einmal sechshundert Seelen, die jetzt ihre Zelte verließen und unterhalb des Hügels Aufstellung nahmen. Bisher waren sie neben kleineren Übungen hauptsächlich damit beschäftigt gewesen das Lager auszubauen, während Mebda und Cuchulainn die Zeit mit der Lösung von Versorgungsproblemen und anderen Vorüberlegungen verbracht hatten. Obgleich nicht im Mindesten mit einem Angriff zu rechnen war, hatten sie veranlasst, dass Palisaden als Umzäunung aufgestellt worden waren. Im Ernstfall hätten sie lediglich einen erbärmlichen Schutz geboten, aber zum einen hatte Cuchulainn gemeint, dass körperliche Betätigung immer gut wäre, zum anderen sollten sich die Männer und Frauen an das Gefühl gewöhnen, sich im Kriegszustand zu befinden. Und auch wenn es viel zu viele Eingänge gab, so stand doch an jedem ein Wachposten, der von jedem, der ins Lager wollte, zuerst die Parole forderte. Mebda war zuerst skeptisch gewesen, weil Grüngrund allein eine solche Maßnahme veranlasste, hatte sich jedoch überzeugen lassen. Federnden Schrittes kam sie nun den Hügel zu ihm hinauf. Endlich wurde es richtig ernst. Viel zu unschuldige Gesichter sahen voller Erwartung zu ihrem Anführer auf, der, das Hirschwappen Grüngrunds um sich geschlungen, an die Seite der Landesherrin trat. Mebda begrüßte ihn mit einem Nicken und gebot mit ihren Händen Ruhe. Als letzter stolperte Distelson zu ihnen und übergab Cuchulainn die für den Sidhe schwere Axt. Der Ire wog sie leichthin in der Hand, stieß ihren Schaft in die Erde und stemmte sich dann lässig darauf. »Töchter und Söhne von Grüngrund«, hob er an, »für die, welche mich noch nicht kennen: Ich bin Cuchulainn, und *war* der Hund von Ulster«, er machte eine Pause, »doch von jetzt an bin ich der Wachhund Grüngrunds.« Distelson war wieder den Hügel hinuntergeeilt und kam bei der ersten Reihe der Zuhörer zum Stehen. Was trieb er da? Sein Platz war an seiner Seite. *Dummer Gnom!* Der Ärger ließ seine Stimme so laut werden, dass sie auch den letzten verrenkten Hals erreichte.

»Es herrscht Krieg! Auch wenn ihr ihn noch nicht seht! Im Norden formiert sich eine Armee, die der unsrigen an Zahl weit überlegen sein wird! Kein Mann, keine Frau und kein Kind wird am Leben bleiben, wenn wir sie nicht aufhalten!«

An die Familien aller Anwesenden vor ihm wurden Ausgleichszahlungen entrichtet, ein Umstand, über den er sich mit Mebda mehr als einmal gestritten hatte. Wieso sollte man jemanden dafür bezahlen, dass er sein eigenes Land verteidigte? Auf diese Weise wollte er sie daran erinnern, dass es schließlich um ihren Kopf und Kragen ging.

»Aber das werden wir!« Jubel aus hunderten von Kehlen erhob sich, als Cuchulainn Rabenfreude hochriss und der Sonne entgegenstreckte.

Er wartete, bis der Beifall verebbte, senkte die Axt wieder und rief: »Ihr werdet von nun an in Gruppen aufgeteilt, über deren Zugehörigkeit ein Wettrennen entscheiden wird, das zur Mittagszeit beginnt.« Mit diesen Worten hatte er sie eigentlich stehen lassen wollen, doch plötzlich konnte er sich nicht verkneifen fortzufahren: »Wenn ich mich umsehe, erblicke ich keine Krieger!« Er sah sich nun wirklich eine kurze Weile um. »Keinen einzigen!«

Gemurmel schwoll an.

»Was, frage ich euch, macht einen wahren Krieger aus?«, nahm Cuchulainn das Wort wieder auf. »Ein überragendes Geschick im Umgang mit seiner Waffe? Natürlich! Er hält sich an die Gesetze von Göttern und an jene seiner Kaste? Auch das dürfte allgemein bekannt sein!« Nun sprudelten die Worte wie von alleine, und der Redner hörte sich halb selbst mit wachsender Neugierde zu. *Wo das wohl hinführen wird?* »Aber ich sage euch, woran man einen Krieger vor allem anderen erkennt …«

Ein Mann sagte etwas unter vorgehaltener Hand und um ihn her entstand Gekicher. Cuchulainn prägte sich sein Gesicht ein, ließ sich aber nicht aus dem Konzept bringen, dem er ja gerade selbst auf der Spur war. »… man erkennt ihn an seiner Entschlossenheit! Dem unerbittlichen Trieb zu siegen, komme was da wolle! Macht euch keine Hoffnungen, gleich welcher Gruppe ihr nach dem Lauf zugeordnet werdet, eure Schule wird härter sein als die aller anderen in diesem Tal Versammelten. Ihr werdet mit euren Klingen zu Bett gehen, ihr werdet mit Schmerzen erwachen und ihr werdet stumm nach euren Müttern schreien, wenn ihr seht, dass ich mich eurer Übungsgruppe nähere. Und so die große Göttin will, werdet ihr sogar etwas von ihren Regeln lernen, welche sie den Waffentragenden vorschreibt. Die Entschlossenheit jedoch, das eiserne Trachten nach Sieg und unsterblichem Ruhm, dies kann euch niemand lehren!«

Es war mittlerweile so leise geworden, dass keiner auch nur zu Husten wagte. *Gut*, dachte Cuchulainn, *jetzt habe ich zumindest ihre aufrichtige Aufmerksamkeit.*

»Ich fordere euch auf: Horcht in euch hinein, horcht tief, sucht dort, wo eure Herzen schlagen. Hinter der Furcht, neben der Liebe zu euren Nächsten und eurer Landesherrin, dort klimmt ein kleiner Funke. Facht ihn an! Lasst ihn zur Flamme wachsen, lasst ihn zum Feuer werden! Das ist die Entschlossenheit und mit ihr in unseren Herzen und dem Stahl in unseren Fäusten werden wir den Stämmen des Nordens Einhalt gebieten! Ihre Schlachtreihen zerschmettern! Und im Taumel des Sieges werden wir IN IHREM BLUT BADEN!

»Cuchulainn! – Kriegsherr! – Für Grüngrund!«, donnerte es ihm entgegen, wie die aufgepeitschte See. Von seiner eigenen Rede entflammt, reckte der Ire Rabenfreude noch einmal in die Höhe und rief mit seinen Kämpfern: »Für Grüngrund! – Für Mebda! – Für die Göttin!«

Eine Weile stand die Menge noch, die Augen schon jetzt fiebrig im Siegestaumel, ehe sie sich Mann für Mann auflöste. Cuchulainn schmunzelte, das war ja richtig lustig geworden. Er hatte es unterlassen, Mebda über den Wettlauf in Kenntnis zu setzen. Die Wegstrecke hatte er am frühen Morgen als allererstes festgelegt. Um den arroganten Yusuf ein wenig zu foppen, sollte sie dicht an seinem Lager vorbei verlaufen. Der Ire freute sich schon auf seinen Gesichtsausdruck, wenn er eine solche Masse von Leibern an seinem kleinlich eingerichteten Lager vorbeirasen sehen würde. Sicherlich würden sich auch einige direkt hindurch verirren.

Cuchulainn schob sich am Rand der Menge vorbei, dicht gefolgt von Mebda.

»Es wäre schön, wenn du mich in deine Pläne einweihen würdest.« Der Ire stöhnte. »Aber«, schob die Priesterin nach »ich halte es für eine gute Idee.«

Sie hatten die vorangegangenen Nächte immer wieder diskutiert, wie die zur Verfügung stehenden Soldaten am besten einzusetzen wären und sich darauf geeinigt, dass eine Aufteilung in drei Gruppen, die jeweils unterschiedlich ausgebildet werden sollten, unabdingbar war. Jeden einzeln auszuwählen, hätte sie allerdings Tage, wenn nicht einen vollen Mond, aufgehalten.

»Ich hätte es dir früher gesagt, wenn ich mir meiner Sache sicher gewesen wäre«, brummte der Ire halb wahr. Die Idee war im tatsächlich erst in der vergangenen Nacht gekommen, aber selbstredend wäre noch Gelegenheit gewesen, Mebda einzuweihen. Rasch fügte er noch hinzu: »Außerdem macht es mir Freude, dich mit guten Einfällen zu überraschen.« Sie waren vor einem großen weißen Zelt stehen geblieben, das Mebda für Besprechungen eingerichtet hatte und vor dem der Wind das Hirschbanner flattern ließ, das an einen hohen Mast gehisst in den Himmel ragte.

Die Priesterin biss sich auf die Unterlippe. »Du beeindruckst mich ständig aufs Neue. In Zukunft aber überrasche mich lieber in Zweisamkeit.« Sie legte den Kopf schief. »Meine Begeisterung und auch meine Anerkennung fallen dann weitaus höher aus.« Zwar schien sie zu lächeln und sie sagte nichts, aber da war offenkundig noch etwas anderes.

»Dir hat die Rede nicht so sehr gefallen, hm?«

Nun, da er sie darauf angesprochen hatte, machte sie keinen Hehl mehr aus ihrem Widerwillen. Auf ihrer Stirn bildeten sich feine Falten, ihre Augen zogen sich zusammen und ihre Lippen bebten. »Blut, Stahl, Sieg, Tod … Nein, diese Worte gefallen mir nicht. Nicht im Geringsten. Wenn ich es nicht besser wüsste, würde ich mich fragen, ob in deinem Kopf noch etwas anderes vor sich geht, als dieser törichte und überaus gefährliche Unfug, mit dem du meine Untertanen angesteckt hast.«

»Ach, jetzt sind es plötzlich wieder *deine* Untertanen?«, gab Cuchulainn scharf zurück.

Die Priesterin sammelte sich einen Augenblick, ehe sie antwortete: »Nein, das war im Zorn gesprochen, es sind *unsere*. Ich wünschte nur …« Sie suchte nach Worten, aber jene, die ihr in den Sinn kamen, wollte sie wohl nicht aussprechen.

»Du wünschtest«, sagte der Ire mit warmer Stimme an ihrer Stelle, »es wären andere Zeiten und all dies wäre nicht notwendig.« Er kam näher und streckte die Hand nach ihrem Hals aus, doch sie ließ die Berührung nicht zu.

»Nein, ich wünschte, du wärest nicht so ein Hornochse!«, zischte sie. Ihre Wangen waren bleich geworden, ihre Ohren ein klein wenig rötlich und ihr Kinn war streitlustig nach oben gereckt. So liebte er sie am meisten, seine wütende, zu jeder Auseinandersetzung bereite Göttin. Am liebsten hätte er sie auf der Stelle genommen. Leider, oder glücklicherweise, kam gerade Distelson mit Durson im Schlepptau herbeigeeilt.

»Du hast nach mir rufen lassen?« Der junge Mann war nur mit einer braunen Stoffhose bekleidet, so dass Cuchulainn die gut verheilte Narbe an der Schulter sehen konnte

»Aye«, antwortete der Wachhund von Grüngrund und sah zu Mebda. Sie nickte. »Gehen wir hinein.«

Als alle vier sich im Inneren des Zeltes auf ausgelegten Fällen niedergelassen hatten, wandte Cuchulainn sich wieder Durson zu.

»Du hast Mut bewiesen bei unsrer letzten Reise. Ich möchte, dass du mir als Bote und Berater dienst. Da dein Gesicht unter den Männern bekannt ist, hast du Einblicke, die mir als Kriegsherr verwehrt bleiben. Ich erwarte, dass du mich darüber unterrichtest, was abends an den Feuern gesprochen wird.«

Er musste über seine eigenen Worte lachen. »Nicht als Spitzel, das versteht sich von selbst. Keinem wird aus dem, was du mir berichtest, Schaden entstehen.«

Distelson schürzte die Lippen, verbiss sich aber einen Kommentar.

Die Priesterin fuhr für Cuchulainn fort: »Zuerst jedoch, suche alle Champions zusammen, der Kriegsherr von Grüngrund beruft zur Abenddämmerung einen Rat ein.«

»Mein Schildträger wird dich begleiten«, schloss Cuchulainn. Distelson streckte sich müde, während Durson sich erhob. »Habt Dank, meine Herrin und mein Herr, für Euer Vertrauen.«

»Du hast es dir redlich verdient«, sagte Cuchulainn, als Mann und Zwerg bereits das Zelt verließen. Er wusste, dass Durson enttäuscht war den Wettlauf zu verpassen. Mit Distelson hätte er gerne noch alleine gesprochen; überall offene Angelegenheiten … Auf der anderen Seite war er froh, mit Mebda alleine zu sein. Und glücklicherweise wirkte sie so, als wolle sie den Streit von eben nicht wieder aufnehmen. Vermutlich erkannte sie, dass es wichtig für ihn war, wenigstens für einen kurzen Augenblick den Kopf frei zu bekommen. Sobald er das Zelt wieder verlassen würde, wäre er wieder der unbeugsame Kriegsherr, von dem jeder Schritt beobachtet und beurteilt wurde. Üblicherweise genoss er diese Aufmerksamkeit, wie sie nur Regenten und Helden entgegengebracht wurde, im Moment allerdings brauchte er ein wenig Abstand davon. Und er wollte nichts lieber tun, als sich weiter in den Anblick von Mebdas Schenkeln vertiefen, deren Nacktheit von bis zum Kniegelenk geschnürten, schwarzen Lederstiefeln und dem nach oben verrutschten roten Kleid begrenzt wurde. Die Dienstmädchen und ledigen Bauerstöchter, die ihm das Bett wärmten und ihm die Zeit vertrieben, waren eine Sache. Eine ganz andere seine Lust auf die Priesterin, die mit jedem Tag wuchs. Nur einmal, in der Beltanenacht, hatten er und Mebda die Göttin auf die angenehmste Weise geehrt, danach war sie wieder unantastbar geworden. Schon verblasste die Erinnerung an den Rausch jener Nacht und er fragte sich, ob die ekstatischen Bilder in seinem Kopf bloß einem Traum entsprungen waren. Sonderbar war es gewesen, sie hatte so anders gewirkt. Ihre Stimme in seinem Kopf hatte ihn abseits der großen Feuer in den Wald gelockt. Im Licht des vollen Mondes, der auf weißer Rinde geschimmert hatte, war sie auf ihn zugekommen. Vollkommen nackt und feengleich bleich war sie gewesen. Ohne ein Wort hatte sie sich in seine Umarmung geschmiegt. Wie im Rausch hatte er sie erst auf den Mund, dann überall hin geküsst. Schließlich hatte er sie hochgehoben, und mit ihrem Rücken an eine Birke gelehnt, hatte sie sich nach unten rutschen lassen. Sie waren verschmolzen, hatten sich geliebt, wie Götter sich liebten. Er hatte sich vergessen, die Welt war verschwommen. Im Taumel hatte er nicht mehr bestimmen können, wo sein Leib endete und ihrer begann. Sein Ich hatte sich aufgelöst, wie ein Tropfen in einem Ozean … Tags darauf war er alleine im Wald erwacht. Als er sie einsam durch die Streuobstwiesen von Pela Dir streifend vorgefunden hatte, glaubte er Tränen in ihre Augen zu sehen. Er sprach sie an, doch sie legte ihm den Finger auf die Lippen und seither hatten sie kein Wort mehr über diese magische Nacht verloren.

Ohne sich seine Gedanken anmerken zu lassen, kratzte er sich am Kinnhaar, das ihm mittlerweile störrisch bis zum Hals fiel.

»Auch diesem Problem können wir Abhilfe schaffen«, sagte sie schwesterlich, erhob sich, zupfte ihr Kleid zurecht und ging vor ihm in die Hocke. Sie flocht ihm den Bart in zwei Zöpfe, wobei sie ihm einen tiefen Einblick in ihren Ausschnitt gestattete. Schließlich forderte sie ihn auf, die Enden festzuhalten, während sie ein Band aus ihrem Haar löste, es in zwei Hälften riss und damit die Zöpfe zuknotete.

Stolz auf das Ergebnis meinte die Priesterin: »Das macht dich noch furchteinflößender, mein Hornochse.«

Doch nun klang es liebevoll und auch ein wenig bekümmert. Cuchulainn grinste aufmunternd. Sie sahen sich lange an und schließlich kräuselte sich auch auf Mebdas Lippen ein Lächeln. Es war so wie damals in der Laube, als sie sich wegen Cuchulainns Betragen Conloi gegenüber gestritten hatten. Ihre Konflikte waren nicht gelöst, ihre Gegensätze nicht aufgehoben, doch die daraus entstehende Spannung schien zu verpuffen und plötzlich war sie ganz verschwunden. Zurück blieben bloß Eintracht und ein befreites Schmunzeln über das merkwürdige Geschick, das sie zusammengebracht hatte. Cuchulainn hütete sich, diese gelöste und zugleich erhabene Stimmung mit einem belanglosen Wort oder einer närrischen Geste zu gefährden. Und so schwiegen sie, tranken etwas von dem leichten, nussigen Wein und wandten sich erst nach einer geraumen Weile ganz langsam und behutsam ihrem weiteren Vorgehen zu.

***

Als die Sonne am höchsten stand, stellte Cuchulainn sich vor die wartende Menschenmasse, die er hatte antreten lassen. »Jeder, der ein Instrument zu spielen weiß, vortreten!«, rief er aus voller Kehle. Ein starkes Dutzend Männer und eine Frau lösten sich von den Übrigen.

»Eure Aufgabe wird eine andere sein. Ihr nehmt nicht an dem Lauf teil.« Sie bewegten sich auf seinen Wink ein Stück abseits.

»Der Rest«, er atmete tief durch, »folgt mir!«

Ein kurzes Durcheinander entstand, bis jeder aus dem Pulk einen Platz gefunden hatte. Dann brachten zwölfhundert Füße, die arrhythmisch auf den Boden traten, die Erde zum Beben. Beim Verlassen des Lagerplatzes merkte der Wachhund von Grüngrund, dass er ein zu schnelles Tempo vorgelegt hatte, da er das Anfangschaos hinter sich in Grenzen hatte halten wollen. Jetzt bereute er es, sein Atem drohte unregelmäßig zu werden. Er gemahnte sich zur Ruhe und ließ seine Gedanken schweifen. Diese Technik, den Körper vom Geist zu trennen, machte einen Hauptteil seines Lauferfolges aus. Er gestattete sich, nach links und rechts zu spähen. Leicht versetzt hinter ihm hatten sich zwei an seine Fersen geheftet. Für seine spätere Einteilung war es zwar nicht nötig, als erster am Ziel einzutreffen, aber bei jedem Wettstreit ging es schließlich um die Ehre des Sieges. Auch war er sicher, dass Mebda ihn an der Ziellinie erwarten würde. Zuerst mussten ihm alle wohl oder übel folgen, da er die Wegstrecke zuvor nicht kundgetan hatte, auf dem Rückweg allerdings würde es heikel werden.

Er schaffte es nicht vollkommen, sich vom eigentlichen Geschehen zu lösen. Einer der beiden Vorwitzigen fiel zurück. Ein großer, dürrer Junge, um ihn brauchte er sich keine weiteren Sorgen mehr zu machen. Der Vollbärtige an seiner rechten Flanke grinste ihm herausfordernd zu, was ihn augenblicklich reizte, die Geschwindigkeit noch einmal zu erhöhen. Er lenkte, wie vorgesehen, den Haufen dicht an dem Lager des stets so ernsten Yusuf vorbei.

Dutzende blieben verblüfft vor ihren Zelten stehen, Wehrübungen gerieten ins Stocken. Yusuf hatte gerade etwas an einer Vogelscheuchen ähnlichen Attrappe vorgeführt. Nun ließ er sein Krummschwert sinken. Erst blickte er zornig, aber dann stahl sich doch der Schalk in seine Augen und er deutete eine Verbeugung in Richtung Cuchulainn an. Dieser erwiderte den Gruß, verlangsamte den Schritt und hob spielerisch die Hand. In dem Moment zog der Bärtige an ihm vorbei. Offensichtlich hatte er erkannt, dass dies der Wendepunkt war, und es nun galt, über eine Schleife als erster wieder den Ausgangspunkt zu erreichen. *Zu früh, du Narr,* dachte der Ire, den Blick auf den Rücken des Mannes geheftet.

Er ließ ihn einen kleinen Abstand gewinnen und nahm sich die Zeit, sich umzuschauen. Der dünne, rotblonde Mann von zuvor führte den Rest der mittlerweile laut keuchenden Masse an. Die nackten Füße des Kerls vor ihm traten etwas plump und ungelenk auf die harte Erde. Mebda war schon in Sicht, da rief Cuchulainn die letzten Kräfte in sich wach. Er stellte sich die feindlichen Linien vor, wie sie ihn mit erhobenen Waffen erwarteten und ihm ewigen

Ruhm versprachen. Seine Oberschenkel spürte er schon längst nicht mehr, als er sich vorstürmend an die Spitze warf. Das Rennen war gewonnen – keine Frage. Die Tränen in seinen Augen ließen die magere, hohe Gestalt, die auf dem letzten Steinwurf an ihm vorbei sprintete, verschwimmen. Vor Schreck hätte er beinahe die Priesterin umgerannt, doch fing er sich im letzten Augenblick und blieb abgehetzt und schwer atmend neben ihr stehen. Er hob die Arme und füllte seine Lungen mit der trockenen Sommerluft.

Der Bärtige ging als dritter ins Ziel. Nach ihm kam eine Weile niemand und als die nächsten eintrafen, fühlte Cuchulainn sich schon wieder in der Lage, mit fester Stimme zu sprechen. Immer noch laut schnaufend gab er dem Sieger lächelnd die Hand. Nachdem er selbst getrunken hatte, reichte er ihm den Wasserschlauch. Bei genauerer Betrachtung stellte sich heraus, dass dieser nicht wirklich dürr, sondern gertenschlank war. Ein Körper ohne jedes Fett, getragen von sehnigen, langen Beinen.

»Gut gemacht! Du bist der erste der Schildbrecher.«

Auch Mebda schüttelte dem Mann die Hand und begann ein Gespräch mit ihm.

Die nächsten vierzig, darunter vier Frauen, platzierte Cuchulainn zu dem drahtigen Sieger. Die Gruppe gefiel ihm. Harte, zähe Kerle, wie es auf den ersten Blick wirkte. Aus ihnen ließ sich etwas machen.

Mit den folgenden achtzig verfuhr er auf ähnliche Weise und ließ sie ebenfalls separat Aufstellung beziehen.

Selbstzufrieden schlenderte er zu Mebda. »Wir haben unsere drei Gruppen«, unterbrach er ihre Unterhaltung.

Sie warteten, bis auch die Letzten schließlich eintrafen. Diese wurden von Cuchulainn geringschätzig gemustert, während sie sich auf einen Wink Mebdas so still, wie es ihnen möglich war, unter die größte Gruppe mischten.

Der Ire trat vor und befahl Ruhe.

»Morgen bei Sonnenaufgang beginnt eure Ausbildung. Ihr werdet keine Unwahrheiten aus meinem Mund hören. Wie ich bereits angekündigt habe: Ein hartes Stück Arbeit liegt vor uns. Blaue

Flecken und körperliche Höchstleistungen werden von nun ab an der Tagesordnung sein, doch am Ende wird Grüngrund die stärkste Einheit Ban Rothas stellen und der Ruhm, den wir erlangen werden, wird weit über diese Generation hinausreichen.«

Eine Pause entstand und Mebda ergriff das Wort.

»Ihr habt den Kriegsherrn gehört, mein geliebtes Volk. Amüsiert euch diesen Tag und feiert die kommende Nacht; denn danach bereiten wir uns auf den Kampf vor!«

Hochrufe auf die Landesherrin und ihren Champion erfüllten die Luft. Als sie verklangen, lösten sich die Menschentrauben langsam auf, und die Männer und Frauen begannen mit dem, was ihre Herrin ihnen angeraten hatte. Einen jedoch hielt Cuchulainn am Arm zurück. Es war jener, der bei der Ansprache am Morgen das Gelächter verursacht hatte. Seit geraumer Zeit schon hatte er ihn im Auge gehabt, Mebda hatte sich bereits abgewandt, der Moment war günstig. »Halt«, befahl er ihm. Der schmächtige, etwas dümmlich dreinblickende Mann, blieb mit weit aufgerissenen Augen stehen. *Jetzt ist er nicht mehr so vorwitzig.* »*Deine* Ausbildung beginnt schon jetzt. Greif mich an.« Unsicher hob der Mann verzweifelt die Hand, wohl eher in der Absicht, um Nachsicht zu bitten, als tatsächlich einen Angriff auszuführen. »Ich …« Weiter kam er nicht. Cuchulainn hatte die Faust mit solcher Wucht in seinem Magen versenkt, dass er sich sofort übergeben musste. Galle speiend ließ Cuchulainn den Mann hinter sich zurück. Niemand machte sich ungestraft über den Hund von Ulster lustig.

***

Wie beinahe alles andere, was Cuchulainn zunächst für sich alleine genutzt hatte, war mittlerweile auch der Weiher mit dem heilenden Wasser für alle Champions eine Anlaufstelle geworden. Dort traf man sich, plänkelte und lernte sich näher kennen, abseits der großen strategischen Erwägungen, obgleich manchmal auch wichtige Worte gewechselt wurden. Gerade wollte er sich auf den Weg dorthin machen, als ein Mann seinen Namen rufend auf ihn zukam. »Verzeiht Herr, Dakarr ist mein Name. Ihr habt nach einem Hundezüchter verlangt.« Der dickliche Mann bemühte sich um ein Lächeln, was ihm jedoch nicht recht gelingen wollte. Seine linke Augenhöhle war leer und seine freien Oberarme waren von hässlichen Narben übersät.

»Ganz recht«, antwortete der Ire. Er verschob den Ausflug zum Weiher und lud stattdessen den Hundezüchter in das große Zelt ein. Dort fanden sie Mebda mit einer ihrer Novizinnen vor. Das rotgelockte Mädchen schlug bei dem Anblick des Riesen und seines vernarbten Begleiters die Augen nieder.

»Wir wollten nicht stören«, sagte Cuchulainn schnell. Während der Ire kehrt machte, schnalzte Dakarr mit der Zunge, als sein verbliebenes Auge die junge Frau durch die Zeltplane des Eingangs erblickte. Mebda schenkte ihm einen vernichtenden Blick.

»Was hältst du von einem kleinen Spaziergang?«, forderte Cuchulainn Dakarr auf.

»Habe ich denn eine Wahl?«

»Nein«, kam es ohne Freundlichkeit zurück.

Cuchulainn erfuhr, dass der Mann einer der größten Züchter im Land war. Hunderte von Hunden hatte er gegen gutes Geld an reichere Sippen und einige auch an die Fürsten und Könige im Norden verkauft, die sie für die Jagd einsetzten. Die für den Kampf am tauglichsten mussten seinem Bericht nach ein ganzes Stück kleiner sein als die Wolfshunde aus Eira, aber er versprach, sie würden gute Dienste leisten, wenn ihm genügend Zeit zur Abrichtung zugebilligt würde. »… achtzig Kriegshunde könnte ich wohl bis zum nächsten Frühjahr abrichten, aber das würde deine Herrin einiges kosten …« Die Stirn des Iren zog sich in Falten und sein Hals färbte sich purpur. Sein Gegenüber schien sich auf sein Handwerk vortrefflich zu verstehen, außerdem war der Verhandlungsgegenstand entscheidend für seine taktischen Überlegungen. Mit großer Mühe schluckte er die Wut hinunter und atmete einige Male tief durch. Er konnte diesen Widerling nicht ausstehen. Am liebsten hätte er ihn so lange geschüttelt, bis er sich eines Besseren besonnen hätte, doch sein Kriegerkodex schrieb ihm vor, niemals heftig gegen Alte zu sein. »Was glaubst du, was mit deinen Hunden und deiner Familie geschieht, wenn der Feind unsre Reihen durchbricht, Dakarr?«

Dieser kniff sein eines Auge zusammen und erwiderte ohne ein Anzeichen von Einschüchterung: »Hör zu, großer Kriegsherr. Meine Familie ist vor drei Wintern dem silbernen Fieber zum Opfer gefallen und die Hunde brauchen mich weniger als ich sie. Einmal im Mond gehe ich nach Ark, wo eine für mich alten Mann viel zu schöne Dirne gegen Geld Erinnerungen an meine jugendlichen Tage wachruft. Nie legt sie ihr Lächeln ab, aber ich weiß, dass sie sich vor mir ekelt. Du siehst, ich habe nichts zu verlieren. Für zehn Goldlinge gebe ich dir ein Rudel Kriegshunde, das Furcht und Schrecken über deine Gegner bringen wird.«

Der Ire hatte nur wenig Ahnung von der hiesigen Währung, da er Geldangelegenheiten grundsätzlich aus dem Wege ging, dennoch knurrte er: »Sieben, und ich rate dir dringend davon ab, mich für jemanden zu halten, der es gewohnt ist, Verhandlungen mit Worten zu führen.«

Dakarr kratzte sich nachdenklich an einem haarigen, narbigen Arm.

»Abgemacht, ich bin dein Mann.«

»Gut.« Cuchulainn schlug dem alten Widerling zum Geschäftsabschluss mit der flachen Hand fester als nötig auf die Schulter. Sie trennten sich voneinander und er war froh, endlich nach erledigten Aufgaben ein Bad nehmen zu können.

Er durchschritt das Tal, in dessen Zentrum die verschiedenen Wirtschaftsgebäude lagen und gelangte schließlich schwitzend zu dem Lager von jenem Champion, dessen Daseinsberechtigung er am meisten anzweifelte. Im Vergleich zu den anderen waren hier wesentlich weniger Männer zu sehen. Vielleicht, dachte Cuchulainn, war dem schwächsten Krieger, sofern er diesen Titel überhaupt verdiente, die kleinste Baronie zugewiesen worden.

Die Sonne stand schon tief, also beeilte er sich, damit er rechtzeitig zu der Versammlung, die er selbst einberufen hatte, zurück sein würde. Bald erreichte Cuchulainn den Weiher. Zu seinem Ärgernis aalten sich bereits der Hänfling und sein Schatten Savinien in dem klaren Gewässer. War es tatsächlich Mitleid, oder was wollte der dunkelhaarige Mann, dessen ansonsten eigenartig nach oben gezwirbelter Schnurrbart nun feucht an den scharfen Kanten seines Kinns klebte, mit dem Sonderling?

Johannes richtete sich im Wasser auf, als er auf den Hünen an den Bäumen aufmerksam wurde, welche das kühle Wasser umstanden. Der Ire hatte seine eigenen Sommer nie gezählt, es mochten so an die dreißig sein. Der Kümmerling hatte sicherlich ein Dutzend mehr auf dem schmalen Buckel. An den Augenrändern hatte er Krähenfüße und in seinem kurz geschnittenen Haar schimmerte bereits die ein oder andere graue Strähne, aber trotz allem, das musste er ihm lassen, war er ein gutaussehender Bursche. Leuchtend blaue Augen und seine Miene wirkte stets klug und geistesgegenwärtig. Freilich, wenn man es nicht in den Fäusten hatte, musste man das ja irgendwie ausgleichen. Aber auch was das Körperliche anging, musste Cuchulainn seine bisherige Einschätzung ein wenig berichtigen. Nun, da er Johannes mit nacktem Oberkörper sah, fiel dem Iren auf, dass er für seine Statur ziemlich gut gebaut war. Seine Brust war ausgeprägt und seine Schultern straff. Alles kein Vergleich zu ihm, Rostam oder Rodrigo, aber der Sonderling war fraglos wesentlich besser in Form, als er bisher angenommen hatte.

»Guten Tag, Cuchulainn«, sagte Johannes und Savinien nickte lächelnd.

Er erwiderte die Grüße, streifte seine Beinkleider ab und glitt ins Wasser. Das Gefühl war herrlich. *Der kühle Schoß der Göttin,* schoss es ihm in den Sinn. Er tauchte unter und genoss den Moment, da sich seine Ohren mit dem kalten Quellwasser füllten.

Als ihm die Luft ausging, durchstieß er, den Kopf in den Nacken werfend, die Oberfläche.

Savinien sah ihm tief in die Augen. »Ein herrlicher Tag, nicht wahr? Er erinnert mich an damals, als ich zum ersten Mal das Antlitz des zauberhaftesten Wesens auf Erden erblickte. Eine Dame von solchem Liebreiz, dass niemand, der sie ansah, ihrem Zauber widerstehen konnte. Tausend Tode wäre ich bereit gewesen zu sterben für eine einzige Berührung von ihr …«

Gefasel, dachte Cuchulainn im Stillen. *Tausend Tode? Es gab für jeden nur einen und der kam nicht anmutig, auf zierlich lieblichen Sohlen, sondern laut und hässlich, meist durch grob geschliffenen Stahl.* Aber wieso der Empfindung nicht beiwohnen, und sei es nur für eine kurze Weile? Dann würde er womöglich auch dieses unterschwellige Gefühl loswerden, das ihm die Niederlage des Wettlaufs bereitet hatte. Natürlich, es war nichts Wichtiges gewesen und doch … Ein anderer Mann, dem das Siegen so wichtig war, hätte sich Ausreden einfallen lassen. Er sei beim Rennen abgelenkt gewesen, er hätte sich nicht genügend vorbereitet, als er gegen den dunklen Champion angetreten war, er sei schon angeschlagen gewesen, der Feind hätte den Zeitpunkt des Aufeinandertreffens gewählt … Aber so war er nicht. Man gewann oder man tat es nicht, es gab im Nachhinein keine Ausflüchte. Er bemühte sich, nicht weiter über diese Dinge nachzudenken und gestattete es seinem Geist, sich von der Leichtigkeit und Süße der Worte Saviniens ablenken, mitreißen und entführen zu lassen. So lehnte sich der Hund von Ulster zurück und genoss die Erzählungen des Herzensbrechers, die wie warmer Sommerregen seine kriegerische Seele beträufelten.

Johannes schien es ihm gleichzutun und so entflohen sie gemeinsam der erbarmungslosen Wirklichkeit um sie herum, die sie bald genug wieder einholen würde. Dabei war Cuchulainn sich sicher, dass Momente wie dieser für den anderen Zuhörer keine Ausnahme, sondern der Regelfall waren. Was für Möglichkeiten blieben einem auch, als anderer Leute Geschichten zu lauschen, wenn man selbst nicht in der Lage war, Geschichte zu schreiben? Oder unterschätzte er den Mann mit den blauen Augen, die nun halb geschlossen waren, immer noch? Weshalb verspürte er eigentlich eine solche Abneigung gegen ihn? Für eine nichtswürdige Person widmete er ihm eindeutig zu viel Aufmerksamkeit …

»Hast du Weib und Kind, Cuchulainn?« Er schreckte aus seinen Gedanken hoch, offensichtlich war die Liebesgeschichte zu Ende gegangen, ohne dass er es bemerkt hatte.

Unwillkürlich drängte sich dem Iren der schreckliche Augenblick ins Bewusstsein, in dem er Colain, seinen Sohn, an dem Muttermal auf seiner Hand erkannt hatte. Noch im Todeskrampf hatte sie sich an das Heft des Schwertes geklammert ...

»Sie sind zurück bei der Göttin«, antwortete er dem Schnauzbart.

Savinien bemerkte seinen Schmerz wohl und sagte rasch: »Dein Zwerg stattete uns vorhin einen Besuch ab. Aus welchem Anlass hast du uns zu einem Treffen geladen?«

»Jeder hat andere Hinweise über den Feind«, erklärte Cuchulainn steif. »Und ein jeder plant bisher weitestgehend für sich alleine. Wir müssen die verschiedenen Nachrichten zusammentragen und gemeinsam beratschlagen, wie wir den feindlichen Truppen am geeignetsten entgegentreten.«

»Ein Gerücht hat sich verbreitet«, setzte Savinien noch einmal an, »ihr hättet Damen in eure Truppe aufgenommen, was natürlich absurd ist ...«

Cuchulainn fiel ihm ins Wort: »Es entspricht der Wahrheit. Sie werden ebenso wie die Männer Grüngrunds die Möglichkeit erhalten, der dunklen Seite der Göttin auf dem Schlachtfeld Ehre zu erweisen.«

Johannes schlug unter Wasser die Beine übereinander. »Und wer«, wollte er wissen, »wird nach dem Krieg die Kinder gebären, wer die Felder bestellen, wenn alle gemeinsam tot auf dem Feld liegen?

Savinien wandte sich seinem Schützling zu. »Johannes, das ist kaum eine Frage der Nützlichkeit. Es geziemt sich schlichtweg nicht, das grazile Geschlecht zur Schlachtbank zu führen.«

Cuchulainn unterschlug, dass es sich bei den Frauen ja lediglich um ein paar Witwen und grünschnäblige Jungfern handelte und Johannes' Befürchtungen daher leider unbegründet waren. Er stellte sich aufrecht an den Rand des Wassers. »Mebda, die Herrin von Grüngrund, weiß genau, was sie tut.« *Dummerweise und zum Nachteil meiner Absichten.* Seine Stimme wurde leicht abfällig. »Und dass es sich nicht gezieme«, er sah den Herzensbrecher herausfordernd an, »ist das Dümmste, was ich je aus dem Mund eines schlauen Kopfes gehört habe. Seit Jahrhunderten ziehen in Eira die

Kriegsfurien und Schwertfrauen Seite an Seite mit den Kriegern der Erdgöttin in die Schlacht. Mehr als ein Gefecht wäre ohne sie zur Niederlage geworden.«

Er watete zum Ufer, wo er sich mit seiner Hose kurz den Oberkörper abtrocknete, bevor er hinein schlüpfte. »Wir sehen uns später«, grollte er und verließ den Weiher in Richtung des Lagers.

***

Ein Anbau hatte inzwischen das Hauptzelt im Lager Grüngrunds wesentlich vergrößert, so dass jeder der elf Anführer auf einem Schild, Kissen oder Fell Platz fand.

Es dauerte eine Weile, bis Ruhe einkehrte. Als es soweit war, ergriff Cuchulainn das Wort: »Ihr Hauptleute Pela Dirs und Schutzherren Ban Rothas! Ich eröffne hiermit die erste Versammlung des Kriegsrates. Es ist eine Sache der Unmöglichkeit, alle Angelegenheiten im hohen Rate zu besprechen, deshalb dieser zweite, in dem ausschließlich militärische Erwägungen Platz finden sollen. Es möge jeder, der Neuigkeiten aus dem Norden zu melden hat, sprechen, doch zuerst die Regeln, nach denen in diesem Kreis verfahren wird.«

Erst jetzt fiel den Zuhörern auf, dass der Ire einen Unterarm langen Stock in der Hand hielt, um dessen schwarzes Holz sich eine rot aufgemalte Schlange wand. Nun reichte er ihn an die einzige anwesende Priesterin weiter. Mebda nahm ihn entgegen und stellte sich in die Mitte der versammelten Runde. Es schien Cuchulainn, als sei sie ein gutes Stück größer als sonst. Die Gesichter der versammelten Helden wirkten geblendet von ihrer Kraft und Schönheit.

»Dieser Stab erlaubt es seinem Träger zu sprechen, und nur ihm. So ersparen wir uns das lästige Debattieren an verschiedenen Fronten. Dieser Rat kann von jedem seiner Mitglieder auf Dringlichkeit hin einberufen werden. Es wird ihm stets eine Priesterin vorstehen als direkte Mittlerin zu der Schwesternschaft und als Garantin des

Rederechts. Sollte es zu Abstimmungen kommen, zählt jede Stimme, die der jeweilig anwesenden Landesherrin eingeschlossen, gleich.

Mebda ließ ihren Blick über die Versammelten schweifen, während sie Luft holte. »Doch ehe wir beginnen, wollen wir durch Handzeichen die vorgestellten Regeln des Rates entweder annehmen oder, sollte es Gegenstimmen geben, neu aushandeln.«

Reine Formsache, dachte Cuchulainn, *wer könnte ihr schon widerstehen?*

»Ein jeder, der mit den Bedingungen einverstanden ist, hebe die Hand.«

Ärgerlich beobachtete der Ire, wie dieser Johannes, der wohl stets etwas auszusetzen hatte, als letzter seinen Arm streckte.

»So ist es beschlossen. Als erstem möchte ich dem Schutzherrn Ban Mahirrims, Ṣalāḥ ad-Dīn, dessen Kundschafter Nachricht aus dem Norden bringen, das Wort erteilen.«

Der stolze Mann mit den dunklen Augen nahm den Stab an. Mebda ging in der Mitte des Kreises in die Hocke und lauschte wie der Rest seinem Bericht.

»Meinen Spähern, die von früheren Handelsbeziehungen gute Einblicke in die Gebräuche der nördlichen Stämme haben, wurden die folgenden Neuigkeiten regelrecht aufgenötigt. Die Stämme, die sich selbst als Nortu bezeichnen, sind, wie ihr wisst, schon seit längerer Zeit in Unruhe, doch seit sich jene Königin der Hexen hervorgetan hat, droht diese Unruhe sich in Raserei zu wandeln.« Es war offenkundig, dass der Sprecher das Reden vor Menschen gewohnt war. Fast ebenso gebannt wie zuvor bei der Priesterin, hingen die Versammelten nun an seinen Lippen.

»Cruall tru Nortan, eine Art Großhäuptling, herrschte über den südlichsten Zipfel der Nordlande, der direkt an die Grenzsteine der mittleren Königreiche reicht. Mehr als dreitausend Krieger standen unter seinem Banner. Nun muss man wissen, dass im Norden der Anführer eines Stammeskonglomerates auch immer zugleich der erste Krieger desselben ist. Und als Krieger kann man jederzeit zum rituellen Zweikampf herausgefordert werden, was vor wenigen Wochen von dem Champion der Hexenkönigin getan wurde. Den Kundschaftern wurde berichtet, dass es gar nicht erst zum Kampf im eigentlichen Sinne kam, bei dem ersten Schlag barst das Schwert Crualls und sein Kopf wurde vom Leibe getrennt. Der Sohn des Großhäuptlings, Brudwis, der angeblich zuvor schon das Bett mit der Hexe teilte, wurde vor wenigen Tagen zum neuen Anführer erhoben. Die Sippen der Nortu verlangt nach einer Einheit, wie sie in längst vergangenen Tagen bestanden haben soll. Stärke bedeutet für sie Legitimität. So ist es nur eine Frage der Zeit, bis auch die Häuptlinge der noch verbliebenen freien Stämme der Hexenkönigin die Treue schwören. Falls dies geschieht, und nur ein Wunder, auf das wir nicht hoffen dürfen, könnte dies verhindern, müssen wir mit einer Übermacht, die an die dreißigtausend Schwertarme zählt, rechnen.«

Geraune breitete sich aus. Cuchulainn war froh über die Klarstellung des Rederechts. Was sie jetzt nicht gebrauchen konnten, waren entmutigende Äußerungen.

Wie vor längerer Zeit ausgemacht, als Shaka, Cuchulainn und Sanfeng die Notwendigkeit eines Kriegsrates unter sich besprochen hatten, meldete der stille Schwertkämpfer bei Mebda Redewunsch an.

Mit dem Schlangenstab in der Hand richtete er sich auf. Er war wie immer nur in leichte Stoffe gehüllt, die in vollkommenem Faltenwurf bis zu seinen Fersen fielen. Seine linke Hüfte schmückten zwei Schwerter in Holzscheiden. In die elfenbeinernen Griffe waren filigrane Muster eingeschnitzt. Er sprach selten, aber wenn er es tat, akzentuierte er jedes wohl abgewogene Wort, so auch diesmal.

»Dreißigtausend Mann«, er ließ die Zahl einen Moment wirken, »sind ohne Zweifel ein Vielfaches von dem, was wir an Kämpfern in die Schlacht schicken können. Nichtsdestotrotz bin ich überzeugt, dass wir einen entscheidenden Vorteil auf unserer Seite haben. Ein Vorteil, wenn wir ihn richtig nutzen, ein Nachteil, sollten wir die Gegebenheiten verkennen. Der Feind hat einen

Anführer, unsere Armee derzeit beinahe ein ganzes Dutzend. Ein jeder der hier Anwesenden hat bereits gegen zahlenmäßig weit überlegene Gegner gekämpft, und da wir alle hier sitzen, siegreich.«

Der Ire erinnerte sich an eine Erzählung Sanfengs, in der er von einer Kriegerkaste einer Nachbarinsel seiner Heimat berichtet hatte. Jene Rōnin hatten den Brauch, sich nach einer Niederlage selbst das Leben zu nehmen. Cuchulainn hatte nicht daran gedacht, den wortkargen Freund zu fragen, ob diese Sitte auch von seinem Volk gepflegt wurde. Es war gleich. Den anderen würde dieser Fehlschluss, wenn es einer war, nicht auffallen.

Sanfeng fuhr fort: »Jeder erfolgreiche Feldzug hat einen Oberbefehlshaber. Bis jetzt sind wir wie die Finger einer großen Hand, alleine sind die Glieder schwach, wenn wir uns aber unter einem Willen versammeln, wird aus der Hand eine Faust. Ich schlage daher vor, ein Oberhaupt, einen einzigen Heeresführer zu erwählen. Einen allerdings, der vom Wissen und der Erfahrung aller übrigen Gebrauch macht. Nur so, lautet meine Überzeugung, können wir diesen Krieg gewinnen.«

Aus dem Augenwinkel sah Cuchulainn einige Köpfe nicken. Zustimmend klopfte er mit dem Knöchel auf den Schild, auf dem er saß.

»Und wen schlägst du für diese Stellung vor?«, wollte Mebda wissen. – Natürlich war sie von diesem Gedanken nicht sonderlich überrascht. Es war alles gut vorbereitet.

Sanfengs Augen suchten den Kreis der erwartungsvollen Krieger ab, bis sie den Iren erreichten. »Ich empfehle deinen Champion, Herrin von Grüngrund, den mächtigen Cuchulainn.« Daraufhin regte sich erst zaghafter, dann, als einmal die Regel gebrochen war, immer lauter werdender Protest. Mebdas Blick loderte vor Empörung, als sie aufstand und mit einer barschen Geste den Rufen Einhalt gebot. »Ruhe, ihr Narren! Nichts wurde bisher entschieden.« Cuchulainn, der Stillschweigen gewahrt hatte, presste die Lippen aufeinander und zwang sich mit größter Kraftanstrengung dazu, sich nicht zu erheben und die Angelegenheit mit seiner Axt, die hinter ihm an einer Zeltstange lehnte, zu regeln.

»Du«, sagte die Priesterin immer noch mit Zornesröte im Gesicht zu dem breitschultrigen Rostam, dessen offen getragener Bärenmantel freie Sicht auf seinen gestählten nackten Oberkörper gestattete. Er hatte am lautesten das Rederecht verletzt. »Prinz von Zabulistan, wie haben wir deine völlig unangemessene Aufgebrachtheit zu verstehen? Lehnst du die Wahl eines Kriegsfürsten im Allgemeinen ab, oder wehrst du dich gegen den Vorschlag Sanfengs?« Sie hatte dem Vorredner den Stab abgenommen und ließ sich nun Zeit, ihn dem Prinzen zu reichen. Das Schweigen lastete schwer auf ihm, doch wagte er es bei all seinem Stolz und seiner Selbstsicherheit nicht noch einmal, ohne Mebdas Erlaubnis zu sprechen.

Nach einem Moment der Stille schien sich der groß gewachsene Prinz gesammelt zu haben. »Verzeiht mir, Priesterin, der *Zufall*, dass ihr diese Verhandlung führt und ausgerechnet *euer* Champion für die Heeresführung vorgeschlagen wurde, trieb mich dazu, mich zu vergessen. Ich entschuldige mich aufrichtig für diese Verdächtigung.« Seine Augen, die einen kurzen Moment Cuchulainn taxierten, sprachen jedoch eindeutig eine andere Sprache. »Ich heiße die Wahl eines Oberbefehlshabers für gut, allerdings schlage ich mich selbst für diese Aufgabe vor. Ich habe die große Wüste durchquert, dem weißen Dämon die Stirn geboten, in meiner Welt gibt es niemanden, der vor meinem Namen nicht erzittert.« Er wandte sich an die ihm gegenübersitzende Gruppe, bestehend aus Rodrigo, Savinien und Johannes, die ebenfalls, wenn auch nicht so laut und im Falle von Johannes nicht einmal mit Worten Ablehnung gezeigt hatten. »Macht mich zum Oberbefehlshaber und wir gewinnen diesen Krieg.«

Mebda nahm den Stab von ihm entgegen, verharrte einen Augenblick, sah an die Decke des Zeltes und traf schließlich eine Entscheidung.

»Ich berufe eine Besinnungspause ein. In dieser Zeit werde sich jeder von euch darüber klar, ob er selbst sich in der Lage sieht, unser Heer zu führen, oder einen anderen als die bisher genannten vorzuschlagen weiß, der seiner Meinung nach am besten dafür geeignet ist. Erforscht eure Herzen und bedenkt, dass es hierbei nicht um persönlichen Ruhm gehen darf, sondern allein um die höchste Tauglichkeit.«

Der Rat löste sich auf. Nach und nach verließen die Champions das Zelt. Im Herausgehen klopfte Cuchulainn Sanfeng auf die Schulter. »Danke, mein Freund, ich werde deine Worte nicht vergessen.«

An der frischen Luft, es war bereits Nacht geworden, erwartete ihn Shaka. »Keine Sorge, du bist unser Anführer.« Der Ire lächelte dem Zulu brüderlich zu und schritt hinaus in die Dunkelheit. Hinter ihm entbrannten wilde Streitgespräche, die verklangen, je weiter er ging.

Entgegen seiner Art verspürte er jetzt keinen Ärger mehr über die letzten Ereignisse. War es der Freundesbeweis von Sanfeng und Shaka, oder die Gewissheit, dass die Göttin auf seiner Seite stand und ihn als Feldherrn sehen wollte? Er wusste es nicht, begrüßte aber die Ausgeglichenheit seiner Seele.

Bald schien nichts mehr außer ihm und dem Sternenhimmel zu existieren. Er setzte sich auf einen Stein und genoss den Frieden der nächtlichen Stille.

»Hey, Culainn«, quakte es hinter ihm, »du bist gerettet, dein Schildträger ist da.« Der Hüne grunzte etwas Unverständliches. »Na, wie steht es um die Führerschaft? Ich hörte, Mebda hatte Schwierigkeiten mit einem Dummkopf namens Rostam«, erkundigte sich Distelson unschuldig.

Cuchulainn war schleierhaft, woher der Zwerg seine Einblicke bezog. »Es war ein geheimer Rat, Distelson. Vermutlich ist es besser für dich, wenn ich nicht erfahre, wieso du über alles genauestens im Bilde zu sein scheinst.« Der Ire betrachtete geistesabwesend ein Sternbild. Dann grinste er. »Er ist ein Hornochse, wie ich einer bin. Ich würde weniger von ihm halten, hätte er sich gefügt wie die meisten anderen.« Überrascht über seine eigenen Worte, setzte er rasch hinzu: »Dennoch wird die Sache durch die Gunst der Göttin entschieden. Und wer könnte daran zweifeln, wen sie bevorzugt?«

»Ja, die Erdmutter«, stimmte Distelson gedankenverloren zu, »ich bin ihr einst begegnet, weißt du? In ihrer wahren Gestalt, meine ich.«

Die Harmonie war dahin. Der Ire fauchte: »Sieh dich vor, Zwerg, über wen du deine Lügengeschichten verbreitest.« Damit ließ er Distelson sitzen und machte sich auf den Weg zurück ins Lager. Er war nicht weit gekommen, da erklang eine Stimme zu seiner rechten. »Traust du dem Sidhe?«

Blitzschnell drehte Cuchulainn sich ihr zu. Es war Hepat, die Hohepriesterin, die an einem Baum lehnte und wirkte, als hätte sie nur auf ihn gewartet. Sie war ganz in Schwarz gekleidet, so dass er in den Schatten nur ihr ebenmäßiges Gesicht und die dunklen Augen darin deutlich erkennen konnte. Der Ire trat auf sie zu und auch sie machte einen Schritt in seine Richtung.

»Er ist mein Freund.«

Sie holte hörbar Luft. »Krieger und ihre Ideale …« Obwohl ihr Tonfall beiläufig war und ihre Gesten sparsam, strahlte Hepat vor allem eines aus: Macht. Cuchulainn reizte das, zugleich jedoch war er auf der Hut.

»Aber sag«, fuhr sie fort, »weshalb willst du das Heer anführen? Ich sehe Vieles, das anderen verborgen bleibt. Die Männer fürchten und ehren dich, deine Mitstreiter sind dir treu ergeben, du bist dem Feind begegnet und hast der Finsternis getrotzt, deine Fähigkeiten im Kampf sind bemerkenswert, und die Stärke deines Glaubens zeichnet dich vor allen Übrigen aus.«

Sie kam noch einen Schritt näher, ihr Gesicht war nun unmittelbar vor dem seinen. Er spürte ihren Atem, als sie sprach.

»Doch sage, großer Held: Was suchst du? Dein Name ist bereits unsterblich, und du weißt um die Gegenliebe der Göttin, ob du dieses Heer anführst oder nicht. Die Schlacht, welche uns erwartet, wird nicht allein auf dem Feld geschlagen. Truppenversorgung, Ausrüstungslisten, das Durchgehen hunderter Szenarien, wie auf das mögliche Eintreten eines Ereignisses zu reagieren wäre. Zahlen, abstraktes Denken, ein ewiges Für und Wider ... Zu welchem Zweck willst du dir das alles aufladen?«

Cuchulainn brauchte nicht zu überlegen. »Ich will nur eines: diese Bestie töten, welche durch ihre bloße Existenz die Erdgöttin beleidigt.«

Hepat lächelte und ihre Augen funkelten. »Dann werden wir uns einig.«

Allmählich fanden sich alle Mitglieder des Rates wieder im Zelt ein. Als Cuchulainn dazukam, sah er Mebda abseits mit diesem Johannes stehen. *Es wird immer unsinniger,* dachte er sich, *jetzt will schon diese vorlaute, halbe Portion Schwächlichkeit Kriegshäuptling werden.* Er betrat das Zelt und ließ sich neben Shaka und Sanfeng nieder.

Mebda schritt als letzte herein. Sie schob die Plane des Eingangs hinter sich zu und positionierte sich wieder mit ernstem Gesichtsausdruck in der Mitte des nur durch Fackeln und Kerzen beleuchteten Innenraums. Irgendjemand war so aufmerksam gewesen, ihr einen Schemel hinzustellen, doch sie beachtete ihn nicht und kam ohne Umschweife zum Thema. Cuchulainn zweifelte nicht, dass auch sie eine Unterredung mit Hepat hinter sich hatte, was sich auch sogleich bestätigte.

»Ein weiterer Champion wurde aus euren Reihen vorgeschlagen, Yusuf, in seiner Welt Sultan von Ägypten.« Einige Augenpaare ruhten kurz auf dem in ein geschmeidiges Lederwams gekleideten Mann, der Hepats Champion war. »Ich habe die Zeichen gelesen und im Namen der hohen Schwesternschaft einen Vorschlag zu unterbreiten«, fuhr Mebda fort. Erwartungsvolles Schweigen beherrschte die Versammelten.

»Das Unergründliche, das manche von euch die Göttin heißen, andere Allah, andere das Lebensrad, wieder andere den großen Schöpfer, verlangt eine Trinität der Führung, wie es seiner mystischen Natur entspricht.« Leicht verärgert, aber auch bezaubert von

248

der Gerissenheit der Priesterinnen, lauschte Cuchulainn ihren Worten. Auch wenn nicht einmal die Hälfte der Anwesenden die große Mutter als höchste Gottheit verehrte, würde doch jeder die Kraft der Dreieinigkeit kennen und sich hüten, in einer Zurückweisung ihres Vorschlages die Schlacht im Voraus mit einem schlechten Omen zu belegen. Zwar folgten manche der Champions Kulten, die, wie Cuchulainn in Gesprächen erfahren hatte, die Ein-heit stark betonten, doch wenn jene sich für eine Sache Glück erhofften, klopften auch sie dreimal auf Holz. 'Alles geht auf die Familie zurück', hatte ihm ein Druide einmal erklärt. 'Mutter, Vater und als Ausdruck ihrer Schöpferkraft: Kinder.' Auf einen unverständigen Blick hatte er weiter ausgeführt: 'Besser noch, du stellst dir die Sonne vor. Die Sonne ist Wärme, Licht und Himmelskörper. Drei Arten der Beschreibung für ein und dieselbe Sache. Als Sonnengott versammelt Lugh sie allesamt in sich ...' Und so spann auch die Priesterin diesen schwer fassbaren Gedanken weiter:

»Doch jede Dreiheit hat ihren Kopf. Yusuf sollte dieses Haupt sein. Er würde in allen strategischen Angelegenheiten das letzte Wort haben und zusätzlich die Reiterei anführen, während unsere Hauptstreitmacht sich in zwei Teile gliederte. Wobei der eine von Cuchulainn, der andere von Rostam angeführt werden würde. Johannes wäre der einzige, der nicht unter dem direkten Befehl des Heerführers Yusuf stünde. Seine Truppe hätte vor der Schlacht die Aufgabe, das Vorrücken des Feindes zu verlangsamen.«

Niemand erhob Einspruch, doch Shaka warf dem blauäugigen Johannes einen hasserfüllten Blick zu. Mebdas Augen schweiften durch den Raum. Einen Moment lang verharrten sie bei Cuchulainn. Er rümpfte die Nase und nickte knapp. Was hätte er anderes tun können? Als ein jeder seine Zustimmung, durch Nicken oder knappe Worte kundgetan hatte, sprach sie: »So ist es denn entschieden.« Alle schwiegen.

»Alles weitere ist nun den Dreien und ihnen voran Saladin Yusuf überlassen. Sofern nichts Unerwartetes eintritt, wird sich dieser Rat in einem Mond erneut unter dem Vorsitz von Epona, der Dame

Saviniens einfinden. Feiert jetzt eure Anführer und stellt ein Heer auf, das Ban Rothas würdig ist!«

Es wurde in die Hände geklatscht und auf Schilde geklopft. Eilig traten Diener ein, die Krüge und Hörner verteilten.

Es wurde getrunken und gelacht, kaum ein Anzeichen von Zwietracht war mehr zu erkennen. Cuchulainn lehnte sich zurück, Entspannung fand er jedoch keine. Er musste sich immer wieder bemühen, in diesem Abend nicht die dritte Niederlage in dieser Welt zu sehen. Erst der Zweikampf mit der Bestie des Nordens, dann der selbst veranlasste Wettlauf und nun die Augenwischerei mit der dreieinigen Spitze. War es denn etwas anderes? Dieser Yusuf führte sie nun an, während er einen Teil der Fußarmee in die Schlacht schicken würde, wie er es ohnehin getan hätte. Doch dies waren lästerliche Gedanken, er nahm einen langen Schluck aus seinem Hornbecher. Sein Herz zürnte Mebda nicht, es war lediglich sein angekratzter Stolz, der sich regte und der würde dem herben Gewürzwein nicht ewig widerstehen können.

Schräg gegenüber war Savinien mit Rostam, der ebenso wie er selbst betrogen worden war, ins Gespräch vertieft. Entgegen seiner ansonsten ernsten Art, stellte Rostam nun eine gelöste Heiterkeit zur Schau. Nicht zum ersten Mal an diesem Abend glaubte der Ire Verschlagenheit in seinen Augen zu lesen. Erst als der Beobachtete ihm zuprostete, fiel ihm auf, dass er ihn, nicht gerade höflich, schon eine ganze Weile angestarrt hatte. Er hob anstandshalber seinen Becher und gab den Gruß mit einem einfältigen Gesichtsausdruck zurück. Für einen kurzen Moment trafen sich ihre Augen in der Weise, in der sich Menschen wirklich erkennen. Und Cuchulainn war überwältigt von der tiefen Verbundenheit, die aus diesem kurzen Augenblick entstand und ihn völlig unvorbereitet traf. Dann war das Gefühl vorübergezogen, so schnell wie es gekommen war. Seltsam ... Aber es war gut. Je einträchtiger sie waren, umso besser, umso stärker würden sie auf dem Schlachtfeld erscheinen. Bei dem Gedanken hielt er inne. Wieso gingen eigentlich alle felsenfest davon aus, dass es auf jene große Feldschlacht

250

am Ende hinauslief? Die Nortu und ihre unheilige Führerschaft könnten auch ein ganz anderes Vorgehen wählen. Sie könnten sie jahrelang mit Plünderungen und kleineren Kampfverbänden bedrängen, ihre Ernten zerstören und sie allmählich aushungern … Doch das war nun nicht mehr seine Sache. Sollte Yusuf, der erste unter den Dreien, sich überlegen, wie der Feind zur Schlacht zu reizen war.

Noch einmal wischte er die Grübeleien beiseite. Er wollte nicht für einen Griesgram gehalten werden. Den Becher in der Hand sah er in die Runde. Rodrigo lachte gerade offenherzig über einen Ausspruch von Johannes. Sanfeng saß neben Savinien und Rostam und nickte gelegentlich, machte aber eine eher düstere Miene. Shaka lauschte Lapu-Lapu und Tecumtha, die sich über ein wohl gemeinsames Feindbild in ihren Heimatwelten unterhielten. Erst jetzt fiel Cuchulainn auf, dass die rechte Wange des kleinen, gedrungenen Kriegers namens Lapu-Lapu eine Art Schuppen aufwies. Diese Narben, die vermutlich von einer Krankheit herrührten, waren gerötet und zogen sich über das Kinn den Hals hinab. Zur Verdeutlichung seiner Worte zog er einen der beiden Langdolche aus einer Holzscheide und vollzog damit einige Hackbewegungen. »So mache ich, wenn die Weißgesichter mit ihren Schiffen kommen. Zack, zack, zack.« Tecumtha, der Bogenschütze, schmunzelte zustimmend. Er hatte Federn im Haar und Cuchulainn mochte seine Züge. Sie waren ebenmäßig, ohne weich zu wirken. Aufrichtigkeit und ein unbeugsamer Wille lagen darin.

Fast hatte er vergessen, wer der letzte fehlende im Bunde war, als die Person neben ihm, welche er gerade noch für einen der Bediensteten, die für die Füllung der Trinkgefäße zuständig waren, gehalten hatte, ihn ansprach: »Ich beglückwünsche dich zu deinem neuen Rang, Cuchulainn, Hund von Ulster und Grüngrund.« Das Antlitz, das sich höchstens eine Armeslänge von seinem eigenen befand, hatte auch aus der Nähe betrachtet etwas Unheimliches an sich. Die Schatten, welche von Fackeln und Kerzen herrührten, schienen auf seinem Gesicht unnatürlich zu fallen. Es wirkte, als vollführten sie einen Tanz, welche die in die Haut gestochenen

Gestirne zum Kreisen brachten. Seine Worte erreichten den Iren klar und deutlich, obgleich die hässlich verstümmelte Zunge in seinem Rachen beim Sprechen groteske Verrenkungen vollführte und widerliche Schmatzgeräusche verursachte. Wie hieß dieses ebenso bedrohlich wie unbehaglich anzublickende Wesen doch gleich?

»Ich danke dir. Entschuldige, dein Name ist mir entfallen«, fasste sich Cuchulainn.

»B'alam Agab, aber du kannst mich *Nachtjaguar* nennen.«

Natürlich! »Es ist mir eine Freude, dich auf meiner Seite zu wissen, Nachtjaguar.« Ihre Trinkgefäße berührten sich.

Damit war die Unterhaltung beendet, was dem Iren gelegen kam, der Kerl war ihm zu sonderlich und fremd. *Umso besser,* dachte sich Cuchulainn, *ziehen wir eben mit Ungeheuern gegen andere Ungeheuer in die Schlacht. Aber kuscheln muss man deswegen ja nicht gerade.*

Die Gesprächsgruppen hatten sich rasch aufgelöst und neu zusammengefügt. Shaka und Sanfeng befanden sich nun in einer angeregten Diskussion. Ihr Inhalt war die Auffassung Sanfengs, man könne den Verhaltensweisen von Tieren Kampftechniken entlehnen. »Ho, ho«, belustigte sich der Zulu, »ich denke dabei an das allseits gefürchtete Erdmännchen.« So schnell und gezielt wie ein Wiesel im Hühnerstall nahm der Schwertkämpfer Shaka den Becher aus der Hand. »Ich kenne das nicht, das Erdmännchen. Aber der Kranich schlägt unvorhergesehen zu, wie ein Blitz.« Lachend klopfte Cuchulainn den beiden auf die Schultern und hockte sich zwischen sie. Hier war es doch am besten. Bei ihnen fühlte er sich wohl, ihre Anwesenheit und ihre Späße ließen ihn alle düsteren Gedanken vergessen.

Es wurde eine lange Nacht. Erst spät verabschiedeten sich die Champions nach und nach voneinander. Am nächsten Morgen würden sie frischen Mutes und unter den neugewonnen Gesichtspunkten die Ausbildung ihrer Teilarmeen fortsetzen.

Am Ende blieben nur die drei Heerführer Rostam, Cuchulainn und Yusuf zurück. Letzterer würde also neben seinem sonstigen Hauptbefehl die Reiterei anführen und erwartete von jedem

Champion, dass er ihm mindestens ein Viertel seiner Männer unterstellte. Unter Cuchulainns Verantwortung würde die erste Angriffswelle fallen und im weiteren Verlaufe der Schlacht, von der die beiden anderen ohne Zweifel ausgingen, alle hitzigen Momente, wenn es dem Gegner gelänge, neue Schildwälle zu formieren. Ziel sollte es sein, zu der Hexenkönigin und ihrem Champion durchzubrechen, um sie direkt herausfordern zu können und im günstigsten Fall somit die Schlacht zu einem vorzeitigen Ende zu bringen. *Genau meine Sache*, dachte Cuchulainn und sagte: »Genau meine Sache.« Rostam würde es zufallen, ein Zurückdrängen zu verhindern, was die sichere Niederlage in Anbetracht der Zahlenverhältnisse bedeuten würde. Seinerseits also eine undurchdringbare Verteidigungslinie aufzubauen und so lange als nötig zu halten. Müde trat Cuchulainn schließlich aus dem Zelt.

***

Der Mond war bereits hinter einer baumbestandenen Hügelkette untergegangen und hatte nur einen matten Schimmer seines Glanzes am Himmel zurückgelassen. Bald würde der Morgen grauen.

Yusuf und Rostam debattierten noch. Sollten sie Rindenstücke und ihre weißen Schriftbögen mit Zahlen vollkritzeln und sich die Köpfe über Eventualitäten zerbrechen. Er würde sich auf das vorbereiten, was er am besten konnte: ein furchtbares Gemetzel anrichten.

Zwar war Cuchulainn der Kopf schwer, sein Körper fühlte sich müde und erschöpft an, nach Schlaf war ihm aber nicht zumute. Anstatt zu seinem Zelt zurückzugehen, durchwanderte er den Talkessel und stieg im Osten die Böschung hinauf. Er suchte eine Weile, dann setzte er sich schließlich auf einen bequem wirkenden Felsvorsprung. Er blickte in das weite dunkle Land und versuchte, an gar nichts zu denken. Doch was war das? In der Ferne war ein kleiner Funken Licht auszumachen. Und bei genauerem Hinsehen meinte Cuchulainn, Rauch aufsteigen zu sehen. Konnten das

Tragor und Cegan sein, die er und Mebda nach Ark geschickt hatte? War es ihnen gelungen, ihren Auftrag auszuführen?

»Vierhundert Speere, schätze ich, vielleicht auch ein wenig mehr«, tönte es von der Seite. Cuchulainn fuhr zusammen, aber es war natürlich wieder bloß der kleine Andersweltler.

»Setz dich zu mir«, bot er ihm gönnerhaft an. »Unsere Speere?«

»Wenn du sie bezahlst … bestimmt.«

Der Ire grinste. Das war eine gute Nachricht. Sie hatten die beiden ausgesandt, den größten Abschaum der mittleren Königreiche für ihre Sache zu gewinnen. Sie würden die Reihen füllen und hoffentlich jene Wildheit mitbringen, die er bei den meisten Männern aus Grüngrund vermisste.

Ein leichter Nieselregen setzte ein und Cuchulainn breitete seinen Umhang so über den Kopf, dass auch Distelson darunter Schutz fand. Der Sidhe zückte seine Flöte und sah zu dem großen Krieger. Dieser nickte zustimmend und so begann er, eine alte Weise zu spielen. Er tat es Cuchulainn zum Gefallen, denn es war die Geschichte von Lugh, seinem Vater, die erzählte, wie dieser an den Hof von Tara kam. An manchen Stellen, die ihm geläufig waren, brummte Cuchulainn den dazugehörigen Text mit.

Und so saßen sie also, der Krieger und sein Schildträger aus der Anderswelt und ließen die Ereignisse, die neuen Bündnisse, die geschmiedet worden waren, die langen Wege, die sie gewandert waren, seit sie diese Welt betreten hatten, und all die sonderbaren Dinge, welche geschehen waren, vor ihren inneren Augen vorbeiziehen. Und während sie saßen, sangen, sannen und zuweilen auch lachten, stieg die Sonne vor ihnen auf und tauchte die Erde in ein neues Licht.

Kapitel 15   Johannes: Das Heerlager

Yusuf ritt auf Johannes zu. »Das war schon ganz gut, als nächstes üben wir das ganze unter dem Hals des Mahirrims durch. Ich zeige dir, was ich meine.«

Johannes stieg ab und zog seine Pfeile aus den drei Strohscheiben, die in kurzem Abstand nebeneinander aufgestellt waren. Es war ihm zum ersten Mal gelungen, alle drei Scheiben aus ungefähr zwanzig Metern Entfernung in vollem Galopp zu treffen. Gut, nur der erste hatte wirklich das Zentrum getroffen, der zweite etwas rechts davon, und der dritte nur den rechten Rand. Aber er war zufrieden.

Er trainierte seit seiner Rückkehr aus der Fennmark vor zwei Wochen täglich morgens mit Savinien auf dem Fechtboden, am frühen Nachmittag mit Yusuf Reiterkampf und Bogenschießen und danach mit Rodrigo Fußkampf mit Speer, Kurzschwert und Schild. Er selbst war mit seinen Fortschritten sehr zufrieden, und zumindest zwei seiner Lehrmeister, Yusuf und Savinien, auch, wobei dies aber nur ersterer zugab, der ihn gerne und häufig lobte. Savinien hatte ständig etwas zu mäkeln, aber aus Äußerungen des Arabers konnte Johannes schließen, dass auch er stolz auf seinen Schüler und von der Leichtigkeit, mit der er lernte, begeistert war. Nur Rodrigo ließ kein gutes Haar an ihm und das zu Recht, mit dieser Art von Kampf tat er sich einfach schwer. Aber ihrer Freundschaft tat dies keinen Abbruch, der Andalusier genoss es, seine Überlegenheit auszuleben, und Johannes gestand ihm das gerne zu.

Johannes stellte sich mit Fajulla neben den Scheiben auf und sah zu, wie Yusuf Endscha, seinen Mahirrim, in einiger Entfernung wendete. Er hatte keinerlei Bedenken, dass Yusuf sein Ziel verfehlen und ihn verletzen könnte. Endscha galoppierte an und hatte nach wenigen Sprüngen seine volle Geschwindigkeit erreicht. Yusuf saß locker im Sattel und hielt mit leichter Hand die Zügel des gebisslosen Zaumzeugs. Kurz bevor sie auf Höhe der Scheiben ankamen, nahm er mit der Linken den Bogen und Pfeile aus den Köchern und stürzte sich auf der den Zielen abgewandten Seite aus dem Sattel. Direkt neben sich hörte Johannes drei dumpfe *Plopps*, und dann war der scheinbar reiterlose Mahirrim auch schon vorbeigedonnert. Er hatte eigentlich keine Zweifel gehegt, aber er war trotzdem begeistert, als er sah, dass alle drei Pfeile genau in der Mitte steckten. Verstanden hatte er die Aktion jedoch nicht wirklich. Wie hatte es Yusuf geschafft, sich an der Seite des Mahirrims festzuhalten und gleichzeitig zu schießen?

»Das war fantastisch!«, rief er Yusuf zu, der auf ihn zuritt. »Für mich sah das wie Hexerei aus.«

»Schnickschnack Hexerei! Das ist lediglich eine Frage von Talent und Übung«, erwiderte dieser sichtlich geschmeichelt. »Talent hast du, und mit dem Üben werden wir morgen weitermachen.«

***

Drei Stunden später, am frühen Abend, war Johannes' gute Laune verflogen. Er war auf dem Weg von Rodrigos Camp zu dem Lager seiner eigenen Truppe, das nordöstlich der Stallungen, ganz in der Nähe des heilkräftigen Weihers lag. Den brauchte er jetzt dringend. Sein Schildarm, mit dem er mehr schlecht als recht die Hiebe Rodrigos abgewehrt hatte, fühlte sich taub an, und seine Rippen schmerzten an all den Stellen, wo ihn Rodrigo Mal um Mal mit dem Übungsspeer getroffen hatte. Fußkampf fand er barbarisch und blöd, er hatte nichts von der Eleganz des Bogenschießens oder des Schwertduells. Man setzte dafür einfach alles ein, was einem zur Verfügung stand, nicht nur Waffen, sondern auch Stiefel, Nietenhandschuhe, Ellbogenschutz, um dem Gegner möglichst schnell möglichst großen Schaden zuzufügen. Und der athletische Spanier war ein Meister darin. Mit ihm selbst war er ja noch einigermaßen glimpflich umgegangen, aber Johannes hatte zugesehen, wie Rodrigo mit seinen Soldaten übte. Lediglich mit einer Holzstange bewaffnet, hatte er sich von sechs mit Speeren und Schildern gerüsteten Soldaten angreifen lassen, in deren Haut wollte er heute Abend nicht stecken. In seiner eigenen hatte er sich allerdings auch schon besser gefühlt.

Überhaupt, wie seine Kollegen – 'Freunde' wollte er sie gerade nicht nennen – mit ihren Soldaten und Bauern umgingen, fand er schon sehr merkwürdig. Der eine verprügelte sie, und bei Savinien, an dessen Lager er gerade vorbeigekommen war, hatte er gesehen, dass dieser seine Truppen exerzieren ließ. In voller Montur, mit Brustharnisch und Helm, in der glühenden Nachmittagshitze, singend in Viererreihen immer auf und ab, andere sahen aus, als ob sie schon seit Stunden stillstünden. Eine dichte Staubwolke hing über dem Platz, der Rasen war plattgetreten und am Rande des Camps hatte er Sanitäter gesehen, die sich um ohnmächtig gewordene Rekruten kümmerten. In der Mitte hatte Savinien auf seinem Mahirrim gesessen und das Ganze sichtlich wohlgefällig betrachtet. Er hatte Johannes zugewinkt und ihn aufgefordert, auf einen Schluck in sein Zelt zu kommen. Johannes hatte wichtige Geschäfte vorgeschoben, in Wirklichkeit aber hatte ihn die Szenerie angewidert. Den einzigen Sinn von Exerzieren sah er darin, den Willen von Männern zu brechen, um sie zu hirnlosen Kriegsmaschinen in den Händen ihrer Anführer zu machen. Dass sein Freund Savinien solche Methoden benutzte, hatte seine Laune nicht verbessert.

Auf dem letzten Hügel vor seinem eigenen Lager ließ er Fajulla anhalten, um den Männern der Fennmark bei den von ihm verordneten Kampfübungen zuzusehen. Es war mit Abstand die kleinste Truppe im ganzen Heerlager, andere, wie etwa der Malaye Lapu-Lapu, hatten bis zu achthundert Rekruten ausgehoben. Eine Gruppe, in zwei Reihen einander gegenüber aufgestellt, übte unter Wulfs Aufsicht Säbelkampf. Die langen Klingen waren den Bauern ganz offensichtlich ungewohnt, und das Ganze sah noch sehr chaotisch aus. Johannes hatte aber, diesmal in Übereinstimmung mit Wulf, befunden, dass Kurzschwerter für die Kavallerie nicht taugten. Bevor man die Rekruten jedoch mit Säbeln auf ein Pferd lassen konnte, mussten sie die Waffe erst einmal am Boden einigermaßen beherrschen. Dasselbe galt für Bögen, nur dass die Längenverhältnisse umgekehrt waren. Die meisten der ausgewählten Bauern hatten Jagderfahrung mit Langbögen und waren im Umgang damit recht geschickt. Aber für die Reiterei benötigten sie Kurzbögen, deren Gebrauch übte eine andere Gruppe vor einer langen Reihe von Zielscheiben aufgestellt.

Die dritte und letzte Gruppe sah Johannes vor den Pferdekoppeln. Einige waren mit Pferdepflege, wie Striegeln und Hufauskratzen beschäftigt, während andere, wohl schon weiter fortgeschrittene, Formations- und Hindernisreiten übten.

Zufrieden wollte er sich gerade auf den Weg zum Weiher machen, als er aus dem Augenwinkel Unruhe bei den Bogenschützen wahrnahm. Er ließ Fajulla noch einmal wenden und richtete sich im Sattel auf, um besser sehen zu können. Einer der Rekruten lag gekrümmt auf dem Boden und der ausbildende Soldat trat auf ihn ein.

»Diese Idioten! Lauf Fajulla!«

Er ließ den Mahirrim den Hügel hinunter donnern. Als er bei der Truppe ankam, hatte der Ausbilder bereits von dem am Boden liegenden Mann abgelassen, der zusammengekrümmt schützend die Arme vor Kopf und Gesicht hielt. Der Soldat brüllte irgendetwas zu den übrigen Rekruten, die im Halbkreis um den Ort des Geschehens standen und verlegen auf ihre Füße blickten.

»Was geht hier vor?!« Noch bevor Fajulla richtig zum Stehen kam, war Johannes abgesprungen und rannte durch den sich erschrocken vor ihm öffnenden Halbkreis an dem Ausbilder vorbei zu dem auf dem am Boden liegenden Mann. Er kniete neben ihm nieder und wollte ihm die Hand auf die Schulter legen, aber dieser zuckte zurück. Noch einmal, diesmal aber langsamer und behutsam, berührte er vorsichtig die Schulter des Mannes und sagte in beruhigendem Ton: »Ich bin es, Johannes, euer Anführer. Niemand wird dir irgendetwas tun.« Vorsichtig zog er ihm mit der Linken die Hände vom Gesicht und sah in die blauen, verängstigten Augen eines jungen Mannes, aus seiner Sicht fast noch ein Kind. »Kannst du aufstehen?« Vorsichtig half er ihm auf die Beine. »Was ist passiert?«

Er half ihm, seine Kleidung von Staub und Gras zu säubern und sie zurechtzuziehen. »Schau mich an, Junge, und rede mit mir!«

Der junge Mann hielt den Kopf gesenkt, sah aber kurz auf und meinte verlegen: »Nichts Herr, ich habe mich dumm angestellt.«

»Von wegen nichts! Die dritte Bogensehne hat der Tollpatsch verhunzt«, kam die zornige Stimme des Ausbilders von hinten.

»Und deswegen hast du ihn niedergeschlagen und getreten?«, fragte Johannes mit leiser und kalter Stimme. Mühsam beherrscht, mit schlohweißem Gesicht drehte er sich langsam um und schaute dem stämmigen Mann in die Augen.

»Nun ja, der eine lernt halt auf leichte Art, und der andere auf die Ochsentour«, meinte dieser grinsend, bis er den Ausdruck in Johannes Gesicht bemerkte. »Es ist aber auch wahr, die Kerle stellen sich wirklich zu blöd an, und außerdem ist es schon spät, und ich will endlich Feierabend machen«, fügte er entschuldigend hinzu.

»Du wirst dich auf der Stelle bei dem Jungen entschuldigen. Über weitere Konsequenzen reden wir später«, erwiderte Johannes immer noch leise und bedrohlich.

Der Soldat schaute erst ihn und dann Wulf, der in der Zwischenzeit zu der Gruppe gestoßen war, entgeistert an.

»Hauptmann, hast du das gehört«, meinte er vor Empörung stotternd nach einer kurzen Pause. »Ich, ein Ritter, soll mich bei einem Bauerntölpel entschuldigen! Und üble Folgen soll es auch noch haben?« Er redete immer lauter und schneller: »Was bildet sich dieses hergelaufene Muttersöhnchen eigentlich ein? Versteckt sich hinter den Röcken der Herrin! Mit einer Hand auf den Rücken gebunden würde ich ihm noch sämtliche Knochen brechen, wenn ich nur dürfte!«, schrie er in die Runde.

»Du darfst«, unterbrach Johannes seinen Redeschwall gefährlich ruhig, »als dein Heerführer erteile ich dir die ausdrückliche Erlaubnis … *du Arschloch*«, fügte Johannes in seiner Muttersprache hinzu, während er an ihm vorbei zu Fajulla ging. Dort zog er aus dem Bündel hinter dem Sattel eines seiner Schwerter, drehte sich um und meinte, jetzt laut und provozierend: »Zeig, was du draufhast, *du Stricher*, oder traust du dich nur gegen unbewaffnete Untergebene?«

Der Soldat stand ratlos da und schaute schließlich hilfesuchend zu Wulf. »Das ist ein Befehl!«, rief Johannes, woraufhin Wulf dem Soldaten zunickte. Dieser erwachte aus seiner Erstarrung, rannte zu seinen Sachen, die er etwas abseits abgelegt hatte und kam mit seinem Schwert zurück. »Du wirst keinen Ritter mehr beleidigen, du Weiberheld!«, schrie er und stürmte auf Johannes los.

»Jetzt wird sich zeigen, ob du ein guter Lehrmeister bist, Savinien«, murmelte Johannes, sprang zur Seite und ließ den ungestümen Angriff ins Leere laufen. Der Soldat fing sich und drang, nun aber beherrschter, sofort wieder auf Johannes ein. Schon nach den ersten paar Schlagwechseln erkannte Johannes, dass er keine Schwierigkeiten haben würde. Der muskelbepackte Mann war zwar stärker als er, aber seine Kampfweise war roh und ungelenk. Es würde Spaß machen, den Tölpel vorzuführen. Seine vorherige Wut war verflogen, das hier war Sport, wenn auch etwas grober. Wieder ließ er einen wuchtigen Schlag gegen seinen Kopf wirkungslos an seiner Klinge abgleiten und trat dem aus dem Gleichgewicht gekommenen Mann, nicht zu fest, gegen das Knie. Als dieser sich wieder sammelte, blickte Johannes ihm in die Augen und was er dort sah, verblüffte ihn zutiefst. Für seinen Gegner war es kein Wettkampf oder Streit mehr, blanker Hass schlug ihm entgegen. Der Mann war verrückt. Der wollte ihn umbringen!

Die Verblüffung wich einem Zorn, wie ihn Johannes noch nie bei sich erlebt hatte. Waren hier denn alle total durchgeknallt? Er drang seinerseits auf den Soldaten ein, mit vielen kurzen Schlägen drängte er ihn zurück, um ihm schließlich mit einer lockeren Drehung das Schwert aus der Hand zu winden. Es flog einige Meter durch die Luft und landete vor Wulfs Füssen. Überrascht und hilflos ließ der Soldat seinen Blick zwischen Johannes und Wulf schweifen.

»Untersteh dich!«, zischte Johannes Wulf zu. Und dann hieb er mit der flachen Klinge auf den Soldaten ein. Immer und immer wieder. Den Kopf schützend zwischen den Armen stolperte der Soldat zurück, Johannes folgte ihm und ließ Hieb um Hieb auf ihn niederprasseln. Kurz ließ er von ihm ab, und als der Geprügelte sich aufrichtete, rammte er ihm den Ellbogen in den Solar Plexus. Der Mann krümmte sich, Johannes trat hinter ihn und versetzte ihm einen gewaltigen Fußtritt in den Hintern, der ihn lang auf den Boden streckte.

»So viel zu Muttersöhnchen und Weiberheld, *du Penner*«, presste er schwer atmend, mehr vor Aufregung als vor Anstrengung heraus.

Johannes bemühte sich, trotz seiner weichen Knie einigermaßen sicher zu gehen, mit zitternder Hand steckte er das Schwert in das Bündel hinter dem Sattel zurück und schwang sich auf Fajullas Rücken.

»Niemand schlägt ungestraft einen Bürger Fennmarks. Jedenfalls nicht, solange ich das Sagen habe«, rief er der Gruppe aus Soldaten und Bauern zu, die immer noch schweigend dastand. »So lange darf nur ich das«, sagte er leise zu sich selbst, während er Fajulla wendete. Jetzt fühlte er sich so richtig beschissen.

***

Er hatte ein Bad genommen und wie üblich hatte sich sein Körper danach wie neu angefühlt. Aber seine Stimmung war nicht besser geworden. Seitdem die Rekruten angekommen waren, hatte er es sich zur Angewohnheit gemacht, die Abende an einem der vielen Lagerfeuer mit anderen Champions zu verbringen. Man erzählte Geschichten aus der jeweiligen Heimat, es wurde viel getrunken, gesungen und gelacht, und ganz perfekt waren die Abende gewesen, wenn Ishtar und die anderen Priesterinnen sich zu ihnen gesellt hatten. Aber heute Abend hatte er danach kein Bedürfnis verspürt. Er wollte niemanden sehen, auch nicht Ishtar. Vielmehr gerade nicht Ishtar. Er hatte keine Lust, sein unbeherrschtes Verhalten zu erklären. Aber wahrscheinlich fanden sie das ja hier ganz in Ordnung, wenn man einen Mann zusammenschlug, weil er einen beschimpft hatte. Wenn der letzte Tritt zu weit oben getroffen hatte, war der Mann jetzt ein Krüppel. Nein, er wollte keinen sehen.

Aber betrinken wollte er sich. Deshalb war er jetzt auf der dunklen Straße unterwegs nach Kristallfurt, dem ersten Dorf, das er auf seiner Reise in die Fennmark gesehen hatte. Dort gab es ein Gasthaus, das hatte er sich gemerkt.

Kurz nachdem er aufgebrochen war, hatte ein heftiger Regen eingesetzt. Johannes fröstelte und das nasse Leinenhemd klebte an seinem Körper. Überhaupt schien in diesem Land kein Tag ohne Regen zu vergehen. Er war froh, als er in der Ferne Lichter auftauchen sah, das musste sein Ziel sein. Er ließ Fajulla etwas schneller laufen, und nach kurzer Zeit stellte er fest, dass er recht gehabt hatte. Vor dem kleinen Gasthaus, kurz vor der Brücke, stieg er ab. Er schaute sich suchend nach einem Unterstand um, aber Fajulla gab ihm zu verstehen, dass er sich um sich selbst kümmern sollte. Also lockerte er ihm nur den Sattelgurt, klopfte ihm auf die Kruppe und murmelte: »Wenn ich dich nicht hätte, mein Alter. Du bist der einzige, der mich hier versteht.«

Während er durch den Matsch der Straße auf die grob gehobelte Brettertür zuging, hörte er von drinnen laute Stimmen, die sich aufgeregt unterhielten. Als er die Tür unter heftigem Knarren öffnete, verstummten sie schlagartig und mehrere schwerfällige Gestalten, die um einen Tisch in der Mitte des Raumes versammelt waren, schauten verblüfft zum Eingang. Die Gaststube war ein kleiner, spärlich von drei flackernden, rußenden Kerzen beleuchteter Raum. Seine Augen brannten und er konnte die einzelnen Personen kaum ausmachen. Die Luft war schwer und roch säuerlich nach Schweiß, abgestandenem Bier und schlechtem Wachs. Langsam konnte er das spärliche Mobiliar erkennen, das aus einem großen Tisch bestand, um den auf grob gezimmerten Stühlen die Männer saßen. Zwei Fässer mit einem darübergelegten Brett dienten als Tresen, und ein niedriges, viereckiges Tischchen, in der der Tür abgewandten Ecke, wurde als Ablage benutzt.

»Guten Abend allerseits«, sagte Johannes. »Lasst euch von mir nicht stören, ich will nur in Ruhe ein Bier trinken.«

Nach einer längeren Pause stand ein rundlicher Mann auf. Er hatte einen Glatzkopf und einen gewaltigen Bart, an dem um die Lippen Bierschaum hing und näherte sich Johannes unterwürfig.

»Aber Herr, wir sind auf hohen Besuch nicht eingestellt. Soll ich meine Frau rufen, damit sie Euch etwas zubereitet? Aber wir haben gar …«

»Sehe ich etwa nach hohem Besuch aus?«, unterbrach ihn Johannes und deutete auf seine nassen Kleider und schlammigen Stiefel, um die sich eine Wasserlache gebildet hatte. »Richte mir den kleinen Tisch da in der Ecke, bring mir einen Krug Bier, und dann verspreche ich euch, dass ihr nichts mehr von mir mitbekommt.«

Auf Zuwinken des Wirtes sprangen zwei weitere Gäste auf und in Windeseile war der Tisch leergeräumt, ein Stuhl daneben gestellt, und er selbst kam mit einem randvoll gefüllten Krug angelaufen. »Lasst es Euch schmecken, Herr!«

»Das werde ich, und was ist das eigentlich, was die Männer da aus den kleinen Becherchen trinken?«, fragte Johannes erwartungsvoll.

»Das ist Apfelbranntwein, Herr. Nichts für jemanden wie Euch, Herr.«

»Bringt mir davon einen Krug, Wirt. Lasst mich selbst herausfinden, ob das für einen wie mich etwas ist, Wirt«, äffte Johannes ihn nach. Seine Worte taten ihm allerdings sogleich leid und er fügte hinzu: »Nein, im Ernst, ich würde euren Branntwein gerne probieren. Ich wäre dir dankbar, wenn du mir davon eine Kostprobe bringen würdest.«

Verständnislos schaute ihn der Wirt an, dann raffte er sich aber auf, schlug sich an die Stirn und stotterte: »Aber ja, Herr, selbstverständlich, Herr!«

Johannes machte es sich so gut wie möglich auf dem harten Stuhl bequem und nahm einen tiefen Zug von dem Bier. »So schnell geht das also«, sagte er zu sich selbst und wischte sich den Schaum von den Lippen. »Kaum bist du über dich selbst verärgert, schon lässt du es an kleinen Leuten aus, die sich nicht wehren dürfen.« Mit solchen und ähnlich selbstkritischen Gedanken verbrachte er die nächsten zwei Krüge Bier und ein Viertel des Branntweinkruges. Bis sich die Tür noch einmal öffnete. Diesmal sprangen die anderen Männer so schnell auf, dass Bierkrüge umfielen und Stühle nach hinten kippten.

»Guten Abend Ishtar. Kommst du deinen ungezogenen Champion auflesen? Bitte nicht an den Ohren ziehen!«, meinte Johannes mit übergeschlagenen Beinen und provokantem Grinsen.

Sie trat an seinen Tisch und setzte sich auf den Stuhl, den ihr der Wirt dienstfertig hinterher getragen hatte. »Hierher hat sich der gekränkte Champion also zurückgezogen, um sein Selbstmitleid zu ertränken«, erwiderte sie schnippisch. »Dacht ich mir's doch, ich habe mich an das Funkeln deiner Augen erinnert, als wir hier vorüber geritten sind.«

Johannes, der aus den Augenwinkeln beobachtet hatte, wie die meisten der übrigen Gäste eiligst zahlten und gingen, konterte: »Jetzt hast du den armen Leuten auch noch den Feierabend verdorben, wo sie es doch ohnehin bei euch nicht gerade leicht haben.«

Ishtar holte tief Luft für eine Erwiderung, dann atmete sie aber langsam wieder aus, ihre Mundwinkel begannen zu zucken, und schließlich meinte sie leise lachend: »Wir benehmen uns wie ein altes Ehepaar.«

Johannes, der eigentlich gerne weiter gestritten hätte, runzelte zunächst abweisend die Stirn, langsam wurde er sich aber der Komik bewusst, schmunzelte zunächst, um schließlich zu glucksen: »Du hast recht, wie fast immer.« Er nahm ihre Hand, die sie, wie es ihm schien, einladend auf den Tisch gelegt hatte. »Danke, dass du gekommen bist«, fügte er hinzu und erwiderte ihren freundlichen Blick. So saßen sie wortlos zufrieden eine ganze Zeit lang, doch schließlich erinnerte sich Johannes an die Ursachen seines Unmuts und begann zu erzählen: Dass er einfach nicht verstehe, was in den Köpfen der Leute hier vorginge. Dass er nicht mit Herr angesprochen werden wolle. Dass er mit der allgegenwärtigen Gewalt nicht umzugehen wisse. Und es auch nicht lernen wolle. Dass er niemanden in Krieg und Tod führen wolle. Dass er alleine sein wolle, um über all das nachzudenken. Dass sie dableiben solle, weil er ihre

Gesellschaft genieße. »Ich glaube, ich habe mich in dich verliebt«, meinte er zum Abschluss seines langen Monologes mit erstauntem Gesichtsausdruck.

Ishtar lachte ihn freundlich an. »Über was willst du jetzt eigentlich reden, Johannes? Das scheinen mir recht unterschiedliche Belange zu sein.« Ernst werdend sprach sie weiter: »Aber zu deiner letzten Äußerung lass mich sagen, dass auch ich dir gegenüber Gefühle hege, die ich nur schwer mit meiner Rolle als Priesterin der Allmutter in Einklang bringen kann. Darf ich aber dazu eine Bitte äußern?« Auf seine zustimmende Geste fuhr sie fort: »Lass uns dies nicht vergessen oder verleugnen, sondern für später aufheben und bewahren. Wir haben beide derzeit so viel anderes zu bedenken, dass es anstatt Freude und Lust zu bereiten, eher zu einer Belastung werden könnte.«

Johannes holte Luft zu einer Erwiderung.

»Bitte!«, wehrte sie den Einwand, der ihm auf der Zunge lag, ab.

Zögerlich ließ Johannes die Luft entweichen und blieb stumm, was ihm einen Druck seiner Hand und ein gehauchtes »Danke« einbrachte.

»Verstehe ich dich richtig?«, fuhr sie nach kurzem Schweigen fort, »du willst nicht, dass ich zu den übrigen erwähnten Angelegenheiten hier und jetzt etwas sage?

Johannes knurrte zustimmend. »Das muss ich, glaube ich, erst einmal für mich selbst klären.«

»Dann reite ich jetzt nach Pela Dir zurück«, sie beugte sich vor und küsste ihn sanft auf die Lippen, »kommst du mit?«

Johannes schüttelte den Kopf. »Ich habe noch zu tun«, meinte er mit einem Kopfnicken in Richtung Bier- und Branntweinkrug. »Aber wie bist du eigentlich wirklich darauf gekommen, mich hier zu suchen?«

»Fajulla hat mich geführt. Er hat sich wohl Sorgen gemacht, dass du die Zeche nicht bezahlen kannst. Hier, das ist dein Taschengeld«, sagte sie neckisch und warf ihm einen klimpernden Beutel zu. »Verbrauch nicht alles auf einmal, wer weiß, wann es wieder welches gibt.«

»Verräter«, brummte Johannes, während er ihr nachschaute, wie sie nach einem kurzen Nicken zu dem Wirt den Schankraum verließ. Aber an Geld hatte er wirklich nicht gedacht. Mit einem breiten Grinsen bestellte Johannes ein weiteres Bier, die Nacht versprach doch noch angenehm zu werden.

***

Am nächsten Morgen wartete er in der Halle auf Ishtar. Durch eines der jungen Mädchen hatte er sie um eine Unterredung gebeten, und sie hatte ihm ausrichten lassen, dass sie gleich da sein werde. Wie er letzte Nacht zurückgekommen war, wusste er nicht mehr. Er konnte sich nur noch schemenhaft erinnern, dass er sich mit Fajulla gezankt hatte und ihn als Weiberknecht, Frauenversteher und ähnliches beschimpft hatte. Seinen Kater hatte er am frühen Morgen weggerannt und -geschwommen, jetzt fühlte er sich voll optimistischen Tatendrangs, wenn auch ein wenig müde.

»Du siehst ja ganz manierlich aus, was gibt es so dringendes?«, fragte Ishtar, die aus dem Frauentrakt kam.

»Ich würde dir gerne ein paar Überlegungen mitteilen, die ich mir letzte Nacht gemacht habe.« Er übersah ihr Schmunzeln und bat, sie möge an einem der Tische Platz nehmen. Sie bemühte sich sichtlich um einen ernsten Gesichtsausdruck, Johannes zuckte mit den Schultern und hob an: »Die Welt hier und ihre Gepflogenheiten muss ich nehmen, wie sie sind, ich kann und will sie nicht ändern.« Für seine direkte Umgebung aber, fuhr er fort, und vor allem für seine Truppe brauche er andere Verhältnisse. Die Art von Kampf, die er sich vorstelle, könne er nicht mit unselbstständigen und unterwürfigen Bauern und auch nicht mit Rittern, die sich für weiß Gott was hielten, führen. Um aber die Einstellung der Leute zu ändern und ihre Persönlichkeiten dahin zu entwickeln, wo er sie haben wolle, müsse er selbst in der Ausbildung mitwirken.

Er legte Ishtar einen detaillierten Plan mit Unterricht und Übungen zu Selbstbewusstseins- und Teambildung dar, den er sich nach Ishtars Abgang in der letzten Nacht ausgedacht hatte und am heutigen Morgen, nach einigen Streichungen und Ergänzungen, immer noch schlüssig fand. Er wolle heute seine eigenen Übungsstunden ausfallen lassen, um Details des *Curriculums*, wie er es nannte, auszuarbeiten, und es am Abend seinen Männern vorzustellen.

»'Unterricht für Staatsbürger in Uniform' würde ich das ganze nennen. Was hältst du davon?« Es war ihm nicht entgangen, dass Ishtar während seines Vortrages immer skeptischer geschaut hatte, aber er hatte nichts anderes erwartet und war bereit, für sein Konzept zu streiten.

»Nennen kannst du das, wie es dir gefällt«, meinte sie kopfschüttelnd, »aber willst du wirklich altgediente Berufssoldaten und Bauern gemeinsam die Schulbank drücken und miteinander Kinderspiele machen lassen? Ich kann mir das nur schwer vorstellen.«

»Das sind keine Kinderspiele, sondern erprobte Methoden, um aus einem zusammengewürfelten Haufen ein Team mit einem gemeinsamen Ziel und aus Leuten mit mangelndem Selbstvertrauen selbstverantwortlich handelnde Menschen zu formen.« Die Methoden stammten zwar aus einer Welt mit einer ganz anderen Gesellschaftsstruktur, aber wenn sie ihm die notwendigen Informationen gäbe, wäre er in der Lage, sie den hiesigen Verhältnissen anzupassen. »Vertrau mir, ich mach das nicht zum ersten Mal«, fügte er hinzu. Bevor er in seiner Welt in tropischen Ländern Bäume pflanzen konnte, hatte er genau diese Methoden benutzt, um die Mitarbeit der dort lebenden Menschen zu erlangen. Was den gesellschaftlichen Entwicklungsstand anging, fand er die Verhältnisse dort und hier gar nicht so unterschiedlich.

Ishtar stützte ihr Kinn auf die Hand und schaute schweigend an Johannes vorbei. Nach einer langen Pause richtete sie sich auf und fixierte seinen Blick: »Verstehe ich richtig, dass dir das sehr wichtig ist, und du es für das Erreichen unserer Ziele für unabdingbar hältst?«

»Ja«, antwortete Johannes bestimmt.

»Dann werden wir das so tun, ich werde die entsprechenden Anweisungen geben. »Aber«, fügte sie hinzu, »viel Freude werden wir damit nicht bereiten. Mach dich auf Widerstand von Seiten der Soldaten gefasst!«

***

Am Abend stand Johannes vor der angetretenen Truppe, die Männer hatten Haltung angenommen, als er auf sie zukam. Drei von ihnen fehlten. Der Soldat, den er verprügelt hatte, und zwei Freunde von ihm waren seit dem Morgen verschwunden.

»Entspannt euch, Männer! Das ist Teil des Vorhabens, das ich mit euch besprechen will.« Johannes ließ sich auf den Boden nieder und umfasste die Knie mit seinen Armen. »Macht es euch bequem, jeder, wie es ihm am besten passt.«

Die Männer schauten einander unschlüssig an.

»Ich habe gesagt, ihr sollt es euch bequem machen«, rief er, »das ist ein Befehl!« Die Ironie entging ihm nicht, und er murmelte vor sich hin, »das wird noch ein hartes Stück Arbeit.«

Aber das mit dem Befehl hatte wohl gewirkt, es kam Bewegung in die Truppe und nachdem einigen, die sich gesetzt hatten, nichts Schlimmes passiert war, folgten die anderen ihrem Beispiel.

»Männer«, begann Johannes nachdem wieder Ruhe eingekehrt war seinen Vortrag, »in dem bevorstehenden Krieg fällt uns, den Kämpfern der Fennmark, eine ganz besondere Rolle zu. Unsere Aufgabe wird es sein, mit kleinen Einzelaktionen den Vormarsch des Feindes zu behindern und dafür zu sorgen, dass er geschwächt auf dem letztendlichen Schlachtfeld erscheint. Dazu werden wir in kleinen, selbstständigen Gruppen kämpfen müssen, ohne dass wir ständig Vorgesetzte um uns haben, die uns sagen, was wir tun und lassen sollen«, meinte er mit Blick auf die Bauerngruppe. Nach einer kurzen Pause fuhr er fort: »Diese kleinen Gruppen müssen als eine Gemeinschaft funktionieren, in der jeder für den anderen einsteht, und in der jeder den anderen jederzeit ersetzen kann.

Unabhängig von Rang und Herkunft«, ergänzte er an die Berufssoldaten gewandt. »Ich weiß, eine solche Vorgehensweise ist für uns alle ungewohnt und neu. Der gestrige Vorfall, bei dem auch ich mich nicht korrekt verhalten habe, macht dies sehr deutlich.« Von der Bauernseite kam Widerspruch und einige 'Hoch Johannes' Rufe. »Nein, ich habe überzogen und selbstherrlich reagiert. Wenn ich meiner Pflicht gerecht geworden wäre, wäre es zu diesem Vorfall gar nicht erst gekommen.« Der Widerspruch aus der Bauerngruppe hielt an, er wurde aber leiser, da die meisten hören wollten, was er weiter zu sagen hatte. »Eure Landesherrin und ich, euer Heerführer, haben deshalb beschlossen, euch ungewohnte und neue Lernmethoden zuzumuten, um in unserem gemeinsamen Interesse solche Missverständnisse – und darum handelte es sich in unseren Augen – in Zukunft auszuschließen.« Von den Bauern kam zustimmendes Gemurmel, was sie verstanden hatten war, dass keiner von ihnen mehr geschlagen werden sollte, die Berufssoldaten schwiegen eisern. »Wir werden jeden Morgen, gleich nach dem Frühstück, zwei Stunden Unterricht mit Übungen abhalten, in denen wir lernen, als eine Gemeinschaft zu funktionieren. Sehr wohl mit Über- und Unterordnungsverhältnissen, aber in gegenseitigem Respekt und mit einem gemeinsamen Ziel vor Augen.« Die Zustimmung der Bauern wurde lauter, von den Soldaten war immer noch nichts zu hören. Nach einer kurzen Pause meinte Johannes: »Ich sehe, dass die Herrin und ich die Zustimmung der Rekruten finden. Wie sieht das mit euch Soldaten aus?«, sagte er zu der schweigenden Gruppe.

Wulf erhob sich, ging auf Johannes zu und blieb erst kurz vor ihm stehen. »Wenn die Herrin«, nach einer kurzen Pause fügte er hinzu, »und du das für richtig halten, werden wir, die Ritter der Fennmark, uns danach richten. Gib deine Anweisungen, und wir werden gehorchen!«

»Offen und guten Willens für neue Erfahrungen?«, fragte Johannes zweifelnd.

»Offen und mit bestem Willen zu verstehen, was du von uns verlangst«, antwortete Wulf.

Johannes stand auf und blickte Wulf forschend in die Augen. Dort sah er nichts als Aufrichtigkeit, daher meinte er erstaunt: »Das freut mich Wulf, wirklich!« Und an alle gewandt verabschiedete er sich: »Dann sehen wir uns morgen früh, genießt euren Feierabend!« Auf dem Weg zu Fajulla sagte er zu sich selbst: »Das hast du wohl falsch eingeschätzt, Landesherrin Ishtar. Deine Soldaten sind verständiger, als du dachtest.«

***

Nachdem er Fajulla bei den Ställen versorgt hatte, freute er sich auf ein Bier in der Runde der Champions und vielleicht auch auf den einen oder anderen Branntwein, seine Neuentdeckung. Es musste ja nicht unbedingt so viel wie letzte Nacht sein. Er betrat gerade die Halle von der Küche aus und suchte in dem Zechgelage, das sich ihm darbot, seine Freunde. Da zupfte ihn der Gehilfe von Cernen, ein Ebenbild von ihm, nur noch etwas kleiner und dürrer, falls dies möglich war, am Ärmel und meinte unterwürfig: »Herr, ich kann die Herrin nicht finden und ich brauche dringend eine Unterschrift.«

»Hat das nicht bis morgen Zeit?«, fragte Johannes ungeduldig, »ich habe mit dem Verwaltungskram nichts zu tun.«

»Nein, Herr, ich muss heute Nacht noch einen Boten in die Fennmark schicken, wir brauchen mehr Geld.«

»Mehr Geld, wofür?«, fragte Johannes zweifelnd.

Der Verwaltungsgehilfe drückte ihm eine Pergamentrolle in die Hand. »Seht selbst, die Herrin hat den Sold der Soldaten erhöht. Fast um das Doppelte, das wird Herrn Cernen nicht gefallen.«

Johannes schaute auf die Schriftrolle, mit der Bilderschrift konnte er nichts anfangen, nur die Zahlen konnte er lesen.

»Wann hat sie das getan?«, meinte er mit gerunzelter Stirn.

»Erst heute Nachmittag, dabei bezahlen wir ohnehin schon den höchsten Sold. Nein, das wird Herrn Cernen bestimmt nicht gefallen«, schüttelte er den Kopf.

Johannes begann leise zu lachen. Dann sagte er laut lachend: »Gib mir die Feder!« Er malte ein großes 'Johannes' unter das Dokument. Das Luder hatte die Zustimmung der Soldaten zu seinem Staatsbürger in Uniform-Unterricht gekauft!

***

Eine Woche später stand Johannes am Morgen auf dem Übungsplatz vor der Truppe, die er in Zehnergruppen aufgeteilt hatte. Jede Gruppe hielt ein langes Seil in den Händen, der Abstand von Mann zu Mann betrug etwa fünf Schritte und in jeden Zwischenraum war ein lockerer Knoten geknüpft. Die Zusammensetzung der Gruppen war durch Abzählen zufällig ausgewählt, und in allen waren Rekruten und Soldaten gemeinsam vertreten. »Also noch einmal«, rief Johannes, »es geht darum, die Knoten aufzulösen, ohne dass auch nur ein Mann das Seil loslässt. Probiert das mal mit dem ersten Knoten aus, der ist noch ziemlich einfach, bevor der Wettkampf losgeht.« Es war die Abschlussübung dieses Morgens, zuvor hatte er die Bauern den Soldaten ihrer jeweiligen Gruppe erklären lassen, was es beim Haferanbau so alles zu bedenken gab. Besonders beeindruckt hatten sich die Soldaten nicht gezeigt, und häufig waren die Ausführungen der Bauern auch umständlich und nicht sehr klar gewesen. Aber bei den anschließenden Pflügeversuchen der Soldaten, bei denen er selbst auch mitgemacht hatte, waren alle wieder mit Spaß bei der Sache gewesen. Jetzt war der Übungsplatz mit Schlangenlinien übersät, nur zwei der Soldaten, die in bäuerlichen Verhältnissen aufgewachsen waren, hatten eine einigermaßen gerade Linie hinbekommen. Johannes betrachtete sie und kratzte sich am Kopf. Pflügen schien eine Kunst für sich zu sein, seine eigene Pflugschar war zur Freude aller mit die kurvenreichste.

Über den Hügel tauchten zwei Reiter auf, und als sie näherkamen, erkannte Johannes Ishtar und Maks. Ishtar trug ihre Reisekleidung, sie war die letzte Woche im Auftrag Hepats als Botschafterin bei befreundeten Königen der Mittellande unterwegs gewesen.

»Willst du deine Männer zu Schlangenmenschen ausbilden?«, meinte sie lachend beim Absteigen in Anspielung auf die Verrenkungen, die seine Leute aufführten.

»Das wäre vielleicht auch nicht schlecht«, erwiderte er schmunzelnd. »Aber eigentlich trainieren wir gerade für einen Wettkampf, bei dem es in erster Linie darum geht, dass die ganze Mannschaft zusammenspielt. Übrigens bekommen die Sieger heute Abend ein Fass Bier, dafür brauche ich noch Geld.«

»Das wird Herrn Cernen aber gar nicht freuen«, zitierte Maks grinsend den Lieblingssatz des Verwaltungsgehilfen.

»Das geht in Ordnung«, meinte Ishtar, »der humorvolle Maks wird es dir später vorbeibringen. Aber im Ernst, hast du den Eindruck, dass deine Übungen etwas bewirken?«

»Für ein abschließendes Urteil ist es sicherlich noch zu früh«, antwortete Johannes mit einem Schulterzucken, »aber schau dir die Leute doch selbst an. Hättest du es vor einer Woche noch für möglich gehalten, dass ein Bauer einem Soldaten Ratschläge zubrüllt und dieser sie dankbar annimmt?«

Prüfend ließ Ishtar ihren Blick über das Durcheinander schweifen. »Du hast Recht, es hat sich einiges im Umgang miteinander geändert.« Nach einer kurzen Pause fügte sie hinzu: »Ob das aber bei meinen Schwestern und den anderen Heerführern gut ankommt, muss sich erst noch erweisen.«

»Muss es das denn?«, fragte Johannes mit hochgezogenen Augenbrauen.

Ishtar zögerte kurz. »Nein, eigentlich nicht. Mach so weiter, das wird auf jeden Fall interessant.«

***

Johannes langweilte sich, außerdem saß er unbequem. Der große Cuchulainn hatte einen Kriegsrat einberufen, eigentlich eher einbefohlen, und so saßen alle Champions in einer Runde in seinem Zelt auf Schilden oder schmutzigen Fellen. An das Ungeziefer, das wahrscheinlich seit Generationen in den Fellen wohnte, wollte er gar nicht denken, er würde nachher ein ausgiebiges Bad nehmen. Was der Ire wollte, war zumindest ihm und seinen drei Freunden klar. Er wollte den Oberbefehl des Heeres an sich reißen und eine

Fraktion, bestehend aus Sanfeng, einem taoistischen Mönch aus dem alten China und Shaka, einem Zulu-König, der in seiner Zeit den Engländern großes Kopfzerbrechen bereitete, unterstützten ihn dabei. Und natürlich Mebda, die Dame Cuchulainns, die an diesem Abend besonders majestätisch und beeindruckend aussah und den Vorsitz der Versammlung übernommen hatte. Sie hatte ein paar Verhaltensregeln aufgestellt, die Johannes zwar vernünftig erschienen, die Art, wie sie sie vorbrachte, wirkte auf ihn aber einfach nur anmaßend. Genau wie ihr Champion, der zur Feier des Tages seinen normalerweise ungepflegten roten Bart in zwei lange Zöpfe geflochten hatte. Die sollten ihm wohl ein noch furchteinflößenderes Aussehen verleihen, als es seine riesige, muskelbepackte Statur ohnehin schon tat. Auf Johannes wirkte das eher lächerlich, er musste an Dobermänner denken, denen man Ohren und Schwanz coupierte, damit sie gefährlicher aussahen. Unwillkürlich musste er bei dem Gedanken grinsen – was ihm auf der Stelle einen bösen Blick von Cuchulainn eintrug.

Hatte er ihn etwa bei seinen Gedankenspielen angestarrt? Aber nein, er hatte nur verpasst, dass gerade darüber abgestimmt wurde, ob Mebdas Verhaltensregeln bei der Versammlung Zustimmung fänden. Schnell hob er die Hand. Jetzt ergriff Yusuf das Wort und berichtete von den Neuigkeiten, die seine Kundschafter aus dem Norden mitgebracht hatten. Keine Neuigkeiten für Johannes, das hatte er alles schon vor dieser Versammlung gehört und seine Befürchtungen bestätigt gesehen. Deshalb gab er sich lieber weiter seinen Gedanken hin.

Nein, er wollte Mebdas Champion auf keinen Fall vor den Kopf stoßen, oder ihn sich gar zum Feind machen. Nicht dass er Angst vor ihm gehabt hätte, seine gewalttätige Ausstrahlung stieß ihn eher ab, und außerdem hatte er ohnehin den Eindruck, dass der Klotz ihn nicht leiden konnte. Aber trotz allem hatte dieser Mann etwas großes, etwas majestätisches an sich, das ihn zu einem geborenen Anführer machte und Johannes Respekt abverlangte. Und heute Nachmittag hatte er ihn sogar richtig menschlich erlebt. Er hatte mit Savinien eine Mußestunde im Weiher verbracht, als Cuchulainn überraschend zu ihnen gestoßen war. Zunächst war Johannes über die Störung verärgert gewesen, aber dann schien sich der sonst ständig unter Strom stehende Typ zu entspannen und sich Savini-ens Geplänkel über eine seiner großen Lieben – was sonst? – hin-zugeben. Johannes hatte sich in seiner Gesellschaft richtig wohl ge-fühlt. Bis zu dem Punkt, als Savinien Cuchulainn auf seine eigene Familie ansprach. Von da an führte er sich wieder so überheblich und abweisend auf, wie ihn Johannes bisher erlebt hatte. Da hätte er seinen Freund vielleicht vorher warnen sollen. Natürlich kannte Johannes von Reisen in das Irland seiner Zeit die ins mythische ver-klärte Figur Cuchulainns, und er kannte auch die Geschichte, dass der Hund von Ulster versehentlich seinen Sohn erschlagen habe. Es schien, als hätte die Legende einen wahren Kern.

Yusuf hatte seinen Bericht beendet, und erwartungsgemäß mel-dete sich nun die Cuchulainn-Fraktion in Person von Sanfeng zu Wort. Jetzt wurde es spannend. Nicht dass ihn die Frage des Ober-befehls persönlich betraf, er hatte sich ja von Anfang an, bevor er eine Verpflichtung einging, ausbedungen, außerhalb jeglicher mili-tärischer Hierarchie zu agieren. Aber einerseits hielten er und seine Freunde einen alleinigen Oberbefehlshaber Cuchulainn, der den Tod weder fürchtete noch achtete, und dessen Strategie sich eher durch rücksichtslose Entschlossenheit als durch Überlegung aus-zeichnete, aus sachlichen Gründen für gefährlich. Andererseits ging es Johannes aber auch um eine andere Sache, eine Machtprobe, die er angezettelt hatte. Sobald er Cuchulainns Pläne mitbekommen hatte, hatte er begonnen, heimlich dagegen zu opponieren. Hier eine kritische Bemerkung, dort ein die Eitelkeit schmeichelndes Schulterklopfen, seine Freunde nannten das abfällig Intrige oder Ränkespiel. Für ihn, als Kind seiner Zeit, war das demokratische Meinungsbildung, und Demokratie sollte wahrlich sein Spielfeld sein, und nicht das von in Kategorien von Befehl und Gehorsam denkender Monarchen und deren Wasserträger. Und richtig, Rostam, den er eigentlich als großen Strategen und besonnenen

Feldherrn kennengelernt hatte, riss das Wort an sich und beanspruchte den Oberbefehl für sich selbst. Nein, demokratische Spielregeln waren wirklich nicht die Stärke seiner Kollegen. Zufrieden lehnte Johannes sich zurück, den hasserfüllten Blick, den ihm dies von Seiten Shakas eintrug, nahm er als Bestätigung seines Sieges. Seine Saat war aufgegangen, er konnte den Dingen ihren Lauf lassen.

***

»Gib mir mal bitte das Sieb rüber!«

Maks reichte es Johannes, und dieser schüttete einen kleinen Topf mit Nudeln ab.

»Die sehen schon besser aus!« Nachdem Johannes vorsichtig eine herausgefischt und in den Mund gesteckt hatte, fügte er kauend hinzu: »Einwandfrei, das scheint die richtige Mischung zu sein.«

Sie standen in der hell erleuchteten Küche, in der Schnüre gespannt waren, über die Nudeln zum Trocknen hingen und bizarre Schatten warfen. Die dampfgeschwängerte Luft roch nach Mehl und Fleischextrakt und den beiden Männern, die über die lockere Sommerkleidung Schürzen trugen, lief der Schweiß von der Stirn.

»Maks, probier das jetzt mal mit der Fleischbrühe zusammen und sag mir, ob das für eure Gaumen zumutbar ist.«

Die zum Saal führende Tür öffnete sich, der Lärm eines Trinkgelages drang in die Küche, und zwei Personen betraten den Raum. Händefuchtelnd versuchten sie, den Dampf zu zerteilen und kamen auf die zentrale Kochstelle zu.

»Seid ihr zwei schon wieder am Lumpen?«, fragte Johannes, als er sie erkannte. Savinien schaute ihn entgeistert an. »Was machst denn du hier?«, und Rodrigo fügte hinzu: »Hast du deinen zugegebenermaßen aberwitzigen Traum, ein Kämpfer zu werden, aufgegeben und wirst jetzt Koch? Hoffentlich bist du dafür besser geeignet!«

»Typisch Haudraufheld«, entgegnete Johannes, »keine Ahnung davon, dass es auch noch andere Dinge als Schwerter zu beachten gilt, wenn man einen Krieg gewinnen will. Meine Herren, ich habe gerade ein logistisches Problem gelöst!«

Zweifelnd schauten die beiden ihn an. »In der Küche?«, fragte Savinien ungläubig.

»Das schmeckt aber schon recht eigenartig.«

»Rodrigo, lass die Finger da raus, das muss erst mit Wasser überbrüht werden! Wenn es eure benebelten Hirne noch zulassen, erkläre ich euch die Sache. Aber lasst eure Finger und Nasen aus den Schüsseln, ich kann Topfgucker beim Kochen nicht ausstehen.«

Johannes schob die beiden von der Kochstelle weg zu einem langen, grob gezimmerten Küchentisch und drückte sie auf zwei Holzschemel. Er rief Maks noch einige Anweisungen zu und dann erklärte er den beiden Champions, dass er vorhatte, seine Männer in zehn kleinen, jeweils zwölf Mann starken, unabhängigen Gruppen operieren zu lassen. Er selbst würde mit Wulf und zehn weiteren Soldaten eine Stabsstelle bilden, über die die Kommunikation der einzelnen Truppenteile ablaufen sollte.

»Aber gegenseitige Verständigung ist nur ein Problem bei dieser Art von Kriegsführung«, erklärte Johannes, »der Nachschub ist ein weiteres. Und ich denke, es ist in dieser Welt nicht anders als in meiner, Soldaten können nur gut kämpfen, wenn sie gut verpflegt sind.«

»Lass die Männer sich doch einfach aus der Landschaft bedienen«, warf Rodrigo ein.

»Mit 'aus der Landschaft bedienen' meinst du, von den dort lebenden Bauern rauben«, erwiderte Johannes, »das hat mein Hauptmann auch vorgeschlagen.«

»Im Krieg nennt man das requirieren oder furagieren«, meinte Savinien trotzig und rieb sich an der Nase, »das ist nun mal so.«

»Weil das nun mal so ist, heißt noch lange nicht, dass es auch in Ordnung ist«, widersprach Johannes mit einem abweisenden Kopfschütteln. »Aber lassen wir die Moral einmal außen vor. Bei dem von mir vorgesehenen Guerilla, oder kleinen Krieg, sind wir auf die Unterstützung der ortsansässigen Bevölkerung angewiesen. Wir müssen zuschlagen und dann schnell verschwinden können. Wenn wir die einheimische Bevölkerung nicht besser behandeln als der Feind, glaube ich nicht, dass sie uns das ermöglichen. Den Leuten ist es gleich, ob wir das furagieren oder requirieren nennen. Für sie bedeutet es, dass sie ihrer Lebensgrundlage beraubt werden.«

Savinien und Rodrigo waren nachdenklich geworden. Letzterer fuhr sich schließlich durch die Haare und meinte zögerlich: »Nun gut, das hat etwas für sich. Aber jetzt sprich, was hat der große Stratege sich dazu Geniales einfallen lassen?«

»Ich habe die Nudel und den Fleischextrakt erfunden«, erwiderte Johannes triumphierend. »Zumindest für diese Welt und Zeit«, fügte er ehrlicherweise hinzu. »Maks, könntest du den beiden Herren bitte einen Napf mit der fertigen Mischung bringen?«

Zögernd schnupperten die beiden und nahmen dann vorsichtig zunächst einen kleinen, dann vollere Löffel in den Mund.

»Das ist nicht schlecht«, kommentierte Rodrigo.

»Nun ja, man kann es essen«, schränkte Savinien ein.

»Und du meinst, dass da wirklich alles drin ist, was ein kämpfender Soldat zum Erhalt seine Kräfte braucht?«, hakte Rodrigo schlürfend nach.

»Es enthält Eiweiß und Kalorien … Ich meine die Kraft aus Fleisch und Eiern«, verbesserte sich Johannes, als er die fragenden Blicke sah, »und man hat einen bekömmlichen Magenfüller aus Weizenmehl. Wenn man dazu gelegentlich noch einen Apfel oder eine Möhre isst, sollte das fit und gesund halten.«

»Aber der Apfel und die Möhre werden dann doch gestohlen«, meinte Savinien widerborstig.

»Wenn man die Leute anständig behandelt, bekommt man die sogar geschenkt. Du solltest es nur einmal probieren, ich meine das *anständig Behandeln*«, erwiderte Johannes schnippisch. »Aber jetzt passt auf, das ist das absolut Faszinierendste an der Sache: Dieses Bündel hier«, er hob einen kleinen zugeschnürten Sack auf, den er neben seine Füße gelegt hatte, »dieser Sack enthält die gesamte Wochenration für einen Soldaten!«

Er warf ihn Rodrigo zu, der ihn auffing, drehte und wendete und verblüfft betrachtete. »Der hat ja kaum Gewicht!«

»Sag ich doch! Genial eben, der passt in jede Satteltasche«, meinte Johannes zufrieden lächelnd. »Darf ich die Herren jetzt zur Kochstunde einladen?«

***

Etwa vierzehn Tage später wähnte sich Johannes am Ziel seiner Träume. Es war Mittsommer, nach seiner Berechnung sollte es Anfang August sein. Ishtar hatte ihm erklärt, dass dies einer der höchsten Feiertage zu Ehren der Allmutter sei. Aus anderen Quellen hatte er erfahren, teilweise aus schelmischen Andeutungen von Maks, teilweise aus verheißungsvollen Bemerkungen anderer Champions, die ein ähnliches Fest schon einmal zu Beginn des Frühjahres erlebt hatten, dass an diesem jährlichen Feiertag ein zweiter Fruchtbarkeitsritus stattfand. Genaues ließ sich in dieser Hinsicht nicht erfahren, aber für das Verständnis von Johannes lief das Ganze auf eine gewaltige Orgie hinaus. Das alleine schon wäre ihm sehr gelegen gekommen, denn seit seiner ersten Ankunft hier hatte er mit keiner Frau mehr geschlafen. So lange Zeiten der Abstinenz war er nicht gewohnt, und er wurde von erotischen Träumen heimgesucht, wie seit seinen Jugendjahren nicht mehr. Eigentlich hatte er sich mit seinen drei Championfreunden verabredet, den wilden Andeutungen auf den Grund zu gehen, aber es war noch besser gekommen: Ishtar hatte ihm ausrichten lassen, dass sie ihn nach Sonnenuntergang in ihrem Zimmer erwarte. Auch seine drei Freunde waren von ihren Damen einbestellt worden, und das ließ aus seiner Sicht nur einen Schluss zu. Er hatte sich gründlicher als sonst gewaschen und sich von einer der Bediensteten Duftöl besorgen lassen, mit dem er sich gründlich eingerieben hatte. Er war viel zu früh fertig gewesen und er hatte die Zeit, die nicht herumgehen wollte, mit einem Spaziergang zu den Ställen verbracht, bei dem er aufpasste, nicht ins Schwitzen zu geraten. Aber jetzt war die Dämmerung fast vorbei, und er war unterwegs zu Ishtars Unterkunft. Als er den Frauentrakt betrat, überprüfte er noch einmal seinen Atem, sah sich um und da ihn niemand beobachtete, roch er zum zigsten Mal unter seinen Achseln. Außerdem hatte er seit er das Haus betreten hatte zittrige Knie und ein flaues Gefühl im Magen. »Reiß dich zusammen, Junge, das ist nicht das erste Mal, dass du mit einer Frau vögelst«, sagte er leise zu sich selbst. »Aber das erste Mal seit langem, oder vielleicht sogar überhaupt das erste Mal mit einer Frau, für die du so viel empfindest. Also keine deiner Dummheiten und üblichen Spielereien«, fügte er hinzu, als er an die Tür klopfte. Die Tür war nur angelehnt und öffnete sich von selbst. Er hatte wohl heftiger als beabsichtigt geklopft.

»Komm herein, mein stürmischer Champion, und schließe die Tür hinter dir!«

»Mein Gott, bist du schön«, stammelte er, als er ohne die Augen von Ishtar abzuwenden, tat wie geheißen.

Der Raum war von unzähligen, auf unterschiedlicher Höhe positionierten Kerzen beleuchtet, die alle das mit dunkelgrüner Seide bezogene Bett in der Mitte des Raumes anzustrahlen schienen. Ishtar lag auf den linken Ellbogen gestützt schräg darauf, und lächelte ihn einladend an. Sie trug ein smaragdbesetztes Diadem, ihren ebenfalls mit Smaragden besetzten silbernen Gürtel – und sonst nichts. Die strahlend weiße Haut ihrer birnenförmigen, festen Brüste war mit feinen silbernen Linien bedeckt, die relativ kleinen Vorhöfe der vorstehenden Brustwarzen vollständig mit Silberstaub besprenkelt. Eine ebenfalls silberne, wie geflochten aussehende schlangenförmige Linie zog sich vom Busen um den längs geschlitzten Nabel bis zur Scham, wo sie sich teilte und auf den Vorderseiten der wohlgeformten, kräftigen Beine bis zu den schlanken Fesseln lief, die sie umrundete. Johannes hatte die Fesselringe gelegentlich zuvor unter ihren Kleidern aufblitzen sehen und immer für Schmuck gehalten, in diesem Licht sahen sie eher wie Tätowierungen aus. Die feinen braunen Haare auf ihrem leicht vorgewölbten Schamhügel waren mit silbernen Fäden durchwirkt, die im Kerzenlicht glitzerten.

»Gefällt dir diese Erscheinungsform der Allmutter«, fragte Ishtar den immer noch wie erstarrt dastehenden Johannes mit einem einladenden Lächeln. Sie klopfte leicht auf den Bettrand neben sich. »Setze dich zu mir, mein Lichtgott dieser Nacht!«

»Darf man das auch berühren, oder verschwindet es dann«, fragte er, während er ihrer Aufforderung folgte.

Ishtar lachte auf: »Hier ist es nicht wie in deiner Welt, wo Jungfrauen Kinder gebären, wie du mir erzählt hast. Du musst mich schon berühren, um mir eine Tochter zu zeugen.«

»Na, der Allmutter sei Dank«, er streichelte ihr sanft über die tief eingeschnittene Hüfte und das Becken, »und vielleicht klappt das mit dem Zeugen ja auch nicht gleich beim ersten Mal, ich stehe gerne für Wiederholungen zur Verfügung.«

Mit einem leichten Druck auf die Schulter legte er sie auf den Rücken, beugte sich über sie und begann zärtlich ihre Lippen zu liebkosen. Als seine Küsse immer drängender wurden und er versuchte, mit der Zunge ihre Lippen zu öffnen, drückte sie ihn an den Schultern hoch, blickte ihm tief in die Augen und fragte:

»Bist du bereit für den heiligen Akt?«

»Nein, eigentlich nicht«, erwiderte er mit erstaunter Stimme, »so wie ich das kenne, sollte da vorher noch ein bisschen Küssen, Fummeln und generell gegenseitiges Heißmachen kommen«, fuhr er zunehmend gereizt fort.

Ishtar setzte sich auf und funkelte ihn an: »Was glaubst du eigentlich, was wir hier tun und für was hältst du mich? Für eine Straßendirne, die mit ihrem Liebhaber buhlt? Ich bin die Stellvertreterin der Allmutter, die bereit ist, ein Opfer zu bringen, um die Fruchtbarkeit des Landes zu gewährleisten.«

Johannes, jetzt wirklich verärgert, stand auf und schüttelte den Kopf: »Da musst du dir einen anderen suchen. Von Opfer bringen halte ich nichts und als ritueller Beschäler tauge ich schon gar nicht. Ich würde gerne Ishtar lieben, nicht eine Allmutter, hinter der sich die Ishtar, die ich verehre, versteckt.« Im Hinausgehen bemerkte er noch über die Schulter: »Vielleicht solltest du es doch besser mit unbefleckter Empfängnis versuchen, das wäre in diesem Kontext wahrscheinlich erfolgversprechender!« Wütend warf Johannes die Tür hinter sich ins Schloss: »Mal sehen, ob die Bauernmädchen auch so bescheuert sind wie ihre Chefin. Straßendirnen habe ich hier leider noch keine gesehen.«

***

Als er am nächsten Morgen mit brummendem Schädel und zerschlagenem Körper in der Nähe des Weihers aufwachte – die Bauernmädchen waren ganz anders als ihre Herrin gewesen – und sich an die Szenen der Nacht erinnerte, dachte er, dass dies wohl das Ende seines Auftrittes in diesem Land gewesen war. Wenn nicht Schlimmeres. Er hatte es wohl wieder einmal vermasselt. Wenn ihm Dinge sehr ernst und wichtig waren – und dazu gehörte für ihn nun einmal Liebe … *und* Sex, gestand er sich zähneknirschend ein – gab es für ihn einfach keine Kompromisse. Damit hatte er sich schon oft Probleme aufgehalst. Aber nachträglich so wehgetan hatte es ihm noch nie. Er versuchte, die Reste seiner Kleidung so gut es ging zu ordnen und überlegte, ob er sich nicht am besten einfach aus dem Staub machen sollte. Wie oft hatte er seinen Sohn ermahnt, nur aus äußerst guten Gründen eine liebesbereite Frau zurückzuweisen. »Das vergeben die einem nie im Leben!«, waren seine Worte gewesen. Aber hatte er nicht eigentlich sehr gute Gründe, hatte er nicht aus Liebe so reagiert? Trotzig machte er sich auf den Weg zum Haupthaus. Er würde eine Aussprache mit Ishtar suchen, gut, für das ein oder andere Wort würde er sich wohl entschuldigen müssen. Aber wenn Ishtar von ihrem *Allmutter-Trip* wieder herunter war, müsste er sich eigentlich verständlich machen können. Sie war normalerweise eine faszinierende, gescheite und ungewöhnliche Frau! Während des ganzen Weges überlegte er sich geeignete Worte und Argumente und als er am Haupthaus ankam, bat er eine der Bediensteten, bei Ishtar für ihn um eine Unterredung anzufragen. Er bekam aber lediglich die knappe Auskunft, dass sie bereits am frühen Morgen im Auftrag Hepats abgereist sei.

Kapitel 16   Johannes: Der Zusammenstoß

Irgendwie passte das alles nicht. Johannes stand in seinem Führungszelt über eine Karte gebeugt, auf der er zum ersten Mal ganz Mun Ban abgebildet sah. Er hatte die Karte von Hepat angefordert, um sich einen Gesamteindruck zu verschaffen, bisher hatte er immer nur Karten und Skizzen einzelner Baronien und Königreiche gesehen.

Der Name Boudicca, Weise Frauen, das hatte er von Anfang an mit Avelon, England, zu irgendeiner vorhistorischen Zeit verbunden, auch die wilden Stämme im Norden passten ja ganz gut in dieses Bild. Aber das, was er hier abgebildet sah, war mit Sicherheit nicht England, zu welcher Zeit auch immer. Mun Ban war zwar eine große Insel, langgestreckt von Nord nach Süd, aber im Norden war es wie mit einer stumpfen Axt abgehackt und ausgefasert. Außerdem fehlte im Westen Irland und im Süden Frankreich, da war nichts als weiter, leerer Ozean. Er war ganz gut in Geographie bewandert, aber eine große Insel mit dieser Form und Lage kannte er nicht. In seiner Welt spukte das Gerücht über den untergegangenen Kontinent Atlantis. War Mun Ban der Rest von Atlantis? Aber wo war der in seiner Zeit …?

Tief in Gedanken versunken, bemerkte er den draußen stattfindenden Tumult erst, als aufgeregte Stimmen schon dicht vor seinem Zelt zu vernehmen waren. Er schreckte auf und war umso mehr über den Lärm erstaunt, da das Lager fast leer war. Außer seinem großen Führungszelt standen nur noch vier kleine Schlafzelte in seinem Teil des Heerlagers. Darin war die Nachhut untergebracht, die die Aufgabe hatte, den Platz wieder einigermaßen in Ordnung zu bringen. Es war früher Winter, die zu Soldaten ausgebildeten Rekruten und die zu Unteroffizieren und Offizieren beförderten Berufssoldaten waren bereits alle in die Fennmark zurückgekehrt.

»Johannes, bist du da? Wir müssen dringend mit dir sprechen, können wir hereinkommen?« Er erkannte die Stimme von Curten, einem der zum Aufräumungskommando gehörenden Soldaten.

282

»Ja bitte«, sagte er etwas spät, da sich bereits alle acht seiner verbliebenen Truppe in das Zelt drängten. In ihrer Mitte führten sie laut und wild gestikulierend Ruben, einen stämmigen, im Vergleich zu den übrigen großen Mann Anfang zwanzig, mit wildem rotem Bart und ebensolchem Haupthaar, das schlampig zu zwei Zöpfen geflochten war. Normalerweise war Ruben ein Wortführer der Unruhestifter, keiner Dummheit abgeneigt, wie seine übrigen sieben Kollegen hatte er zum Strafdienst hierbleiben müssen. Jetzt stand er aber da wie ein begossener Pudel, schlohweiß im Gesicht und als einziger seiner Kameraden schweigend. Von seiner rechten Schläfe führte über die Backe ein violetter Bluterguss, von dem an einzelnen Punkten Blut herunter floss.

»Ruhe Leute, einer nach dem anderen! Oder besser, nur einer! Curten, was ist passiert?« Er musste schon sehr laut schreien, um den Lärm zu übertönen. Aber es gelang ihm.

»Johannes, schau was die hochnäsigen Schweine mit Ruben gemacht haben! Wir waren nicht schuld, die hätten ihn glatt, nur so, umgebracht!« Wild deutete er auf die Verletzung des verdatterten, großen Mannes, der jetzt auch noch, wie in Eingestehung einer Schuld, den Kopf senkte.

»Welche hochnäsigen Schweine und warum?«, warf Johannes schnell ein, als Curten Luft holte, um mit seiner Tirade fortzufahren. »Dass gerade ihr an irgendetwas unschuldig sein sollt, fällt mir schwer zu glauben. Aber der Reihe nach und vor allem von Anfang an.«

»Ja also, wir waren gerade dabei, mit Schubkarren den Mist aus den Latrinen in die Obstanlagen zu fahren, genau wie du uns befohlen hast. Und dann, kurz bevor die Apfelbäume anfangen, muss man doch über den Holzsteg, da oben«, er deutete hinter sich, »du weißt schon, oder?«

»Ja, ich weiß, mach weiter!«

»Da passt nur einer mit der Schubkarre drüber. Karen und ich waren schon auf der anderen Seite …«

Aufgrund der Erzählweise konnte sich Johannes erst nach und nach ein Bild von dem Vorgefallenen machen: Gerade als seine

Leute dabei waren, mit den Schubkarren den Steg zu überqueren, waren zwei Offiziere Cuchulainns am anderen Ende des Steges aufgetaucht und hatten verlangt, dass die sich auf dem Steg befindenden Soldaten zurückweichen und den Weg freigeben sollten. Es war wohl zu einem Wortwechsel gekommen, bei dem auf der einen Seite Worte fielen wie 'Bauernpack und Gesindel', auf der anderen 'Grafensöhnchen und vornehme Schwuchteln'. Ruben, der den Zug auf der Brücke anführte, war offenbar der Wortführer seiner Leute gewesen, und da Johannes ihn ganz gut kannte, konnte er sich ausmalen, welche Ausrücke sonst noch gefallen waren. Letztendlich hatte einer der Offiziere sein Schwert gezogen, war auf die Brücke geprescht und hatte, nachdem er die Schubkarre mit einem Tritt von der Brücke gestoßen hatte, Ruben einen Schwertstreich auf Schläfe und Backe versetzt. Offensichtlich nur mit der flachen Klinge, aber stark genug, um Ruben in die Knie gehen und von der Brücke in den Bach stürzen zu lassen. Hier brach der Bericht von Curten ab.

»Und dann seid ihr sofort hierhergekommen?« Die Hoffnung stirbt als letztes.

»Nicht *ganz* sofort«, murmelte Curten mit gesenktem Blick, »du selbst hast gesagt, dass wir alle gleich sind.«

Johannes wollte jetzt nicht aufklären, dass 'gleich sein' und 'gleich viel wert sein' zwei paar Stiefel waren, ihm schwante Übles. »Und was ist dann passiert, mach schon Mann!«

»Dann haben wir sie von den Pferden gezogen, ihnen die Schwerter abgenommen und sie in den Bach geworfen, die Schwerter meine ich …«

»Du machst mich wahnsinnig, weiter!«

»Und dann haben wir sie verhauen … nur ein bisschen … nicht zu arg, die können bestimmt schon wieder laufen.«

Johannes wollte schon aufatmen, damit ließe sich fertig werden, die Offiziere waren eindeutig im Unrecht gewesen. Da fiel ihm an den betretenen Gesichtern auf, dass die Geschichte noch nicht zu Ende war – und plötzlich kannte er den Schluss. »Nein, das habt ihr nicht gemacht!«

»Ich glaube schon, wir haben uns doch so geärgert.«

»Die ganzen acht Schubkarren?«

»Nur sieben, eine war doch im Bach ausgeleert.«

»Ach du Scheiße!«

»Ja, Johannes.«

Draußen hörte man sich nähernden Hufschlag. Johannes hätte gerne ein bisschen mehr Zeit gehabt, um sich eine Entschuldigung für seine Soldaten zurechtzulegen. Aber vielleicht war es auch besser, die Sache gleich hinter sich zu bringen. Kurz zog er in Erwägung, seine Schwerter umzuschnallen, entschied sich aber dagegen. Er wies seine Leute an, das Zelt auf gar keinen Fall zu verlassen und sich mucksmäuschenstill zu verhalten. Dann trat er nach draußen und fast hätte ihn Cuchulainns Mahirrim über den Haufen gerannt. Erdreich flog Johannes um die Ohren, als das gewaltige Ross nur wenige Meter vor ihm schnaubend zum Stehen kam.

»Wo sind diese Wanzen?!« Cuchulainn war noch bevor der Mahirrim stand aus dem Sattel gesprungen und brüllte Johannes aus wenigen Zentimetern Entfernung ins Gesicht. Johannes versuchte, ihn vorsichtig an der Schulter zurückzuschieben, aber genauso gut hätte er versuchen können, einen Felsblock zu bewegen. Nach hinten konnte er nicht, ohne wieder ins Zelt zu gehen, also wich er nach links aus, um sich erst einmal Abstand zu verschaffen. Zu seiner Beruhigung stellte er fest, dass Cuchulainn ebenfalls keine Waffen trug.

»Mach langsam, Cuchulainn, die Leute, die du als Wanzen bezeichnest, sind Soldaten unter meinem Kommando und, soweit ich weiß, sind sie von Offizieren unter deinem Kommando angegriffen worden.«

Cuchulainn war bleich vor Wut und hielt schwer atmend Arme und Hände mit angespannten Muskeln vor sich, als ob er jemanden erwürgen würde. Johannes wusste, wen er dabei im Sinn hatte und ging vorsichtshalber noch zwei Schritte zurück, um auf einen Angriff besser reagieren zu können.

»Das alles kommt nur von den Flausen, die du deinem Pack in den Kopf gesetzt hast«, presste Cuchulainn mühsam heraus, »Liefere mir die Würmer auf der Stelle aus, damit ich ihnen eigenhändig das Fleisch von den Knochen peitsche, um aller Welt zu zeigen, was mit Abschaum geschieht, der sich gegen die von der Göttin gewollte Ordnung auflehnt.«

»Ich habe wie du den Eindruck, dass meine Männer in ihrer Notwehrsituation zu weit gegangen sind. Falls sich das bestätigen sollte, werde *ich* sie aburteilen, aber ganz bestimmt nicht *du*, in der dir eigenen barbarischen Weise.« Johannes wusste, dass seine letzten Worte den Sack zum Platzen bringen würden, das wollte er eigentlich nicht, aber er hatte es sich mal wieder nicht verkneifen können. Er war auf den Angriff vorbereitet.

»Du phrasendreschendes Stück Scheiße, ich werde dich …«

»Genug ihr beiden!«, erklang Hepats Stimme, während Ishtar an Johannes Seite glitt und Mebda ihre Hand beruhigend auf Cuchulainns Schulter legte. Woher die drei auf einmal gekommen waren, konnte sich Johannes nicht erklären. »Ihr seid hier, um den gemeinsamen Feind zu bekämpfen und nicht, um Händel untereinander auszutragen.« Johannes hörte wieder einmal die Schulmeisterin, aber was sollte es, er wusste zwar nicht, wie Yusuf das aushielt, aber diesmal war er froh darum. »Wir werden heute Abend den Zwist in einer gemeinsamen Runde der Champions und der Priesterinnen beilegen. Bis dahin erwarte ich, dass ihr eure angestammten Gebiete nicht verlasst.«

Willig ließ sich Johannes von Ishtar, vorbei an Mebda und Cuchulainn, zurück ins Zelt führen, allerdings nicht, ohne im Vorbeigehen dem Blödmann den Finger zu zeigen.

»Ich reiß dem Hundsfott die Gurgel raus!« Cuchulainn versuchte, sich Mebdas Griff zu entwinden. »Du hältst dich zurück!«, hörte Johannes hinter sich Mebda zischen. Woher der Dumpfbeutel die Bedeutung des Fingers kannte, konnte er sich nicht erklären, aber er war zufrieden damit.

***

»Liebe Schwestern, liebe Brüder! Ich habe euch hier zusammengerufen, um der Beilegung einer Streitigkeit zweier unserer Champions beizuwohnen.«

Sie hatten sich nach dem Abendessen in der Halle von Pela Dir versammelt, die Champions am Tisch sitzend, ihre jeweiligen Damen hinter ihnen stehend.

»Wir Schwestern haben am Nachmittag beraten, wie dies zu bewerkstelligen sei und sind zu folgender Beurteilung gekommen: Zwar haben sich die Offiziere Cuchulainns nicht korrekt verhalten, sie hätten sich weder auf ein Streitgespräch mit den Soldaten von Johannes einlassen und nie einen der ihren verletzen dürfen.« Johannes spürte, wie Hepats Blick hinter ihn auf Ishtar fiel. »Aber nichts rechtfertigt die Reaktion der Bauern, sich handgreiflich zur Wehr zu setzen und schon gar nicht, den Offiziersstand zu erniedrigen, indem sie Fäkalien über ihre niedergeschlagenen Widersacher schütteten. Es steht außer Frage, dass die Männer zu bestrafen sind. Daher die Frage, zuerst an dich Johannes: Wärst du bereit, deine Soldaten an Cuchulainn zur Bestrafung zu überstellen?«

»Auf der Stelle … wenn mir Cuchulainn im Gegenzug seine beiden Offiziere zur Bestrafung überlässt. – Das war ein Scherz! Das kommt auf gar keinen Fall in Frage«, fügte er hinzu, da er sich umschauend feststellte, dass einige seiner Kollegen seinen Vorschlag ernstlich in Erwägung zu ziehen schienen. *Was waren das für Leute und was für ein Rechtsgefühl hatten sie*, dachte er nicht zum ersten Mal.

»*Ruhig, mein Champion*«, meldete sich Ishtars Stimme in seinem Kopf, »*du befindest dich in einer Zeit, in der bei vielen das Leben eines Bauern weniger gilt als das eines Pferdes.*«

»*Und wie ist das für dich?*«, fragte er auf die gleiche Weise zurück.

»*Warum, meinst du, habe ich dich als meinen Champion erwählt?*«, vernahm er als Gegenfrage und fühlte den leichten Druck von Ishtars Händen auf seinen Schultern.

»Das haben wir so schon vorausgesehen«, meldete sich Hepat wieder zu Wort. »Wir sehen uns daher gezwungen, der Forderung

Cuchulainns zu folgen, den Konflikt auf Männerweise in einem fairen Zweikampf beizulegen.«

»*Es tut mir Leid, das konnte ich nicht verhindern*«, hörte Johannes Ishtars betretene Stimme in seinem Kopf.«

»*Mach dir nichts draus, das bekommen wir schon hin*«, und laut fügte er an Hepat gewandt hinzu: »Ich gehe davon aus, dass ich als Herausgeforderter die Waffen wählen darf.« Das beifällige Gemurmel seiner Mitchampions machte Johannes Mut und voller Vorfreude stellte er sich vor, wie er mit seinen beiden Schwertern, die Savinien Hieb und Stich getauft hatte, entsprechend der Art, wie sie Johannes überwiegend benutzte, den tumben Klotz vorführen würde.

»In diesem Punkt müssen wir nicht nur dir, sondern auch dem Herausforderer, der eben dies vorschlug, widersprechen. Der Kampf wird ohne Waffen stattfinden, wir können es uns nicht leisten, das Leben eines unserer Champions zu riskieren. Um dies zu gewährleisten, gilt darüber hinaus die Regel, dass den am Boden liegenden keinen Schlag trifft.«

»*Es tut mir wirklich leid Johannes, aber das war das Beste, was ich erreichen konnte*«, hörte er Ishtars Stimme erneut. Jetzt verstand er, was sie meinte. »*Versprich mir, dass du mich danach wieder zusammenflickst*«, signalisierte er zurück. Ohne ihre Antwort abzuwarten, erhob er sich und wandte sich an Cuchulainn: »Ich bin mit den Konditionen einverstanden, wenn danach, ganz gleich wie der Ausgang des Kampfes sein wird, die Angelegenheit ein für alle Mal vergessen ist, und meine Männer für immer unbehelligt bleiben. Stimmst du dem zu?«

»Das tue ich!« Auch Cuchulainn stand nun auf. »Meinst du etwa, dass ich an der Abstrafung einiger Bauerntrottel interessiert bin?« Er rieb sich wie in Vorfreude die riesigen Pranken: »*Du* bist der Verantwortliche für Disziplinverfall und Respektlosigkeit gegenüber altbewährter Ordnung, mit *dir* habe ich einen Zwist. Aber auch *dir* verspreche ich«, fügte er mit einem grausamen Lächeln hinzu, »dass wenn ich mit dir fertig bin, du nie wieder etwas von dieser

288

Angelegenheit hören wirst … oder von irgendeiner anderen«, fügte er in den Bart murmelnd hinzu, während er sich abwandte. »Auf, bringen wir die Sache hinter uns!«

Tische und Stühle wurden an die Wand geschoben. Es entstand ein großer freier Raum, der an der Stirnseite vom Eingang zum Frauentrakt und dem großen Kamin, der mit der Küche verbunden war, begrenzt wurde. Auf der anderen Seite hatten sich auf halber Höhe des Raumes die Champions mit ihren Damen aufgebaut. Die meisten der Champions harrten der Dinge erwartungsfroh, seitdem die Soldaten in ihre Dörfer zurückgekehrt waren, langweilten sie sich, und ein Zweikampf war genau nach ihrem Geschmack. Wenig später stand Johannes, umringt von seinen drei Freunden, mit freiem Oberkörper vor dem Kamin.

»Denk daran, immer in Bewegung bleiben! Wenn der Bär dich zu packen bekommt, hast du ausgeschissen.« Rodrigo rieb Johannes' Rücken mit Speiseöl ein, das er nebenan aus der Küche geholt hatte.

»Und immer kleine, aber böse Verletzungen zufügen«, ergänzte Savinien »das ermüdet ungemein, wie du dich vielleicht erinnerst. Allerdings hat der Typ eine Ausdauer, von der du nur träumen kannst.«

Und Yusuf fügte hinzu: »Ich würde an deiner Stelle den Kampf gar nicht erst antreten. Die Bedingungen sind nicht gerecht, einen Faustkampf gegen dieses Monstrum kannst du nicht gewinnen. Das könnte keiner von uns«, fügte er mit einem Blick auf die muskelbepackte Figur Cuchulainns hinzu, der sich ebenfalls mit freiem Oberkörper, mit einem breiten Grinsen im Gesicht und mit Mebda, Shaka, und San Feng an seiner Seite, vor der Gruppe der übrigen Champions aufgebaut hatte.

»Vielen Dank für eure ermutigenden Worte«, meinte Johannes, während er sich Arme, Brust und Bauch nun selbst mit Öl einrieb. »Und du«, meinte er zu Ishtar, die gerade auf ihre Gruppe zukam, »hast du auch noch ein paar letzte Worte für deinen Champion, bevor er zu Brei geschlagen wird?« Bevor sie antworten konnte, fuhr er fort: »Leute, macht euch nicht ins Hemd! Mit der Zusatzregel, die, wie ich annehme, Ishtar für mich rausgeschlagen hat, werde ich die Sache schon schaukeln. Gegen Cuchulainn einen Faustkampf zu verlieren, bedeutet keinen Ehrverlust. Wenn ich genug dafür getan habe, den Respekt der Zuschauer zu gewinnen, werde ich mich zu Boden schlagen lassen, und das war es dann.«

»Da wäre ich mir nicht so sicher, mein Champion, sieh dich vor, Cuchulainn plant Übles.«

»Ich wusste doch, dass da noch etwas gefehlt hat«, sagte Johannes mit einem Seufzer, während er sich von der Gruppe löste und zur Mitte der Freifläche ging, wo Hepat bereits auf die Kontrahenten wartete.

»Ich wiederhole noch einmal, den Liegenden trifft keinen Schlag! Es geht hier nicht darum, einen Feind zu besiegen, sondern einen Ehrenhändel unter Verbündeten zu bereinigen. Sobald ich in die Hände klatsche, beginnt der Kampf.« Sie zog sich an den Rand des improvisierten Kampfringes zurück und kurz darauf erklang das Signal.

Großspurig setze sich Cuchulainn in Bewegung und begann, Johannes in wenigen Schritten Abstand zu umkreisen. »So, jetzt wollen wir mal sehen, was der Kümmerling sonst noch so drauf hat, außer Ränke schmieden und Worte verdrehen.« Auf Deckung achtete Cuchulainn überhaupt nicht und richtete den Blick bei seinen Worten nicht nur auf Johannes, sondern gelegentlich, Beifall heischend, auch auf die Zuschauer. Johannes folgte seiner Bewegung, sich auf der Stelle drehend, die abwehrbereiten Arme vor sich angewinkelt, hoch konzentriert und schweigend. Wenn er überhaupt eine Chance haben wollte, durfte er sich nicht ablenken lassen.

»Aha, dem Phrasendrescher hat die Angst wohl die Kehle zugeschnürt!«, fuhr Cuchulainn fort und wieder richtete sich sein Blick triumphierend auf das Publikum. In diesem Augenblick schnellte Johannes nach vorne, versetzte ihm einen Tritt gegen die Außenseite des Knies, war mit einer schnellen Bewegung im Rücken seines

Gegners und landete einen Doppelhaken dahin, wo er die Nieren des Muskelprotzes vermutete. Glücklicherweise hatte er nicht versucht, seinen vermeintlichen Vorteil auszubauen, sondern war umgehend zurückgesprungen. Schneller als man das bei einem Mann dieser Ausmaße annehmen konnte, war Cuchulainn in die Knie gegangen, hatte sich blitzschnell gedreht, und da, wo sich vor einem Bruchteil einer Sekunde noch Johannes befunden hatte, landeten zwei Geraden im Leeren, die, falls sie ihn getroffen hätten, den Kampf frühzeitig beendet hätten. »Aha, die Viper will sich doch nicht kampflos ergeben. Gut so, das erhöht den Spaß.« Aber jetzt bestimmte Johannes das Geschehen. Er tänzelte vor und zurück, nach links und nach rechts, fand immer wieder Schwachstellen in der Abwehr seines Gegners und konnte sowohl mit den Füßen wie mit den Fäusten den ein oder anderen Kopf- und Körpertreffer landen. Er war wirklich schneller als die Kampfmaschine vor ihm. Nur merkte er mit der Zeit, dass ihm das nichts einbrachte. Während Cuchulainn unbeeindruckt von seinen Erfolgen schien, obwohl er aus zwei Platzwunden am Kopf blutete, spürte Johannes, wie ihm nach und nach die Puste ausging. Es war Zeit, sich zu verabschieden. Nicht ganz freiwillig, aber doch bewusst, überließ er Cuchulainn die Initiative. Jetzt hagelte es Schläge und Fußstöße. Zunächst konnte er dank seiner noch weitgehend intakten Reflexe ausweichen und einen direkten Treffer verhindern, lange würde er das jedoch nicht mehr durchhalten. Und schließlich war es soweit: Seine Deckung war aufgebrochen, er befand sich in einer taumelnden Rückwärtsbewegung und gleich musste ihn der Hammer treffen. – Aber was war das? Der Schlag kam nicht, stattdessen trat Cuchulainn rasch auf ihn zu und versuchte ihn zu umklammern! Mit seinem eingeölten Oberkörper gelang es Johannes gerade so, sich aus den muskelbepackten Armen herauszuwinden. Sie standen sich in gebeugter Haltung gegenüber. Johannes schwer atmend, Cuchulainn zwar blutend, aber ansonsten frisch, mit einem breiten Grinsen im Gesicht. Sie sahen sich in die Augen.

»Verstehst du jetzt, du mickriger Emporkömmling? Du wirst den Boden nicht erreichen, wo dich kein Schlag mehr trifft. Du wirst dein elendes Leben in meinen Armen aushauchen.«

Johannes fühlte Panik in sich aufsteigen. Ishtar hatte mal wieder Recht gehabt. Aber schnell wich die Panik der Wut: Warum wollte der Drecksack ihn umbringen? Ihm fiel nichts ein, was das gerechtfertigt hätte. Die Wut gab ihm zweite Luft. Er nahm seinen Tänzelschritt wieder auf und ging zum Angriff über.

Aus dem Augenwinkel nahm Johannes wahr, wie sich in einiger Entfernung hinter Cuchulainn die Küchentür öffnete und eine kleine Gestalt herausschlüpfte. Er glaubte, Distelson zu erkennen, der mit einem Bündel in der Hand am Kamin vorbei zum Männertrakt huschte. In einiger Entfernung vom Kamin ließ er das Bündel liegen und verschwand durch die Tür. Was hatte das zu bedeuteten? Was bezweckte Cuchulainns Gnom gerade in diesem Augenblick mit dieser Aktion? Egal, das war seine Chance! Er unterlief einen Schlag Cuchulainns und stand jetzt mit dem Rücken zum Kamin. Cuchulainn setzte nach, Johannes wich zurück, stolperte über das Bündel, fiel nach hinten und schlug, nach seiner Vorstellung viel zu hart, mit dem Hinterkopf auf der gemauerten Schwelle des Kamins auf. Kurz wurde ihm schwarz vor Augen, dann grellrot, dann wieder schwarz. Jetzt hätte er die Augen wieder öffnen können, aber er dachte nicht daran.

Johannes schien es eine Ewigkeit der absoluten Stille, bis er eine weit entfernte Stimme rufen hörte: »Betrug!« Johannes glaubte, Rostams Stimme zu erkennen. »Ich habe genau gesehen, wie der Schildträger Cuchulainns ein Hindernis in Johannes' Weg gelegt hat.« Ein Tumult erhob sich.

Hastige Schritte näherten sich, kräftige Hände packten ihn an der Schulter, zogen ihn hoch, er spürte leichte Schläge auf seinen Wangen und hörte Savinien sagen: »Bleib bei uns Johannes, was für ein Kampf!« Und in seinem Hinterkopf hörte er eine wohl vertraute Stimme: »*Ich bin so stolz auf dich, mein Champion.*«

***

Johannes setzte sich in seinem Bett auf und befühlte ungläubig seine rechte Augenbraue. Wo vorher noch eine stark blutende Platzwunde gewesen war, war jetzt wieder gesundes Gewebe. Nur darunter, auf der Backe, fühlte er bereits angetrocknetes Blut. Dankbar wandte er sich an Ishtar, die vor dem Bett auf einem Stuhl saß: »Deine Heilkunst ist eine feine Sache, vielen Dank!« All die größeren und kleineren Verletzungen, die er aus dem Zweikampf davongetragen hatte, waren verschwunden.

»Ich habe lediglich meinen Teil der Abmachung erfüllt, so wie du den deinen zuvor meisterlich geleistet hast«, antwortete sie lächelnd.

Sie hatte ihn nach seinem Sturz von Rodrigo und Savinien in seine Kammer bringen lassen, und nachdem sie ihn auf dem Bett abgelegt hatten, die beiden in den Saal zurückgeschickt, wo mittlerweile eine heftige Diskussion im Gange war, wer denn nun den Kampf gewonnen hatte, und ob alles mit rechten Dingen zugegangen sei. Nachdem die beiden draußen waren, hatte Johannes erklären wollen, dass es gar nicht so schlimm um ihn stehe, sie hatte ihm aber den rechten Zeigefinger auf die Lippen gelegt und ihm mit der anderen Hand zärtlich die Augen geschlossen. Daraufhin war er in einen schlafähnlichen Zustand gesunken und hatte nur noch gefühlt, wie Energie, die er als Wärme wahrnahm, in seinen Körper strömte.

Jetzt saß er ihr gegenüber, nahm ihre Hände in die seinen und lächelte sie an. Es war das erste Mal seit ihrer Auseinandersetzung während des Mittsommernachtfestes, dass sie alleine zusammen waren. Anfangs hatte Johannes den Eindruck gehabt, dass sie ihn bewusst mied und verärgert mit ihm war. Ihr Verhalten hatte sich jedoch geändert, als nach einem Monat offensichtlich wurde, dass keine ihrer Mitschwestern schwanger war. Offensichtlich konnten die Champions in der ihnen fremden Welt keine Kinder zeugen. Ihr Umgang miteinander war wieder liebevoll wie zuvor geworden, nur hatten beide keine Zeit, sich miteinander zu beschäftigen. Er, weil er seine eigene Ausbildung und die seiner Soldaten vorantreiben musste, sie, weil sie häufig im Auftrag von Hepat zu potenziellen Verbündeten reiste.

Ishtar lächelte zurück: »Nie war ich mir sicherer, dass meine Wahl richtig war. Wir sind das perfekte Gespann.«

Es klopfte an der Tür, Johannes' Laune, gerade eben noch auf Wolke sieben, sank auf den Nullpunkt.

»Hepat schickt mich«, hörten sie Yusufs Stimme durch die verschlossene Tür. »Ihr mögt bitte in den Saal kommen, wo sie die Streitigkeit ein für alle Mal für beendigt erklären will.«

»Sag ihr bitte, dass wir noch einen Moment brauchen«, rief Johannes unwillig zurück, »wir sind gleich da.«

»Wenn denn schon keine Zeit ist«, wandte er sich an Ishtar, »mir meine Siegesprämie zu sichern«, Ishtar runzelte amüsiert die Stirn, »kannst du mir dann bitte noch kurz erklären, warum in dieser Welt bereits der zweite Mann versucht hat, mich umzubringen?«

»Verstehst du denn nicht?«, fragte sie ungläubig. »Nimm zum Beispiel Cuchulainns Cymren, von denen er so gerne erzählt und die er so inniglich hasst. Was würde im schlimmsten Falle passieren, wenn sie eines Tages Erfolg mit der Eroberung seiner Heimat hätten? Es gäbe ein paar wüste Gemetzel, der König würde einen walisischen Namen tragen, aber die Welt, wie Cuchulainn sie kennt und liebt, würde weiterbestehen. Ganz anders in deinem Fall. Du stellst alles, was ihm wert und teuer ist, in Frage und schlimmer noch, du scheinst damit Erfolg zu haben. Wer also, meinst du, ist der gefährlichere Feind für ihn, du, oder die Cymren? Cuchulainn mag alles Mögliche sein, aber dumm ist er nicht.«

Kapitel 17   Cuchulainn: Eine alte Fehde und ein neues Bündnis

Es war ein kalter Morgen. Die Sonne schimmerte matt durch eine tief übers Land ziehende Wolkendecke. Cuchulainn hing am Ast des Baumes, wo er jeden Tag mit seinen Übungen begann. Schnell wuchtete er sich hoch, langsam und mit angeschwollenen Muskeln ließ er sich wieder hinab sinken. Er dachte an den Dämon, seinen Feind. *Gilgamesch*, nannten ihn nun alle. Die Bestie war schneller und stärker als er. Wie konnte er seine Unterlegenheit – und das Wort schmerzte mehr als die Kälte an seinen Fingern – zu einem Vorteil umwandeln? Er musste ihn reizen und darauf hoffen, dass Überheblichkeit ihn zu einem Fehler verleitete. Doch kannte der Dämon überhaupt menschliche Schwächen? Würde er jemals einen Fehler begehen…?

Noch einmal zog er das Kinn über den Ast, auf dessen Ende Distelson hockte. »Neunzig.«

Cuchulainn ließ sich fallen. »Sagen wir hundert. Klingt besser.«

Es war heute nicht sein Tag. Obgleich er die Nacht durchgeschlafen hatte, fühlte er sich nicht erholt. Alpträume plagten ihn. Mit Mebda hatte er schon lange kein persönliches Wort mehr gewechselt, jedenfalls keines abseits ihrer Pflichten. Das letzte Mal, dass sie sich wirklich begegnet waren, war zur Mittsommernacht gewesen. So göttlich und seltsam entrückt es zwischen ihnen bei der Beltanefeier zuvor gewesen war, so menschlich war ihre Vereinigung zum Mittsommer gewesen. Mebda hatte beunruhigt und sogar etwas verängstigt gewirkt, als sie ihn gebeten hatte, nicht nach draußen zu den Feuern zu gehen, sondern sie in seiner Kammer zu erwarten. Früh war sie zu ihm gekommen, sie hatten den heiligen Akt vollzogen und waren, ihr Kopf auf seiner Brust, eingeschlafen. Den Morgen danach und die Tage darauf hatte sie einen entspannten Eindruck auf den Iren gemacht. Doch als ein Mond später ihre Blutung einsetzte und er gleiches von den anderen Champions über ihre Priesterinnen hörte, war ihre Stimmung wieder getrübter geworden, nur noch selten war sie im Heerlager anzutreffen gewesen.

Immer noch war sie meistens unterwegs, führte Unterredungen mit ihren Schwestern und immer häufiger auch mit Gesandten der Könige der Mittellande, schmiedete neue und festigte alte Bündnisse. Cuchulainn hingegen war über diese Entwicklung nicht enttäuscht. Zwar hätte er Mebda gerne öfters gesehen, dass sie allerdings nicht in freudigen Erwartungen von ihm war, war ihm nicht unrecht. Kinder brachten ohnehin bloß Kummer und Sorgen. Während sie sich zurückzog, war Cuchulainn hauptsächlich mit der Ausbildung seiner Truppen beschäftigt. Alle Aufgaben, die zu übertragen waren, hatte er an Hauptleute abgegeben, dennoch blieb ihm genug zu tun. Wie ausgemacht, hatte er ein Viertel seiner Mannen an Yussufs Reiterei abgetreten. Natürlich nicht gerade die besten und auch nicht die zweitbesten. Der Großteil der Übrigen wurde von einem alten Veteranen namens Lorbas, der mit Freude zurück zur Armee gekommen war, im Schwert- und Schildkampf unterrichtet. Zwar hatte Cuchulainn Lorbas ausgewählt und er unterstand auch seinem Befehl, die direkten Anweisungen zur Ausbildung erhielt er jedoch von Rostam, der den Schildwall des Heeres organisierte. Der Ire hatte im Gegenzug von jedem Champion die wildesten, unerschrockensten und brutalsten Männer gefordert und die wenigen, die tatsächlich kamen, zu jenen gesellt, die damals den Wettlauf gewonnen hatten und zu denen er bereits ein gutes Drittel der angeworbenen Mittelländer hinzugefügt hatte. Mit diesen dreimal achtzig gedachte er, den Wall des Gegners zu sprengen. Preschen zu schlagen, in welche dann die Kämpfer Rostams eindringen konnten. Wenn Schildwälle erst einmal einbrechen, so lehrte die Erfahrung, breitet sich Panik wie eine Seuche aus. Gleich wie die Schlacht im Ganzen steht, der einzelne Mann nimmt nur den kleinen Ausschnitt seiner Mitstreiter im eigenen Blickfeld wahr. Sieht er diese fallen, denkt er nur noch daran, nicht als nächster abgeschlachtet zu werden. Er verlässt seine Stellung, wirft im besten Fall seine Waffe weg und überträgt die Krankheit *Angst* an die Umstehenden. Und dann beginnt das Gemetzel. Der Ausgang der Schlacht hing also hauptsächlich von ihm, Cuchulainn, und seinen Schildbrechern ab, soviel stand fest.

Aus der Ferne war ein Bellen zu vernehmen. Wenig später kam der dazugehörige Hund in Sicht. Erst vor ein paar Tagen waren die Kriegshunde eingetroffen. Cuchulainn hatte sie unter den Männern seiner weiteren Eliteeinheit verteilt, die aus den übrigen der vierhundert Söldner aus den mittleren Königreichen bestand und zusätzlich aus jenen, die nach dem Wettlauf die zweite Gruppe gebildet hatten. Sie würde die Kriegshunde loslassen, danach mit den regulären Truppen Stand halten und auf Befehl hin flugs die Reihen öffnen, damit die Schildbrecher ungebremst nach vorne preschen könnten, um sie hernach, falls nötig, ebenso schnell wieder zu schließen. Den größten der Hunde jedoch hatte er für sich selbst behalten. Es war ein einfältiges Tier, das von vorn betrachtet nur aus einem riesigen Maul zu bestehen schien, weshalb der Hundezüchter ihn auf den Namen *Schlund* getauft hatte. Er musste gerade einer Maus aufgelauert haben. Ein Bussard hatte sie ihm wohl vor der Nase weggeschnappt, denn gerade hetzte Schlund dem Vogel mit der Beute im Schnabel hinterher. Der Bussard neckte ihn. Er flog tief, aber nicht tief genug, um in Gefahr zu geraten. Schließlich gewann er mit wenigen starken Flügelschlägen doch an Höhe. Der Hund jagte ihm noch eine Weile hinterher, ehe er bemerkte, dass das Spiel zu Ende war. Schwer hechelnd dreht er seinen Kopf kurz zu seinem neuen Herrchen und Distelson, dann tat er so, als hätte etwas anderes seine Aufmerksamkeit erregt und schnupperte am Boden herum. Cuchulainn schmunzelte.

»Meinst du«, wollte Distelson, vom Baum herab geklettert, in seiner sich überschlagenden Stimme wissen, »dass wenn man fest genug an eine Sache glaubt, sie sich ganz arg wünscht, sie auch in Erfüllung geht?«

»Schlund hat nicht abgehoben, oder?«, erwiderte der Ire trocken, dachte dann aber kurz nach und setzte sich vor den Sidhe auf die kalte Erde, so dass sie auf Augenhöhe waren. »Was wünschst du dir denn?«

Distelson wurde verlegen. Cuchulainn interessierte sich so gut wie nie für ihn. Überhaupt war er selten zu jemandem herzlich. Mehr als Respekt durfte man von ihm kaum erwarten und den zollte er nur wenigen. Dennoch hatte Distelson stets gewusst, dass er ihn gern hatte.

»Ähm … ich …«, begann er zu stottern, »meinst du, dass … ähm … wenn jemand mehr wüsste, als er eigentlich wissen kann …«

»Komm zur Sache.«

»Nehmen wir an … nicht mit Sicherheit … verstehst du …?«

Der Krieger knirschte mit den Zähnen.

»Also«, setzte Distelson noch einmal an, »wenn jemand wüsste, was geschieht, bevor es geschehen ist, er das einem anderen … Einem ganz anderen, den du überhaupt nicht kennst, klar? … Das nun erzählt und diesem ganz anderen nicht gefällt, was passieren wird … ich meine: passieren *könnte*. Würde … wäre …«

Er schnappte nach Luft. »Würdest du versuchen, etwas zu ändern?« Erleichtert, endlich herausgebracht zu haben, was er fragen wollte, sah er Cuchulainn erwartungsvoll an.

Nachdenklich blickte der Ire über die spätherbstliche Ebene. Dergestalt auf die Folter gespannt, rieb Distelson sich die Hände, machte nervöse Schritte und platzte schließlich heraus: »Waaaaassss deeeenkst duuuuu?!«

Schlund kam angelaufen und Cuchulainn tätschelte ihm den Kopf.

»Ich habe dir oft genug gesagt, ich denke, du rauchst zu viel von diesem Feenkraut. Und«, kam er der Empörung zuvor, »ich denke, du verbringst zu viel Zeit mit diesem alten Wirrkopf.« Er meinte Lemrin, den Eremiten, von dem er – ohne ihn jemals persönlich getroffen zu haben – ein recht deutliches Bild hatte. Distelson, der den Alten des Öfteren in seiner 'neuen Höhle' aufsuchte, kam nach solchen Nächten stets mit einem frischgebackenen Irrsinn an. Faselte von dem 'einen Willen', der die ganze Welt zusammenhielte, von absurden Theorien über die Erschaffung der Erde – wo doch jeder wusste, dass die Göttin das erstgeborene Kind der Zeit war – allerhand Flausen eben, für die Cuchulainn gewöhnlich nichts als Spott übrig hatte. Doch gerade war ihm nicht nach Spotten zumute. »Komm, es ist kalt«, sagte er und erhob sich. Als Distelson sich nicht vom Fleck rührte, drehte er sich um. »Tu einfach, was du für richtig hältst. Und: Niemand kennt das Morgen vor dem Jetzt.«

Jedenfalls keiner, der nicht zu den Unsterblichen zählt.

»Und … und … wenn doch?«, kam Distelson an seine Seite geeilt. Cuchulainn fasste sich mit der Hand an die Stirn. »Dann ändert das auch nichts. Die Göttin bindet das Band und webt den Faden. Unser aller Bestimmung liegt allein in ihren Händen.« Schlund lief voraus und zu dritt machten sie sich auf den Rückweg zum Heerlager.

Als sie über die kleine Kuppe kamen, welche die Sicht auf das Lager freigab, wollte Cuchulainn seinen Augen nicht trauen. Die meisten der weißen Leinenzelte waren halb abgebaut. Selbst der vom Rest abgetrennte Lagerplatz seiner Schildbrecher war in Auflösung begriffen. Noch am gestrigen Vormittag war hier alles gewesen, wie es sein sollte. Das letzte Stück Weg legten Hund, Sidhe und Ire im Laufschritt zurück. Mitten in dem Durcheinander machte Cuchulainn Nurta aus. Ihr hatte er in seiner Abwesenheit die Hauptleitung der Wehrübungen seiner Eliteeinheiten übertragen. Wie fast immer war sie von ihren beiden jüngeren Schwestern umgeben. Alle drei waren von einer dunklen Schönheit, aber Nurta hatte es ihm am meisten angetan. Sie war ein gewissenloses und gerissenes Miststück, das bekam, was es wollte. Zu Cuchulainn blickte sie als einzigem auf, er war der erste, der mit ihren Anlagen etwas anzufangen gewusst hatte. Der Ire liebte es, ihr dabei zuzuschauen, wie sie die Männer herumscheuchte und erbarmungslos strafte, wenn sie ihre, also seine, Erwartungen nicht erfüllten. Im Moment allerdings hätte er sie am liebsten mit einem Faustschlag aus ihren hohen Stiefeln befördert.

»Was bei der Unterweltsonne ist hier los?!«, herrschte er sie an.

Die Wahnsinnige hielt tatsächlich seinem Blick stand. »Frag Mebda«, erwiderte sie mit einer Kopfbewegung. Cuchulainn folgte ihr und sah die Priesterin im Gespräch mit dem breitschultrigen Lorbas.

»Wir unterhalten uns später«, sagte er drohend, ließ sie stehen und marschierte auf die beiden zu. Distelson blieb zurück, indes Schlund neugierig hinterher trottete. Ehe er sie erreichte, wandte Mebda ihm das Gesicht zu, etwas in ihrer Miene hielt ihn davon ab, sie anzufahren.

»Lass uns ein Stück gehen«, sagte sie.

Er folgte, nicht ohne den bärtigen Lorbas vernichtend anzufunkeln.

Überall lagen Zeltschnüre, hölzerne Heringe, Kisten und aufgerollte Felle.

»Letzte Nacht war Vollmond«, eröffnete die Priesterin das Gespräch, »hast du ihn etwa nicht gesehen?« Sie seufzte. »Wir hatten verabredet, das Lager zum Weinmond aufzulösen. Die Männer müssen nach Hause zu ihren Familien.« Sie besprachen diesen Punkt nicht zum ersten Mal. Die Ernte war nicht üppig ausgefallen und sie brauchten Vorräte für den Krieg. Die Familienväter waren darauf angewiesen, die ihnen zugeteilten Lebensmittel durch Jagd und Fischfang zu ergänzen. Und die Mütter der wenigen Frauen in ihren Truppen wollten ihre Töchter umarmen, versprechen, dass von nun an alles anders würde und sie darum anflehen, nicht in die Schlacht zu ziehen … Cuchulainn schluckte seine Entrüstung hinunter. »Sie sind noch nicht bereit.«

»Werden sie das in deinen Augen jemals sein?«, gab Mebda spitz zurück.

»Du hättest mit mir Absprache halten müssen …«

»Wir hatten eine Absprache!«, fiel sie ihm ins Wort. Sie war im Recht. Der Ire hatte den Gedanken einfach verdrängt und insgeheim gehofft, dass ihm wenigstens die gesamten Schildbrecher zu der Handvoll Berufssoldaten verbleiben würden. Immerhin, den Sold des Abschaums aus den Mittellanden hatten sie rechtzeitig erhöht, um ihn zum Bleiben zu bewegen. Vor allem sie hatten sich Cuchulainns Ansicht nach gut gemacht. Ihre rohe, ungeschlachte Art hatten sie beibehalten, dazu aber gelernt auf seinen Befehl zu hören.

Sie schwiegen. Als sie den Rand des Lagers erreicht hatten, bogen sie ab und folgten einer natürlichen Baumreihe.

»Wir haben andere Probleme«, sprach Mebda mit Sorge in der Stimme. »Ich war in Ark. Du erinnerst dich?«

»Aye.« Er erinnerte sich gut an Sotrac tra Wurgun, den stolzen König von Ark und Hochkönig der gesamten Mittellande, der ihm kurz nach dem Kampf mit Gilgamesch begegnet war.

»Er wird nicht kämpfen. Ebenso wenig wie Garret, der alte König von Thorn, Dunred von Coban, Makull von Munsk, Niftrada von Sirth und Thurbis von Galen. Boudicca hat ihnen stattliche Summen geboten, sich aus allem herauszuhalten.«

»Diese käuflichen Schweinehunde.«

»Das letzte Wort ist noch nicht gefallen. Sie möchten mit *dir* reden. In den Thurgen, den hohen Räten der mittleren Königreiche, zählt die Stimme der Könige so viel wie die eines jeden anderen. Sotrac meinte, du solltest vor ihnen sprechen.«

Sie hatten angehalten. Schlund jagte einem Eichhörnchen hinterher. Er würde wieder leer ausgehen. *Dummer Hund.* Hätte ihm sein Kriegerkodex es nicht verboten, er hätte ihm längst einen gehörigen Tritt verpasst, der ihn zur Besinnung gebracht hätte. Er erwartete einen zähnefletschenden Wolf an seiner Seite und keinen friedfertigen Dümmling, der nur aus Freude am Spiel jagte.

Sie einigten sich darauf, sogleich Durson als Boten loszuschicken. Die Könige sollten einen Rat einberufen, an dem Cuchulainn teilnehmen würde. Sie fassten sich an den Händen. »Du fehlst mir«, sagte sie und Cuchulainn nickte dankbar. Sie hatte ausgesprochen, was ihm nicht über die Lippen wollte. Er nahm sie an der Hand und lächelte und sie lächelte zurück.

Zurück im Lager hielt Cuchulainn eine kurze Ansprache. Er wünschte den Männern einen guten Winter, gemahnte sie aber vor allem, sich bereit zu halten, die Waffenübungen alleine fortzuführen und sich keine Wänste anzufressen.

»Nach der Schmelze finden wir uns hier wieder zusammen und dann … ziehen wir in den Krieg!«

Die Vorfreude hielt sich in Grenzen, nur ein Teil der Schildbrecher zeigte echte Begeisterung.

»Anders wäre es mir auch lieber, aber sie sind so gut vorbereitet, wie es in der kurzen Zeit möglich war«, murmelte Lorbas, der während der Rede neben ihm gestanden hatte.

»Ist das euer Ernst?« Nurta war schnaubend auf sie zugetreten.

»Der Winter gehört den Familien. Für viele wird es der letzte gemeinsame sein«, gab Lorbas, ohne sie eines Blickes zu würdigen, zurück.

Nurta spuckte aus. »Ganz recht, vor allem, wenn sie vergessen, was ich ihnen eingeprügelt habe.«

»Du denkst doch gar nicht an sie, du denkst nur an dich. Du weißt einfach nichts mit dir anzufangen, seit ...«

»Seit was?!« funkelte Nurta Lorbas an.

Er schwieg. Die Lage war misslich. Nurta und ihre Schwestern waren aus Ban Rotha verbannt worden und erst mit den anderen von Cuchulainn als Söldner angeheuerten Männern und Frauen aus den Mittellanden zurückgekommen. Lediglich Mebdas Bitte und Cuchulainns Einwilligung, für sie zu bürgen, war es zu verdanken, dass Hepat den Bannspruch auf Bewährung aufgehoben hatte, denn es war ein offenes Geheimnis, dass sie in ihrem Exil noch mehr über die Stränge geschlagen hatten. Kessler, Kaufleute und andere Reisende hatten die Missetaten der *Blut-Schwestern*, wie man sie getauft hatte, nach Hause getragen. Es hieß, Nurta habe ihren Gatten ermordet. Man hätte ihn mit aufgeschnittener Kehle in einem Weiher gefunden. Sotrac war zu Gericht über sie gesessen und hatte sie frei sprechen müssen. Natürlich hatte es keine stichhaltigen Beweise gegeben, sie war eben schlau. Aber Tenkred, ihr Gatte, hatte keine Feinde im Dorf gehabt und er hatte sich wohl kaum selbst den Hals aufgeschlitzt.

»Seit was?!«, wiederholte Nurta ihre Frage noch bissiger als zuvor und ihre Hand war unmerklich zum Heft ihrer Klinge gewandert.

»Das reicht«, winkte Cuchulainn ab. »Ich will keinen Streit unter meinen Hauptleuten. Es ist beschlossen.« Er wandte sich zum Gehen, hielt dann aber inne. »Nurta?«

»Ja?«

»Lust auf einen kleinen Ausritt?« Wie ein Schatten huschte für einen Moment so etwas wie Freude über ihr ansonsten eisiges Gesicht.

»Schon einmal etwas von Sortrac tra Wurgun gehört? Wir treffen uns in drei Tagen. Bring deine Schwestern und sechs Männer mit.«

Er ging zum leinenen Unterstand seines Mahirrims. Cahabier sollte ihn zum Ratshaus tragen, wo er sich mit Shaka und Sanfeng austauschen wollte. Auch mit Rostam und Yusuf musste Rücksprache gehalten werden. Er war gerade im Begriff aufzusteigen, als er sah, wie zwei seiner Unterführer angeritten kamen. Nur mit Mühe hielten sie sich auf den Pferden, sie sahen aus, als kämen sie gerade von einem Kampf. Schon von weitem stieg Cuchulainn der Geruch von Kot in die Nase. Obwohl sie der größten Gruppe zugeteilt waren, kannte er die beiden. Sie hatten schon oft genug ihren Schneid, oder ihre großen Mäuler – ganz wie man es betrachten wollte – zur Schau gestellt. Sie fielen mehr vom Pferd, als dass sie abstiegen. Rastad hatte es schlimmer erwischt als seinen pockennarbigen Bruder Fertan. Er konnte sich kaum auf den Beinen halten.

»Götter! Was ist passiert?«

»Diese Bauernbastarde«, röchelte Fertan. Und Rastad fuhr fort: »Wir waren auf dem Weg zu unsrer Schwester. Sie hat letzte Nacht ein Kind bekommen.«

»Und?« Cuchulainn wurde ungeduldig. Die beiden brauchten einen Wundheiler, aber zunächst wollte er wissen, was vorgefallen war.

»Auf dem Weg gibt es eine Brücke, wir nennen sie Dornbuschsteg. Sie war von Pack versperrt. Wir forderten es auf, den Weg frei zu geben, doch die Männer weigerten sich, also gedachte Fertan, ihnen eine kleine Lektion zu erteilen ...«

»Wenn ihr nicht auf der Stelle erzählt, was geschehen ist, helfe ich euch beim Verbluten.«

Cuchulainn musste nicht noch einmal drohen; sie gaben den ganzen Vorfall wahrheitsgetreu wider, ersparten sich und ihm auch nicht den demütigenden Ausgang, wie die Bauern sie hohnlachend bespuckt und mit Scheiße und Pisse überschüttet hatten.

Mit äußerster Mühe hielt Cuchulainn an sich. »Wem sind diese Männer unterstellt?«

»Johannes!«, kam es einhellig zurück.

»Ihr lasst euch jetzt versorgen. Und die Götter mögen euch beistehen, wenn ihr Jammerlappen mir das nächste Mal unter die Augen tretet.«

Distelson war mit spitzen Ohren hinzugetreten und bat darum, die Hälfte des Weges mitgenommen zu werden, von wo aus es nur noch ein Katzensprung zum Haupthaus Pela Dirs war.

Cuchulainn trieb Cahabier an. Doch der Mahirrim weigerte sich nach wenigen Schritten. Cuchulainn widerstand dem Impuls, ihm die Fersen in die Flanken zu rammen. Er hatte gelernt, dass mit diesem Wesen anders umzugehen war. *»Mein Freund«*, sagte er in der Geistsprache, *»man hat Schande über uns gebracht, und mein Herz sinnt nach Rache.«* Das war zwar nicht direkt eine Bitte, aber Cahabier schien es auszureichen, er schüttelte die Mähne und stürmte los. So schnell ritten sie, dass Schlund bald schon weit hinter ihnen zurückfiel. Als das Haupthaus in Sicht war, machte Cuchulainn keine Anstalten, den kleinen Umweg einzuschlagen, um Distelson den Fußweg zu verringern. Er blieb im Sattel und schob den Sidhe hinter sich ungeduldig hinunter. Wohlweislich schnallte Cuchulainn noch flugs seinen Gürtel ab, an dem Beil und Dolch hingen, und warf ihn Distelson zu. »Kümmere dich um den Hund. Die Sache ist schnell geklärt.«

Distelson machte den Mund auf, doch es kam nur ein »Ha … ha…«

Erst da Cahabier, Grasnarben hinter sich aufwerfend, wegdonnerte, entrang sich ihm ein leises »Halt«. Er hatte seinen Freund doch warnen wollen. Schlund kam mit heraushängender Zunge angelaufen und sah ihn verdutzt, aber auch ein wenig gefährlich an.

Cuchulainn war außer sich. In seinem Kopf schäumte unglaubliche Wut. Was für eine Beleidigung! Anstatt dass dieser elende Feigling persönlich zu ihm kam, übermittelte er Nachrichten über seine Männer. Zwischen ihnen war es von Anfang an spannungsgeladen gewesen. *Wie respektlos er sich im Rat verhalten hatte!* Es hatte auch andere Augenblicke gegeben. Der Sonderling hatte ihn mal hier zum Schmunzeln gebracht, ihn mal dort, ja, staunen lassen, doch das war nun vorbei, jetzt hasste er ihn. Am liebsten wollte er sein Blut sehen, doch wenn dieser Kümmerling Spielchen bevorzugte, würde er sich vorerst mit dem dieser dreisten Bauern zufrieden geben. Ein roter Nebel lag vor seinen Augen, als er endlich Johannes' Lager erreichte. Auch hier waren nur eine Handvoll Zelte stehen geblieben, er hielt auf das größte zu. Man hatte ihn wohl kommen sehen, jedenfalls hob sich eine Plane und Johannes trat hinaus. Einen Augenblick überlegte er, ihn einfach niederzureiten, riss dann aber doch noch rechtzeitig an den Zügeln und sprang ab.

»Wo sind diese Wanzen?!«, brüllte er Johannes an.

Der Narr schwafelte etwas, das nicht nach einer Entschuldigung klang. Nein, ganz und gar nicht. Für eine angemessene Entschuldigung hätte er ohnehin auf den Knien rutschen müssen. Rabenfreude war in der Waffenkammer des Haupthauses und seine kurzen Waffen hatte der Sidhe. Egal, er konnte ihn auch mit bloßen Händen in die nächste Welt schicken. Johannes brachte Abstand zwischen sie; eine kriegerische Geste, eine, die ihm vielleicht das Leben rettete. Kurz vor einem Kampf wurde Cuchulainns Geist klar. Er pflegte, intuitiv die Situation einzuschätzen, ehe er sich dem Rausch hingab. So gelang es ihm, an sich zu halten und Johannes eine letzte Gelegenheit zu geben, sich den Umständen entsprechend angemessen zu verhalten. »Das alles kommt nur von den Flausen, die du deinem Pack in den Kopf gesetzt hast. Liefere mir die Würmer auf der Stelle aus, damit ich ihnen eigenhändig das Fleisch von den Knochen peitsche, um aller Welt zu zeigen, was mit Abschaum geschieht, der sich gegen die von der Göttin gewollte Ordnung auflehnt.«

Unwillentlich hatte er damit ausgesprochen, was ihn so sehr in Rage versetzte und war davon teils selbst überrascht. Der Ire hatte sein Leben der Göttin geweiht. Und das meiste, was er von diesem Johannes mitbekommen hatte, waren Verstöße gegen ihre Regeln. Er kannte kein Oben und kein Unten; selbst seine lächerliche Heerschar stand außerhalb der Ordnung. Und wer keine Ordnung anerkannte, diente dem Chaos und wer dem Chaos diente, war ein Feind der Göttin und wer ein Feind der Göttin war, starb in seiner Nähe jung.

Er hatte kurz nicht zugehört und vernahm daher nur das Ende von Johannes Rede. »... falls sich das bestätigen sollte, werde *ich* sie aburteilen, aber ganz bestimmt nicht *du*, in der dir eigenen barbarischen Weise.«

Cuchulainns Körper bereitete sich auf den Sprung vor.

»Du phrasendreschendes Stück Scheiße, ich werde dich …«

Wie aus dem Nichts stand plötzlich Mebda hinter ihm, ihre Hand ruhte auf seiner Schulter und kühlte augenblicklich sein Gemüt. Auch Hepat, und Ishtar, die Priesterin seines neuen Feindes, waren auf einmal anwesend. Die Hohepriesterin sprach ein Machtwort und verlegte die Auseinandersetzung auf den Abend.

Im Gehen machte Johannes ein Handzeichen. Cuchulainn deutete es als Beleidigung und fuhr noch einmal kurz auf, ließ sich aber sogleich von Mebda wegziehen.

»Du hältst dich zurück!«, mahnte Mebda laut, in seinem Kopf fügte sie beruhigend hinzu: »*Alles zu seiner Zeit.*« Sie nahm die Zügel des Mahirrim, legte sie in seine Hände und gemeinsam brachen sie, wie Hepat sie warnend geheißen hatte, zu dem aufgelösten Heerlager Grüngrunds auf.

Cuchulainn führte Cahabier am Zügel und wieder einmal verschwamm die Zeit an der Seite der Priesterin. Gedanken und Sätze standen abwechselnd ewig im Raum, oder verloren ihre Bedeutung innerhalb eines Wimpernschlags. Sie sprachen über den bevorstehenden Abend. Es war klar, dass es auf einen Zweikampf hinauslaufen würde. Zu Cuchulainns Erstaunen gab Mebda zum ersten Mal offen Preis, seine Abneigung gegen Johannes zu teilen. Auch sie verabscheute sein Betragen, die Arroganz, aus der heraus er, die bestehenden Verhältnisse missachtend, ihre Lebensweise in Frage stellte.

»Ich werde dem ein Ende machen«, stellte der Krieger fest.

Mebda dachte nach. »Hepat wird keinen Kampf auf Leben und Tod gestatten.«

»Ich werde mir schon etwas einfallen lassen«, knurrte er und zeigte ein wölfisches Grinsen.

Die Priesterin hielt inne und legte beide Hände um seinen starken Hals. »Mein Hund von Grüngrund«, sagte sie und ihre Stimme klang wie Frühlingswind, der durch Silberpappeln fuhr, »ich weiß, du schreckst vor nichts zurück. Doch hüte dich«, fügte sie ernst hinzu, »dieser Johannes ist verschlagen. Es steckt mehr in ihm, als man mit dem bloßen Auge sieht. Unterschätze ihn nicht. Und bedenke: Hepats Wort und Schiedsspruch ist Gesetz.« Sie hauchte ihm einen Kuss auf die Lippen und damit war diese Unterhaltung beendet. Bis sie das Heerlager erreichten, zählte Mebda die wichtigsten Personen auf, denen er im Rat der Könige begegnen würde. Nach ihren Ausführungen galt es vor allem, einen von ihrer Sache zu überzeugen. Sein Name war Kunnard. Er galt als mächtigster Druide im Norden und war Sotracs rechte Hand. So besprachen sie sich und erreichten ihr Ziel wie im Fluge. Beide machten sie sich keine ernsthaften Sorgen um den Ausgang dieses Tages. Johannes war jetzt schon Geschichte.

Mittlerweile stand nur noch das Führungszelt, vor dem Durson wartete. Er sollte sich unmittelbar auf den Weg in den Norden begeben, um Cuchulainns Erscheinen anzukündigen. Nachdem Mebda ihm genaue Anweisungen erteilt hatte, bat sie Cuchulainn darum, sich etwas auszuruhen und seine Kräfte aufzusparen. Sie selbst würde nach Pela Dir vorausreiten und ihre Verbündeten unter den anderen Champions über den Zwist mit Johannes in Kenntnis setzen.

Gelangweilt mummelte der Krieger also auf den Fellen im Zelt herum. Er entzündete ein kleines Feuer in der dafür vorgesehenen Schale und führte eine einseitige Unterhaltung mit Schlund, der immerhin deutliche Anzeichen gab sich zu bemühen, seine Worte zu verstehen. Er legte den Kopf schräg und bellte ab und zu, wenn Cuchulainn ihn auffordernd ansah. Wo war eigentlich Distelson abgeblieben?

Er war tatsächlich eingenickt, als er Shakas Stimme vernahm. »Hey Culainn, bist du da?!«

»Aye, komm rein.«

Der dunkelhäutige Krieger strahlte übers ganze Gesicht und zur großen Freude des Iren hatte er die Axt und seinen vollbestückten Waffengurt mitgebracht. Shaka war sofort, nachdem Mebda ihn unterrichtet hatte, aufgebrochen. Er machte es sich gemütlich, ehe er feststellte: »Den Unruhestifter werden wir also heute Abend los.«

»Er wollte es nicht anders.«

Cuchulainn bot seinem Gast Ale an, das dieser gerne annahm, der Ire selbst blieb bei mit Holundersaft versetztem Wasser.

»Er hat sich mit seiner Art nicht nur Freunde gemacht. Mir fallen einige ein, die ihn nicht vermissen werden.«

Doch etwas verheimlichten ihm die schwarzen Augen. »Was ist los, mein Freund?«

»Yusuf Saladin«, gab Shaka zu. »Er wusste, dass ich zu dir gehen würde und hat mich darum gebeten, dich zu beschwichtigen. Er meinte Johannes' Stoßtrupp sei von großer strategischer Bedeutung.«

»Pfff«, machte der Ire bloß. »Der soll sich schön um seinen eigenen Mist scheren.« Zwar hatte Mebdas Mund gesagt, 'Oryns Wort sei Gesetz', doch ihren Augen hatte Cuchulainn abgelesen, dass sie insgeheim seinen Wunsch teilte, diesen Wurm beseitigt zu sehen.

Shaka unterdrückte ein Schmunzeln. »Mit *Mist* hat alles angefangen, oder?«

Beide warteten, ob Cuchulainn wütend wurde, dann lachten sie bis es wehtat.

***

Sehr viel später am selben Tag saß der Hund von Grüngrund auf seine Ellbogen gestützt beklommen in der großen Halle von Pela Dir. Es war einer dieser Abende, an denen der Held nicht betrunken wurde und das nicht, weil er sich nicht redlich Mühe gegeben hätte. Flankiert wurde er in seinem Brüten von Shaka und Sanfeng. Ihm gegenüber saß der Nachtjaguar, dessen schmale Lippen ein beständiges Grinsen zu zeigen schienen. Nachdem lange keiner ein Wort gesagt hatte, stand er irgendwann einfach auf und ging. Cuchulainns Blick haftete an seinem Schritt. Er war trotz des kühlen Bodens barfüßig. Wenn man genau hinsah, wirkte es, als bewege sich der unheimliche Mann in einer ihm eigenen Zeit. Seine Zehen suchten Halt, dann folgte der Ballen, einen Augenblick ruhte das Gewicht auf ihm und der Ferse, ehe der andere Fuß in einer schwungvollen Kurve nachgezogen wurde und das Gleiche von vorn begann. *Unheimlich*, dachte der Ire nicht zum ersten Mal.

Er war gerade um jede Ablenkung froh, denn eigentlich ging ihm nur ein Gedanke durch den Kopf: *Mistratte!* Wen er damit meinte, war ihm selbst nicht so ganz klar. Johannes und Distelson waren zu einem einzigen Verräterpack verschmolzen. Das Gefühl, das ihn niederdrückte und auf seine Freunde abfärbte, war ihm gänzlich neu. Ihm waren die Hände gebunden. Der Kampf war zu Ende. Vielleicht dachte es niemand wirklich, aber Cuchulainn schien es, als stünde jedem, der ihn ansah, eine stumme Anklage ins Gesicht geschrieben. *Nennst dich den Sohn eines Gottes und betrügst im Kampf!* Er konnte Johannes unmöglich noch einmal herausfordern. Wie hätte er das nach seinem *Sieg* begründen sollen? Vermutlich hatte es gar keine Absprache zwischen Johannes und Distelson gegeben. Aber die Hoffnung, dem Sidhe sei einfach ein Missgeschick unterlaufen, erstarb dadurch, dass der kleine Mistkerl seit dem Vorfall spurlos verschwunden war. Wenn er ihn nur in die Finger bekäme, er würde die Wahrheit schon aus ihm herausschütteln. – Vielleicht war es besser so. Er wollte ihn nicht erwürgen müssen. Mebda hatte diesen Charakterzug ihres Champions längst erraten, auch Mortiana hatte von ihm gewusst. Cuchulainn konnte die ganze Welt zum Feind haben, ohne sich darüber zu beunruhigen. Gegenüber seinen Freunden allerdings war er harmoniebedürftig wie ein kleines Kind. Jetzt wurde dem Helden klar, welche Vorahnungen ihn in den Nächten zuvor im Traum geplagt hatten. Was hatte ihm der kleine Andersweltler heute Morgen sagen wollen, als er angedeutet hatte, einen Blick in die Zukunft erhascht zu haben? Hätte er ihm besser zuhören, seine Sorgen ernster nehmen sollen?

»Gratuliere«, sagte Yusuf an den Tisch tretend. »Darf ich mich setzen?«

Cuchulainn suchte nach Häme in seiner Miene, fand aber keine und seufzte daher nur.

Die Frage war ohnehin keine echte gewesen, denn der ernste, edle Mann saß bereits.

»Ich hörte, du reist bald gen Norden?«

»Aye, einer muss die Mittellande ja überzeugen, nicht den Schwanz einzuziehen.«

»So ist es.« Saladin Yusuf schien den Zweikampf tatsächlich bereits für abgetan zu halten. Kein Wunder, ihm kam der Ausgang schließlich gelegen. Keiner hatte den Händel mit dem Leben bezahlt.

»Und deine – wie nennst du sie? – *Schildbrecher* sind bereit?«

»Sie sind bereit, Flüsse mit Blut zu nähren.«

Yusuf lächelte. »Gut.«

»Und die Reiterei?«, mischte Sanfeng sich ein, »Mir ist zu Ohren gekommen, du lässt die Tiere beharnischen?«

Eine kurze Pause entstand. Ein Bediensteter brachte Brot, Käse und Ale. Er wollte dem Iren nachschenken, doch dieser hielt die flache Hand auf seinen Krug. Es hatte eh keinen Sinn. In ganz Ban Rotha gab es nicht genug Ale und Branntwein, ihn heute zu betäuben.

»Nur einen kleinen Teil. Für mehr reicht weder Zeit noch Material.«

Überall im Land rauchten die Schmieden bis spät in die Nacht, niemals war die Nachfrage nach Eisen und Stahl so groß gewesen. Fast jeder der Champions hatte besondere Anliegen, wollte seine Ideen durchgesetzt sehen, so ließ beispielsweise Rostam Streitwagen anfertigen. Cuchulainn und Shaka blickten auf das Treiben mit einem Gran Verachtung. Sie würden sich brüllend wie wahre Krieger in die Schlacht stürzen, sich auf ihr Können, ihre Kraft und das Wohlwollen der Götter verlassen. – Nicht so ihr Freund Sanfeng, der sich gerade mit Saladin in einen Disput über den besten Einsatz der Kavallerie verwickelt hatte.

»Erreichen Mann und Tier überhaupt die feindlichen Linien, wenn sie so schwer beladen sind?«, fragte Shaka eher an Cuchulainn gewandt, aber Sanfeng antwortete darauf: »Sie werden die Linien nicht nur erreichen, sie werden sie niederreiten. Speere werden knicken wie Grashalme und die Reihen werden einer Festtagseinladung gleichen.«

»Welche die Schildbrecher mit Freude annehmen werden«, vervollständigte Cuchulainn das Bild, mit schon deutlich gehobener Laune. Im Laufe des Abends stießen noch Rostam und Tecumtha zu der kleinen Gesellschaft. So unterschiedlich die Männer auch waren, so viel Gründe zu Zwistigkeiten es auch gab, sie teilten ein gemeinsames Ziel, was sie alle entgegengesetzte Ansichten überwinden ließ. Sie berieten Schlachtordnungen, schmiedeten Pläne und scherzten, ohne den Respekt voreinander zu verlieren. Niemand erwähnte mehr den eigentlichen Grund des heutigen Beisammenseins. Es wurde eine Nacht von einfallsreicher Leichtigkeit, ein gemeinsames Luftholen vor dem Sturm, der sie alle erwartete.

***

»*Nimmermehr!*« Distelson schrie aus voller Kehle, doch kein Ton kam aus seinem Mund. Er war allein. Allein mit seiner Angst. Gerade hatte er sich in einem Wäldchen auf dem Weg zu der Höhle des weisen Mannes barfüßig an einen Hasen angeschlichen – zwar war er mit seinesgleichen gut Freund, doch durfte man sie nicht erschrecken – da hatten ihn von hinten Klauen grob gepackt und fortgerissen. Man hatte ihm einen Sack über den Kopf gestülpt und seine Händchen hinter dem Rücken gefesselt. Wo er nun war, wusste er nicht, auch nicht wie er, wo immer *hier* war, hergebracht worden war.

Gewiss, dies musste ein Traum sein. Doch nur die Menschen ziehen eine strikte Trennlinie zwischen Wachen und Schlafen. Für Berge, Pflanzen, Tiere und Andersweltler gab es bloß ein Erleben. Für Distelson waren Träume von derselben Schärfe und Bedeutung wie die sogenannte Wirklichkeit. Für das Wiedereintauchen in die Tageswelt müsste er einen bestimmten Ort aufsuchen. Einen Pfad, den er üblicherweise herbeirufen konnte, doch es wollte nicht gelingen. Ein heftiges Zittern schüttelte seinen ganzen Leib. Wo war er?

Unsanft hatte man ihn auf einen harten Stuhl geworfen. Hier saß er also bewegungsunfähig seit geraumer Zeit in undurchdringlicher Finsternis. Die Versuche zu schreien hatte er bereits aufgegeben, als ein Windzug ihn streifte. Es war, als sei eine Tür aufgegangen und sogleich wieder geschlossen worden.

»Lasst ihn sehen«, sprach eine Frauenstimme.

Distelson war sich nicht sicher, ob er das wollte. So kniff er, nachdem man ihm den Sack vom Kopf genommen hatte, noch eine Weile die Augen zusammen. Schließlich aber überwog seine Neugier doch.

Er befand sich in einer Art Höhle. Die Wände, Decke und Boden bestanden allein aus Wurzeln, manche so dick wie die Schenkel seines Freundes Cuchulainn, den er auf den Rat des Merlin hin verraten hatte. Beleuchtet wurde der Raum von Kerzen, die auf dem Boden und auf Säulenstümpfen standen. Der Platz musste einmal ein Tempel gewesen sein, aber nun war er verfallen, an den Wurzeln, welche ihn formten, zeigte sich grün und weiß die Fäulnis.

Zu seinen beiden Seiten standen Frauen in schwarzer Kleidung. Die Haare wirr, die Gesichter voll Bosheit. Und vor den dreien schälte sich aus den modernden Wurzeln ein Thron aus Knochen. Er brauchte nicht zu überlegen, wer das nackte Weib war, das sich da auf ihm räkelte. Boudicca, die Königin der Hexen. Ihr Blick schmerzte seine Augen. Um ihre Kehle wand sich ein Halsring in Form einer Schlange mit zwei Köpfen, ihre Haut war schlohweiß, als hätte sie nie die Sonne gesehen und ihre Linke, die neben der Armlehne des Thrones herabhing, umfasste das Heft eines mächtigen Schwertes, das in einer kostbaren Scheide steckte. Dies alles sah er und doch … sein Feenauge zweifelte.

»Nehmt ihm die Fesseln ab«, befahl die dunkle Königin den Novizinnen, ohne ihn aus ihrem Blick zu befreien.

Distelson spürte, wie sich seine Zunge zu lösen begann. Er schnappte nach Luft und rieb sich die wunden Handgelenke.

»Du glaubst also zu wissen, wer ich bin, *Sidhe*, aber nichts weißt du.«

»Ich …«, stockte der ansonsten so gesprächige Distelson.

»Du«, half ihm Boudicca aus, »bist ein Kind der Göttin. Und ich verlange nicht mehr, als dass du ihr ein *guter* Sohn bist.« Sie lächelte ihm aufmunternd zu, und tatsächlich beruhigte sich der Verschleppte ein wenig.

»Wir wollen über den Hundsmann reden«, sagte sie süß.

»Cuchulainn?« Distelson machte sich schwere Vorwürfe. Seine Schuldgefühle waren der Grund dafür gewesen, dass er der Welt der Priesterinnen den Rücken zugewandt hatte. Zwar war er überzeugt, richtig gehandelt zu haben. – Der Merlin täuschte sich nicht. Johannes hatte nicht sterben dürfen. Und doch, der mächtige und stolze Krieger hatte ihm sein Vertrauen geschenkt und er hatte ihn hintergangen. 'Um die Hoffnung auf eine bessere Zukunft zu retten', wie der Weise ihm erklärt hatte.

»Was willst du denn über ihn wissen?«, fragte er zögerlich.

»Jeder Mann hat seine Schwächen, jeder Held zumindest eine. Nenne mir die seine, und du wirst bis ans Ende der Zeit auf grünen Wiesen spielen.«

»Er … er ist mein Freund.«

»Den du verraten hast.« Sie las seine Gedanken. Erneut überfiel ihn die nackte Angst.

»Sprich!« Boudicca brauchte nicht zu drohen. In ihren Augen, die wie schwarze Flammen loderten, lag die Verheißung aller erdenkbaren Leiden, die es benötigen würde, ihn zum Reden zu bringen. Und Distelson redete. Er erzählte, wie er und Cuchulainn hergekommen waren, berichtete von dem Merlin, dessen Name Thoran war – worüber die Hexe verächtlich schmunzelte – von Mebda, den anderen Champions, aber vor allem offenbarte er das Geheimnis des irischen Kriegers. Wie dieser sich damals, nicht lange nach ihrer Ankunft, mit Shaka betrunken hatte, wie er sich selbst schlafend gestellt und alles mitangehört hatte.

»So, so«, stellte Boudicca fest, »Gastzwang und kein Verzehren von Hundefleisch.«

Die Novizinnen kicherten hinterhältig.

Ganz langsam erhob die Herrin des Nordens sich von ihrem knöchernen Thron. Ihr Blick wich immer noch keinen Augenblick von dem Distelsons, der seinen nicht abwenden konnte, ehe sie es nicht tat. Sie hielt ihn auch dann noch, als sie knapp vor ihn getreten war und mit harschem Ton gebot: »Lasst uns allein!«

Die Novizinnen zogen sich zurück und als sie unter sich waren, kniete sich die dunkle Herrscherin zu ihm hinab, so dass sie auf Augenhöhe miteinander waren. Gleich würde sie ihm eine Klinge in den Bauch stoßen, er würde Blut gurgeln, und das Wasser der Wiedergeburt würde über ihm zusammenschwappen. Er hoffte nur, dass es nicht allzu wehtun würde. Aber nein, der Schmerz blieb aus und Boudicca ... lächelte. »Distelson«, sprach sie und ihre Stimme klang mit einem Mal angenehm, geradezu freundlich. »Dass ich einmal einen Sidhe mit Blendwerk in die Irre führen würde« – Sie lachte kurz auf und so nah, wie sie ihm war, spürte er ihren Atem auf seinem Gesicht – »wer hätte das gedacht?«

Sie erhob sich, ging zurück zu ihrem Thron, setzte sich nieder und machte mit ihrem rechten Zeigefinger eine schnelle Bewegung. Kurz schwindelte ihm und als er aufsah, hatte sich der Raum vollständig gewandelt. Er befand sich in einer ganz normalen Höhle, die fast ein wenig schäbig wirkte. Die Wurzeln waren nicht vermodert und von natürlichen Ausmaßen, das mächtige Schwert war nichts als ein gewöhnlicher Holzstab, der Knochenthron nicht mehr als ein bequemer Stuhl und Boudicca war nicht einmal nackt; sie trug ein dunkles Leinengewand, lediglich der Halsring mit der zweiköpfigen Schlage schien echt gewesen zu sein.

»Mummenschanz, Trugbilder, das, was meine Untertanen von mir erwarten und sehen wollen«, erklärte Boudicca gelangweilt. »Allein deine Angst hat dich an die Illusionen glauben lassen. Aber ich will, dass du erkennst, was wirklich ist. Nicht viele haben die Natur dazu. Dieses ganze Gerede von *der Göttin*«, fuhr sie verächtlich fort, »diese hochtrabenden Augenwischereien, sie widern mich an. Du und ich, wir haben doch die Einsicht, dass die Göttinnen und Götter nichts weiter als eine beliebige Erscheinungsform des Unaussprechlichen sind. Wenn ich das Zepter der Welt an mich genommen habe, und meine Schwestern vernichtet sind, wünsche ich einen in meiner Nähe, dessen Geist nicht von Grund auf verblendet ist.«

314

Wo führte das hin? Distelson begann sich zu fragen, ob ein schneller Tod nicht vorzuziehen gewesen wäre. Ja, er wusste, dass Göttinnen und Götter Metaphern waren und zugleich, auf bestimmte Weise, gab es sie doch. Er hatte mit ihnen gesprochen, sie hatten ihn getröstet, wenn er sich traurig und einsam gefühlt hatte.

»Distelson talud Eibenson«, erhob die dunkle Königin die Stimme, nun war sie voll wahrer Macht, die klamme Höhlenluft knisterte, »ich banne dich in diese Welt. Ihr Schicksal sei das deine.«

Den Sidhe überkam ein sonderbares Gefühl, als würde eine klebrige Flüssigkeit seinen Körper umfangen.

»Eine meiner Dienerinnen wird dich in den Norden führen, dort wirst du warten. Und nachdem die Schlacht gewonnen ist, lasse ich nach dir schicken.«

Die Novizinnen kehrten zurück. Distelson wusste, was ihre Augen erblickten, doch für ihn war die Illusion nun aufgehoben. Das war also sein Fluch, die Strafe für seinen Verrat: Er würde die Dinge sehen, wie sie waren und im Dunstkreis seiner neuen Herrin Zeuge von der Finsternis werden, die durch ihre Regentschaft über die Welt hereinbrechen würde. »Nein!«, schrie er auf und die Novizinnen kicherten hämisch, ohne zu verstehen.

***

Cuchulainn ritt auf dem Rücken Cahabiers über brach liegendes Land. An seiner Seite war Nurta, gefolgt von ihren Schwestern Curla und Jurla und sechs grimmigen Männern, welche Nurta aus den zurückgebliebenen Mittelländer-Schildbrechern ausgewählt hatte, sie zum Rat zu begleiten. Tiefnebel erschwerte die Sicht. Krähen stachen ihre Schnäbel in den verkrusteten Erdboden. Ein Grenzstein machte sie darauf aufmerksam, dass sie nun das Königreich Ark betraten.

»Wie besprochen; in der Nacht vor dem Rat zeigst du dich Sotrac von deiner …« Der Hund von Grüngrund suchte nach dem rechten Wort, »*warmherzigen* Seite, während Jurla sich um Kunnard kümmert.« Jurla, die Jüngste der Dreien, hatte zwar die schönste Gestalt, aber Nurta war weitaus gerissener und Sotrac kein Narr. Cuchulainn war bereits vielen Druiden begegnet. So klug sie auch sein mochten, der Anblick einer nackten Frau, wie der von Jurla, machte sie zu willenlosen Geschöpfen.

»Warmherzig?!« Nurta warf lachend den Kopf in den Nacken. »Ich kenne den König, er saß über mich zu Gericht und glaub mir, es war nicht meine Warmherzigkeit, die ihn für mich einnahm. Ich ficke ihm den Verstand raus, bis er sich nicht mehr an seinen Namen erinnert.«

»Braves Mädchen.«

»Aber tue ihm nicht weh«, fügte Cuchulainn zwinkernd hinzu, »ich mag ihn.«

Der Empfang war überaus herzlich. Ihr Ruf als gute Gastgeber eilte den Königen der Mittellande voraus und sie gaben alles, ihn aufrecht zu erhalten. Cuchulainn und seine Begleitung wurde in den schönsten Gemächern der Foralforre, Sotracs Burg, untergebracht. Es war die erste wirkliche Festung, die Cuchulainn in dieser Welt zu Gesicht bekam. Ihre Mauern waren hoch und schlossen an die Ausläufer eines Gebirgszuges an.

Der Rat fand am dritten Tag nach ihrer Ankunft statt. Wie sich herausgestellt hatte, nahm Sotrac seine Eheverpflichtungen ernst. Nicht weil er grundsätzlich abgeneigt gewesen wäre, sondern weil seine Frau ihm für die Beleidigung den Kopf abreißen würde, wie er scherzhaft Nurtas Angebot abwies. Auch mit Kunnard lief es nicht ganz so wie geplant. Er machte keinen Hehl daraus, die Absicht der Gesandten zu durchschauen, teilte aber trotzdem mit Jurla das Bett. Ob es nun an ihrem *Geschenk* lag oder nicht, er sprach sich, nach der feurigen Rede des Iren, im Rat für die Teilnahme am Krieg aus. Nachdem Sotrac geschickt Begriffe wie 'Vergeltung' und 'alte Freundschaft' angebracht hatte, wollten sich auch die Vertreter aus Thorn, Coban, Munsk, Sirth und Galen nicht dem Vorwurf der

Feigheit aussetzen, und so trank man am Abend auf den bevorstehenden Krieg im nächsten Jahr. Keiner der versammelten Männer dachte an die schlimmen Folgen, niemand sah sich auf dem Schlachtfeld verbluten, alle hatten ihren Ruhm im Sinn und waren stolz, bald schon Geschichte zu schreiben.

Überschlug man alle Worte der verschiedenen Redner, hatte Cuchulainn an diesem Tag mehr als zweitausend Speere gewonnen. Er war zufrieden.

Kapitel 18   Johannes: Der kleine Krieg

»Eismond, Taumond, Lenzmond«, Johannes überlegte kurz und schaute auf seine Finger, mit denen er mitzählte, »Launing, Blumenmond, Brachmond, … Heumond, Erntemond, Scheiding, … Weinmond, Nebelmond, Dustermond! – Richtig?« Er sah erwartungsvoll zu Ishtar hinüber, die an seiner Seite ritt.

»Jetzt hast du es.«

»Das sind aber zwölf Monate, damit habt ihr keinen Mondsondern einen Sonnenkalender!«

»Auch das ist richtig. Unsere Männer waren ebenso schlau wie du, und außerdem ganz große Sonnenverehrer. Deshalb haben sie kurzerhand unseren alten Mondkalender abgeschafft, angeblich weil der Sonnenkalender logischer und praktikabler ist.«

»Und du, findest du das nicht auch?«

»Doch, aber nicht alles was logisch und praktikabel ist, ist auch schön und harmonisch.«

Das klang schon ziemlich gereizt, er hatte sie die letzte halbe Stunde auch wirklich gelöchert. Er schaute sich um, aber auch Maks, der ihre einzige Begleitung war und zwei Pferdelängen hinter ihnen ritt, schien keine Lust auf weitere Ausführungen zu haben. Dabei gab es für Johannes in diesem Land so viele interessante Dinge herauszufinden, um die er noch keine Zeit gehabt hatte, sich zu kümmern. Die letzten drei Monate – Taumond, Eismond, Dustermond zählte er für sich auf – waren für ihn, im Gegensatz zu den meisten anderen Champions, alles andere als langweilig gewesen. Er hatte sein tägliches Waffentraining weitergeführt und bei ihrer gemeinsamen Graduierungsfeier vor drei Tagen, in der Nacht vor seiner Abreise, hatten ihn Yusuf und Savinien als Meister entlassen. Letzterer nur zögerlich, aber selbst er konnte nicht leugnen, dass ihn Johannes mit einem Schwert in Verlegenheit bringen konnte und ihm mit seinen beiden Schwertern gelegentlich sogar überlegen war. Nur Rodrigo hielt ihn, und das zu Recht, mit Speer und Schild bestenfalls als *Mann für die zweite Reihe* geeignet. Das grämte ihn aber nicht, diese Art von Kampf hatte er ohnehin nicht vor zu führen. Was außerdem viel mehr für ihn zählte, war, dass er sich so stark und beweglich fühlte wie nie zuvor in seinem Leben. Auch seine Kenntnisse der Landessprache hatte er mit Hilfe von Maks und, wann immer sie in Pela Dir war, von Ishtar perfektioniert. Das war sie allerdings selten mehr als eine Nacht gewesen. Ein fünftägiger Aufenthalt während der Wintersonnwende war eine Ausnahme gewesen, den sie aber überwiegend mit ihren Schwestern und Ritualen verbracht hatte, zu denen Männer nicht zugelassen waren. Ansonsten war sie entweder in diplomatischer Mission unterwegs gewesen, oder sie hatte sich um die Logistik ihres bevorstehenden Feldzuges gekümmert. So hatte sie auch, auf seine Veranlassung hin, als Basislager für ihre Truppen einen aufgegebenen Gutshof herrichten lassen. Dieser lag acht Tagesritte nach Osten von Pela Dir entfernt in der Baronie Hochfirst, an der Grenze zum Königreich Ark. Dorthin waren sie augenblicklich unterwegs, im Laufe dieses Nachmittags sollten sie ankommen, um sich zunächst mit ihren Rittern zu vereinen. Im Laufe der nächsten Tage sollte dann der Rest ihrer Truppe eintreffen.

Johannes schlug seinen Kragen hoch. Wind war aufgekommen und obwohl es im Gegensatz zu den letzten beiden Tagen der Reise nicht regnete, war die Luft feuchtkalt und kroch in die Kleider. Vor etwa zwei Stunden hatten sie den Wald verlassen. Nun bestand die Landschaft um sie herum aus Feldern in der Winterbrache. Kleine Busch- und Obstbaumgruppen, an denen noch vereinzelt das braune Laub des Vorjahres hing, waren die einzige Abwechslung für das Auge, und über allem hing ein feuchter, grauer Dunst. »Nicht gerade einladend hier«, meinte er zu Fajulla, während er ihm den Hals tätschelte, »aber immerhin nähern wir uns bewohnten Gebieten. Hoffen wir, dass du bald in einen warmen Stall mit voller Futterkrippe kommst und ich mit einer heißen Suppe vor einen brennenden Kamin.« Fajulla schnaubte zustimmend und fiel in einen leichten Trab.

Das und noch mehr hatten sie noch vor Einbruch der Dunkelheit vorgefunden. Nach einem guten Essen an einem warmen Feuer hatte sich Johannes von Ishtar das Anwesen zeigen lassen. Es war zwar nur behelfsmäßig hergerichtet, so standen an einigen Stellen Stützbalken im Weg, an anderen waren fehlende oder gebrochene Bodenplatten nur mit gestampftem Lehm ausgebessert worden, aber alles war sauber und regensicher. Für die wenigen Wochen, die sie es als Basislager benötigen würden, war es perfekt. Für die Soldaten war in den ehemaligen Stallungen frisches Stroh aufgeschüttet, es gab ausreichend Decken und hinter dem Gebäude waren Latrinen ausgehoben. Für die Ritter waren zwei Räume im Hauptgebäude, ebenfalls mit Strohlagern, vorbereitet. Lediglich für Ishtar, Wulf und ihn selbst gab es Einzelzimmer mit Betten und Rosshaarmatratzen. Zwanzig Bedienstete würden für ihr leibliches Wohl mit einer bevorrateten Küche sorgen, mehr als genug, um ihre etwas über als Zweihundert Mann starke Truppe zu versorgen. Ohnehin würden nach ihrem Aufbruch in wenigen Tagen nur achtzig Mann hier verbleiben, um etwaige Verwundete zu versorgen und Ausfälle zu ersetzen. Bei dem Gedanken an Verwundete und Ausfälle verkrampfte sich Johannes' Magen.

»Wenn wir alleine sind, kannst du mich im Übrigen Mara nennen.«

Sie standen am Eingang zur Küche, er überblickte den Raum, und hatte überhaupt nicht registriert, dass er wohl schon geraume Zeit den Arm um Ishtar gelegt hatte.

»Mara?«, wiederholte er aus seinen Gedanken gerissen.

»Ja, Mara. Das ist die Frau, die sich – wie du es ausdrückst – hinter Ishtar verbirgt. Und diese Mara würde gerne die heutige Nacht mit dir verbringen.«

»Ich kann es nicht fassen …«, sagte Johannes erstaunt. Sie legte ihm zwei Finger auf die Lippen »Das brauchst du auch nicht. Komm einfach mit und lass es geschehen!«

***

Der Küchenjunge, den sie zum Ausschau halten auf den Dachfirst geschickt hatten, meldete die Annäherung einer größeren Reitergruppe. Es war am späten Vormittag des folgenden Tages und Ishtar und Johannes, die gerade gemeinsam die Vorräte inspiziert hatten, gingen nach draußen, um die Ritter zu empfangen.

»Von jetzt an wieder Ishtar, mein Heerführer.« Sie hatte sich aus seiner Umarmung gelöst, als die Hufschläge näherkamen.

»Glaubst du, das hilft etwas? Jeder, der nicht völlig blind ist, muss mitbekommen, was letzte Nacht passiert ist. Das steht um uns herum mit fetten Buchstaben in die Luft geschrieben.« Mit einem verliebten Lächeln schaute er sie an.

»Wenn du das Honigkuchengrinsen aus deinem Gesicht verschwinden lässt, haben wir *vielleicht* eine Chance.« Die Weise, wie sie seinen Blick erwiderte, nahm ihren Worten die Schärfe.

Vom obersten Treppenabsatz des Haupteinganges beobachteten sie das Eintreffen Wulfs und seiner Zweiundzwanzig Ritter. Sie kamen im Galopp und obwohl sie völlig durchnässt waren, schienen sie guter Dinge zu sein. Erst kurz vor den Stufen brachten sie ihre Pferde zum Halten. Wulf schwang sich aus dem Sattel und stürmte die Treppen hinauf direkt auf Johannes zu: »Johannes, du Teufelskerl! Wir können es immer noch kaum glauben! In der ganzen Fennmark wurde den gesamten Winter über von nichts anderem gesprochen, als dass du den angeblich stärksten Champion auf die Plätze verwiesen hast. Und das im Faustkampf!«

»Entschuldige Wulf«, warf Johannes verwundert ein, »wenn ich mich recht erinnere, bin ich gestürzt, und *das* hat den Kampf beendet.«

»Ja, wissen wir«, wiegelte Wulf ab, »aber wir wissen auch, über *was* du gestolpert bist und *wer* das dorthin gelegt hat«, fuhr er lebhaft fort. »Und auch, dass Cuchulainn am Ende seiner Kräfte war und sich keinen anderen Rat mehr wusste, als zu Betrug zu greifen.«

»Um Himmels willen!«, stöhnte Johannes. »Wenn ihm das zu Ohren kommt, macht er Fennstadt und die ganze Baronie eigenhändig dem Erdboden gleich.«

»Das wird unser Heerführer zu verhindern wissen«, meinte Wulf mit einem zuversichtlichen Grinsen, »da sind wir uns sicher.«

»Entschuldigt, wenn ich eure Wiedersehensfreude unterbreche«, Ishtar funkelte Wulf an, »aber ist es möglich, dass ihr den Winter über in *meiner* Baronie nicht nur den Verstand, sondern auch den Anstand verloren habt?«

Wulf wandte sich ihr zu, als ob er sie erst jetzt bemerkte, und neigte dann verlegen den Kopf: »Herrin, bitte verzeiht meine Begeisterung, in meinem Überschwang habe ich wirklich jeden Anstand vergessen«, murmelte er. Er blickte zu ihr auf. »Nehmt nicht nur meine untertänigsten Grüße entgegen, sondern auch die der ganzen Fennmark. Wir vermissen Eure …«

»Ja, ist schon gut«, fiel ihm Ishtar ungnädig ins Wort, »das *untertänigst* kannst du weglassen. Aber ein Gruß steht mir zu und zwar *vor* dem großen Helden.« Als sie bei den letzten Worten ihren Blick auf Johannes richtete, tauchte in ihrem strengen Gesicht ein kaum bemerkbares, stolzes Lächeln auf. Nur für den Bruchteil einer Sekunde, dann wandte sie sich wieder streng an Wulf: »Lass meine Männer nicht im Regen stehen! Sie sollen die Pferde versorgen und dann in den Saal kommen. Wir haben ein warmes Frühstück für euch vorbereitet.« Damit wandte sie sich um und ging nach drinnen.

Johannes blieb bei Wulf stehen, der die entsprechenden Befehle gab, gemeinsam folgten sie ihr schließlich. Beim Hineingehen meinte Wulf beiläufig: »Es sieht so aus, als ob du in letzter Zeit nicht nur im Faustkampf erfolgreich gewesen wärst.«

Ich wusste es, dachte Johannes. »Wie meinst du das?«, fragte er Wulf laut.

Wulf grinste breit. »Nur so, nichts Besonderes.«

Am frühen Nachmittag, nachdem die Ritter Quartier bezogen und sich etwas erfrischt hatten, versammelten sich alle im großen Speisesaal, der mittlerweile zur Kommandozentrale umfunktioniert war. Die Tische standen an den Seiten, die Ritter hatten in Stuhlreihen Platz genommen, hinter Johannes, an der Stirnseite, hingen

Karten mit den für sie relevanten Gebieten an der Wand. Brauchbare Karten zu bekommen, war nicht einfach gewesen. Einige hatte Johannes in der Bibliothek in Pela Dir ausfindig gemacht, andere hatte Ishtar auf seine Bitte hin von ihren Reisen mitgebracht. Um sie überhaupt erst maßstabgerecht zu machen und sie dann auch noch alle in den *gleichen* Maßstab zu bringen, hatte sich Johannes viele Nächte mit Kartenzeichnen um die Ohren geschlagen. Bevor er zu reden begann, schaute er sich noch einmal um und war mit dem Ergebnis seiner Bemühungen sichtlich zufrieden. Karten waren das A und O seiner Strategie.

»Dann wollen wir mal anfangen«, wandte er sich an die Ritter und das Stimmengemurmel verstummte. »Wie ihr seht, habe ich den Winter nicht nur mit blöden Prügeleien verbracht.«

»Ist auch nicht schlecht geworden«, kam ein Kommentar aus der hintersten Reihe.

»Danke Urthen, das hast du auf die Schnelle gut erkannt. Dann bereitet es dir bestimmt auch keine Schwierigkeiten, deinen Kameraden noch einmal die wichtigsten Elemente einer Karte und deren praktische Handhabung zu erklären.«

In der nächsten Stunde fassten sie noch einmal zusammen, was Johannes ihnen in Kartenkunde während der Offiziersschulung im Heerlager beigebracht hatte. Endlich war er zufrieden, er hatte den Eindruck, dass selbst Urthen eine Karte richtig anwenden konnte.

»Dann darfst du dich wieder setzen.« Dankbar folgte Urthen der Anweisung, trotz der kühlen Temperatur in dem nur schwach geheizten Raum standen ihm Schweißperlen auf der Stirn. Theorie war nicht seine Stärke, aber er hatte sich im Heerlager nicht nur als guter Kämpfer, sondern auch als guter Ausbilder erwiesen, der von seinen Soldaten respektiert wurde. Das ließ Johannes über seine vorlaute, etwas derbe Art hinwegsehen.

»Nachdem wir das geklärt haben, schlage ich eine kurze Pause vor. In der Küche findet ihr Erfrischungen, in einer viertel Stunde treffen wir uns wieder hier, um dann zum Wesentlichen, unserer Strategie und der Zeitplanung zu kommen.«

Die Strategiebesprechung dauerte bis zum späten Abend. Zunächst setzte Johannes die Ritter darüber in Kenntnis, dass Yusufs und Cuchulainns Späher den Beginn der Schneeschmelze in den Bergen – in spätestens zwei bis drei Wochen würden die Pässe passierbar sein – und den unmittelbar bevorstehenden Aufbruch des feindlichen Heeres berichtet hatten. Das hieß, in vier bis fünf Wochen würden die Stammeskrieger das Nordgebirge, das Mun Ban fast genau in Ost-West Richtung teilte, überquert haben. Am Fuße des Gebirges würden Johannes und seine Männer sie in Empfang nehmen.

Sie würden, wie bereits im Heerlager eingeteilt, in elf Kampfgruppen und einer Stabsgruppe agieren. Jede bestand aus zehn Soldaten plus zwei Rittern, in der Funktion als Gruppenführer und Stellvertreter. Die kleinen Verbände würden in der Regel einzeln, bei Bedarf aber auch zu mehreren, oder in besonderen Situationen alle zusammen operieren. Die zehn Soldaten der Stabsgruppe sollten in erster Linie die Kommunikation zwischen den Gruppen gewährleisten, die zwei Stabsoffiziere waren für die Logistik vorgesehen.

Ab diesem Punkt übernahm Wulf die weiteren Ausführungen: Nie würden sie das feindliche Heer in seiner Gesamtheit konfrontieren. Späher, Vorhut, Nachhut, vor allem aber Furagierzüge würden ihre Angriffsziele sein. Es konnte nicht darum gehen, den Feind zu besiegen, sondern ihn zu entnerven, in Versorgungsschwierigkeiten zu bringen und ihn zu der Stelle zu lenken, wo der Rat der Champions die Entscheidungsschlacht zu führen gedachte. Für all das hatten sie etwa sechs Wochen Zeit, solange würde das feindliche Heer ungefähr für den Anmarsch durch die Ebene der mittleren Königreiche zwischen Westküste und Mittelgebirge benötigen.

»Vor allem in der letzten Woche wird es darauf ankommen«, fasste Wulf noch einmal zusammen »dass wir den Feind davon abhalten, die bis dahin eingerichteten Stellungen unseres Hauptheeres zu umgehen. Genau an diesem Punkt«, er deutete auf die Karte, »die 'Der Riegel' genannt wird, wird unsere Hauptstreitmacht den Feind erwarten.«

An dieser Stelle reichten Ausläufer des von Nordosten nach Südwesten verlaufenden, dicht bewaldeten Mittelgebirges fast bis an die Westküste, und der verbleibende Durchgang konnte nach Ansicht des Rates auch mit ihrem relativ kleinen Heer gegen die Übermacht des Feindes verteidigt werden.

»Einen massiven Durchbruchversuch könnten wir mit unserer kleinen Truppe natürlich nicht verhindern«, bei diesen Worten schaute er Johannes etwas vorwurfsvoll an. »Deshalb werden wir in diesem letzten Abschnitt, etwa eineinhalb Ritt von unseren Stellungen entfernt, von Yusufs und Rostams Reiterei unterstützt werden.«

»Gibt es noch Fragen?«, Johannes schaute sich suchend um. »Dann schlage ich vor, für heute Schluss zu machen. Ich erwarte, dass ihr in den folgenden Tagen eurer jeweiligen Gruppe die Situation detailliert klarmacht. Wir haben noch fünf Tage Zeit, um eventuelle Fragen zu klären, dann brechen wir auf.«

Die verbleibenden Tage im Gutshaus verbrachte Johannes mit gemischten Gefühlen. Er freute sich über das Wiedersehen mit seinen Soldaten, die nach und nach eintrafen. Das Heerlager des vergangenen Sommers hatte sie zu einer verschworenen Gemeinschaft zusammengeschweißt, in der jeder Stärken und Schwächen des anderen kannte und letztere zumindest tolerierte. Einige seiner eigenen Schwächen hoffte er allerdings vor seinen Männern verbergen zu können. Wenn sie zusammen saßen, scherzten, oder auch noch einmal Details ihrer Pläne durchgingen, blieb sein Blick gelegentlich auf dem ein oder anderen hängen, und er fragte sich, ob jener in zwei Monaten noch lebte, oder vielleicht für den Rest seines Lebens verkrüppelt wäre.

Wenn er tagsüber alleine war, drängte sich ihm der Gedanke auf, dass er demnächst aufbrechen würde, um Menschen zu töten, die rein zufällig auf einer anderen Seite standen. In seinem ganzen bewegten Leben war es noch nie so weit gekommen. Die ein oder andere körperliche Auseinandersetzung hatte er natürlich hinter sich, einmal hatte er sich auch mit einem Messer gegen einen Angriff zur Wehr setzen müssen, aber er hatte noch nie jemanden getötet. Und vor allem war er noch nie mit genau diesem Vorsatz irgendwohin aufgebrochen.

Anfangs hatte er befürchtet, dass sich seine Unsicherheit auf seine Leute übertragen könnte, aber davon war nicht das mindeste zu bemerken. Die Männer waren aufgedreht, rissen Witze, prahlten mit Taten, die sie angeblich begangen hatten, oder demnächst begehen würden. Es hatte eher den Anschein, dass sie im Begriff waren zu einer Vergnügungsveranstaltung aufzubrechen, als in Krieg und Tod. Johannes' gelegentliche Nachdenklichkeit fiel im allgemeinen Überschwang nicht im Geringsten auf.

In den Nächten quälten ihn allerdings keinerlei Zweifel: Ja, er liebte, und das in einem Ausmaß, wie er es sich nie hatte vorstellen können, und er genoss diese Liebe in vollen Zügen. Viel Schlaf fanden er und Ishtar nicht in dieser Zeit. Natürlich blieb dies den Soldaten nicht verborgen, auch wenn der körperliche Ausdruck ihrer Liebe sich auf Johannes' Zimmer beschränkte, das am weitesten von den übrigen Unterkünften entfernt war. Und natürlich redeten die Männer untereinander darüber. Lebhafte Unterhaltungen verstummten, wenn Johannes in Hörweite kam, und gelegentlich trafen ihn anzügliche oder bewundernde Blicke. An der Oberfläche nervte ihn das, aber tief im Inneren war er stolz darauf. Und auch Ishtar schien daran keinen Anstoß zu nehmen.

In der letzten Nacht vor dem Aufbruch des Heeres, als Johannes glaubte, sich verabschieden zu müssen, hatte ihn Mara mit der Ankündigung überrascht, dass Ishtar selbstverständlich ihre Truppen begleiten würde. Zunächst wollte Johannes ihr das ausreden, natürlich wollte er seine Geliebte nicht Gefahren ausgesetzt sehen. Aber nach einem kurzen Moment der Überlegung ließ er es sein. Er war sich sicher, dass sie wusste, was sie tat, und schließlich war es mehr ihr Krieg als der ihrer Bauern und selbst der ihrer Ritter. Ihr Heerführer hatte sich den Schlamassel selbst eingebrockt, er würde ihn mit ihr zusammen auslöffeln. Er hatte sich ihr wieder mit Verlangen zugewandt und – wie immer in den letzten Nächten – hatte sie diesem mit Freuden nachgegeben.

***

Selbst hier, in den südlichen Ausläufern des Nordgebirges, hielt der Frühling Einzug. Zwar fehlte der Sonne auch jetzt, kurz vor Mittag, noch die Kraft zum richtigen Wärmen. Doch sie schien leuchtend hell durch die noch kahlen Kronen und brachte den nachtfeuchten Laubteppich und die silbergrauen, gewaltigen Stämme der Buchen zum Funkeln. Die kühle, klare Luft roch würzig nach dem Moos und Laub, das von den Hufen ihrer Pferde aufgewirbelt wurde. Unter anderen Umständen wäre Johannes von der Szenerie begeistert gewesen, aber jetzt war er auf Jagd, auf Menschenjagd, um genau zu sein. Das Hauptheer des Feindes strömte seit Tagen aus den Bergen in die weite, unbewaldete Ebene Richtung Küste, wo es sich formierte, um sich auf den Marsch nach Süden zu machen. Nach mehr als einer Woche angespannten Wartens in täglich wechselnden Camps in der Nähe des Waldrandes hatten ihre Späher am frühen Morgen einen Versorgungstrupp des Feindes gemeldet. Auf den hatten sie es abgesehen. Eine leichte Beute würde das nicht werden. Der Trupp bestand aus fünf Planwagen und mindestens zwanzig Mann berittenem Geleitschutz. Johannes selbst standen nur vier Soldaten des Stabes zur Verfügung, die übrigen sechs und die beiden Offiziere waren mit unterschiedlichen Aufträgen unterwegs, sowie eine weitere, komplette Gruppe, die mit ihnen in der Nacht das Lager geteilt hatte. Alles in allem also achtzehn Männer und natürlich Ishtar, die sich aber wohl nicht am Kampf selbst beteiligen würde. Mit dem geplanten Angriff auf den Furagiertrupp verstieß er eigentlich gegen seinen eigenen Befehl, nie einen zahlenmäßig überlegenen Feind anzugreifen. Aber sie alle waren des angespannten Lauerns überdrüssig, irgendwann musste der erste Schlag fallen.

Zuerst rochen sie den beißenden Rauch. Sie beschleunigten den Schritt, aber erst als sie nach geraumer Zeit über den Kamm eines Hügels ritten, und vor ihnen bewirtschaftetes Land den Blick

freigab, sahen sie den brennenden Weiler. Aus etwa zwanzig Holz-
hütten links und rechts eines befestigten Weges sowie aus den dazugehörigen Vorratsspeichern züngelten Flammen. Weder vom
Feind, noch von den Einwohnern der Ansiedlung war irgendetwas
zu sehen.

»Warum müssen die Drecksäcke den Leuten auch noch die
Häuser anstecken?«, fragte Johannes, während er Fajulla aufforderte, zu dem Ort zu galoppieren.

»So ist der Krieg eben«, bemerkte Wulf ungerührt und gab
seinem Pferd die Sporen, um Johannes zu folgen.

Johannes war im Rahmen von Nothilfeprojekten gelegentlich mit
unter den ersten gewesen, die nach Erdbeben- oder Überschwem-
mungskatastrophen in die betroffenen Regionen gekommen waren.
Er hatte in seinem Leben schon viele Leichen gesehen, auch fürchterlich verstümmelte. Was er aber hier links und rechts des Weges
durch die ehemalige Ansiedlung sah, war nicht Folge einer planlos
zuschlagenden Naturgewalt, sondern für ihn Ausdruck des Bösen
an sich. Es würgte ihm die Luft ab. Zwei Kleinkinder mit zertrüm-
merten Schädeln und verdrehten Gliedmaßen. Eine nackte Mäd-
chenleiche mit gebrochenem Hals, hervorquellenden Augen und
blutverklebter Scham. Mehrere halbbekleidete Frauenleichen mit
unzähligen Schnittverletzungen, dahinter vier Männer mit Mistga-
beln an ein Holztor gespießt, wohl damit sie im Sterben zusehen
konnten, was mit ihren Frauen geschah. Als er an einen auf dem
Bauch liegenden Jungen mit heruntergezogenen Hosen vorbeikam,
aus dessen Anus ein abgebrochener Besenstil ragte, musste er sich
übergeben. Er hatte nur einen Gedanken: weg von hier, ganz weit
weg, irgendwohin, wo solche Dinge nicht geschahen. Er war noch
am Galle würgen, als er fühlte, wie sich, von seinem Unterleib
ausgehend, eine eisige Kälte in ihm ausbreitete. Von hier weg vielleicht, aber nicht bevor die Schweine, die dies angerichtet hatten,
zur Verantwortung gezogen waren. Er richtete sich im Sattel auf
und sah sich um. Auch die Gesichter der Soldaten waren kreide-

weiß, einer von ihnen kniete gekrümmt am Straßenrand und würgte krampfhaft. Lediglich die Ritter hatten Fassung bewahrt, und Ishtar hatte sich hinter eine ausdruckslose Miene zurückgezogen.

»So ist der Krieg eben, Johannes«, wiederholte Wulf.

»Was ein Scheißkrieg!«, fuhr es aus Johannes, der sich mit dem Ärmel über den Mund wischte. »Lasst uns sehen, ob irgendjemand diese Schweinerei hier überlebt hat und dann werden wir dafür sorgen, dass dieser Krieg für die Verursacher dieser Heldentat ganz schnell vorbei ist.«

Mittlerweile war es heiß geworden auf dem Weg, die Flammen schlugen hoch aus den Rieddächern, und erste Balken krachten funkenstiebend zu Boden.

»Die Suche können wir bleiben lassen«, wandte Ishtar ein »ich fühle hier, außer dem unseren, kein Leben mehr.«

Johannes schaute sie prüfend an. »Sicher?«

Sie nickte ernst.

»Dann ihnen nach, die Spuren sind nicht zu übersehen, und weit können sie noch nicht sein.«

In scharfem Galopp folgten sie dem Weg, der nach Südwesten in ein weites, offenes Tal führte. Johannes musste Fajulla, der seine nach Vergeltung fordernde Haltung wohl übernommen hatte, geistig zügeln, damit sie die Übrigen nicht hinter sich ließen. Johannes war es wie eine Ewigkeit vorgekommen, in Wirklichkeit war weniger als eine halbe Stunde verstrichen, als sie den Wagentreck hinter einer Biegung des Tales auftauchen sahen.

»In zwei Reihen ausschwenken, sobald wir auf gleicher Höhe sind, den Beschuss eröffnen!«

Er hörte gerade noch Wulf seinen Befehl weitergeben, bevor er, den Bogen schon in der Linken, Fajulla losstürmen ließ. Bereits bevor er auf gleicher Höhe mit dem letzten Wagen war, fand der erste Pfeil sein Ziel: Einer der Soldaten der Nachhut sank mit einem gefiederten Geschoss im Rücken vom Pferd. Vier weitere Pfeile verschoss er, bevor er an Wagenzug und Vorhut vorbei geprescht war. Er ließ Fajulla scharf wenden und galoppierte auf der anderen

Seite des Weges zurück, diesmal unter dem Hals Fajullas hervor-schießend, von seinen gepanzerten Flanken gedeckt. Zwei Runden drehte er auf diese Art, ohne wahrzunehmen, wo seine Mitstreiter waren. Bei der vierten Kehre auf dem Weg wies er Fajulla an, mitten in die Reiter zu stürmen. Er steckte den Bogen in den Kö-cher, zog seine beiden Schwerter und schrie: »*Ishtar*!« Er krachte in den Block der Nachhut, ein Pferd ging laut wiehernd, mit schreien-dem Reiter rechts von ihm zu Boden, und dann hackte er um sich. Blut spritzte ihm ins Gesicht, über die Kleidung, seine Klingen trafen auf Metall, schnitten durch Fleisch und hackten auf Kno-chen, seine Ellbogen, Knie und Stiefel trafen auf Gelenke und Weichteile, seine Stirn brach eine Nase …

»*Johannes*, *JOHANNES*!«, vernahm er eine Stimme in seinem Kopf, »*der Kampf ist vorüber*!«

Verwundert schaute er sich um. Er bog gerade mit der Linken, das Schwert in der Hand, einem Jungen von vielleicht sechzehn Jahren, den dunkel beschopften Kopf nach hinten und war dabei, ihm mit dem Schwert der Rechten die Kehle zu durchbohren. Mit einer Geste des Abscheus stieß er den Jungen von sich.

»Der Kampf ist vorüber«, wiederholte Ishtar auf ihn zureitend, dieses Mal mit normaler Stimme.

Johannes konnte sich nicht erinnern, abgestiegen zu sein. Suchend schaute er sich um: Fajulla kam mit einem Schnauben auf ihn zu. »Alles in Ordnung, Alter?«, prüfend ließ er seinen Blick über Fajullas Flanken schweifen. Er zog einen abgebrochenen Pfeil aus der Schabracke, das darunter liegende Kettenhemd schien noch nicht einmal angekratzt. Er legte ihm den Kopf an den Hals und flüsterte: »Was ein Scheißkrieg.« Fajulla schnaubte zustimmend.

»Wozu brauchst du eigentlich Soldaten, wenn du alles alleine machst?« Er drehte sich um und sah Wulf auf sich zukommen.

»Nett gemeint, Wulf, aber mir fehlt gerade jeglicher Sinn für Humor. Außerdem scheint es auch nicht wirklich zu stimmen«, ergänzte er mit einer Geste auf Wulfs blutbefleckte Kleidung. »Komm, wir haben noch Arbeit«, er legte Wulf im Vorbeigehen die Hand auf die Schulter und zog ihn mit sich.

Sie gingen zu der kleinen Gruppe Gefangener, die ein Stück abseits des Weges von den Soldaten bewacht wurden. Johannes zählte vier, die auf dem Boden hockten und weitgehend unverletzt schienen. Dazu zählte auch der Junge, den er fast getötet hätte. Daneben lagen sechs weitere, die zum Sitzen zu schwach waren, zwei davon stöhnten leise vor sich hin.

»Weißt du, wer die Anführer sind?«, fragte er Wulf.

»Der, der da drüben liegt, mit einem deiner Pfeile durch den Hals, ist der erste Offizier. Um den brauchen wir uns nicht weiter zu kümmern, der macht es nicht mehr lange. Und das hier«, er deutete auf einen der Unverletzten, »ist allem Anschein nach der Zweite in der Rangfolge.«

»Ishtar, könntest du ihn bitte fragen, ob er irgendetwas zu seiner Entschuldigung für das Massaker in dem Weiler vortragen kann?« Ishtar ging ein paar Schritte auf die Gruppe zu und sprach den Gefangenen auf Nortu an. Wie Johannes wusste, beherrschte sie sämtliche Sprachen und Dialekte der Insel. Der Gefangene schaute kurz auf, als er in seiner Mundart angesprochen wurde, dann richtete er den Blick wieder störrisch auf den Boden.

»Das habe ich mir gedacht, für so etwas gibt es keine Entschuldigung.« Johannes schaute sich suchend um. Schließlich wies er auf einen allein stehenden Baum in etwa einem Wurf Entfernung. »Die beiden Offiziere werden da vorne an der Wegeiche aufgehängt. Das gleiche geschieht mit den Toten.«

Ishtar hob erstaunt die Brauen, und Wulf wandte protestierend ein: »Johannes, das verstößt gegen jegliche Regel! Gefangene Offiziere, auch wenn sie halbe Wilde sind, sind mit Respekt zu behandeln, das gebietet die Ehre.«

»Die beiden haben heute Morgen jegliche Ehre verloren«, erwiderte Johannes barsch, »und ich meinen Respekt vor dem Leben. Auf, Männer«, er wandte sich an die zögernden Soldaten, »das ist ein Befehl! Setzt die Mörder auf Pferde und fesselt dem Unverletzten die Arme. Dem lege ich persönlich die Schlinge um den Hals, wenn schon, dann machen wir uns alle die Hände schmutzig. Ach, und noch etwas, Wulf«, meinte er im Weggehen, »noch heute Abend geht der Befehl an sämtliche Gruppen, dass wir genau auf diese Weise mit allen Kriegsverbrechern verfahren.«

Der unverletzte Offizier saß, die Hände auf dem Rücken gefesselt, auf seinem Pferd unter einem weitausladenden Ast der Wegeiche. Schräg neben ihm baumelte die Schlinge im Wind. Zwei Soldaten standen vor dem Pferd und hielten es fest, vier weitere standen bereit, um ihn im Sattel zu halten, falls er erneut versuchen sollte abzuspringen. Als er zuvor mitbekommen hatte, was sie mit ihm vorhatten, hatte er sich heftig gewehrt.

Ishtar hatte Johannes darauf hingewiesen, dass es für die Krieger der Nordlande die größte Schande war, wie ein gemeiner Dieb gehängt zu werden. »Und«, hatte er ungerührt erwidert »was hältst du für schlimmer, einen Diebstahl zu begehen, oder Menschen bestialisch abzuschlachten?«

Jetzt aber saß der Verurteilte mit versteinerter Miene im Sattel. Johannes ritt zu ihm hin und als er ihm die Schlinge um den Hals legte, spuckte ihm dieser ins Gesicht. Ungerührt wischte er die Spucke ab, gab den beiden Soldaten Anweisung zurückzutreten und schlug dem Pferd auf die Kruppe. Er zwang sich zuzuschauen, wie dem Mann unter heftigem Zappeln zuerst die Augen aus dem Kopf traten, sein Gesicht sich fast schwarz verfärbte und schließlich die Zunge aus dem Mund hing. Sein Schritt verfärbte sich dunkel und nach einer Weile tropfte von seinem rechten Hosenbein Urin auf den Boden.

»Warum tust du dir das an, Johannes?« Ishtar war neben ihn getreten und legte ihre Rechte auf seine Hände, die sich um den Sattelknauf verkrampft hatten.

»Ich will mir ganz genau einprägen, was ich anrichte.«

Während die Soldaten die Leichen in den Baum hängten, inspizierte Johannes mit Wulf und Ishtar die Ochsenkarren. Nur einer war halbwegs gefüllt, nach dem langen Winter war in dem Weiler offensichtlich nicht viel zu holen gewesen: Zwei Dutzend irdene

Fetttöpfe, wenige Speckseiten und Räucherwürste, Kisten mit verschrumpelten Äpfeln, Kohl und gelbe Rüben und ein paar Käfige mit Geflügel. Sechs Zugochsen, eine kleine Anzahl Schweine, Ziegen und Schafe drängten sich draußen um den Wagen.

»Für uns behalten wir nur, was wir heute Abend und im Verlauf des morgigen Tages verzehren können«, wies Ishtar Wulf an. »Der Rest an Lebensmitteln und Nutztieren wird unter der lokalen Bevölkerung verteilt. Die erbeuteten Waffen, Pferde und Karren gehen zunächst ins Basislager und von dort in die Fennmark.«

Johannes hieb sich mit der Handfläche gegen den Kopf. »Oh Mann, was bin ich nur für ein Anführer! Wulf, wie sieht es denn mit unseren eigenen Verlusten aus?«

»Nicht der Rede wert, Meister. Wir hatten vier Männer mit mehr oder weniger leichten Blessuren, unsere Herrin hat sich bereits um sie gekümmert.«

Johannes warf ihr einen dankbaren Blick zu.

»Aber was hast du eigentlich mit den übrigen Gefangenen vor?«, wollte Wulf wissen.

»Die lassen wir hier. Ich hoffe, dass sie sich zu ihrem Heer durchschlagen und dort Bericht erstatten. Wenn das den ein oder anderen Anführer davon abhält, Gräueltaten zuzulassen, hat das Ganze heute wenigstens irgendeinen Sinn gehabt.«

Wenig später brachen sie von der Kampfstätte auf und ließen die wenigen Gefangenen, die das noch mitbekamen, verwundert zurück. Sie waren nur wenige Schritte weit gekommen, als der dunkelhaarige Junge, der beinahe Johannes' Opfer geworden wäre, ihnen nachlief, sich zu Johannes an die Spitze vordrängte und ihn am Hosenbein festhielt.

»Herr, bitte nehmt mich mit! Ich will Euch, mit allem was ihr wollt, zu Diensten sein.«

Unwillig schaute Johannes nach unten, trat mit dem Bein aus, sodass der Junge nach hinten in eine Pfütze fiel. »Ich will keine Dienste von einem Mörder, pack dich!«

Ishtar war aus dem Sattel geglitten, zu dem Jungen gelaufen und half ihm auf die Beine. »Du sprichst unsere Sprache?«

»Ja, Herrin, nur deshalb haben sie mich auf den Heerzug mitgenommen«, und zu Johannes gewandt fügte er hinzu: »An dem Blutbad in dem Dorf war ich nicht beteiligt.«

Johannes schaute Ishtar zweifelnd an.

»Er spricht die Wahrheit.«

»Dann entscheide du.«

»Steig auf den ersten Karren«, sagte sie freundlich zu dem Jungen, »wir unterhalten uns später.«

***

Sie lagerten an der mit den Kundschaftern verabredeten Stelle auf einer verborgenen Lichtung im Wald. Ishtar saß mit Johannes an einem kleinen Feuer am Rande der Lichtung, abseits von den beiden großen, um die die Soldaten lagerten. Über einem der Feuer brutzelte seit Stunden ein fettes Schwein, Satzfetzen und Gelächter schallten über die Lichtung zu ihnen herüber. Wulf hatte unter der Beute ein kleines Fass mit Apfelbranntwein gefunden, das sie jetzt auf nüchterne Mägen leerten. »Ich halte mich genau an eure Anweisungen, Herrin«, hatte Wulf gemeint »wir behalten nur das, was wir heute Abend noch verzehren können.« Da Wulf, umsichtig und verantwortungsvoll, wie er war, bereits einen Wachdienst eingeteilt hatte, der nüchtern bleiben musste, hatten Ishtar und Johannes der kleinen Siegesfeier zugestimmt.

»Ich will kein Spielverderber sein, aber für mich war das heute einfach zu viel«, sagte Johannes, ohne seinen Blick von dem Feuer zu nehmen.

Statt einer Antwort nahm Ishtar seine freie Hand und drückte sie.

Sie lagen auf die Ellbogen gestützt, die Köpfe einander zugewandt, auf den Satteldecken, zugedeckt mit ihren Mänteln. Die Nacht wurde kühl, der Mond war noch nicht aufgegangen, aber ein klarer Sternenhimmel tauchte die Lichtung in ein silbernes Licht, das die lebhaften Schatten um die beiden anderen Feuer noch unwirklicher erscheinen ließ. »Warum tun sich Menschen das gegenseitig an?«

Nach einer längeren Pause fragte Ishtar: »Willst du einen Erklärungsversuch hören?«

Wieder verstrich einige Zeit, bevor Johannes zurückfragte: »Hast du denn eine Erklärung?«

»Nur einen Versuch«, sagte sie und setzte sich auf.

»Lass hören, ich freue mich über alles, das mich von den Bildern des heutigen Morgens ablenkt. Und wenn es von dir kommt, besonders«, fügte er hinzu.

Sie räusperte sich, bevor sie einleitend sagte: »Wir sind uns darüber einig, dass in der Welt ein ständiger Kampf zwischen Gut und Böse stattfindet.«

»Du meinst, in jedem einzelnen von uns, nicht wahr?«

»Nein, ich meine ganz einfach, dass es gute und böse Menschen gibt, die diesen Kampf stellvertretend austragen«, sagte sie erstaunt. »Ist dir diese Sichtweise fremd?«

»Ganz und gar!«, erwiderte er mit ungläubigem Blick. »Du willst mir erzählen, dass die Menschen von vornherein gut oder schlecht geboren werden?«

»Aber natürlich!«, sie schien ehrlich überrascht. »Beobachtet ihr in eurer Gesellschaft eure Kleinkinder nicht? Kinder können sich noch nicht verstellen, und da ist es ganz offensichtlich, dass es gute und böse gibt. Und dann natürlich die dritte Gruppe, die wichtigste, die Furchtsamen und Unentschlossenen.«

Johannes erinnerte sich, dass er in Gesellschaft ausgewählter Freunde, meist solcher ohne eigene Kinder oder bereits erwachsener, gelegentlich von »Arschlochkindern« gesprochen hatte. »Aber warum ist die Gruppe der Furchtsamen und Unentschlossenen die wichtigste?«, fragte er nach wie vor skeptisch.

»Weil der Kampf sich um diese dreht.«

»Das musst du mir erklären.« Sein Interesse war geweckt, auch er setzte sich auf und schaute sie fragend an.

Ishtar führte aus, dass es scheinbar ein Naturgesetz sei, dass nicht nur in jeder Gesellschaft, sondern auch in jeder Gemeinschaft bis hinunter zu kleinen Gruppen, die nicht aus intimen und genau bekannten Freunden bestünden, etwa in gleicher Anzahl Gute wie Böse vertreten seien. Wie sich eine solche Gemeinschaft verhielt, ob gut oder böse, hinge davon ab, welche Seite von der dritten Gruppe, jener der Unentschlossenen, unterstützt würde, und diese reagiere in erster Linie aus Angst. Wenn die äußeren Umstände furchteinflößend seien, oder aber, wenn es der Gruppe der Bösen gelänge, auch unbegründete Ängste zu erzeugen und zu schüren, würde die Gruppe der Furchtsamen die Bösen zu Hilfe rufen und diese unterstützen. Von dieser verspräche sie sich, aufgrund des äußeren, aggressiven Erscheinungsbildes eher Schutz und Unterstützung. Die Guten erschienen in angsterregenden Situationen eher schwach und zögerlich. In Extremsituationen, wie zum Beispiel einem Krieg, regierten deshalb in der Regel die Bösen, und darum seien Vorkommnisse, wie jene des Vormittages, eher die Regel als die Ausnahme. »Das meinte Wulf damit, als er sagte, so sei der Krieg eben«, schloss sie ihren Vortrag ab.

»Und was machen nach deiner Auffassung die 'Bösen' in Zeiten, in denen die 'Unentschlossenen' die 'Guten' unterstützen?«, fragte Johannes zweifelnd.

»Sie verstellen sich und warten auf ihre Chance. Gelegentlich kann man sie erkennen, wenn eine Zwischensituation der Unsicherheit den Unentschlossenen Angst einflößt. Hast du schon einmal das Entstehen und das Verhalten eines Mobs beobachtet?«

Johannes erinnerte sich an *pazifistische* Anti-Atomkraftdemonstrationen seiner Jugend. Auf der einen Seite, seiner Seite, junge Studenten, die meinten, die Welt retten zu müssen. Auf der anderen Seite überwiegend junge Polizisten, die meinten, die bestehende Ordnung schützen zu müssen. Agitation und Angstmache auf beiden Seiten hatten irgendwann dazu geführt, dass einige seiner Mitstreiter – Freunde, wie er bis dahin gedacht hatte – keine Bedenken hatten, aus der Gruppe heraus Pflastersteine in die damals noch ungeschützten Gesichter der Polizisten zu werfen. Auf der anderen Seite hatten sich Gruppen der Polizisten, die sich dem Schutz der Bürger verschrieben hatten, zusammengerottet, um unliebsame Bürger planmäßig zu verfolgen und zusammenzuschlagen. Vor allem wegen der Vorkommnisse auf seiner Seite, war Johannes irgendwann nicht mehr zu diesen Veranstaltungen gegangen. Die *Freunde*, die sich dem Mob angeschlossen hatten, waren seitdem keine mehr gewesen.

Trotzdem war Ishtars Vortrag für Johannes schwer zu verdauen. Er widersprach den fundamentalen Glaubenssätzen der Gesellschaft, in der er aufgewachsen war: Alle Menschen sind gut, erst die Lebensumstände, die Sozialisierung fertigen das Endprodukt. Andererseits bot die Theorie eine Erklärung für die Frage, die er sich als Deutscher immer wieder gestellt hatte: Wo waren vor Hitlers Machtübernahme die ganzen Nazis gewesen, und wohin waren sie nach 1945 wieder verschwunden?

»Johannes!« Er schreckte aus seinen Gedanken auf. »Lass uns diese Unterhaltung bei Gelegenheit fortführen. Aber jetzt sollten wir uns zu den anderen gesellen, sonst bleibt für dich nichts mehr von dem Schwein übrig.«

»Und ein Becher Branntwein würde mir auch ganz guttun.« Er stand auf, nahm ihre Hand und zog sie zu sich hoch. »Danke Ishtar, es ist dir tatsächlich gelungen, mich auf andere Gedanken zu bringen.«

***

In der darauffolgenden Woche brachte alleine der Stabstrupp drei weitere, allerdings kleinere Furagiergruppen auf. Die überlebenden Feinde hatten sie zu ihrem Heer zurückgeschickt, weitere Massaker an der Bevölkerung waren zumindest auf der östlichen Seite, wo sie operierten, nicht mehr vorgekommen. In ihrer eigenen Truppe hatte es dank Ishtars Heilkünsten überhaupt keine Ausfälle gegeben, die anderen Gruppen hatten insgesamt zwölf Verletzte ins Basislager zurückgeschickt, keiner davon so schwer verwundet, dass um sein Leben gefürchtet werden musste. Sieben weitere Ochsenkarren mit den dazugehörigen Gespannen sowie zweiundzwanzig Pferde hatten allein sie zum Gutshof geschickt. Sämtliche Gruppen meldeten ähnliche Ergebnisse.

»Wenn das so weitergeht, können wir nach dem Krieg das größte Fuhrgeschäft Mun Bans aufmachen«, bemerkte Wulf zu Johannes. Sie befanden sich im Haus des Vorstehers eines kleinen Marktfleckens, der ihnen gerne Quartier gewährte, die Kunde ihrer Taten hatte die Runde gemacht. Vor ihnen waren Karten auf einem wackligen Holztisch ausgebreitet.

»Das wird nicht so weitergehen«, erwiderte Johannes. »Das Überraschungsmoment ist dahin, und der Feind wird auf unsere Taktik reagieren. Lass uns hier«, er deutete auf einen etwas weiter in den Bergen gelegenen Punkt auf der Karte, »ein Treffen mit sämtlichen Gruppen abhalten. Wir werden unsere Strategie ändern.«

Ein Großbauer hatte ihnen den Winterstall für seine Schafe überlassen. Hier hatten sie allerdings eine kleine Miete bezahlen müssen, sie waren weit vom feindlichen Heer entfernt in den Bergen und soweit reichte die Dankbarkeit nicht. Das alte Stroh war zwar herausgeräumt und eine dünne Lage frisches aufgeschüttet worden, trotzdem roch es in dem großen Holzschuppen noch kräftig nach Hammel. Die Soldaten störten sich nicht daran, für die meisten war es seit geraumer Zeit das erste Mal, dass sie sich vor Wind und Regen geschützt in einem Gebäude befanden. In vielen Einzelgruppen erzählten sie von ihren Heldentaten und jeder versuchte den anderen zu übertönen.

Johannes stand etwas hilflos an der dem Tor gegenüberliegenden Stirnseite des Schuppens, hinter ihm waren Karten an die Bretterwand geheftet und von einem Dachbalken hing das Wolfsbanner mit dem Silbermond. Er hatte schon zwei Mal versucht, die Aufmerksamkeit seiner Männer zu erlangen, ohne Erfolg. Hilfesuchend schaute er Ishtar an seiner rechten Seite an. »Soldaten der

Fennmark«, sagte sie mit erhobener, aber keinesfalls lauter Stimme. Schlagartig verstummte jedes Geräusch. »Euer Heerführer hat euch einige Mitteilungen zu machen.«

Was hat sie nur, was ich nicht habe?, zitierte er in Gedanken einen Werbeslogan seiner Welt.

Nachdem er die Männer zu Ihren Erfolgen beglückwünscht hatte, führte er seine Bedenken aus, dass der Feind auf ihre bisherige Strategie reagieren würde und in der Zukunft mit Fallen und Hinterhalten zu rechnen sei. Sie würden deshalb in der Folgezeit nur noch in zwei großen Gruppen agieren, eine von Wulf geführt und eine von ihm selbst. Außerdem würden sie nie weiter als einen halben Tagesritt voneinander entfernt operieren, damit sie sich gegebenenfalls zu Hilfe kommen könnten. Beifälliges Gemurmel quittierte seine Ausführungen.

»Aber damit genug für heute von Strategie und Taktik, jetzt lasst uns erst einmal unsere bisherigen Erfolge feiern!«

Auf dieses Stichwort hin öffnete sich das Scheunentor und Handkarren, beladen mit gebratenem Schwein, Hammel, Geflügel und natürlich mit Fässern von Bier und Branntwein wurden hereingerollt. Den Schluss des Zuges bildete eine Gruppe von Musikanten.

»Nieder mit Nudeln und Fleischbrühe! Lasst es euch schmecken, Männer, ihr habt es euch verdient.«

Nachdem der erste Heißhunger gestillt, und die ersten Fässer geleert waren, begannen zunächst einige, dann immer mehr, Lieder zu grölen. Die Musikanten begleiteten sie, so gut es ging, meistens ging es nicht so gut, was der Stimmung aber keinen Abbruch tat. Irgendwann schrie einer der Männer, Johannes identifizierte den Urheber als Ruben. »Die Anführer! Die Anführer sollen singen!«

Wulf, dem das sichtlich gelegen kam, erhob sich und fragte an Ishtar und Johannes gerichtet: »Ist es euch recht, wenn ich beginne?« Sie stimmten zu, Ishtar eher gnädig, Johannes erleichtert, er musste sich erst noch etwas einfallen lassen.

Wulf räusperte sich und gab dann eine Tonart an, die von den Musikanten aufgenommen wurde. Er hatte einen schönen Bariton und gab ein Liebeslied zum Besten, wie es, sehr zum Leidwesen von Johannes, scheinbar zu allen Zeiten und in allen Welten populär war. Die sich wiederholende Schlüsselzeile, die bei Johannes ankam, war mehr oder weniger: 'Oh Fennmark, du mein Heimatland, wo einst meine Wiege stand, und ich meine Liebste fand ...'

Tosender Applaus belohnte seinen Vortrag, sichtlich zufrieden setzte er sich.

Als Ishtar sich erhob, verstummte der Lärm. Sie sang eine Ballade, lediglich begleitet von einer leisen Trommel, in einer für alle unverständlichen Sprache, die aber jeden in ihren Bann zog und verzauberte. Johannes selbst sah vor seinem inneren Auge arkadische Landschaften, stolze, starke Männer, weise, schöne Frauen, er glaubte Gerüche wie Zimt und Honig zu riechen und er fühlte eine tiefe innere Ruhe. Als ihr Gesang mit einem sanften Mollton endete, vergingen mehrere Augenblicke schweigend. Dann erhob sich zunächst Johannes, begann langsam zu klatschen, die Übrigen folgten einer nach dem anderen, und am Ende standen alle, klatschten und stampften mit den Füßen.

Als der Beifall allmählich verebbte, ging Johannes zu einem der Musikanten und bat ihn um sein Instrument. Es hatte entfernte Ähnlichkeit mit einem viersaitigen Banjo. Johannes, der ganz passabel Gitarre spielte und den Musiker zuvor beobachtet hatte, traute sich zu, darauf zumindest eine einfache Begleitung zu spielen. Er hatte sich vorgenommen, eine irische Ballade vorzutragen, ob deutsch oder englisch würde hier keiner merken. Er probierte einige Akkorde aus, ja, das müsste gehen:

Oh Napoleon Bonaparte, you're the cause of my wow,
Since my bonny light horseman to the wars he did go.
Brokenhearted I wonder, brokenhearted I'll remain,
Since my bonny light horseman in the wars he was slain.

Johannes' kräftige Stimme füllte den Raum. Obwohl die Soldaten auch bei diesem Lied die Worte nicht verstanden, schienen sie hingerissen.

When Boney commanded his armies to stand
And proud lift his banners all gaily and grand.
He leveled his canons right over the plain
And my bonny light horseman in the wars he was slain.

Oh Napoleon Bonaparte …

Nach dem zweiten Refrain schien es Johannes genug, er brach ab und schaute erwartungsvoll in die Runde.

Nach einem Moment verblüfften Schweigens brach ein Tumult los. »Das war doch noch nicht alles! Weitersingen! Wir wollen mehr!«

»Wovon handelt das Lied?!«, rief Wulf an seiner Seite aufgeregt.

»Es handelt von einem leichten Reiter, der …«

»Ich wusste es, es handelt von uns!«, schallte eine Stimme von hinten. »Genau!«

»Eigentlich handelt es von einer jungen Frau, die den Tod ihres Liebsten, eines leichten Reiters, betrauert«, versuchte Johannes den Lärm zu übertönen.

»Das passiert nun mal mit Helden! Mehr!«

»Ist ja gut, ist ja schon gut, ein paar Strophen kenne ich noch.« Johannes setzte sich in Position, schlug den Anfangsakkord an und sofort herrschte wieder angespannte Stille.

And if I was a small bird and had wings and could fly …

Bei der nächsten Wiederholung des Refrains begannen die ersten mitzusummen. Und als Johannes am Ende des Liedes – es war eines seiner Lieblingslieder und er kannte viele Strophen – den Refrain noch einmal wiederholte, standen alle und sangen lauthals mit.

Die Nacht wurde lang, es wurde sehr viel getrunken, sehr viel geprahlt und noch mehr erzählt. Und immer wieder musste Johannes von dem leichten Reiter singen, der wegen Napoleon auf den Ebenen Frankreichs sein Leben verloren hatte.

***

In den folgenden Tagen bestätigten sich Johannes' Befürchtungen. Der Feind schickte immer größere Truppen zur Proviantbeschaffung aus, außerdem patrouillierten starke Truppenverbände in der Vorbergzone. Immer seltener gelang es ihnen, einen kompletten Zug zu erbeuten. Aber Beutemachen war auch nicht der Sinn ihres Einsatzes. Der Feind kam nur schleppend voran und war in ständiger Verunsicherung. Johannes hatte ihre Strategie um nächtliche Überfälle auf am Rand gelegene Lagerteile ergänzt, ihr Kriegsruf 'Ishtar!' und das Wolfsbanner mit dem Silbermond fingen an, Schrecken und Angst zu verbreiten. Sie tauchten aus dem Nichts auf, schlugen zu und lösten sich wieder im Wald auf. Von Gefangenen erfuhren sie, dass sich im feindlichen Heer das Gerücht ausbreitete, die Weisen Frauen des Gegners hätten Waldgeister zu ihrer Hilfe gerufen. Allerdings bezahlten sie jetzt auch mit eigenen Verlusten: Achtzehn Gefallene und vierzehn Verstümmelte hatten sie zu beklagen. Selbst Ishtar konnte weder Tote zum Leben erwecken, noch abgeschlagene Glieder wieder anheften.

Genau dreißig Tage nach ihrem Fest glaubte sich Johannes' Kampftruppe in die erste Woche zurückversetzt. Ihre Späher hatten einen Zug mit sechs Wagen und gerade einmal zwanzig Mann Geleitschutz gemeldet, und keine weiteren Truppen in der Nähe. Es war ihnen mit ihrer Überzahl ein Leichtes gewesen, den halbherzigen Widerstand niederzukämpfen und die Wagen zu erobern. Jetzt standen Ishtar und Johannes neben dem Weg und schauten ihren Soldaten zu, die sich, sichtlich enttäuscht über die magere Ladung, die Satteltaschen mit erbeuteten Lebensmitteln vollstopften.

»Da stimmt etwas nicht, das war zu einfach«, meinte Johannes nachdenklich.

»Mein Gefühl gibt dir recht, aber ich kann nicht sagen, was es ist. Unmittelbare Gefahr spüre ich nicht.«

»Trotzdem«, sagte er skeptisch den Kopf schüttelnd. »Männer! Füllt euch rasch die Taschen, spannt die Ochsen aus und dann steckt die Wagen einfach an! Wir brechen so schnell wie möglich auf.«

Sie waren gerade aufgesessen, als um die Wegbiegung vor ihnen einer ihrer Späher auftauchte. Er galoppierte auf sie zu und rief schon von weitem: »Es ist Wulf! Hauptmann Wulf kommt!«

»Nach links und rechts in den Wald ausschwenken, vorwärts, beeilt euch!«, herrschte Johannes seine Männer an. Er selbst, Ishtar und der Späher blieben auf dem Weg zurück. Kaum waren die Soldaten im Wald verschwunden, hörten sie sich näherndes Hufgetrappel. Kurz darauf sahen sie Wulf und seine Männer um die Wegbiegung kommen. – *Seine Männer*?! Gerade einmal zwei Dutzend folgten ihm! Im Näherkommen sahen sie, dass sich Wulf kaum im Sattel halten konnte. Seine Begleitung machte keinen viel besseren Eindruck. Als er kurz vor ihnen sein Pferd zügelte, sah Johannes, dass in seiner Schulter ein Pfeil steckte, ein weiterer, abgebrochener ragte aus seinem Schenkel. Das Hosenbein darunter hatte sich bis zum Knie schwarz gefärbt.

»Herrin, Johannes, wir sind in einen Hinterhalt geraten!«

»Werdet ihr verfolgt?«

»Soweit ich weiß, nicht.«

Johannes sah den Späher an, dieser schüttelte den Kopf. Er glitt aus dem Sattel und nahm Wulfs Pferd am Zügel.

»Dann steig erst mal ab, Großer«, sagte er leise, »damit sich Ishtar um dich kümmern kann.«

Wulf fiel ihm fast auf die Schulter. Johannes musste ein paar Schritte zurückweichen, um sein Gleichgewicht wieder zu erlangen. Dann versuchte er, den schweren Mann so vorsichtig wie möglich zum Wegrand zu geleiten, wo er ihm half, sich hinzusetzen und an einen Baumstamm zu lehnen.

Er richtete sich auf und rief in den Wald: »Sichert das Gelände weiträumig ab!« Die laute Anweisung verursachte ihm sichtlich Schmerzen und er sank wieder zurück.

»Herrin, kümmere dich bitte zuerst um die anderen Verletzten, den jungen Beren hat es schlimm erwischt. Ich selbst habe nur ein paar Kratzer.« Wulfs aschgraues, schmerzverzerrtes Gesicht strafte seine Worte Lügen.

»Wulf hat recht, Johannes«, Ishtar wies auf den jungen Soldaten, den seine Kameraden vom Pferd gehoben und auf einen Grasstreifen am Rande des Weges gebettet hatten. »Ihm bleibt nicht mehr viel Zeit«, sagte sie bereits im Weggehen.

»Wir sind heute Morgen …«, hob Wulf mühsam an.

»Auf keinen Fall«, unterbrach ihn Johannes. »Urthen«, rief er einen der unverletzten Ritter, »komm zu uns und berichte! Und nur wenn es etwas zu korrigieren oder ergänzen gibt, redest du«, wandte er sich wieder an Wulf.

Urthen erzählte, dass auch ihnen am Morgen ein relativ schwach eskortierter Versorgungszug gemeldet worden war. Die sieben Planwagen schienen schwer beladen und versprachen reiche Beute. Die Umgebung war frei von Patrouillen des Feindes und Wulfs Truppe freute sich auf endlich mal wieder leichtes Spiel. Als sie den Zug angriffen, floh die Begleitmannschaft, und ihre Männer stürmten jubelnd auf die Wagen zu.

»Ich konnte sie nicht aufhalten«, presste Wulf dazwischen »sie haben mich nicht gehört.«

Kurz bevor sie die Wagen erreichten, fuhr Urthen fort, flogen die Planen zurück und ein Pfeilhagel schlug ihnen entgegen. Auf jedem Wagen kauerten mehr als zwanzig Krieger, die Salve um Salve auf die verdutzten Angreifer abgaben. Bevor sie sich von der Überraschung erholten und endlich auf Wulfs Befehle, sich zu formieren, reagierten, lag die Hälfte von ihnen bereits am Boden. Als die zurückgekehrte Eskorte ihnen in den Rücken fiel, begann das Gemetzel. Wulf hatte so viele als möglich um sich geschart und mit ihnen den Durchbruch geschafft.

»Verzeih mir Johannes, ich habe versagt.«

»Pah, Blödsinn Wulf!« Johannes legte ihm vorsichtig die Rechte auf die unverletzte Schulter. »Du hast getan, was du konntest. Der Feind muss gewusst haben, dass Ishtar mit uns reitet und eine solche Falle erkannt hätte, sonst wäre uns heute wahrscheinlich genau das Gleiche passiert. Ich habe unsere Gegner unterschätzt, die sind genau über uns informiert.«

Am nächsten Morgen sattelte Johannes übellaunig Fajulla. Der feine Nieselregen der Nacht hatte ihn bis auf die Knochen durchnässt. Er war unausgeschlafen, durchgefroren und fühlte sich zutiefst schuldig.

Sie waren am Vortag mit der Hälfte des Zuges an den Ort des Hinterhaltes geritten, und die Szene, die sie dort vorfanden, hatte ihn während der Nacht kein Auge schließen lassen. All ihre Kameraden, die entweder gefallen oder in Gefangenschaft geraten waren, hingen nackt an den Bäumen beiderseits des Weges. Man hatte ihnen das Geschlecht abgeschnitten und in den Mund gestopft. Ihren Gesichtsausdruck vor Augen, war sich Johannes sicher, dass einige noch gelebt hatten, als dies geschah. Er hatte angeordnet die Leichen abzuhängen und auf einem Holzstoß zu verbrennen. Er war sich bewusst, dass er dem Feind viele Schwierigkeiten bereitete und auch etliche Verluste beibrachte und nahm daher in Kauf, dass – falls sie scheiterten – mit Gnade nicht zu rechnen war. Aber einer solchen rohen Brutalität fühlte er sich nicht gewachsen.

Als er Fajulla den Bauchgurt festzurrte, murmelte er: »Auf die Gefahr hin, dass ich mich wiederhole, Krieg ist einfach nur Kacke und nichts für mich.« Fajulla stieß ihm sanft schnaubend die Nüstern in die Hüfte und Johannes tätschelte ihm den Hals, als er sich aufrichtete. »Aber wir stecken einfach schon zu tief drin, Compadre.« Er schwang sich in den Sattel und blickte um sich. Heute würde er einen Trauerzug anführen, seine Männer sahen nicht besser aus als er selbst. Mit hängenden Schultern saßen sie kraftlos und durchgeweicht auf ihren Pferden, selbst diese hatten die Stimmung aufgenommen und standen mit hängenden Köpfen da. Lediglich Ishtar schien von all dem nicht berührt; stolz saß sie mit ausdruckslosem Gesicht im Sattel ihrer edlen Stute, und selbst der Regen und die Feuchtigkeit schienen um sie einen Bogen zu machen. »Deine Selbstdisziplin wollte ich haben«, bemerkte Johannes bewundernd und setzte sich mit ihr zusammen an der Spitze des Zuges in Bewegung.

Sie folgten einem schmalen Weg, eher einem Pfad, der gerade einmal zwei Reiter nebeneinander zuließ. Einen neuen Plan hatte Johannes noch nicht, deshalb hatte er sich vorgenommen, zunächst einmal parallel zum feindlichen Heer in Richtung Süden zu reiten. Irgendetwas musste er sich einfallen lassen. Aber zuerst musste er etwas für die Stimmung tun: »Komm mit, Ishtar, so macht der Krieg doch keinen Spaß!« Sie galoppierten dem Zug voraus und an der Stelle, wo der Pfad in einen breiten Weg mündete, bauten sie sich rechts von der Einmündung auf, um die Soldaten passieren zu lassen.

»Und jetzt?« Ishtar schaute ihn fragend an.

Statt einer Antwort begann Johannes, als die ersten Soldaten vorbei ritten, zu singen:

»Oh Napoleon Bonaparte, you're the cause of my wow …«

Die vorbei reitenden Männer schauten ihn verwundert an.

»Since my bonny light horseman to the wars he did go …«

Seine Stimme schallte durch den Wald, und die ersten der Soldaten begannen sich im Sattel aufzurichten.

»Brokenhearted I wonder, brokenhearted I remain,
Since my bonny light horseman in the wars he was slain.«

Jetzt hatte er die Aufmerksamkeit von allen. Er sang die erste Strophe mit kräftiger, ruhiger Stimme, die von den Hügeln widerhallte. Einige begannen mitzusummen und als der Refrain einsetzte, fingen sie an, mitzusingen. Erst noch zögerlich, dann immer bestimmter, und schließlich sangen alle. Als Johannes sich sicher war, dass sie auch ohne ihn fortfahren würden, begann er an den Stellen, wo die Männer Luft holten, zu rufen:

»Das bleibt nicht unbestraft!«, er hatte Stich gezogen und streckte es in die Luft.

…

»Dafür werden sie bezahlen!«

...

Er unterbrach sich, um die nächste Strophe zu singen. Wieder beim Refrain angelangt, fuhr er fort:
»Wir brechen ihnen jeden Knochen im Leib!«

...

»Wir jagen sie wie die Karnickel!«
»Jaaa!«, kam es vielstimmig zurück.

...

»Wir ziehen ihnen ihre blaue Haut ab!«
Jaaahhh!«

...

Beim vierten Refrain angelangt, war der letzte Mann an ihnen vorbei. Johannes steckte das Schwert ein und ließ Fajulla an dem trotzig und stolz singenden Zug vorbeipreschen. Als er an den vordersten Männern vorbeidonnerte, entriss er dem Bannerträger die Fahne, jagte etliche Meter voraus, ließ Fajulla scharf abbremsen und auf den Hinterhufen tänzelnd drehen.

Das Banner bei jedem Ausruf in den Himmel stoßend, brüllte er:
»Für Ban Rotha!«
»Für die Fennmark!«
»Ishtaaaar!«

Fajulla wendete scharf und Johannes stürmte an der Spitze einer zu allem bereiten Truppe gen Süden.

***

In den kommenden Tagen waren jedoch sie die Gejagten. Nur mit Hilfe von Ishtars Vermögen, Gefahren vorauszusehen, gelang es ihnen immer wieder, Hinterhalten auszuweichen und Einkesselungsversuchen zu entkommen. Dem Feind war es ernst, er wollte sie um jeden Preis vernichten. Er nahm dafür in Kauf, dass starke Truppenteile gebunden waren, und damit der Vormarsch des Haupttheeres noch mehr verzögert wurde. Soviel zu ihren Gunsten.

Allerdings kamen jetzt auch wieder Übergriffe auf die Zivilbevölkerung vor, erst gestern war Johannes das grausame Abschlachten eines ganzen Dorfes gemeldet worden. Der Feind hatte Angst und Respekt vor seiner Truppe verloren.

Mit diesen Gedanken war Johannes gerade erst aufgestanden. Er fühlte sich wie gerädert. Es war noch vor Morgengrauen, und auch in der letzten Nacht hatten sie wieder zwei Mal ihren Lagerplatz verlegen müssen. Gerne hätte er sich und seinen Leuten noch etwas Ruhe gegönnt, aber sie mussten in Bewegung bleiben, um kein stehendes Ziel zu bieten. Im flackernden Schein der wiederentfachten Lagerfeuer kam Ishtar auf ihn zu. Mit einer Handbewegung wischte sie seine Frage, wo sie herkomme, beiseite.

»Johannes, ich muss heute noch nach Pela Dir aufbrechen. Hepat hat alle Schwestern zurückbeordert.«

Er war wie vom Donner gerührt: »Auch das noch! Warum jetzt schon? Dank unserer Bemühungen dauert es mindestens noch zwei Wochen, bis Boudiccas Heer den Riegel erreicht.«

»Das hat sie nicht erläutert. Sie ließ jedoch keinen Zweifel daran, dass der Anordnung unverzüglich nachzukommen ist.«

Wahrscheinlich um irgendwelche idiotischen Rituale abzuhalten, dachte Johannes, *um die Allmutter ihrer Sache geneigt zu machen. Oder irgendwelcher anderer Hokuspokus. Und sie mussten hier eine Suppe auslöffeln, die andere eingebrockt hatten.*

»Sag jetzt besser nichts«, warnte Ishtar, dabei legte sie ihm aber zärtlich den Zeigefinger auf den Mund.

Er nahm ihren Unterarm in beide Hände und küsste nachdenklich ihren Finger. »Vielleicht ist das gar nicht schlecht. – Ja genau, wir nehmen eine Auszeit und verschwinden einfach für ein paar Tage! Wir begleiten dich ins Basislager, frischen dort Truppen und Proviant auf, und in vier oder fünf Tagen sind wir wieder zurück. Bevor die Nortu gemerkt haben, dass wir weg sind, sind wir wieder über ihnen wie der Gottseibeiuns.«

Er wollte Ishtar in den Arm nehmen und sie an sich drücken, aber sie entwand sich seinem Versuch: »Keine öffentliche Zurschaustellung von Zuneigung!«, sagte sie und wandte sich ab.

»Alles zu seiner Zeit«, äffte er sie leise nach.

»Ich höre dich, Johannes«, sagte sie ohne sich umzudrehen und hob warnend den Zeigefinger.

***

Da der Feind zu nahe gekommen war, hatten sie das Basislager aufgelöst und folgten seither wieder der ursprünglichen Strategie: Kleine Gruppen, die aus dem Nichts auftauchten, zuschlugen und sich danach in Luft auflösten. Zum Beutemachen ließen sie sich keine Zeit mehr. Geschlossene Wagen wurden mit Brandpfeilen angesteckt, aus offenen bedienten sie sich so gut es ging und zerstörten sie danach. Zusätzlich hatte Johannes den Befehl gegeben, gezielt Jagd auf Offiziere zu machen. Einige Trupps kehrten, ansonsten unversehrt, aber ohne Anführer, zum feindlichen Heer zurück. Auf so viele schnelle, kleine Einheiten, die dazu noch die Unterstützung der lokalen Bevölkerung hatten, konnten Boudiccas Truppen nicht reagieren. Sie waren wieder die Jäger, und ihr Kriegsruf »Ishtar« war wieder gefürchtet.

Allerdings waren jetzt, ohne Ishtars Anwesenheit, ihre eigenen Verluste größer. Verwundete, die sie hätte heilen können, starben, andere mussten sie in vertrauenswürdig erscheinenden Häusern zurücklassen, ohne sicher zu sein, dass sie dort auch ordentlich behandelt wurden.

Als die Hauptstreitmacht des feindlichen Heeres zwei Tagesmärsche vom Riegel entfernt war, schien es Johannes an der Zeit, ihren eigenen Einsatz zu beenden. Das feindliche Heer hatte noch nicht einmal den Versuch unternommen, nach Osten über die Berge auszuweichen, um den Riegel zu umgehen. Es schien, dass sie im Vertrauen auf ihre enorme zahlenmäßige Überlegenheit das Heer des Südens frontal in seiner Stellung angreifen wollten. Sie waren sich ihrer Sache offenbar sehr sicher.

»Männer, ich sehe prinzipiell zwei Ausstiegsszenarien für uns.« Johannes hatte alle Trupps in dem jetzt leerstehenden Gutshof, der ihnen als Basislager gedient hatte, zusammengerufen, um sich mit Wulf und den verbliebenen zehn Offizieren zu beraten.

»Lass hören!«, Urthen hatte sein vorlautes Mundwerk in den letzten Wochen nicht verloren.

»Entweder wir machen uns still und heimlich, wie wir gekommen sind, auch wieder aus dem Staub ...«

»... oder wir schlagen noch einmal so richtig zu«, führte Wulf Johannes Satz zu Ende. Er schlug mit der Faust auf den Tisch: »Genau das wollte ich vorschlagen!« Er berichtete, dass ihm ein Versorgungszug bestehend aus zehn Ochsenkarren und etwa sechzig Mann Eskorte gemeldet worden war. Der Zug war auf dem Rückweg aus dem Mittelgebirge und offensichtlich schwer beladen. An Johannes gewandt, beendete er seinen Bericht mit den Worten: »Die sollen da oben auch ganz fürchterlich mit der Bevölkerung umgegangen sein.«

Johannes musste lachen. »Wulf, lass es gut sein, zum Psychologen taugst du nicht! Das ist in diesem Fall aber auch nicht notwendig. So in etwa habe ich mir selbst unseren Abschied vorgestellt.«

Ihre Späher hatten den Norden und Osten in Richtung des Wagenzuges als feindfrei gemeldet. Auch schien ihnen niemand zu folgen. Lediglich aus dem Süden fehlte noch Nachricht, aber von dort erwartete Johannes ohnehin keine Gefahr. Sie folgten einem leicht ansteigenden Weg durch einen alten Buchenwald ohne nennenswerten Unterwuchs. Die Sicht war in alle Richtungen gut, weit und breit keine geeignete Stelle für einen Hinterhalt. Trotzdem war Johannes unruhig. Er wünschte, die Späher aus dem Süden wären zurück, um ihn zu beruhigen. Er wollte sich gerade an Wulf wenden, der an seiner Seite ritt, um eine entsprechende Bemerkung zu machen, als er auf zwei kleine Mädchen aufmerksam wurde. Sie standen etwa zehn Pferdelängen entfernt mitten auf dem Weg. Wo kamen die auf einmal her? Sie hielten sich an den Händen gefasst, in der anderen trug jede einen kleinen Weidenkorb. Kleine, blond bezopfte Bauernmädchen, die wohl Pilze oder Beeren sammelten. Allerdings war jetzt weder Pilz- noch Beerenzeit. Nachdenklich wandte Johannes den Blick von den Mädchen ab. Er konzentrierte sich und spürte, dass da Magie gewoben wurde, und, wie es schien, nicht wenig! Jetzt erkannte er auch ihre wahre Gestalt: eine alte verschrumpelte Frau mit Hängebrüsten und ein vielleicht vierzehnjähriges Mädchen mit gerade einmal knospendem Busen, beide nur mit einem Lendenschurz bekleidet und über und über mit blauen Tätowierungen bedeckt. Kriegshexen! Ishtar hatte ihn gewarnt, aber er hatte das immer als Schauermärchen abgetan.

»Kriegshexen!«, schrie er jetzt laut. Aber was war das? Seine Männer reagierten nicht. Sie waren wie versteinert. Um sie herum begann der Waldboden zum Leben zu erwachen. Überall wühlten sich kaum bekleidete, blau bemalte Krieger aus dem Laub und drängten in Richtung Weg. Er musste die beiden Hexen ausschalten! »Vorwärts Fajulla!«, aber der Mahirrim rührte sich nicht, und Johannes konnte auch keinen mentalen Kontakt mit ihm herstellen. Er griff nach seinem Bogen, doch nun waren bereits drei Krieger schützend vor die beiden Frauen gesprungen. Johannes schwang das Bein über Fajullas Hals und ließ sich hinabgleiten, noch bevor er den Boden berührte, hatte er Hieb und Stich in den Händen und stürmte vorwärts. Einem Krieger, der ihn von der Seite mit einem Speer attackierte, hieb er mit dem Schwert die Waffe nach oben und rammte ihm den Ellbogen ins Gesicht. Als er die Gruppe vor den Hexen erreichte, schlug er zwei Spieße mit den Schwertern zur Seite, drehte sich um die eigene Achse, stieß mit dem Rücken die beiden Männer aus dem Weg und versetzte jedem einen Schwertstreich in den Nacken. Er ging in die Knie und drehte sich weiter, verschränkte die Arme und sich schnell aufrichtend breitete er sie weit aus. – Die Köpfe der beiden Hexen flogen in hohem Bogen durch die Luft. Er stieß die noch schwankenden Rümpfe zu Boden, drehte sich um und stand mit gekreuzten Schwertern bereit, die Gegner in Empfang zu nehmen.

Hörner erschallten. »Scheiße«, entfuhr es Johannes, »nicht auch noch Reiterei«, stöhnte er. Der Boden begann von vielen Hufen gestampft zu beben und dann erschallte ein vielstimmiger Kampfruf:

»Rudabaaahhh!«

Rudaba ... die Dame von Rostam? Johannes traute seinen Ohren nicht. Die fünf Gegner vor ihm sanken von Pfeilen durchbohrt zu Boden.

Eine Gruppe von Feinden, die ihm auf dem Weg entgegenlief, wurde von hinten von Fajulla attackiert. Um sich beißend, mit den Vorderhufen tretend und mit den Hinterhufen ausschlagend, stürmte er auf Johannes zu. Johannes schwang sich in den Sattel und jetzt sah er den Prinzen an der Spitze einer gewaltigen Reiterabteilung: »Rostam«, murmelte er erleichtert.

Er konnte Fajulla gerade noch rechtzeitig drehen, um sich gemeinsam mit ihm an die Spitze zu setzen. »Ishtar!«, schrie er, sein Schwert schwingend. Ein vielstimmiges 'Rudaba!' antwortete ihm.

Der Kampf dauerte nicht lange. Obwohl der Gegner zahlenmäßig überlegen war, hatte er der Reiterei Rostams nicht wirklich etwas entgegenzusetzen. Nach der dritten Attacke ergriffen die wenigen, die das noch konnten, panisch die Flucht.

»Rostam.« Johannes wischte seine Klingen an der Satteldecke ab, steckte sie in die Scheiden und nahm die ausgestreckte Rechte im Kriegergruß entgegen. »Nie habe ich mich mehr gefreut, einen von euch Champions zu sehen.«

»Erzähle mir nichts! Seit Tagen versuchen wir, diese Strolche zu stellen, aber du hast uns wieder jeglichen Ruhm gestohlen. An allen Lagerfeuern erzählt man sich eure Heldentaten, und wir sitzen nur herum und drehen Däumchen.«

Johannes schaute ihm ungläubig in die dunkel geschminkten, blauen Augen. »Du weißt, dass das Quatsch ist, oder?«

»Quatsch oder nicht Quatsch, wir alle sind Helden, aber du bist auch bereits in diesem Land Legende«, erwiderte Rostam lächelnd. »Was habt ihr jetzt vor, kommt ihr mit uns zum Riegel?«

Johannes schaute Wulf, der einen behelfsmäßigen, blutigen Verband um den Kopf trug, fragend an.

»Johannes, wir sind immer noch mehr als hundert Mann stark. Der Feind wollte uns wohl anfangs nur gefangen nehmen, bis Prinz Rostam auftauchte.«

Johannes überlegte kurz. »Würdest du unsere Verletzten zum Hauptlager mitnehmen?«, fragte er Rostam.

»Wir werden sie sicher in Ishtars Obhut bringen und euer Lob singen.«

Johannes grinste zurück: »Wir verstehen uns, Kollege. In diesem Fall haben wir noch eine Verabredung mit unserem Köder. Wir werden ihn schlucken – mit Haken und Gewichten.«

Kapitel 19   Cuchulainn, Thoran, Johannes: Der große Krieg

Der alte Mann war aus seiner Höhle getreten, hatte sich von seinen Freunden den Tieren, Bäumen und Felsen verabschiedet und war vom Berg hinabgestiegen. In Ephesos hatte er gelehrt, den trojanischen Krieg hatte er miterlebt. Weit war er gereist, viel hatte er gesehen, ehe er sich von der Welt zurückgezogen hatte. Der Letzte war er, der wusste, dass das Leben ein Zirkel war. Nun würde er Zeuge werden der großen Schlacht um die letzte Insel, die in dieser Zeit von der alten Welt noch übrig geblieben war. Boudicca hatte gegen heilige Regeln verstoßen. Es schien ihm eine Ewigkeit vergangen, seit sie zu seinen Füßen gesessen und dem aufbewahrten Wissen gelauscht hatte, das von seinen Lippen wie von einer geheimen Quelle geflossen war. Ihr Ehrgeiz und ihre Eitelkeit hatten sie undankbar werden lassen, gegen ihn, ihre Schwestern, ja, gegen das Leben selbst. Wenn ihr heute kein Einhalt geboten würde, verfiele die Welt für eine lange Spanne in einen alptraumhaften Schlaf. Dieser Mantel der Dunkelheit – manifestiert durch das gigantische Heer, das wie Lava auf die Ebene unter ihm floss – war jedoch nicht die einzige Zukunft, welche er sah. Auf der anderen, so unwahrscheinlich ihr Eintreten auch war, ruhten all seine Hoffnungen. Wie immer war sie gebunden an die Entschlossenheit und die Charakterstärke Weniger.

Schritt um Schritt näherte er sich dem höchsten Punkt eines Gebirgsausläufers. Er befand sich auf der Seite, von welcher der Feind ins Tal drängte. Von dort würde er die beste Sicht auf die Geschehnisse haben. Eingreifen würde er nicht. Das Schwert an seiner Seite, Wegbegleiter so vieler Menschenalter, hatte er lediglich der Form halber umgegürtet. Versonnen blickte er auf die Massen von blau gefärbten Leibern, die unzähligen Speerspitzen, welche in den ersten Strahlen der Sonne glitzerten. Der Morgen war feucht und im Osten über den weiten Wäldern hatte sich ein Regenbogen gebildet. Westlich wurde das Feld nach der Enge, genannt *der Riegel*, von einer ruhigen, glatten See begrenzt.

Als er den Kamm erreicht hatte, fand er sich dort nicht alleine vor. Drei Stammeskrieger gingen sofort in Angriffshaltung. Die Hexe bei ihnen stieß einen krächzenden Schrei aus. Auf vielen erhöhten Plätzen hatten kleine Trupps Stellung bezogen, um während der Schlacht mit Rauchzeichen Meldungen ins Tal hinab zu senden. Der Feind hatte wohl nicht damit gerechnet, dass sich jemand hinter seine Linien wagte. Die Hexe und ihre Wache zögerten. Die Erscheinung des Alten war ebenso überraschend wie einschüchternd. Der lange Wolfsmantel, die goldbestickte Festtagstunika und die schwere, von Knochen und Perlen behangene Eisenkette, welche er um den Hals trug, verliehen ihm einen majestätischen Anblick. »Lasst uns den Ereignissen gemeinsam beiwohnen«, bot er ihnen an, ehe ihre Verblüffung der Tat weichen konnte.

Die Nortu warteten verunsichert auf die Erwiderung ihrer Herrin. Diese sah dem Alten in die ruhigen Augen. Sie wusste nun, wer er war. Sie verdrehte den Kopf und kreischte: »Tötet ihn!«

Er hätte seine Macht einsetzen, er hätte die Krieger wie Puppen ins Tal hinabfegen können, doch da nicht zu leugnen war, dass er Mitverantwortung für das Folgende trug, war es nur recht und billig, wenn er sich nun doch auch selbst ein wenig die Hände schmutzig machte. Seine Klinge sprang aus ihrer Scheide. Für einen kurzen Moment war er über das Gewicht in seiner Hand verwundert. Doch noch nie war sie gezogen worden, ohne ihren Tribut einzufahren. Der erste Nortu stürmte mit weit über dem Kopf erhobenem Schwert auf ihn zu. Bevor es niedersauste, hatte der Alte einen Seitwärtsschritt getan und dem Angreifer die Klinge durch den Bauch gezogen, dass er aufgeschlitzt zusammenbrach. Der rot gefärbte Stahl wirbelte herum und hieb dem Nächsten den Schwertarm am Ellbogen ab, ehe er den Kopf, sein nächstes Hindernis, von den Schultern trennte. Noch einmal zuckte die Klinge vor und zurück und der letzte Mann sackte tot in sich zusammen. Dem Nortu am Boden, dem die Eingeweide aus dem Bauch quollen und der peinvoll zu jammern begann, gewährte der Alte die

Gnade eines schnellen Endes. Sein Atem ging immer noch gleichmäßig, als er sich an die Hexe wandte. Er sah ihr tief in die Augen, und noch tiefer, bis hinein in ihre rabenschwarze Seele. »Ich kenne nun deinen Namen, *Najul.* Und ich befehle dir: Geh zu deiner Herrin und berichte ihr, dass ich hier bin. Dies«, er deutete gebieterisch auf das Fleckchen Erde, »ist mein Platz.«

Flüche ausspuckend eilte sie davon und lies einen halb aufgeschichteten Holzhaufen, der für ein Signalfeuer gedacht war, zurück.

Mit stoischer Gelassenheit säuberte der Alte die Klinge und schob sie zurück in ihre Scheide. Er nahm einen tiefen Zug der frischen Morgenluft und ließ sich am Rand des Kammes nieder. Der Fels war hier scharfkantig und fiel steil in die Tiefe. Wind kam auf und er zog den Fellkragen seines Mantels enger um den Hals – nicht weil er es gemusst hätte. Wind und Wetter konnten ihm nichts anhaben. Es war schlicht eine menschliche Geste. Eine Verbrüderung mit jenen, die dort unten dem Feind die Stirn boten. Im Süden füllten sich die Reihen nun. Ein Pulk von Schildwällen in der Mitte, linker Hand flankiert von einem Reiterbataillon, rechts fuhr ein Streitwagen vor die ersten Schlachtreihen. Helme, Schilde, Rösser, wie prächtig sie aussahen im ersten Licht des Tages; und wie hoffnungslos ihre Lage erschien in Anbetracht der gegnerischen Regimenter, die unerschöpflich anwuchsen. Eine Übermacht, welche den Mut der versammelten Streitkräfte Ban Rothas als Tollkühnheit in Zweifel zog. Zuletzt erschien der Ire auf seinem grauen Mahirrim. Die Reihen öffneten sich ihm und den Seinen. Er rief etwas, Saladin ritt an seine Seite, hielt eine Ansprache und hunderte Speere und Schwerter wurden in die Luft gereckt. Sackpfeifen wurden geblasen, Hörner erschallten, Stahl trommelte auf Schilde, Kriegshexen schrien. Ein Tag der Entscheidung, ein Tag der Gewalt und des Blutes. Und er, Thoran, der Merlin, hatte ihn eröffnet. Doch war er nicht allein hier, um dem Verlauf und Ausgang der Schlacht beizuwohnen, der stolze und mächtige Krieger, der soeben auf dem Feld erschienen war, war nicht jener, auf dessen

Suche er sich begeben hatte. Heute, davon war Thoran überzeugt, würde sich herausstellen, ob der andere, der Unscheinbarere, der neue Wanderer war.

***

Am Abend zuvor war ein letzter Rat abgehalten worden. Es war Vollmond und Hepat hatte ihn, trotz der klammen Frühlingsluft, unter freiem Himmel einberufen. Vom Riegel trennte sie lediglich ein kurzer Marsch über eine niedrige Hügelkette. Das große Heerlager war in allen Belangen behelfsmäßig; sie waren schließlich nicht hier, um Wurzeln zu schlagen, sie waren hier, um zu kämpfen. Der Rat war nicht vollständig, Johannes fehlte. Rostam war erst am Vortag zurückgekehrt und berichtete den anderen von dem Verlauf eines Vorgeplänkels, bei dem Johannes angeblich eigenhändig zwei Kriegshexen zur Strecke gebracht hatte. Letzte Anweisungen wurden erteilt, Schritt für Schritt noch einmal die Vorgehensweise durchgesprochen. Niemand trank, alle waren ernst und konzentriert. Cuchulainn langweilte sich während der ausführlichen Reden von Yusuf und Rostam. Gedankenverloren strich er über das Blatt von Rabenfreude. Sie würde ihm den rechten Weg schon weisen.

»Ruht nun, Krieger von Pela Dir«, schloss Hepat die Versammlung endlich, »morgen ziehen wir in den Krieg.«

In den Augen seines Freundes Shaka las Cuchulainn, wie dieser gedachte die Nacht zu verbringen, nämlich genau wie er selbst. Auch in der undurchsichtigen Miene Sanfengs glaubte er kurz so etwas wie ein Zwinkern wahrgenommen zu haben, da sich seine Priesterin bei ihm einhakte. Mebda jedoch vertröstete ihn auf später. Sie habe noch etwas Wichtiges zu erledigen, erklärte sie, würde aber so schnell wie möglich bei ihm sein. Er dachte nicht daran, in dem trist eingerichteten Zelt auf sie zu warten und an die verrußte Leinendecke zu starren.

Nachdenklich streifte er über eine taunasse Wiese. Er gestand sich ein, Distelsons Geplapper zu vermissen, ebenso gab er vor sich selbst zu, dass der Bericht über Johannes' Kampf gegen die Kriegshexen Eindruck auf ihn gemacht hatte. – *Verräterpack!*, schnitt er die Gedanken ab. Vermutlich würden die beiden Feiglinge morgen gemeinsam an einem weit entfernten Feuer sitzen, während die wahren Helden ihr Schicksal herausforderten.

Er wollte gerade umkehren, da drang eine sonderbare Weise an sein Ohr. Irgendetwas sagte ihm, dass keine Flöte, sondern Lippen die Töne formten. Ob Mebda ihn doch draußen erwartete? Er machte nur wenige Schritte und schon klang die Melodie deutlicher. Etwas Verheißungsvolles lag in ihr. Noch ein paar Schritte. Sie war nun ganz nah. Dort, eine Baumgruppe im milchigen Weiß des Mondscheins. Er lockerte das Band, welches die große Axt auf seiner Schulter hielt und ging der Musik entgegen. In Cuchulainn verstärkte sich das Gefühl zu träumen. Die Baumgruppe hatte er längst hinter sich gelassen und immer noch schien er dem Klang stetig näher zu kommen. Das Plätschern eines Bachlaufs verschmolz mit der Tonfolge, die schlagartig bedrohlich wurde. Er bewegte sich mittlerweile in einem dichten Forst. Hatte er eben Mebdas Stimme gehört? Er schob den Gedanken beiseite. Entgegen des traumwandlerischen Erlebens versuchte Cuchulainn Vorsicht walten zu lassen, aber zugleich wuchs eine ungewöhnliche Neugierde in ihm an. Er wollte, nein, er *musste* wissen, woher diese herrliche Musik kam. Dennoch beschloss er, wenn hinter der nächsten dicht bewachsenen Erhebung nichts zu sehen war, den Rückweg anzutreten. Statt Nichts jedoch, schmiegte sich ein kleines Rundhaus an eine Biegung des Baches. An dem Haus war eine hölzerne Veranda angebracht. Eine Gestalt mit gespitzten Lippen saß auf ihr. Es war eine Frau von solcher Schönheit, dass es Cuchulainn den Atem raubte. Das Lied endete und plötzlich bemerkte der Ire, wie weit und lange er gegangen sein musste. Seine Glieder fühlten sich träg und müde an, sein Kopf war schwer und er verspürte unglaublichen Durst und Hunger.

»Sei gegrüßt, Cuchulainn, Hund von Ulster«, gurrte die Frau auf der Veranda.

»Und du bist?«, brachte er mühsam hervor.

»Wir wollen keine Spielchen treiben. Ich bin Boudicca, Königin der Hexen, wie man mich mittlerweile gerne nennt.«

Sie lächelte, doch der Krieger war unvermittelt hellwach und wachsam bis in die Zehenspitzen. Sie machte eine kaum merkliche Bewegung und im nächsten Augenblick hielt er Rabenfreude in der Hand. Sie wog schwerer als sonst, aber allemal leicht genug, sich im Handumdrehen den Kopf der Feindin zu holen.

»Halt!«, gebot sie ihm. Nun war Boudicca aufgestanden. Sie trug ein schlichtes schwarzes Kleid, unter dem bleich ihre Knöchel und nackten Füße hervorlugten. Ihr dunkles Haar war zu einem Zopf geflochten, der sich wie eine Schlange mehrmals um ihren Hals wand. Der Mond schien sie direkt an und verlieh ihr etwas Überirdisches. Sie breitete ihre Arme aus und zeigte ihm ihre leeren Handflächen. »Du wirkst müde, großer Krieger. Ich biete dir Speis und Trank.«

Er hätte sie erledigen sollen, als er noch die Gelegenheit dazu gehabt hatte. Nun hatte sie die Einladung ausgesprochen, und sein heiliges Versprechen band ihn.

Er nickte bloß, behielt die Axt aber in der Hand, während er auf die Feindin zuschritt. Sie schob die angelehnte Tür auf und bat ihn mit einer einladenden Geste einzutreten. Der Raum war spärlich eingerichtet. Nichts als ein Schränkchen, auf dem einige Schalen und Kerzen standen und ein mittig platzierter Tisch, der für zwei gedeckt war. Sie hatte ihn erwartet. *Natürlich hatte sie das!*, schalt er sich selbst einen Dummkopf, während sein Blick über die reich gedeckte Tafel glitt.

»Nimm Platz, mächtiger Cuchulainn.«

»Ich stehe lieber. Was hast du zu sagen, Weib?« Wenn er unverschämt genug war, würde sie ihm das Gastrecht vielleicht wieder absprechen, und er wäre frei, den Krieg vorzeitig zu beenden. — Oder einfach nur mit heiler Haut das Weite zu suchen. Das erschien in Anbetracht der Umstände verlockend genug. Noch nie hatte ihm Mensch, Tier oder Unhold Angst eingeflößt, doch von dieser Frau ging eine solche Bosheit aus, dass seine Hände zu zittern begannen. Wie eine Fliege war er achtlos in ihr Netz gegangen.

»Dann bleib eben stehen und sieh mir beim Essen zu«, winkte sie gleichgültig ab. Tatsächlich lud sie aus einer Schüssel etwas, das wie Eintopf aussah, auf ihren Teller. Kleine Fleischbrocken aufspießend, schien sie für einen Moment ihren Gast vergessen zu haben. »Mach dich nicht lächerlich«, sagte sie kauend, »wie du siehst, ist das Mahl nicht vergiftet. Außerdem waren wir uns bereits wesentlich näher …«

Das fremde Gefühl der Angst wich einem nicht minder beunruhigenden Anflug von Anziehung und Bewunderung. Sie war unbeschreiblich schön. *So schön.* Aber sie war böse! … *Aber auch so schön …* Na und? War sie eben die allseits gefürchtete Hexenkönigin. Er war schon mit anderem fertig geworden, er hatte Hunger und eine reizendere Gesellschaft konnte er sich nicht vorstellen. Er konnte sie ebenso gut noch mit vollem Magen erledigen. Was hatte sie eigentlich gemeint, als sie sagte, sie seien sich schon wesentlich näher gewesen? Doch er ahnte es. Auf einmal ergab alles Sinn, Mebdas Ängstlichkeit nach dem letzten Beltanefest. Boudicca war die Frau gewesen, die er damals in dem Wäldchen beglückt hatte, sie war in die Haut von Mebda geschlüpft und hatte ihn verführt. Es half ihm nicht weiter, Argwohn oder Furcht zu zeigen. Er lehnte Rabenfreude in Reichweite an die Wand und setzte sich. Der Met war nicht zu süß, der Eintopf nicht zu salzig und die Zubereitung der Rüben erinnerte ihn an jene seiner Heimat. Für einen Mann mit großem Hunger war es durchaus eine erfreuliche Mahlzeit, aber irgendwie hatte er mehr erwartet.

»Du weißt«, schmatzte Cuchulainn, wieder der zuvor gefassten Strategie der Unhöflichkeit folgend, »morgen werde ich so viele deiner Männer töten, dass man aus ihren Knochen eine Stadt bauen könnte.« Er nahm einen großen Schluck, ehe er fortfuhr. »Oder sogar eine Festung. Jene deiner Hexen, welchen ich nicht die Schädel spalte, werde ich meinen Kriegern zum Spielen überlassen. Aber bevor ich das tue, reiße ich deinen Schoßhund in Stücke. Füchse und Krähen werden sich an seinen Eingeweiden gütlich tun und sein Kopf wird mir als Trinkgefäß dienen.«

Kurz herrschte Schweigen. Boudicca hob eine Augenbraue. Dieses Miststück lächelte immer noch. Sie klatschte in die Hände und ließ den schlanken Körper in den Stuhl zurückfallen.

»Köstlich! Selten hat sich ein Tor so getäuscht wie du. Köstlich auch der Eintopf. Hat er dir geschlundet?« Nun grinste sie breit über das ganze bleiche Gesicht. Cuchulainn verstand nicht. Er hielt ihrem Blick stand, kniff die Augen zusammen. Wie viel Freude es ihm bereiten würde, seine Versprechen einzulösen, auch wenn er sie immer noch begehrte.

Verschwörerisch senkte sie das Haupt und flüsterte: »Die Krieger, welche ich in die Schlacht schicke, werden eure mickrigen Streitkräfte überrennen, meine Hexen werden auf den Leichen der Gefallenen tanzen und Gilgamesch«, sie ließ den Namen kurz wirken, »wird dir deine Seele aus dem Leib schneiden. – Mein *Schoßhund?*«, fragte sie mit Eiseskälte. »Köstlich!«

Und mit einem Mal dämmerte ihm, in welch hinterhältige Falle er sich hatte locken lassen. Sein Hund Schlund war seit zwei Tagen nicht mehr aufgetaucht, doch hatte er seinem Verschwinden neben all den letzten Vorbereitungen auf die große Schlacht keine besondere Bedeutung beigemessen. Jetzt ging ihm ein Licht auf. Das alles war von langer Hand geplant. Die Einladung, das Hundefleisch – er würgte – wie konnte sie von seinen heiligen Schwüren wissen? Er sprang auf und packte die Axt. Boudicca blieb still sitzen. Weshalb unternahm sie nichts, ihn auf der Stelle zu töten?

»Weil es Regeln gibt, an die auch ich mich halten muss«, antwortete sie auf seinen Gedanken, den sie erraten oder gelesen hatte.

»Du hast mich einen Schwur brechen lassen«, rief Cuchulainn rasend vor Wut, »was bei der Unterweltsonne bindet mich nun noch an den zweiten!« Mit voller Wucht machte er einen geraden Stoß mit Rabenfreude, der ihr den Hals hätte zerfetzen müssen, doch der Angriff ging ins Leere. Von draußen hörte er schnelle Schritte und Boudiccas Lachen. Sollte er ihr folgen? Ekel schwappte über ihm zusammen und erstickte den Zorn. Entgeistert sank er auf seinen Stuhl zurück. Auch wenn er noch atmete, sie hatte ihm bereits den Todesstoß versetzt. Sein Schicksal war besiegelt. Er trank einen Schluck Met und musste sich sogleich übergeben.

Erst nach einer Weile konnte er sich aufraffen, den unglückseligen Ort zu verlassen. Auf seinem einsamen Weg durch den Wald fühlte sich der große Held auf einmal sehr klein. Er hatte alles falsch gemacht. Niemals würde er Mortiana und seine Insel wiedersehen. In dieser dunkelsten Stunde vergab er Distelson. Was war dessen Fehlgriff gegen sein eigenes Versagen? Er verweilte bei der Erinnerung an den aufgeweckten Andersweltler. Seine Munterkeit, seine Leichtigkeit und Unbekümmertheit … Hätte er genauer hingesehen und ihm besser zugehört, er hätte bemerkt, dass sie in der letzten Zeit gedämpfter geworden waren. Dass er ihn aus Gründen der Selbstbereicherung oder Feigheit verraten haben sollte, erschien ihm immer unwahrscheinlicher; er musste sich in schlimme Schwierigkeiten verstrickt haben. *Wir sind Kinder der Göttin*, sann Cuchulainn. Irgendwann ruft sie uns alle zurück in ihren Schoß, die Frage ist nur, was wir davor tun, und wie wir gehen. Er war hier. Seine Männer, das Land der Fischer, Mebda, sie brauchten ihn. Er würde auf eine Weise aus dieser Welt scheiden, dass man noch Jahrhunderte Lieder darüber singen würde. Das Miststück würde den Sieg nicht davontragen.

Auf halber Strecke fand ihn Cahabier. Er hievte sich in den Sattel und ließ sich zurück zum Lager tragen.

Cuchulainn war zu erschöpft, Mebda die Ereignisse der Nacht wiederzugeben, ganz zu schweigen von ihrem eigentlichen Vorhaben. Sie stellte keine Fragen, sah bloß seine Traurigkeit und schlang die Arme um ihn. *Seine Göttin*. Den Kopf auf ihre Brust gebettet, schlief er ein.

***

Das Heer hatte sich bereits vor dem Morgengrauen in Bewegung gesetzt, doch Mebda hatte ihrem Champion noch etwas Schlaf gegönnt. Nun war es Zeit. Den Kopf des Hünen in beiden Händen haltend, übertrug sie so viel Kraft in seinen Körper, wie sie dachte entbehren zu können, ehe sie ihn mit einem Kuss weckte.

Er schlug die Augen auf. Von den Strapazen der Nacht war nichts zurückgeblieben. Er fühlte sich stark und bereit, mit erhobenem Haupt in den Tod zu ziehen. Gemeinsam traten sie aus dem Zelt, vor dem Durson sie bereits erwartete. »Lass Grüngrund antreten«, befahl Cuchulainn. Als der junge Mann los eilte, tauchte der Krieger seinen Kopf in ein Wasserfass. So lang es ging, hielt er die Luft an, dann warf er den Kopf in den Nacken, dass die Tropfen umherflogen und seine nackte Brust besprenkelten. Mebda, die einige Spritzer abbekommen hatte, lachte. Sie sah ihm ins bärtige Gesicht und sagte schmunzelnd: »Machen wir uns also schick.« Sie gingen zurück ins Zelt.

Der Ire kämpfte nicht mit Rüstzeug. Er trug eine schwere Stoffhose, die von einem breiten Gürtel gehalten wurde, hohe Stiefel und einen Halsring, in dessen Enden Hundsköpfe geschmiedet waren. Während Mebda ihm im Sitzen, von Fackelschein beleuchtet, weiße Farbe in die Haare massierte, zog er einen Wetzstein über die Schneide von Rabenfreude. Als er mit ihr fertig war, schärfte er seine kleinere Axt, die sich auch zum Werfen eignete, und danach noch den Langdolch, dessen Griff aus dunklem Horn bestand. Während er die beiden kleinen Freunde zufrieden in die Scheiden am Gürtel steckte, hieß Mebda ihn sich umzudrehen. Zauberformeln sprechend tauchte sie ihre Finger in weiße und rote Farbe und malte ihm damit Muster auf Gesicht und Oberkörper. Ein Geweih prangte nun auf seiner Stirn, die Augenhöhlen waren rot eingekreist und auf Bauch und Brust formten sich Triskelen und andere Zeichen der Göttin. Mebdas Gesicht zeigte lediglich zwei an den Enden spitz zulaufende, symmetrische rote Linien, die sich von über der Stirn bis tief auf die Wangen zogen. »Gehen wir«, sagte Mebda, sichtlich zufrieden mit ihrem Werk.

Alle waren angetreten, die Schildbrecher zuvorderst. In der vormorgendlichen Dunkelheit sah man auch unter ihnen etliche Gesichter mit Kriegsbemalung und auch einige weiße Haarschöpfe. Nurtas Augen glänzten ihm in freudiger Erwartung entgegen

Einige der Kriegshunde bellten in den Reihen weiter hinten. Die anderen Champions schickten disziplinierte Soldaten in die Schlacht, seine Männer glichen eher einer Rotte von Wildschweinen. Sie waren wild, verwegen und erpicht darauf, ihrem mächtigen Anführer in die Schlacht zu folgen. Cuchulainn frohlockte bei ihrem Anblick, und so sprach er zu ihnen: »Die besten Streiter des Südens sind wir! Heute ... rücken wir gegen den Feind vor!«

Die Männer und Frauen, bis an die Zähne bewaffnet, gestählt durch die härteste Ausbildung und begierig, ihr Können unter Beweis zu stellen, antworteten mit einem: »CU-LAINN!«

»Heute ... setzen wir zum Sprung an!«

»CU-LAINN!«

»Unsre Klingen sind scharf! Ihr Kuss ... ist tödlich!«

»CU-LAINN!«

»Wir kennen keine Gnade! Wir kennen kein Erbarmen!«

»Und die Göttin«, fiel Mebda ein, »erwartet uns schon mit offenen Armen auf der anderen Seite!«

»CU-LAINN! – MEBDA! – BLUT UND TOD!«

Cuchulainn und die Priesterin ritten in leichtem Galopp voran, die Schildbrecher und jene Einheit, welche die Hunde mit sich führte, folgten im Laufschritt, zuletzt kamen jene, welche neben leichten Waffen die Instrumente mit sich trugen. Kein Banner wehte über ihnen; der Feind sollte überrascht sein, wenn sie in seine Reihen fuhren.

Als sie das Feld erreichten, ging gerade die Sonne auf.

»Grüngrund ist hier!«, erschallte des Iren Ruf und die Reihen öffneten sich. Die Ebene zwischen Meer und Gebirge war nicht mehr als ein schmaler Streifen, doch wenn die Streitkräfte des Südens ihn ganz ausgefüllt hätten, wäre ihre Reihe nicht mehr als zwei Mann tief gewesen. So hatten sie sich entschieden, bewegliche Regimenter aufzustellen. Im größten im Zentrum, angeführt von Rostam, standen im ersten Glied sechzig Männer mit Schild und Schwert Schulter an Schulter und hinter jedem acht weitere. Zu ihrer Linken, der See zugewandten Seite, hatten Shakas Männer Aufstellung bezogen. Sie wichen ebenso wie Rostams Krieger beiseite, da Cuchulainns Einheiten durch die Schneise der beiden Regimenter liefen. Es gefiel dem Iren, dass selbst die Mitstreiter vor ihrem Anblick zurückschreckten, doch da sie gemeinsam kämpften mussten und davon auszugehen war, dass sich im Verlauf der Schlacht die Truppen mischen würden, stob Yusuf mit seinem prächtigen Ross vor die Reihen und erhob seine klare, kraftvolle Stimme. Seine Worte richteten sich an die gesamte Streitmacht Ban Rothas. Er appellierte an Dinge, die Cuchulainn nichts bedeuteten. Haus, Hof, Weib und die Aussicht auf Frieden waren die zentralen Worte seiner Rede und die Männer hingen an seinen Lippen. Die Übermacht auf der anderen Seite hatte Furcht in die Herzen gesät und Yusuf kämpfte dagegen an, diese Saat aufgehen zu lassen.

»... Unsere Schwertarme sind stark, weil wir als Bauern die Felder bestellen, unsere Klingen sind scharf, weil wir uns als Schmiede auf unser Handwerk verstehen! Unsere Nachfolge ist gesichert, durch unsere Frauen, die starke und gesunde Kinder zur Welt bringen. – Als Brüder ziehen wir in diese Schlacht!«

Speere, Schilde, Schwerter und Äxte wurden in die Luft gereckt. Es war nicht eben sein Stil, doch Cuchulainn nickte Yusuf anerkennend zu, und auf sein Zeichen erklangen Sackpfeifen, Hörner und Trommeln. Die Männer gerieten in Wallung.

Auch die Gegenseite begann zu lärmen. Kriegshexen waren vor die Stammeskrieger getreten und hetzten sie, Furien gleich, mit frenetischen Tänzen und Gesängen auf. Immer noch füllten sich von hinten ihre Reihen. Ein unglaublich großer Pulk von Leibern und Waffen, der die gesamte nördliche Hälfte der Ebene einnahm. Doch es waren nicht nur jene halbnackten Wilden angetreten. In der riesigen Masse waren auch Einheiten auszumachen, die gut gerüstet waren und bei denen sich Schild an Schild reihte. Kein Kundschafter hatte von solchen Regimentern berichtet, sie mussten im Verborgenen ausgebildet worden sein. Cuchulainn bemerkte, dass im Zentrum des Nortu-Heeres am wenigsten Aufruhr herrschte. Lange Lanzen ragten bewegungslos aus der Masse heraus. – Die besten Elitekrieger. Er wusste, dort musste sich sein

Feind befinden, dort stand Gilgamesch, und dort wollte er hin. Doch wo war Boudicca? Sein Blick suchte das Feld ab. Hinter den Reihen, wo der Berg ins Tal hin abflachte, gab es eine natürliche Erhebung. Ein einzelner Felsen, um den die Neuankömmlinge wie um einen Findling in einem Strom flossen. Auf ihm konnte er die Umrisse einer einzelnen Person ausmachen. Ohne Zweifel, die Königin der Hexen.

***

Der Versorgungszug war, wie bei ihrer fast doppelten Übermacht nicht anders zu erwarten, leichtes Spiel gewesen. Johannes zog in Gedanken noch einmal Bilanz: Sieben leicht Verwundete auf ihrer Seite, die aller Voraussicht nach den Rücktransport in die Fennmark überleben würden. Ganz anders hatte es auf der Gegenseite ausgesehen, es hatte wenige Überlebende, geschweige denn Unverletzte gegeben. Er gestand sich ein, dass er seine Männer nur halbherzig von unnötiger Grausamkeit zurückgehalten hatte. Er gestand sich auch ein, dass ihm Beutemachen Spaß bereitete, und die Beute war fett gewesen.

Johannes war zufrieden. Er war mit Wulf, sieben Rittern und zweiunddreißig Soldaten zu Ishtar unterwegs. Er hatte vor, die Schlacht, die mittlerweile wahrscheinlich begonnen hatte, weiträumig zu umgehen. Seine Männer wollten sich Yusuf anschließen, sollten sie, er hatte nichts dergleichen vor. Gerne würde er als Ishtars Leibwächter fungieren, er glaubte zwar nicht, dass sie das nötig hatte, aber das machte die Aussicht für ihn umso attraktiver. Für ihn war der Krieg zu Ende. Was die Soldaten in seiner Begleitung davon abgehalten hatte, zusammen mit ihren Kameraden in die Fennmark zurückzukehren, war ihm ein Rätsel. Aber wenn sie lieber weiter Krieg spielen wollten – er zuckte bei dem Gedanken mit den Achseln – war das ihre Sache.

»Wulf, sollten wir nicht schon längst auf den Weg gestoßen sein?« Dieser hatte seinen Rotschimmel angehalten und schaute ratlos auf die Karte in seiner Hand.

»Eigentlich schon, aber irgendetwas stimmt hier nicht. Wir hätten seit geraumer Zeit auf den Höhenweg, der um den Riegel herum führt, stoßen müssen.

»Lass mich sehen!« Johannes ließ sich die Karte geben, konnte sich aber auch keinen Reim darauf machen, wo sie sich befanden.

»Was für ein Idiot hat diese Karten angefertigt«, murmelte er halblaut.

Wulf grunzte zustimmend.

Johannes schaute sich um. Sie waren querfeldein durch dichten Laubwald geritten und hätten bereits vor einer Weile auf gerodete Flächen stoßen müssen.

»Lass uns auf den Grat da oben reiten, vielleicht können wir uns dort orientieren.« Er gab entsprechende Anweisung an Fajulla und trabte voraus.

Direkt hinter dem Grat endete der Wald und er sah vor sich die Ebene des Riegels, wo die Schlacht tobte.

Zurück, Fajulla!, dachte er. »Zurück in den Schatten der Bäume!«, zischte er leise nach hinten, als ob ihn irgendjemand auf dem mindestens zwei Lega entfernten Schlachtfeld hätte hören können.

Aus dem Schatten des Waldtraufes schauten sie auf das Schlachtfeld hinab. Fast direkt vor ihnen befand sich das Zentrum des feindlichen Heeres. Von zehn Reihen Lanzenträgern mit Langschilden eingerahmt, sahen sie durch die restlichen Fetzen eines Tiefnebels eine Gestalt in kolossaler Rüstung, die alle anderen überragte.

»Gilgamesch«, flüsterte Johannes, »das muss Gilgamesch sein.«

Ihre eigenen Stellungen waren durch einen Hügelausläufer vor ihren Augen verborgen. Kampfhandlungen sahen sie so keine, der Wind trug lediglich einzelne Schreie und gelegentliches Klirren von Metall zu ihnen herüber.

***

Der Merlin sah von oben die Symmetrie des Spiels. Auf der einen Seite Boudicca. Vor ihr das gigantische Heer, angeführt von ihrem Champion, der es wesentlich besser organisiert hatte, als es von unten den Anschein haben musste. Auf der anderen Seite die elf Priesterinnen, die der Erde treu geblieben waren. Auch sie standen auf einer kleinen Erhebung hinter den Linien, doch schickten sie keine untoten Bestien in die Schlacht. Er spürte ihre Sorge um die Helden, mit denen ihre eigenen Geschicke durch Liebesbande verknüpft waren. Bis auf den einen, Johannes, waren alle Champions auf dem Feld versammelt. Von der Küste zu den schroffen Felsen, auf deren Scheitel er saß, standen B'alam Agab, der Nachtjaguar, hinter seinem Regiment der Asiate Lapu-Lapu, neben ihnen Sanfeng, den Rücken gestärkt von Tecumtha und seinen Bogenschützen, gefolgt von Shaka und der Hauptstreitkraft Rostams, daneben hatten der Ritter El Cid und Cyrano de Begerac Aufstellung bezogen. Die östliche Flanke besetzte die Reiterei, angeführt von dem Araber Saladin Yusuf, der nach seiner Ansprache an ihre Spitze zurückgekehrt war. Die Oberhäupter der mittleren Königreiche waren nicht persönlich anwesend. Sie hatten Vertreter mit verhältnismäßig kleinen Kampfverbänden geschickt. Die Berittenen unter ihnen hatten sich Saladin angeschlossen, die übrigen verstärken die bestehenden Einheiten, vor allem den Hauptpulk unter Rostams Kommando. Zwischen den Regimentern der Fußsoldaten bestand jeweils nur ein winziger Abstand von zwei Schulterlängen. So konnten die Regimenter jederzeit unabhängig voneinander agieren oder zu einer einzigen Einheit verschmelzen. Was auf ein Fahnensignal hin nun geschah. Zwei der beweglichen Schildbrecherzüge wurden dadurch nach hinten verschoben, während jener, an dessen Spitze Cuchulainn stand, zwischen Rostams und Shakas Reihen stehen blieb und somit eine Lücke im Schildwall bestehen ließ. Von oben erkannte der Merlin die sich bildende Keilform. Was war das? Sotrac tra Wurgun, König von Ark und Hochkönig der Mittellande zog doch noch mit wehenden Bannern auf das Feld. Vermutlich hatte es kurz vor dem Auszug noch interne Streitigkeiten gegeben und die anderen Könige hatten deshalb nur so wenige Männer geschickt, um im Falle einer Niederlage eine bessere Verhandlungsposition zu haben. *Diese Narren!* Sollte Boudicca siegreich sein, würde es keine Verhandlungen, keine Gespräche und keine Beratungen mehr geben. Einer nach dem anderen würden sie überrannt und ihre Städte dem Erdboden gleichgemacht werden. Es war gut, dass Sotrac gekommen war. Dreihundert Reiter mehr und fünfhundert Fußsoldaten. So war es nun also. Der Merlin überschlug die Zahlenverhältnisse: Dreißigtausend Nortu gegen gerade einmal achttausend Mann aus dem Land der Fischer und den mittleren Königreichen.

***

Cuchulainn sprang von seinem Mahirrim und gab ihm einen Klaps, auf den hin er davon sprengte. *Wir sehen uns auf der anderen Seite, treuer Freund*, schickte er ihm wortlos hinterher. Rostam übergab den Befehl über seinen Teil des Schildwalles seinem ersten Hauptmann. Ein, für den Geschmack des Iren, viel zu geleckter Kerl. Der Prinz von Zabulistan selbst bestieg einen der fünf Streitwagen, die gerade angerollt kamen. Sein Plan war es, nur den ersten Ansturm anzuführen, um danach wieder den Platz im Schildwall einzunehmen.

Durch all den Lärm drang ein schriller Gesang. Plötzlich herrschte Totenstille. Selbst die Kriegshexen hielten in ihren wilden Tänzen inne. Es war ohne Zweifel Boudicca, die da die Stimme erhob. Auch wenn niemand die Worte verstand, so wusste doch der Taubste, dass sie von Tod und Verderben handelten. Der Himmel war ohnehin bedeckt, aber es schien mit einem Mal ein dunklerer Schatten auf die Streitkräfte Ban Rothas zu fallen.

»Fratra Sala Fuitenhaiiiinnn«, übertönte Hepat den düsteren Gesang der Hexenkönigin für einen Augenblick. Ihre Schwestern fielen mit ein. Es bildete sich ein harmonisches Klanggebilde, das Muskeln anspannte und die Krieger mit Hoffnung erfüllte. Und Hoffnung und Mut brauchten sie, denn das feindliche Heer setzte sich in Bewegung. Der Boden bebte. Ein gesamtes mächtiges, mordlustiges Volk in Waffen rückte auf sie zu. Cuchulainn grinste. Bald würde es beginnen.

Rostam stand, dem Feind den Rücken zugewandt, auf seinem Streitwagen. Seine ausgebreiteten Arme hießen die Männer abwarten. Erst als einzelne Helme und blau bemalte Gesichter auszumachen waren, rief er: »Pfeile!«

Darauf hatte Tecumtha gewartet. Er gab selbst einen Signalschuss ab. Lange segelte der Pfeil durch die Luft, senkte sich und bohrte sich schließlich in einen Stammeskrieger in vorderster Reihe. Jubel ertönte. Im nächsten Augenblick surrten vierhundert Bogensehnen und füllten die Luft mit todbringenden Geschossen. Wie ihr Vorbild fanden die Pfeile ihr Ziel in der linken Flanke, wo nur wenige Schilde trugen. Etliche Nortu sackten zusammen, die Hand im Todeskampf um einen Pfeilschaft geklammert.

Die zweite Salve schwirrte los. Doch was war das?! Ehe die Pfeile in den Senkflug übergingen, erschallte ein Wort der Macht und die Flugbahn änderte sich. Wirkungslos platschten sie in die See.

»Das ist Zauberei!«, rief ein Mann neben Cuchulainn furchtsam aus. Der Ire schüttelte bloß den Kopf. Sie traten gegen eine Hexenkönigin an. Was hatten die Narren denn erwartet?

**

Der Merlin erschauderte. Boudiccas Macht war gewaltig. Lediglich von ihren Novizinnen unterstützt, bot sie ihren elf Schwestern die Stirn. Ihm grauste, sie war ihnen überlegen. Selbst wenn er gewollt hätte, er konnte ihnen nicht beistehen. Ihre Art Magie und die Seine waren nicht kompatibel. Der Gesang der Priesterinnen von Pela Dir kam ins Stocken und brach kurz ab, als Atira ausgelaugt auf die Knie ging und Ishtar ihr beisprang, um sie zu stützen.

Brandgeschosse zischten, doch die Flammen wollten nicht auf den teergetränkten Boden überspringen, Imker warfen Bienenkörbe, aber die Bienen blieben friedlich in ihren Waben.

**

Rostam und Yusuf hatten gerissene Kriegslisten ausgeheckt. Mit Pfeilen, Feuer, Bienenstacheln und Rauch hatten sie vorgehabt, die feindlichen Horden zu entmutigen, ihre Zahl zu dezimieren und vor allem die Ordnung durcheinander zu bringen. *Ausgefuchst*, dachte Cuchulainn. Doch nun, in Anbetracht von Boudiccas Zauberkraft, waren die hübschen Ideen nur noch einen Ziegenschiss wert. Er wusste, dass Mebda den Kampf gegen sie bereits aufgenommen hatte, doch sie und die anderen schienen der dunklen Herrscherin unterlegen zu sein. Sein Griff um Rabenfreudes langen Schaft verfestigte sich. Noch standen sie, aber wenn sie noch genug Zeit für einen Spurt haben wollten, mussten sie jetzt los. Die tiefen Reihen der Nortu, die ihnen entgegenkamen, befanden sich im Laufschritt. Die Schilde in den Linken, einen Speer, ein Schwert oder ein Kriegsbeil in der Rechten. Ihre Münder waren aufgerissen, die Zähne gebleckt vom Hass, den Wilde in der Schlacht entwickeln. Auch Cuchulainn ließ sich fallen. Er spürte, wie die Kraft der Erde ihn durchflutete. Sie schenkte ihm Leben; heute, dessen war er sich gewiss, zum letzten Mal. Doch ehe der Tod ihn holen kam, würde er der Erdgöttin Ehre bereiten. Er hob den Blick und traf den Rostams. Der Feldherr hatte gesehen, wie die Hexe seine Vorhaben vereitelt hatte. Ungebremst kamen zig Tausende auf sie zu. Rostam war weit mehr Stratege als er, doch auch dem Iren war klar, dass die Hoffnung auf einen Sieg in dieser Lage Irrsinn war. Cuchulainn nickte ihm zu. Wenn wenigstens die Reiterei ihr Ziel erreichte. *Sei es, wie es wolle.* Er würde sein Bestes geben. Rostam zog sein Schwert aus der Scheide und stieß es vor sich in die Luft. »Cernunnos!«, schrie Cuchulainn. Und dann erklangen unzählige Schlachtrufe. Der Name eines Gottes oder der Liebsten, '*für Ban Rotha!*', für eine der Priesterinnen, für die Erstgeborene und manche nannten die Sache beim Namen und riefen einfach nur: »Tod!«

Es ging also endlich los.

Cuchulainn lief leicht versetzt hinter den Sensenrädern von Rostams Streitwagen. Er nahm die Axt mit beiden Händen über die rechte Schulter. Die aufgerissenen Münder, die zusammengekniffenen Augen, die erhobenen Waffen, die Kriegshunde wenige Schritte vor ihnen, der Moment war gekommen, in dem alles ganz langsam abzulaufen schien. Der Aufprall war hart und unerbittlich. Rabenfreude fegte die ersten drei Schilde beiseite. Mit voller Wucht stieben die Reihen ineinander. Ein Tanz der Grausamkeit nahm seinen Anfang. Die Streitwagen ließen Gliedmaßen regnen, Schwerter zuckten vor, Äxte fielen herab, Kriegshämmer zermalmten Schilde, Arme und Knochen. Aus den hinteren Gliedern wurden Speere von beiden Seiten geschleudert. Die Kriegshunde verbissen sich in Waden und fielen über Stürzende her. Ein unsägliches Gemetzel entstand und immer noch stürmten die Schildbrecher nach vorn.

Im Wüten der Schlacht diente Cuchulainn niemandem, außer der dunklen Seite der Göttin. Sie inspirierte ihn. Sein Toben war ein entsetzlich verzückter Taumel. Doch diese Wut war nicht blind. Sie sah Schwachstellen. Das leichte Straucheln eines Gegners. Stoß. Rabenfreude war ausgestreckt. Er zog sie kraftvoll nach links. Ein Schädel barst. Schwungvoll nahm er sie hoch, stets weiter drängend. Sie sauste hinab und fraß sich tief in eine Schulter. Blut spritzte. Die Schildbrecher bahnten sich einen Weg des Todes durch die Reihen. Bloß Nurta, gedeckt von ihren beiden Schwestern, und Rhun konnten das Tempo ihres Kriegsherrn mithalten. Rhun war einer von denen, welche die Hunde losgelassen hatten. Er war der rasenden Bestie Cuchulainn bisher kaum aufgefallen. Jetzt hieß sie ihn freudig an seiner Rechten willkommen. Die Streitwägen waren längst hinter ihnen zurückgefallen. Allmählich verhärtete sich der Widerstand. Die Männer standen sicherer. Ihre Reaktion wurde schneller. Curla riss einen Haarschopf nach hinten und Jurla spießte den Wehrlosen unter dem Kettenhemdansatz auf. Nurta zog ihre Klinge einer Kriegshexe durchs Gesicht, um sofort von den Spießen ihrer Wache gestellt zu werden. Rabenfreude drang dem einen, der auf sie einstach, in die Seite, während Nurta, in die Defensive geraten, die beiden anderen vor ihr parierte. »Zurück!«, rief Cuchulainn. Mit Rundumschlägen deckte der Ire den Rückzug. Schwerter wurden aus Händen gerissen oder brachen entzwei. Die Reihen, durch die sie gekommen waren, waren gelichtet und die Männer, die den Sturmangriff miterlebt hatten, waren wenig erpicht darauf, Bekanntschaft mit den Mordwerkzeugen der Schildbrecher zu machen. So gelang es Cuchulainn und den Seinen, die eigenen Linien wieder zu erreichen. Dort waren die Nortu allerdings von den Seiten her nachgerückt. Keine gute Idee. Denn wo Schild in Schild verkeilt war, hackten Cuchulainn und seine Mannschaft sich nun von hinten den Weg frei. Als sie durch waren, wurde ihnen Platz gemacht, und sie sammelten sich hinter dem eigenen Wall. Der Hund von Grüngrund sah sich um. Ungefähr die Hälfte seiner Mitstreiter hatte überlebt.

***

Der Merlin war aufgestanden. Hätte er nicht gewusst, dass es keine Götter gab, er hätte nun gerne welche um Hilfe angerufen. Die Lage schien aussichtslos. Zwar war die Keilform tief ins Heer des Feindes vorgedrungen und hatte viele Nordmänner das Leben gekostet, doch nun war sie zu einem bauchigen Schildwall zusammengedrängt worden. Die pure Masse der Feinde ließ ihn Schritt um Schritt zurückweichen. Schon rannten kleinere Kampfverbände an der ihm zugewandten Seite um die Flanke, in der Absicht, der Streitmacht Ban Rothas in den Rücken zu fallen. Die Hoffnung lag auf der Reiterei. Sie hatte den äußersten Zipfel der rechten Flanke niedergeritten, was eine Fluchtbewegung nach vorne ausgelöst hatte. Über den Männern auf ihren Rössern lag ein bläulicher Schimmer. Die Priesterinnen schützten sie vor den magischen Attacken der Hexenkönigin. Rodrigo drehte bei, die versprengten Gruppen anzugreifen, um eine Umzingelung zu verhindern, während Saladin seine Reiter sammelte, in der Absicht, ihrerseits dem Feind in den Rücken zu fallen. Der Merlin erkannte den verwegenen und aus schierer Not geborenen Plan. Saladin führte die Reiterei von schräg hinten noch einmal in die rechte Flanke. Rodrigo würde jene erwarten, die ausscheren wollten. Ziel war es, das gesamte Heer des Nordens in westlicher Ausrichtung zusammenzudrängen. Dort waren die Reihen Ban Rothas am stärksten. Der Nachtjaguar, Sanfeng, Lapu-Lapu und Tecumtha würden den Amboss bilden. Doch wo war der Hammer, der den Feind ins Meer drängen sollte? Die Reiterei würde zu große Verluste bei dem Manöver erleiden, um diese Aufgabe bis zum Ende auszuführen.

***

»Johannes«, Wulf stieß ihn an, »Johannes, wenn wir dem kleinen bewaldeten Bachlauf da vorne folgen, kommen wir ungesehen viel näher an das Ganze heran.«

Sie schlugen einen Halbkreis tiefer im Wald und als sie auf den Bach stießen, stiegen sie ab und führten die Pferde am Zügel in dem Bachbett hangabwärts. Sie drängten sich am Waldtrauf und hörten jetzt die Schlachtgeräusche viel deutlicher.

Johannes versuchte zu verstehen, was vor sich ging, aber in Richtung ihrer eigenen Stellungen sah er nur ein Gewirr von Berittenen, Fußsoldaten und Staub, und er hörte ein Durcheinander von Schreien und Befehlen. Auf einmal trat eine Pause ein. Alles schien zu verstummen und die Bewegungen schienen zu verharren. – Ein Hornsignal erschallte und die äußeren acht Reihen der Lanzenträger um Gilgamesch setzten sich in Bewegung und verschwanden aus ihrer Sicht.

***

Die Schlacht tobte in unterschiedlicher Intensität. Während Saladin, Rodrigo und Rostam mit ihren Männern Schwert schwingend an der rechten Flanke über das Feld preschten, war im Zentrum so etwas wie Ruhe eingekehrt. – Freilich keine friedliche Ruhe. Es wurde nach Knöcheln gehackt und durch Lücken gestoßen, aber im Ganzen waren die Schilde so ineinander verkeilt, dass es mehr ein Drücken und Schieben, als ein wirklicher Kampf war. Und über allem schwebte der Singsang der rivalisierenden Zauberinnen.

Rostams Streitwagen lag umgeworfen tief in den feindlichen Linien. Er selbst schritt hinter seinem Wall auf und ab und rief Anweisungen. »Stand halten!«, »Speere in die zweite Reihe!« Obgleich sein Gesicht nicht nur vom Blut erschlagener Feinde rot war, zählte er, wann immer er eine Schwäche im Wall des Gegners wahrnahm, an: »Eins, zwei, drei – los!« Dann warf er sich selbst von hinten in den Ansturm. Die Vorderen rissen die Schilde hoch, was auch die gegnerischen hochwarf, und das Schlachten begann von neuem. Platz wurde so gewonnen, der jedoch stets kurz darauf wieder zurückerobert wurde. Trotz all jener kühnen Ausfälle wurden die Streitkräfte Ban Rothas durch die pure Übermacht langsam aber stetig nach hinten geschoben.

Aus all dem Schreien und Waffenlärm heraus vernahm Cuchulainn den Kriegsruf seines Freundes Shaka. In der zweiten Reihe stach er mit seinem Speer nach Köpfen und Schultern, wenn die Schildarme lahm wurden und nach unten sanken.

Von den anderen beiden Schildbrechereinheiten hatten ähnlich viele überlebt wie von seinem eigenen. Er hieß Durson, sie zusammenzurufen.

»Du bist bereits tot«, keifte Boudicca in seinem Kopf. *»Nimm dein Schicksal an, Schwurbrecher!«* Wie um ihre Worte zu unterstreichen, sah er nun, wie Bewegung in die feindlichen Reihen kam. Die schweren Lanzen, Gilgameschs Elitetruppe, bahnten sich ihren Weg nach vorne.

Cuchulainn setzte sich auf den Boden. Um ihn herum gruppierten sich seine blutbesudelten Krieger. Sie warteten auf einen Befehl, doch der Ire blickte in aller Seelenruhe in den Himmel. Es war immer noch diesig. Er mochte Regenwetter. Es erinnerte ihn an seine geliebte Insel. Wie die Hexe ihm geraten hatte, akzeptierte er sein Schicksal. Heute würde er sterben. *Aber nicht*, dachte er, und kniff dabei die Augen zusammen, *ohne diese Höllenbrut mit in die nächste Welt zu nehmen.* Um der Erde näher zu sein, schnürte er die Stiefel auf und zog sie aus. Er erhob sich. Das niedergetrampelte Gras fühlte sich gut an zwischen seinen Zehen. Er wusste jetzt, was zu tun war. Er schickte Männer los, die sich zu den Hauptleuten durchschlagen sollten, um seine Anweisungen an sie weiterzugeben. Die Übrigen hieß er abwarten und neue Kräfte schöpfen.

Sanfeng sah die Köpfe und Helme weit überragenden Lanzen auf seinen Abschnitt des Schildwalls zukommen. Seine Soldaten hielten sich tapfer, doch einsetzende Erschöpfung spiegelte sich in ihren langsamer werdenden Paraden und Hieben wider. Er packte einen sich mit letzter Kraft auf den Beinen Haltenden von hinten am Kragen und zog ihn aus dem Kampfgeschehen. Wortlos nahm er ihm den Schild ab und schob sich nach vorne. Sie durften nun keine Schwäche zeigen. Wie seine Nebenmänner stemmte er den rechten Fuß in den glitschigen Erdboden und bot damit den linken an. Sein Gegenüber, ein junger Bursche, dem die Ruhmessucht ins Gesicht geschrieben stand, ließ sich einen Moment zurückfallen, um sich Platz für den Stich zu schaffen. Sanfeng war vorbereitet. Er lenkte mit dem Schildrand das Schwert ab und bohrte sein eigenes ins Schlüsselbein des Stammeskriegers. Schnell zog er es heraus, drehte das Handgelenk und verletzte dabei einen weiteren am Arm. »Schritt!«, brüllte er und die ganze Reihe gab ihr Bestes, einen Schritt nach vorne zu tun. Da es der Mehrzahl gelang, wiederholte Sanfeng den Vorgang.

»Schritt!« Lapu-Lapu war indes an die Seite des Nachtjaguars getreten, der sich von der Enge nicht beeindruckt zeigte. Stets in der ersten Reihe, verbreiteten seine gebogenen Klingen Angst und Schrecken. Einem Derwisch gleich warf er sich auch jetzt, vollkommen im Gleichgewicht, auf die gegnerischen Schilde, ließ Kettenringe und Blut regnen, durchschnitt Sehnen und Hälse. Dann wirbelte er zurück, wo er sofort von zweien seiner Männer gedeckt wurde und der dunkelhäutige Lapu-Lapu seine Rolle übernahm. Schnell hatten sie sich eingespielt. Sie gewährten sich nun gegenseitig Verschnaufpausen, die den Feinden fehlten, um sich diesen Schwertmeistern aussichtsreich entgegenzustellen. Aus den Erfolgen der beiden schöpften die Umstehenden Mut und wurden dadurch selbst zu Taten angetrieben, die sie sich nicht zugetraut hätten. Für eine Weile sah es so aus, als könnte es den ganzen Tag in dieser Art weitergehen. Die eigenen Verluste waren gering, die der Feinde enorm. Doch dann waren plötzlich die Lanzen da. In breiter Front erhoben sie sich über die Stammeskrieger und stachen, ungeachtet, ob sie dabei die eigenen Männer verletzten, zu. Sie spalteten Schilde, drangen durch Rüstzeug und ließen Knochen splittern. Keiner der Lanzenträger führte mehr als drei dieser Attacken aus, doch reichte dies, einen Großteil der Schilde zu zerstören, was die Truppen Ban Rothas ungeschützt zurückließ. »Standhalten!«, erklang die Stimme Lapu-Lapus. Die dünne Linie Stammeskrieger war vollständig überwältigt, als die Soldaten aus der Eliteeinheit Gilgameschs ihre Zweitwaffen blankzogen und sich in den Kampf Mann gegen Mann stürzten. Ein heilloses Durcheinander entstand, die zuvor geordneten Schlachtreihen lösten sich auf und jetzt nahm auch Boudiccas Champion direkt am Kampfgeschehen teil. Seine Brust und Schulterplatten waren mit Ruß geschwärzt. Aus seinem Helm wanden sich Widderhörner. Ein gepanzerter Riese, der sich mit der Anmut einer Katze bewegte. Mit unheiliger Stärke und Geschwindigkeit führte er seine beiden tödlichen Waffen.

Cuchulainn hatte den rechten Zeitpunkt abgewartet, nun war er gekommen, nun würden sie zuschlagen. »Schildbrecher-Angriff!« Auf das Signal hin stoben die Männer Ban Rothas auseinander, ließen ihre Gegner einfach stehen und reihten sich neben und hinter jenen Wenigen ein, die noch Schild an Schild standen, wo zuvor die Grenze zwischen den Heeren gewesen war. Dem Nachtjaguar und Lapu-Lapu war das vereinbarte Signal nicht entgangen, doch gerade hatten sie sich zu dem Widersacher durchgekämpft, der zahllose ihrer Soldaten niedergemetzelt hatte. Über einen Blick verständigten sie sich, den Teufel zu tun, jetzt zurückzuweichen. Voller Zuversicht stellten sie Gilgamesch, der ihre Herausforderung anzunehmen schien. Mit einer groben Geste hielt die Bestie einen Stammeskrieger davon ab, sich einzumischen. Ohne Worte auszutauschen, gab Lapu-Lapu einen Kriegsschrei von sich, und die rot gefärbten Klingen kreuzten sich. Der Nachtjaguar kam hinter ihm hervorgesprungen und stach zu. Der Stahl ging ins Leere. Gilgamesch war auf dem Absatz herumgewirbelt und führte mit der Rechten einen Tiefschlag gegen den Unterleib Lapu-Lapus. Gerade noch rechtzeitig brachte dieser seine kurzen Klingen zwischen sich und das Krummschwert, doch der Schlag war so hart, dass er ihn von den Füßen riss. Er taumelte noch zurück, als der Jaguar rasch nachsetzte. Sie hatten ihren Meister gefunden. Gilgamesch war nicht nur flink und stark, er kämpfte auch äußerst geschickt unter Einsatz seines gesamten Körpers. Nie stand er so, dass sie ihn gemeinsam angreifen konnten. Der Kampf dauerte nur wenige Augenblicke, aber jeder Streich, jeder Stich, jeder Schritt war mit Bedacht und äußerster Präzision ausgeführt. Die Männer beider Seiten waren zurückgetreten, um den Widersachern Platz zu machen. Lapu-Lapus Gesicht zeichnete eine rote Linie. Einen Wimpernschlag lang wunderte er sich über die warme Flüssigkeit an Wange und Hals. Gilgamesch nutzte die Gelegenheit. Das Gewicht des Jaguars ruhte in einem Ausfallschritt einen Moment lang auf seinem rechten Bein. Gilgamesch hatte die Finte ignoriert und den eigentlichen Stich abgelenkt. Das Krummschwert sauste durch die Luft und traf den Oberschenkel des Jaguars. Das Glied wurde sauber abgetrennt. Eine Blutfontäne spritzte, dann schlug Gilgamesch dem Champion mit der Axt den Kopf von den Schultern. Während der Kopf des Nachtjaguars noch durch die Luft segelte, wollte Lapu-Lapu sich auf den Feind werfen, doch dieser wich aus und zog ihm den gezackten Teil seiner Klinge durch die Seite. Lapu-Lapu machte noch ein paar Schritte und sank dann in die Knie. Er drehte den Kopf nicht, wusste jedoch, dass die Bestie auf ihn zukam, um ihm den Rest zu geben. Gilgamesch genoss den Augenblick zu sehr, langsam schritt er zu dem Wehrlosen; zu langsam, denn nun waren die Schildbrecher da. Wie aus dem Nichts sprang ihn die Masse Cuchulainns an und warf ihn aus dem Gleichgewicht. Dem dunklen Champion war es gerade noch gelungen, den tödlichen Axthieb abzulenken, nun stürzten beide zu Boden. Der Ire war obenauf. Ungeachtet des Helms und seines eigenen ungeschützten Kopfes, rammte er dem Unhold die Stirn aufs

Visier. Dann ließ er seinen Ellbogen folgen. Gilgamesch hatte seine Waffen fahren lassen und schlug Cuchulainn die behandschuhte Faust in die rechte Seite. Der Schlag war hart gewesen und hatte Cuchulainn auf den Boden geworfen. Er krümmte sich, kam aber schnell wieder auf die Beine. Und als der Feind sich ebenfalls wieder halb aufrichtete, versetzte er ihm einen geraden Tritt dahin, wo Kettengeflecht den Brustpanzer ablöste. Die Bestie stieß einen Fluch aus, er hatte sie schmerzhaft getroffen und sie hatte ihre Waffen verloren. In einer Seitwärtsrolle gelang es Gilgamesch jedoch, einen umherliegenden Kriegshammer zu ergreifen. Nun richtete auch er sich wieder zu voller Größe auf. Sein Visier war leicht verschoben, von Cuchulainns Stirn tropfte Blut. Der eine auf den Zweihandhammer, der andere auf Rabenfreude gestützt, standen sie sich gegenüber. Um sie her tobte die Schlacht von neuem, doch niemand wagte sich in ihre unmittelbare Nähe. Sie waren das Auge des Sturms. Nurta führte die entfesselten Schildbrecher noch einmal tief in die Reihen der Feinde, was den Streitkräften Ban Rothas die Gelegenheit bot, sich neu zu formieren und sogleich in die geschlagenen Schneisen nachzudrängen. Das Alles war bedeutungslos. Die Welt war zusammengeschrumpft auf die kleine Grasnarbe, auf der sich Held und Unhold begegneten.

»Jetzt«, knurrte Cuchulainn, »schicke ich dich in die Dunkelheit.«

Keine Emotion lag in den Lauten Gilgameschs, als er in seinen zwei Stimmen erwiderte: »Ich komme aus der Finsternis, ich bin ihr liebstes Kind. Doch bist du bereit sie kennenzulernen?«

»*Stirb, Schwurbrecher!*«, geiferte Boudicca in Cuchulainns Gedanken.

»Du und deine Hexe, ihr wisst nichts von dem Lachen in den Wäldern, von dem Groll, den die Göttin gegen euch hegt, deren Kraft durch meine Adern rast!« Er sprach laut, doch eigentlich beschwor er den Gott seiner Ahnen, den Cernunnos, den ältesten und treusten Gefährten der Erdgöttin tief in sich. *Deine Macht rufe ich an, steh mir bei in diesem Kampf!*, schloss er sein Gebet, ohne die Lippen zu bewegen. Unvermittelt begann der Zweikampf. Funken sprühten, da Rabenfreude auf den Hammer prallte.

Inmitten des wütenden Gefechts hatte der hellsichtige Blick des Merlins die Kontrahenten ausfindig gemacht. Licht und Schatten, Leben und Tod, zwei Seiten der selben ureinen Magie standen sich hier gegenüber. Denn auch wenn Boudicca mit der Beschwörung Gilgameschs den Kreis des Lebens durchbrochen hatte, so hatte der große Wille dies doch gestattet. Wenig war jemals eindeutig. Schließlich war das rasende, sich seiner Wut gänzlich überlassende Tier Cuchulainn auch nicht gerade ein glänzendes Beispiel eines zukunftsweisenden Menschentypus. Meist kam es eben auf den Vergleich an.

Guanyin und Mayari, die Priesterinnen Sanfengs und Lapu-Lapus waren zusammengebrochen. Die Übrigen hielten den Gesang aufrecht, was ihnen nun leichter fiel, da die Königin der Hexen den Hauptteil ihrer Kraftströme auf ihren Champion lenkte. Der Zweikampf war erbarmungslos. Die beiden schenkten sich nichts. Der tödlichen Eleganz und Stärke des Feindes setzte der Ire eine unglaubliche Entschlossenheit und seinen sagenumwobenen Blutrausch entgegen. Immer wieder verfingen sich die Waffen ineinander und es kam zur Kraftprobe. Die Zähne gebleckt, funkelten sie sich dann an, bis Cuchulainn zurückgeworfen wurde. Doch stets gelang es ihm, wieder auf den Beinen zu landen und oft sogar dem Gegner bereits im Flug noch einen Fausthieb zu verpassen.

Schnell wischte sich Cuchulainn die Rechte am Beinkleid ab. Der Schweiß drang ihm aus allen Poren. Wieder schlug der Unhold auf ihn ein. *Gut so*, sauste es ihm durch den Kopf, er wird ungeduldig. Beide hatten sich kleinere Wunden zugefügt, der Brustharnisch Gilgameschs war leicht eingebeult. Wenn er ihn nur einmal mit voller Wucht erwischen würde, dann würde vielleicht eine Schwachstelle entstehen, auf die er sich konzentrieren könnte. Eine andere Möglichkeit, den Kampf für sich zu entscheiden, sah er nicht. Der Mistkerl war zu gut gerüstet. Ganz im Gegenteil zu ihm. Ständig musste er auf der Hut sein. Auch oberflächliche Schnittwunden konnten zu einem Blutverlust führen, der die Sinne vernebelte. Dies alles waren keine klaren Gedanken, es waren vielmehr die Instinkt gewordene Erwägungen eines begnadeten Schlächters. Und nichts anderes war Cuchulainn im Wellenkrampf. Er ging in die Hocke, drehte Rabenfreude und ließ den Stiel gegen die geschützten Waden knallen. Ein riskantes Manöver, denn nun war der Unhold über ihm. Aber er strauchelte leicht, das Vorhaben schien aufzugehen. *Jetzt!* Die Axt wirbelte herum, dann ließ er das Blatt mit der vollen Kraft der Hebelwirkung nach oben sausen. Blitzschnell reagierte Gilgamesch. Das Straucheln hatte er bloß vorgetäuscht. Der Hammer fiel herab und zermalmte Cuchulainns Fingerknöchel am Axtstiel. Er schrie auf. Rabenfreude fiel zu Boden. Der Schmerz steigerte seinen Zorn noch. Blind fuhr die unversehrte Hand an den kettenbewehrten Hals. Der Ire stemmte sein ganzes Gewicht gegen den Widersacher, bereit ihn umzuwerfen und ihm mit bloßen Zähnen die Gurgel zu zerfleischen. Doch nun war es zu Ende. Die Wut perlte an der Überlegenheit Gilgameschs ab. Der Unhold stieß ihn von sich und verpasste ihm mit der geharnischten Faust einen Schlag aufs Ohr. Cuchulainn taumelte zurück. Die Welt drehte sich, ein Lichterregen blendete ihn. Er stürzte. »*Steh auf! Kämpfe!*«, hörte er aus weiter Ferne Mebdas Ruf, doch er konnte nicht mehr. Er hatte versagt.

***

Von oben konnte der Merlin zunächst nicht ausmachen, was Gilgameschs Aufmerksamkeit ablenkte und ihn davon abhielt, Cuchulainn den Garaus zu machen. Noch einmal ging ein Ruck durch den riesigen Körper. Jetzt sah er es: Es war Tecumtha, der einen Pfeil nach dem anderen abfeuernd auf Gilgamesch zueilte. *Nur noch einen Moment*, hoffte der Alte inständig. Und der Shawanese schenkte Cuchulainn den Moment. Die Reiterei hatte einen letzten verzweifelten Angriff in die rechte Flanke geführt. Die Welle der Fluchtbewegung erreichte just in diesem Augenblick den Schauplatz des Zweikampfes. Viele setzten den Stammeskriegern nach, doch einige traten auch zurück in die eigenen Reihen, um sich zu sammeln. Mit einem Mal sah Gilgamesch sich umgeben von etlichen feindlichen Soldaten. Noch zögerten sie. Er rief nach den Seinen, nahm sich noch die Zeit auszuspucken und rannte dann in ihre Richtung. Zwei beherzte Soldaten stellten sich ihm in den Weg. – Er fegte sie mit dem Hammer beiseite wie brüchiges Herbstlaub. Kein weiterer wagte es mehr, ihm in die Quere zu kommen.

Als Cuchulainn die Augen wieder öffnete, sah er Tecumtha über sich knien. Neben ihm saß ein gebeugter Lapu-Lapu und Shaka, eine Hand auf den Oberarm gedrückt, zwischen seinen Knöcheln quoll Blut hervor. Überall rannten Burschen aus den Versorgungstrupps mit Wasserschläuchen und Verbänden herum. Ein gequälter Blick nach rechts bestätigte dem Iren, dass die Schlacht nicht geschlagen war. Die von der Reiterattacke ausgelöste Panik hatte nur die vorderen Reihen ergriffen. Wie sie die Fluchtrichtung geändert hatten, mussten sie bemerkt haben, dass in ihrem Rücken die ganze Zeit über ein immer noch riesiges, intaktes Heer mit ihren Brüdern gestanden hatte. Schon begannen wieder Kriegshexen sie aufzustacheln und auch die Kerntruppen Gilgameschs formierten sich neu. Doch schien es, als hätten sie keine Eile, dem unterlegenen Heer Ban Rothas den Rest zu geben. Bis zum nördlichen Eingang des Riegels hatten sie sich zurückgezogen, wo Boudicca, sie überragend, auf dem Felsen thronte. Sie musste wissen, was Yusuf nun aussprach. Den mickrigen Teil der verbliebenen Reiterei in seinem Rücken, hatte er sein Mahirrim durch das zur Hälfte darniederliegende Heer traben lassen, bis zu Cuchulainn, um den sich auch die übrigen Champions versammelt hatten. Der Boden war übersät mit Leichen und die Weisen Frauen und ihre Zöglinge waren überfordert mit der Versorgung der Verwundeten und Sterbenden. Yusuf blieb im Sattel, aus seinem Oberschenkel ragte ein abgebrochener Pfeil. »Wir haben keine Wahl. Wenn wir nicht erneut angreifen, wird die Hexe das Land brandschatzen lassen. Wir werden keine zweite Gelegenheit erhalten, eine Armee aufzustellen. Die Entscheidung muss heute fallen.« Jeder der Anwesenden ahnte, dass dies auch Hepats Worte waren.

»Armee?!«, warf Rodrigo ein. »Macht die Augen auf! Die Entscheidung *ist* längst gefallen. Was wollt ihr tun?«, fragte er in die Runde, »mit diesem Haufen Elend?« Er deutete auf vier Männer, die einen verstümmelten Kameraden mit sich schleiften. »Wollt ihr ein mordlustiges Heer angreifen, das uns zwanzig zu eins überlegen ist?« Rostam nickte, während die anderen betreten drein starrten. »Nein«, fuhr der Ritter fort, »Ich sage, wir ziehen uns zurück und retten, was zu retten ist.«

»Wir müssen kämpfen«, insistierte Savinien, doch er schien seinen eigenen Worten nicht zu trauen.

Cuchulainn zwang sich, die Augen von seiner linken Hand abzuwenden, von der die absterbenden Finger in bizarrem Winkel abstanden und mühte sich auf die Beine. Er bedankte sich bei seinem Retter Tecumtha, dann klopfte er seinen Freunden Sanfeng und Shaka auf die Schultern. Für ihn gab es keine Wahl, sein Schicksal war besiegelt und er würde sein Leben sicher nicht auf der Flucht lassen. Er würde sterben, doch er war gekommen, um zu töten. Er trank einen Schluck Wasser und goss sich den Rest des Schlauches über den Kopf. In einem kurzen Anflug von Enttäuschung bemerkte er das Fehlen von Sotrac. Auch die übrigen Anführer der Streitkräfte aus den mittleren Königreichen mussten entweder gefallen oder geflohen sein. Nur einer von ihnen war noch da. Der Heerführer von Thorn. Aber soeben erklärte der großgewachsene, kahlgeschorene Krieger den Abzug seiner Männer. Niemand nahm es ihm übel, jedenfalls nicht offen. Yusuf wies ihn an, das Feld mit möglichst geringem Aufsehen zu verlassen. Da der Kahlkopf allerdings die Dreistigkeit besaß, die Absicht auszusprechen, auch noch die restlichen Speerträger seiner gefallenen Nachbarn mitzunehmen, brachten ihn mehrere wütende Augenpaare zum Schweigen und Rostam legte ihm nahe, schnellstmöglich zu verschwinden.

Cuchulainns Blick ging durch die Gesichter der Anwesenden. »Ihr Krieger aus fernen Ländern! Wir alle sind hier, weil wir eine Aufgabe haben. Die Götter wussten, was sie taten, als sie uns herschickten. Und wäre es ein kleines Wagnis, sie hätten nicht *uns* gerufen.« Bisher hatten seine Worte nicht überzeugt. Zu unterschiedlich waren die religiösen Ansichten, um die Helden unter diesem Zeichen zu gewinnen. Wollte er sie einen, musste er das Ziel des Sieges in Aussicht stellen.

»Das Heer des Nordens«, er deutete in die Richtung, »ist eine Spinne mit vielen Beinen. Schlagen wir der Spinne den Kopf ab! Töten wir Gilgamesch und die Glieder werden hilflos zappeln.« Die Erwähnung des Namens des Feindes löste unter jenen, die ihm schon begegnet waren, ein Frösteln aus, doch die Worte schienen dennoch Wirkung zu entfalten.

Einen Moment war es still. Yusuf wartete auf eine Reaktion von Rodrigo. Wenn sie einen erneuten Angriff wagen sollten, musste ein jeder davon überzeugt sein, dass es gelingen konnte. Der Ritter verständigte sich wortlos mit Rostam. Beide nickten.

»Gut«, sprach Yusuf, »Savinien und ich lenken die Reiter zur linken Flanke. Der Feind wird davon ausgehen, dass wir unsre Taktik beibehalten. Doch statt die Flanke zu attackieren, werden wir sie umgehen und von hinten direkt ins Zentrum einfallen.«

»Wir Übrigen«, führte Rostam weiter aus, »rücken in breiter Linie vor und bündeln dann ebenfalls unsre Kräfte, um durch die Reihen zu brechen.«

»Am Ende«, schloss Cuchulainn, »treffen wir uns alle in der Mitte.« *Und danach klettere ich auf diesen gottverdammten Felsen und schmücke ihn mit den Eingeweiden dieses Miststücks. Erst dann bin ich bereit für die nächste Welt*, setzte er für sich noch hinzu.

Durson war einem Speerwurf zum Opfer gefallen, so schickte er einen anderen Mann aus, die versprengten Musiker zusammenzusuchen. Die Zähne aufeinandergebissen, wickelte er ein Stück Stoff um seine linke Hand. Die gesplitterten Knochen knackten schmerzhaft, als er das Bündel mit einem Lederband verknotete.

Sie gingen also auf ein Neues in Position. Nurta stellte sich wortlos neben ihn. Sie hatte dabei zusehen müssen, wie ihre Schwester Jurla von Gilgamesch wie ein unliebsames Spielzeug zerbrochen worden war. Danach hatte sie in der Ruhepause Curla ohnmächtig geschlagen, um sie aus dem Folgenden herauszuhalten. Cuchulainn sah sie von der Seite an. Ihre Nase war von einem Schildknauf gebrochen worden, ihr Gesicht voll von geronnenem Blut. Worte waren überflüssig. Sie würde ihm bis in die Anderswelt folgen, um den Tod ihrer Schwester zu rächen.

Boudicca und ihr Champion hatten ihr Heer sich neu sammeln und abwarten lassen. Sie hatten die Truppen offensichtlich so weit – bis kurz vor den Eingang des Riegels – zurückgezogen, um den Süden dazu zu zwingen, das weite Feld zu überschreiten. Dies erschwerte einerseits die Manöver der Reiterei, andererseits wären sie so in der Lage, dem fliehenden Heer direkt über die freie Fläche nachzusetzen und es schließlich einzukesseln, anstatt Tage damit zu verbringen, vereinzelte übrige Kampfverbände in dem unwegsameren Gelände dahinter aufzuspüren und zu stellen. Es war also ein Zug, der auf die vollständige Vernichtung abzielte.

Der Gesang der Hexe war zu einem provokativen Hohnlachen angeschwollen. *Kommt nur, kommt!*, schien sie Pela Dirs Herrinnen und deren Krieger siegesgewiss herauszufordern. Die Priesterinnen antworteten mit Stärke. Waren zuvor Klagelaute unter ihre Intonationen gemischt gewesen, flossen ihre Stimmen nun wieder zu einer harmonischen Einheit zusammen. Der Herzschlag der Natur, der in jeder Brust mitschlug, gab den Takt an. Dudelsäcke und Handtrommeln fielen unbewusst ihrer Vorgabe ein. Hörner erschallten.

Der Merlin sah, wie die Tollkühnen sich in Bewegung setzten. Hufe ließen Pfützen aus Wasser und Blut spritzen, die Räder des Streitwagens, den Rostam wieder hatte aufstellen lassen, drehten sich, das Fußvolk beschleunigte den Schritt.

Auch die gegnerischen Schlachtreihen rückten vor, aber wesentlich langsamer.

Cuchulainn wusste nicht zu sagen, welche der beiden Seiten den Zauber wirkte, oder ob gar die große Göttin selbst ihren Schoß öffnete. Ein stöhnender Wind blies von der Seeseite her eine Nebelbank auf das Feld. Yusuf und Rostam würden dadurch leichteres Spiel haben, doch das Gemetzel Mann gegen Mann im Dunst würde schrecklich werden. *Gut so*, dachte Cuchulainn grimmig. Die Freunde zogen nun als Kampfgefährten Schulter an Schulter in die Schlacht. Auf der einen Seite des Iren lief Sanfeng, auf der anderen Shaka, der nur noch seinen Speer mit sich führte. Nurta war in seinem Rücken. Sanfeng fiel leicht zurück, da Lapu-Lapu neben ihm ins Straucheln kam. Die Klinge Gilgameschs hatte ihn schwer verletzt, aus dem Verband an seiner Hüfte strömte Blut, doch er war nicht bereit umzukehren.

Der Nebel wurde immer dichter. »Zusammenbleiben!«, hörte man Rostams Stimme vom Streitwagen herab. Die entgegenkommenden Reihen des Feindes verschwammen und verschwanden schließlich ganz. Cuchulainn bemerkte, wie Rostam, dieser Fuchs, den er wohl immer unterschätzt hatte, und der ihnen nun die Richtung angab, sie einen leichten Bogen beschreiben ließ. Die Formation löste sich auf, einem Wolfsrudel gleich folgten sie den Sichelrädern, die die Luft zersäbelten. Jetzt waren wieder Schemen auszumachen. Auf der Gegenseite wurden Befehle gebrüllt. Zu spät. Sie waren da.

»Cernunnos!« Die Pferde, welche den Streitwagen zogen, trampelten die vordersten Stammeskrieger einfach nieder. Die Helden sprangen hinter ihm hervor. Einhändig schwang Cuchulainn Rabenfreude, riss eine Brust auf und stieß den Axtkopf nach vorne, wo er das Gesicht eines Nortu verwüstete. Nurta war plötzlich neben ihm. Sie parierte einen auf den Iren gerichteten Stich am Handgelenk. Kreischend blieb der Mann stehen um einen Augenblick später von Sanfeng im Vorbeigehen niedergemetzelt zu werden. Shakas Speer war soeben bei der Parade eines Breitschwerts in der Mitte durchgebrochen, so lenkte er mit dem einen

Ende den nächsten Streich ab, rammte die Bruchstelle am anderen dem Angreifer in die Gurgel und nahm ihm die Klinge ab. Einen neuerlich Reigen des Todes und des Schmerzes aufführend, hackten sie sich den Pfad auf ihr Ziel frei. Die hinteren Reihen ihrer Opfer konnten nicht sehen, was vorne geschah, aber sie wussten um ihr Nahen aufgrund der Schreie ihrer Stammesbrüder, die laut in den Dunst gellten. Jedes Zeitgefühl ging in diesem Rausch des Blutes verloren. Mit einem Mal bemerkte Cuchulainn, dass er die anderen verloren hatte. Die ihn umzingelnden Feinde wurden wagemutiger. Er stieß einen Kriegsruf aus und bekam den weit entfernten Shakas zur Antwort. Dann war er eben allein und eingekesselt; *umso besser, hier ist jeder Hieb ein Treffer*, knurrte das Tier in ihm. Doch bald schon fühlte er sich nicht mehr wie ein Fuchs im Hühnerstall, sondern wie ein von Jägern gestelltes Wild. Es war allein der außergewöhnlichen Leichtigkeit Rabenfreudes zu verdanken, die er trotz seiner Eingeschränktheit zu führen vermochte, dass sie ihn nicht längst zur Strecke gebracht hatten. Der Abstand zu seinen Freunden war nicht zu meistern. Er musste darauf hoffen, weit in der linken Flanke zu sein. Wenn es ihm gelänge, sich bis zum Rand durchzuschlagen, konnte er sich einen Überblick verschaffen und sein weiteres Vorgehen überdenken. Er schickte ein Stoßgebet an die Göttin, dass Sanfeng und Shaka nicht gerade ohne ihn Gilgamesch gegenübertraten. Obgleich vereinzelt und einarmig kämpfend, sahen die Nortu einen Dämon aus dunkelsten Alpträumen sein Unwesen treiben. In weiten Rundumschlägen stob das von oben bis unten in Blut getränkte Untier an ihnen vorüber.

Gromrain, ein erfahrener Krieger, der sich viel Ruhm in den Grenzscharmützeln der letzten Sommer erworben hatte und daher unter den Seinen den Titel eines Kriegshäuptlings trug, erkannte den geschwächten Mann hinter der Bestie. Seine besten Kämpfer um sich geschart, setzte er Cuchulainn nach. Die Sterbenden oder Verstümmelten beiseite stoßend, versuchte er immer wieder, einen Stich in den Rücken zu setzen, doch stets begegnete seine Klinge der Axt, die sie ihm einmal fast aus der Hand gerissen hätte.

Rabenfreude öffnete einen kettenhemdbewehrten Bauch, dass die Ringe flogen und die Gedärme zu Boden platschten, dahinter stand … niemand! Er hatte es geschafft. Freies, nebelüberzogenes Feld. Er machte noch einige Sätze und wog sich einstweilen in Sicherheit. Blut war ihm in die Augen gelaufen und verdunkelte zusätzlich seine Sicht. Er blinzelte es weg. Eine Silhouette sprang ihn an und er spürte, wie ihm der Oberschenkel aufgeschlitzt wurde. Drei weitere folgten, mit knapper Not parierte er ihre Angriffe, bevor er in die Knie ging. Vier Männer, jeder trug ein Schwert, zwei zusätzlich Schilde. Nachdem das Überraschungsmoment verflogen war, nahmen sie vorsichtig um ihn Aufstellung. Er unterdrückte das Keuchen, er durfte jetzt keine Schwäche zeigen. *Noch nicht, Morrigan*, beschwor er die Führerin der Seelen, *noch nicht!*

»Tötet ihn!«, rief Gromrain und die Klingen schnellten vor.

Aus der Hocke machte der Ire einen Satz zur Seite, nur ein Schwert ritzte ihm die Brust. Er packte mit der geschundenen Linken zu. Den Schild in der Armbeuge eingeklemmt, zog er den Träger mit einem heftigen Ruck zwischen sich und die übrigen Gegner. Ihre Schwerter stachen in den Kameraden und Rabenfreude sauste herab. Sie grub sich durch einen Helm in die Hirnmasse des Nortu. Er ließ sie stecken und zog dem Fallenden ein kurzes Schwert aus der Scheide an seinem Gürtel. *Noch zwei.*

Gromrain konnte es nicht fassen, dieser Bastard! Seine Zöpfe flogen, als er einen Hagel von starken Streichen auf Cuchulainn niedergehen ließ. Bruddna, sein Mitstreiter und Bruder seiner Frau, hieb von rechts zu. Gleich würde der Hüne aus dem Takt fallen und er oder Bruddna würden durch seine Deckung stoßen und als Helden gefeiert werden.

Verteidigung war noch nie Cuchulainns Stärke gewesen. In einer letzten Kraftanstrengung, biss er die Zähne zusammen und warf sich nach vorn. Die Klinge des Anführers der kleinen Gruppe drang durch seine Haut, wurde von den Rippenknochen abgelenkt und riss ihm die linke Seite auf. Mit einem Kopfstoß warf er den Mann vor ihm von den Füßen und mit einem schnellen Aufwärtsstreich schlitzte er dem zweiten die Kehle auf. Er warf sich auf

Gromrain, der sich gerade aufrappeln wollte, drehte das Schwert in der Hand und stieß es dem Feind ins Herz. Auf dem Toten kniend, sank ihm der Kopf in den Nacken. Kein Himmel, nur die trübe Nebeldecke.

»Cuchulainn!«, hörte er eine liebevolle Stimme in seinem Kopf. In seinen Ohren rauschte das Blut und er fühlte, wie die Lebensenergie aus seinem Körper pulsierte. »Mein Cuchulainn«, sprach wieder eine Frau, Mebda, die Göttin – gab es einen Unterschied? – zu ihm. »Ich habe eine letzte Aufgabe für dich.« Er hustete Blut, presste die Rechte auf die schlimmste seiner Wunden, jene an der Seite, und kämpfte sich auf die Beine. Benommen torkelte er vorwärts. Wohin, wusste er nicht. Andere vereinzelte Gestalten geisterten durch den Nebel, doch es war nicht auszumachen, ob Freund oder Feind und er hatte nicht einmal mehr eine Waffe bei sich, außer dem Dolch in seinem Gürtel. Das kurze Beil hatte er zuvor irgendwann geworfen. Es war einem Feind in die Stirn gefahren, wo es wohl noch immer steckte. Der Boden war glitschig und er fror an den nackten Füßen. Ein Wiehern drang an sein Ohr und da er keinen anderen Anhaltspunkt hatte, schleppte er sich darauf zu. Es war eines der drei verbliebenen Zugtiere von Rostams Streitwagen gewesen, das er gehört hatte und das sich von seinem Geschirr zu befreien suchte. Der Wagen lag auf der Seite. Ohne recht zu wissen, was er tat, stemmte er sich mit der Schulter dagegen. Der Druck bereitete ihm unvorstellbare Qualen, doch mit einem Knall fiel der Wagen schließlich auf seine Räder. Er zog sich am Geländer hoch und fand die Zügel. An einer Halterung befand sich ein Speer. Zügel und Waffe in einer Hand, ließ er den Streitwagen losrollen. »Gut so«, ermutigte ihn die Stimme in seinem Kopf. Die Zügel schnalzten und die Pferde beschleunigten ihr Tempo. Er musste kurz ohnmächtig geworden sein. Die Augen öffnend sah er, dass er immer noch über freies Feld fuhr. Der Nebel begann sich zu lichten »Was soll ich tun?«, fragte er matt. Und tatsächlich erhielt er eine Antwort: »Johannes. Deine Zeit ist abgelaufen, du kehrst Heim, doch er vermag mit deiner Hilfe die Schlacht für uns zu entscheiden.« So war das also. Seine letzte Tat sollte darin bestehen, diesem Rädelsführer der Unordnung die Gelegenheit zu unsterblichem Ruhm zu verschaffen?! Er gestand es sich nicht ein, doch es war nicht allein der Wille der Göttin, der ihn trieb, noch ein wenig gegen die Todesmüdigkeit aufzubegehren. Tief in seinem Inneren ahnte etwas, dass es richtig so war. *Dort, die Lanzen!* Gilgamesch musste nah sein. Entweder hatte er die ganze Zeit der zweiten Angriffswelle über andere die Drecksarbeit machen lassen, oder er war nach dem Morden zurück in die Sicherheit seiner Leibwache gekehrt. Cuchulainns Blick huschte durch die Lanzen. Irgendwo in den Büschen dahinter musste der Sonderling auf seine Chance warten. Er würde sie ihm geben. Ein Horn wurde geblasen. Man hatte ihn bemerkt. Schnell lösten sich etliche Männer aus dem Gefolge und kamen ihm entgegengeeilt. Die Erfahrungen des Tages ließen den Feind wohl vermuten, dass hinter dem Streitwagen ein Regiment gegen ihn vorrückte. *Der erste Plan heute, der aufgeht.* Noch einmal knallten die Zügel. Sein Schlachtruf blieb ihm in der Kehle stecken, aber er dachte ihn: *Morrigan, ich komme!* Noch sah er die entsetzten Blicke der Elitekrieger. Sie hatten ihre Schilde in den Boden gerammt. Die Pferde krachten gegen den Wall und Cuchulainn wurde von dem Bock geschleudert. Im Flug hob er den Speer. Mund und Augen weit aufgerissen, zeigte sein Gesicht ein wütendes Frohlocken, dann fiel er krachend in die Spitzen. Sein Körper wurde aufgespießt und es war vorbei.

***

Johannes stieß Wulf an und machte eine fragende Kopfbewegung nach vorne.

»Das schaffen wir!«, nickte dieser bestätigend.

»Aufsitzen!«, befahl Johannes, »und ich nehme es keinem übel, wenn er nicht mitkommt«, fügte er hinzu, sich daran erinnernd, wer er noch vor wenigen Wochen gewesen war.

»Vorwärts!« – Alle folgten ihm. Sie stürmten aus dem Gehölz, die Schwerter in der Hand. Nach wenigen Sprüngen bemerkte sie die Leibgarde, machte eine Vierteldrehung, hob die Schilde und senkte die Speere.

»Ishtar!«, lautete die Antwort seiner kleinen Gruppe. Johannes zügelte kurz Fajulla, damit er den anderen nicht vorauseilte. Dann dachte er sich: *Scheiß drauf* und ließ Fajulla die Zügel. »Ishtar!« Weit den übrigen voraus erreichte er den Schildwall: »Flieg, Fajulla!« – und Fajulla hob ab.

Er spürte einen, zwei dumpfe Schläge. Als Fajulla landete, sackten seine Vorderläufe ein, er überschlug sich, und Johannes flog in weitem Bogen aus dem Sattel. Er rollte sich ab, umklammerte seine Schwerter, verlor das linke und kam schließlich auf dem Rücken zum Liegen.

Er blickte in die grauen Augen Gilgameschs weit über ihm.

»Noch ein Wurm. Habt ihr nichts Besseres zu bieten!« Gilgamesch hatte den Stiel seines Kriegshammers mit beiden Händen weit erhoben, um die stumpfe Seite auf Johannes niederschmettern zu lassen.

Johannes' riss sich von den kalten Augen los, blickte unter den Waffenrock und sah das nackte Geschlecht Gilgameschs.

»Ishtar!«, schrie er und stieß die Klinge nach oben.

Gilgamesch brüllte auf, seine Hände ließen den Stiel des Hammers los und versuchten, den Waffenrock hebend, sein Gemächt zu erreichen. Die Axt fiel senkrecht nach unten, der stumpfe Kopf zerschmetterte Johannes' Schulter, bevor der Stil langsam zur Seite fiel. Ein nie gekannter Schmerz durchströmte Johannes, rote Blitze vor den Augen, schwanden ihm kurz die Sinne. Er zwang sich, bei Bewusstsein zu bleiben, eine neue Schmerzwelle erschütterte ihn. Zitternd ertastete er mit der Linken seine gefühllose rechte Hand und fand dort das Heft von Stich. Er blickte nach oben, sah den schreienden Riesen nach vorne gebeugt, seine Hoden mit beiden Händen umklammernd. Zwischen den Fingern quoll schwarzes Blut hervor. Oberhalb des Waffenrocks, am Bauchansatz, hatte sich Kettenhemd und Brustpanzer vom Körper gelöst und zeigte ein kleines Stück Fleisch.

»Ishtar!«, die Schmerzen überschreiend, riss er mit verzweifelter Kraftanstrengung den Körper seitwärts nach oben und stieß sein Schwert tief in den Spalt. Schlagartig verstummten die Schreie

Gilgameschs. Einen kurzen Augenblick herrschte absolute Stille. Dann erhob sich, zunächst entfernt, dann aber schien er direkt in Johannes' Kopf zu sein, ein schriller, hoher Schrei, der ihn so peinigte, dass er den schmerzenden Körper vergaß. Mit schwindenden Sinnen sah er den Koloss über sich in die Knie sacken. Das knackende Geräusch seiner brechenden Rippen, den das Knie, das auf seiner Brust landete, verursachte, war das letzte, was Johannes mitbekam.

Kapitel 20   Thoran: Das Urteil

Die Schlacht war schon vor Tagen geschlagen worden und noch immer wurden Leichen von ihren Angehörigen über die blutgetränkte Erde geschleift. Trotz des Friedensschlusses kamen die Stammesleute erst bei Einbruch der Dämmerung, um ihre Toten zu bergen. Wie Diebe luden sie die Kadaver, an denen sich bereits Aasfresser gütlich getan hatten, auf Karren. Verhaltenes Schluchzen erfüllte die von Sternen und Mond beschienene Ebene. Soviel Jammer um das kurze Aufleuchten eines Lebens in der Ewigkeit. Der Merlin lächelte. Dieser Johannes hatte Schneid bewiesen. Zunächst hatte er geglaubt, Cuchulainn sei der Wanderer. Nichts hatte darauf hingedeutet, dass eine geistlose, spirituell verarmte und unkreative Zeit, dazu ausgerechnet in dem dekadenten Europa, einen hervorbringen würde. Nicht das immer gleiche Schwert auf Schild hatte den Merlin vom Berg hinabsteigen lassen, auch wenn der Ausgang diesmal von besonderer Wichtigkeit gewesen war. Er musste Johannes unter seine Fittiche nehmen, ihm die Flausen austreiben und ihm die Richtung des großen Willens weisen. Er seufzte. Wie alle Champions, hatte er auch ihn seit seiner Ankunft beobachten lassen. Das würde ein hartes Stück Arbeit und nichts war ihm so unliebsam wie Pflichten. Sein künftiger Adept war eingebildet, selbstüberschätzt und vorlaut, aber er hatte Schneid … Im Moment allerdings lag er noch in tiefem Schlummer und es war nicht ausgemacht, dass er überhaupt aus ihm erwachen würde. Ishtar tat freilich ihr Bestes, ihn am Leben zu halten, doch selbst für sie könnte sich diese Aufgabe als unmöglich herausstellen. Gilgamesch war das Erzeugnis geballter, schwärzester Hexerei gewesen, ein solches Wesen zu vernichten, hätte viele, auch große Magier, die er gekannt hatte, mit in den Abgrund gerissen. Ein Teil des alten Mannes hoffte, dass die beiden ihr Ringen gegen den Tod verlieren würden und ihm die Bürde erspart bliebe, doch es war ein kleiner Funken Hoffnung und nicht gerade einer, auf den der Alte stolz gewesen wäre.

Nun, der Merlin war wieder in der Welt und in der Welt sein bedeutet handeln. Er spürte, wie seine Kräfte zurückkehrten. Die letzten Tage war er ins Irland des gefallenen Cuchulainn gereist. Er nahm Anteil an seinem Schicksal, doch deshalb hatte er die weite und beschwerliche Reise nicht auf sich genommen. Cuchulainn war ein Held gewesen und Helden verdienten die Geschichten, die sich von ihnen durch die Zeiten rankten. Der Merlin hatte Mortiana an einem See kniend vorgefunden. Keine Träne hatte sie vergossen, als er ihr sagte, was ihr Herz schon wusste. Sie wies ihm den Weg zu einer Ratsversammlung, blieb jedoch an den Schatten der Feuer zurück.

»Er ist zur Göttin zurückgekehrt.«

»Wie es unser aller Schicksal ist«, log der Merlin.

»Aye«, flüsterte die Priesterin, »ein früh und sehr wahrscheinlich eintretendes Schicksal, wenn er in der Nähe war.«

Und mit einer Grimasse, die ihm einen kurzen Schrecken eingejagt hatte, war sie in der Dunkelheit verschwunden.

Im Rat hatte er dann Cuchulainns Taten wiedergegeben. Im alten Irland scherte man sich wenig darum, ob Geschehnisse hinter dem nächsten Hügel, in der benachbarten Provinz, in einer anderen Zeit oder in einer anderen Welt stattfanden. Sie kannten den Mann, von dem er sprach, ihre Augen weiteten sich gierig nach dem Stoff, von dem sie wussten, das er zur Legende würde, und auch der Merlin liebte solche Auftritte. Denn in der Welt sein bedeutete auch eitel sein. Früher hatte er Hokuspokus-Rauch und manchmal auch Geräuschuntermalung eingesetzt, um seinem Erscheinen Gewicht zu verleihen. Mittlerweile bevorzugte er das Unscheinbare, gerade das rief wirklich tiefes Erstaunen hervor. In seinen Berichten übertrieb er nie, das taten die Männer, welche sich ihre Vorbilder suchten und an ihnen mitschufen, stets selbst.

Ein nahes Geräusch brachte ihn zurück auf die weite Ebene vor dem Riegel. Er ging in die Hocke und spähte bewegungslos auf die Stelle, wo es gerade geraschelt hatte. Ein Fuchs hob den Kopf, legte die Ohren an und sah mit seinen gelb funkelnden Augen direkt in die seinen. »Lass es dir schmecken, mein Freund«, sagte der Alte und richtete sich wieder auf. Beim Gehen spürte er den Blick des Tieres in seinem Rücken.

Noch lag Ban Rotha in Trauer, noch war der Schrecken zu nah. Doch bald würden die Wunden geleckt sein. Nicht mehr lange und man würde feiern, noch ehe die Waffen gegen Pflugscharen getauscht, und die Champions nach Hause geschickt werden würden. All das Leid, all die begangenen und erlittenen Grausamkeiten würden im Nachhinein durch Tanz und Gesang, durch hemmungslosen Rausch vergessen gemacht und in Ruhm umgedeutet werden. Wenn man nur auf das einzelne, kleine Menschenleben blickte, mochte die Freude darüber, nicht Opfer der Ereignisse geworden zu sein, berechtigt erscheinen.

Einen alten Griesgram hatte ihn Boudicca in ihrer Jugend bei derlei Gedanken oft neckend gescholten. Nun war sie, ausgestoßen und entmachtet, die Verbitterte. Und er fand sich bestätigt, besser stets am Rand der Gleichgültigkeit zu leben, als sich im tobenden Auf und Ab zu bewegen. Seine Trauer, seine Freude gingen nie sonderlich tief, doch er vermisste die Extreme längst nicht mehr. Zu häufig hatte er den unvermeidlichen Sturz der flüchtigen Höhenflüge mitangesehen.

Da die Priesterinnen die Insel nicht verlassen durften, ahnte er, welche Aufgabe ihm vom hohen Rat zugewiesen werden könnte. Jahrzehnte war er ihm fern geblieben, nun sputete er sich, um die Sache hinter sich zu bringen und rechtzeitig zu den Feierlichkeiten wieder zurück zu sein.

Entfernung war für den Merlin ein anderer Begriff als für Sterbliche. Er kniff die Augen zusammen, die Welt verschwamm. Leicht schwindelte ihm. Er war nicht in Übung. Langsam schob er den Kopf nach vorne, reckte ihn den entstehenden Mustern entgegen. Alles war Muster, alles war Form. Er hatte keinen Meister gehabt, der ihm die wahre Sicht auf die Dinge beigebracht hätte, er selbst hatte die Techniken entwickelt, derer er sich bediente. Als jedes Element um ihn herum fest seine geometrische Form angenommen hatte, suchte er sich einen Sprungpunkt. Eine nahe Eiche, im Ganzen ein Oktaeder, in sich zerfallend in Pyramiden, Würfel und Zylinder sonder Zahl. Er machte sich wieder lang, mit den Armen vollzog er eine Schwimmbewegung, schob die Äste beiseite, brachte damit die Muster in Unruhe und holte dabei tief Luft. Noch einmal Schwindel und schon war er dort, wo Zeit und Raum anderen Gesetzten folgten. Sein Atem, der mit seinen Lungen nichts mehr zu tun hatte, trug ihn. Für ein sterbliches Auge war er nun nicht mehr als ein sanfter Windhauch, ein Blätterrascheln.

Mebda hatte eben mit dem Anstieg zur geheimen Versammlungshalle begonnen. Ihre im Rücken gefalteten Hände waren im Mondschein von milchigem Weiß. Über ihre Schulter ragte ein riesiges Bündel. Sein Inhalt war trotz der darum gewickelten Stoffe leicht auszumachen. Cuchulainns Streitaxt. Sie spürte eine Präsenz, blieb abrupt stehen und wandte sich um.

»Mebda«, grüßte sie der Alte erfreut, wie er aus den Büschen hinter ihr trat. Er taumelte ein wenig. Sie ging an seine Seite und stützte ihn.

»Vater Merlin«, sagte sie leicht neckend, da er sich bei ihr einhakte, »wir haben dich vermisst.« Die Priesterinnen wussten, dass der Name 'Merlin' eher zufällig an ihm haften geblieben war. Er war irreführend, wie alle Namen, doch wünschte er sich von jenen, die Einblick in die wahren Dinge hatten, bei dem genannt zu werden, den ihm Vater und Mutter gegeben hatten. »Thoran«, verbesserte er sie daher.

»Wir haben dich vermisst, Vater Thoran.«

Eine Weile gingen sie wortlos den steilen Weg.

»Dein Verlust tut mir leid«, sagte der Alte plötzlich.

Mebda schien nachzudenken, schließlich lachte sie ein Lachen, das er nicht zu deuten vermochte.

Vor dem Eingang zur Höhle trafen sie auf Hepat und Ixchel, der Priesterin des ebenfalls gefallenen Nachtjaguars B'alam. Die Frauen küssten sich, Ixchel wischte sich mit dem Ärmel ihrer Tunika Tränen aus dem Gesicht und umarmte Thoran. Die Hohepriesterin war steif wie immer. In ihren Begrüßungsworten lag der unüberhörbare Vorwurf, dass er erst jetzt zu ihnen zurückkam.

Gemeinsam traten sie in den Stollen ein, der zum Herz des südlichen Teils der Insel führte. Nichts hatte sich geändert seit all den Jahren. Die Wächterinnen mit den Augenbinden, die jeder anders wahrnahm, gaben ihnen den Weg frei, das Licht von Fackeln tanzte auf den Stalaktiten, unter denen man sich hindurchducken musste. Ihr Ruß mischte sich mit dem Geruch von heiligen Kräutern und den Dämpfen, die aus den Quellgrotten weit unten emporstiegen.

Thoran erinnerte sich gut an die große Kaverne und die Entscheidungen, die hier gefällt worden waren. Die Waffen und Artefakte waren in die gewölbten, offenen Kammern an den Seiten geräumt worden. Die Priesterinnen standen vor ihren Thronen und warteten auf ihn, Mebda und Ixchel, die Rabenfreude und das Schwert Ba'lams zurück in die vorgesehenen Halterungen stellten. Rostams Klinge war schon dort. Nun würden sie wieder schlafen und Staub auf sich sammeln, bis die nächsten großen Krieger sie weckten und erneut in die Schlacht trugen.

Während Thoran den Raum durchmaß, spürte er Bouddicas Blick an ihm haften. Nur kurz wandte er sich ihr zu und was er sah, war eine gebrochene Frau. Sie lag nicht in Ketten. Ihre siegreichen Schwestern, von denen sie sich abgekehrt hatte, bannten ihre Kraft durch ihre bloße Anwesenheit. Nun standen alle vor ihren Plätzen. Hepat nickte und jeder setzte sich.

»Zum ersten Mal seit dreihundert Sonnenläufen sind wir vollständig«, eröffnete die Hohepriesterin förmlich den Rat. »Endlich ist Friede eingekehrt, nach den abscheulichen Bluttaten, die du über uns gebracht hast.« Hepats Miene war ausdruckslos auf Boudicca gerichtet, die den Blick matt erwiderte. »Wir heißen den Grenzwächter willkommen, der nach all der Zeit zu uns und seinem angestammten Platz zurückgefunden hat.« Der alte Mann hob seine Hand zum Gruß. »Und wir sind versammelt in der Trauer um unsere Helden, die in der Schlacht ihr Leben ließen.«

»Ehe wir die Zukunft unseres Landes besprechen«, fuhr sie fort, »müssen wir entscheiden, wie wir mit der Schlange, die sich unter uns befindet, verfahren.« Solange nicht feststand, dass Boudicca für ihre Vergehen mit dem Tod bezahlte, wollte Hepat kein Wagnis eingehen. Wissen bedeutete Macht und sie hatten schwer genug darum gekämpft, ihr dieselbe zu entziehen.

»Wer Rat weiß, spreche«, forderte Hepat die Runde auf.

Mebda und Ixchel, aber auch Nozipho, die Priesterin Shakas, und die dunkle Schönheit Rudaba sprachen sich für eine Hinrichtung aus. Jede der Frauen sprach beherrscht und wartete, bis sie an der Reihe war, dennoch war für die hiesige Sitte eine hitzige Debatte entstanden. Thoran konnte sich nicht vorstellen, dass die Schwestern eine der ihren, gefallen oder nicht, dem Tod überantworten würden. Es gab nicht einmal einen Brauch einer solchen Hinrichtung, auf den man sich hätte berufen können. Als jedoch auch Guanyin, deren Katzenaugen vor Zorn glühten, erklärte, dass die Folgen von Boudiccas schwarzer Magie noch nicht absehbar seien, das Gleichgewicht der Natur durch die Wahl ihres Champions vielleicht irreparabel ins Wanken gebracht wäre, und die bisher Unentschlossenen dazu nickten, begann der Alte am Ausgang dieses Gerichtes zu zweifeln. Für einen Moment herrschte Schweigen. Da wandte Hepat sich an Thoran und fragte, wie seine Meinung zu der Sache lautete. Er dachte nach und beschloss, die Angeklagte selbst zu befragen. »Boudicca, was hältst du für die angemessene Strafe für deine Vergehen?«, fragte er sie schlicht. Alle Augen waren nun auf sie gerichtet. Die finstere Königin wand sich, als leide sie Schmerzen. »Ihr tätet gut daran«, brachte sie endlich hervor, »mich zu töten. Keinen Augenblick hätte ich gezögert, dasselbe mit jeder von euch zu tun.« Das Reden schien sie zu stärken. Sie nahm eine aufrechtere Haltung an, ehe sie fortfuhr. »Ich werde euch immer für eure Feigheit verachten. All die Macht, die wir haben, lasst ihr versauern und fruchtlos im Boden versickern.«

»Es ist der Boden des Alleinen«, sprach Hepat fest, »nichts, das sein Leib aufnimmt, ist jemals *fruchtlos*.«

Die Königin der Hexen spuckte aus. »Verflucht ist dieser Leib, verflucht der Boden, auf dem wir stehen. Wir wissen es alle. Die Welten sind dabei sich zu teilen, ihr selbst treibt es an. Unsere Zurückhaltung beleidigt die Größe des Unerklärlichen. Nur eine Seite seht ihr von Ihm, verleugnet seinen Zorn, seine Lust an Krankheit,

Tod und Verfall. Ihr habt euch für die Verbannung entschieden, für das Verschwinden im Nebel, während wir über eine geeinte Welt herrschen könnten!« Sie hatte sich in Rage geredet, der alte Hass war aufgeflammt und die Schwesternschaft sah halb erschrocken, halb mitleidig auf die Abtrünnige.

Nun ergriff Ishtar das Wort. Ihre Macht konnte sich nicht mit der von Hepat oder der von Boudicca messen, doch wurde sie geschätzt für ihre Klugheit und ihre Fähigkeit der Vermittlung. Dass ihr Champion letztlich den Krieg entschieden hatte, verlieh ihr zusätzliches Ansehen, man erhoffte von ihr einen Schiedsspruch. Besonnen wählte sie ihre Worte. »Boudicca hat recht«, stellte sie fest, »wir repräsentieren nur die eine Seite des Ganzen, seine lichte, helle Seite. Und aus diesem Grund dürfen wir uns nicht auf ihr Spiel einlassen. Wer sollte das Richtschwert führen? Du Mebda? Könntest du deine Schwester töten?« Sie wartete die Reaktion nicht ab, was Thoran für ein geschicktes Vorgehen hielt, denn er sah, wie Mebda schwankte.

»Sie will ein Leben jenseits der Nebel? Gestatten wir es ihr. Sie hat ihren Platz in unsrer Mitte auf immer verwirkt. Jenseits der Grenzen, in der jüngsten der Welten, soll sie leben.«

Für einen Moment herrschte Schweigen, dann warf Nozipho ein: »Ihre Macht muss ihr entzogen werden. Sie bringt Unheil über die Menschen, an welchen Ort wir sie auch schicken.«

»Jenseits der Grenzen«, warf Thoran ein, »*ist* ihre Macht gebrochen. Eure Stärke und Magie ist gebunden an den Boden des alten Kontinents.« Er sprach damit eine Wahrheit aus, die alle kannten und zugleich eine, die nie der Überprüfung hatte standhalten müssen.

Es wurde noch lange debattiert, doch am Ende blieb es bei der Verbannung. Boudicca sprach kein Wort mehr. Nicht einmal als Hepat ihr den Zopf abschnitt und ihn in eine Feuerschale warf, wo er sogleich in Flammen aufging, kam ein Fluch über ihre Lippen. Während dieser Demütigung sinnierte Thoran, ob es eine Grundregel war, dass ein Wir-Gefühl unter Männern zu Krieg und umgekehrt das Auseinanderfallen des Wir bei Frauen zu Zwietracht führte.

Kapitel 21 Johannes: Nach der Schlacht

Der Schrei drohte ihm das Trommelfell zu zerfetzen. Er wollte sich die Ohren zuhalten, aber er spürte seine Arme nicht. Er wollte sich aufsetzen, aber auch den Rest seines Körpers fühlte er nicht. Panik ergriff ihn, er schnappte nach Luft, um zu schreien … Ishtars Gesicht tauchte über ihm auf, und ihre Hand legte sich auf seine Wange. »Ich bin bei dir, Geliebter, schlafe noch eine Weile.« Sie hob seinen Kopf etwas an und flößte ihm eine lauwarme Flüssigkeit ein. »Das wird dir dabei helfen.«

Langsam kam er zu sich und öffnete vorsichtig die Augen. Irgendetwas war mit seinen Armen gewesen. Er hob sie an und führte die Hände vors Gesicht. Seine Linke war bandagiert, er drehte sie behutsam, verspürte aber keinen Schmerz. Er betastete seinen Körper, alles schien am rechten Platz zu sein. Und Ishtar? Hatte er geträumt? Er sah sich um und fand sie auf einem Stuhl eingenickt neben dem Bett sitzend. Er betrachtete sie liebevoll. Selbst in dieser unvorteilhaften Position, ihr Kopf war auf die Seite gefallen und ihr Mund stand etwas offen, sah sie – nein, nicht schön und würdevoll wie sonst – er überlegte, einfach *süß* aus, es fiel ihm nichts besseres ein. »Wo …« *Nein!* Ein Alarm schrillte in seinem Kopf. Er erinnerte sich. Er hatte sich fest vorgenommen, falls er jemals aus einer Ohnmacht aufwachte, würde er nicht fragen: *Wo bin ich?* Und schon gar nicht: *Wie lange bin ich weg gewesen?* Das hatte er viel zu oft in Büchern gelesen und in Filmen gehört. Er wollte gerade halbherzig beginnen, sich selbst ein Bild von seinem Aufenthaltsort zu verschaffen, als er Ishtars schläfrige Stimme neben sich hörte:

»Du bist in der Kammer eines Bauernhauses, nahe dem Riegel, und du hast sieben Tage und sieben Nächte geschlafen. Im Gegensatz zu mir«, fügte sie erschöpft hinzu.

»Ich habe nicht gefragt«, meinte er trotzig.

Sie beugte ihren Kopf, sodass ihr langes, gewelltes Haar nach vorne fiel, um es dann, den Kopf aufrichtend mit beiden Händen nach hinten zu streichen. Ihre Müdigkeit war wie weggewischt und ihre Augen blitzten ihn freudig an. »Du bist eben etwas ganz Besonderes, mein Held und Geliebter.« Lächelnd drückte er ihre Hand, die sie in seine Rechte gelegt hatte.

Als er das nächste Mal erwachte, war er sich sicher, dass nicht viel Zeit seit der letzten Unterhaltung verstrichen war. Er war alleine und hörte aus dem Nebenraum Geklapper von Geschirr. Er hatte Hunger.

»Versuche nicht, alleine aufzustehen!«, rief Ishtar, als sie in den Schlafraum eilte. Sie hatte ein Poltern gehört und sah jetzt, dass sie zu spät kam.

Nur wenige Schritte vom Bett entfernt lag Johannes auf dem Fußboden und schaute sie verwundert an. »Was ist los mit mir? Ich wollte nur …«

»Unvernünftig bist du, das ist mit dir los!«, schalt sie streng und kniete sich zu ihm nieder, um ihm aufzuhelfen. »Du kannst doch nicht erwarten … Wozu verschwende ich meinen Atem? Männer wie du werden niemals erwachsen.« Vorsichtig half sie ihm, sich wieder ins Bett zu legen. »So, und da bleibst du jetzt, bis ich mit dem Essen zurückkomme! Du warst kaum noch in dieser Welt, als wir dich unter Gilgamesch hervorgezogen haben.«

Gilgamesch … der Schmerz … das Blut … der Schrei … Fajulla! Johannes setzte sich auf.

»Ich habe dir gesagt, du sollst …«

»Was ist mit Fajulla?«, unterbrach er sie.

Ishtar, mit einem Tablett in der Hand, sah ihn jetzt mitfühlend an. »Wir konnten ihm nicht mehr helfen.«

Johannes ließ sich auf das Kissen sinken und starrte an die Decke. Fajulla tot, er würde ihn nie mehr sehen, nie mehr fühlen. »Und meine Männer, Wulf?«, fragte er vorsichtig, den Blick an die Decke gerichtet.

»Wulf lebt, und weitere dreizehn der Soldaten.« Sie stellte das Tablett auf dem Bett ab. »Sie sind schon wieder auf den Beinen und brüsten sich eures tollkühnen Angriffs«, versuchte sie ihn aufzumuntern.

»Nur dreizehn – und Fajulla tot. Ich bin einfach ein genialer Anführer.«

»Hör mir zu, Johannes!« Sie nahm ihn bei der Hand, und er wandte ihr zweifelnd den Blick zu. »Ich verstehe, du hast einen Freund verloren. Aber keiner kannte den Mahirrim besser als du. Glaubst du, er war sich dessen nicht bewusst, was er tat?«

Johannes blickte weiter resigniert und schweigend zur Decke, nickte dann aber zustimmend.

»Solltest du dann nicht sein bewusstes Opfer akzeptieren, ihm dafür dankbar sein, anstatt es zu schmälern, indem du dich dafür verantwortlich machst?«

Nach einer längeren Pause schaute er ihr in die Augen. »Weißt du eigentlich, wie schwer es ist, mit jemandem zusammen zu sein, der nicht nur alles weiß, sondern das auch noch besser?«

Ishtar atmete auf. »Nun, da mein Held wieder zynisch sein kann, will er vielleicht wissen, was nach seinem Ausscheiden alles passiert ist. Wenn du dabei brav isst, erzähle ich es dir.«

Mit Gilgameschs Tod war der Bann, den Boudicca über die Stammeskrieger gelegt hatte, gebrochen. Es war, als ob sie aus einem Traum erwachten, und sie sahen sich auf einmal Feinden gegenüber, die sie nicht kannten, in einer Umgebung, die ihnen fremd war. Es herrschte allgemeine Verwirrung, viele versuchten zu fliehen, wussten aber nicht wohin, andere setzten sich einfach ratlos auf den Boden, die Schlacht war zu Ende. Lediglich die Eliteeinheiten hatten versucht, sich erneut zu formieren, waren aber von den Truppen Yusufs und denen der übrigen Champions schnell umzingelt worden, sodass auch sie einsahen, dass weiterer Kampf sinnlos war und die Waffen niederlegten.

»Boudicca hatte in ihrem Champion ihre gesamte Kraft konzentriert, und als er fiel, fiel sie mit ihm. Hast du noch ihren Schrei gehört?«

»Er hat mich bis in meine Träume verfolgt. Und jetzt, ist sie tot?«

»Nein, aber als ihr Schrei nach langer Zeit verebbte, war sie nur noch ein wimmerndes Bündel Elend. So haben wir sie gefunden und in unsere Obhut genommen, wirklich heilen konnten wir sie aber nicht.«

402

»Heilen? Seid ihr noch bei Trost!« Johannes hatte ihre Hand mit dem Löffel grob beiseitegeschoben und sich aufgerichtet. »Diese Hexe hat Tausende von Menschenleben auf dem Gewissen!«

»Und sicher noch vieles mehr, das auch wir bisher nicht absehen können. Beruhige dich, Geliebter, wir werden das nicht aus den Augen verlieren. Trotzdem war sie einst unsere Schwester, auch das müssen wir berücksichtigen.«

Das mit dem Geliebten gefiel Johannes, er entspannte sich und lehnte sich wieder zurück. »Und was passierte dann mit dem feindlichen Heer?«

Nachdem die erste Verwirrung sich gelegt hatte, die übrigen Kriegshexen geflohen oder zum Teil von ihren eigenen Männern erschlagen worden waren, wurde inmitten des Schlachtfeldes ein Rat einberufen. Die Häuptlinge des Nordens erschienen zahlreich und setzten sich zu den siegreichen Priesterinnen und Champions. Zuvor hatten die Anführer des Südens ihre eigenen, kärglichen Truppenreste hinter die Hügelgruppe des Riegels zurückbeordert, damit die Stammeskrieger sich nicht ihrer zahlenmäßigen Überlegenheit bewusst wurden. In dem Rat waren sie übereingekommen, dass kein Anlass zu gegenseitigem Groll bestünde. Die Nortu waren Opfer dämonischer Magie geworden, die Schwesternschaft machte sie dafür nicht verantwortlich. Kleine Truppenteile würden sie bis an die Grenze ihrer Heimat zurückgeleiten und dafür sorgen, dass ihnen dafür ausreichend Verpflegung zur Verfügung stünde. Schwüre gegenseitigen Respekts und der gegenseitigen Anerkennung der Grenzen waren geleistet worden, und die Priesterinnen Pela Dirs versprachen, dass alles vergeben und vergessen sei. Allerdings würden sie – in aller Freundschaft – erwarten, dass der entstandene, materielle Schaden ersetzt würde.

Johannes musste grinsen: »Ich kann Hepats Stimme förmlich hören.«

»Unterschätze deine eigene Dame in solchen Dingen nicht«, gab Ishtar ebenfalls grinsend zurück.

Johannes wurde wieder ernst: »Und die Schlacht selbst?« Wieder setzte er sich auf: »Savinien, Rodrigo ...?«

»Deine Freunde sind wohlauf«, unterbrach ihn Ishtar.

Erleichtert atmete er die angehaltene Luft aus und ließ sich zurücksinken.

»Drei der übrigen Champions jedoch haben ihr Leben auf dem Schlachtfeld gelassen.«

»Wer?« fragte Johannes angespannt.

»Rostam, B'alam und Cuchulainn.«

Rostam, der Prinz, der ihm das Leben gerettet hatte. Er hörte seinen befreienden Schlachtruf 'Rudaba'. B'alam. Mit dem Mayakrieger und seiner Dame Ixchel hatte er viele Abende verbracht, und der Gedanke an seinen Tod schmerzte ihn. Aber Cuchulainn! Er war für ihn der Inbegriff des unsterblichen, barbarischen Helden. Wie konnte gerade der fallen?

Sie berichtete, wie die ausgeklügelte Strategie Yusufs und Rostams gleich zu Beginn der Schlacht scheiterte, weil die vereinte magische Kraft der Priesterinnen von Pela Dir der von Boudicca unterlegen war. Wie dann doch alles auf einen Kampf Mann gegen Mann eines zahlenmäßig unterlegenen Heeres gegen eine vielfache Übermacht hinausgelaufen war. Dass sich, trotz aller heldenhaften Einzelleistungen der Champions, eine Niederlage des Heeres von Pela Dir abzeichnete, bis Cuchulainn erkannte, dass eine Selbstaufopferung ihm, Johannes, die Chance geben würde, das Blatt zu wenden.

»Er wusste, dass ich bereit stand?«, fragte Johannes zweifelnd.

»Ich fühlte deine Anwesenheit, und da ich in diesem Augenblick mit Mebda verbunden war, konnte sie meine Gewissheit an ihren Champion weiterleiten.«

»Cuchulainn hat sich aufgeopfert, um mir, von dem er überhaupt nichts hielt, die Möglichkeit eines Angriffs auf einen Gegner zu verschaffen, den er, der große Cuchulainn, selbst nicht überwinden konnte?«, Johannes runzelte die Stirn.

»Die Lage war verzweifelt, du warst der Strohhalm.«

Johannes schwieg eine Weile. Schließlich grinste er schläfrig: »Auch du hast in mir nie mehr als einen Strohhalm gesehen, richtig?«

»Ich verkörpere die Göttin der Ähren, der Strohhalm ist mir heilig«, entgegnete sie lächelnd.

»Dann erkläre mir nur noch eines, bevor ich wieder einschlafe: Warum ist mein linker Unterarm verbunden? Ich kann mich an keine Verletzung erinnern und fühle auch keinen Schmerz.«

»Trotzdem war dies deine schlimmste Wunde, deren Heilung mir nur teilweise gelang. Den Verband habe ich angelegt, damit du nicht erschrickst, wenn du in meiner Abwesenheit aufwachst. Gib mir deinen Arm.«

Sie entfernte die Binde, vom Ellbogen beginnend, und was darunter hervorkam, verschlug Johannes den Atem. Sein Unterarm und seine linke Hand waren durchsichtig! Nicht wie Glas, sondern eher wie ein Schleier von Quecksilber. Er sah Muskeln und Blutgefäße schimmern, die Knochen zeichneten sich deutlich ab, er schloss die Faust, es fühlte sich sehr lebendig an. Ungläubig auf seinen Arm starrend verharrte er.

»Man tötet nicht ungestraft einen Halbgott«, kommentierte Ishtar.

Er ging durch eine belebte Einkaufsstraße und musste dringend pinkeln. Aber überall waren Leute! Endlich fand er eine Toreinfahrt. Eilig ging er durch den Torbogen, öffnete seine Hose und wollte sich gerade erleichtern, als ihm einfiel, dass er träumte. *Jetzt bloß nicht laufenlassen!* Er schlug die Augen auf und wollte sich gerade schwungvoll aufsetzen, als ihm einfiel, was das letzte Mal passiert war. »Ishtar!«, rief er kläglich.

Sie kam aus dem angrenzenden Raum. »Hast du wieder schlecht geträumt?«

»Ich weiß nicht, aber ich muss dringend austreten. Kannst du mir beim Aufstehen helfen?«

Sie wies ihn an, sich langsam aufzurichten. Als er aufstand, wurde ihm kurz schwarz vor Augen sodass er sich schwer auf Ishtars Arm stützen musste. Der Schwindel ging vorüber. Nach einigen vorsichtigen Schritten begann er sich sicherer zu fühlen und zog sie vorwärts. Sie öffnete ihm die Ausgangstür wo er sie bat, zurückzubleiben. Er eilte zu dem nächsten Baumstamm, den er in der Dunkelheit ausmachte, endlich konnte er seine Selbstbeherrschung aufgeben. Mit nichts als einem Hemd bekleidet, fröstelte er in der lauen Frühsommernacht, schwankte leicht auf den bloßen Füßen, empfand aber nichts als eine unendliche Erleichterung. Er fing an sich zu erinnern, langsam hob er seinen linken Arm: Der Unterarm schimmerte silbern im Licht des fast vollen Mondes, und er sah das Blut darin bis zu den Fingerspitzen pulsieren. Er wusste nicht, wie lange er so gestanden hatte, jedenfalls war er längst mit Pinkeln fertig, als er wieder zu sich kam. Noch einmal schloss er prüfend die Faust, es fühlte sich stark an. Nun gut, mit diesem Preis konnte er leben.

Als er ins Haus zurückkam, fand er Ishtar an dem grob gezimmerten Küchentisch sitzend vor. Darauf standen zwei dampfende Tonschalen.

»Trink erst einmal etwas, du musst Durst haben.«

Er stellte fest, dass sie Recht hatte. »Aber bitte nicht wieder irgendetwas Beruhigendes, ich habe den Eindruck, ich habe genug geschlafen.«

»Mach dir keine Sorgen, das sehe ich genauso, jetzt bist du dran mit erzählen«. Sie schob ihm den Becher hin und er trank gierig. »Vor allem würde mich interessieren, wie es dir bei eurem letzten Überfall gelungen ist, die Magie der Kriegshexen zu bannen.«

»Da gibt es nicht viel zu berichten. Als ich sah, dass sie Magie einsetzten, hatte diese keine Macht mehr über mich.«

»Genau das will ich wissen, *wie* hast du das gesehen?«

»So wie du es mir erklärt hast. Wenn man an dem Ursprung der Magie leicht vorbei schaut, kann man sie sehen. Nur dass ich dies anders wahrnehme, als du es beschrieben hast.«

»Wie? Bitte erkläre das genau.« Sie hatte sich aufgerichtet und sah ihn gespannt an.

»Du sagtest, dass Magie gewoben würde, Faden für Faden, ein schönes Bild. Aber für mich sieht das eher nach Bauen aus. Da sind verschiedeneckige, dreidimensionale Polygone, die so zusammengesetzt werden, dass sie ineinander passen und eine Einheit bilden.

»Genau das habe ich befürchtet«, mit einem Seufzer lehnte sie sich zurück. »Warum hast du mir das nicht früher gesagt?«

»Ich dachte, es handle sich nur um ein Bild, und deines mit dem Weben hielt ich für ebenso stimmig wie meines mit dem Bauen«, erwiderte er mit einem verstörten Kopfschütteln. »Wo liegt das Problem?«

»Wenn du Magie nicht auf die von mir beschriebene, weibliche Art sehen kannst, sondern auf deine eigene, männliche Weise, bedeutet das, dass du wahrscheinlich auch Magie bewirken kannst. Und zwar männliche, schaffende Magie.«

»Das wäre doch phantastisch!« Er schaute begeistert seine linke Hand an: »Der Zauberer mit der Silberhand – und seine schöne Hexe«, ergänzte er ihr lächelnd den Blick zuwendend.

»Das ist kein Spaß …«

»Ja, ich weiß«, unterbrach er sie, »aber mach dir keine Sorgen. Für etwas so feinfühliges wie Magie, fehlt mir jegliches Gespür.«

»Es waren gerade die nicht so Feinfühligen, die mit ihrer männlichen Magie einen ganzen Kontinent vernichtet haben«, erwiderte sie scharf. »Jedenfalls weiß ich jetzt, warum der Alte auf einmal aus seiner selbst gewählten Verbannung aufgetaucht ist, ich werde mit ihm reden müssen. Und du«, unterband sie seinen Versuch einer Nachfrage, »du bewahrst Stillschweigen, sowohl über deine Wahrnehmung, als auch über unser Gespräch.«

»Ist das ein Befehl?«, fragte er aufmüpfig.

»Nein«, sie wirkte aufrichtig erschrocken über sich selbst, »entschuldige den Tonfall. Das ist eine Bitte, glaub mir, es ist wichtig.« Sie nahm seine unversehrte Hand und drückte sie.

Kapitel 22   Thoran: Der Vollzug

Gleichmäßig tauchten die Ruder in das kalte Wasser. Der einmastige Kahn war kaum hochseetauglich, doch die kleine Mannschaft vertraute auf die Zauberkraft des Alten, der sie und das Boot für die Überfahrt gechartert hatte. Sie kannten seinen Namen bloß aus Erzählungen, doch das Siegel des hohen Rates, das Thoran, der Merlin, bei sich trug, hatte den feisten Kapitän ebenso überzeugt, dass die Geschichten wahr sein mussten, wie die hohe Bezahlung in reinem Silber.

In seiner Stimme mischten sich Abenteuerlust und Besorgnis, als er befahl, die Ruder einzuholen und das Segel zu hissen. Geschickt waren sie durch die Untiefen vor der Küste gesteuert, nun lag die See offen und glatt vor ihnen.

Die Sonne stand senkrecht über ihnen und wärmte Thorans Gesicht und Hände. Er hockte im hinteren Teil des schmalen Decks auf einer Kiste, in der sich Taue befanden und ließ seinen rechten Arm über die Reling baumeln. Die Gefangene saß ihm den Rücken zugewandt vor ihm. Die letzte Reise in die Außenwelt hatte er gewissermaßen im Traum zurückgelegt. Seine Gestalt war, als er in Irland von dem Tod Cuchulainns berichtet hatte, nur eine Manifestation seiner Gedanken gewesen, während sein Körper auf Ban Rotha zurückgeblieben war. Nun musste er den Weg in Boudiccas Verbannung körperlich bestreiten. Zwar war dies wesentlich umständlicher, doch war er schon lange nicht mehr mit einem Schiff gereist, und er genoss das leichte Schaukeln und die salzige Brise, die ihm ins Gesicht und der Hexenkönigin vor ihm durchs kurze Haar fuhr. Sie wirkte wieder stolzer und Thoran fragte sich, ob sie im Rat nur die ihr zugedachte Rolle gespielt hatte. Wenn sie die Überfahrt überlebte, würde sie zweifellos wieder eine hohe gesellschaftliche Stellung einnehmen. *Wenn* sie sie überlebte, denn niemand wusste, was geschah, sollte eine der Priesterinnen die Insel, an die sie gebunden waren, das letzte Überbleibsel des alten Kontinents, verlassen. Nie war dieser Fall bisher eingetreten, nie war eine aus dem Schoß der heiligen Muttererde verstoßen worden, und nie hatte eine dieses Schicksal so sehr verdient. Thoran schauderte beim Gedanken an Gilgamesch, Boudiccas gefallenen Champion, den sie aus dem Totenreich zu sich gerufen hatte.

Auf die Frage des Kapitäns, welchen Kurs sie nun einschlagen sollten, wies der Alte ihn an, das Steuerrad fahren zu lassen. Mit sichtlichem Unbehagen wurde der Anweisung Folge geleistet. Thoran raunte Worte in die Weite der See.

Als der Abend dämmerte, nahm das Schaukeln ein wenig zu. Boudiccas ungeschmückter und in zotteliges Otterfell gehüllter Körper war gegen seinen gesunken. Er war alt und sie war jung und schön. So schön wie die untergehende Sonne, die ihre Wange an seiner Schulter in rotes Licht tauchte. Er wagte es, ihr eine Haarsträhne aus dem Gesicht zu streichen. Sie ließ es zu und schmiegte sich enger an ihn.

Nachts wurden sie von dem Ruf eines Matrosen geweckt. »Ein Sturm zieht auf!« Thoran sah nach Westen, wo Wetterleuchten durch den schwarzen Himmel zuckte. Rasch war der Rest der kleinen Mannschaft auf den Beinen und unter den Befehlen des Kapitäns entstand ein hektisches Treiben. Knoten wurden überprüft und fester gezurrt, Eimer wurden aus der Ladefläche nach oben geschafft, alles, was nicht niet und nagelfest war, wurde verstaut oder festgebunden. Bald peitschte Regen auf sie hernieder. Die Wellen wurden höher. Das Schiff ächzte, wenn sie Gischt spritzend an die Blanken trafen, und Thorans Magen machte Sprünge. Ein ums andere Mal wurden sie mit geblähtem Segel angezogen, brachen über einen Wellenkamm und stürzten auf der anderen Seite mit atemberaubender Geschwindigkeit wieder hinab. Dies war kein natürlicher Sturm. Der greise Zauberer hatte ihn gerufen. Sie waren im Grenzbezirk. Nun war es Zeit, die alte Formel zu sprechen. »Halt dich gut fest!«, rief Thoran Boudicca zu und wankte Richtung Bug. Auf halbem Weg stürzte er, und ein Matrose kam ihm zu Hilfe. »Nach vorn«, bat er den Matrosen und in dem nächsten Wellental schafften sie es. Thoran wies den Burschen an, ihn anzubinden. Als ein straffes Seil um die Hüfte ihn aufrecht hielt, schickte er ihn fort. Für eine Weile sah er dem Toben der See zu. In grimmiger Übermacht spielte sie mit der winzigen Nussschale, die es gewagt hatte, sich ihr zu überantworten.

Ein Windstoß zerriss das Segel, das nun in Fetzen flatterte. Schreie verhallten im Getöse. Das Schiff geriet in Schräglage. Für einen Augenblick schwebten sie in der Luft, dann wurden sie hinabgerissen und Wasser spülte über Deck. Als sie wieder auftauchten, erhob Thoran seine Arme. »Mannasato!«, rief er den Geist des Meeres an. Sicher, es war der große Wille, der alles steuerte, doch es half, ihn zu benennen. Im Angesicht einer solchen Naturgewalt waren die geometrischen Muster zu chaotisch, um ihrer Herr zu werden, man musste als verwegener Bittsteller auftreten, und genau das tat er. Er bat um Überfahrt, das Öffnen der Tore zwischen den Welten. Die See sträubte sich, sie wollte das Schiff mitsamt seiner anmaßenden Insassen auf ihren Grund ziehen. Donner grollte über ihnen und Thoran hörte hinter sich Holz splittern. »Halt ein!«, grollte seine Stimme nun gebieterischer. »Thoran, der Schwellenwächter ist hier! Der Merlin, der Grenzgänger, der Wächter der Tore von Anbeginn! Geleit erbitte, fordere ich, für mich und die Verstoßene, die Krähenmutter, die Königin der Hexen.« Boudicca hatte es irgendwie geschafft, neben ihn zu treten. Mit dem einen Arm klammerte sie sich an ihn, den anderen hatte sie trotzend in den Himmel gereckt. Sie kreischte ihren gellenden Schlachtruf: »Gruachana!« Eine Welle riss sie von den Beinen und schleuderte sie nach hinten. Thoran konnte sich nicht darum kümmern. Er hob zu einem Lied an, das aufgebrachte Meer zu beschwichtigen.

Er sang noch, als das übel zugerichtete Schiff in schwerem Tagnebel dahin trieb. Nichts regte sich auf dem schlafenden Deck. Wenn die Mannschaft erwachte, würde sie glauben, die Ereignisse hätten im Laufe einer Nacht stattgefunden, doch sein Lied, das das Hohelied auf die Geburtsstunde des Wassers war, hatte zwei Tage gewährt. Besser als die zwei Monde, die sie ohne sein Zutun auf See verbracht hätten, dachte er noch, ehe er schließlich erschöpft in sich zusammensank.

Sein dröhnender Kopf lag warm gebettet in dem Schoß der Verbannten. Die Hand, an der das Blut so vieler Männer klebte, streichelte ihm über die faltige Stirn. Er blinzelte gegen die Sonne und setzte sich stöhnend auf. Sie hatte die Überfahrt also überstanden.

Der Nebel war lichter geworden. Seine Schwaden zogen über grasbedeckte Hänge, die zu Bergen emporwuchsen. In der Ferne sah man zottige Schafe weiden. Die Brandung brach sich an der Felsenküste eines wilden Landes, das sich anmutig vor ihren Augen aus dem Ozean erhob.

»Sag uns Narren, wo wir gestrandet sind«, forderte Boudicca mild.

Thoran stand auf und rieb sich die vom Tau wund gescheuerte Hüfte. »Albany! Wir sind am Ziel.«

Die Ruder wurden ausgefahren und schlugen wieder Wasser. Nicht alle Ruderbänke waren besetzt. Zwei der Seeleute hatte der Sturm als Tribut gefordert. Und so brachten sie nur sechs, anstelle von acht Rudern, näher ans Ufer. Es dauerte eine Weile, bis sie eine Stelle gefunden hatten, an der sie ohne Gefahr anlegen konnten. Der Kapitän wählte eine kleine Sandbank, die von scharfkantigen Klippen eingerahmt wurde.

Es war Ebbe. Das Boot wurde auf Grund gezogen. Bei einkehrender Flut würde es wieder von alleine ins Wasser gleiten. Dennoch machten sich Thoran und Boudicca beim Aussteigen die Füße nass. Thoran wies den Kapitän, der bis zu den Knöcheln im lehmfarbenen Schlick stand, an, zu warten bis er zurückkäme. Der Mann nickte, wobei ihm ins Gesicht geschrieben stand, dass er den Alten leid war. Thoran war kein guter Anführer. Der Kapitän hatte bemerkt, wie wenig er sich um den Verlust der beiden Männer scherte. Für den Kapitän waren es nicht nur tüchtige Matrosen, die er verloren hatte und für die ihn der Alte entschädigen konnte, sondern Gefährten, mit denen er sein halbes Leben verbracht und vieles erlebt hatte. Der Zauberer spürte die Animosität, zugleich wusste er, dass dem Kapitän bewusst war, dass er nicht einfach ohne ihn zurücksegeln konnte. Er würde brav abwarten, bis er sich von seiner schönen Last befreit hätte, und sie die Rückfahrt antreten würden.

Und so machten sich die Seeleute daran, die Fetzen des Segels zu lösen, um es später zu flicken, drei sprangen ebenfalls von Bord, bekamen von den anderen Kisten gereicht und begannen sogleich, in einer windgeschützten Düne ein behelfsmäßiges Lager zu errichten, während Thoran und Boudicca Seite an Seite den nächstgelegenen Hügel hinaufwanderten.

Als sie eine gute Weile gegangen waren, schnaufte Thoran heftig und sie ließen sich auf einem Stück Heide auf dem Kamm eines Hügels nieder. Er war ein Zauberer, doch die Strapazen der Reise hatten an seinen Kräften gezehrt. Sie sahen nach Norden, wo schneebedeckte Bergriesen in den Himmel ragten. Die Luft roch nach Regen. »Dort«, sprach der Merlin einer plötzlichen Intuition folgend und deutete auf ein kleines Gehöft in der nächsten Talsenke, »werden sich unsere Wege trennen.«

Boudicca nickte und strich mit den Handinnenflächen über die stachlige Blüte einer Distel, deren mattes Violett die Wiesen dominierte.

»Ich kann nie wieder Magie wirken, ist es nicht so?«, fragte Boudicca bitter.

Thoran sah sie an, doch sie hob den Blick nicht von der Blume. »Nicht so, wie du es auf dem alten Kontinent vermochtest. Aber du bist eine Frau ... Wirken nicht alle Frauen Magie, auf ihre Weise?« Er konnte es sich bei seinen Worten nicht verkneifen, die Augen über ihre weiblichen Rundungen gleiten zu lassen.

Blitzschnell fuhr ihre Linke unter ihr Gewand und beförderte beim Wiederauftauchen ein Messer ans Tageslicht. Sie musste es einem der Seeleute abgenommen haben. Angriffsbereit hob sie die schartige Klinge. Würde sie nun zustoßen, wäre Thorans Lebensfaden abgeschnitten.

»Du willst sagen, anstelle eines Throns erwartet mich hier das Schicksal einer Hure? Oh, ihr Toren! Die all-eine Urkraft hat mich nicht vergessen. Ich werde wieder Königin sein!« Mit einem Mal zeigte sich ein dünnes Lächeln auf den blassen Lippen. Boudicca warf den Kopf in den Nacken, als wolle sie auflachen, doch das Lachen blieb stumm in ihrer Kehle stecken. Sie holte ein kleines Bündel hervor, wickelte es aus und zum Vorschein kam ein Stück Pökelfleisch, das sie offensichtlich ebenfalls auf dem Schiff hatte mitgehen lassen. Mit dem Messer schnitt sie zwei Scheiben ab und reichte eine davon Thoran.

»Daran zweifle ich nicht«, sagte er, als er das Fleisch entgegennahm. Sie saßen und aßen schweigend, bis die Wolken sich über ihnen verdichtet hatten, und es zu tröpfeln begann.

Sie fanden einen Hirtenpfad, der sich zu dem Gehöft hinunterschlängelte. Boudicca ging voraus. Die Episode mit dem Messer hatte Thoran vergegenwärtigt, mit wem er es zu tun hatte. Die Frau, deren Gesicht er nun nicht sehen konnte, hatte etwas Wahnsinniges an sich, einen dunklen Abgrund, der stets auf seine Gelegenheit lauerte. Sie war immer noch gefährlich und er musste auf der Hut sein. Die ganze Szenerie, der schmale ausgetretene Weg, der leichte Regen, die dunklen Wolken, die Schatten der Berge, selbst das Gehöft, dem sie sich näherten, hatte etwas Unheimliches an sich. Schicksalhaftes lag in der Luft und im Wind, der ihm in die Ohren blies. Und zum ersten Mal fragte er sich, ob es eine gute Idee gewesen war, die ehemalige Hexenkönigin auszusetzen, wo sie nicht zu kontrollieren war. War die Entscheidung des Rates eine Überraschung für sie gewesen, oder war am Ende womöglich alles so gekommen, wie sie es sich gewünscht hatte?

»Auch ich trauere um meinen gefallenen Champion«, kam es von vorne. »Meine erbärmlichen Schwestern können sich das wohl nicht vorstellen, aber du warst je schon weiser als sie. Er war ein Nephilim, genau wie du. Somit wart ihr Brüder. Weint deine Seele nicht um den Tod deines Bruders?«

Nephilim bedeutete Halbgott, und was sie von Göttern unterschied, war ihre Sterblichkeit. Boudicca wollte anscheinend herausfinden, ob sie ihn wirklich töten konnte.

»Gilgameschs Zeit war abgelaufen, ehe du ihn riefst. Du hast einen Schatten beschworen und damit gegen die Regeln des Lebens verstoßen«, erwiderte Thoran ausweichend.

»Regeln, Gesetze!«, spie sie verächtlich aus, »ihr werdet an ihnen zugrunde gehen.«

»Möglicherweise«, gestand er ihr zu.

Sie hielten an. Sie waren an einem hölzernen Gatter angekommen. In ein niedriges Mäuerchen eingelassen, beschrieb es die Umgrenzung des Grundstückes, in dessen Mitte die Gebäude standen. Das Wohnhaus war aus Steinblöcken errichtet, über die tief ein Binsendach ragte. Daran anschließend befand sich ein offener Schuppen, in dem man einen Amboss und dahinter eine kalte Esse ausmachen konnte. Die Behausung eines Schmiedes. Es wirkte, als habe der Besitzer sie vor nicht allzu langer Zeit verlassen. Den Ziegenkötteln nach zu urteilen, vor nicht mehr als zwei Monden. Was ihn wohl vertrieben haben mochte? – Das war nun nicht mehr Thorans Angelegenheit.

Boudicca trat gegen das Gatter, das knirschend in sich zusammenbrach und überschritt die Schwelle zum Grundstück. Sie merkte, dass Thoran ihr nicht folgte und wandte sich um.

»Ihr seht müde aus, Wanderer, und der Regen wird bald heftiger«, sprach sie ironisch. »Speis, Trank und Ruhe in meinem neuen Königreich?«

Thoran deutete lächelnd eine Verbeugung an. Obgleich er versucht war, sagte er: »Ich muss ablehnen, Herrin, mein Weg ist noch weit und die Sonne neigt sich bereits ihrem Untergang entgegen.«

Kurz glaubte er Zorn aufflackern zu sehen, doch ihre Worte verrieten nichts davon. Sie fragte schlicht, und beinahe wirkte sie dabei verletzlich, ob sie sich wiedersehen würden.

»Du weißt, wie es ist, ja und nein.«

»Dann werde ich dafür sorgen, dass meine Nachfolgerinnen dich nicht vergessen. – Ich werde südwärts ziehen«, fügte sie noch hinzu.

Einen Augenblick sahen sie sich noch an, dann wandte Thoran sich ab. Nach ein paar Schritten rief Boudicca ihm hinterher: »Thoran!«

Er hielt inne ohne sich umzudrehen. »Wenn wir uns wiedersehen, halte dein Schwert bereit!«

Er nickte und ging weiter. Auf dem Weg, der ihn wieder über den Hügel zurück zum Schiff führte, sann er über diesen seltsamen Abschied nach. Boudicca, die Königin der Hexen, hatte den alten Kontinent für immer verlassen.

Das rötliche Zwielicht der Abenddämmerung schenkte Thoran eine Vision. Er sah keine Bilder, sondern hörte lediglich die Zungen eines fernen Zeitalters von einer Legende sprechen. Sie berichtete davon, wie der Schmied, ein Meister seiner Kunst, zu seinem Haus zurückkehrte, dort die schöne Fremde vorfand, ihr verfiel und in seiner Liebe und unter ihrer Anweisung ein Schwert schmiedete, wie die junge Welt zuvor noch keines gesehen hatte. Wie sie ihn verriet und mit seinem Landesherren in den Süden zog, wo die Mondklinge überdauerte, ehe sie schließlich von einem Mann, der sich zum Ideal eines wahren Königs aufschwang, in die letzte Schlacht getragen wurde.

Doch dies waren Stimmen fern dieses Tages, da Thoran der Zauberer sich aufmachte, zurück zum Land der Fischer zu reisen.

Wieder beschwor er einen Sturm herauf. Doch diesmal war die See gewogener. Es war, als hätte sie die erste Fahrt missbilligt, oder als ob Mannasato, der Gott des Meeres, sich Boudicca als Gefährtin auf dem Grund seiner unermesslichen Tiefen gewünscht hätte und nun an einem alten Knochen, einem übellaunigen Kapitän und seiner kleinen Mannschaft kein Interesse zeigte. Jedenfalls erreichten sie heil und ohne weitere Verluste die Küste von Ban Rotha und Thoran war rechtzeitig zur Siegesfeier zurück in Pela Dir.

Kapitel 23   Johannes: Die zwei Magier

Ishtar und Johannes kamen um die Mittagszeit in Pela Dir an. Sie waren am Morgen losgeritten, und Johannes war sich anfangs, auf einem normalen Pferd, seltsam vorgekommen. Aber irgendetwas von seiner Verbundenheit mit Fajulla schien weiterzuwirken. Er musste kaum Zügel, Schenkel oder Ferse einsetzen, um das Pferd zu dirigieren, es schien seine Wünsche zu erahnen. Über das Thema Magie hatten sie nicht mehr gesprochen, Johannes hatte es fast vergessen. Die letzten beiden Tage hatten sie fast ununterbrochen in der ein oder anderen Weise Sex gehabt, zunächst von Ishtar dominiert, dann aber auch, mit dem Wiederkehren seiner Kräfte, von Seiten Johannes'. Bei dem Gedanken daran konnte er sich ein zufriedenes Grinsen nicht verkneifen. Vor dem Eingang der Halle stieg er ab und übergab die Zügel einem der jungen Diener.

»Ich weiß genau, woran du denkst«, tadelte ihn Ishtar, »lass das Honigkuchengrinsen!« Sie nahm ihn bei der Hand, bevor sie gemeinsam die Halle betraten. Er fand, dass sie nicht viel anders als er selbst lächelte.

Der Empfang war überwältigend. Nicht nur von seinen drei Freunden, wobei Johannes die Ausgelassenheit des ansonsten eher würdevollen und reservierten Yusuf überraschte, nein auch von den Übrigen, einschließlich des Busenfreundes Cuchulainns, Shaka, wurde er begeistert begrüßt und gefeiert. Und natürlich wollten alle seine Linke sehen und berühren. Sie gedachten der Gefallenen, aber vielmehr indem sie ihre Heldentaten rühmten, als dass sie trauerten. Es war ein Tag zum Feiern und lediglich die drei Damen der getöteten Champions zogen sich gleich nach der Begrüßung zurück.

Nach einer geraumen Zeit, in der sich Johannes auf der Welle der Begeisterung tragen ließ, fühlte er mit einem Mal eine Anspannung in sich aufsteigen, er fühlte sich beobachtet. Die Quelle suchend schaute er sich um und bemerkte über die Köpfe der Feiernden hinweg einen alten Mann im Halbdunkel neben dem Kücheneingang sitzen, dessen eindringlicher Blick ihn nicht losließ.

»Weißt du, wer das ist?«, wandte er sich an Rodrigo, der mit einem Krug in der Hand neben ihm stand und Shaka zuhörte, der erzählte, mit welcher Wildheit und Tapferkeit Cuchulainn den ersten Zweikampf mit Gilgamesch gesucht hatte.

»Nein, den habe ich noch nie gesehen, das wird wohl irgendein Bediensteter sein«, antwortete Rodrigo abwiegelnd, um sich von dem Bericht, den er bestimmt schon viele Male gehört hatte, nichts entgehen zu lassen.

Wie ein Diener sah der Alte für Johannes nicht aus. Er strahlte Würde, aber auch Gefahr aus. Johannes fühlte, wie seine Nackenhaare sich aufrichteten. Suchend schaute er sich nach Ishtar um. Sie stand in ein Gespräch vertieft in einer Gruppe mit Tecumtha, Sanfeng und den dazugehörigen Priesterinnen, die am anderen Ende des Saales einen ruhenden Pol in der allgemeinen Ausgelassenheit bildete. Entweder nahm sie seinen Versuch der Kontaktaufnahme nicht wahr oder sie ignorierte ihn.

»Entschuldigt mich einen Augenblick.« Niemand schien zu bemerken, dass er die eigene Gruppe verließ. Er ging auf den mit einer schlichten, weißen Tunika gekleideten alten Mann zu, der sich geschmeidig erhob, als er näher kam. Erst jetzt, im Stehen, sah Johannes, welch beeindruckende Figur der Mann, das wallende weiße Haar von einem Silberring zurückgehalten, abgab. Er strahlte Majestät aus.

»Wir müssen reden, Johannes Silberarm«, schnitt ihm der Alte barsch die Fragen ab.

»Wer bist du und warum beobachtest du mich?«, brachte Johannes schließlich doch seine Fragen an. »Ich wüsste nicht, über was ich mit dir reden sollte«, ergänzte er stirnrunzelnd.

»Aber ich weiß es, und du solltest mir besser genau zuhören! Aber nicht hier, lass uns nach draußen gehen«, sagte der Fremde schroff und ging ohne eine Antwort abzuwarten auf die Küchentür zu.

»Fick dich ins Knie«, murmelte Johannes während er sich umdrehte, um zu seinen Freunden zurückzugehen. Dabei rempelte er an Ishtar, die unvermittelt hinter ihm aufgetaucht war

»Es wäre besser, du redest mit ihm.« Sie nahm ihn am Arm. »Übersehe seine Manieren, er lebt seit sehr langer Zeit als Einsiedler. Aber eine Gesprächsaufforderung Thorans schlägt man trotzdem nicht aus.«

»Mir passt seine …«

»Bitte, Johannes«, unterbrach sie ihn.

»Wenn du meinst«, lenkte er nach kurzem Zögern ein und folgte ihr widerwillig nach draußen.

Der Mann, den Ishtar Thoran genannt hatte, wartete im Schatten eines Kirschbaumes an den Stamm gelehnt. »Du weißt, was für eine Sorte Champion du dir mit diesem hier eingehandelt hast«, wandte er sich an Ishtar, als sie näher kamen und wies mit einer abfälligen Geste auf Johannes.

»Wenn ich es richtig verstanden habe, ist er einer von deiner Sorte, alter Mann«, erwiderte sie ruhig.

»Soweit hast du richtig verstanden, aber er ist ein Wilder, eine Gefahr, wie du sie dir nicht ausmalen kannst.«

»Ich habe den Eindruck, dass er sein Potential besser im Griff hat als einige von dir Ausgebildete«, entgegnete sie spitz, »aber ich verstehe auch, dass es notwendig ist, ihm Rüstzeug mit auf den Weg zu geben, bevor er in seine Welt zurückkehrt«, fügte sie ernst hinzu.

»Rüstzeug?« Thoran lächelte geringschätzig. »Du verstehst gar nichts, er kann nicht in seine Welt zurückkehren.«

Johannes war dem Wortwechsel zunächst belustigt gefolgt, aber jetzt wurde er ärgerlich: »Eine der Grundregeln des Anstandes lautet, nicht über Anwesende in der dritten Person zu reden. Wenn ihr nicht vorhabt, euch daran zu halten, gehe ich dann mal.«

Johannes sah Magie um das ärgerliche Gesicht des Alten aufflackern und aus den Augenwinkeln erkannte er, dass auch Ishtar Magie wirkte.

»Lass das, Ishtar!«, sagte der Merlin schroff, »ich tu deinem Geliebten nicht weh. Ich will ihm nur eine Lehre erteilen, wie Anstand und Respekt in dieser Welt funktionieren. Und du«, er wandte sich an Johannes, »du gehst dann, wenn ich dir die Erlaubnis dazu erteile.«

Johannes sah, wie die Magie um Ishtar verlosch, nur um den Alten loderte sie weiter. Er schaute dem Merlin ruhig in die grauen Augen. »Nun gut«, sagte Johannes nach einer Weile, »jetzt reden wir ja miteinander, was meintest du zum Schluss?« Er fühlte lediglich ein Kribbeln im Solarplexus.

Verblüfft ließ der zornige Alte die Magie weichen. »Wer hat dich das gelehrt?«, fragte er ungläubig.

»Was gelehrt? Ich weiß nicht, wovon du sprichst. Aber eines solltest du dir merken: Wer auch immer du bist, falls ich noch einmal mitbekommen sollte, dass du Magie gegen mich einsetzt, sei dir sicher, dass sie schnell wirkt. Denn ansonsten stoße ich dir, ganz ohne Magie, aber mit viel Wucht, das hier in den Leib.« Mit den Augen wies er auf den Dolch in seiner Hand, den er aus der Scheide an seinem Gürtel gezogen hatte. »Ich habe überhaupt keine Bedenken, mir auch noch die rechte Hand zu versilbern.«

»Habt ihr jetzt euer Terrain abgesteckt, oder müsst ihr auch noch ein paar Bäume markieren?«, mischte sich Ishtar ungeduldig in die Auseinandersetzung ein. »Wir haben ein Problem, das wir gemeinsam lösen sollten und keine Zeit, herumzugockeln. Steck dein lächerliches Messer weg!«, herrschte sie Johannes an, »du weißt wirklich nicht, gegen wen du es gezogen hast.«

Widerwillig gehorchte Johannes, so böse hatte er Ishtar schon lange nicht mehr gesehen.

»Und du, alter Mann, erinnere dich zumindest ein wenig der Manieren, die du früher einmal besessen hast!«

»Ja, ja, ist ja schon gut«, erwiderte der Merlin, er schien mit seinen Gedanken ganz woanders zu sein. »Ich wollte ihm wirklich nichts Ernsthaftes antun«, fügte er abwesend hinzu.

»Das weiß ich so gut wie du. Meinst du, sonst hätte ich meinen Schild von ihm genommen? Folgt mir jetzt zur Laube«, fuhr sie in versöhnlichem Ton fort, »lasst uns noch einmal von vorne, wie vernünftige Menschen, beginnen.

In der Laube angekommen, setzte sich Johannes so weit wie möglich von dem Alten entfernt hin und beäugte ihn weiterhin misstrauisch. Dieser schien davon jedoch überhaupt nichts mitzubekommen und sagte, nachdem er sich gesetzt hatte, eher zu sich selbst: »Als ich mir nach der Schlacht sicher war, dass du der Wilde unter den Champions bist, bin ich in deine Welt gereist, um nach einem Meister zu suchen, der dich unterrichten und unter Kontrolle halten könnte. Aber ich habe dort nur noch schwache, verwischte Spuren von Magie gefunden und ganz gewiss keinen Meister«, fügte er kopfschüttelnd hinzu.

»Wie bitte, du warst im 21. Jahrhundert?«, fragte Johannes ungläubig. Bei dem Gedanken an die Erscheinung des Hexenmeisters in seiner Welt musste er ein Lächeln unterdrücken. Aber andererseits, mit einem Paar Jeans und einem Fischerhemd könnte er ganz gut als Alt-68er durchgehen.

»Thoran«, unterbrach sie Ishtar, »ich denke, wir schulden Johannes einige Erklärungen, bevor wir fortfahren.«

»Das ist wohl so, aber mach du das, ich bin es nicht mehr gewohnt, mit Menschen zu reden.«

Ishtar führte aus, dass es nach dem Wissen ihrer Welt zwei grundsätzlich verschiedene Formen von Magie gäbe: Die eine bezeichneten sie als die weibliche, weil die Veranlagung dazu überwiegend bei Frauen auftrete. Sie sei gestaltend und formend, während die männliche schaffend und schöpferisch sei. Als sie an diesem Punkt Johannes' fragenden Blick sah, forderte sie ihn auf, sich einen Pfeil vorzustellen. Weibliche Magie könne die Flugbahn eines Pfeils beeinflussen, männliche könne diesen Pfeil erschaffen.

»Aus dem Nichts?«, warf Johannes ungläubig ein.

Nein, aus dem Nichts könne man auch nichts schaffen. Aber aus anderen Dingen und Gegenständen, die aus den vier Elementen, Feuer, Erde, Luft und Wasser bestünden.

»Erinnere dich an die Formen, die du siehst, wenn Magie gewirkt wird«, warf der alte Mann ein. Jeder Gegenstand der körperlichen, dinghaften und der geistigen, gedanklichen Welt sei aus diesen Formen in ganz eigener Weise zusammengesetzt. »Wenn du diese Formen erkennst, kannst du mit bestimmten mentalen Techniken diese dreidimensionalen Vielecke auf eine andere, neue Weise zusammensetzen. Damit entsteht dann auch etwas Neues. Möge Allmutter und Allvater, oder wer auch immer, verhindern, dass du das jemals auch nur versuchst«, ergänzte er und ließ sich in den Sessel sinken.

»Du meinst, daraus könnte so etwas wie eine nicht kontrollierbare Kettenreaktion resultieren?«, meinte Johannes nach einer kurzen Pause nachdenklich.

Thoran sprang auf: »Woher weißt du das?«, rief er aufgeregt, »hast du es etwa versucht?!«

»Nein!«, Johannes hob abwehrend die Hände. »In meiner Welt existiert eine Technik, die ähnliches bewirkt. Das hat nichts mit Magie zu tun, ich versuche mir nur ein Bild zu machen.«

»Sag mir das das nächste Mal bitte vorher«, mit einem Seufzer ließ sich Thoran wieder in den Sessel fallen.

»Johannes«, mischte sich Ishtar ein, »du verstehst, dass diese Fähigkeit äußerst gefährlich ist, wenn sie nicht genauestens kontrolliert wird.«

»Ja, und mehr als das. Auch bezüglich der Technik in meiner Welt, war ich immer der Ansicht, dass man keine Türen öffnen sollte, von denen man nicht genau weiß, ob man sie wieder schließen kann. Macht euch keine Sorgen, ich bin völlig zufrieden damit, dass offensichtlich keine eurer Magien auf mich wirkt.«

»Und das möchte ich gerne herausfinden, wie du das ohne Anleitung bewerkstelligt hast«, fügte Thoran hinzu.

»Johannes, kannst du dir vorstellen, in unserer Welt zu bleiben und dich von dem alten Rüpel unterrichten zu lassen?«

»In welcher Position?«, fragte Johannes zurückhaltend.

»Als Regent meiner Baronie ...« Sie machte eine Pause.

»Nicht so wichtig«, warf Johannes ein, »und ...«

»... als mein Geliebter?«, ergänzte sie fragend.

»Deal!« Johannes ließ sich aus dem Sessel gleiten, kniete vor ihr nieder und nahm sie in die Arme. »Quatsch, kein öffentliches Zurschaustellen von Gefühlen!«, kommentierte er ihren halbherzigen Widerstand. »Das ist nur der weise Thoran!«

Sie küssten sich ausgiebig

Sie richtete ihr Kleid, strich sich durch die Haare und nahm wieder Haltung an: »Und du mein alter Freund, kannst du dir vorstellen, deine feuchte Höhle gegen ein warmes Zimmer mit einem guten Bett einzutauschen?«, wandte sie sich an den skeptisch dreinblickenden Thoran.

Sein Gesichtsausdruck änderte sich zu einem Grinsen: »Wenn ich jetzt Diel sage, küsst du mich dann auch? – Das habe ich schon befürchtet«, setzte er auf ihr spöttisches Lachen hinzu. »Aber ja, ich werde versuchen, deinen Geliebten unter Kontrolle zu halten. Und im Übrigen, ich habe nichts gegen Luxus und Wohlleben, sie bedeuten mir nur schon lange nichts mehr«, fügte er mit einer wegwerfenden Handbewegung hinzu.

Ausklang

»Hi Papa! Sorry, meine Mitfahrgelegenheit hat sich verspätet, und ich hatte kein Guthaben mehr auf dem Handy, um dich anzurufen. Ich habe nicht damit gerechnet, dich so schnell wiederzusehen, nach allem, was du erzählt hast.«

Johannes umarmte seinen Sohn Michael herzlich. Er hatte in einem Straßenkaffee im Frankfurter Westend auf ihn gewartet, und er war, wie fast immer, zu spät gekommen.

»Hey, aber das ist ja scharf!« Michael deutete mit einem Grinsen auf seine langen Hemdärmel und die Lederhandschuhe, die er trotz der sommerlichen Temperaturen am späten Vormittag trug. »Ist das so Mode in Ban Rotha?«

»Noch nicht, aber du weißt ja, ich bin Trendsetter«, antwortete Johannes hustend. Er versuchte gerade eine dritte selbstgedrehte Zigarette kettezurauchen. »Aber erzähle erst mal du«, sagte er und drückte die Zigarette im Aschenbecher aus, »meine Geschichte wird sehr lang. Oh Mann«, ergänzte er keuchend, »ich glaube, ich werde alt, früher war das kein Problem.«

»Der Zahn der Zeit, mach dir nichts draus!« Michael klopfte ihm auf den Rücken und bestellte einen Espresso bei der vorbeilaufenden Bedienung. »Meine Geschichte wird dafür umso kürzer, du bist ja auch erst vor drei Wochen verschwunden.«

Michael erzählte, dass er sich, wie von seinem Papa gefordert, sofort nach ihrer Ankunft bei der Polizei selbst angezeigt hatte. Die Beamten hätten die Anzeige zwar erstaunt aufgenommen, aber nicht viel Interesse gezeigt, und vor wenigen Tagen habe er von der Staatsanwaltschaft ein Schreiben bekommen, dass keine Anklage erhoben würde, da keine Straftat auf deutschem Staatsgebiet vorliege. Falls er psychologische Hilfe brauche, solle er sich an die Abteilung XY wenden.

Johannes runzelte fragend die Stirn.

»Ja, wart's ab!«

Auch der erwartete Ansturm der Presse war ausgeblieben. Die malaysische Strafverfolgungsbehörde hatte ausgegeben, dass überraschend Entlastungsmaterial aufgetaucht sei, das eine sofortige Freilassung ermöglicht hätte. Zwei, drei Anrufe von misstrauischen Reportern hätte er abwiegeln können, er sei in der Haft zwar streng, aber fair behandelt worden, und er sei der malaysischen Staatsanwaltschaft dankbar für die objektive Verhandlungsführung. Die Selbstanzeige hätte er unter Schock aufgegeben, ja, es gehe ihm besser, und er sei in Behandlung.

»Die haben wohl keine Story für sich gesehen. Wenn sie drangeblieben wären, hätten sie sicher einige Ungereimtheiten entdeckt«, schloss er seinen Bericht ab.

»Da bist du ja wirklich noch einmal mit einem blauen Auge davongekommen«, kommentierte Johannes, »ich freue mich für dich.«

»Aber ein dickes blaues Auge! Die drei Monate in Sungai Buloh werde ich mein Leben lang nicht vergessen. Es vergeht kaum eine Nacht, in der ich nicht träume, dort eingeschlossen auf meinen Prozess zu warten.«

»Brauchst du nicht vielleicht wirklich psychotherapeutische Hilfe?«, hakte Johannes besorgt nach.

»Nein, das bekomme ich alleine gebacken«, meinte Michael mit einer leichtfertigen Handbewegung. Von Johannes hatte er in dieser Hinsicht einen ausgeprägten Hang zur Selbstüberschätzung geerbt. »Wo ich wirklich Hilfe gebrauchen könnte, wäre mit Mama. Sie ist die einzige, die kein Wort glaubt und einfach keine Ruhe gibt. Wenn sie so weitermacht, hetzt sie mir letztendlich doch noch die Presse auf den Hals.«

Johannes grinste breit. »Das ist der Teil, den ich dir wirklich gönne«, sagte er genüsslich. »Erinnerst du dich an einen meiner Lieblingssprüche von Schopenhauer?« Auf Michaels verneinende Geste hin zitierte er: »Wenn auch die schlechten Streiche erst in jener Welt gebüßt werden, so doch die dummen schon in dieser.«

»Ach so, der! Ich hatte vergessen, dass das Schopenhauer war«, auch Michael grinste. »Aber an den Inhalt habe ich die letzten Tage gelegentlich denken müssen. Nun aber zu dir, erzähl endlich! Geht das Ganze genauso phantastisch weiter, wie es begonnen hat?«, fragte Michael gespannt.

»Ich kann dir sagen …«

Johannes ließ nichts aus, und immer wieder musste er Michaels Zwischenfragen beschränken. Zwischendurch bestellten sie ein leichtes Mittagessen und etliche Tassen Kaffee. Es war bereits früher Abend als er seinen Bericht mit den Worten beendete: »Und von wegen drei Wochen, in Ban Rotha ist darüber mehr als ein Jahr vergangen.«

Gegen Ende der Erzählung war Michael immer schweigsamer geworden und meinte jetzt lediglich: »Du bist dir schon darüber im Klaren, dass das ein harter Brocken zum Schlucken ist. Aber …«, sein Blick fiel auf Johannes behandschuhte Linke. »Oh Mann, nein, das glaub ich nicht!«

»Das solltest du aber besser.« Johannes schaute sich um und da er niemanden entdeckte, der sich für sie interessierte, zog er langsam den linken Handschuh aus und hielt Michael seine durchsichtige Hand hin. »Man tötet nicht ungestraft einen Halbgott«, zitierte er Ishtar.

Anhang

Geographische Namen

Name	Lage	Erläuterungen
Munban	Insel	Heißt Restland: besteht aus den Nordlanden, den mittleren Königreichen und Ban Rotha
Nordlande	Hinter Nordgebirge	Heimat der Stämme
Mittlere Königreiche	Zwischen Nordgebirge und Ban Rotha	Sechs an der Zahl
Königreich Thorn	Südostküste, teilweise in Ban Rotha	Regiert von König Garret, zur Hälfte auf Ban Rotha
Königreich Ark	West- bis Ostküste, nördlich anschließend an Ban Rotha	Regiert von Hochkönig Umbarth; beinhaltet Riegel, eine Enge zwischen Mittelgebirge und Meer
Königreich Coban	Östlich Mittelgebirge	Regiert von König Dunred
Königreich Munsk	Nordöstlich Mittelgebirge	Regiert von König Makull
Königreich Galen	Westlich Mittelgebirge	Regiert von König Thurbis
Königreich Sirth	Nordwestlich Mittelgebirge	Regiert von König Niftrada

Geographische Namen (Fortsetzung)

Name	Lage	Erläuterungen
Ban Rotha	Südliche Halbinsel Munbans	Heißt Land der Fischer, hat 12 Baronien
Pela Dir	In Baronie Ban Mahirrim	Ort der Zuflucht, Regierungssitz Ban Rotha
Baronie Fennmark	An Nordost-Küste	Landesherrin Ishtar, Champion Johannes
Baronie Färsweid	An Südost-Küste	Landesherrin Epona, Champion Savinien
Baronie Hochfirst	Im Mittelgebirge	Landesherrin Ixchel, Champion B'alam Agab
Baronie Strauchland	Im Süden	Landesherrin Mayari, Champion Lapu Lapu
Baronie Zweibrücken	Im Süden	Landesherrin Guanyin, Champion Zhang Sanfeng
Baronie Kargstein	An Südwest-Küste	Landesherrin Nozipho, Champion Shaka
Baronie Holderalb	Im Südwesten	Landesherrin Atira, Champion Tecumtha
Baronie Dornmark	Im Norden bis zur Mitte	verwaist (ehemalige Landesherrin Boudicca)
Baronie Grüngrund	An West-Küste	Landesherrin Mebda, Champion Cuchulainn
Baronie Ban Mahirrim	Im Westen	Landesherrin Hepat, ChampionSaladin
Baronie Raufels	An Nordküste	Landesherrin Thanit, Champion Rodrigo
Baronie Karstland	An Nordwest-Küste	Landesherrin Rudaba, Champion Rostam

Hauptakteure

Priesterinnen Ban Rotha		
Name	Politische Funktion	Ethnie
Atira	Landesherrin Baronie Holderalb	Nordamerikanische Ureinwohnerin
Boudicca	Königin der Nordlande, ehem. Landesherrin Baronie Dornmark	Westeuropäerin
Epona	Landesherrin Färsweid	Mitteleuropäerin
Guanyin	Landesherrin Baronie Zweibrücken	Chinesin
Hepat	Oberpriesterin, Landesherrin Ban Mahirrim	Mesopotamierin
Ishtar	Landesherrin Fennmark	Assyrerin
Ixchel	Landesherrin Hochfirst	Mittelamerikanerin
Mayari	Landesherrin Baronie Strauchland	Luzonierin
Mebda	Landesherrin Grüngrund	Irische Keltin
Nozipho	Landesherrin Baronie Kargstein	Schwarzafrikanerin
Rudaba	Landesherrin Baronie Karstland	Perserin
Thanit	Landesherrin Baronie Raufels	Phönizierin

Hauptakteure (Forsetzung)

Champions		
Name	**Im Dienst von...**	**Herkunft, Erläuterungen**
B'alam Agab	Ixchel	Reich der Maya; Urvater der Menschen
Cuchulainn	Mebda	Gälisches Eire; Kriegerfürst; ausgesprochen Cucallen
Gilgamesch	Boudicca	Mesopotamien; König von Uruk (3. Jahrtausend v.Chr.)
Johannes	Ishtar	Deutschland 21. Jahrhundert; kompl. Name: Johannes Schulz
Lapu Lapu	Mayari	Häuptling der Insel Mata-an (heute Philippinen)
Rodrigo	Thanit	Kastilien; Kompl. Name: Rodrigo Díaz de Vivar, genannt: El Cid
Rostam	Rudaba	Persien; Prinz von Zabulistan
Savinien	Epona	Frankreich; Kompl. Name: Savinien Cyrano de Bergerac
Shaka	Nozipho	Südl. Afrika; Kompl. Name: Shaka ka Senzangakhona; König der Zulu
Tecumtha	Atira	Volk der Shawnee (heute Nordamerika); von seinen Feinden Tecumseh genannt
Yusuf	Hepat	Ägypten; kompletter Name: Salah ad-Din Yusuf ibn Ayyub ad-Dawīnī; Sultan Saladin
Zhang Sanfeng	Guanyin	China; daoistischer Mönch auch bekannt als Dangchu Zhenren

Hauptakteure (Forsetzung)

Weitere	
Name	**Erscheint als...**
Thoran	Erzmagier (der Merlin)
Mortiana	Zauberin in Irland
Distelson talud Eibenson	Ein Feenwesen
Maks	Bediensteter Ishtar
Wulf	Hauptmann der Fennmark
Cernen	Verwalter der Fennmark

Einige der in Ban Rotha üblichen Maße und Einheiten

Zeit

Die Zeitrechnung beginnt mit dem Untergang des Alten Kontinents (Jahr 0). Johannes kommt zum ersten Mal im Jahr 623 nach Ban Rotha.

Es gibt 12 Monate pro Jahr und alle vier Jahre ein Schaltjahr (Sonnenkalender).

Die Monatsnamen sind (beginnend mit Januar): Eismond, Taumond, Lenzmond, Launing, Blumenmond, Brachmond, Heumond, Erntemond, Scheiding, Weinmond, Nebelmond, Dustermond

Es gibt sieben Wochentage benannt nach den sieben Wandelsternen des geozentrischen Weltbildes. Die Bezeichnungen sind Emanationen des Unergründlichen: Mutter, Maid, Bursche, Jäger, Gärtnerin, Familie, Vater.

Name	Voller Name	Deutscher Name des Gestirns	Deutscher Name des Wochentags
Montag	Mondtag	Mond - Mutter	Montag
Maitag	Maidtag	Merkur	Dienstag
Burtag	Burschentag	Mars	Mittwoch
Jätag	Jägertag	Jupiter	Donnerstag
Gärtag	Gärtnerinnentag	Venus	Freitag
Fatag	Familientag	Saturn	Samstag
Sonntag	Sonnentag	Sonne - Vater	Sonntag

Der Fatag ist in der Regel wöchentlicher Feiertag (arbeitsfrei).

Ein Tag hat zwei mal 12 Stunden:
06 – 17 Uhr: erste bis zwölfte Tagstunde
18 – 05 Uhr: erste bis zwölfte Nachtstunde

Feiertage: Tag- und Nachtgleiche (2 mal im Jahr), längster Tag, Tag nach kürzestem Tag (Lichtfest)

Entfernungen

12 Zeh (kleine, 2,5 cm)	= 1 Fuß (30 cm)
12 Fuß	= 1 Sprung (3,60m)
12 Sprung	= 1 Wurf (43,20m)
12 Wurf	= 1 Lega (518,40m)
12 Lega	= 1 Lauf (6,220.80 m)
12 Lauf	= 1 Ritt (74,649.60 m)

Währung

12 Kupferlinge	= 1 Kupferbatzen
12 Kupferbatzen	= 1 Silberling
12 Silberlinge	= 1 Silberbatzen
12 Silberbatzen	= 1 Goldling
12 Goldlinge	= 1 Goldbatzen

Über die Autoren

Philipp Schmidt: Studierte Germanistik und Philosophie an der Eberhard-Karls-Universität in Tübingen, wo er nun mit Frau und vierjährigem Sohn auch wieder lebt. Neben anderen Veröffentlichungen – darunter die Trilogie „Gottesauge" – ist er Showrunner und Hauptautor der Endzeit-Reihe „Schatten-gewächse, eine nahe Zukunft".

Martin Pfeil-Schmidt: Studierte Forstwissenschaften in München und Freiburg und arbeitete einige Jahre in Deutschland in der Forstverwaltung. Seine Entscheidung für die Internationale Entwicklungszusammenarbeit im Jahr 1998 führte ihn zunächst nach Südostasien und im Anschluss nach Lateinamerika. Anfang 2015 kehrte er nach Deutschland zurück und lebt jetzt in der Nähe von Freiburg an der französischen Grenze.

Das Reich des Johannes, von dem der vorliegende Band 1 – Pela Dir lediglich den Auftakt bildet, haben die beiden Autoren während vieler Wanderungen und langer Nächte gemeinsam entwickelt. Da ihnen ihre beiden Namen auf dem Cover aus ästhetischen Gründen missfielen, haben sie für ihr Werk den Autorennamen *Philipp M. Pfeilschmidt* gewählt.

Printed in Great Britain
by Amazon